白凤镇

江沛言 著

陕西新华出版传媒集团
太白文艺出版社

图书在版编目（CIP）数据

白凤镇 / 江沛言著. — 西安：太白文艺出版社，2015.11
ISBN 978-7-5513-0872-4

Ⅰ. ①白… Ⅱ. ①江… Ⅲ. ①长篇小说—中国—当代 Ⅳ. ①I247.5

中国版本图书馆CIP数据核字（2015）第262324号

白凤镇

作　者	江沛言
责任编辑	姚鸿文
整体设计	高　薇
出版发行	陕西新华出版传媒集团 太 白 文 艺 出 版 社 （西安北大街147号　710003） 太白文艺出版社发行：029-87277748 tbwytougao@163.com
经　　销	陕西新华发行集团
印　　刷	西安市商标印刷厂
开　　本	787mm×1092mm　1/16
字　　数	450千字
印　　张	27
版　　次	2015年11月第1版　第1次印刷
书　　号	ISBN 978-7-5513-0872-4
定　　价	45.50元

版权所有　翻印必究
如有印装质量问题，可寄出版社印制部调换
联系电话：029-87250869

一

在渭北平原与黄土高原丘陵沟壑区接壤的黄龙山南麓，有个古老的镇子，叫白凤镇。

镇子坐落在一个名为灵泉峪的出山口，清澈的河水从灵泉峪淌出后，分为东西两条支流朝南而去，将白凤镇环绕在它们的怀抱。白凤镇原名灵泉镇。传说很久以前，这里遭过一次瘟疫，从人畜到鸡鸭，大多遭瘟丧命，少数活着的人都纷纷逃离了，只有一位年逾八旬的老汉不愿意离开。老汉跪在镇子正中街道上，高举双臂，仰天而望，一跪就是七天。到了第八天黎明时分，老汉终于撑不住了，昏倒在了地上。就在这时候，天空突然划过一道亮光，一只银色的凤凰从天而降，落在老汉身旁，停留片刻后，又迅速地飞走了。从那天起，瘟疫逐渐停止了蔓延和肆虐，人们逐渐恢复了往日的生活。从那天起，便有了凤凰大鸟护佑全镇生灵的传说。后来，人们就为那个朝天祷告的老汉修了一座庙，将灵泉镇改名为白凤镇。

公元一九一〇年，清朝宣统二年。

二月初二龙抬头这天，距离白凤镇二十里地的郭堡村，中医先生郭嘉树家里迎来了一件大喜事，也平添了一分惊吓。喜的是，他十八岁的儿子郭德存如愿给他们家添了一口男丁，让郭家三代单传的香火有了延续；惊的是，儿媳妇分娩时突然大出血，血水哗啦哗啦地涌流，将接生婆生生地吓跑了，也将郭德存生生地吓呆了。最终郭嘉树不得不硬着头皮上了手，总算将娃娃接生了出来，将儿媳妇从鬼门关拉了回来。此时，娃娃刚刚落了草，困倦至极的产妇在昏睡，郭嘉树蹲在地上洗手。他抬头朝坐在炕上擦洗和包裹小孙子的老伴望了望，又朝躺在炕上脸如黄表的儿媳妇瞅了瞅,嘴里低声地埋怨着儿子,都出道几年了,自个儿媳妇临盆,居然束手无策,还得老爹上手,真把人丢尽了。这事要是传出去,看你我怎样在人前立站！听父亲数落自己,郭德存没吱声,脸上落满怜惜和委屈的神情。郭嘉树转脸对老伴说,月子里好生伺候媳妇,她可是咱们郭家的大功臣。德存母亲说,今儿个才知道啥叫人生人,吓死人。看那阵子,活活能把人的魂吓飞了！好在她命大,现在想起来我浑身都打战哩。母亲的话,说得儿子德存眼睛里涌上了泪水。郭嘉树看着儿子说,大男人眼里不许有尿水,没出息！这时德存母亲说,快别数落儿子了,赶紧给孙子起个名吧。郭嘉树立起身,两只手甩着水,想想说道,这事我想过了,就按族里同辈人的耀字起,叫耀祖吧。郭德存立刻说,这名字好,光宗耀祖。德存母亲笑着说,既然你们都觉着好,那就这样叫,盼他将来能给咱们郭家光宗耀祖。郭嘉树擦罢手,来到炕头前伸着脑袋仔细将孙子的小脸瞄了半天,由衷地说,好,长得像他妈,不像德存,不像他老舅家那支人。说话间脸上浮上满意的笑容。听郭嘉树这样说话,德存母亲定定地看着郭嘉树,突然生气道,你说的是啥话,像他老舅家那支人又怎么啦？动不动就欺负我娘家人！

　　郭嘉树是当地闻名遐迩的看病先生。郭嘉树年幼时上过几年私塾,后来又跟一位在乡间行医的远房亲戚学医,从此走上了从医之路。郭嘉树天资聪颖、勤奋好学,不仅理解力强,记忆力尤其超人,有过目不忘和举一反三的本领。学医十多年下来,不仅医术超过了启蒙先生,而且熟读了《黄帝内经》《难经》《伤寒杂病论》和《神农本草经》,掌握了中医阴阳五行学说、脉象学说、藏象学说等医学理论,且能够把从书本上学来的东西运用到给患者治病当中。凡经过他医治的病人,几乎全是手到病除,这使得他的名气在当地传扬开来。也该他的医运昌达,后来有一次,郭嘉树出诊路过程家庄,听说村子里有个八十多岁的老族长命悬一线,眼看就要驾鹤而去了。六个儿女惊惧得只知道哭天抹泪,不知道怎样救自己的老爹。当时郭嘉树二十五岁,主动来到老族长家中,于反掌之间竟将奄奄一息的老族长已经离身的魂灵硬是给勾了回来。为此老族长的三个儿子专门从邻县请来一个秦腔戏班,在郭堡村连唱三天,感谢郭嘉树的救命之恩。

这件事之后，郭嘉树名望更高了。对于郭嘉树的医术和评价，当地老百姓有着许多版本的传说。其中流传最广的，是说郭嘉树能把《本草纲目》和《汤头歌诀》两部医书倒背如流。这也成了当地人家教育子孙后代好好念书时所举的最成功的范例。其实仔细想想，《汤头歌诀》三万多不到四万字，郭嘉树能将它背诵下来，而且能够倒背如流，应该说有这种可能；但《本草纲目》就不同了，它既不是三四万字，也不是三四十万字，而是一百九十多万字。要让郭嘉树将这样的一部皇皇巨著背下来，不要说倒背如流了，就是顺着背下来，恐怕也是天方夜谭。但人们就是这样个传说，在郭嘉树去世许多年后的今天，人们依然在这样传说着。

关于郭嘉树的传说，还有两个具体的事例。

一个是说郭嘉树曾经给省政府主席的老太爷看过病，病看好之后，老太爷让他的孙子将郭嘉树认作了干爹。

当时，省政府主席老太爷的右大腿根莫名其妙长了一个不软不硬的包，起先没怎么引起重视，后来发展成了一个不小的脓疮。省政府主席几乎将省城的名医请遍了，可不管怎么治，那个脓疮就是不封口。大半年时间过去了，老太爷整天躺在床上动弹不得，拉屎撒尿得有专门人伺候不说，单是疮口不断渗出来的脓血，弄得床上的被褥脏乎拉拉的，就让老太爷忍受不了。老太爷是个干净要强的人，一看自己成这般模样了，大呼小叫地说他不想活了，让主席儿子赶紧给他弄一包砒霜。就在这时候，郭嘉树老家所在地方的行政监察专员公署主事去省政府办事，知道了主席正在为老太爷的病犯急，便抓住这个巴结和高攀的时机，向主席推荐了郭嘉树。省政府主席一听公署主事这样说，如同抓住了一根救命稻草，连声问，这个人在哪里？马上把他请来吧！公署主事只是曾耳闻郭嘉树这个人，只晓得这个人在府良县，至于真的有没有这个人，自己也说不大清楚。看见自己的话引起了主席重视，公署主事心里边却有点发虚，含糊说道，这个我还不大清楚。望着主席脸上的神情倏忽由希冀变成了失望和沮丧，公署主事马上又说，主席，您放心，有我在就有这个看病先生在。我马上去找这个人，挖地三尺也要把他找到。从省城回来后，公署主事专门来到府良县带着县长寻访了两天，终于将郭嘉树找到了，立即用小汽车将郭嘉树送到了省政府主席家里。郭嘉树看了看老太爷的疮口，不由得大吃一惊，他明生生看见病人大腿根部疮口深处的白骨，而且疮里已经生了蛆！这情景瘆得郭嘉树脊梁上一股凉气往上冒。但他不敢有任何表示，只是轻声说，耽搁得有些晚了。站在一旁的主席眼巴巴地问道，有把握吗？郭嘉树哼唧了一下，含糊地说，先治治……再看吧。公署主事瞪了郭嘉树一眼，郭嘉树赶紧改口说，尽力而为，应该……能治好吧。郭嘉树的这句话，让省政府主席长吁了一口气，当着行政监察专员公署主事的面，当即给郭嘉树连作了三个揖，嘴里连声道，拜托了，拜托了！拜托郭先生您了！省政府主席给郭嘉树作那三个揖时，郭嘉树一时被吓住了，静静地站着一动没有动。直到省政府主席离去后，公署主事因一路和郭嘉树一块坐车相熟了，才埋怨郭嘉树说，主席给你作揖，你就该赶紧作揖回礼，怎么站着直挺挺不动啊？郭嘉树红着脸说，吓傻了呗！啥都忘得一干二净了，还能想得起回礼？公署主事笑着说，也罢，只要把老太爷的病看好了，也算主席的三个揖没给你白作。郭嘉树毕竟是郭嘉树，《黄帝内经》那些书没有白念，他在主席给他安排的豪华住所里苦思冥想了一夜，第二天就开始配方制药了。三天后，郭嘉树配置出了两剂药：一剂内服，一剂外敷。用药七天后，老太爷疮口居然没有了脓血、小蛆那些脏物，开始长出一些小小的新肉芽子；半个月后，疮口的新肉将腿骨封住了；一个月后，老太爷能下地慢慢行走了。郭嘉树的神奇医术让老太爷的腿迅速康复，也让主席家里恢复了生机。主席全家人将郭嘉树当神神对待，吃饭时老太爷拉着郭嘉树坐在饭桌上首，他与老夫人坐在郭嘉树两边，而让主席坐在了饭桌正下首。在郭嘉树离开主席家那天的宴席上，主席让他一个在中学堂念书的小儿子突然给郭嘉树跪下了，嘴里直呼郭嘉树为干爹。郭嘉树先是一愣，接着红着脸说，使不得，万万使不得。老太爷说，怎么就使不得啦？你郭先生神医下凡，给了他爷爷我一条老命，让他叫你一声干爹冤屈不了他！郭嘉树赶紧离开席位，伸手拉着干儿子的手，面对老太爷跪了下来，嘴里说道，让小孙儿认我做干爹，您老人家就是我郭嘉树的长辈了。请干爹干妈两位老人家也受干儿一拜吧。郭嘉树的举动，让老太爷两口子哈哈大笑起来。老太爷说道，好，好好好！你郭先生这个大礼我受了，往后咱们两家就是亲戚了，要经常走动些才好。那顿饭之后，省政府主席委托行政监察专员公署主事用小汽车将郭嘉树送回了郭堡村。先别说省主席究竟给郭嘉树带了多少钱，单主席家送给郭嘉树的吃货和礼品就将那辆小汽车塞得满满当当。当地老百姓那时连自行车还没见过呢，哪里知道小汽车这样的物事啊。行政监察专员公署主事用小汽车将郭嘉树从村里接走又送回来，不光让村里人见识了西洋景，也给郭嘉树的脸上贴了金。四村八乡一时将这件事传得沸沸扬扬。

二

将郭嘉树传得神乎其神的第二件事，是说有一年，县知事公署改名为县政府，县知事也改成了县长。就在那年秋季的一天，县长的太太要临盆了。按说县长太太前头已经生过三个娃娃了，个个出生得很顺利，第四个应该是轻车熟路了，可谁知就在生这第四个娃娃时偏偏出了大问题。按照当今的说法，就是难产。头次宫缩从半夜时分就出现了，县长太太包括县长满以为这次也会和前三次一样，肚子疼那么几阵子，孩子就顺利地落草了。宫缩出现后，按照太太吩咐，县长打发手下人将县城东巷那个有名的接生婆请到了家里。可谁知这次生产和前几次完全不一样，宫缩已经越来越频繁了，眼看到孩子该出世的时候了，可孩子硬是生不出来，疼得县长太太满脸满身都是汗，躺在床上不断翻转和大声呻唤。从业大半辈子的接生婆也没遇到过这种情形，手忙脚乱地围着县长太太折腾了两个多时辰，硬是没能把孩子接出来，累得接生婆没有比县长太太少流多少汗。直到后来，接生婆感到事情不妙了，吓得脸色发黄，手也发抖。她急忙跑出屋子来到县长等候的房间对县长说，不知道怎么了，孩子就是生不出来。太太已经没劲了，我也没啥好法子了。现如今天也亮了，赶紧将太太送到南街医坊吧。那里大夫多，办法肯定多，千万不敢耽搁了。听接生婆这样说，县长立下急了眼，三两步闯到太太分娩的屋子，看见太太披头散发躺在炕上，满脸满身汗水淋漓，紧咬牙关紧闭双眼，不断喘着粗气。县长心头不由得一紧，浑身渗出一层冷汗。他抓起太太湿漉漉、冰凉凉的手，心疼地对太太说，魏婆婆说她没有办法了，事情不能耽搁了，赶紧去南街医坊吧！躺在炕上的太太这阵子肚子里面似乎稍微宁静了。当县长抓住她的手时，她激灵了一下，忍不住流下了眼泪，但听到丈夫要将她送去南街医坊时，当即坚决地摇摇头。县长说，现在不是由事不由人嘛！啥都没有救人要紧。太太微微睁开眼看了丈夫一下，又将眼睛闭上，依然轻轻地摇摇头。县长急了，扭头望望身边的接生婆，说，这该怎么好？接生婆用乞求的口吻说，太太，您的想法我明白，不想让那些男先生给您接生，可眼下不是事情不顺当嘛。咱顾不了许多了，大人娃娃的命都得要啊！太太仿佛没听见魏婆婆的话，老半天不吭声。魏婆婆说，太太求您了，您就听我的话吧。太太微弱地说了句，不……去。接生婆急了，对县长说，不能听太太的，不去也得去！这时候您可不能心软，赶快叫您的手下人备车吧。县长咬咬牙说，那好吧。说着就要出门去。这时太太忽然喊了一声，死了……也不去！县长一下子立住脚，无奈地望着接生婆发呆。魏婆婆望着县长，只害怕这件事弄不好给自己失下了人命，心里愤然骂道，大尻包！还县长哩！魏婆婆朝县长望了望，急得全身冒汗，真想转身一走了之，但又觉得这样做不太合适。想了想低声对县长说，那这样吧，你在这里招呼太太，我到南街医坊请先生去。魏婆婆说着，望了望炕上的太太，见太太又哇哇地呻唤起来，便扭身急急地出门了。这时太阳已经冒花了。秋天县城的早晨空气清新，微风送爽，折腾了大半夜的接生婆一走出县长家门，只觉得汗湿的身子瞬间清爽了许多。接生婆立住脚，醒醒神，爬上县长差役拉来的马直奔南街医坊去了。行至南街，途经一户人家时，看见一个年龄大些的人骑上了一匹白马，一个年轻人手里牵着缰绳，身上背着个行医的箱子，两个人正在与站在一旁的主人道别。魏婆婆对差役说，快扶我下马。魏婆婆下了马，来到白马前头，拽住马的笼头，说道，先生高名贵姓？我家有病人，可否麻烦先生随我走一趟？这时主人说道，这不是魏婆婆嘛！这么忙乎，得是谁家添喜了，魏婆婆不认识这户人家，冷冷地说，啥添喜不添喜的，没看见给我拉马的人吗？县长太太要临盆，要我请个先生接生哩。主人笑着说，这不是笑话嘛！你老不是干这行的吗？魏婆婆不高兴地说，话怎么这么稠！快告诉我，这位先生他是谁。主人说，白凤镇郭堡村的郭先生。我妈得了消渴病，昨儿后晌接来给我妈治病……主人的话还没说完，魏婆婆立即满脸堆笑对郭嘉树说，晓得了，晓得了，你就是有名的郭先生啊！我刚才的话你也听到了，快跟我走吧。县太爷的太太正在炕上挺命哩，搭把手救人吧！骑在马上的郭嘉树这时将话听明白了，便对魏婆婆说，你前面带路吧。接着朝牵马的年轻人说了声，德存快走！走进县长家的大院，郭嘉树从儿子德存手里接过药箱，说，你在外面候着。便跟随魏婆婆走进屋子。郭嘉树看见县长太太已经疼得昏迷了，整个身子缩作一团，脸黄得像黄表纸，身子下面有一摊血。县长站在太太身旁，一张煞白的脸上流着虚汗。一见到郭嘉树，急忙上前拖着哭腔说，快，快，先生快上手吧，人快要不行了！谁知郭嘉树一见这情形，却有点畏缩不前了。在以往，给女人接生这档子事，郭嘉树是从来不接活的。即便偶尔推不过接了活，那也必须有个接生婆在现场按照他的指挥进行实际操作。郭嘉树这样做，倒不是怕晦气，而是觉得他一个大男人给妇人接生有悖礼规。他朝接生婆说，啥情形快说说吧，然后按我说的去做。听郭嘉树这样说，魏婆婆站着没有动，有点不解地望着郭嘉树，半晌说，啥情形？生不下来呗，你看一下不就知道了？好像娃儿有点大，反正我把办法使尽了！郭嘉树说，是顺位吗？魏婆婆说，应该是，好像不是立生，也不是横位。郭嘉树有点不高兴，说，你是干这行的，怎么连问话也说不清楚？魏婆婆没吱声。郭嘉树说，快过去看看，只要是顺位，那就好办。魏婆婆说，这不是我没办法了，才把你请了来，怎么还叫我上手啊？郭嘉树说，你不上手谁上手，难道让我上手不成？魏婆婆说，反正我是弄不了了，只能由你上手了。郭嘉树说，那怎么成！我绝对不会上手的！接着又说，放心吧，魏婆婆，只要按我说的做，绝对不会有事。魏婆婆还是不动身。郭嘉树说，之前所有这样的活，我都是这么干的，都是我动嘴，接生婆动手；即便是平日给女眷们把脉，我也必须隔着帘子。魏婆婆和郭嘉树互相推诿，一时无人上手，让立在旁边的县长看在眼里急在心上。扑通一声，县长给郭嘉树跪下了，一边磕头一边流泪说，求求先生了，快上手救人吧！这时郭嘉树才明白是县太爷给他跪下了。县长这一跪，吓得郭嘉树浑身一颤抖，急忙弯腰将县长扶起来，脑子里迅速闪过戏台上县太爷的形象，心想原来县长也是平常人嘛！事情到了这种份儿上，郭嘉树觉得有点头大，但又觉得无路可走了。他朝魏婆婆瞪了一眼，魏婆婆还是那副神情，根本没有要上手的意思。人命关天，郭嘉树只好让步了。他对魏婆婆说，那这样，我上手，你来打下手。魏婆婆没拒绝。郭嘉树走上前一看，觉得魏婆婆说得没错，的确是顺位，的确是娃娃太大了。这娃娃的头径没有三寸二也差不离儿，比一般新生儿大过了一圈，大大超出正常出生娃娃头颅的大小。问题的根子找到了，郭嘉树心里有底了。他先给县长太太几个穴位扎上针，用以将其麻醉，然后从药箱取出了几件刀刀剪剪的器具，从中挑出一把小刀用自制的药水消消毒，麻利地给太太做了类似今天产科医生所做的侧切，只是侧切的幅度比一般人大了些。就这样没费多大事，就将娃娃顺利接下来了。娃娃一落草，太太长呼了一口气，再次昏晕了过去。郭嘉树接着给太太的伤口做了缝合，这次接生就算完成了。魏婆婆在孩子清亮尖锐的哭声中剪断脐带，给孩子做完清洗后，昏晕过去的太太才被孩子的哭声惊醒了。县长拉着疲惫不堪的太太的手，两个人脸上挂着笑容和泪水。县长吩咐手下人立即备酒备菜，他要谢忱郭先生和魏婆婆。当酒菜备好后，却看不见郭嘉树的人影儿了。县长问站在院子里的差役，差役说郭先生从屋里出来后，去厨房那里洗了把手，好像往后院那边走去了。县长立即和差役去找寻，终于在后花园找到了郭嘉树。让县长没想到的是，郭嘉树居然在花房的山墙下面面朝墙壁静静地跪着，儿子郭德存无声地站在一旁望着父亲在发呆。县长一伙人来到郭嘉树跟前，郭嘉树举手朝自己的脸上连续掴起了巴掌。县长急忙伸手阻止，要将他搀起来。郭嘉树流着泪对县长说，我郭嘉树不是人，我今天干了违背礼规的事体，我对不起老爷和夫人，请老爷和夫人处置我。县长是个出过国留过洋的人，觉得郭嘉树的行为很可笑，便说道，请郭先生不要那样想，你根本没有做出啥违背礼规的事，而是做了一件扶危济困的大好事。我们全家人感谢你都来不及呢，怎么能说对不起我呢？快起来，回厅里吃饭吧！郭嘉树说，不，我不起来，也不去吃饭。我没脸见夫人，我要向老天爷和神灵赎罪。县长说，不管怎样，饭总是要吃的，不让你见夫人就是了。在县长和郭嘉树吃饭的当儿，一名丫鬟跑进来对县长说，老爷，夫人要我传话，她想见下郭先生。一听这句话，郭嘉树心里一紧，不由得涨红了脸，立即就有汗水从额头上渗出来。坐在郭嘉树旁边的儿子德存小声说，爹，咱们还是回家吧。郭嘉树站起来刚要开口，却被县长拉着坐下，说，郭先生别忙着走。转脸对魏婆婆说，你去太太那里看下，究竟有啥事。不一会儿，魏婆婆过来了，笑着说，太太就是想见见郭先生，当面表示她的谢意。县长呵呵笑了，连声说道，是呀是呀。扭头对郭嘉树说，郭先生还是过去一下，这可是病人的意思，也是她的一片心意。县长的这些话让郭嘉树不好答应，也不好违背。他思忖了半天，只好站立起来，由丫鬟带着，跟随县长忐忑不安地走进了太太的屋子。一走进屋门，郭嘉树咚地跪倒在地上，愧疚诚恳地说，我在这里给太太赔罪了，请太太原谅我的无礼。躺在床上的太太声音微弱地说，快，快扶郭先生起来。待郭嘉树站起身后，太太接着说，谢谢您，郭先生。您的救命之恩，我们全家永世不忘。我有一个请求，就让这个娃娃把您认作干爹吧。听太太这样说话，郭嘉树一惊，嘴里一边说着哪敢、哪敢，一边慌忙喊来儿子德存，从随身的褡裢里摸出了十块银圆。放在了太太的炕沿上，说，这算是我给干儿子的见面礼。站在一旁的魏婆婆心想，这县长太太也忒矫情了，坚决不让南街医坊的男先生接生。难道这个郭先生是个婆娘不成？当天下午，县长派了一干子差役抬着轿子将郭嘉树送回了郭堡村。

三

  关于郭嘉树的这些传说，到底哪些是真哪些是假，谁也说不清。
  只是郭嘉树一辈子看病谨慎经心，善于钻研、待人宽厚、收费低廉、慎行守礼、品行端正，在当地有着上好的口碑，却是事实。
  最重要的一点，就是郭嘉树给人看了多年病，从没因他的过错造成事故。给人的印象，不论大病小症只要到了郭嘉树手里，就会像遇到降魔咒一般，很快就被祛除了。对于人们对他的褒扬，郭嘉树却看得很淡、很轻。按照他自己的说法，老天爷安排他郭嘉树来到这尘世上就是为了给人治病的，正是老天爷的支使和佑助才让他成了一名福医。通过他这双手，将老天爷的福泽和恩惠赐给病人，不仅让病人祛病去痛，而且给病人增福添寿。郭嘉树说，他常会有一种感觉，每当他给病人把脉瞧病时，就会感应到有一股莫名的力量在引导着他，让他给病人开出那些不同的药方。当他事后看到那些药方、药散和药丸时，连他自己也有些恍惚，不明白他为什么会那样组方。眼瞅着那些无懈可击的药方，他不相信那就是他自己开出来的。郭嘉树常给家人说，能不能当一个好郎中，当得了当不了一个好郎中，那都是天命啊。

郭嘉树去省城给省主席老太爷看病以及给县长太太接生这些事，郭嘉树从来没向任何人提起过。即便有人向他问及，他也总是摇摇头，一笑了之，既不承认，也不否认。可他越是不说，人们就越是好奇。于是从那辆小汽车将郭嘉树从村里接走又送回，县上的差役用轿子将郭嘉树送回郭堡村这些事情上，所有影影绰绰的说法就像滚雪球一样，越滚越大、越传越远了。在这个过程中，没有人会想那些说法是不是真的。因为当年郭嘉树救了程家庄老族长的命，也是在人家请了戏班在郭堡村连唱三天大戏时，村里人才知晓了这件事。要是程家人不请戏班来唱戏，救老族长那件事郭嘉树照样不会对人说，村里人照样不会知道。直至后来有一次，郭德存给人看病后没把持住多喝了几杯酒，席间才将他爹当年一些事情说出了个大概。说郭嘉树当初给县长太太接生那件事确实是真的，因为当时他就在现场，但是给省主席老太爷治病这件事，传得有些过火了。事实是，郭嘉树给县长太太接生后不久的一天，县长去省城办事，办完事后去时任省教育厅副厅长的老乡家里拜谒小坐，恰好遇到另一位老乡行政监察专员公署主事也在那里。三个人说话间，副厅长说他爹腿上长了一个疮，治了好一段时节了，硬是没治好，很让人头痛。这时县长说，我们府良那里有个郭嘉树医道颇深，看病能手到病除。让他给老人家瞧瞧？副厅长说，那就试试吧。考虑到郭堡村离省城太远，行政监察专员公署主事说，这事就由我办吧，到时我搞一辆车子将他送来省城就是了。后来看病的过程差不多就那样了。但病看好之后，副厅长并没让他的儿子或者孙子拜郭嘉树为干爹，因为副厅长只有四个女儿根本没有儿子。将郭嘉树拜为干爹的，只有郭嘉树亲手接生下来的章县长的那个大头儿子。

尽管郭嘉树为人厚道，惜老怜贫，取银低廉，从不盘剥穷人，但行医多年下来，他的家道还是逐渐殷实了起来。

至四十多岁时，他已经置下了八十多亩田产，建造了一座二进式四合大院。宅院南北四孔大砖窑对称，东西十间厢房对称，院内建有门神龛、土神龛和大照壁，院外门前建有青石狮、上马石和拴马桩，成了郭堡村乃至周围村庄有名望的大户人家。行医上的顺利、家道上的富有，以及名望上的佳传使得郭嘉树颇感得意和满足，加上有县长这样一个世面上的干亲家给他撑脸面，就让郭嘉树更是觉得无上荣耀和风光了。后来有一次，郭嘉树被人接去县城出诊，在大街上偶遇县长手下一个差役。差役将此事呈报县长，县长请郭嘉树吃了一顿酒。席间，县长问郭嘉树，想不想来县城行医？郭嘉树望着县长不说话，不明白县长是啥意思。县长说，你要是愿意的话，就在县城开个诊坊或者药铺什么的，生意会比乡下大许多。县长的话让郭嘉树眼睛一下子亮了，没说话立即敬了县长一杯酒。那顿酒后不久，县长便吩咐县商会会长侯智仁出面帮衬，在县城东街袁家租了六间临街瓦房，让郭嘉树开起了中药铺子。

这一年是一九二二年，郭耀祖十二岁了。就是在这一年，按照爷爷郭嘉树的安排，郭耀祖离开乡下老家郭堡村来到府良县城一家新式小学堂念书了。

这时候的郭嘉树虽然有着很高的行医声望，中药铺的生意也做得风生水起，但旁人并不知道在他的心里却始终装着一块病，那就是儿子郭德存并不怎么遂他心愿。郭德存已经三十岁了，跟着自己学医少说也有十几个年头了，但让郭嘉树失望的是，这十几年下来他并没有将儿子打磨成一个出色的看病先生。想当年他跟随亲戚学医那阵，不到三年工夫，他就能够单独出诊了。只是亲戚先生不放心他，他爹不许他那么做，要他继续跟着亲戚先生学。不过从此后，郭嘉树明白跟着亲戚先生学不下啥新鲜东西了。他便四处搜寻，弄来许多医药典籍，一本一本地熟读。直至十多年学医生涯结束时，郭嘉树已经是个羽翼丰满、独当一面的看病先生了。可如今的儿子郭德存至今还只能给爹打个下手，从来没有单独出诊的打算和决心。郭嘉树想，是不是自己的医术将儿子遮住了，让儿子对自己有了依赖心理？为此，在之后一段时间，凡是有人来诊病，郭嘉树一定让儿子先行把脉和诊断，为病人开方，最后由自己再做调整和修正；凡是有人请他出诊，只要不是非他出诊不可，他都会打发儿子前去。这样一来，使得郭德存的行医胆量和治病水平有了明显提升，但并不像郭嘉树想象的那样好。而且这样做了之后，许多病人及亲属不高兴了，觉得我来看病，奔的就是你郭老先生，可你却拿我这病身子给你儿子练手艺，怎么回事嘛！看到儿子顶不起台面，望着儿子没出息的样子，郭嘉树想，爹熊熊一个，娘熊熊一窝。这小子跟了他舅家那一支人了，一辈子也就是个庸医了！郭嘉树小时候，他爹为了让那个远房亲戚教郭嘉树学医，稀里糊涂答应了远房亲戚给郭嘉树提媒，让郭嘉树与远房亲戚的一个内侄女成了亲。那家人世代为农，老实安分，儿子生了一大群，唯一的女儿不仅是个毫无姿色的普通村姑，而且比郭嘉树大三岁。郭嘉树成亲后，虽然打心眼儿里对媳妇不满意，但要把娶回来的媳妇，而且是自己先生的内侄女休掉，却是一件不容易的事。他便在心里断却了与媳妇恩爱情浓、卿卿我我的念头，将全部心思放在了行医上。成亲次年，郭德存出世了。儿子的出世给了郭嘉树一份安慰。抱着虎头虎脑的儿子，郭嘉树觉得儿子的长相和他那些老实巴交的舅舅们有些相像，心中有些不快，但他毕竟是自己的骨肉，便决心要将儿子培养成一个有成就和有名望的看病先生，将来好接自己的班。郭德存七八岁时，郭嘉树觉得应该给他灌输医学方面的知识了，可这时候的郭德存对父亲教给他的那些玩意儿，没有丝毫的热情，却对他爷爷下田耕作和解锯木料一类的粗活表现出了浓厚的兴趣。这让郭嘉树深感悲凉。从此他强行将儿子带在身边，希望通过天长日久的耳濡目染，能引领他走上自己为他设定的那条路。郭德存十五岁时，郭嘉树决心要对自己的后代基因进行改良。通过在四处行医过程中精心挑选，郭嘉树相中了苏庄一户私塾先生的女儿。凭借着自己的名望，他央了白凤镇一个深孚众望的媒人从中说合，将人家美丽的女儿娶进了家门，给儿子郭德存做了媳妇。果不其然，待到郭耀祖出生后，郭嘉树惊喜地发现他的心思没有白费，他的孙子完全甩掉了他父亲以及他的老舅们身上所具有的那种暮气和憨气，几乎完全从了私塾先生一家人以及他母亲的遗传，长得格外白皙和漂亮。尤其那双大眼睛，黑白分明、滴溜溜乱转，透着一股少有的灵气。郭耀祖的出生再次点燃了郭嘉树心中的希望之火，对这个小小的生命寄予了莫大的期望。从此，郭嘉树几乎没让郭耀祖离开过自己一步。郭耀祖婴幼时，只要有工夫，郭嘉树就将郭耀祖抱在怀里。郭耀祖三岁未满，他就开始给孙子灌输医学方面的知识了；郭耀祖五岁时，他将孙子送到本村一家私塾念书；郭耀祖九岁时，他就带着四处出诊了。这次郭嘉树按照县长的指点在县城开了个中药铺，照样将郭耀祖带了来。按照他的打算，本来要让郭耀祖在中药铺里学习药材炮制和抓药，后来又是经过县长对他的点拨，才又改换了想法，将郭耀祖送到那所新式小学堂念书了。按照县长的说法，不要将孩子的将来局限在一个小小的中药铺。如果孩子有天分就应该让他去念书，能念到哪里算哪里，那样孩子将来才能做大事、成大事。县长的这些话郭嘉树没有完全听明白，但他相信县长眼光肯定比他看得远，就按县长说的办。要是孙子真的能念书，那就让他念下去；万一不能念，再回中药铺子也不迟。

四

十二岁的郭耀祖，已经长成一个英气十足的翩翩少年。

虽说郭耀祖之前的十年岁月是在福里生福里长，但那毕竟是在偏僻农村度过的。虽说自打九岁后，爷爷出诊时就带着他四下里跑遥了，使得郭耀祖的见识比一般农村娃娃超出了许多，可跑遥来跑遥去，毕竟没有离开郭堡村和白凤镇那个小圈子。如今爷爷在县城开了中药铺子，将郭耀祖带到了县城，这让郭耀祖的眼界一下子开阔了。更为重要的是，爷爷听了县长的话没让郭耀祖待在药铺拣药和蹬碾槽，而是送他去一所新式小学堂念书。这让郭耀祖大喜过望。这时的郭耀祖，懂得玩也会玩了，他简直要乐坏了。过去爷爷出诊总要将他带上，开始还觉得有些新奇，不光能四处跑遥转悠，而且每顿吃的是好饭。一些人家为了讨好和巴结看病先生，会将对先生所有的奉承和亲热转嫁到郭耀祖身上。他们将郭耀祖看成小娃娃，不断夸赞郭耀祖长得白嫩，长得好看。这些都让郭耀祖心里甜丝丝的。后来时间一长，郭耀祖觉得爷爷拽他太紧了，弄得他几乎喘不过气了。爷爷每次看病时，一定要郭耀祖站在旁边仔细观看。回家路上，要给郭耀祖讲讲，今天这个病人得的是啥病，病因是啥，为什么要这样诊治。回到家后，又要郭耀祖说说这次出诊的感受和想法等。每次跟着爷爷出诊，都是这个老套子。郭耀祖觉得爷爷带他出来不是为了让他玩，而是让他学医看病，便对这件事感到有些厌烦。太没有意思了！县城的中药铺开起来前，爷爷对郭耀祖说，药铺开起来后，你就没必要跟着爷爷出诊了，就待在铺子里学学中药炮制，连带给病人抓药。先将所有中药的药理、药性弄清楚再说，然后再学学诊脉和开药方。郭耀祖一听头就大了：这哪跟哪呀，还不如在乡下各村各庄四处跑遥呢！四处跑遥还能让人透透气、吹吹风，整天窝在药铺里，既要学炮制药材又要给病人抓药，还要学诊病开药方，那还不把人憋闷死了？这让十二岁的郭耀祖愁肠百结，陷入了痛苦的深渊。可来到县城后，让他没想到的是县长竟给爷爷出了一个绝好的主意，把郭耀祖彻底地拯救和解放了。

　　来到县城第三天，郭耀祖就来到小学堂，成了一名小学生。这家小学堂虽然很简陋，却不同于乡间的私塾，念的书也不是四书五经，而是新式的课程，有语文、算术，还有体育、美术和音乐；教书的也不是独独一个后脑勺留着一根小辫子的老学究，而是好多年轻老师分别给学生教课。这一切，让郭耀祖感到无比新奇。来到大街上，宽而长的街道虽然凸凹不平，甚至有些尘土飞扬，但那些热闹繁华的景致依然让郭耀祖目不暇接。街面两边开着一个个不同门脸、不同大小的铺子，有卖日用百货的，有卖头油脂粉的，有卖绸缎布匹的，有卖粮食蒸馍的，有卖油盐酱醋的，有卖扯面齑面的，有卖羊肉泡馍的；有京货铺子、山货铺子、铁匠铺子、木匠铺子、棺材铺子、剃头铺子；在街道的两边地面上，有卖醪糟的摊子、卖茶水的摊子、卖唱的摊子、耍猴的摊子、测字算命的摊子，还有买卖猪羊牲畜的摊子。所到之处，来来往往人流不断，其中夹杂着讨价还价的声音、吵架骂仗的声音，以及叫卖瓜果蔬菜、叫卖蜂蜜甜糕、叫卖大力丸、叫卖老鼠药的声音。绝大多数的人，则是没事人一样在街上闲游闲逛。这种热闹的场面和乡间的空旷冷清判若两个天地。这天下学后，郭耀祖与已经和他交上朋友的同窗侯锁堂一路走着一路看着。郭耀祖问，这城里天天都是这么闹哄吗？侯锁堂比郭耀祖大三岁，是县商会会长侯智仁的小少爷。他家也在东大街，距离郭耀祖家的中药铺子不是很远。侯锁堂说，每天就是这么热闹。以前没来过县城啊？郭耀祖摇摇头，问道，这街上到处是人，他们不种地呀？侯锁堂望着郭耀祖，摇摇头说，不种地。郭耀祖又问，不种地吃什么？侯锁堂说，不知道，反正他们有饭吃，没谁哪一顿是饿着的。郭耀祖脸上流露出迷茫不解的神情，说，那不是也有要饭的吗？一路上碰到十好几个，他们就没饭吃。侯锁堂说，那些家伙是懒汉。郭耀祖说，这么多人在街上闲逛荡，也和懒汉差不多。两个人说话间，走到一条窄而长的巷子口，侯锁堂朝巷子里面指了下，神秘兮兮地说，知道这是啥地方？郭耀祖顺着侯锁堂指的方向看了一眼，看见一家门头上挂着飘飘荡荡的红灯笼，便问，啥地方？侯锁堂诡秘地笑了，小声说，弄那种事情的地方。郭耀祖有些蒙，看着侯锁堂，问，弄啥事情的地方？侯锁堂忽然有些泄气，说，你个小屁孩，狗屁也不懂！说了也白搭，不说也罢。郭耀祖说，你只管说你的，看我懂不懂！侯锁堂说，不说了，等你长大就知道了。郭耀祖说，现在就说嘛，我肯定懂。侯锁堂愣怔了一下，说，那地方叫窑子，懂吗？看见郭耀祖依然很迷茫，侯锁堂说，看看，不懂了吧？接着说，就是女人招男人弄那种事的地方。郭耀祖哦了一声，似懂非懂地说，你……怎么啥都知道啊？侯锁堂嘿嘿地笑了，说，小样，我当然知道。郭耀祖说，你去过那地方？侯锁堂说，没，我三叔常去那地方。一次他从那里出来让我碰见了，吓得不得了，叫我不要告诉家里人。说到这里，侯锁堂喉咙咕噜了一下，说，我三叔当时还吓唬我，说我爹也去过那地方，我要是说出去，看我爹不扒了我的皮！郭耀祖没有再说话，和侯锁堂继续慢慢地走着。侯锁堂问郭耀祖，喜欢念书不？郭耀祖说，喜欢，只是乡下私塾那些书跟我爷的那些书没念头，现在念的书真好。侯锁堂说，我不喜欢念书。乏味死了，一念书我就打瞌睡。郭耀祖说，不喜欢念书，那来小学堂做啥？侯锁堂说，我爹硬要我来，不来不行嘛！郭耀祖笑着说，那你喜欢啥？侯锁堂说，喜欢耍，喜欢打弹弓，喜欢看戏。我娘、我爹，还有我妹子，一家人都喜欢看戏。西关那个戏园子，常会出帖唱秦腔戏。只要他们唱，我就偷偷跑去看。那些戏可好看了，男人扮女人，样子可俊咧，咋看也看不够。郭耀祖说，那不耽搁念书吗？侯锁堂说，念狗屁书，我才不管哩！郭耀祖说，逃学看戏先生不管你？侯锁堂说，他倒是想管，他敢吗？县长都怕我爹他能不怕？郭耀祖说，不怕看戏碰见你家里人？侯锁堂想想说，我家里人看的是晚上戏，我看白天戏，碰不见！郭耀祖的胸膛里咚咚响着，心里升起了一股对侯锁堂的敬畏和崇拜。

　　这时的郭耀祖，个头儿已经赶上了他的父亲郭德存。他的身材及容貌完全继承了他外公一支的基因：皮肤白皙，头发油黑，浓眉大眼，鼻梁挺直，温文尔雅，俊美潇洒。他脑筋和思维却与他爷爷郭嘉树很相像，精明而又聪慧，有着过目不忘的本领。仅上过三年私塾，他便把该识的字全识了，把该理解的字义全理解了，九岁、十岁时能够朗朗上口地朗读爷爷给他指定的医学书籍。虽然郭耀祖对爷爷坚持带着他出诊感到特别厌烦，但在跟着爷爷耳濡目染和学习训练过程中，还是在不知不觉中达到和实现了郭嘉树为他设定的目标。比如，他能够将《汤头歌诀》背得滚瓜烂熟，能够将常用药材的性能讲得头头是道，甚至对于一般常见病症的处理，也熟知于心了。有时，郭嘉树和郭德存不在时，邻居有人求到他，他便会指点人家如何进行处理，甚至会给人家开出一服药方来。由此郭堡村的人都说郭家出了个好后人，郭嘉树的医术断不了线了，这下有人继承了。

　　但郭耀祖毕竟是个孩子。由乡下忽然来到了城里，郭耀祖一下子眼花缭乱了，加上离开了爷爷和父亲的时时陪伴和管教，郭耀祖开始在这块新的天地里自由驰骋，荒生野长了。

　　郭耀祖去小学堂报到那天就起了个大早，由于心情激动只草草吃了几口饭，就由父亲郭德存护送着出了药铺大门。在路上遇到了同去学堂的侯锁堂。郭德存含笑朝侯锁堂问道，请问小少爷，你得是去小学堂？侯锁堂脸上的睡意还没完全褪去，仰脸瞅了瞅郭德存，不友好地说了句，是又怎么啦？郭德存笑着说，那就好，那就好。这是我的儿子，叫郭耀祖，刚从乡下来，也要去小学堂念书。往后你们就是同窗啦。郭……耀祖？这名字啥意思？想光宗耀祖是吗？侯锁堂念叨着，朝郭耀祖看了一眼，问道，你多大了？郭耀祖说，十二。侯锁堂又看了郭耀祖一眼，说，岁数不大，个子怎么这么高？我比你大三岁，还没有你高。郭德存笑着说，他打小就长得快。新开的茂源中药铺就是我们家的，往后还要小少爷对我家耀祖多关照哩。郭德存的话音刚落，侯锁堂嘿嘿地笑了，仰仰脸说，是吗？茂源中药铺那地方不就是我爹帮忙租下的？听我爹说，茂源中药铺的老板给县长太太看过病，可受县长赏识咧。其实我家就在你家药铺再往东，巷口有个老槐树，进了巷子就能看得到。说着举手朝身后指了指。郭德存一惊觉，当即问，贵府是……侯锁堂说，侯府就是我家，我叫侯锁堂。郭德存呵呵地笑了，说，原来你就是侯府少公子啊！久仰久仰。侯锁堂说，要不你就不要送了，我和耀祖一起去吧。

如此一来，在上学第一天，郭耀祖和侯锁堂便成了亲密朋友。那天郭德存回家后，将路上遇到侯锁堂的事告诉了郭嘉树。郭嘉树知道，侯智仁为开中药铺子帮了不少忙，尤其与县长有着不浅的交情。他还知道，侯智仁的爹曾经是府良县有名的绅士，当过本县一个区的区长，是那种只领薪不做事，住在县城，偶尔去区公所走走转转的官儿。家有田产数百亩，房屋上百间。到了侯智仁这一代，侯家的气势比他爹在世时更胜一筹，做事既通官道又通黑道，与社会上各种势力有着盘根错节的拉扯，成了一个谁也惹不起的地方豪绅。郭嘉树原打算待将手头儿的事情忙过后，再前去侯府拜谒，如今听郭德存这么一说便立即准备了一份大礼，在第二天中午带着郭德存父子一起去了一趟侯府。

郭家与侯府结交，又有县长在后面撑腰，给郭嘉树的药铺生意铺垫了厚厚的基石，加上郭嘉树有着高超的医术，药铺的生意顺风顺水，很快将县城其他三家药铺挤得门可罗雀了。头两个月下来，药铺的收入居然比郭嘉树和郭德存父子在乡下时两年的收入还要高，这着实让郭嘉树吓了一跳。怀着感恩的心情，郭嘉树再次带着厚礼和郭德存父子分别去侯智仁府上和县长府上走了一遭，表达自己的谢忱。就在郭嘉树这次拜访之后，县长也在县城最好的醉香楼邀请侯智仁和郭嘉树吃了一顿饭，使得郭嘉树在县城生出的根子慢慢地扎得更深了。

五

　　侯锁堂是侯智仁和小老婆潘彩儿的儿子。

　　潘彩儿是侯智仁当年在省城筹办开张他家的布匹商号时，在戏园子看戏认识的一个妓女。侯智仁从小喜欢看戏，不但喜欢看，而且喜欢唱，有事没事嘴里总挂着那么几句唱词。在省城那段时间，侯智仁白天跑遥着办事，晚上没事就出去看戏。一天晚上，戏园子演秦腔《铡美案》，这是侯智仁钟爱的一出戏。侯智仁早早把戏票买好了，但不巧那天后晌和人谈事耽搁了一阵子。待他拿着戏票在戏园子的长条凳上找到自己的座位时，发现和自己相挨着的是一个十分妖艳的年轻女子。这让侯智仁这个乡巴佬一下子心摇神荡，一时间无心看戏了，心猿意马间不由自主将一只手伸向年轻女人。年轻女人身子只是稍稍颤抖了那么一下，接下来还把侯智仁的手抓摸了一下。这让侯智仁大喜过望，恨不得立马拽着年轻女人离开戏园子。就在那晚戏毕后，潘彩儿将侯智仁领到自己所在的春意楼。后来侯智仁才知道，潘彩儿六岁时她爹得了一场痨病，为了给爹治病，她妈将她卖给这家戏园子的老板。这老板有三个儿子没有女儿，就将潘彩儿收养了。后来潘彩儿爹去世了，母亲便带着潘彩儿的两个弟弟远走他乡了，潘彩儿唯一的依靠就成了戏园子这个养父。其实养父对潘彩儿还算不错，在潘彩儿吃喝穿戴方面从来没有吝啬过。潘彩儿人机灵，长得好，声音也甜脆。整天在戏园子待着耳濡目染，也就听会了许多戏，一开口便让养父异常喜欢。潘彩儿对养父说，我想唱戏。养父说，世上还没女娃娃登台唱戏这一说，你就自个儿唱着玩玩吧。潘彩儿十一岁那年，养父家里出了一件事，养父爹妈离世时给养父留下一个比他年幼十多岁的小兄弟。眼看着父母亲双双下世了，养父就将弟弟精心抚育。可他这个弟弟被娇宠惯了，长大后竟成了个不务正业的小混混。不愿意跟着师傅学唱戏，也不愿意跟着哥哥经管戏园子，更不愿意安心做正经的事情。整天与一帮狐朋狗友混在一起，除了到处滋事就是合伙逛窑子。一伙人逛窑子的花费，账目全记在了戏园子老板名下。一天，妓院老鸨找到戏园子老板，要他归还他兄弟在妓院欠下的债。这笔债让戏园子老板大吃一惊，觉得妓院老鸨狮子大张口，在蓄意讹人。但在看了大茶壶手里的账本后，却也无话可说了——每笔欠账都有他兄弟摁下的血红指印。戏园子老板生意本来也是惨淡经营，眼下出了这码子事，要是真给妓院老鸨清还了这笔债，他这个戏园子也就倒闭了。思来想去，只好忍痛割爱将潘彩儿转手卖给了妓院老鸨，用潘彩儿顶了他弟弟的欠账。潘彩儿哭天抹泪不愿意离开，戏园子老板说，娃呀，爹不也是没办法啦？我娃儿受点委屈吧。等有朝一日爹手里有了钱，一定将你赎回来。潘彩儿哭着说，我离不开爹。戏园子老板说，爹也离不开彩儿娃。往后我娃只要有空就回戏园子来耍，看戏也行，唱着玩也行。彩儿娃一辈子都是爹的亲女女。就这样，潘彩儿被老鸨带到了春意楼，在那里等候着养父赎她。谁知从此后，养父再没提过赎人的事。潘彩儿与养父之间的那点情分，也就渐渐地寡淡了。只是有一点，潘彩儿想回戏园子看戏了，戏园子老板没有为难过她，想来就来，想看就看，想走就走，从来不要她买戏票。在这件事情上，妓院老鸨也没对潘彩儿横加阻拦，因为潘彩儿来到春意楼不久就成了那里的"柱儿"，老鸨不敢过分得罪她。侯智仁和潘彩儿走到一起后，两个人热乎得不得了。侯家的布匹商号开张后，侯智仁手头事情不多了，但借故不愿意回府良，整天泡在春意楼。这一来，家里当区长的老爹生气了，一连声唾骂着要侯智仁立马滚回府良来。这边妓院老鸨的心里也烦透了，觉得侯智仁整天泡着潘彩儿，将她的生意搅和了，只想将侯智仁立马赶出春意楼。这种情况下，侯智仁离不开潘彩儿，便打发人找老鸨说合，花了一大笔银子将潘彩儿赎出来，带着潘彩儿回到了府良。潘彩儿来到府良后，当区长的老爷子坚决不让她进家门，家里上上下下没有一个人待见她。侯智仁只好请朋友帮忙，在县城西关一个小院子给潘彩儿临时安了个家。侯智仁在西关安家的事惹怒了老爷子，痛下决心要将这个小妖精赶出府良城，喝令一帮人赶到西关潘彩儿的住处大打大闹了一通。无奈这时候侯智仁铁了心，这场打闹非但没有将潘彩儿赶走，撕破脸的侯智仁干脆从此不回家了，公开与潘彩儿住在了一起。这件事一时在县城闹得沸沸扬扬，将侯老爷子气了个半死，为此大病了一场。可侯智仁根本不管不顾，依然我行我素，连老爷子的病也没回家瞧上一眼。事情就这样僵持着，父子俩谁也奈何不了谁，直到半年后潘彩儿给侯智仁生下了儿子侯锁堂，来年又生下了女儿侯串串，这件事才总算是不了了之。直到今天，潘彩儿在侯家的地位已经十分地稳固了，但她的身份究竟是侯智仁一室偏房，还是侯家的一个下人，依然不是很明确。侯锁堂和侯串串因为是潘彩儿生下的，家里人或多或少或明或暗对这兄妹俩有些低看。这让侯智仁心里每每感到特不顺气。就在侯老爷子过世后，侯智仁执掌家务大权，他便报复性地、无条件地宠起了潘彩儿和他的一双儿女。将大老婆、二老婆和三老婆彻底撇在了一旁，尤其二老婆和三老婆当初在大老婆指使下，跟随侯老爷子摇旗呐喊，联手对潘彩儿打压和挤对，曾让侯智仁打心底恨上了她们。从此侯智仁的脚，再也没有踏进这三个老婆的屋门。在治家方面，侯智仁充分展示了他处世性格中决绝的一面，对人对事严格、无情甚至暴戾，包括对大老婆、二老婆和三老婆生下的八个子女，以及已经出世的孙子、孙女们，无一例外地是苛责多而宽容少。以致眼下已经三十六岁，在省城主持着侯家两个商号的大儿子侯贵禄在侯智仁面前说话时也是战战兢兢、吞吞吐吐，连个声息也拉不展妥，不敢有丝毫的马虎和随意。可对于潘彩儿娘儿仨，侯智仁的态度便大不一样了，能宽则宽，能宠则宠，好像一点脾性也没有了。在侯智仁心里，不仅不为潘彩儿曾经当过妓女做任何计较，倒觉得潘彩儿之所以当妓女，完全是身不由己，不得已所为，实在值得同情和怜悯。在将潘彩儿娘儿仨带回家里后，侯智仁曾张罗着要为他和潘彩儿举行个正式成亲的仪式，但由于侯老爷子的极力阻挠，最后不得不作罢。由此致使潘彩儿在这个家里始终没有得到一个正式名分，连累一双宝贝儿女也没了地位和说不起话。这一点，常让侯智仁感到痛恨和愤懑。

六

　　在侯智仁和潘彩儿的溺爱中，侯锁堂和侯串串仿佛泡在糖水里一般，既无忧无虑又无拘无束地长大了。侯锁堂继承了侯智仁的基因，虽然长得一般，但聪明机警，做事胆大放肆。侯串串则继承了潘彩儿的基因，容貌美丽清秀、身材高挑、皮肤白皙，而且生性活泼、聪明伶俐。待到侯锁堂十一岁时，侯智仁才硬着心肠将这个小宝贝送进了小学堂，叮嘱先生好生管教。盼望儿子能够受到良好教育，将来能像章县长一样出国留洋，做个比他区长老爹和章县长更大的官儿。对于女儿侯串串，潘彩儿要侯智仁也将女儿送去小学堂与哥哥锁堂一同念书，侯智仁却觉得学堂里一色儿全是些男先生和男学生，便不想将女儿送了去。他听说省城里有专门的女学堂，可府良县城里没有，这让侯智仁心里有些失落。他对潘彩儿说，等忙过了这阵，我和县长说一下，也给咱们府良办一个女学堂。潘彩儿说，那该是猴年马月的事？侯智仁叹了一口气说，其实女娃娃家，识几个字不是睁眼瞎就行了。你不是认识字嘛，还懂许多戏文，就让串串跟你在家学学吧。潘彩儿说，我斗大的字认不了几升，给娃能教个啥？要不干脆将串串送省城念女学堂，吃住放在咱家商号里，让贵禄照看串串。行不？侯锁堂说，你的心倒野。要我说，识不识字倒在其次，我就是舍不得让女女离开我身边。

　　侯锁堂上学时，年岁在同班学生里算最大的了。这时候，他的玩性已经养成了。从出生至今，侯锁堂一直是随心所欲。到学堂后，时刻有一帮先生管束着他，还有那么多课程要学、要念、要背、要写，加上这样那样的纪律和规矩，这让侯锁堂打心眼儿里觉得颇烦和讨厌。在班上，他联手两个调皮捣蛋的同窗，整天不是上树掏麻雀窝，就是偷偷溜出去看戏，甚至下到县城西河去浮水和摸螃蟹，根本不把念书和先生的管教当回事。教语文的先生是个争强好胜的年轻人，对侯锁堂的作为实在看不过眼，就想教训一下他。一次课堂上，他出了一道难题，点名要侯锁堂回答。侯锁堂正低头专心用绳子扎弹弓，突然间被先生喊起来，一时满脸的迷蒙。鼻涕流在上唇边了也茫然不知，一双滴溜乱转的小眼睛四下里乱瞅，根本不晓得先生喊他做什么，惹得满教室学生哄堂大笑。就是这件事，惹得侯锁堂的羞势发了，趁语文先生有天告假回家，领着两个小伙伴翻窗摸进先生的屋子，将三块泥乎乎的砖块扔进先生的水缸，将三泡尿撒在先生的炕上。这可把语文老师气坏了，坚决要求校长将侯锁堂三人立马开除，还要亲自去侯府找侯智仁告状。校长对他说，还是忍了吧，在府良城里，侯家是个啥地位，侯智仁是个啥人物，你不是不知道。就凭我一个小学堂校长，能将侯锁堂开除掉？再说了，你即便真的去了侯府，侯智仁能给你啥说法？语文老师愤愤地说，他儿子不好好念书，这样欺负先生，难道他侯智仁也分不清饭香屎臭？校长说，忍了吧忍了吧！侯锁堂能有今天这个样子，不就是他爹妈惯下的？这小子要天上的星星，侯智仁也会想办法给他摘下来。往后侯锁堂想干啥让他干啥去，好赖甭理这小毛贼就是了。语文老师说，这小毛贼如此糟践人，真咽不下这口恶气！校长说，咽不下也得咽。不管怎么说，这是件丢人败兴的事情，为了咱自个儿名声也得把这口气咽下去！语文老师恨恨地说，那就让侯智仁惯着吧！养下这样的祸害，将来不把他侯家败了才怪！校长说，那是人家的事，与咱们无关，咱惹不起总躲得起。从今往后，顺毛捋着那小毛贼不就是了？语文老师看了半天校长，没吱声转身走了。

郭耀祖上学后，很快就与侯锁堂搅在了一起。看到侯锁堂根本不把先生管教和学堂约束当回事，又听侯锁堂不断吹嘘他如何敢与先生作对。一个叫四满的同伙对郭耀祖说，其实在这个小学堂里，老大根本不是校长，老大就是锁堂大哥！晓得不？上次整治那个语文先生后，他还将咱们老大告到校长那里。他哪里知道，校长连响屁都没敢放一个。郭耀祖人小没定性，看侯锁堂他们这样说、这样做，便拿侯锁堂三个人当英雄看了，心甘情愿地跟他们搅在了一起，把爷爷叮嘱他的那些话全忘干净了，把念书完全当成了谝闲传。校长看郭耀祖长得体体面面，人也聪聪明明，刚从乡下进城，应该是个念书的材料，没承想来小学堂第一天就被侯锁堂俘虏了，心里感到很是惋惜。

郭耀祖入伙后，很快成了侯锁堂的心腹。侯锁堂对郭耀祖的待遇是，将他三叔给他做的金属架子的新弹弓送给了郭耀祖。那两个小伙伴虽然也有弹弓，但他们的弹弓架子都是小树杈做的，简陋而又粗糙。为这件事，两个小伙伴对侯锁堂老大不满意。侯锁堂却说，骚情啥？我自个儿的弹弓不也是木头的？愿玩一起玩，不愿玩给我滚远些！

郭耀祖拿到弹弓后，一下子迷上了这玩意儿。害怕爷爷骂他不好好念书，郭耀祖不敢将弹弓带回家。上学后拿着弹弓疯玩，晚上将弹弓交给侯锁堂保管。有一阵子，郭耀祖心里只装着打弹弓，看见侯锁堂他们想打什么就能打中什么，而自己什么也打不中，连一丈外的小树干都打不中，更别说打空中的飞鸟了，这让郭耀祖很是烦恼。上课、吃饭，想的是打弹弓；睡觉、做梦，也是在打弹弓。一天下午，侯锁堂提出一起去县城西河浮水。郭耀祖不愿去，说他要练打弹弓，打弹弓的准头练不好，其他啥事也不干。侯锁堂说，一个劲练会把手和眼睛练木的，去河里浮浮水、摸摸螃蟹，然后再接着练，会练得更快。不信你试试看？郭耀祖跟着去了县城西河，玩了整整一下午水，果然是那样。从此，郭耀祖除了一心练弹弓外，也会跟着侯锁堂去城北城隍庙逛荡，去城西关戏园子看戏，去县城西河摸螃蟹。让郭耀祖没有想到的是，这样逛荡来逛荡去，他居然又对看戏着了迷。郭耀祖在乡下时几乎看不上大戏，如今让侯锁堂领着看了好多场，竟一下子开了眼并着了迷。像什么《刺目劝学》《玉堂春》《王魁负义》啦，《西厢记》《白蛇传》《花亭相会》啦，演的都是青年男女之间的情爱戏。那些婀娜多情的美娇娥们的离奇命运，那些发生在青年男女之间的缠绵悱恻和恩怨情仇，一次次地激荡着郭耀祖的心灵，让他深深地爱上了这些戏中的人物。后来好长时间里，郭耀祖的生活只有两件事：一个是练弹弓，一个是看大戏。郭耀祖的这两个爱好，正好合着侯锁堂的心意，两个人时刻腻歪在一起。另外两个小伙伴觉得正是这个郭耀祖让侯锁堂与他俩的关系疏远了，便趁一次侯锁堂不在小学堂的机会，一起将郭耀祖堵在茅厕里，痛斥他不知好歹，喝令郭耀祖离侯锁堂远些。否则，就对他不客气。郭耀祖将这件事告诉了侯锁堂。侯锁堂将两个小伙伴喊到一起，当着郭耀祖的面抽了每人一个嘴巴子。骂道，老子就这样了，你俩想干吗？我跟耀祖的事情，你俩往后少掺和！谁敢欺负他，我立马点火烧了他家的门。两个小伙伴蔫了，爱吹牛的四满立马软口说，老大，我错了，我给大哥和耀祖赔罪还不行吗？如今我明白了，往后耀祖就是咱们的老二，我俩的二哥！侯锁堂听了大笑起来，伸手在四满身上捅了一拳说，这话我爱听，还是四满灵光。往后你俩的差事就是保护好咱们老二，明白吗？说完对郭耀祖说，走，没事了，上我家玩去。上侯府大院玩耍，一直是四满他们盼望已久的事情，但侯锁堂始终不带他们去。如今要郭耀祖跟他上侯府，四满的眼睛立时瞪直了，直直地瞅瞅郭耀祖，又瞅瞅侯锁堂。侯锁堂大声说，又咋了又咋了？尿泡尿把自个儿照照去！

也就是在那天，郭耀祖第二次来到高大威严的侯府。郭耀祖没忘记，就在他刚进县城后不久，他曾跟随爷爷进侯府拜谒侯锁堂的爹。那次进侯府，由于心情太紧张，侯府到底是啥样子几乎没留下印象。如今跟着侯锁堂再次走进这座深宅大院，郭耀祖心里充满了好奇。侯锁堂将郭耀祖直接领进了母亲跟他和妹妹住的后上房。侯锁堂对母亲说，这就是我的同窗郭耀祖。郭耀祖红着脸朝潘彩儿鞠了躬，用不大的声音说了句：大娘安好。潘彩儿举目望了一眼郭耀祖，心里轻轻一跳，虽然明白这个娃娃只有十一二岁，却没想到长得如此高、如此地白净和英俊。立时脸上堆着笑容说，这就是耀祖啊，听锁堂常说到你，说你的个子比他高许多，我还不信呢！没想到真的这么高，完全长成大人了。来，过来，让大娘看看你。听潘彩儿这样说话，郭耀祖红着脸走到潘彩儿面前。潘彩儿拉起郭耀祖的手一边摩挲，一边朝郭耀祖脸上左右瞄着，由衷欢喜地说，真是个好娃娃，真是个好娃娃，比大娘都要高出半头了。说着朝门外喊了声，串串娃，快给客人沏茶。

随着潘彩儿话音落下，一个身影从隔壁屋子转了过来。侯锁堂对郭耀祖说，这是我妹子串串。转脸对妹妹说，这就是我常说到的郭耀祖，快去给耀祖沏杯茶来。郭耀祖抬起头，与走进屋门的侯串串目光碰在了一起。

只见一个身材苗条、白皙美丽的姑娘立在离自己不远的门口，手里拿着一个正在刺绣的圆绷子，布面上落着一只尚未成形的小鸟儿，在静静地朝他望着。郭耀祖忽然有点慌乱，下意识地动了动嘴唇，朝侯串串颔首微微地笑了一下。串串脸也一红，轻轻说了声，你先坐吧，我去沏茶。起步来到屋桌前，端起茶壶朝门外走去了。

侯串串将一杯热茶送到郭耀祖面前。郭耀祖急忙立起身子，两个人的目光再次碰到了一起。侯串串轻声说道，请慢用。郭耀祖回应道，好说好说，谢谢姐姐。却将目光一直追随着给母亲和哥哥斟茶的侯串串。心里暗想，没想到侯锁堂会有如此美丽的妹妹！给三个人斟好茶水后，侯串串又拿起绣花绷子倚着炕沿立在靠近屋门的地方，低头绣起了花。潘彩儿说，今天耀祖来了，大家也就熟识了。耀祖甭有啥拘束，就将这里当成你的家！郭耀祖望着潘彩儿，笑笑没说话。侯锁堂说，我妈说得对，这儿就是你的家，你那药铺哪是个家，就当我和串串是你哥你姐吧。潘彩儿呵呵地笑着说，可不是嘛，锁堂比你大三岁，串串比你大两岁，往后你仨就当兄弟姐妹相处吧。又说，你妈也没来城里，就拿大娘当你妈吧。往后想吃啥、想喝啥，就到侯府来，大娘给你做，大娘做的饭好吃着呢。这时侯串串忽然咯咯地笑出了声，说，这是怎么啦？人家耀祖来咱家里玩，看把妈和哥高兴成啥样子了，怪不怪嘛！潘彩儿笑着说，去！耀祖娃娃这么好，他爷爷跟你爹交情深，耀祖跟你哥又是同学，还不应该高兴吗？妈心里是高兴哩！潘彩儿的话让三个孩子开心地笑起来，气氛一下子缓和多了。晚饭时，潘彩儿没让郭耀祖离开，留郭耀祖吃了一顿饭。这顿饭将四个人彻底吃熟稔了。吃完饭，郭耀祖继续留下来与潘彩儿母子三个玩了一会儿纸牌，才起身离去了。

也就是这次相聚，让年纪轻轻的郭耀祖莫名其妙地喜欢上了侯锁堂的妹妹侯串串。十四岁的侯串串，同样在心里喜欢上了这个比她小了两岁的男孩子。

七

　　从那天之后,郭耀祖便经常在侯府出入了。

　　侯锁堂喜欢郭耀祖,是因为他与郭耀祖臭味相投,能玩在一起。郭耀祖不像四满那样猪脑子,郭耀祖特聪明,玩啥都得窍。就说打弹弓,经过一阵子苦练,如今郭耀祖弹弓打得比他们三个谁都好。不光打得远,而且打得准,打啥中啥,弹不虚发。特别是郭耀祖几乎每天都能打下几只小麻雀,使得几个小伙伴天天都有机会吃糊泥烧烤。还有看戏,郭耀祖不光对剧情理解快、懂得深,而且看过几次后,就能将唱词背下来,拉着脆嫩娇细的声腔唱小旦,简直模仿得惟妙惟肖。这让侯锁堂佩服得五体投地,不明白郭耀祖为啥能有这本事。郭耀祖笑着说,这有个啥呢嘛!懂的看门道,不懂的看热闹。侯锁堂不计较郭耀祖话里的不恭,只是嘿嘿地笑着,说,那你往后可得教教我,成不?郭耀祖说,成,谁敢不教咱们老大啊!就这样,有空没空侯锁堂总喜欢将郭耀祖往家里带,和郭耀祖一起玩。侯锁堂将郭耀祖往家里带,侯串串丝毫不反对。这个十四岁的女孩子,打小被妈妈领着去西关看戏,戏台上的潜移默化使得她过早地对男女之间的事情特别敏感起来,身心比一般女孩子成熟得早。侯串串看戏时,动不动会默默流泪,为剧中人物的悲惨遭遇伤心地流泪,为他们的甜蜜和幸福欢喜地流泪,总是哭得鼻涕一把泪一把的。为此,母亲常说她,哭啥哭?台上唱的那些事都是编的,也都是假的。侯串串说,我知道,但就是忍不住想哭嘛。如今侯锁堂将郭耀祖带到了家里,让侯串串看到了一个比在台子上唱戏的那些男戏子还要美貌的小伙子,这让侯串串的心里涌上了从未有过的爱怜和向往。她看到郭耀祖在她面前有些羞赧和腼腆,觉得自己要比郭耀祖大两岁,加上又是在自己家里,就在郭耀祖面前放得很开,也很自然，动不动以姐姐的身份和口气对郭耀祖说话。侯串串不明白她怎么了，要是哥哥几天没带郭耀祖来家里，她的心里就会觉得没拉没抓，没着没落。自从跟郭耀祖相识后，侯串串的心思就有些乱了，吃饭不香了，睡觉不实了，戏也不想跟着爹妈去看了，最喜欢的刺绣也不上心去做了，时时盼望哥哥能带着郭耀祖突然出现在她面前。

在侯府，愿意看到郭耀祖的其实还有另外一个人，那就是潘彩儿。郭耀祖的出现，意外地勾起了潘彩儿对一段旧事的回忆。此时的潘彩儿三十一岁，在侯府过着虽然没名没分但却有着实际地位的阔太太生活。十多年的锦衣玉食，潘彩儿适应了这里的生活，也让她远离了在遇到侯智仁之前，尤其是春意楼的那段经历。虽然那些经历是那么的刻骨铭心，时不时会在潘彩儿的脑际闪现，但潘彩儿明白，那是一段上不了台面、会让侯府的人厌恶和诟病自己的经历。必须将它彻底忘掉和抛弃才对。可谁知道，郭耀祖的出现，硬是将那些沉睡在心灵深处的往事激活了。

那年，潘彩儿刚满十二岁，正好是如今郭耀祖的年纪。那一年，潘彩儿被养父卖到春意楼。当时潘彩儿哭着闹着，死活不愿意去那里，几乎要将养父的心哭软了，但老鸨逼债逼得太紧了，养父最后还是忍着心把她卖了。就在潘彩儿被老鸨领走时，不断啼哭的潘彩儿听见养父对老鸨叮嘱道，娃娃还小，对她宽容一点吧，不要使唤得太早了。老鸨说了句，这您老就放心吧，我亏待不了她。说完便拉着潘彩儿出门了。谁知一进春意楼，老鸨就要潘彩儿接客。潘彩儿死活不从，趁老鸨一时没注意，黑夜里跑回了戏园子，哭闹着要养父将她赎回来。老鸨追到戏园子，养父刚要开口，没想到老鸨翻了脸，与戏园子老板大吵了一通，说你真要这样疼着她，那就干脆留下她。我宁可要钱，不愿要人。何况这个小东西一看就不是个善茬，将来不定会给我惹出啥麻烦来。眼看老鸨说出决绝的话，戏园子老板当然不想还债，将潘彩儿硬是劝回了春意楼。潘彩儿回到了春意楼，可她依然不愿意接客，寻死觅活一会儿要投水缸，一会儿要上吊。这样折腾了两天两夜，终于将老鸨激怒了，便让大茶壶将潘彩儿拽到大厅劈头盖脸接连掴了十几掌，又让打手噼里啪啦暴打了一顿，最后将潘彩儿关起来，连续两天不给饭吃。这次整治过后，知道了老鸨的厉害，潘彩儿不敢耍泼胡闹了，把自己关在屋子里默不作声。此后一天下午，老鸨将一个二十出头的富家少爷领到了潘彩儿屋里，赔着笑脸对男人说，爷您瞧瞧，出落得不错吧？水嫩嫩的，就跟滚着露水的花骨朵儿一样。我一直给您老藏着呢，就等您老来尝鲜呢！您老就尽情地快活吧。说完又朝潘彩儿说道，好好伺候爷！爷要是不满意，娘再指教你。潘彩儿一下子脸就黄了，还没来得及张嘴，老鸨扭头走出了门，反身将门扣上了。老鸨走后，潘彩儿忍不住哭了，哭得格外地伤心。就这样，潘彩儿一边哭，那男人一边为潘彩儿擦泪，看潘彩儿哭得停不住点，那男人便将潘彩儿搂在了怀里。潘彩儿继续哭着，却没有将男人推开。不知不觉地，男人就将潘彩儿的衣裳解开了，脱掉了……在潘彩儿的哭泣中，男人将那件事做了。男人离开时，潘彩儿蜷在炕上没动身，依然哼哼唧唧地哭着。这让等在门外的老鸨不由得怒从心起，说了声，像什么样子嘛！倒筋窝项滚在炕上，不知道爷要回府吗？快起身下炕恭送爷！男人却温和地劝说道，不想起来就别让她起来了，咱们出去吧。老鸨赔着小心问道，爷还玩得好吧？男人说，好着呢。又说道，她还小，别难为她了。从此后，男人隔三岔五会来春意楼，来了就只点潘彩儿。慢慢地，潘彩儿跟这个男人熟识了。从男人嘴里，潘彩儿晓得他是省城有名的大丰纱厂老板的小儿子，名字叫颜家恭，不久前从国外念书回来。因不想在他爹厂里做事，跟他爹发生了矛盾，一时心里郁闷出来散心，不经意间来到了春意楼。这个颜家恭不光很斯文、有学识、爱干净、性情温和，而且长得仪表堂堂。一来二去，潘彩儿喜欢上了这个男人。一次两个人温存过后，颜家恭说，我想好了，你干脆离开这地方去我爹的纱厂做工。潘彩儿听后突然泪流满面，抱着男人不住地吻着，喃喃地说，我知道我潘彩儿是脏身子，不指望你对我怎么好，但我一辈子都是你的女人。听潘彩儿这样说，男人忍不住也哭了，紧紧地搂住潘彩儿。谁知就在这话说过后，颜家恭就消失了，没打招呼也没道别，再也没有来过春意楼。这件事对潘彩儿打击非常大，整天眼巴巴地等着盼着颜家恭出现在眼前。潘彩儿不停地哭泣，根本无心梳洗打扮和接客。老鸨骂她道，心比天高命比纸薄的贱货，癞蛤蟆想吃天鹅肉？告诉你，人家颜家少爷早到大上海了，为的就是躲开你这个小妖精。潘彩儿听老鸨这样说，当晚用裤带上了一次吊，可惜仍然没死成。为此老鸨再次让大茶壶几个人将潘彩儿饱揍了一顿，这件事才算是过去了。

后来遇到侯智仁时，潘彩儿已经心如止水了。让潘彩儿没有想到的是，就在十多年之后的今天，儿子锁堂将郭耀祖领回了家，竟会在她静谧无澜的心湖里一石激起千重浪。眼前的郭耀祖，这个十二岁的小娃娃，怎么会与多年前的颜家恭如此地相像！简直就是一个模子浇出来的。看到郭耀祖的一瞬间，潘彩儿不由自主地想，眼前的这个娃娃会不会就是颜家恭的儿子？当她终于确认这个孩子并非颜家恭的后人后，心里禁不住滚过了一股失望，同时，又不可抑制地对这个孩子产生了一种异乎寻常的亲密感。

潘彩儿对郭耀祖异乎寻常的热情，让侯锁堂和侯串串觉得怪怪的，但也没太在意，转而觉得母亲能这样喜欢郭耀祖，恰好合了他俩的心愿，是他们求之不得的。在母子三人不同心理支配下，郭耀祖成了侯府最受欢迎的人。

八

对于侯锁堂母子对自己的热情接纳，郭耀祖感到格外地开心。情窦初开的郭耀祖在不经意间遇到了自己喜爱的女子，而他也明显感觉到这个女子同样喜欢着他。这让郭耀祖心里像灌了蜜。自从跟着侯锁堂去戏园子看戏，郭耀祖就喜欢上了戏里那些如花似玉、楚楚可人的女子，并将最初的对女人的那种柔情和温暖，逐渐升华为一种美好、向往和依恋的情愫。直至遇到侯串串，那些曾经在生活中接触过的女人，连同戏台上那些浓妆艳抹的女人，在郭耀祖的心中忽然变得虚幻和遥远起来了。侯串串高挑婀娜、摇曳生姿、美丽活泼、温情可爱，尤其她身上所独有的那种娴雅和圣洁，让郭耀祖对于女人所有美好的感觉和体验变得真实和生动起来了，越发让他着迷和沉醉起来了。从此，郭耀祖不再贪玩打弹弓了，甚至不想去西关戏园子看戏了。他只希望随时能去侯府玩，时刻能看到侯串串，时刻能与侯串串在一起。小小的郭耀祖，不知不觉陷入了一个热烈朦胧、不可自拔的情感旋涡。

　　这天是双十节，县上举行庆祝典礼。侯智仁作为县商会会长，郭嘉树作为县医界的知名人士，均被县长邀请出席。小学堂组织学生为庆典大会表演了几个节目后，就给学生放假了。郭耀祖回到药铺吃过午饭，本和侯锁堂约好要去侯府玩，可父亲急着炮制一批秘制丸药，说城南乔庄村兴盛豆腐坊的掌柜要药要得急，爷爷应承了人家后天上午来拿药丸。知道小学堂后晌没课，郭德存便要儿子帮他赶个工，蹬碾槽将那些药材碾碎。郭耀祖一听头就大了，心想，这一上碾槽没有小半天工夫肯定下不来，但又不好张口推辞不干，不情不愿地坐上凳子有一下没一下地蹬起了碾刀。不久侯锁堂来了。侯锁堂一进药铺就叫道，耀祖，你怎么啦？左等右等不见你来，原来在家干开活啦！郭耀祖皱着眉头说，我爹让我蹬碾槽。侯锁堂低声说，快走吧，我娘和串串在家候着你呢。接着怂恿道，制药是你爷跟你爹的事，关你狗屁事！你只管走你的。郭耀祖嘟着嘴，扭头望了望里屋没吱声。侯锁堂走进里屋。郭德存一边搅拌蜂蜜一边说，小少爷过来了。侯锁堂说，叔，小学堂菜园子遭旱了，菜和花儿快枯了，先生要我跟耀祖几个人后晌给菜园子浇水哩。既然耀祖有事忙，那我们几个去了。郭德存抬头说，是这样吗？你看这个耀祖，就没给我提说这档子事。先生安顿的事当然耽误不得啦。侯锁堂走出里屋，没出声将郭耀祖从碾槽凳上拉下来，一起离开了中药铺子。两个人直接来到侯府，一走进上屋门，潘彩儿立刻上前拉住郭耀祖的手，温柔地望着他，笑着说，听锁堂说你爱吃蜂蜜糕，大娘给你做好了。你尝尝，看合不合口味儿。看着潘彩儿给郭耀祖说话，立在旁边的侯串串望着郭耀祖，脸微微一红，立即转身走出屋门，瞬间就将一个方形木质餐盘端来了。郭耀祖看见盘子外面一应的黑色，里面是鲜亮亮的红色，盘面上画着鲜活的飞鸟和花草，煞是好看。盘子里面放着四只乳白色的小瓷碟，每只碟子里放着三片一指薄厚三角形状的糯米糕，糕上滴着一摊清清亮亮的蜂蜜汁。郭耀祖禁不住欢呼了一声，大娘真好！说着放开潘彩儿的手，从侯串串手中接过盘子放在饭桌上，说道，大娘，我马上开吃行不？潘彩儿笑盈盈地说，快吃吧，就是给你做下的。郭耀祖拿起一双筷子伸向了眼前的一只瓷碟，夹起一片蜂蜜糕塞进了嘴里，一边咀嚼一边朝侯锁堂兄妹说，香死了！都来吃吧。侯串串用充满爱意的眼光看着郭耀祖，轻声说，看把你馋的。侯锁堂和侯串串各自也将筷子拿在了手里。潘彩儿说，还有桂花稠酒在外面呢，我给咱端去。说完款款地出门了。

四个人欢欢喜喜地一边吃着蜂蜜糕，一边喝着桂花稠酒。桂花稠酒是用糯米酿成的一种与醪糟汁相似的饮品，由于颜色乳白中略带嫩黄，故名桂花稠酒。桂花稠酒的酿制方法比制作醪糟的工艺要复杂一些，酿成的米汁也要比醪糟汁黏稠滑腻，且含有比醪糟汁更加醇厚的香甜，以及比醪糟汁还要高一些的酒精浓度。喝到嘴里味道醇美，对于那些没有胆量和勇气沾烧酒的女人来说是再适合不过的了，也是招待客人必不可少的一道礼仪佳酿。当地人，下至乡间普通人家，上至城里商贾富户，多有制作稠酒的习惯，一些较大的镇子以及府良县城也都有制作稠酒的作坊。潘彩儿问，耀祖酒量怎样？能喝就多喝些吧，这酒不醉人。侯锁堂说，稠酒不是烧酒，咋能醉人？喝满肚子也醉不了人！我看这样吧，干脆让我妈温一壶烧酒，我跟耀祖喝烧酒，妈跟串串喝稠酒。潘彩儿和侯串串将眼光投向了郭耀祖，郭耀祖说，我就爱喝稠酒，烧酒太辣了。侯串串说，耀祖爱喝稠酒，大家一起喝稠酒。说着端起了一只小酒碗。潘彩儿一边端酒一边朝侯锁堂说，那就喝稠酒吧。侯锁堂不大情愿地端起稠酒，嘟囔道，喝这个有啥意思？这耀祖怎么婆娘兮兮的！潘彩儿笑着说道，说话咋那么难听！咋说稠酒也是酒啊。四个人将酒碗伸出来碰了碰，将碗里的酒喝下了。结果一来二去，待蜂蜜糕吃完时，两大壶六斤多稠酒全给喝光了。四个人中，除侯锁堂一个人还跟没喝酒一样外，潘彩儿和侯串串两个人脸和脖子已经通红了。郭耀祖脸上虽不是很红，但脑袋却有点晕乎了。郭耀祖用手拍打着前额说，这城里的稠酒比我们乡下的劲大。潘彩儿说，就因它香醇、上口，往往会让人忘了它的后劲，越喝越丢不下手。侯串串两只手捧着红红的脸颊，一边轻轻拍打一边说道，哎呀，好像人要飞起来了。几个人说着话，互相望着笑了起来。侯锁堂说，蜂蜜糕吃了，稠酒也喝了，咱现在干啥？侯串串说，打牌，打扑克牌。侯锁堂说，要我说，先唱戏，唱了戏再打牌。潘彩儿和侯串串一怔。侯锁堂说，耀祖戏唱得好，尤其是女角。你俩不知道吧？让他给咱唱几段。潘彩儿一边收拾碗碟一边笑着说，常听锁堂夸赞耀祖戏唱得好，还不知道你有这么大能耐，那就唱几句给大娘听听。侯串串用疑惑的眼神瞅瞅侯锁堂，又瞅瞅郭耀祖，似乎在问，这会是真的吗？郭耀祖不好意思地说，甭听锁堂哥乱说，我哪里会唱了？侯串串静静地望着郭耀祖，眼睛里汪着两潭清澈的水。郭耀祖看看潘彩儿，又看看侯串串，说，我真的不会唱。侯锁堂说，怎么还拿捏起来了？能唱就唱两句呗！这是在自己家里，又不是戏园子，还矫情个啥？

九

侯串串软声说道，别不好意思啦！哥让你唱，就唱几句吧，这里没有人笑话你。郭耀祖低头思忖了片刻，抬起头来略带羞涩地说，那我就献丑了。说着用舌头舔了舔嘴唇，转脸问侯锁堂，唱哪段？秦腔还是眉户？侯锁堂却说，你先甭急，我想想看。侯串串说，就唱秦腔吧，《白蛇传》白云仙那段"西湖山水还依旧"怎样？侯锁堂说，好，就唱这段。郭耀祖摇摇有点发晕的脑袋，试着张了好几次嘴，都没拿好调子。侯串串笑吟吟地望着郭耀祖，脸上神情似乎有点紧张。潘彩儿说，又不是真的登台唱，你只管放开唱。郭耀祖清了清嗓子，使劲将声腔往后靠，拿捏着尖而细的女音高腔，不由自主地扎着花旦的架势，一字一板地唱了起来：

　　西湖山水还依旧
　　憔悴难对满眼秋
　　霜染丹枫寒林瘦
　　不堪回首忆旧游
　　想当初在峨眉以经孤守

伴青灯叩古磬千年苦修
久向往人世间繁华锦绣
弃黄冠携青妹佩剑云游
按云头现长堤烟桃雨柳
清明节我二人来在杭州
览不尽人间西湖景色秀
春情荡漾在心头
遇官人真乃是良缘巧凑
挟风雨驱游人无限风流
…………

　　郭耀祖唱戏时，侯串串听得特别专心。她手指交叉着，将大拇指轻轻顶在下颏上，两只胳膊肘紧紧地合在胸前，目不转睛地望着郭耀祖，一副紧张入迷的样子。郭耀祖声音刚落下，侯串串忍不住欢呼起来，哎呀呀你这个耀祖，怎么唱得这么棒呀，比台上戏子还唱得好！什么时候学的呀？侯锁堂哼了一声说，这回服了吧？给你说他能唱，你总是不信。潘彩儿没吱声，静静地望着郭耀祖，脑海中浮起了颜家恭的影子，眼睛里不知不觉溢上了一层泪花。

　　郭耀祖饱满圆润的声腔、声情并茂的表演，让潘彩儿既吃惊又温暖。她没想到，郭耀祖也就是跟着侯锁堂看了那么几场戏，就能如此熟稔地将这么一大板戏惟妙惟肖地学唱下来。不只是戏词记得准，声腔声调也拿捏得特好，既清亮又悠扬，韵味特浓特地道。潘彩儿想着，两只手迅速在眼睛上抹了一下，笑着走上前，抬手在郭耀祖头上摩挲了一下说，大娘还真是把你小看了，没想到你还有这个本事。要大娘说，你的天分就在这里。往后干脆甭念啥书了，也甭跟着你爷、你爹看病抓药了，让大娘把你介绍到省城大戏园子去，保证你一炮走红，一辈子穿金戴银哩。侯串串却急着说，看妈你说啥哩！人家耀祖他爷、他爹就指望耀祖将来侍弄中药铺子呢。你将耀祖弄到省城去，看人家他爷、他爹能依了你？潘彩儿说，我的意思是说，念书那事艰难得很很，既然戏唱得这么好，就不如让他唱戏去，干哪行还不是为了端一碗饭？看看你哥，念几年书不是跟没念一样，每天只见往学堂跑，也不见识下多少字！侯锁堂说，甭拿我跟人家比，甭看他整天跟着我到处胡跑遥，课程一点没落下，门门课程念得可精呢。潘彩儿再次惊讶地看看郭耀祖，又看看侯锁堂，说道，你说的是真的？那锁堂你为啥就念不好？侯锁堂说，人比人活不成，马比骡子驮不成！咱咋能跟人家比？侯串串转身给郭耀祖斟了一杯茶，岔开话题说，耀祖，你还能唱啥，再唱一段让姐听听，蛮好听的。侯锁堂说，要唱干脆你俩搭伙唱。侯串串一听有点急，红着脸说，不不，我不会唱，我不唱。侯锁堂说，忸怩啥呀，不是经常在家唱吗？咋就不会唱咧？潘彩儿也说，你哥让你唱，你就唱几句，怕啥哩？这不是闹着玩呢嘛！侯锁堂说，你俩唱段《花亭相会》怎么样？潘彩儿呵呵笑着说，好好好！锁堂跟我想一块了，就唱《花亭相会》。侯串串红着脸说，妈，你唱，我不敢唱。侯锁堂说，让你唱你就唱，让妈唱啥呀！潘彩儿瞅了侯锁堂一眼，对女儿说，不要怕，玩呢，唱吧。侯串串说，我怕记不住唱词。潘彩儿说，记不下妈给你递词。郭耀祖看着潘彩儿说，那我唱啥，唱男角还是女角？潘彩儿说，这次你唱男角，唱高文举，让串串唱张梅英。侯锁堂说，不，还是让耀祖唱女腔，让串串唱高文举，反串着唱最有意思了。侯串串却急着说，那我就不唱了。哥最坏了，我连女腔都唱不好，咋能唱男腔嘛！潘彩儿说，锁堂别闹了，就让串串唱女角吧。就这样，潘彩儿和侯锁堂坐在桌子两旁的圈椅上，郭耀祖和侯串串站在桌子前的脚地上准备开唱了。两个人第一次与对方搭戏，又是与自己喜欢的人搭戏，郭耀祖脸上闪着激动光亮的神采，侯串串则因为兴奋和羞怯，一张俏脸全成酡红色的了，连耳朵根都红了，甚至有点手足无措。潘彩儿看他俩的样子，笑着站起身帮两个人站好台步，说，都别紧张，咱是玩呢。随便唱，唱坏了重唱。两个人慢慢平静了下来。潘彩儿坐回了圈椅对郭耀祖说，开唱吧。郭耀祖深呼吸了一下，对侯串串说，姐，你当心接唱啊，我唱了。侯串串胸脯起伏着，睁着水汪汪的大眼睛冲着郭耀祖点了点头。两个人便互相望着对方，带着动作和表情唱了起来：

  郭耀祖：丫鬟随上些。（唱二六板）前边走的高文举

侯串串：（接唱）后边紧随张梅英

郭耀祖：（接唱）趁月色我将丫鬟看

侯串串：（接唱）张梅英偷眼观貌容

郭耀祖：（接唱）看丫鬟好像梅英姐

侯串串：（接唱）观状元好似高学生

郭耀祖：（接唱）这才是何生双眉和双眼

侯串串：（接唱）自己的人儿认不清

郭耀祖：（接唱）高文举打坐花亭上

侯串串：（接唱）张梅英提衣跪流平

郭耀祖：这一丫鬟，家住哪里？姓甚名谁？对状元老爷讲说一遍。

侯串串：哎，状元爷容禀了！

（唱带板）

无义强盗坐一旁

立逼梅英表家乡

提起家来家不远

家住涿州在范阳

……

　　就在这时候，侯锁堂忽然打了个尖厉刺耳的口哨，一下子将两个人的唱声打断了。潘彩儿不满地瞪了侯锁堂一眼说，锁堂，你疯了，乱打啥口哨？侯锁堂说，我给串串鼓劲哩，没想到她也唱得这么好，要我说，干脆让耀祖和串串到西关戏园子登台唱去，保证一唱就红。见哥哥这样说，侯串串激动得眼泪快要淌下来了，嘴里却说道，唱得不好，我不会唱。潘彩儿说，好着呢，我娃唱得好着呢。侯串串甜甜地笑了，转脸问郭耀祖，耀祖，你说，姐唱得怎么样？没想到郭耀祖盯着侯串串看了片刻，却说，串串姐真好看。侯串串一听忽地涨红了脸，说了声，去，谁倒是问你这个了？扭过头给了郭耀祖一个背身。

　　潘彩儿一愣神，忍不住呵呵地笑了。

十

潘彩儿笑着说，好了好了，说吧，你们三个想吃啥，我给你们弄去。侯锁堂说，天色还早，接着打一会儿牌咋样？郭耀祖犹豫了一下说，我爹在铺子里制药，一个人确实忙不过来……侯锁堂打断郭耀祖的话说，又想回去蹬碾槽是不？拉倒吧！你爹那个制药永远没个尽头，让他慢慢制去吧。咱们玩咱们的。侯串串也想留下郭耀祖，嘴里却说，妈，你不是说要弄些啥吃的来吗？人家真有点饿了呢。赶快弄去吧，咱们一边吃东西一边打会儿牌。见侯锁堂和侯串串这样说，郭耀祖没有再说什么。潘彩儿说，串串取牌吧，我去弄吃的。说完从屋里出去了。侯串串问道，打啥牌，花花还是对家？侯锁堂说，我喜欢摸花花。侯串串说，摸花花会多出一个人，打对家连妈一起四个人刚好。打对家吧。说完爬上炕，从炕柜里摸出一副扑克牌。侯锁堂搬起炕桌要往炕上放，侯串串说，甭搬了，炕桌太高了，时间一久腰会挺得难受。说着从炕柜里拉出一床蓝底粉花的薄棉被铺在炕上，说，天有些冷了，盖着被子打吧。说话间潘彩儿端着木盘子走了进来，里面放着一碟瓜子、一碟花生、一碟炸馃子、一碟柿子饼、一碟核桃酥、一碟炒黄豆，外带一壶茶水和四只茶盅，将盘子挤得满满当当。郭耀祖惊呼道，大娘变魔法啊，一眨眼变出这么多好吃货来！潘彩儿笑着说，是呀，为了我们的小名角，大娘什么好吃货都能变出来。说着将盘子放在炕上，说，都上炕吧。侯串串说，先说好谁和谁成对家。侯锁堂说，当然我和耀祖成对家，你和咱妈成对家。侯串串想和郭耀祖成对家，见哥哥这样说，脸红了一下。潘彩儿说，这样也好，两个女将对阵两个男将。四个人便上了炕，两个男人坐对面，两个女人坐对面，将薄被盖在了腿上，一边说笑一边吃喝。侯串串说，吃了喝了，现在打牌吧。说着只顾抓起扑克洗起了牌。潘彩儿将木盘子挪往一旁，问道，咋个打法？郭耀祖说，我不太会打，只会大压小。侯串串说，是吗？那就按耀祖说的办，大压小。又说，好像啥都不赌也没意思，咱们就赌豆豆咋样？侯串串将牌洗好放在四个人中间被面上，给每个人面前数了二十粒黄豆，就开始打牌了。开始四五局，虽然潘彩儿和侯串串赢得多，侯锁堂和郭耀祖赢得少，但秩序还算井然。再打下去，侯锁堂扛不住输了，开始偷偷摸摸地赖牌。这可把侯串串气坏了，动不动就会朝哥哥叫起来。可侯锁堂根本不理会侯串串，越赖越厉害，弄得潘彩儿和侯串串接连输了好几局。到了再开一局时，侯串串红着脸对侯锁堂说，哥再要耍赖，我可真要生气了。侯锁堂笑着说，好，哥不赖了，保管规规矩矩打，保管你和咱妈赢。行吗？可在出牌时，侯锁堂忍不住又捣起了鬼，眨眼间将手里的烂牌换成好牌。这事让侯串串发现了，一边尖叫着一边伸腿朝侯锁堂腿上胡乱踢蹬，并将手里的牌呼啦扔在了侯锁堂脸上，气愤地说，真没意思啦，不打了不打了，坚决不打了！哥怎么这么坏！一张小脸气得通红，眼里还溢上了泪花。这时潘彩儿正色说，锁堂，你咋这么赖啊！不就是玩吗，看把串串气成啥了？你这个哥是咋当的？郭耀祖说，锁堂哥，别赖了。本来就是为了开心，看把串串姐都气哭了！别赖了，赖赢了也不是真赢。看大家都在说他，侯锁堂说，好好好，不赖了，不赖了。再赖罚我三天不吃饭，成不？侯串串说，罚你一百天不吃饭！侯锁堂说，看把小脸气歪歪了，一点也不好看啦。耀祖，你说是不是？侯锁堂这样说，弄了侯串串一个大红脸，气急败坏地对潘彩儿说，妈，你看我哥！郭耀祖却说，串串姐本来就好看，小脸气歪歪就更好看了。郭耀祖的话让侯串串更羞了，嗔怨地叫道，妈！侯锁堂却对潘彩儿说，妈，你看看，看把女女惯成啥咧！潘彩儿说，锁堂，你是当哥的，怎么就知道气串串？这时郭耀祖打圆场道，都不要说了，谁也不许赖牌，接着往下打。牌接着打下去，从此侯锁堂再没敢赖牌，牌场的气氛变融洽了，输赢也基本相当了，不时会出现侯锁堂和郭耀祖肆意的欢呼声与潘彩儿和侯串串爽朗的笑声。十月的白天开始变短了，不知不觉间天色暗了下来。四个人依然意犹未尽，没有要停下来的意思。潘彩儿说，该吃晚饭了。你们三个打吧，我给咱们做饭去。侯锁堂说，别，妈，再打几局吧。最后将豆豆数数，看看谁输谁赢。说着起身将电灯拉亮，转脸对郭耀祖鼓劲道，好好打，力争大赢她俩。就在郭耀祖刚要张口说话时，在薄被下面突然有一只温热柔软的小金莲从右边悄然伸过来，蹬在了郭耀祖的左脚上。郭耀祖心一跳，忍不住迅速朝坐在身边的侯串串瞟了一眼，却见侯串串脸上并没啥异样的表情。郭耀祖又扫了一眼潘彩儿和侯锁堂。潘彩儿说道，那就再打几局吧。晚饭总不能不吃，打几局我就去做饭，哪怕吃了饭接着再打也成。也就是从这时起，侯串串那只脚再也没有离开郭耀祖的脚，这让郭耀祖一下子乱神了：脑子里一阵嗡嗡乱响，手里的牌看不清了，出牌也是迷迷瞪瞪。就这样又打了两局，侯锁堂和郭耀祖连输了两局。这把侯锁堂急坏了，一边扯住母亲不让去做饭，一边朝郭耀祖喊道，耀祖，你怎么啦？手怎么越来越臭啦？郭耀祖茫然地望着侯锁堂，却听不见侯锁堂喊什么，只感到有一股热流在胸腔里涌动。渐渐地，郭耀祖胆子也大了起来，开始试着用自己的脚指头抵挠侯串串的脚心。谁知郭耀祖这样一抵挠，竟将侯串串痒着了，侯串串忍不住咯咯笑了。潘彩儿不解地看着侯串串问道，串串你怎么了？侯串串一边笑着，一边红着脸说道，没啊，没怎么啊！我哥他们不是想赢咱俩吗？可咱娘儿俩连着局局赢，我心里都要高兴死了！嘴里这样说着，却将自家的脚更深地蹬向了郭耀祖，将一只小脚塞在了郭耀祖的腿窝里。

　　就在这时候，侯智仁推门进来了。看见了侯智仁，炕上的四个人停下了打牌，潘彩儿立即下了炕从侯智仁手里接过拐杖。侯智仁在靠里边的圈椅上坐下来，笑着说，耀祖也在这里啊？郭耀祖朝侯智仁腼腆地笑笑，小声说了句，爷爷好。潘彩儿一边为侯智仁沏茶一边说，咋就忙了一整天？侯智仁说，可不是忙了一整天。前半天县上开庆典会，接着县长请大家吃饭，下午商会有些事要办。潘彩儿将茶水放在侯智仁旁边，说，你喝着吧，我去做饭。侯智仁说，我吃过了。潘彩儿说，我们还没有吃呢。侯智仁问，你们还没吃饭，一直玩到现在？潘彩儿笑着说，可不是嘛！锁堂和耀祖平时念书忙，难得今儿后响有空，一起玩了玩纸牌。侯智仁说，玩归玩，饭总得按时吃，吃完饭再玩嘛，也不怕把娃娃饿着了。潘彩儿说，我这就做去。侯智仁说，我去客屋歇歇，一会儿还得出去一下。说着站起身，对炕上的三个孩子说，你们接着玩，等会儿吃饭。说着好像想起了什么，笑着对郭耀祖说，下午在商会吃饭，把你爷爷给喝醉了。郭耀祖小声说，我爷他不会喝酒。侯智仁说，他是不喝，耐不住旁人劝他喝，没几杯就有些迷糊了。听侯智仁这样说，郭耀祖欠身想下炕。侯智仁说，别担心，吃了饭再回去。你爷好着呢，他没事。说完出门去客屋了。

十一

侯智仁去了客屋后，潘彩儿立刻将茶水送了过去。侯智仁说，串串十四都过了，那个耀祖也不小了。让娃娃们这样在一起玩，不大好吧？潘彩儿哦了一声，说，这个我知道。也没在一起玩过几次，今儿个不是学堂放假嘛！侯智仁说，人常说女娃娃难养，这话你没听说过？女女大了，时刻都得操心才对。潘彩儿说，其实耀祖这个娃娃很不错，将来肯定会有出息。郭家的家道和人品也都不算差，和咱家算得上门当户对。侯智仁抬头望着潘彩儿，吃惊地说道，你这样想？潘彩儿看着侯智仁点了点头。侯智仁思忖了一下，说，串串不是比那个耀祖大了几岁吗？还有……潘彩儿抢过侯智仁的话头儿说，只是大两岁，大两岁怕啥？没听人说女大三，抱金砖？侯智仁说，这段时间里我与郭家人打过交道了，论人品和家道是不算差，但毕竟是从乡下出来的，脱不了土里土气和吝啬小气的做派，做人做事拿不上台面，这点我不喜欢。潘彩儿说，咱是给女女找女婿，管他爷他爹干啥呀？侯智仁说，哼，这娃娃就是他爷他爹传下来的，做派也是遗传的。你今天怎么啦，好像这件事你已经想好了？潘彩儿说，想好没想好我不管，我只觉得这两个娃娃挺般配。女娃娃一辈子，能嫁个好男人比啥都重要。侯智仁说，女女还小，这事急不得，得慢慢来。潘彩儿说，前些天你不是说女女不小了，到该找婆家的时节了？侯智仁端起茶杯慢慢啜着，半天没吱声，最后说，先甭提这件事好不好？记住，更不要让娃娃们知道了。反正我不想将女女嫁到乡下去，嫁到郭家去。潘彩儿似乎还不想离开，张了张嘴想说什么，侯智仁挥了一下手，口气果决地说，快去做你的饭，别把娃娃饿坏了。

潘彩儿回到厨屋忙了一阵，又来到了上屋，看见侯锁堂三个人已经将打扑克牌换成了摸花花牌。三个人就那么围坐在一起，一阵又一阵嘻嘻哈哈地笑着，大呼小叫地闹着，显得无比开心和快乐。女儿串串脸上红通通的，在灯下熠熠闪光，脸上泛着激动和兴奋的神采，时不时会朝着郭耀祖望那么一眼。郭耀祖也显得比往日开心多了，动不动为了手里的一张好牌摇头晃脑地叫起来，并将被窝底下的两只脚激动地乱蹬，几次将脚蹬在了女儿的腿上和脚上。潘彩儿的心怦怦地跳了几下，脑子又一次闪出了颜家恭的影子，心里升起了一股温情。潘彩儿使劲摇了摇头，对侯锁堂说，饭熟了，快收场吧。抓紧吃完饭耀祖还要回药铺哩。

郭耀祖回到家里时，差不多是夜里三更时分了。郭嘉树天黑时从商会回到中药铺子，已是喝得醉醺醺的了。郭德存服侍父亲躺到炕上，郭嘉树含含糊糊地问，豆、豆腐坊掌柜家的丸药弄好了？郭德存说，还没呢。郭嘉树说，不、不是有耀祖帮忙吗？郭德存说，耀祖回家吃过饭，被侯家小少爷喊走了，说小学堂先生安顿他们有事情干。郭嘉树说，又、又给那小子唬走了？说完迷迷糊糊地睡去了。郭德存问郭耀祖，出去这么久到底干啥了，晚饭也没回来吃？郭耀祖从来只听爷爷的话，听父亲这么问，心里有些不高兴，说，侯家小少爷不是给你说过了？郭德存说，他的话有几句是真的？郭耀祖没说话，半天问，爷爷睡了没？酒醒没？郭德存说，你咋知道你爷喝酒了？有点醉，不过不要紧，已经睡下了，你也赶紧睡吧。郭耀祖说，我想看下我爷。郭德存说，甭惊扰他了，快去睡吧，一早还得上学呢。郭耀祖说，你不歇吗？郭德存说，干会儿活，豆腐坊掌柜的丸药催得急。郭耀祖说，我也来吧。郭德存说，你去睡，我一个人能行。就在父子俩说话时，郭嘉树醒了，想要解个小手，喊了声，是谁在说话？郭德存父子立马来到了郭嘉树屋里，郭耀祖来到炕沿前，低头问道，爷爷，你醒了，得是要起夜？郭嘉树起身要下炕，郭耀祖说，酒醒没？我去把夜壶拿来。郭嘉树说，不要。郭耀祖扶着爷爷上了趟茅房。三个人来到堂屋，郭耀祖说，太凉了，爷爷接着睡吧。郭嘉树说，没事，我有几句话给你说。

郭德存进屋拿了一件衣裳给父亲披上。郭嘉树说，你父子俩都坐下。郭德存和郭耀祖在椅子上坐定。郭嘉树说，耀祖，告诉爷爷，今儿后晌去哪儿了？郭耀祖说，小学堂……郭嘉树说，不许撒谎。郭耀祖说，去……侯府了。郭嘉树说，不是去小学堂了，怎么又去侯府了？郭耀祖没说话。郭嘉树说，去就去呗，怎么半夜才回来？郭耀祖小声说，打牌了。郭嘉树说，赌博啊？郭耀祖抬头说，没，没真赌，拿豆子赌着玩。郭嘉树嘘了一口气，说，自从咱爷儿仨来到这县城，你知道不，你变了，完全变成了另外一个人。郭耀祖不说话。郭嘉树说，侯府人家是大户人家，是府良县城的豪门，咱郭家是乡下人，能跟人家比吗？人家拔一根汗毛下来，都比咱们的腰粗。你整天跟着侯府小少爷胡跑遥，把念书完全不当一回事，你以为我跟你爹不知道？只是碍着侯会长面子，碍着咱这铺子还得仰仗人家侯府在县城立足，不好开口罢了。侯府那个小少爷，让他爹他妈惯得不像样子了，才十五六岁就成有名的恶少了，满县城没有人不知道他。你说跟这样的人搅在一起，能有好结果吗？还有，你知道这个小少爷他妈是什么人？这点爷爷就不给你说叨了，待你长大后，就明白了。咋说呢，为了咱这个铺子能开下去，为了你日后能在县城这地方立足和行医，咱们还得仰仗和巴结人家侯府，但那只能是我们大人的事情，与你们小孩子无干。爷爷告诉你从今往后，咱也不说不跟人家小少爷相处，可你自个儿得生个小心，绝不能让他把你带坏了。咱自个儿的书，必须念好；咱自个儿的医，必须学好；咱自个儿的人，必须做好；咱自个儿的路，必须走好。至于小少爷将来的路咋走，那是人家的事。这就是爷爷今晚要给你说的话，你听明白没有？郭耀祖静静地低头坐着没吱声。郭嘉树说，怎么不言传？郭耀祖依然没吱声。郭嘉树叫了一声：耀祖！这时郭耀祖才似乎猛醒过来，嘴里唔了一声，将惊讶的目光投向郭嘉树。郭嘉树生气了，大声问道，我刚才说的话听明白了没有？郭耀祖说，明白了，我听明白了，爷爷。郭嘉树还想说什么，却住了口，然后挥了一下右手，说，睡吧，都去睡吧！郭耀祖立起来，要扶郭嘉树进屋，郭嘉树恨声说，我不要你扶，我自己能走。

这天晚上，充斥在郭耀祖脑子里的，全是侯串串的影子。直至后来蒙蒙眬眬睡着后，做梦也全是和侯串串在一起。

十二

两年时间过去了。

这年开春,侯串串由她爹侯智仁做主,与大她七岁,正在省城念大学堂的县警察局长闫济舜的儿子闫坤定定了亲。

潘彩儿和侯串串娘儿俩,对这桩婚事特别不满意,但拿侯智仁没办法。侯串串整天哭得一枝梨花春带雨,饭也不吃觉也不睡,就是不敢向父亲说出自己的心事,只好撺掇母亲替她向父亲求情,但当潘彩儿将女儿的意思刚说出口,侯智仁就问道,这是串串的想法,还是你自己的主意?你这人怎么这般执拗?一再提这件事啊?说过一百遍了,我不可能将女儿嫁到乡下去,嫁到他郭家去。再说了,如今和闫家结亲,哪点不如他郭家了?是闫家的家道不如他郭家,还是闫坤定不如郭耀祖?你得是脑子进水了,硬要把女女往火坑里踹?潘彩儿说,什么往火坑里踹?我这才是真正爱咱们女女!闫家家道再好,势力再大,儿子再有出息,女女看不上也是白搭。嫁就要嫁女女一个心爱,女女心里不爱,你让女女咋嫁呀?侯智仁说,女女年纪小不懂事,你也不懂事了?潘彩儿说,没看女女哭成啥样子了?这样下去会把娃逼疯的!你当爹的怎么就这么心狠!侯智仁正色道,只要你在女女面前少撺掇,啥事情也不会有,事情已经说定了,就别瞎叨叨了,你是当娘的,别将娃的心思弄乱了。娃一时想不开,好好劝劝她,她心里难过,就让她哭一阵,绝不可以再做火上浇油的事了,明白没有?潘彩儿不满地说,如今早都民国了,早讲究自由恋爱了,女女的脾性你又不是不知道,像你这样霸王硬上弓,将来逼出啥事端,你可甭后悔!啥?!侯智仁眼睛倏地瞪大了,厉声说道,你说啥话?逼出事端?能逼出啥事端?侯智仁盯着潘彩儿的眼睛说,我告诉你潘彩儿,任啥事我都可以顺着你，听你的，可这件事不行。女女绝不能嫁到郭家去，眼下和闫家定了亲，闫坤定下半年要去留洋，抓紧时间给娃娃把婚事办了。潘彩儿说，好好好，由不了我由你吧。不管怎样，女女总是你的亲骨肉吧？娃心里不舒展，你去跟娃说说话，听听她的想法，给娃宽宽心总该行吧？侯智仁说，不，要说你去说，女女真要出了啥事情，我唯你这个当妈的是问！

  知道侯串串要与闫坤定定亲，这可把郭耀祖急坏了。慌乱之下，一边央求爷爷赶紧打发媒人去侯府提亲，一边央求潘彩儿从中斡旋和促成。两年来，由于暗中喜欢上了侯串串，郭耀祖由过去的侯锁堂黏他，改为了主动巴结侯锁堂，件件事情都顺着侯锁堂，依着侯锁堂，目的就是能让侯锁堂随时将他带进侯府，为他和侯串串的见面创造机会。如此一来，侯串串和郭耀祖经常见面，两个人的感情不断升温，一天见不了面，心里就熬煎得受不了。潘彩儿呢，眼看着郭耀祖在不断长高和长大，不仅越来越英俊，而且越来越神似当年的颜家恭，潘彩儿的心里，对郭耀祖越发地喜欢了，打心眼儿里盼望女儿将来能够嫁给郭耀祖。可侯智仁完全无视她的意见，执意要将女儿许配给闫家，加上女儿和郭耀祖双双不断哀求于她，这让潘彩儿的心难受、纠结到了极点。潘彩儿咋想也不明白，一向视她如人间宝贝，拿她的话当金科玉律，对她的想法百依百顺的侯智仁，这次为什么会如此地暴躁和执拗，八头牛也将他拉不回头？这让她头一次感到了侯智仁的决绝和无情。潘彩儿拿侯智仁没办法，无奈之下她将侯锁堂、侯串串和郭耀祖召到一起，对侯锁堂说，妈想来想去，眼下只有你出面求你爹了，替串串向你爹求求情，或许他还能改变主意。侯锁堂气愤不已地说，我爹这人真没名堂，他不听妈妈你的话，想听谁的话？那个闫坤定我见过，不就是在省城念个烂书嘛，长得跟个猪头一样，还不及耀祖的肩膀高，腰身却比耀祖粗了一圈，他就忍心将自个儿的女女嫁给这种人？听哥哥这些话，侯串串忍不住大哭起来。潘彩儿说，谁说不是呢？可你爹硬是叫闫家的迷魂汤灌晕了，怎么劝都不顶用。你爹最疼的人就是你了，你去给你爹说说看，兴许还能顶些用。谁知侯锁堂却有点蔫，根本没接母亲的话茬。侯串串和郭耀祖四只眼睛望着侯锁堂，侯串串哭着说，哥你咋的嘛，平时咋呼得不得了，如今用着你了，却不吱声了？侯锁堂喉头咕噜了一下,幽幽地说,前些天爹不是将我臭揍了一顿吗?你们不知道,他手底下没个轻重,既凶又残,险些把我打死咧。潘彩儿说,那是为了念书的事,一码归一码,这次是替你妹子求情,他不会把你怎么样的。侯锁堂说,你的话他都不听,我的话还不当成了放屁?我不去!潘彩儿看着胆怯的儿子,气馁地叹了一口气。

前不久一天下午,侯锁堂和郭耀祖与一帮同学在操场玩篮球,争球过程中,侯锁堂将一个低年级同学撞倒了,两个人为此吵起来,那个低年级同学性子刚烈,咬定是侯锁堂故意撞他,一边吵一边往侯锁堂身上扑,两个人便厮打在一起。低年级同学年纪不大个头儿不小,似乎对打架很在行,他低头猛地一抵,将侯锁堂的右腿死死抱住,任侯锁堂再使力也挣脱不开,左腿在地上单跳几下后,重重地摔在了地上,这时郭耀祖赶紧上前,将侯锁堂从地上拉了起来,谁知侯锁堂起身后,瞪着两只发红的眼睛,二话没说从地上操起一块板砖,朝同学的头上砸了过去,结果将对方的眉骨、鼻骨、颌骨包括右眼砸坏了。为这事侯智仁和潘彩儿先后去过两次小学堂向校长道歉,还去受伤同学家里看望了人家,最后经人说和,给人家赔了一百块银圆和十石麦子,才将此事了结了。就在处理这件事过程中,侯智仁得知儿子整天与郭耀祖几个人搅在一起,胡作非为、不好好念书,可郭耀祖的学习成绩远远超过了自己儿子,顿时感到十分恼怒和窝火。侯智仁将小学堂校长约到醉香楼吃饭,要校长就他儿子的情况实话实说。校长初始坚决不说,耐不住侯智仁坚决追问,只好将侯锁堂在学校的表现略述了一二。校长最后赔着小心说,小少爷只是有些贪玩,并非学不进去,他很聪明,只要稍稍用点功,赶上课程绝对没有问题,要侯智仁不要责骂儿子,家里和学堂两边都使点劲,问题就会圆满解决。这次谈话让侯智仁十分失望,自己的儿子自己知底,他知道事情没有那么简单,但他还是接受了校长的意见,希望能够通过家里和学堂配合教育,能让儿子痛改前非。没承想在教训儿子时,侯锁堂根本不在乎,红脖子涨脸强辩他在学堂表现特好常受先生表扬,责问侯智仁从哪里听来这些胡扯八扯的破烂话,拿到这里冤枉他?侯锁堂的狂妄态度证实了校长的说法,侯智仁不假思索,伸手狠狠打了儿子两个耳光。侯锁堂没想到老子会这样对他,一闪身子居然摔倒在地上，侯智仁接着狠狠踹了他几脚，踩得侯锁堂觉得全身的骨头都要碎了。这可是侯锁堂打记事以来，老子第一次对他下毒手，这可把侯锁堂吓坏了，当下呼天抢地地大哭起来，再也没敢顶一句嘴，静声憋气地将老子的教训听完，眼泪吧嚓地打了决心改邪归正的保证，几乎是连滚带爬逃出了客屋。也就是这件事，让侯智仁认为，是郭家那个小坏种，将自己的儿子忽悠了，再次坚定了不与郭家结亲的决心。

侯锁堂不敢去求侯智仁，侯串串看无路可走了，无比忧愁地对潘彩儿说，妈，我该咋办呀？要不然你去告诉我爹，就说我不想活了！潘彩儿瞪了侯串串一眼说，胡吣啥呢？这不是正在想办法嘛！侯锁堂想想说，看来咱说不下我爹的话了，眼下只有一条路，让耀祖家里打发人上门提亲。潘彩儿说，这话早给耀祖说过了，可就是不见媒人来嘛。只要媒人上了门，有手不打上门客，事情就有说叨的机会了。侯串串将眼光投向郭耀祖，郭耀祖愁苦着脸说，我也早给我爷我爹说过了，不知他们咋这么磨蹭，我再催催吧。潘彩儿说，得抓紧，千万不能再拖了，眼看没有时日了。侯串串焦急地说，耀祖，你就不急吗？郭耀祖说，姐，我能不急吗？我都要急死了！侯串串说，急就赶紧让你家打发媒人过来嘛。

郭耀祖心急火燎地回到中药铺，看到堂屋里待着六七个人等着看病，他径直走到医案前，叫了声爷爷。郭嘉树正给一个黄黄瘦瘦的中年女人号脉，旁边站着一个乡下男人静静地瞅着女人，另外三四个男人坐在凳子上默不作声。听到郭耀祖的声音，郭嘉树睁开微闭的眼睛，用余光睄了一下，脸上露出不悦的神情，接着又闭上眼睛。郭耀祖知道，爷爷诊病时，最不愿意旁人打扰，便知趣地退在一旁。这时站在柜台里面的郭德存轻轻叫道，耀祖，过来。郭耀祖走了过去。郭德存说，找爷爷有事？郭耀祖没精打采地嗯了一声。爹问，啥事？郭耀祖说，咱家到底央没央人去侯府提亲？郭德存唔了一声，说，好像还没找到合适的人。郭耀祖说，啥合适不合适？闫家那边催得可紧，没准侯府都应承人家了。看见儿子情绪不高，郭德存嘴努了努柜台外面的两个人，说，爹得出去一下，你给他俩把药抓了。说完提着一包药出门走了。郭耀祖给两个人抓好药，接着又抓了几服药，手头儿才闲了下来。这时郭嘉树离开医案走到柜台前，说，抓药不只是照方取药，除了不能出错外，还要认真看看方子，想想这方子治的是什么病，为啥要这么配方。郭耀祖嗯了一声说，晓得了，爷爷开的方子，我都会仔细琢磨。郭嘉树笑着说，这就对了！要知道，如今送你在小学堂念书，并非为了识字，而是为了长知识，长脑子，将来学医快，日后医术高。郭耀祖点点头。说话间郭德存气喘吁吁地回来了。郭嘉树问，药送到了？郭德存说，送到了，路可真叫远，来回路上都是跑哩。说着擦了擦头上的汗，说道，若经常这样给人送药，累人不说还耽搁时间，是不是也给咱……郭德存话没说完，郭嘉树便说道，得是又要说买辆脚踏车，一身懒骨头！骑上那东西，花钱倒在其次，你不觉得太张狂吗？郭德存不吱声了，去柜台里整理药匣。郭嘉树转脸对孙子说，耀祖，得是有啥事情？郭耀祖从柜台后走出来，拉住爷爷来到医案跟前，低声说，爷爷，我给您说过了，央个媒人去侯府提亲，得是忘了？郭嘉树脸色顿时沉下来，想想说，没忘。郭耀祖说，没忘为啥不央人去说？郭嘉树说，宁叫男大十，不叫女大一，那女女不是比你大好几岁吗？郭耀祖说，大几岁怕什么？我不嫌，我喜欢。郭嘉树说，娶媳当不如我家，嫁女当强于我家，咱郭家门楼低配不上侯府。郭耀祖说，爷爷咋能这么想，咱再不去央媒人过去，闫家就捷足先登啦。郭嘉树说，央媒人，男家女家都能央，还非得男家央？侯府愿意跟闫家成亲，是看上了闫家的权势和银钱，人家不央媒人来咱家，侯府是啥想法，还不明白吗？郭耀祖说，不管他侯府怎么想，咱只管把媒人央过去，我爹找不下合适的人，爷爷不是跟章县长是干亲家，让章县长或者县长夫人说句话，他侯府能不听？郭嘉树惊讶地望着郭耀祖，半天说，耀祖，你要理解爷爷的用意好不好？谁的事你爷都可以不管，你的事你爷爷不能不管。今天我就把话说透了，你知道串串他妈是啥出身？是打窑子从良出来的。咱郭家再穷再没钱，可也是正经人家，那女女咱不能娶，明白不？郭耀祖说，她妈是她妈，串串是串串，完全两码事！郭嘉树说，一码事还是两码事，该怎么做不该怎么做，爷爷心里最明白，相信爷爷好不好？郭嘉树说着，拉住郭耀祖的手说，耀祖我娃放心，爷爷跟你爹商量过了，就在今年内一准给你把亲事定下来。郭耀祖听到这里，突然伤心地哭了。他哭着说，不嘛，我谁也不要，我就要侯串串……郭嘉树再没理睬郭耀祖，转身将灯拉开，只顾坐在医案后面的椅子上，翻开一本医书看起来。郭耀祖哭着跑出了屋。郭德存来到医案前，说，爹，你看这个娃娃，该咋办？要不……就央个媒人吧……郭嘉树眼睛没离开书，半晌淡淡地说了句，央啥央？甭理他，哭让他哭去，难过一阵子就没有事了。

十三

郭嘉树终于没有央人去侯府提亲，侯智仁终于没有向潘彩儿和女儿妥协，三月初二这天，侯、闫两家为侯串串和闫坤定举行了盛大的订婚仪式。订婚仪式在醉香楼举行，刚开学没几天的闫坤定专程从省城赶回来。订婚仪式由媒人、县商会的胡副会长主持，章县长偕夫人应邀出席。县商会没有外出的会员，县警局没有外出的警员，全都随礼并出席了订婚仪式。郭嘉树作为县商会会员，作为县长的干亲家和侯智仁的挚友，也应邀出席了。这天，侯智仁和闫济舜红光满面，分别做了简短的致辞，对章县长及夫人以及各位嘉宾的拨冗光临，表示衷心的感谢。订婚仪式结束时，由专门请来的照相师傅为侯串串和闫坤定照了订婚照。

这一天，侯串串第二次见到了闫坤定。当时，侯串串跟着母亲潘彩儿走进醉香楼，在媒人带领下，刚要在一张饭桌前落座时，突然从旁边闪出一个四十岁左右的女人和紧随其后的闫坤定。女人和闫坤定热情地走上来，乐呵呵地与潘彩儿跟侯串串打招呼。与潘彩儿寒暄了几句后，女人牵住侯串串的手，一边甜蜜地笑着，一边轻轻地摩挲着，嘴里说道，让妈看看我家串串今天打扮得多鲜亮，你说说，这么水灵的女女，谁能不心疼啊。听女人对自己自称为妈，侯串串脸一下子红到了脖根，羞赧地低下了头。女人哈哈大笑说，是我把话说得太早了，看把我家串串给羞着了。不说了不说了，亲家母，来，咱们坐下说说话吧。就在四个人刚刚坐定的时候，女人对坐在她身旁的闫坤定说，儿啊，你总说没看清楚串串的眉眉眼眼，现下仔细看看吧，是不是能赛过一朵花？说完一阵嘎嘎的笑声。女人的大方和随意，弄得侯串串不敢抬头，只把一双眼睛看着眼前的桌面。还在今年过年时，媒人胡副会长提起了这门亲事，安排侯串串与闫坤定在县城北关一个京货铺子门前见过一面。说老实话，一是侯串串本来就不乐意这件事，二是那种见面方式让侯串串特感难为情，见面时两人只是远远地打了个照面，使得闫坤定几乎没有在侯串串心里留下啥印象。直至今天两人坐在一起，侯串串才将闫坤定看清楚了。打眼一照见闫坤定，骤然窜入侯串串脑子的，就是这个人怎么这么难看，给郭耀祖提鞋也赶不上趟！

订婚仪式上，闫家送了侯家五百银圆，送了侯串串一套金银首饰和九身衣料作为彩礼。另外给侯智仁、潘彩儿和侯锁堂每人送了一身上好的衣料以及袜子鞋帽。这让侯智仁十分高兴，觉得闫家给足了他面子。潘彩儿本来对这桩婚事憋着一肚子气，吃饭时很少说话和搭腔，直至看到这些彩礼后，心里才稍微地好受了一些。散席时，按照媒人事先安排，闫家要将侯串串接去家里住几天。闫坤定母亲立起身，来到潘彩儿面前，笑吟吟地说道，请亲家母和串串一起去我家坐坐，认认门，也让两个娃娃再说说话。如今不是讲究自由恋爱嘛，就让他们自由自由，恋爱恋爱。潘彩儿矜持地笑了下，没有接女人的话茬。这时候媒人走过来，对潘彩儿说道，嫂夫人，快起身吧，外面车马候着你哩。趁坤定这两天在家，让两个娃娃熟悉一下最好了。听媒人这样说，看见女儿噘着嘴不情不愿的样子，潘彩儿捏了一下女儿的手，笑着说道，那就动身吧。侯串串说，我不去。潘彩儿说，不要胡说。转脸对亲家母和媒人说，娃还小不懂事莫要笑话。俄而却说，要是串串不想在那边家里待的话，天黑前我娘儿俩就一道回侯府了。闫坤定母亲望着媒人，那眼神说，怎么变卦了呢？媒人想想，笑着说道，这不是串串娃还小嘛，娃胆小，就依了娃吧。至于两个娃见面，往后的日子不是长着嘛。

潘彩儿让侯串串在闫家只待一会儿，一下子打乱了闫家的计划。来到闫家后，闫坤定母子带着潘彩儿母女在庄院转悠了一圈，潘彩儿觉得，闫家这个院子虽然没有侯府那么宏大宽阔，但上下八孔大砖窑，一律青砖砌面，两边各有五间松木厦房相对，地面也全是青色的方砖铺就，算得上是个大户人家。转悠完毕，潘彩儿母女在上屋坐定，闫坤定母子沏茶端点心去了，母亲问闫坤定，满意不？闫坤定嘿嘿笑了，说，没想到她会这么漂亮。女人说，她还小怕羞，一会儿和她说说话好好待她，女大十八变，她会越变越漂亮。闫坤定说，原来说好要在咱家住几天，我回省城时再离开，她妈怎么……母亲说，她妈她妈，如今她妈也是你妈，明白不？学着会说话一点，学会讨人家喜欢，别总那么直来直去。闫坤定说，您再劝劝她妈，让串串在咱家住几天嘛。母亲说，好吧好吧，不过凡事别过分强求，懂不？闫坤定很不高兴，低头沏茶。女人说，咋那么笨，她回家后你就不可以去她家？她家门楼再高还能拦你？闫坤定一喜，眼睛闪出一丝亮光和母亲一起去了上屋。

　　闫坤定喜欢侯串串，侯串串却不喜欢闫坤定。对侯串串来说，别说心里已经有了郭耀祖，仅在醉香楼看清楚闫坤定那刻起，心里就止不住蹿上了一股凉意。在订婚仪式上，侯串串一次又一次地将目光从闫坤定身上掠过，每一次都让她感到失望。她总是下意识地将闫坤定和郭耀祖做着比较。闫坤定二十四岁了，比郭耀祖大了八九岁，可他怎么这么矬啊，最多能与郭耀祖的肩膀等齐，恐怕还没自己高呢。再说了，矬就矬吧，腰身怎么那么壮硕，显得又矬又粗。郭耀祖的皮肤洁白细嫩，闫坤定不仅比郭耀祖黑，而且两边脸颊上，长着一堆又一堆青紫色的小豆豆，尤其颧骨那里，豆豆摞豆豆，看得人心里直发瘆。郭耀祖的眼睛那么大、那么亮，鼻子那么高、那么直，闫坤定不光眼睛小，鼻子塌，鼻孔还有些朝天亮。侯串串将闫坤定默默地端详来端详去，眼泪止不住一次次地滚落了下来。每次眼泪一下来，侯串串赶紧用湖丝手绢将眼睛沾沾，这一切全让母亲看见了，母亲悄悄地掐掐女儿的大腿低声警告说，忍着点。闫坤定母子将茶水点心端上后，四个人一起说了阵话，闫坤定母亲朝潘彩儿使了个眼色，对闫坤定和侯串串说，如今你俩订了婚，在一起也没啥可害羞的，一会儿去街上转转吧，坤定说他还要给串串买些上等的胭脂和头油呢。听闫坤定母亲这样说，侯串串望着潘彩儿，一脸不易捉摸的神情。潘彩儿说，怎么啦？你妈让你俩去，那就去呗，转一会儿就回来。闫坤定母亲说，出去后打听一下，要是西关戏园子有戏，一块看场戏也好。侯串串低着头不说话。潘彩儿说，串串你说话呀！侯串串忸怩了一阵，低声说，我不去。潘彩儿说，娃还小至今还没跟着他哥上过街呢，怕碰到熟人害羞，要不就别去街上转了。闫坤定望着潘彩儿说，一起出去转下，该有啥害羞的？妈，你还不知道吧，如今省城那些年轻男女朋友，不光经常一起上街，还互相挽着胳膊轧马路呢。现在中国最需要的就是德先生和赛先生，也就是科学与民主，也就是人的婚姻自主和个性解放。对闫坤定这番话潘彩儿听不懂，眼睛望着女儿。侯串串低着头，立在炕沿边纹丝未动。看潘彩儿母女这个样子，闫坤定无奈地看了下自己母亲。女人当即笑着说，女娃娃长得文静雅气，遇人怕羞，不是啥坏事。不去街上就甭去了，就在家里说会儿话吧。说着朝潘彩儿说，亲家母，我给你预备了一领衫子和一袭裙子，我带你去看看，看成色怎样，喜欢不喜欢？潘彩儿说，上午不是给过了嘛，怎么……女人说，上午都是按礼数走的，在家里给你预备的这两件更好。走，咱姐妹两个看看去。说着从椅子上站起来，拽住潘彩儿的胳膊说，你不觉得咱俩待在这里怪眼盯的？咱们走开好让人家两个娃娃说说知心话。潘彩儿再没说啥，笑笑，跟着坤定母亲走出了屋门。

  屋里只剩下了闫坤定和侯串串。侯串串依然靠在炕沿上不动。闫坤定端起侯串串的茶杯，添了一些热水放在侯串串左手边炕沿上，转身将屋门合上，在侯串串右边炕沿上坐下来。闫坤定说，高兴吗？侯串串没说话。闫坤定说，虽然咱们的爱情是由父母包办的，但你很美，比省城那些富家小姐还要美，我喜欢你。侯串串依然不说话。闫坤定说，听媒人和我父母说，要在下半年我出国留洋前把咱们的婚事办了，我非常期盼这一天到来……侯串串低着头，默默看着自己的手。闫坤定说，等我留洋回来后，就把你接到省城去一起在城里过日子。这时候，闫坤定看见，侯串串脸颊上缓缓淌下了两行泪水。闫坤定以为是他的话让侯串串受了感动，便放肆地说，串串，我爱你，真的好爱你，我会一辈子对你好的，让你一辈子过上让人羡慕的生活。我想过了，咱们将来至少生五个孩子，把他们一个个培养成有学识有本事的人……侯串串始终不说话在默默地流泪。闫坤定瞅着侯串串，有点烦躁地站起来，在脚地走了几圈后，再次在侯串串身边坐下来。闫坤定说，串串，你对我有啥看法，满意不满意？我想听听你的意见。侯串串还是纹丝不动。闫坤定定了定神，深呼吸了一下，突然伸出手,将侯串串的一只手抓住。闫坤定的举动,让侯串串打了个寒噤,想到门外有两个大人在不远的厦房里,侯串串忍住没有出声。闫坤定摩挲着侯串串的手,侯串串感到,闫坤定的手在微微颤抖。闫坤定声音有些沙哑地问道,串串,我就要你说一句话,你喜欢我吗?侯串串木然地坐着,将脸扭在一旁。这时闫坤定站起来,立在侯串串对面,轻声说,不愿意说就不要说,你还小,不过我会等着你,等着你说你喜欢我。就在这时候,闫坤定不知不觉地将自己的嘴唇抵在了侯串串的额头上。侯串串浑身一抖,使劲摇摆着脑袋想要躲开闫坤定的嘴巴,这时候闫坤定毅然将嘴唇抵在了侯串串嘴巴上。侯串串一阵惊恐和恶心,使劲用手推闫坤定。闫坤定两只手将侯串串脑袋固定住,任侯串串如何使力,也摆不脱他。闫坤定的舌头窜进了侯串串的嘴巴里,如痴如醉地热吻了起来。侯串串突然想吐,一边扭动着身子,一边脚踢着闫坤定。可闫坤定已经进入了忘我和痴迷的状态,不仅对来自侯串串的反抗不加理睬,而且将一只手从侯串串的宽大衫襟下面伸了进去。侯串串吓傻了,无所顾忌地大哭大喊起来。正在东边厦房欣赏衣物的两个女人,听到侯串串哭喊,大吃了一惊,潘彩儿当即冲出来,朝上屋奔去。当她一把掀开屋门,映入她眼帘的是,闫坤定正抱着拼命挣扎和哭喊的侯串串在狂吻着,在胡乱地摩挲着。潘彩儿凄厉地叫了一声,就朝闫坤定抓打了起来。两个女人的突然到来,让闫坤定吃了一惊,立刻放开了侯串串。侯串串一下子倒在了母亲怀里,哭晕了过去。到这时候,闫坤定才意识到自己太过鲁莽了,呆若木鸡地站在一旁。潘彩儿恨恨地瞅着闫坤定,咬牙切齿地骂道,你是头猪!你是条狼!闫坤定的母亲悻悻地看看失魂落魄的儿子,看看哭得死去活来的侯串串,看看气急败坏的潘彩儿,不知如何是好。潘彩儿喘着气说,串串我娃甭哭了,赶快离开这个狼窝,这里是个狼窝!说完拽着女儿的手,径直走出闫家大门。

十四

侯串串与闫坤定定亲这件事,让郭耀祖遭受了有生以来最致命的打击。

郭耀祖满怀希望地要爷爷央人去侯府提亲,谁知爷爷居然看不上侯家的人品,坚决不愿与侯家结亲,任凭郭耀祖如何央求,始终无动于衷。在侯府,侯智仁也是吃了秤砣铁了心,任凭潘彩儿央求和女儿哭泣,始终对郭家视而不见,心无旁骛地与闫家筹划着定亲的事。就这样,一向在情面上密切来往,在府良县城有着很高声望的两个强人,在后代人的亲事上背道而驰了。

一天,在放学路上,侯锁堂问郭耀祖,你家里到底有没有央人来提亲?闫家跟我爹商定了,三月初二在醉香楼吃定亲酒,到时你爷爷还要出席哩。尽管这个结果已在郭耀祖预料之中,但当侯锁堂将这个消息告诉了他,郭耀祖还是大吃一惊。郭耀祖抓住侯锁堂的胳膊问,是、是真的吗?望着失魂落魄的郭耀祖,侯锁堂没吱声。侯锁堂看见,郭耀祖的身子突然像散了架一般,抓他胳膊的那只手,就那么软软地耷拉了下去,整个人呆呆地立在那里,好像痴傻了一样,脸像纸一般地煞白,两行泪水,无声地涌流出来。慌得侯锁堂连声问,耀祖,耀祖,你怎么了,你怎么了?任凭泪水流淌了一阵子,郭耀祖突然紧握两只拳头,咬牙切齿地咆哮道:我恨!我恨你爹!我恨我爷!我恨啊!接着举起两只拳头,朝自己的脑袋狠命地砸起来。

从那天之后,郭耀祖再也没有去过侯府。他觉得自己的心死了,觉得到处是一片黑暗。从此以后,郭耀祖开始放纵自己,再也没有心思念书了。白天,他全天逃学,同侯锁堂几个人,不是去戏园子看戏,就是去西河浮水,甚至跑去几十里地之外的方城寨和蓝河镇玩耍。回到中药铺子,不论他爷他爹干什么活,他不闻不问,也不去帮忙,一进家门就将自己窝到炕上,拉开被子蒙头大睡,哪怕这一夜他事实上根本没有合眼,任两个长辈怎么喊他,也不理不睬。闫坤定和侯串串定亲那天,爷爷带着一份厚礼喝酒去了,郭耀祖不知道该怎么办好,他偷偷跑到醉香楼那条街,躲在一个角落,远远地眺望着闫、侯两家亲朋好友蜂拥走进醉香楼,远远地看见花枝一般的侯串串在母亲陪同下,迈着款款的碎步,走进醉香楼。那一刻,郭耀祖只觉得万箭穿心,恨不得闯进醉香楼,向所有人大声宣示,他郭耀祖爱侯串串,侯串串也爱他郭耀祖,侯串串是他郭耀祖的女人。然后拉着他心爱的侯串串,逃离醉香楼,逃离府良县,从此云游而去。但他没有那样的勇气,他想到了死。眼看着吃酒的人走进了醉香楼,他一口气跑到县城西河,一扎猛子跳进了那个黑乎乎的深潭,想就此将自己沉入潭底,永远不到这阳世来了。但他会浮水,怎么往下扎都会浮上来。他终于没有死得了,他知道自己同样没有勇气死。在那里磨蹭到了小半夜,在爷爷和父亲心急火燎地到处找寻他时,他又悲戚无奈地回到了中药铺子。爷爷知道定亲这件事没有顺着孙子的意,让他受了刺激,但他没想到事情会如此严重。郭嘉树几次想跟郭耀祖谈谈,都被郭耀祖回避和拒绝了。无奈之下,只要郭耀祖回到家,只要郭耀祖在场,郭嘉树总会自言自语地絮叨,什么这尘世上的女人多得是,有多少男人就有多少女人,你说哪个女人好,她就一定真好吗?要知道,比她好的女人多了去了。人呀,不论做啥事,想啥事,一定得把眼光放远,绝对不敢鼠目寸光!女人啊,不过就是墙上的泥皮,脱了一层,还有一层,走了个穿红的,还会来个穿绿的。男人缺的是事业不是女人,男人只要把事业干成了,还愁找不到个好女人?这些话,郭嘉树希望孙子能听见,能听到心里去,能理解他做爷爷的一片苦心,进而能使郭耀祖度过这个感情危机。可是他看到,无论他说什么话,郭耀祖始终视而不见,听而不闻,不理不睬,我行我素。这让郭嘉树非常失望和忧心。为此,他曾反思过自己的做法是不是真的不妥。那天,郭嘉树出席闫坤定和侯串串定亲仪式时,第一次清楚地看见了侯串串的样子,才知道那女子长得花容月貌,超凡脱俗。这让郭嘉树有些惊讶,有些不敢相信自己的眼睛，当时就想，看来孙子的眼光没错，是不是自己做得过分了？一股悔意和不安随即从心头升起来。不过郭嘉树明白，事已至此，一切不可挽回了。面对孙子的颓废和破罐子破摔，郭嘉树心疼得不得了，又丝毫没有办法。一次，郭嘉树唏嘘着对郭耀祖说，耀祖啊，你想过没有，婚姻是两相情愿的事情，即使爷爷真的央了媒人过去，不见得事情就能成。侯会长那人眼头儿高，人家瞧不上咱郭家，门不当户不对啊！爷爷心里明镜儿似的。沉默了一阵，郭嘉树又说，再说了，耀祖啊，即使真的你爷爷老糊涂了，把这件事情做错了，做了对不起你的事情，你难道一辈子不原谅你爷爷、不理睬爷爷了吗？耀祖啊……郭嘉树说到这里，眼睛里噙着一汪老泪，神情殷殷地望着郭耀祖。听见爷爷这样说话，郭耀祖一震，突然将脸转向爷爷，忍不住两股眼泪涌流了出来。他没有说话，定定地望了郭嘉树一阵，接着猛地转过身，从铺子大门奔了出去。

一天后晌，百无聊赖的郭耀祖和侯锁堂一起跑到西关戏园子看秦腔《杜十娘》，当看到江南公子李甲回到江南家里后，在父亲和家人逼迫下，食却前言，硬生生将对他一往情深的杜十娘背弃了时，郭耀祖忍不住泪流满面。侯锁堂揶揄道，哎哎哎，这是看戏，这不是真的，哭啥哭？周围人都在看你哩。郭耀祖管不了这些，只觉得心里有一股抑制不住的悲凉和哀痛往外冒，眼泪流得更多了。看完戏，快要吃晚饭了，晚上的戏是《杨家将》。反正没有事，两个人找了一家僻静饭馆，打算吃喝点，晚上接着看戏。饭是侯锁堂点的，要了两凉两热四盘菜，外加一壶烧酒，主食是踅面。郭耀祖说，菜太多了，酒不要了，我喝酒不行。侯锁堂说，菜多我吃，要酒我喝，你吃你的踅面，该行了吧？见侯锁堂这样说，郭耀祖说，喝得晕晕乎乎的，晚上咋看戏？侯锁堂说，到时你看你的戏，我睡我的觉，成不？郭耀祖近来心情不好，侯锁堂全看在眼里。侯锁堂喜欢郭耀祖，愿意将妹妹许配给郭耀祖，觉得只有郭耀祖才能配上他的妹妹，只有郭耀祖和妹妹定了亲，那才是真正的天作之合。但父亲一意孤行，他无能为力，只有在心里边替妹妹和郭耀祖伤心。一个堂倌走过来，郭耀祖对堂倌说，先上一碗踅面。侯锁堂说，不不，先上酒菜，踅面缓下上。说着朝堂倌挥了挥手。很快，酒菜上来了。侯锁堂说，来，先陪我吃点菜，菜也是饭，吃了照样顶饥。说着，为自己倒了一杯酒，接着为郭耀祖也倒了一杯。郭耀祖说，给你说了，我不动酒。侯锁堂说，喝不喝斟上，这是规矩。说着夹了一块肥肉塞进嘴里，边嚼边说，人一辈子就这样，啥事都没有吃饭重要，天大的事，只能吃饱饭再说。我给你说耀祖，甭伤心了，甭难过了，先吃菜吧。郭耀祖吃了一口菜。侯锁堂端起酒杯，对郭耀祖说，来，兄弟，喝一口。郭耀祖说，说过了，我不会。侯锁堂说，不会学学不就会了？男人不喝酒那还是个男人？告诉你耀祖，酒是个好东西，不光味道香，它还能浇愁。你不是心里不痛快吗？喝点酒，就不想那些破事了。来，把这杯喝下去！听侯锁堂这样劝，郭耀祖有点犹豫地端起酒杯，与侯锁堂碰了一下杯，将这杯酒喝了下去。

十五

　　有了第一杯，就有第二杯，两个人就这样边吃边喝边聊起来。侯锁堂说，我说兄弟，甭再愁眉苦脸自个儿折磨自个儿了，和串串那事，甭想它了，事情过去了，就让它过去吧。就凭你的人样和学识，还愁找不到个漂亮媳妇？郭耀祖瞄了一眼侯锁堂，说，哥，你还没有爱过女人吧，你不懂。等你心里有了人，你就明白了。这个坎，我迈不过去。说着眼睛里又汪上了泪水。侯锁堂没说话，独自吃了一阵菜，喝了几杯酒，良久说，你心里难受，我知道。你想串串，串串在家也想你，不是哭就是闹，弄得家里鸡犬不宁。我妈看串串可怜，几次让我给你传话，想要你去侯府一趟，她和串串都想见你。话给你传了，可你就是不去，我也没啥办法。侯锁堂的话，让郭耀祖心疼起了侯串串，一时间泪如泉涌。郭耀祖一边流泪，一边端起酒杯一饮而尽，说，哥，你说，如今我还能去侯府吗？我家始终没央出媒人，我还有啥脸见串串姐？如今串串成了闫家的人，我再去你家，那成怎么回事了？要让你爹知道了，说不定还会惹麻烦，你爹能饶过大娘跟串串？侯锁堂默然了，端起酒杯将酒喝下去，自言自语道，好好的一件事，咋弄成这样？耀祖，你晓得吗？串串她可怜啊，想你，她瘦了许多。她给我说，哥，我想耀祖，我想见耀祖，你帮帮我，哥！耀祖，你说，我该怎么帮她？郭耀祖没吱声，只是默默地流泪，一杯一杯地喝酒。最后郭耀祖说，这事不怪串串，只怪我郭耀祖福薄命浅，只怪我家没有央媒提亲。锁堂哥，你回去告诉串串，不管我跟她定没定亲，也不管往后能不能见面，我郭耀祖今生今世，就只爱她侯串串一个人，我会一辈子想着她，一辈子将她搁在我的心窝窝。我郭耀祖，不会再爱其他任何女人了。郭耀祖的话，让红头涨脸的侯锁堂流泪了，他抓住郭耀祖的手说，兄弟，哥没看错你……串串和我妈没看错你……一时两个人面对面，哭得一塌糊涂。直到繁星满天时，两个人才走出饭馆，两碗筵面还搁在饭桌上未动，却将两壶酒喝得精光了，尤其是郭耀祖，已经醉了。一阵凉风吹过，两个人稍微清醒了点，侯锁堂大声问，现下去哪里？郭耀祖说，西关看戏去。侯锁堂摇摇发木的脑袋，说，戏有啥看头儿，不看了。郭耀祖说，那、那就回家吧。侯锁堂说，回什么家？就知道回家。走，跟哥去个好玩的地方。郭耀祖嘟囔道，啥好玩的地方？侯锁堂说，肯定比看戏好玩。

  侯锁堂带着郭耀祖，来到红灯笼巷子。这是一条偏僻窄长的巷子。两个人跌跌撞撞来到一家挂着大红灯笼的大门前，一个矮个子男人将他们迎了进去。老鸨和大茶壶赶忙走过来，矮个子男人说，是两个碎娃。老鸨说，碎娃怎么啦，碎娃也是男人！大茶壶训道，你是忘性大，还是眼瞎了？这时老鸨认出了侯锁堂，满脸堆笑道，哎呀呀，是两位爷啊，失迎失迎。接着朝大茶壶使了个眼色，两个男人便将侯锁堂和郭耀祖送到了阁楼上。大茶壶背着郭耀祖，走进一间屋子，说了声，梅花好生伺候。梅花二十六七岁模样，看见送来的是个醉汉，心里当下老不高兴。这样的醉汉她见多了，常会吐得屋子臭气熏天。嘴里嘟囔道，见醉汉就往我这塞，当我是呆子！大茶壶说，就你事多，他是个雏儿。将郭耀祖往炕上一扔，转身拉上门走了。梅花瞄了一眼郭耀祖，觉得这男人挺宽大的，心想，得是说他的家当是个雏吧，忍不住笑了。既然接了客，那就得伺候。梅花上了炕，将郭耀祖的衣服扒掉，这时她发现，这个结实的男人，细皮嫩肉的，还真是个雏儿。心想，这么碎的娃娃，咋会跑到这地方来？梅花骑在郭耀祖身上,开始动了起来。郭耀祖醒转了,他摇摇闷沉沉的脑袋,使劲睁了下眼睛,蒙眬间看见一个女人与他缠在一起,女人不断地起伏着。郭耀祖似乎明白了什么,企图挣扎着坐起来,却只感到浑身软瘫无力。看见郭耀祖醒了,女人说,小客官,嘿嘿,要不要换你上来做?女人的神情和动作让郭耀祖觉得特丑陋,特污秽,同时觉得自己身上的某个火种被点燃了。郭耀祖没吱声,半闭着眼睛由着女人在自己身上跳跃。郭耀祖看到,这是个不算难看的女人,就是有点老相。就在郭耀祖想着女人的年纪究竟有多大时,他突然觉得腰身一酸,脑袋一晕,有一股东西从自己身体里喷发了出来。这时女人哎哟了一声,趴在郭耀祖身上不动了。这样过了许久,女人又坐起了身子,却没有从郭耀祖身上下来的意思,笑笑地说,小客官,受活吗?郭耀祖没吱声。女人说,多大了?十七还是十八?郭耀祖依旧不吱声。女人说,我叫梅花,比你大,今年二十二。我稀罕你,往后来找我就是了。就在郭耀祖想要将女人从身上推开时,只听女人低声叫道,哟,又起来了。接着就又舞弄了起来。郭耀祖闭上眼睛,任凭女人在上面折腾。就在郭耀祖来了感觉,觉得就要呼之欲出时,女人却突然停下了动作,一骨碌翻下身子,气喘吁吁道,我不行了,我不行了。郭耀祖瞅着身边的女人,愣怔了片刻,突然朝着女人扑了过去,一鼓作气将事情做完了。待郭耀祖从女人身上下来时,女人已经成了一堆泥,断断续续说道,你还是个碎娃儿,咋就……郭耀祖望着屋顶,躺了一会儿,坐起身子,将衣裳穿好,下炕从屋里走出来。来到外面厅堂时,侯锁堂在那里候着他。回家路上,侯锁堂问,咋待了那么久?尝到味道不想出来啦?郭耀祖良久说,怎么会来这种地方,你经常来?侯锁堂嘿嘿笑着说,也不是经常。郭耀祖说,你真长能耐。侯锁堂说,啥能耐不能耐,不就那么回事?郭耀祖看着侯锁堂,侯锁堂说,看什么看?窑姐儿也是女人,她让你受活了,你还不高兴?其实窑姐儿也有好人,让你哭得稀里哗啦的那个杜十娘,不就是个窑姐儿吗?郭耀祖哼了一声说,你倒有理了?侯锁堂忽然笑了,说,告诉我,喜欢不?郭耀祖沉默了半天,说,有些恶心。侯锁堂说,恶心?慢慢就不恶心了。其实那个梅花人挺好的,做活挺卖力气,你们咬舌子了吗?郭耀祖再没有说话,走到中药铺子门口时,两个人分了手。

十六

端午节一过,繁忙的夏季来到了。

侯智仁原打算待端午节一过,他要去省城一趟,查看一下几个商号的事务,这是他每年都要定时去做的一件事。就在他将一切准备停当,打算动身时,从距离县城三十里地的方城寨传来了他大姐夫病重的消息,这使他不得不将去省城的计划暂时搁置下来。侯智仁的爹娶过三房老婆,生了九个子女,侯智仁和大姐为大老婆所生,姐弟俩从小走得近,感情很深。可大姐命不太好,先后嫁过四个男人,嫁一个死一个,最后嫁的这个男人,是当地有名的糖坊掌柜,光景过得如火如荼,如今居然也不行了。这让侯智仁十分不解,也很惊慌。侯智仁的姐夫骆昌明有着一手制糖的绝活,掌握着家传的制糖工艺,由他制出的琼锅糖、芝麻糖和醒糖,味道清醇、甜美。尤其琼锅糖,香脆不腻,食时不粘牙粘手,长期储藏不化,不仅享誉府良当地,常有省城经销糖的商人,以及外地许多小贩子,将他家的糖运往异地他乡销售,使得"骆氏制糖"成了方圆百里家喻户晓的名品。就是靠着这个绝活手艺,骆昌明早早地发了家。由于醉心于自家的制糖事业,骆昌明一直独身未娶,直至三十八岁那年,侯智仁大姐的第三任丈夫病死后,有人将这个曾经死过三个男人的女人介绍给了骆昌明,没想到骆昌明不假思索就同意了。骆昌明和侯智仁大姐结婚后,两个人感情很要好,生下了两男一女三个娃娃。今年过春节时,骆昌明有些咳嗽,当时侯智仁觉得是受了点风寒,没想到几个月不见,病情会发展到这般田地。侯智仁没敢耽搁,立即带着郭嘉树去了一趟方城寨,经望闻问切精心诊断后,郭嘉树说了句,治得晚了。回家的路上,侯智仁问郭嘉树,你不要瞒我,他的病情到底怎样?郭嘉树说,无力回天了,安排后事吧。回家后,侯智仁立即带着潘彩儿母子一起去看望姐夫，接着安排家里其他老小轮流去大姐家里探望了一番，包括远在省城的大儿子贵禄，也捎话让他回来了一趟，顺便让儿子将省城商号的经营情况当面向他做了汇报。从方城寨看望姑父回家后，侯串串好像着了点风寒，浑身觉得不舒服，几天里躺在炕上没起身。这可把潘彩儿急坏了，慌忙让侯智仁将郭嘉树请来给侯串串把脉。侯智仁说，出了趟门，怎么突然病了？潘彩儿说，她姑父病得那么深沉，满身满屋都是阴气，本来就不想让串串去，可觉得话不好说，这一去果不其然，把女女给弄病了。侯智仁说，甭胡说，啥阴气阳气的。潘彩儿说，大姐就是命硬呗……潘彩儿话没说完，侯智仁气哼哼地瞪了她一眼，潘彩儿立刻闭嘴了。郭嘉树笑笑说，会长、太太放心，女女是气郁于心，气血失调，身子虚弱，不过没啥大碍，将息将息，滋补滋补，会慢慢好起来的。郭嘉树这样说，心里明白是侯闫两家定亲的事，将侯串串气着了。就在郭嘉树给侯串串把脉后的第三天晚上，方城寨的人报丧来了，说骆掌柜下午去世了，阴阳先生合过日头，五月十五吉日安葬。听说姐夫去世了，侯智仁心里一震，当晚赶去方城寨吊唁，安慰了大姐。五月十四那天，全家人要去方城寨了。吃早饭时，潘彩儿对侯智仁说，你跟锁堂去吧，我和串串不去了。侯智仁望着潘彩儿，说，这话你也能说出口？潘彩儿说，去方城寨看了她姑父一次，就将女女弄病了，眼下还没见好呢，又要去了。你跟锁堂去吧，我在家里伺候女女。侯智仁气哼哼地说，没听郭老先生说，女女没有大碍吗？这么重要的丧事，作为大姐娘家人，不去就失下礼数了，懂不懂？潘彩儿说，我咋就不懂了？只是丧事底下阴气太重，对娃不好，不能去。侯智仁说，自己姑父的丧事，咋能不参加？这样吧，到了方城寨，不让女女干啥，就让她睡觉，只要人去就行了。潘彩儿说，你总是这样执拗，要不你去看看女女，浑身困乏无力，去得了吗？侯智仁走到炕沿边，看看女儿，摸摸女儿的额头，问道，去你大姑家，没啥大碍吧？侯智仁看见，就在他摸额头和问话的当儿，侯串串已经泪流满面了。女儿的样子让侯智仁心疼了一下，当即便说，那就算了，女女不去了，不过你得去，咱三个一起去。潘彩儿说，将串串一个病娃丢在家里，你能放心啊？我还是留下吧。侯智仁气呼呼地看着潘彩儿，没说话。这时，侯串串微弱地说道，妈，你去吧，我会照顾自己。你不去，大姑会伤心的。

　　侯智仁对侯锁堂说，今儿个就别上学堂了，去给张黑牛说一声，后晌把车备好，把枣红马套上；另外，给你三个大妈套一辆车，其余人套一辆车。侯智仁说完，出门走了。潘彩儿对女儿说，我说我不去了，留下伺候你，你怎么……说心里话，那地方我也不想去。侯锁堂插话说，谁倒想去了，我更不想去，到处是呜里哇啦哭丧的人，烦都把人烦死了！潘彩儿说，你把这话说给你爹，看你爹不赏你两个耳光。侯串串说，其实我想去哩，大姑父死了，我爹最心疼我大姑，咱们谁不去我爹都不高兴。妈，你就放心去，我不要啥照顾，家里有的是面和馍馍，到时随便吃点啥就行了。这种丧事底下，规矩和讲究忒多，亲戚之间会较劲，你若是不去，显得咱们跟我大姑不亲似的。潘彩儿不吭声了，说，那给你安顿个伺候的人。侯串串说，不要，谁也不要，我只想静静地待着。潘彩儿望望躺在炕上的女儿，没说话出门打点衣物去了。母亲出门后，侯锁堂说，哼哼，你倒会生病，不用去方城寨了，要知道这样，我也给他害一场病。侯串串说，哥胡说啥呢，好像我是装病哩？侯锁堂说，装不装只有你自己知道。侯串串脸红了，不满地叫道，哥又欺负人咧，我叫咱妈呀！说话间，侯锁堂走到炕沿边，将身子俯在侯串串脸上，侯串串感到了哥哥的气息，叫道，哥，你干啥嘛，快走开些！侯锁堂嘿嘿地笑了，小声道，哥给你说句你爱听的话。侯串串闭眼静静地躺着，不理哥哥。侯锁堂低下头，贴着妹妹的耳朵说，老实告诉我，得是想见郭耀祖……侯锁堂话没说完，侯串串一只手嗖地从被窝伸出来，捂在哥哥嘴上，哆嗦道，哥胡说啥哩……侯锁堂拿掉妹妹的手，说道，放心吧，哥不会坏你的事，哥还会成全你……自己的心事让哥哥猜中了，侯串串又羞涩又难过，止不住啜泣起来。侯锁堂说，这下不赶哥走了吧？侯串串说，哥哥坏。侯锁堂说，你给哥说一句话，有没有胆量让耀祖来咱家？侯串串低声说，我不知道，我只是想见他。侯锁堂说，那就让他晚上到咱家来。侯串串有点惊恐地说，能成吗？我怕。侯锁堂说，咋就不成了？只要胆放正，有啥可怕的？侯串串不作声了，半天流着泪自言自语道，只怕我这辈子……再也见不到他了……看妹妹满脸泪水的样子，侯锁堂眼窝也湿了，叹了口气说道，哥叫你今天就能见到他，这事包在哥身上……看侯串串不吱声，侯锁堂又说，就是拽，也要把他给你拽来……听到这儿，侯串串忍不住哭出了声。

十七

离开侯串串，侯锁堂找到张黑牛，将套车的事情安顿了，又跟张黑牛嘀咕了一阵子，然后赶到小学堂，将消息告诉了郭耀祖。听了侯锁堂的话，郭耀祖呆呆地站着，低着头好久不吭声。你咋不说话？侯锁堂问。郭耀祖缓缓地抬起头。侯锁堂看见，郭耀祖苍白的脸上，淌满了泪水。郭耀祖突然将侯锁堂抱住，一径使劲搂着摇着。侯锁堂身量本来就比郭耀祖矮小，被郭耀祖这么一搂一抱，有点喘不过气来，忍不住喊道，耀祖，你干啥，快放开我。郭耀祖放开侯锁堂，依然瞪着眼睛不说话。侯锁堂说，怎么啦，得是还在恨我带你去红灯笼巷子？让你受活了还要恨我，好心当成驴肝肺！郭耀祖一拳捅到侯锁堂的肩上，脸上挂着泪花嘿嘿地笑了，低声问道，侯府院子那么深，时时有人在走动，要是让谁看见了，那不彻底坏菜了？侯锁堂鄙夷地说，看看，看看，我就知道你家伙是个尿包，果不其然，我妹子算是瞎了眼了。郭耀祖说，哪跟哪呀我的锁堂哥，我啥时候倒尿包啦，我是激动，是高兴啊。是吗？侯锁堂看着郭耀祖说，我就说嘛，不至于那么尿吧！至于怎么进侯府，事情由我来安排，到时有人接应你，你尽管放心好了。郭耀祖一惊，问，有人接应我？他是谁，可靠吗？侯锁堂说，一惊一乍的，你这人啥都好，就是定力不够。你锁堂哥办事，啥时候失过手？郭耀祖说，我是想，这事不是小事，千万不可马虎大意，出了纰漏就全完了。侯锁堂说，这点谁不知道，甭婆婆妈妈好不好？郭耀祖不言传了。侯锁堂说，接应你的人是我家长工头儿，我爹的狗腿子，这人胆大心黑，我爹就是看上了他这点，对我爹可忠诚呢。郭耀祖说，你越说，我越害怕了。他对你爹忠诚，不等于对你忠诚，你可别让他把咱俩欺哄了，到时拿着你和我到你爹跟前领功。侯锁堂说，操你的闲心！听说有钱能使鬼推磨这句话吧？他给我跑腿，我给他银钱，我给他的钱顶我爹给他三个月的工钱，你说他干不干？再说了，他听我爹的话，也不敢不听我的话呀？郭耀祖说，你哪儿来那么多钱？侯锁堂说，问我妈要的呗！我妈就这点好，使钱从来没为难过我，不像你爷那么抠门儿，花钱像割他身上的疗痂。郭耀祖想起爷爷几乎不给他零用钱，他所有花销全靠人家侯锁堂，心里升起了一股愤懑，却说道，不管怎样，得把事情做缜密。侯锁堂说，我跟他说好了，事成后，给他钱；事办不成，不给钱不说，看咋样收拾他！郭耀祖说，咋跟他联络？侯锁堂说，天黑后你去我们巷口，他在老槐树底下候你。这人叫张黑牛，个头儿很敦实，一头硬楂子头发，左边眉梢有个大黑痣，很好认。郭耀祖心突突跳着，嘴里喃喃道，隐隐约约好像见过这么个人。侯锁堂说，你给我一句话，你敢不敢去？郭耀祖说，锁堂哥，你就别说了，串串姐对我这份好，我郭耀祖虽杀身难报答万一，今天这个机会千载难逢，即便粉身碎骨，我也要去，绝不失信于串串姐。侯锁堂说，这才算是说了一句人话。知道吗耀祖，整天看着你和串串死蔫蔫的样子，跟疯癫了一样，我就心疼得没法说。心想只要能成全你俩，任啥事情，哪怕是杀了我，我都愿意干。郭耀祖说，你就不怕你爹？侯锁堂说，怕当然怕，但我恨他，他不愿意的事，我偏要！郭耀祖再次将侯锁堂搂抱了起来。侯锁堂说，只要串串和你高兴了，我就高兴了。郭耀祖说，锁堂哥的恩德，我郭耀祖永世不忘。侯锁堂说，咋还学会油嘴滑舌了？我回家了，下午就去方城寨了。

  整个下午，郭耀祖处在一种高度紧张和亢奋之中。午饭根本无心去吃，草草扒拉了几口，就扔下筷子出门了。鬼使神差地，他来到侯府所在巷口老槐树底下转悠了一圈，想着晚上张黑牛就在这里要将他接进侯府，一颗心止不住突突地跳。郭耀祖发现，从一户人家建在大门外的茅厕，能够望到侯府大门外面的动静，他便趁机溜进茅厕，解开裤带装作解手。这一待竟待了近两个时辰，期间有个男人跑进茅厕要解手，把郭耀祖吓了一跳。郭耀祖不知道这人是茅厕的主人还是路过这里的人，心里明白不该在这里待下去了，但他坚持没有离开，直到看见侯智仁、潘彩儿和侯锁堂上了那辆套着枣红大马的车子，和其他人坐的车子，依次从茅厕附近辚辚驶过，在老槐树那里拐了个弯，鱼贯朝北去了，他才赶忙提上裤子，从茅厕里走了出来。他眺望着侯府高大的门楼子，心想，他心爱的串串姐就在那里等着他，恨不得插着翅膀飞进去。就在郭耀祖要离开时，却与刚才去上茅厕的男人碰了个照面。男人拿着铁锨和扫帚，正在清理门前的树坑和柴草，看见郭耀祖后显然吃了一惊，定定地朝郭耀祖望着。他不明白这个人怎么会在茅厕里待这么久？当即放下手里的工具，走进自家的茅厕，似乎想要探个究竟出来。这让郭耀祖十分尴尬，趁男人进了茅厕的当口，红着脸迅速走掉了。郭耀祖回到中药铺子，爷爷问，咋没去学堂？郭耀祖说，有件事情要给您说一下，我一个同窗家在蓝河镇，他姐明天出嫁，要我跟他去他家一趟，同时说他奶奶肠胃不大好，吃不下饭，要我顺便给他奶奶瞧下病。郭耀祖的话让郭嘉树有点半信半疑，但郭耀祖近来情绪低沉而又懒散，始终回避着和他说话。眼下听了孙子的话，他沉默了许久，问了句，给先生告假了吗？郭耀祖说，告过了。郭嘉树说，先生准许没？郭耀祖说，人家他姐要出嫁，又不是做贼，能不准许吗？郭嘉树被戗了一口，改口说，需不需要带些药？郭耀祖说，不需要，开个方子让他们抓药去！说完话，郭耀祖要转身出门了，郭嘉树说了句，路上当心，早点回来。郭耀祖没回头，说了句，该回的时节就回来了。望着孙子的背影，郭嘉树神情有些发呆。

　　从中药铺子出来后，郭耀祖担心暴露自己，径直去了县城西河，在那里待到太阳落山，在西河街上吃了一碗醒面，抄一条小路往县城走。这一路郭耀祖走得特慢，一边走一边想着和侯串串见面的情景，周身的血液在剧烈地奔涌。进城时，觉得时间仍然太早，只好坐在戏园子围墙外面的树丛里等候了一阵。待天上满是星星了，戏园子锣鼓响起来了，街上行人明显稀少了，郭耀祖这才站起身，避开主街道，拐弯抹角地来到了侯府巷子附近，在一个僻静地方猫起来。这时郭耀祖才发现，虽然是晚上，但银盘般的月亮犹如圆圆的灯笼悬在天空，照得周围一切物事清晰可辨。郭耀祖瞄了瞄天空，心中升起一股厌烦的情绪。他朝老槐树那里望了望，没看见有什么动静，一颗心止不住怦怦地跳着，心里想着张黑牛会不会爽约。良久，一个人影儿终于出现在老槐树下面。只见他围着老槐树转了一圈，然后立住脚四处张望。郭耀祖立即从藏身的地方走出来，朝着老槐树方向走去。张黑牛很快发现了郭耀祖，他急速来到郭耀祖身边，一把拽住郭耀祖的胳膊，拉着郭耀祖就往前走。郭耀祖抖动了一下，身子跟着缩了一下。张黑牛说，别磨蹭，快走！张黑牛的速度让跟在身旁的郭耀祖有些跟跟跄跄。张黑牛边走边埋怨，等你好久了，怎么才来？郭耀祖没说话，只觉得脑子一片空白，腿脚在酥酥发麻，心脏快要从喉咙眼儿蹦出来了。张黑牛拽着郭耀祖，没费啥周折进了侯府，来到了侯串串上屋门口，轻轻摇了一下门环，说了句，鸡叫头遍我来接你。没等郭耀祖应声，张黑牛就不见踪影了。

十八

让郭耀祖吃惊的是，屋子里没有一丝灯光，院子里却挂着一盏明晃晃的电灯泡。此时的郭耀祖，只觉得心脏就要爆裂开来了，喉头一阵阵发紧，呼吸也快要窒息了，恨不得飞上去将空中的灯泡打碎。就在郭耀祖觉得无处可遁的时候，屋门悄然打开了一条缝，接着就有一只手将郭耀祖拽进了门。耀祖……侯串串轻轻呜咽了一声。郭耀祖也哀声叫道，串串姐……两个人便紧紧地搂抱在了一起。两个人都哭了。让郭耀祖没有想到的是，侯串串一抱住他，就发疯般地将嘴巴抵在了他的嘴巴上，将软软的舌头送进了他的嘴巴里。

不知道过了多久，不知道流下多少泪水，直到两个人都吻累了，这才恋恋不舍地分开。这时郭耀祖适应了屋子里的黑暗，他看见，站在面前紧紧搂抱着自己的，正是日思夜想的串串姐。他一下一下疼惜地抚摸着侯串串的头发和脸颊，难过地说，串串姐，我想你，你瘦多了。侯串串搂抱着郭耀祖，仿佛生怕他跑了，埋怨道，硬是不晓得哩，你郭耀祖原来是个狠心的人，为啥再也不到侯府来了？我和我妈让我哥捎话给你，你也不来了？说着话又哭了起来。郭耀祖说，我家没央媒人提亲，我觉得对不住你和大娘，后来你爹也发话了，要是看见我来侯府，就要砸断我的腿。这话锁堂哥告给我了，我不想连累你……侯串串用拳头在郭耀祖腰间捶打着，说，你在强辩，你在骗我，是你把我忘了……郭耀祖用力将侯串串一搂，说，院子里那盏灯，得是专门防备我吧？它贼亮贼亮的，把我的魂都要吓飞了。郭耀祖的话，让侯串串破涕为笑，遂揶揄道，看你那个小胆，它主要是防贼，结果还是叫你这个小贼闯进来了。说完咯咯地笑了。郭耀祖没说话，低头在侯串串脸上轻吻了一下，俯下身子将侯串串抱了起来。侯串串一惊，没有吱声，任郭耀祖将她放在了炕上。

这时节的夜晚尚有点凉，侯串串拉开一床薄被，盖在身上，两个人和衣搂抱在一起，低声地絮叨。侯串串说，耀祖，你说，往后咱俩该咋办？郭耀祖说，姐，你说吧，我不知道。俄而又说，反正我想过了，这辈子娶不了你，我就谁也不娶了。侯串串捧住郭耀祖的脸，说，这话当真？郭耀祖说，我就是这样想的。侯串串将郭耀祖的脸抱住，呜呜地哭了，嘴里说着，世上好女人多着哩，为啥要这么想？郭耀祖说，心里让你装满了，任谁也装不进去了。侯串串哭得更厉害了。郭耀祖摸着侯串串的脸，问，姐，那个闫坤定人咋样？侯串串说，甭提他了，又矬又黑，一脸小肉丁丁，看着他身上就起鸡皮疙瘩。郭耀祖说，可人家念的是大学堂。侯串串说，念大学堂又咋啦？念大学堂还那么瞎尻。郭耀祖问，他怎么了？侯串串说，定亲那天去他家里，他就对我……动手动脚了……郭耀祖啊了一声，说，得是……亲嘴了？还是……侯串串哭了起来。郭耀祖说，大娘知道不？侯串串说，我妈就在他家厦房呢，那人真不要脸！郭耀祖说，让你爹收拾他，啥狗东西！侯串串说，那人脸皮比城墙还厚，第二天跑来我家，硬要拉我出去耍。郭耀祖说，你去了吗？侯串串说，你想我能去吗？我根本没有闪面，我妈将他美美日撅了一顿，他才没趣地滚了。郭耀祖恨恨地说，我在场的话，看不敲断他的肋骨！侯串串在郭耀祖脸上亲了亲，说，人家心里只想你嘛！说着将舌头送到了郭耀祖的嘴里，两个人再次亲吻起来。吻了一会儿，侯串串推开郭耀祖，将身子坐起来，开始解郭耀祖的衣服。郭耀祖不知道怎么办好，就那么静静地躺着。侯串串将郭耀祖的上衣脱掉，接着将裤子扒拉下来。这时候，作为男人的郭耀祖，瞬间就一柱擎天了。当侯串串的手在不经意间触碰到那根东西时，惊得呀了一声，急忙缩回了手，坐在那里不敢动了。望着侯串串含情脉脉地依偎在自己身旁，郭耀祖心里涌起了一波波激流，那个埋藏在心底，曾经无数次希望得到和拥有侯串串的朦胧奢望，在一瞬间被激活了。郭耀祖突然发疯了，他一跃而起，一把将侯串串摁倒，两只手颤抖着，笨拙而又坚决地撕扯着侯串串的衣裳。郭耀祖不知道，为了等待他的到来，侯串串如同要走亲戚一样，将自己捯饬得正式而又整齐。郭耀祖乱抓乱扯了一阵子，好不容易将侯串串穿在外面的大袄和裙子脱了下来。脱掉大袄后，发现里面还穿有一身衣裳。随即问，里面是啥？侯串串说，中袄。这时郭耀祖已经迫不及待了，但由于方法不得窍，显得更加手忙脚乱。这让侯串串觉得既可爱可笑，又胳肢难忍。遂笑道，胡乱撕扯啥呀？郭耀祖懊恼地说，怎么穿了这么多？侯串串说，猴急啥？能穿上就能解开。在侯串串帮助下，终于将中袄和外裤脱了下来。可谁知，脱下中袄中裤后，里面居然还有一身紧窄合身的小袄小裤。借着微弱的灯光，郭耀祖看见，这身小衣裤竟是娇媚无比的桃红颜色，一颗心便禁不住狂跳起来。说了声，真急死人了！不由分说，竟扯住小袄和小裤，三几下将衣服撕了开来，然后一把抱起了侯串串。几乎在一瞬间，只听侯串串低低呻吟了一声，两个人便绞缠在了一起。

　　侯串串感到，她周身的细胞都在疼痛，她将身子蜷缩成一团，伸手朝郭耀祖摸去，郭耀祖在轻轻地喘气，头发湿漉漉的，头上、脸上和身上全是汗水。她抓过枕巾，替郭耀祖擦了擦额头，然后将郭耀祖抱住。侯串串的动作得到了响应，郭耀祖也侧转身子，将侯串串揽进怀里。两个人都没有说话，就那么长时间地搂抱着。郭耀祖突然推开侯串串，迅速翻上侯串串的身子，没等侯串串反应过来，再次长驱直入了。侯串串虽然感觉有些不舒服，但当她看到郭耀祖是那样的兴味盎然，便默默地流着眼泪忍下了，心里充满了甜蜜。终于平静了，两个人依然默默地搂抱在一起。这时候，传来了公鸡的一声长鸣。郭耀祖一惊，说，姐，我得走了。侯串串抱着郭耀祖的脖子，撒娇说，不，我不许你走。郭耀祖亲吻着侯串串的脸颊，却说，姐，我、我还想要。侯串串说，还没够啊？郭耀祖没说话。侯串串说，你那么魁实，姐受不过。郭耀祖不断地亲吻着侯串串。侯串串掐了下郭耀祖，说，告诉姐，是不是做过？郭耀祖一愣。侯串串说，是熟手了。郭耀祖半天说，我……我只爱串串姐。侯串串抱住郭耀祖，良久说，过不了多久，我就要出嫁了，今生恐怕就这一次了。郭耀祖说，想你，会把我想死的。侯串串哭了起来，叹了口气说，这就是命。上来吧，慢慢做。这时门环轻轻地响了一下。两个人一愣，郭耀祖迅速穿上衣服，下炕将门打开。张黑牛轻声说，小少爷传来话，明儿个他们回不来了。说完话，扭身走了，留下郭耀祖瓷愣愣立在屋门口。侯串串跳下炕，从身后揽住郭耀祖，将脸贴在郭耀祖背上，低声咯咯地笑了。郭耀祖将门关好，转过身，将光溜溜的侯串串举起来扛在了肩上，吓得侯串串惊叫了一声。

两个人又滚到了炕上，又绞缠在了一起。

十九

两个月后。

侯闫两家着手给侯串串和闫坤定备办婚礼，成亲日子定在了九月二十八。侯智仁踌躇满志，觉得侯闫两家强强联姻，这场婚礼必须办得热闹排场和阔绰大气。可让侯智仁没想到的是，女儿串串身子骨近来又生毛病了。前一阵子，因去方城寨大姑父家里走了一遭，给女儿带来了晦气，让女儿很是不舒服了一阵子，最后连大姑父的葬礼也没有去参加。后来这段时节，倒是渐渐地病好了，饮食起居正常了，精神头也很好，整天价面若桃花、笑格盈盈的，给人的感觉，出息得越发光彩照人了，这让侯智仁彻底放下了心。尽管定亲那天女儿和女婿之间发生了一点不愉快，侯智仁根本没把那事放心里。闫坤定的作为是有那么一点唐突和鲁莽，主要还是女儿年纪太小不大懂事，才闹出那样的笑话。对闫济舜这门亲戚，尤其对闫坤定这个有着远大前程的女婿，侯智仁打心底里是满意的。闫坤定西历年底就要赴法国留洋了，趁着天气不热不冷，在女婿出国前，将女儿嫁过去，是再合适不过的了。谁又知道，就在侯智仁一门心思忙前忙后时，女儿的身子骨又犯毛病了，看起来比上次的症候还要严重。侯智仁问妻子，女女怎么了？病好过没几天，咋又生毛病了？潘彩儿说，谁知道呀，这次主要是泛酸，一个劲嗳气，会不会是上次的病根没祛除干净。侯智仁说，得是肠胃有啥麻达了？潘彩儿说，我想也是，听串串说，头有点眩晕，周身乏困无力，还有些厌食，不论啥饭，就吃那么一丁点，这时日一长，娃怎能吃得消？侯智仁说，会不会是看到给她备办婚事，心里又犯嘀咕了？潘彩儿说，恐怕也是，串串不喜欢闫坤定，你不是不知道。近来家里忙得团团转，按说，欢天喜地一件喜事，女女应该高兴才对，可她从来不管也不问，娃心里不舒坦。侯智仁说，这女子真犟。她喜欢闫坤定也好，不喜欢也好，反正爹妈没给她操坏心，日后她就明白了。潘彩儿说，其实你也真是，就知道攀高结贵，那闫家有啥好？那闫坤定有啥好？就凭闫坤定对串串做出那种不规矩的事体，你能保证他在外面是个安分守己的男人？给娃找个其貌不扬，喜欢偷腥的男人，不是娃的福，也不是侯家的福。侯智仁说，这里说娃的病呢，你咋又扯远了！我问你，闫家再不好，总比郭家强吧，家道、权势姑且不论，单比娃娃吧，那个郭耀祖长得体面好看有啥用，还不是绣花枕头一包子草？能跟人家闫坤定比？将来也就是个江湖郎中，让女女跟着他，一辈子蹬碾药槽子吗？侯智仁说到这里，话锋一转，对了，他最近来没来过咱家？潘彩儿说，有你发了话，谁还敢让他来？侯智仁说，这就对了。锁堂喜欢跟他凑凑，让他俩凑凑去，可串串是女娃，如今长大成人了，就得男女有别了。让他动不动到咱家来，小心传出啥闲话，惹出啥麻烦，弄得人家闫家不高兴。听着侯智仁的话，潘彩儿满脸的不情愿。侯智仁接着说，上次和小学堂校长谈话后，才知道锁堂念书不行的根子就在这个郭耀祖身上。潘彩儿说，自己儿子啥模样，自己难道不清楚？锁堂打小不爱念书，根本不是念书的料，咋能赖到人家身上？侯智仁说，锁堂成绩差得垫了底，可人家成绩根本就不差，这事该让人怎么想？看来这娃娃心眼儿还挺黑的。潘彩儿有点惊讶地望着侯智仁，没有搭腔。侯智仁说，说正经事吧，女女的病不敢耽搁，眼看离嫁期没有多少日子了，抽时间带她去郭老先生那里把把脉，让他给娃调理调理，像这样病殃殃的咋出嫁？潘彩儿叹了一口气，说，那好吧，我明天去。

次日吃过早饭，潘彩儿坐着马车，带着侯串串来到郭嘉树的中药铺子。潘彩儿进门时，郭嘉树正给一个老汉诊脉，看到潘彩儿母女进来了，有点惊讶。他没想到潘彩儿会亲自到他这里来，急忙喊了一声，德存，侯府夫人到了，赶紧看座沏茶！郭德存正在蹬碾槽，听到喊声，立即从碾槽凳子上下来，拍了拍围裙，赔着笑脸将潘彩儿母女迎到里间客屋，又跑出去沏茶。待郭德存将茶沏好端来时，郭嘉树刚好来到里间。郭嘉树笑着说，夫人快用茶。潘彩儿欠了一下身子，笑着说，您老真的很忙，一大早就有病人候着。郭嘉树笑笑说，托会长的福，病人蜂拥不断，一天到晚没有个歇。潘彩儿说，说明您老的医道高、医术好，妙手回春啊。郭嘉树嘿嘿地笑了，说，夫人真会说话。接着满脸歉意地说，我这药铺比不了侯府，到处乱哄哄、脏兮兮的，夫人和女女莫要笑话。潘彩儿说，说哪里话？你这铺子才是救病扶危、济世安民的地方哩，郭老先生恩德不浅啊！这时门外站了个年轻人，说有个约过的病人来复诊，请郭嘉树过去一趟。郭嘉树朝门外喊德存过来，郭嘉树对儿子说，那个病人来了，你去诊查一下。郭嘉树在一把椅子上坐下来，说，夫人请用茶。潘彩儿说，刚才立在门口的娃娃是哪个？郭嘉树说，新收进的学徒。原本不准备收，可有几户人家不断托人来说，实在推辞不过，就收了三两个。潘彩儿说，这是好事啊，一来铺子缺人手，多几个人打下手，您老就会轻松一些不是？二来您老这么好的医术，也得往下传啊，不能光传给耀祖，传的人越多，您的恩德越大啊！听着潘彩儿的话，郭嘉树哈哈地笑了，说道，会长近来可好？好几日没见了！潘彩儿说，好着呢，这不是打算过一段时日给女女成亲嘛，忙活这事呢。郭嘉树说，这事我知道，恭喜夫人啦，这是件大喜事，到时可要邀我坐上席啊！潘彩儿说，您当然是座上宾，那该有啥说的。郭嘉树停顿了一下，小心地问，夫人大驾光临，有啥盼咐？说着眼睛瞄了一下坐在旁边的侯串串。潘彩儿脸上马上浮起一片愁容，说，是呀是呀，您说串串这孩子，前段身子骨不舒坦，经您老诊治后，很快复原了。新近不知怎么弄的，又有点麻达，整天有气无力，嗳气泛酸，吃不下饭，只想睡觉。智仁让我带她来看看您，给娃把把脉，调理一下吧。郭嘉树再次望了一眼侯串串，觉得与上次见面时相比，状况是有些不一样了。记得那次虽说感觉不舒坦，却没发现啥大毛病，且面色红润，气血充盈，精气神很好。这次就不同了，单观察气色显然就能看出有问题，脸色泛黄发暗，精神很是蔫萎。郭嘉树笑笑说，可能是忌暑吧，眼下正值盛夏，气候炎热干燥，娃有些不适应，显得没精神，没食欲。说着伸手拉开桌上的抽屉，取出小小的腕枕放在桌边，对侯串串说，靠这边坐坐，让伯伯给你号下脉。侯串串在桌跟前坐定，将嫩白如藕的手腕搁在腕枕上，郭嘉树将右手中间的三个指尖，轻轻落在侯串串脉穴上。郭嘉树诊脉有个特点，那就是静心收神，微闭双目，细心地体察病人的脉动。当侯串串的第一下脉跳触碰到郭嘉树的指尖时，郭嘉树的心不由得怦地猛跳了一下，这让郭嘉树不得不睁开已经闭合的眼睛，将目光近距离地投在了侯串串脸上。他的指尖微微一颤，当即判断，这娃娃有身孕了！而就在这一瞬间，郭嘉树心里莫名其妙地涌过了一股热浪，脑袋竟有些昏晕和恍惚。郭嘉树咬咬牙，稳稳神，心里骂道，该死，你这是怎么啦？他不动声色地微微点了点头，强迫自己再次将眼睛闭上。这时候的郭嘉树，已经感觉不到侯串串的脉搏了，而是在心里紧张地思索着，该怎样对潘彩儿述说女女的病情。

　　这次号脉号了好长时间。这让潘彩儿的心里七上八下的。郭嘉树从侯串串手腕上拿开了自己的手指，慢慢抬起了头，他看见，潘彩儿的一双眼睛正紧张地盯着自己。郭嘉树微微地笑了，微笑着说，没事，没事，娃啥啥都好着呢，就是有点气血不和，脾胃不调，加上天气炎热憋闷，出现点不大适应，不足为怪。潘彩儿长长地吁了口气，说，是吗？您老说的是真的？郭嘉树笑着说，夫人不相信我吗？潘彩儿笑了，说，谁敢不相信您老啊？只是号脉号了这么长时间，只怕娃真的有了啥麻达，没麻达就好，这下我就放下心了，谢谢您老啦老哥哥。郭嘉树说，怎么这么见外？这样吧，我给娃开几服药，煎煎让娃喝了，就没事了。就在郭嘉树铺纸拾笔，准备开写药方的时候，郭耀祖突然回来了。这让在场的三个人吃了一惊。郭嘉树问郭耀祖，放学了？郭耀祖说，放了。答话间却朝潘彩儿问道，大娘和串串姐过来了？潘彩儿看见了郭耀祖，脸上笑成了一朵花，说道，你小子不来侯府，还不兴我和串串来你家药铺串门子？郭耀祖脸红了一下，说，不是我不来……却将目光投向了侯串串，小声问道，串串姐哪里不合适了？郭嘉树没再说话，坐在旁边默默看着三个人说话。郭嘉树看见，自打郭耀祖进屋后，侯串串脸呼啦就红了，胸脯忽然起伏得厉害，不断用眼睛瞟着郭耀祖。当郭耀祖问她哪里不合适时，侯串串忍不住哭了起来，哭得泪流满面，悲哀而又伤情。潘彩儿说，你看这个串串，看见耀祖不好好说话，倒是哭什么呀？看见侯串串哭了，郭耀祖再次叫了一声串串姐，却显得有些手足无措，不知道说什么好了。郭嘉树将这一切看在眼里，似乎一切全明白了。他狠狠地咬着牙帮骨，用鼻孔长长地嘘了一口气，埋头开写自己的药方。药方开好后，郭嘉树让郭德存照方抓了五服药，交给了潘彩儿说，一天煎一服，一服喝两次，早晨喝头道，晚上喝二道，最好空肚服。潘彩儿接过药，刚要说话，郭嘉树说，到饭时了，夫人和女女就在这里凑合吃顿午饭吧。潘彩儿笑着说，叨扰您老了，您老给串串诊病，没给您出钱，还要留下吃饭，哪儿有这样的道理？这样吧，耀祖刚好下学了，干脆一起去醉香楼吃顿饭吧，我做东。郭嘉树笑着举起双手在空中乱摇，说道，使不得，这更使不得。接着又说，既然夫人不肯在这里凑合吃，我就不强留了。说实话，我这里的饭菜也拿不出手，天已经大热了，夫人和女女赶紧回府吧。没等潘彩儿回话，郭嘉树喊了一声，德存，恭送夫人和串串娃上车。

　　送走潘彩儿母女俩，一家人开始吃饭。郭嘉树一点食欲也没有。此时此刻，他的心里就像吃了苍蝇一样，肠肠肚肚都在翻腾，只感到既惊又怕，还有点想吐。他明白，侯串串怀孕这件事，除了自己的孙子，不会有人干这件事。他直后悔当初没有依从郭耀祖意愿，央媒人到侯府去提亲，如若将这两个冤孽撮合一起了，就不会有这档子糗事，即便有了这档子糗事，残局无论如何也都会容易收拾些。如今倒好，侯闫两家都是豪门，都是自己惹不起的地头蛇和大恶霸，这事要是败露了，将两家的亲事搅黄了，让两家人在众人面前丢了丑，他郭嘉树无疑是死定了。郭嘉树只觉得有一块硬硬的东西，塞在自己喉咙眼儿，让他喘不过气来。他埋怨自己，当初为啥要听县长的话，稀里糊涂跑到这县城来，虽然说在这里挣钱多了些，可让孙子在这里遇上侯锁堂，眼睁睁将个好端端的后人让这坏东西毁掉了，如今书没念下不说，耽搁学医看病不说，各种坏毛病沾染了一身。郭嘉树气呼呼地坐在凳子上，看着郭德存和郭耀祖呼呼噜噜地吃饭，真想上前将他们手中的饭碗扒拉掉，两个没心没肺的家伙。郭嘉树想问郭耀祖，他和侯串串到底怎么回事？这个孽是不是他作的，是什么时候作的孽？望着郭耀祖满脸无邪的样子，郭嘉树又想，算了算了，娃娃家嘴巴不牢靠，万一让他知道了底细，再闹出啥新的乱子出来，那不更是忙中添乱吗？天大的事情就让烂在自个儿肚里吧，但愿自己那五服药，能神不知鬼不觉地将这件事暗中处理掉。这时郭耀祖吃完了，撂下手里的碗筷，问道，爷爷，串串姐到底得啥病了，人看起来蔫不拉唧的？郭嘉树说，没啥大毛病，就是有点脾胃不调，气血不和，吃几服药就好了。郭耀祖说，爷爷你说，串串姐哪里不好了？我就喜欢她，你为啥要拦我跟她定亲？郭嘉树看看郭耀祖，眼睛一瞪说，还在胡思乱想？人家女女如今名花有主了，你少烦扰人家。那侯家和闫家，没一家咱能惹得起，小心给自己招惹祸灾！郭耀祖哼了一声说，反正除了串串姐，我谁也不要。郭嘉树举起手，要打向郭耀祖，郭耀祖躲闪了一下。郭嘉树说，再胡想乱说，看我怎么收拾你！郭耀祖去学堂后，郭嘉树对儿子说，侯府女女的病情，甭对耀祖说，明白吗？郭德存嗯了一声，算是应承了。

二十

潘彩儿回家后，立即将中药煎了一服，让侯串串喝下了。要吃午饭时，侯智仁回来了，问道，怎么还没吃饭？说话间看到桌子上的药碗，问，去过中药铺了？潘彩儿说，去过了，这不，让串串把头服药喝一遍了。侯智仁说，老先生怎么说？潘彩儿说，号了下脉，说没啥大碍。有点脾胃不调，气血不和，开了五服药，说吃完药就没事了。侯智仁看了看坐在炕沿上的女儿，问，感觉有啥不舒展？侯串串望着侯智仁，摇摇头，没说话。侯智仁说，那就按时吃药，赶紧把病治好。潘彩儿一边往炕桌上端饭端菜，一边问，你吃过没？侯智仁说，吃过了，你和娃娃赶紧吃吧。说着朝四下里看看，问，咋不见锁堂人？潘彩儿说，下学回来后，看我给女女熬药，就出门走了。侯智仁说，这小子越来越野了。潘彩儿说，还不都是你惯的？对谁你都有脾气，硬是对他一丝脾气也没有，这娃非叫你惯坏不可。侯智仁说，谁说没有脾气？前不久那顿揍还不够结实？只是坏毛病已经惯成了。要不这样，干脆让锁堂停学算了，放哪个商号学做生意去。潘彩儿说，这才是正理，都十七多了，还念啥书？侯智仁说，这话你先和锁堂说说，念还是不念，都得他情愿不是？潘彩儿说，停就停，跟他商量啥？还是个惯！侯智仁原地立了片刻，看老婆和女女要吃饭了，转身从屋里走了出去。

　　让潘彩儿想不到的是，当侯串串服完第三服药，病情非但没有出现好转，而且更加严重了。当晚连续起了五次夜，每次没排多少尿，但只要一上炕，很快又有尿意袭来了，折腾得人疲惫不堪。次日清早，潘彩儿服侍侯智仁父子出门后，来到侯串串屋里。看见女儿还没起炕，伸手摸了下女儿额头，问道，感觉好些没？侯串串没吱声，闭着眼睛静静躺着。潘彩儿说，得是有点发烧？侯串串依然没吱声。潘彩儿说，吃药后身上有点难受不要紧，那是病向好走着呢。只要对了症，一般服药过半后，病就会回头，今明儿两天将剩下的两服药吃了，病就彻底好了。侯串串还是没动静。潘彩儿说，你爹你哥出门了，你也赶紧起炕吧，我这就煎药去，梳洗后先把药喝了，再吃早饭。说完出门走了。侯串串一夜没睡好，只觉得头昏脑涨，周身乏力。母亲出门后，她爬了起来，去了一趟茅厕，简单洗漱了一下，然后来到了厨房。潘彩儿转脸看到女儿，不由得吃了一惊，问道，串串你怎么啦？脸色咋这么难看？侯串串说，不知道怎么了，晚上起了五六次夜，几乎没睡成觉。潘彩儿说，怎么就起了五六次？侯串串说，老想解小手。潘彩儿说，还有啥不舒坦？侯串串说，可能没睡好，眼睛胀，周身困，再就是腰和肚子疼痛和坠胀。潘彩儿望着女儿发白、肿胀的脸，不知道女儿到底怎么了，半天说，我娃甭担心，郭老先生的药是最灵验的，等把药吃完，病就好干净了。药煎好后，这次潘彩儿先让女儿吃了点东西，随后将药喝了下去。侯串串喝药后，感觉精神不好，饭没吃几口，又回自己屋里躺下了。女儿这种状况，让潘彩儿有些慌神，跟着来到女儿屋子，说，要不再去郭老先生那里走一趟，看看究竟是怎么了？侯串串说，不去，我想歇息一会儿。潘彩儿离开后，侯串串睡不着，翻来覆去只觉得身上更难受了，坠胀的感觉越发明显。侯串串不禁想起了郭耀祖，想起前两天见到郭耀祖的情景，想起郭耀祖看见她时那种期盼难耐、手足无措的神情，她当时多想扑在他怀里啊，将他紧紧地抱住。她在想，这会儿郭耀祖会在哪儿，应该跟哥哥在一起吧，他会想我吗？想着想着，侯串串默默地流下了眼泪。就在这时候，一股尿意又袭来了，侯串串急忙下炕跑到茅厕，可就是这次，侯串串看到，已经有三个月没有看见的那个东西又来了。侯串串一直认为，月经那个东西实在太讨厌了，这几个月它没来过，这让她感到无比轻松，可谁知道，它今天又来了。侯串串怀着厌烦的心情，将这件事情告诉了母亲。潘彩儿惊讶地看着女儿，说，怎么，你几个月都没有来了吗？侯串串点点头。潘彩儿忽然觉得，女儿的病根找到了。她自言自语道，这就是看病先生所说的什么闭经吧。

　　晚上，潘彩儿将这件事告诉了侯智仁。侯智仁听了后，却觉得有些蹊跷。郭嘉树是什么人？府良城里第一等知名看病先生，女儿这点小病痛，吃了他的药，病情居然越来越沉重，这就有点说不通了。侯智仁对潘彩儿说，那些药吃完了吗？潘彩儿说，今儿个吃第四服，还有一服明天吃。侯智仁说，没吃先甭吃了。接着气哼哼地说，郭嘉树这个老家伙，究竟耍的是啥把戏？看侯智仁上火了，潘彩儿说，他郭嘉树再能，也不是啥病都能看好，你对他郭家有恩，咋也不至于给咱使啥手段。侯智仁说，不管怎样，剩下的药甭吃了，明天一早，我去找郭嘉树，把事情弄弄清楚再说。

　　次日一早，侯智仁放下手头的事情，来到郭嘉树的中药铺子。铺子里已经有人来看病抓药了，郭嘉树正襟危坐在医案后面为一个娃娃诊脉，旁边站着一个大人候着。侯智仁平时很少来这里，看到一清早就来了这么多患者，心想，这老家伙生意还真是兴隆。侯智仁叫了一声，郭老先生，在忙哪？郭嘉树抬起头，看见侯智仁站在不远处脚地朝他笑着，正在号脉的手不禁轻轻一抖，立马立起身子，满脸堆笑说，是侯会长啊，失迎失迎！

说话间急忙从医案后走出来，拉着侯智仁的手往里屋走，边走边喊，德存，我陪会长了，外面的事情你招呼着！两个人坐定后，很快就有学徒娃将水壶和茶叶送了进来。侯智仁说，看来生意兴隆啊！郭嘉树谦卑地说，还是那句话，一切全托你会长的福。我郭嘉树一个乡下郎中，能有多大能耐？侯智仁笑着说，区区小事，何足挂齿。你老兄生意兴隆了，不光是你们郭家的好事，也是府良百姓的福祉嘛，你老说是不是？郭嘉树呵呵地笑了，说，会长的话让嘉树感佩万分。一边说话，一边将茶沏好，恭谨地将一杯茶放在侯智仁面前。侯智仁端起茶杯啜饮了一口，说，好茶好茶。郭嘉树说，当然是好茶，你忘了嘛，这茶还是你会长过年时送我的哩，我对茶没讲究。侯智仁呵呵地笑了，说，你老就知道看病挣钱。郭嘉树说，见笑了，见笑了。转口问道，会长大驾光临，有啥吩咐，尽管指示。侯智仁说，也没啥大事，顺路进来，想问下小女串串病情的事。听侯智仁要问侯串串的病情，郭嘉树心里咯噔了一下，望着侯智仁的脸说，女女没啥大碍，带回去几服药吃完了，病就好了。侯智仁的脸已经变得冷峻起来，说，五服药吃了四服，病情没见好转，不知道怎么回事？郭嘉树说，是吗？侯智仁说，昨天晚上女女上了五六次茅厕，腰跟肚子很不好受。郭嘉树望着侯智仁，没说话。侯智仁犹豫了一下，说，听她妈说，下身也……见红了。郭嘉树一愣怔，当即想道，这就对了，那几服药就是要将她肚子里那个小玩意儿拿下来！遂问道，量大小呢？侯智仁说，不是很多吧，但也不很少。郭嘉树哦了一声，随即一股悔意冲上了脑际，看来药料是给得偏轻了，应该三服药就把问题解决掉才对。便说道，不要停药，待第五服药吃了后，问题就解决了。侯智仁说，娃不就是有点不舒坦嘛，咋会弄成这样？今儿早都要下不了炕了，你老哥是高手，弄成这般模样肯定有啥缘由，你告诉我，究竟咋回事？侯智仁的话让郭嘉树一惊，心想，这个老东西咋这么鬼。遂迅速瞄了一眼侯智仁说，该有啥事情？啥事情也没有。侯智仁说，啥事情也没有？没那么容易吧！不管啥事，你老兄直说，甭躲躲藏藏好不好？我侯智仁是啥人，你老哥明白，这件事情我必须弄清楚。郭嘉树对侯智仁从心底还是有些害怕，看侯智仁不依不饶的样子，一时有点不知所措。不过，眼下让他最担心的，还是他的那些药量能否将侯串串肚子里的东西拿下来，要是万一拿不下来，该怎么办？郭嘉树干咳了两声，清了清嗓子，说道，给你老弟说过了，啥事情也没有，你还信不过我吗？把最后那服药吃了后，女女就彻底痊愈了……侯智仁打断郭嘉树的话，说道，我给她妈说过了，剩下那服药，不吃了。侯智仁的话让郭嘉树吓了一跳，当即说，不吃了？为啥不吃了？不吃怎么成？侯智仁坚决地说，病情越吃越重了，再吃就将女女吃坏了，那样的毒药还敢再吃吗？郭嘉树没想到侯智仁会突然翻脸，心里暗想，眼下侯串串只是见了点红，若不把第五服药吃下去，肚子里的东西肯定拿不了，那个东西拿不了，那不把祸根留下了？想到这里，郭嘉树觉得大祸就要临头了，哀哀地说，会长你就听老哥一句话，真的啥啥事情也没有……郭嘉树的态度和神情，让侯智仁心里动了一下，却更加坚定了他对此事的怀疑。没等郭嘉树把话说完，侯智仁说道，甭绕弯子了老哥，你不把事情说清楚，那药女女肯定不会再吃了。敞敞亮亮说话，究竟咋回事？郭嘉树走投无路了，站起身给侯智仁杯子里添上水，然后两只手抱着自己的茶杯，在怔怔地发呆。看见郭嘉树这副模样，侯智仁端起杯子啜了一口，温和地说，你老哥莫要有啥顾虑，有啥说啥吧，我是娃他爹，说了我心里就有底了。接着又说，不管事情怎么样，我都不会怪你，因为我相信你老哥不会对我侯智仁操瞎心。郭嘉树抬起头，迷茫地望着侯智仁，侯智仁也望着郭嘉树。侯智仁说，你老就说了吧。郭嘉树痴痴地望了半天侯智仁，最后终于说道，我说了，会长可不要着气……侯智仁看着郭嘉树，一颗心不由得扑腾扑腾跳了起来，说道，你老尽管放心，我不会着气。郭嘉树说，女女她……侯智仁的眼睛忽然间瞪大了，眼睁睁地瞅着郭嘉树。郭嘉树的声音忽然变得跟蚊子声音一样细小：女女她……有了身孕了……侯智仁的脑袋轰的一响，只觉得眼前一阵发黑，他闭上眼睛静了片刻，使劲摇了摇脑袋，努力让自己平静下来，睁开眼睛继续看着郭嘉树。郭嘉树说，这就是女女的病根。女女的嫁期不是快要到了吗？这事我没敢告诉太太，为了不惹出啥麻烦，我便自作主张给女女开了那几服药，想把这个事给了断了……郭嘉树不再说话了，静静地盯着侯智仁。侯智仁许久才回过神来。他问郭嘉树，这事是真的？郭嘉树看着侯智仁，没说话。侯智仁恨恨地哼了一声，咬牙切齿道，这个畜生是谁？接着对郭嘉树说，你老哥做得对，我不光不怪你，还得感谢你。看见侯智仁这样说话，郭嘉树稍稍放下了心，说，感谢啥，你老弟的事就是我郭嘉树的事，你不怨我，我就谢天谢地了。侯智仁说，只是那五服药吃了后，能彻底解决问题吗？郭嘉树沉吟了一下说，应该没问题。害怕伤了女女身子，我将药料下得很轻很轻。万一要是不行，我再开点药，你就放心吧。侯智仁叹了口气说，养个女娃娃，真有操不尽的心。郭嘉树点点头说道，串串娃是个好女女，千万不要怪怨娃、难为娃。侯智仁说，这件事，丢人败兴，真是没脸见人了，你老莫要笑话我。我也拜托你老，能替老弟把住这个口风，侯家会感恩你老一辈子。侯智仁说着，高高地拱了一下拳头。郭嘉树急忙说道，老弟说的是啥话？这事都不想说给你，还能让其他人晓得？你放心好了。这时，侯智仁立起身子，说道，女女几个月身子没见红了，串串她妈还以为你老开的那些药，为的是解决那个问题，哪里知道……说着懊悔地跺了一下脚，从里屋走了出去。郭嘉树将侯智仁送出中药铺子，望着侯智仁的背影，想着侯智仁临走时说的那句话，忽然举起手朝自己脸上狠狠打了一巴掌，直后悔自己一时迷了心窍，怎么就没想到给侯串串调理闭经这个极为顺茬的借口，让她顺理成章地把那些药喝下去？回到里屋，郭嘉树再次狠狠地朝自己的脸上抽了一个耳光，嘴里唾骂道，猪脑子！

二十一

　　侯智仁离开茂源中药铺，没有心思回家，直接去了县商会，一头扎在会长室的床上，两只眼睛瞪得大大的想心事。侯智仁活了大半辈子，还没遇到过如此窝囊的事情。自己的女女小小年纪，居然做出这种辱没先人和败坏门风的事体。侯智仁觉得自己的身上像着了火，脊梁上有一股黏黏的冷汗在徐徐往下流。他恨不得立马回到家里，将女儿吊在房梁上痛打一顿，让她交出那个胆敢在太岁头上动土的畜生，然后将他五马分尸。不过，侯智仁明白，为了保全侯府在府良县城的名声，为了保全与闫济舜的这层亲家关系，这件事情无论如何不能声张，只能让它烂在肚子里去。想想要是闫家知道了这件事，两家的亲事吹灯肯定无疑，重要的是，这件事会很快传遍府良县城角角落落，那还叫他侯智仁在这片地方怎样活人？道理尽管是这个道理，侯智仁还是止不住在想，这个畜生会是谁？侯智仁的脑子里迅速跳出了郭耀祖的影子。会不会是这个坏小子？不过他今年才十四五岁吧，个头儿虽然不小，看起来文文弱弱，不一定有那么大的胆量敢如此胡作非为。侯智仁又想，会不会是侯府哪个下人所为？侯串串平日极少离家，大门不出，二门不迈，侯府下人中有老老少少二十几号男人，是男人就有可能做出这种事体。侯智仁将这些下人逐人在脑子里过了一遍，想不来哪个人会干出这种胆大包天的事来。侯智仁躺在床上，脑瓜仁子想得生疼，想来想去还是想不出个名堂，想不出一个办法让他出了这口恶气。午饭时，有人来敲门，说早前看见侯会长进屋了，始终没见走出来，请会长去吃午饭。侯智仁想了想，心里说，去屎吧，先吃饱饭再说。几个人一起在醉香楼吃了一碗炒粉和一碗铤面，吃饭间喝了一些酒。和往常不一样的是，这顿饭侯智仁放得很开，喝了好多酒，饭没吃完就有些醉了，最后离开饭桌时，侯智仁突然痛哭了起来，这让所有人大吃一惊。在他们眼里，侯智仁是个有理智，敢作为，天不怕地不怕的汉子，从来没有人见过他流眼泪。几个人赶紧将侯智仁扶回商会他的屋子。在商会一觉睡到太阳快要落山时分，侯智仁起来擦了把脸，问院子里一个杂工说，我怎么睡了这么久，也没人把我叫起来？杂工说，您中午多喝了几杯，回来就睡着了，看您睡得香，就想让您多睡一会儿。这时，侯智仁已经比上午冷静多了。回到家里时，潘彩儿把晚饭做好了，正焦急地等他回来。看见潘彩儿一脸焦急，侯智仁说，你怎么了？潘彩儿说，我怎么了？你一大早出了门，怎么就不知道回来了，忘了女女有病吗？侯智仁哦了一声说，商会有点急事要办，娃咋样了？潘彩儿说，咋样了？腰痛肚子痛，下身不断出血，好像越来越厉害了，该咋办呀？中药铺子那边你去没？侯智仁说，去过了。潘彩儿说，既然去过了，就该回个信儿，老先生没说到底怎么回事，再开下其他啥药没有？侯智仁说，原来的药不是还有一服？潘彩儿说，是，第四服二遍还没喝呢。侯智仁说，现在就熬去，把剩下的药吃完。潘彩儿说，吃完，还吃呀？你不是不让吃了吗？侯智仁说，咋这般啰唆，既然叫你熬，就肯定敢吃，快去熬吧。

　　吃过晚饭，安顿侯串串喝下汤药，回屋躺下后，侯智仁两口子来到上屋。两个人半天都没有说话，气氛一时有点沉闷。潘彩儿说，老先生没说女女究竟是啥病？半天，侯智仁说，啥病？羞先人的病，败坏门风的病。潘彩儿一惊，说，你胡说啥哩？串串可是你女女，你得是疯癫了，说胡话哩？看侯智仁不再吱声，潘彩儿走过去将屋门闩好，低声说，不管啥事情，好好说话成不？人心里都要急死了！侯智仁没好气地说，我还有心思好好说话？知道你女女害的啥病？潘彩儿看着自己男人，小心说，啥病？侯智仁说，她要给你养外孙啦！啊？潘彩儿倒吸了一口凉气，说，咋会是这样？老先生会不会搞岔了？侯智仁说，老先生没把事情告诉你，可他开的那些药，就是动胎气的药，现在明白了吧？潘彩儿一下子蔫了，靠在炕沿上不吱声了。良久，侯智仁说，说吧，那个畜生会是谁？潘彩儿看着侯智仁，脑子里迅速旋转着，眼前浮现出了郭耀祖的影子。她摇摇头，说道，我不知道，我想不来。侯智仁说，会不会是郭家那个小坏种？潘彩儿心里一颤抖，头摇得如同拨浪鼓，说，不会不会，绝对不会是他，他才多大？侯智仁说，他才多大？不是十五大点了吗？身坯那么大，以为他还小？已经成人啦！潘彩儿说，这女女，咋会弄出这种事嘛！侯智仁说，你去厦房，去问问女女，问这件事是谁干下的？找出这个奸贼，我要把他下了油锅！潘彩儿站立了一会儿，没有动。侯智仁说，怎么啦？快去啊！潘彩儿又站了片刻，就要不出声离去了，侯智仁叮咛道，只问她跟谁在一起过，别让她知道身孕的事。好好说话，别吓着她，哄着让她把实话讲出来。没有过多久，潘彩儿回来了，进屋后，又是蔫头耷耳地靠坐在了炕沿上，不吱声。侯智仁说，问了吗？潘彩儿没说话。侯智仁说，说话呀！潘彩儿依然不吱声。侯智仁声音大起来，到底啥情况，说话不好吗？三竿子打不出一个响屁，想急死人怎的？潘彩儿说，这种事，你想她能说吗？她是你的女女，她是啥性情，你能不知道？侯智仁不吱声了。潘彩儿说，我刚开口问了一声，问她和谁在一起过，她就哇哇地哭闹起来了，说她病成这样了，当妈的还要欺负她，还说我再问，她就跳井呀。侯智仁咬咬牙，恨恨地说，哼哼，没一个不是惯坏的！后来呢？还说啥了？潘彩儿说，还能说啥？说她不愿意嫁给闫坤定，要和闫坤定退亲。侯智仁说，我看这女子是疯了，不想嫁闫家她想嫁给谁？潘彩儿说，想嫁郭耀祖呗！侯智仁忽然暴怒了，我操他了个妈！事情从头至尾，就烂在了郭嘉树这个老东西身上！我想明白了，那畜生不是别人，就是那个狗娘养的小杂种！侯智仁说着，将脸直直地对着潘彩儿，都是你！都是你不知道哪里着魔了，发疯般地将那小畜生往家里引。我警告过你，你就是不听，如今可好，好端端将女女搭进去了，这下你该满意了吧？侯智仁的话将潘彩儿窘住了，潘彩儿嘤嘤咛咛地哭泣起来。潘彩儿哭着说，抓贼抓赃，捉奸捉双，你咋肯定那个人就是人家郭耀祖？退一万步讲，即便真的是他，难道这事就不怪你？你给我说说，人家郭家有啥不好？郭耀祖哪点不如闫坤定了？女女爱郭耀祖不爱闫坤定，你考虑过女女的想法吗？那戏文上不是演了吗？王丞相的三女王宝钏，不也看不上千富万贵的王孙公子，偏偏爱上了一贫如洗的薛平贵，跟他爹三击掌打赌，硬是在寒窑里受了一辈子苦？如今出了这档子事，不都是你一手逼迫的，还好意思赖别人？潘彩儿越哭越厉害了，边哭边说，那好吧，既然一切都怨我，那就由你做主吧。我今天把话给你说清楚，要是把女女逼出个好歹，我可和你老家伙没完！侯智仁爱侯串串，也爱潘彩儿，看见潘彩儿哭得悲哀伤痛，花枝乱颤，想到潘彩儿说的话也不是完全没有道理，便一下子顿住了气，什么话也不想再说了。看侯智仁不说话了，潘彩儿想自己已占了上风，也就不言语了。沉默了半天，问道，如今这事，你说究竟该咋办？侯智仁说，该咋办？难道你还真想让女女跟闫家退亲吗？真想让她给你把这个外孙生下来？眼下最要紧的事，就是赶紧把女女肚子里那个东西处理掉，悄悄密密把她嫁出去！潘彩儿说，处理掉没处理掉，我怎么知道？侯智仁说，那老家伙说，这五服药吃完后，应该没啥麻达了。药吃完后，让郭嘉树来家里一趟，号下脉，要是还有问题，再开点药。潘彩儿还在小声哭泣，侯智仁说，去给女女好好劝劝，把利害关系说清楚，断了对郭家小杂种的念想。从今往后，绝不许他俩见面和来往。说完这些话，侯智仁仿佛自语道，看来这郭家在县城待下去，终究会是个麻缠。潘彩儿没听明白侯智仁这句话，一时脸上有些迷茫。

二十二

将五服药服完后的第三天,一大早,侯智仁打发张黑牛牵着枣红马,去茂源中药铺将郭嘉树请进了侯府,侯智仁和潘彩儿在上屋门口恭迎他。寒暄几句后,潘彩儿去厦房将女女领了来。郭嘉树看见,短短不到十天工夫,侯串串像变了个人,从光彩照人的大姑娘,变成了个久卧病榻的小妇人。似乎脸也没有洗,头发也没有梳,写满病容的脸上,挂着一种冷漠和木然。潘彩儿说,这是你郭老伯。侯串串朝郭嘉树点点头,脸上没有一丝笑容。郭嘉树说,来,女女,坐到伯伯跟前来。侯串串在屋桌前面的条凳上坐下来,伸出右腕搁在郭嘉树面前的脉枕上。郭嘉树再次瞅瞅侯串串的脸,心里升起了一股怜悯,侧转着身子将右手三根手指轻轻按在了侯串串手腕上。郭嘉树闭上了眼睛,侯智仁和潘彩儿静静地坐着,不约而同地将目光投在了郭嘉树的手指上。良久,郭嘉树睁开眼睛,问侯串串道,告诉伯伯,是不是感觉好受了些?侯串串点点头。潘彩儿说,最后那服药吃过,红来得多了,随后就渐渐地干净了,腰和肚子疼得轻了,坠胀的感觉也消除了。郭嘉树徐徐地出了一口气,慢慢抬起头,望着侯智仁和潘彩儿,说,没事了,女女的病好了。侯智仁说,那后面还需要怎么个治法?郭嘉树说,我开个滋补的方子,让女女服了,很快就复原了。侯智仁说,大概得多久?侯智仁的话让郭嘉树想起了侯串串就要出嫁的事情,说,半个月左右吧,最多个把月,啥事情都不影响的,会长放心吧。潘彩儿带着女女出去了。郭嘉树将药方开好,一边往自己的衣兜里装,一边说,方子我拿着,回去抓好药,让送我回去的人带回来就是了。侯智仁起身给茶壶添上热水,倒了一杯水放在郭嘉树面前,微笑着说,感谢郭老先生看好了女女的病。郭嘉树端起茶杯吹了吹,轻轻抿了一口说,会长见外了,嘉树进城这几年，受会长恩惠着实不浅，倒是我应该向会长表示感谢才对。侯智仁说，哪里哪里，你老兄如今在府良城里德高望重，人脉厚实，智仁这个会长能否当下去，还不得仰仗你老压台和捧场啊？郭嘉树呵呵地笑了，说，水帮船，船帮水，你我老兄弟俩，走到哪里也不拆帮。侯智仁哈哈笑了，说，那是那是，走到哪里也不拆帮。说着沉吟了一下，又说，我近来一直思谋一件事情，不过还没想好，请你老给我参谋参谋。郭嘉树望着侯智仁说，啥事？会长你说。侯智仁说，我家锁堂不好好念书，也不是那块料，他妈不想让他念了，打算让他学着做点事情，你老说说，该怎么办好？郭嘉树喝了几口茶，若有所思地说，小少爷和我家耀祖交往密切，听耀祖说小少爷甚是聪明，若让他停学，是不是有点可惜？侯智仁说，我也这样想过，论年纪，确实还小，多念几天书应是正理，不过他好像没心思念书。我了解过，他不像你家耀祖，贪玩是贪玩，可把念书没丢，这让人心里就有了指望。郭嘉树说，我家耀祖也是个混世魔王，贪玩混账得不像话，我也头疼得很。只是会长问没问过小少爷，他本人是啥想法？娃娃不小了，事情咋办还是得听他的意见。侯智仁说，他妈问过了，他说他不想学做生意那些破烂事，就是想念书。听听，开口就说做生意是破烂事，不成器的东西！郭嘉树说，既然如此，那就别勉强娃了。要我说吧，既然县城有这么好的学堂，那就应该让娃把该念的书念好。我后来才明白，在这件事上，县长的想法是对的，只要娃娃把书念下了，日后不论是从政、经商，还是行医，都会有莫大益处。侯智仁若有所思地点着头，沉思片刻说，你老说得没错，确实是这个理儿，那好吧，好赖让他往下念吧。说完这些话，侯智仁仿佛一下子轻松了许多，端起茶杯畅饮了几口，说道，你老的铺子，我很少过去，前几天去时看了一下，生意很红火嘛，还有啥事情需要我帮忙不？有的话，只管吩咐好了。郭嘉树眼睛亮了一下，稍微沉吟了一会儿说，这个嘛，既然会长问到这里，我就给你说道说道，最近我还真有个想法。说着嘿嘿地笑了一下。侯智仁看着郭嘉树，郭嘉树顿了顿神，说，这几年吧，有会长你给我撑腰，使得我这个铺子开得不错，如今手头有了一些闲钱，我就想，能不能把铺子扩展一下。一个，要是将隔壁李家那个院子买下来，李家的院子不光大、宽敞，而且有上房、厢房、门房，比现在的铺子要大出许多，也要实用许多，将它与现在的铺子合为一体，再好不过的了。若是这个想法能实现，到时干脆将乡下那个家搬到城里来，一家人分开两地过，太长久总不是一回事。二一个嘛，万一要是李家不愿意出手院子的话，那么在南街距离医坊不远的杜家巷，我看下了一处地方，就是那个破落财东杜家，院子也很不错，一律青砖到顶，房子盖得很讲究，将它买下后，在那里另外开个铺子，将来就让耀祖在那边经管。这件事情我思谋了很久，几次想给你说说，总是张不开那个口。另外，还有现在的铺子，地方虽说有点破旧，位置还算不错，原来不是租的嘛，是不是也跟房东商量一下，能够买下来就更好了。我知道，要想将这件事情办下来，不是光有几个小钱就能把事情说开的，也不是靠我郭嘉树这点能耐就能拿得下来的，说到底还得仰仗你会长的面子和威势。只要你会长肯出马斡旋和说合，再难的事情也是不难办到的。听郭嘉树说这些话，侯智仁心里不知不觉升起一股怒气。郭嘉树的想法正好击中了埋在侯智仁心底的担心和恐惧。侯智仁想，你这个老东西，心倒是很野！把你家几辈子的事情都安顿妥当了，真想你郭家在府良城里扎根啊？难道你真的不知道你家孙子欺负我家女女的事情？鼻子插葱装得倒像！侯智仁想，真要让郭嘉树这些美梦实现了，那么郭耀祖这个小杂种，就会一辈子待在县城，这一来，女女这辈子甭想摆脱这个恶魔的纠缠了。如此一来，女女与闫坤定的日月，还能过得安宁、过得太平吗？想到这里，侯智仁禁不住打了个寒噤。侯智仁咬了咬嘴唇，抬起了头，微笑着对郭嘉树说，好啊好啊，你老兄的想法很宏伟、很远大啊，照这样经营下去，郭家药铺终有一日要取代南街医坊了。郭嘉树笑了，笑得有点不好意思，说，人家医坊大了去了，咱咋能取代得了人家？侯智仁说，怎么就取代不了？我看就能，事在人为嘛！郭嘉树说，那就得烦劳你会长为嘉树撑腰和操劳了。侯智仁说，郭老先生尽管放心，你老的事情，就是我侯智仁的事情。我不光会鞍前马后为你老效犬马之力，我还要在章县长面前为你老兄美言借力，让他也能为你老兄壮胆撑腰。有了县长和我给你帮衬，还怕心想的事情成不了真吗？听到这里，郭嘉树忽然有点感动，他立起身子，对着侯智仁拱起双手说道，真要那样了，我郭嘉树永生永世、我郭家世世代代会对你侯会长感恩戴德，我会让我的后人每天为你老人家烧一炉高香。郭嘉树说到这里，眼睛已经有点潮湿发红了，拱起的拳头在微微颤抖。侯智仁哈哈大笑了起来，也同时拱起了拳头，说道，你老先生在说笑话，在说笑话啊！这时郭嘉树放下拱起的拳头，右手抓起药箱，说道，大恩不言谢，今天的话，咱先说到这里，改日我在醉香楼正式请你侯会长吃饭。侯智仁说，老先生怎么啦？得是要走啊？郭嘉树说，会长是大忙人，客走主安嘛。侯智仁说，吃过午饭再走嘛。郭嘉树摇摆了一下空着的左手说，不了，不了，药铺那边还有病人在候着呢。侯智仁说，郭老先生心里装着病人，令人敬佩，不过钱这个东西，挣多少是个够啊？郭嘉树呵呵地笑了，说道，今天与会长一席话，比让我吃一百顿午饭还舒心。侯智仁一边朗笑着，一边说道，那恭敬不如从命了。说着走到屋门口，朝外面喊了一声，黑牛，送郭老先生回府！

二十三

郭嘉树怎么也没想到，侯智仁对他扩展中药铺子的想法会那么支持，对给他帮忙和撑腰的请求答应得那么爽快。侯智仁的那些话，句句都让郭嘉树热血沸腾。在离开侯府的路上，郭嘉树的心一直在怦怦跳着。郭嘉树想，侯智仁果真是个耿直仗义的人，看来他之所以能将侯府经营得如此家大业大和富裕殷实，之所以能在这么大的府良县城呼风唤雨，凭的就是他这种宽怀大度的处世之道吧。同时暗自庆幸，亏得他将侯串串怀孕的事情处理得果断，这事真要让侯智仁起了疑心，黏上了孙子耀祖，他恐怕吃不了得兜着走。回到药铺后，郭嘉树对张黑牛说，张先生稍等，顺便给串串娃把药带上。就将药方交给郭德存说，你亲自抓，用上好的药材。说完回到里屋，打开炕上的黑漆箱子，将珍藏的一枝上等高丽参和一根秦川牛鞭取出来，用红绸布小心裹好，与侯串串的药一起，交给张黑牛，让他务必交到侯会长手上。

望着张黑牛消失在药铺门外，郭嘉树心里鼓涨着一股激动。他朝医案那边望望，见有七八个人在候医，郭德存坐在医案后面，给一个穿着黑衣黑裙头上顶着黑色布帕、上了年纪的精瘦女人号脉。柜台上有一个学徒在抓药，其他两个学徒在库房里切药和拣药。看到郭德存给人号脉，郭嘉树心里又生出了一丝气馁。在儿子德存身上，郭嘉树可是没少下工夫，可二十多年下来，这个不瓜不傻不闷不愣的儿子，硬是在学医上没啥大的长进。这让郭嘉树啥时想起来，都止不住有些悲哀和泄气。如今，让郭嘉树稍感欣慰的是，孙子郭耀祖倒是一块学医的料。这种感觉，在郭耀祖很小背汤头歌诀和跟他外出行医时就有了，这小子不像他爸那么木讷和笨拙，格外地聪敏和机灵，这不嘛，来到县城后，尽管整天跟着侯府小少爷瞎混混，可念书的成绩并没落下，连带学医也没落下。看到郭德存给黑衣女人将药方开好后，郭嘉树走到医案跟前对儿子说，你去做饭吧。郭德存看了看父亲起身从医案后面退了出来，这时等待就医的人都站了起来，将殷殷的目光投在郭嘉树身上。郭德存离开时郭嘉树附耳对儿子说，去外面割二斤肉直接炖了，外打一斤烧酒回来。郭德存用惊讶的目光望着父亲，不知道一向节俭到了吝啬程度的父亲，为何忽然大方得这顿午饭既要吃肉又要喝酒，一时有点愣怔。郭嘉树不满地说，愣着干啥，快去弄吧。郭德存离开后，郭嘉树的心情又变得好起来了，很快进入了看病的兴奋状态。当郭嘉树将最后一个病人打发走后，郭德存已经将饭菜弄好了，正静候着郭嘉树入座就餐。郭德存虽然病看得不怎么精湛，却有着另外出色的一手，那就是做饭。在乡下老家时，家里的饭菜一应由他媳妇做，他从小至大没有走近过灶台。来到县城开铺子后，每日三顿饭只能由郭德存凑合做。让郭嘉树没想到的是，郭德存一上手，这饭菜的香味儿就给出来了，不光香味儿出来了，甚至有着一股异香。这一来，原本打算要请一名厨子也不用请了。一次，郭嘉树笑着对儿子说，看来你托生错了门户，你应该托生到一个大厨家里去开饭馆酒肆，或者去给县长和省长做饭。郭嘉树看见，这时三个学徒已经散坐在药材库房门口的小凳上，欢呼雀跃地吃喝开了。郭嘉树走进里屋，一股肉香扑鼻而来，炕上的饭桌摆着五碗菜和三双筷子，为防止菜凉，每个菜上扣着一只碗。另外放着一壶温酒和一壶热茶。郭嘉树问郭德存，咋不见耀祖？郭德存说，没回来。嗯？郭嘉树脸骤然一冷，说道，这个小东西又跟着侯家那小子野哪儿去了？郭嘉树原打算借吃午饭时机，将扩展药铺这一重大消息正式告诉儿子和孙子，并趁机将郭耀祖点化、教导和激励一番，要他好好念书，好好学医，早日接过父辈的班。为此专意破费弄了一桌好饭，一家人一起美美吃一顿，好好高兴一番。看见郭嘉树不上炕入座，郭德存说，那怎么办，我去找找他？郭嘉树说，偌大个县城，该上哪儿找？将酒肉先撤了去，晚上一起吃。郭德存将酒壶和红烧肉端了下去，一时两个人都没有心情了，潦潦草草吃了一点算了事。

中午张黑牛回到侯府后，将带回的东西一并交到侯智仁手里，侯智仁拿起草药看了看，低头闻闻，将药还给张黑牛说，交给太太吧。随后将裹着人参和牛鞭的红绸布打开，看到是这两样东西，眉头挑了挑，又包裹了起来。这时张黑牛已经走出屋子，侯智仁将他喊住。张黑牛拿着药，静静地立在客屋门口。侯智仁说，进屋说话。张黑牛回到屋里。侯智仁说，问你个事，给我说实话，不许撒谎。张黑牛小心地望着侯智仁的脸，眼睛一眨不眨，点了点头。侯智仁说，看没看见那个郭耀祖来过侯府？张黑牛心里一惊，小声问，老爷说的是……啥时节？侯智仁说，最近。张黑牛说，没有、没有。侯智仁望着张黑牛，脸上冷若冰霜，目光如炽如钻，说，那么说以前来过？张黑牛支吾道，是，以前来过……都是和小少爷一起进来。侯智仁沉默片刻，又问，那次我和太太去方城寨，他来过侯府吗？张黑牛不由得一哆嗦，心突突地跳起来，他极力镇定住自己，不动声色地望着侯智仁。半天问，得是去方城寨葬人那次？侯智仁也死死地瞅着张黑牛，冷冷地说，还能有哪次？张黑牛觉得有点气短，他没有说话，只是使劲地摇着头。侯智仁问，串串离没离开过侯府？张黑牛更是使劲地摇头。侯智仁不吱声了。张黑牛暗暗嘘了口气，脊背上渗出了一层冷汗。良久，侯智仁问道，没说假话？张黑牛哆嗦着嘴唇说，绝、绝对是真话，我不敢撒谎，老爷信不过我吗？我要是撒谎……侯智仁说，好了，不说这事了。接着缓和了一下口气，问，去过郭家药铺了吧？张黑牛瞅着侯智仁，小心说道，去过了，刚从那里回来。侯智仁闭上眼睛，将头靠在圈椅背上，声音低缓地说道，交代你一件事，不知能不能办好？张黑牛眨巴着眼睛说，啥能不能办好？只要是老爷的吩咐，绝对能办好！侯智仁说，是件大事。张黑牛说，上刀山，下火海，黑牛在所不辞！侯智仁睁开眼睛，看了张黑牛许久，说，到我跟前来。张黑牛往前迈了两步。侯智仁说，去找一两个人，最好是外地的，将郭家给我从府良县城弄出去！张黑牛一愣，瞪大眼珠，满脸疑惑地看着侯智仁。侯智仁说，咋？胆怯啦？张黑牛使劲摇着头，用坚定的语气说，这该有啥怕的？老爷怎么吩咐，我铁定怎么做！侯智仁说，就这么个事情，具体怎么做法，我再仔细想想，你也思谋思谋，筹划好了就动手。张黑牛说，老爷放心。侯智仁沉吟了一下，说，顺带着将郭耀祖那个小杂种夷了去！张黑牛一震，没敢抬头看侯智仁。侯智仁说，听明白没？张黑牛说，明白了。侯智仁说，去吧，越快越好。张黑牛点点头，转身大踏步走出了客屋。

　　就在这一天，百无聊赖的郭耀祖，潮水般的对侯串串的思念搞得他头昏脑涨，既不想去小学堂，更不想回药铺，便和侯锁堂、四满一起跑到蓝河镇逛荡去了。在蓝河镇街上，看见一帮人围在一起掷骰子，便挤进去看热闹。那伙人的玩法当地人叫吹牛皮，即两个人各持一个筒子，筒内各有五个骰子，数字一可以当一至六任何数字用，两个人同时摇筒子，摇完不许动筒子，各看各的数字，然后将双方骰数加一起，由先叫者从三以上起叫，如三个三，后叫者可以叫三个四，压住先叫者，先叫者又可以叫四个五，压住后叫者，以此类推，直至一方不愿意再叫了，最后谁叫的数字大，而且亮开筒子后，证明是真实的，算谁赢。由于看不到对方数字，双方叫数只能靠猜，其中必然真真假假、虚虚实实。观看了一阵，侯锁堂突然叫道，我来耍两圈。大家伙一瞅，是个不认识的外地娃娃，便将眼睛投向庄家。庄家是个黑头黑脸的矮胖子，瞅瞅侯锁堂，说道，你是哪儿来的？咱这不赊账！郭耀祖扯了扯侯锁堂的胳膊，小声说，看看就行了。侯锁堂大声说，怕啥啊，耍到最后谁不欠谁不就得了！就说你敢不敢耍吧？大家伙哄闹着说，耍！耍！耍！庄家说了声，妈拉个巴子，耍就耍，谁还不敢耍？庄家是蓝河镇有名的赌博轱辘，就靠赌博赢钱养家糊口。他拿起筒子，对侯锁堂说了声，开摇了！两个人就赌上了。第一局耍下来，出乎所有人预料，侯锁堂居然赢了。黑脸庄家脸憋成酱紫色，喊了声，再来！

第二局黑脸庄家又输了。围观的人没有一个人说话了，都在屏着气息看两个人耍。第三局，侯锁堂又赢了个满堂彩。这时黑脸庄家有点晕场了。侯锁堂说，还要不？黑脸庄家脸涨得通红，没有吭声。侯锁堂说，耍就接着耍，不要就算了，反正我不箍你，不过得把输了的钱拿来。黑脸庄家突然变了脸，吼道，老子陪你小子玩就给你长大脸了，你还想要钱？要在蓝河街上耍横啊？告诉你小崽娃，打哪儿来滚哪儿去，别惹老子上火！侯锁堂怪叫了声，唉嘿！欺生怎的？输了就输了，还想赖账啊！甭看你声粗脸黑，老子不怕你，快把钱拿出来，爷可等不得了！所有人没想到，这个碎娃会如此胆大。庄家脸变得更黑了，几个人悄悄散开了，气氛骤然紧张起来。有个小伙说，大大你发话咋处置这小兔崽子，我给咱上手！黑脸庄家哼了一声说，打烂他的屁股让他从蓝河镇爬出去！就在小伙子舞拳踢腿要动手时，郭耀祖急忙拱拱手，说道，大叔大爷请息怒，先听我说两句，我们是从县城来的，我家少爷带我们来蓝河镇逛，顺带耍了几圈骰子，斗胆赢了庄家大爷，请庄家大爷不要上火。大爷恐怕不知道，我家少爷本来就是府良城里有名的小赌王，赢遍了大半个府良城，至于我家老爷，大爷肯定知道，他就是县商会会长侯大老爷。今天庄家大爷跟我家少爷耍了几局，应该算是缘分吧，也算互相切磋技艺吧，说不定你俩日后还要见面呢。大爷，您说是不是这样？不过，既然是赌博，那就有输赢，赌场无父子，这也是规矩，大爷有钱给一点，没钱就算了，不管怎样，不要伤了大家和气才对。郭耀祖一席话，将赌场一下子镇住了，原先走开的人回来了，大家屏着气息，看看黑脸庄家，看看侯锁堂和郭耀祖，不知道眼下这件事情会怎么收场。侯锁堂依然气冲冲地盯着黑脸庄家，眼珠子转也不转一下。气氛凝固了片刻，这时只见黑脸庄家站了起来，装出一副笑脸朝侯锁堂拱了拱手，说道，哎哟哟，真还不知道，原来是大水冲了龙王庙，惭愧惭愧！接着走上前，逮住侯锁堂的手边摇边说，您就是大名鼎鼎的侯府小少爷啊？久仰久仰！刚才在下失礼了，还望小少爷原谅咱些。说完朝刚才要动手的小伙说，满囤，快去一品香弄桌饭，我要跟小少爷喝两盅。事情发展到这一步，是侯锁堂没有想到的。侯锁堂只想，黑脸庄家要是敢赖账，那就跟他干一仗，反正不能便宜了他。谁知郭耀祖几句话，竟化干戈为玉帛了！侯锁堂脸上挂着尴尬的笑，对着不断摇他手的黑脸庄家说，呵呵，没事，呵呵，没事。接下来就由黑脸庄家做东，大家一起在一品香饭馆吃了一顿饭。酒足饭饱后，三个人带着赢来的钱，天黑前离开了蓝河镇。回家路上，侯锁堂说，没看出哈，你郭耀祖还有这本事，嘴唇子吧嗒了那么几下就将黑脸庄家的火泼灭了？啥时候学的？郭耀祖说，我本事哪有你的大？生生地就敢跟人家职业赌家拼，一出手还赢了人家。这本事你啥时候学的？侯锁堂笑着说，他们那种赌法太次毛了，不就是小屁孩玩尿泥吗？不就是放着胆子胡吹冒撂吗？黑脸庄家蓝河街上耍大，靠的就是那么个程式。咱生生去跟他一拼，他就玩不转了呗！赌博这活，拼的就是个胆大，只要你不怕输，那保准你最后赢。四满说，起初那阵子我还真有点怕哩，要是真的打起来，咱三个恐怕不是那伙人的对手。侯锁堂说，尿没尿裤子？四满啥时候都是个大尿包。四满讪讪地说，可不是嘛，谁能像你两个，比人精还精。四满这句话惹得侯锁堂哈哈大笑了。

二十四

三天后一个早晨。郭耀祖洗罢脸，和每天一样，父亲已经把早饭做好了。刚要动筷子吃饭时，张黑牛推门进来了，笑着说，要吃饭哈？郭德存站起来说，来吧张先生，坐下一起吃。张黑牛说，我吃过了。我早饭简单，两个冷馍就两根青辣子就完事了。说着爽朗地笑了一声。郭嘉树问，张先生过来有事？张黑牛说，头天带过去的几服药用完了，太太要您老过去给大小姐切下脉。郭嘉树哦了一声，从饭桌抓了一个馍馍说，德存，拿药箱来。张黑牛说，老先生甭急，吃完饭再走。郭嘉树笑着说，没事，看病事大。说话间从儿子手里接过药箱说，咱们走吧。这时候，郭耀祖叫了声，爷爷！郭嘉树立住脚，问道，咋咧？孙子说，串串姐怎么了？前几天不是大娘带她来过了嘛，她究竟得了什么病？郭耀祖神情很急迫，眼睛盯着爷爷的脸。孙子的举动让郭嘉树十分不悦。他顿顿神说，就是女娃娃惯常的那些小毛病。郭耀祖说，我想和您一起去，我要见下串串姐！郭嘉树正色道，该你去就会带你去。赶紧吃饭，甭误了去学堂。郭耀祖大声说，我要去嘛！两只眼睛瞬间汪满了泪水。郭嘉树的心怦地一跳，说道，耀祖，你怎么啦？咋这么不听话？张黑牛劝道，小少爷听爷爷话。其实大小姐没啥大病，就是夫人想让老先生号下脉而已。看张黑牛说话了，郭耀祖再没有作声。郭嘉树对着郭耀祖望了片刻，转身和张黑牛走出了药铺。上马时，他问道，会长在家吗？张黑牛说，老爷一早就出去了，太太在家候着您老呢。

郭耀祖没心思吃饭了。他问父亲，串串姐到底得了什么病？郭德存说，不知道。郭耀祖说，方子上都开了啥药？郭德存说，记不得了。郭耀祖说，药不是你抓的吗？郭德存说，是我抓的药吗？郭耀祖说，爷爷亲手将方子交给了你，放着清白装糊涂。郭德存瞪了他一眼，说，怎么对你爹说话？郭耀祖顿了下，用撒娇的口气说，爹，告诉我嘛，串串姐到底得啥病了？我想知道嘛。看儿子这样说话，郭德存心里涌起了一股暖流。对这个儿子，郭德存打心眼儿里爱他，比爷爷郭嘉树更爱他。郭耀祖从小长到大，郭德存没有打骂过他一次。郭嘉树对儿子一味溺爱耀祖的做法看不惯，多次说树要成材就得随时砍掉荒枝，娃做得不对的地方，你这个当爹的就得说，就得指教。像你这样一味惯娃，那是害娃哩。道理郭德存当然明白，可就是舍不得管儿子，一句重话舍不得说。望着儿子急不可耐的神情，郭德存不知道怎样答话。他知道，这件事爹对他叮咛过，他不能说出来。郭耀祖带着哭腔说，爹，我不就是想知道串串姐得了啥病？能是多大个事，连你也要瞒我？郭德存说，啥瞒不瞒的，谁瞒你了？人家女娃娃生病了，你老追问干啥？郭耀祖说，爷爷不是常说要我多熟悉一些病例吗？为啥串串姐的病不让我知道？郭德存说，那好吧，我就说给你听，从你爷爷开的方子看，就是脾胃不和、经血不调的毛病。郭耀祖哦了一声说，真是这样吗？郭德存说，不是这样还能是啥？碎碎个女娃娃，还能得啥病？听父亲这样说，郭耀祖似乎相信了，他离开饭桌，拎起书包出门了。看着儿子的背影，郭德存说，我给你说的这些话，别让你爷爷知道了。

带着满腹的狐疑，郭耀祖来到小学堂径直找到侯锁堂，问道，你实话告诉我，串串姐到底怎么啦？一大早张黑牛又跑到药铺接我爷爷去侯府了。侯锁堂说，串串近些日子是不舒坦，但究竟是啥病我也不知道。郭耀祖说，你没问下串串姐吗？侯锁堂说，问过了，她说她没病。郭耀祖说，锁堂哥，我想见串串姐。侯锁堂说，串串跟你一个样子，她也想见你。郭耀祖说，串串姐说什么了？侯锁堂说，还能说什么？说她自从生病后，黑明昼夜在想你，一个劲撺掇我安顿你跟她见面呗。郭耀祖忍不住哭了，用手抹了一把泪，说，串串姐好可怜。侯锁堂说，听我妈说，你俩不是在你家铺子见过面吗？郭耀祖说，见是见过一面，可啥话也没说成。从那天到如今过去快半个月了，就是见不到她的人，也得不到她的音讯，我都要急死了。侯锁堂说，我妈那天想请你一家人吃顿饭，你爷爷不答应嘛。郭耀祖说，我爷就那样，心里只有铺子跟看病，钻到钱眼儿去了。我最恨我爷了。侯锁堂说，你也看明白了？你爷爷就那副臭德行。郭耀祖说，我看清了，我爷是害怕我跟串串姐在一起，故意将大娘打发走了。侯锁堂嗤之以鼻地说，照你爷爷这么抠门儿，将来能给你娶个啥好媳妇？

晌午放学后，郭耀祖和侯锁堂又凑到一起。郭耀祖说，锁堂哥，我心里乱得不行，我真的想见串串姐。你帮帮我好不好？侯锁堂想想说，找个地方商量下。郭耀祖说，不回家吃饭吗？侯锁堂说，家里的饭有啥吃头？见天老一套，烦都烦死了。走，哥带你去个好地方。郭耀祖说，去哪里？侯锁堂说，醉香楼，就是我妈想请你一家吃饭的地方。那天没吃成，今天我带你去，那里的饭菜可好了。郭耀祖说，还是别去那里吧，你爹常去那里吃饭，我怕他看到了。侯锁堂说，看你那个屁胆！那你说个地方。郭耀祖说，随便吃点啥都行，我喜欢小吃。两个人来到一家糖糕摊子，每人要了六个糖糕。侯锁堂最爱吃糖糕。糖糕是当地最普通、最受人们喜爱的甜食，做法很简单：把面粉用煎水烫熟晾凉，切成核桃大小的剂子，将红白砂糖包进去，放油锅炸熟即可。做成的糖糕讲究外脆里嫩、皮薄沙酥、香甜可口，即炸即食。由于刚出锅的糖糕太过煎烫，不便直接入口，糖糕师傅会将糖糕用刀在木墩上快速轧成薄圆饼，使里面的糖和外面的皮融为一体，再将糖饼铲在碟子里食用。吃完糖糕，两个人来到一家凉粉店。当时正值夏季，凉粉是解暑降温的消闲小吃，集酸、辣、香诸味为一体，既便宜又解馋。他俩每人喝了一碗凉粉鱼鱼，最后在一家水盆羊肉泡馍馆，各喝了一碗羊肉汤，就了一碟羊杂碎，吃了一块夹肉饼，才觉得将肚子填饱了。出了羊肉馆，郭耀祖说，现在去哪儿？侯锁堂说，你只管跟我走。路过一家酒肆时，侯锁堂走进去拎了一瓷壶烧酒出来，少说也有小二斤。侯锁堂将酒壶在郭耀祖眼前晃晃，说，走吧，去南关杨财东家打麦场喝酒去。郭耀祖说，那该多远啊？有一次，郭耀祖和侯锁堂从县城西河捞了一堆小鱼，就在那个场角，两块砖支了一片石头，用麦秸秆烧鱼吃，被杨家的下人赶走了。郭耀祖说，后响也不回学堂啦？侯锁堂斜着眼睛说，你这个人有毛病啦？不是想回家，就是想回学堂。那个小学堂，不就是个玩耍的地方吗？在小学堂玩和在打麦场玩，不都一个样？

二十五

两个人来到了位于县城南关杨庄村杨大财东家的打麦场。这里不像一般小户人家的打麦场，忙时打麦，忙后复耕，而是一个专门打麦场，忙时用过后，平时就闲置着。打麦场里堆着十几个硕大的麦秸垛，空荡荡的场面在太阳的暴晒下已经出现了龟裂，毛糙糙卷起一片片土皮子，零零星星生长出了一拃来高的小麦苗子，背阴的地方，地皮已经变成了墨绿色。麦秸垛底座周围以及麦秸垛之间成了麻雀觅食和小娃们捉迷藏的场所。侯锁堂找了个偏僻的麦秸垛，三下两下扒了个麦秸窝子，往麦草上一坐，说，坐吧耀祖，边喝酒边说话。郭耀祖挨着侯锁堂坐下来。侯锁堂将酒壶打开，一股酒香飘荡开来。侯锁堂自言自语道，好几天没动酒了，还他妈的真有点想！说着将嘴对着瓷壶嘴子，咕嘟咕嘟喝下了几口。喝完用手抹了一下嘴巴，说，奶奶的真香。接着将酒壶递给郭耀祖，你来几口。郭耀祖有点犹豫。侯锁堂说，上次喝了那么多，扭捏个啥呀？郭耀祖看着侯锁堂，仰头喝了两口。侯锁堂说，咋样，香吧？郭耀祖伸伸舌头，挤眉弄眼地说，每次都一个味儿，辣而且呛。侯锁堂说，那是喝得少，喝多了就习惯了。酒是个好东西,喝了就不想那些烦心事了。说着从郭耀祖手里要过酒壶,又喝了几口。耀祖,再喝。郭耀祖又喝了几口,忽然咳嗽了起来。侯锁堂笑着说,嗨,真没个尿相嘛!又将酒壶拿过来,说道,我没告诉你,我爹我妈不想让我念书了。郭耀祖一愣说,为啥?侯锁堂说,嫌我念不前去呗。郭耀祖说,不念书,做啥?侯锁堂说,学做生意呗。我妈说,我爹想将我送省城,跟我大哥一起经管我家的商号。郭耀祖说,你咋想?侯锁堂说,你知道我这个人,我最烦做生意那些破烂事,我就喜欢在学堂玩,喜欢跟你一起玩。郭耀祖说,那就给你爹你妈说嘛。侯锁堂说,说过了,不顶用,我爹不答应。为这事,我跟我妈还吵架了。我说,不让我念书,我就去当兵。我妈说,你疯了吗?穿二尺五和下炭窠,那是没奈何才干的事情。不让你念书,是想让你学些本事,谁倒是让你去当兵啦?我说,兵不也是人当的?人家能当我为啥不能当?我妈说,谁叫你念书不行呢,在学堂里几年学下啥本事了?我说,反正我想好了,既然你和我爹不待见我,我就去穿二尺五,离你们越远,不是越对你们的心思?要我说,死到战场上才好呢。郭耀祖问,后来呢?侯锁堂说,我这些话把我妈吓蒙了,说她再和我爹商量。郭耀祖说,难道你真的想当兵?侯锁堂说,当不当还没有想好,不过真要让我停学做买卖,我就当兵去,走南闯北吃香喝辣有啥不好?郭耀祖说,要我说,能念就念,不能念拉倒。整天价将人窝在这个学堂里,也不是啥好事,其实我早都把书念烦咧。侯锁堂说,舒坦不舒坦,烦还是不烦,反正我就喜欢念书,狗屁心不操,就是个玩。让你不念书,整天跟着你爷你爹切药蹬碾槽、号脉开药方,这事想起来我就头大,你难道不烦?郭耀祖说,人一辈子总得做个事情吧,我爷给我安顿了行医这行当,我只能照着这条路往下走。再说了,我爷不像你爹那么有权势,我不行医将来干什么,吃什么?侯锁堂说,反正我就喜欢学堂这地方,图的就是天神不收地神不管,想咋个玩就咋个玩。至于将来干啥事,我压根儿不想它。两个人一边轮着喝酒一边说话,每次侯锁堂喝得多,郭耀祖喝得少,这时侯锁堂已经红脖子涨脸了。郭耀祖说,这几天看你闷闷的,原来为了念书这事呀!侯锁堂说,那可不是嘛。我爹这人那叫个烦,哪壶不开提哪壶,他不待见我,我更不待见他,哼哼。郭耀祖从侯锁堂手里拿过酒壶，仰头喝了一口说，来，锁堂哥，甭愁了，你要是真想念书，让我爷爷去劝劝你爹，兴许能顶用。侯锁堂睁着发红的眼睛，定定地看了郭耀祖一会儿，说，好，这句话我爱听，这才是我的好兄弟。说着从郭耀祖手里要过酒壶，仰头美美喝了一口。郭耀祖说，锁堂哥，说完你的事，说我的事吧。侯锁堂一愣怔，你的事？似乎有些不明白，俄而拍了一下脑袋说，哦哦，得是想见我妹子的事？郭耀祖不吱声，怔怔地望着侯锁堂。侯锁堂却突然笑了，笑得有点暧昧。郭耀祖说，笑什么？侯锁堂说，耀祖，你给哥说句老实话，我和我爹我妈去方城寨那两天，你和串串都干啥了？郭耀祖没想到侯锁堂会问这个，脸禁不住通红了，说，锁堂哥，你醉了。侯锁堂说，我没醉，哥就想知道，你们干那事没干？郭耀祖不知道该怎么说话，红涨着脸望着侯锁堂，摇了摇头。侯锁堂一惊一乍地说，咋？还想蒙我怎的？整整一天两夜，真没整那个啥？鬼才相信哩！郭耀祖有些哭笑不得，说，你给我跟串串姐当哥，咋能说出这样的话？侯锁堂说，说这话咋啦？男人和女人，不就那么回事吗？你两个相亲相爱，哥心里喜欢。说心里话，哥就喜欢你俩那样，你们那样了，哥才高兴哩。听侯锁堂说到这里，一股热辣辣的情愫涌上郭耀祖心头，望着满脸醉意的侯锁堂，郭耀祖眼泪流下来了。侯锁堂接着说，我就想了，恐怕串串这次病，与你俩那两天瞎整脱不了干系。郭耀祖呆呆地望着侯锁堂，希望他继续说下去。侯锁堂说，耀祖，你晓得吗？串串她可怜啊，再过不到一个月，她就要嫁给闫坤定那个狗奴才了，串串整天在哭，整天都在想你，这点我心里最清楚。就因了这点，我打心底里恨我爹，真的好恨他！串串是个好女女，你郭耀祖是个福薄命浅的家伙。这时，郭耀祖忽然将两只手伸过来，一把抱住了侯锁堂，流泪叫了声，锁堂哥……侯锁堂推开了郭耀祖的胳膊，说，好了好了，你除了劲大，还能干啥？你这个人，就这点让人烦，动不动眼泪吧嗒婆娘兮兮的。真不知道你是咋想的，不管有没有人帮忙，你都应该在串串出嫁前，去跟她见一面。作为个男人，对自己心爱的女人，就这样把她丢开手了？郭耀祖说，我也想串串姐，时时刻刻都在想，可你家墙高院深，叫我如何是好？没辙了才来求你嘛！侯锁堂说，帮我可以帮，但事毕竟是你自个儿的事，像你这样软不拉唧，就知道哭天抹泪,能顶个屁用!不是我侯锁堂吹牛,这事要是放给我,那只有一条路走了。郭耀祖说,啥路?侯锁堂说,领着串串浪迹天涯呗。郭耀祖红涨着脸说,这点我不是没想过,可往哪儿跑啊?侯锁堂轻蔑地说,狗尿样!为了心爱的女人敢上刀山,敢下火海,敢杀人,敢自杀,这样的高台戏看得不少吧,可你能做到吗?郭耀祖不吱声了。侯锁堂泄气地说,串串怎么爱上了你这个软蛋!半天,郭耀祖问,那哥,你说说,你有没有心爱的女人?侯锁堂乜斜着眼睛,一脸无所谓的神情。你问我?郭耀祖点点头。侯锁堂哼了一下鼻子说,我没你狗东西幸运,一出手就碰上了我家傻串串。我心爱的女人还在她妈的腿肚子里面转筋呢!郭耀祖忍不住扑哧笑了。侯锁堂说,给你说实话,有几个女人倒是对我很不错,可惜他妈的全是窑姐儿。我晓得,她们不是爱我这个人,爱的是我的银子。你说说,这些个女人,还值得我上杆子吗?值得我去杀人放火,去抡刀抹脖子?侯锁堂说到这里,心里似乎郁积着一股闷气,抓起酒壶咕嘟咕嘟灌了几口,又顺手将酒壶扔给郭耀祖,说,就几口了,喝完去。郭耀祖接过酒壶仰头将剩下的酒喝下了。侯锁堂从郭耀祖手里拿过酒壶,举手将酒壶甩在了旁边的野地里,嘴里骂了句,去尿吧!郭耀祖说,我就不信了,偌大一个县城,堂堂侯府少公子,就没有一个你看得上的女人?侯锁堂摇摇头,说,有咋?没有又咋?没闲工夫思谋那些破烂事情,有个出火的地方就行了,不就是几个破钱吗?还少去了许多麻烦事。这时太阳快要落山了,忽然一股凉风在场面上打旋子吹着,几个在场里玩耍的娃娃,发现两个人在草窝里猫着,一呼啦跑过来,一排排立在草窝跟前,用纯真讶异的目光,静静地朝他俩望着。这让侯锁堂忽然生气了,侯锁堂瞪着血红的眼睛大喊了一声,滚,看你娘个脚哩!一伙小孩吓得作鸟兽散。郭耀祖感到有点头晕目眩了,说,要不要找下张黑牛,让他想想办法。侯锁堂说,张黑牛上次事办得不错,只是……郭耀祖说,怎么了?侯锁堂满嘴酒气地说,他是我爹的狗腿子呗!你容我再想想,不管怎么样,看在串串娃的分儿上,我会帮你俩。郭耀祖拉住了侯锁堂的手。侯锁堂说,咱可把话说到头里,串串最近身子病歪歪的,真要见了面,可别霸王硬上弓!郭耀祖用拳头捅了一下侯锁堂,冒着酒气的脸上,挂着羞赧的笑。嘴里却说,天要黑了,咱们回吧。

侯锁堂说，走，先去找点饭吃。郭耀祖说，还不回家啊？我怕我爷我爹等我。侯锁堂醉醺醺地甩了一下手，说，不回，就知道个回家！说话间突然嘿嘿地笑了，说，吃完饭，哥领你去红灯笼巷子耍耍咋样？郭耀祖一惊说，啊，又去那地方啊？侯锁堂说，去又咋咧？看把你一惊一乍的。郭耀祖说，我不想去。侯锁堂说，你要是嫌上次那个梅花老相，不可心，这次给你挑个嫩苗儿，保管你满意。郭耀祖说，那样的脏地方，去了对不住串串姐。侯锁堂说，哪跟哪呀，两回事！郭耀祖不吭声。侯锁堂说，你要是不去，你跟串串见面的事，谁能帮让谁帮吧。郭耀祖低头沉思了一阵，抬眼望着侯锁堂，苦笑了一下。侯锁堂说，嗨，这就对了，男人嘛，别让自个儿活得太憋屈了。

二十六

　　张黑牛领下差事后三四天里，心里一直感到不安。灭人这样的事情，他还没有经历过。在侯府跟了老爷这么多年，不管老爷交代什么样的差事，张黑牛总会心无旁骛，毫不含糊地把事情办成，办好，办漂亮，办到老爷心里满意。这次老爷要他将郭家赶出府良城，张黑牛猜摸，肯定是老爷知晓郭家小崽子勾搭串串女女的事情了。自打郭家来到县城后，郭家的一宗一件事情，哪个不是靠侯府老爷看在章县长跟郭嘉树是干亲家的分儿上，里里外外地替郭家支应着和担待着，没有侯府老爷在前面遮风挡雨，他郭家能那么快就在县城立足，能那么快将个小小的中药铺子开得风生水起？这一切，张黑牛全看在眼里。这可倒好，你郭家的胆子也忒大了，你家的小崽子居然敢对侯府的大小姐下手。尽管侯府老爷和太太对这件事不知根底，但凭着侯府老爷的练达和精明，张黑牛相信，没有什么事情能够瞒得过他。不是吗？那天老爷和他说话时，不就问到他们一家去方城寨之后，郭耀祖来没来过侯府，小姐出没出过侯府？张黑牛感觉到老爷一定觉察到了什么，不然，怎么会问得那么仔细，怎么会生那么大的气，怎么会下那么大的决心来处置郭家？张黑牛忘不了，就是那次事情之后，好长一段时间里，他的心整天仿佛吊在喉咙眼儿，只怕大小姐的事情被老爷知道了，更怕老爷知晓他张黑牛参与了，打心底觉得自己对不住老爷。好在这件事就那么安然地过去了，张黑牛才将悬着的一颗心放下。想到那天老爷给他交代差事时，当时问话、说话的神态，张黑牛至今仍感到脊背一阵阵发凉，觉得往后无论如何不能参与小少爷和大小姐他们的事情了，而应该一个心眼儿站在老爷这边，坚决按老爷的吩咐办，最后落个一身清白。不过，老爷的吩咐确实让张黑牛有点作难。要是只将郭家赶出府良城，这倒好说，也不难办到。可张黑牛知道，老爷明明从他手里想要的是郭家那个小崽子的小命，这让他感到事情有些复杂了。按理说，让他张黑牛摆平一个小小的郭家，拾掇一个小小的郭耀祖，绝对是小菜一碟。但郭耀祖这个小崽子，不仅跟大小姐缠得很紧，和太太也有着很深的交情，尤其跟小少爷之间，那简直是狗皮袜子没反正，好得一个鼻孔出气了。张黑牛想，要是没有太太的默许，小少爷绝不敢背着老爷，安排郭耀祖和大小姐幽会。当初侯锁堂要他将郭耀祖往侯府接应，他就感到事由重大，反复思谋这件事该做还是不该做。在老爷与太太和小少爷之间，他无法做出明确、理智的选择。老爷是他绝对不敢得罪的人，太太和小少爷也是他得罪不起的人，何况小少爷还为此给了他一笔银钱。张黑牛不明白，老爷跟太太和小少爷在对待大小姐亲事上，态度为啥如此不同。他时刻担心，天下没有不透风的墙，他要是真的将郭耀祖夷了，万一小少爷，还有太太和大小姐，翻脸要找他的麻烦时，他张黑牛还能有活路吗？张黑牛知道，小少爷生性孟浪，胆大妄为，真要是将他惹恼了，啥出格的事情都能做得出来。

这天上午，潘彩儿安顿张黑牛将郭嘉树接到侯府，再次给侯串串号了下脉。郭嘉树笑着对潘彩儿说，现在太太尽管放心，女女一丝丝麻达也没有了。潘彩儿心怀感恩，给郭嘉树带了一罐子桂花稠酒，打发张黑牛将郭嘉树送回了铺子。吃过晌午饭，张黑牛打算歇息一阵，可脑子里不断在想这件事情究竟该怎么下手。整整一个下午，张黑牛啥也没干，就那么窝在炕上胡思乱想天快要黑时，他突然想起来，茂源中药铺隔壁王染坊家一早借了侯府两头骡子去拉炭，说好后晌还，怎么现在还没踪影？张黑牛爬起来，打算去王染坊家走一遭，同时想，顺便再将郭家铺子的房屋结构及方位仔细察看一下。在中药铺子门前，张黑牛遇见了郭德存。张黑牛说，郭先生在忙啊？郭德存笑着说，是您啊，张先生？张黑牛说，叫先生我都没法答话了，就叫我张黑牛好了。郭德存说，侯府小少爷在家没？我家耀祖一整天没有回来了！张黑牛笑着说，算您说对了。两个小少爷整天在一起，你家小少爷没回家，我家少爷能在家吗？郭德存说，这两个孩子！又说，张先生过来有事吧？张黑牛说，你家隔壁王染坊家早晨借了侯府两头骡子使唤，我过来看看。郭德存跟张黑牛道别后，回了铺子。张黑牛将那几间房子再次认真地端详了一阵，就走进了王染坊家院子。王染坊家道中等，王家老爷子的老舅家和侯智仁的老姑家有着七拐八弯的亲戚关系，王家人便想方设法巴结和攀附侯家。王家染坊用水多，烧水要用炭，常会去四十里地之外的炭窑拉炭。每次拉炭，自家的一头毛驴不够使唤，就借用侯府的骡马。看见张黑牛进门了，王家人一阵子忙乱，招呼张黑牛坐下，老主人吩咐女人赶快炒菜温酒。张黑牛说，别忙乎啦，我吃过了。老主人笑道，您坐您的，没忙乎啥。张黑牛说，按以往时间估摸，应该回来了，今天是怎么了？老主人说，是啊，照以往的话，这阵子牲畜应该上槽吃料了。就在这时候，大门外传来了马车的嘎嘎声和骡马的响鼻声。老主人嘘了口气说，回来了。说完起身去了大门外面。老主人刚走出屋门，儿子就手握长鞭进来了。看见张黑牛喊了一声张大哥，说道，听我爹说您来了，是不是让大哥操心了？张黑牛说，操心倒没有，只是回来这么晚，还是头一次。儿子说，今天算是倒霉了，路上碰见的全是一溜一串的拉瓮车。人常说轻车避重车，炭车避瓮车。今天算是真的遇着了，弄得骡子没有痛痛快快走过几步，全给瓮车让道了。张黑牛说，赶紧卸车吧，我将牲口拉过去了。老主人这时走进来，说，既然来了就不许走了，您张先生还没在我家吃过饭呢，就赏个脸吧。我安排孙子饮骡子去了，让牲口吃几口料再走不迟。张黑牛推辞不了，便脱鞋上炕，与王家父子畅饮起来。张黑牛这一坐，不知不觉一个时辰过去了。酒足饭饱，张黑牛说，快二更天了吧？我得走了，小心老爷有事喊我。老主人和儿子将张黑牛送到门外，张黑牛从儿子手里接过骡子，看见牲口精气神很好，便说，都请回吧。待王家父子回家关了大门,张黑牛拉着骡子,趁着朦胧星光再次将铺子察看了一番。这时候,听到有人说话,举头一望,两个黑影朝他走来。没等张黑牛开口,对方先搭声了:谁?干啥呢?张黑牛一听,是侯府小少爷的声音,呵呵笑了一下,答道,是我,张黑牛,小少爷。侯锁堂和郭耀祖走上前,侯锁堂说,真是你啊?还以为是个偷马贼呢。张黑牛说,王染坊家上午借了府上骡子拉炭,回来晚了,我过来把骡子接回去。你俩回来了?侯锁堂哼唧了一下,说,去西关看了两场戏,这不刚散场!郭耀祖小声说,那你俩慢着走,我回铺子了。侯锁堂说,急啥?到家门口了,还怕回不了?见了黑牛叔也不问候一声?郭耀祖抬起头,望着张黑牛,叫了声,叔。张黑牛笑了下,说,耀祖我认识。接着说道,不管在外面有啥事,都得按时回家,甭叫大人操心,天黑时郭先生就到处找耀祖呢。侯锁堂却说,既然碰到了一起,正好,有件事想跟你打商量。张黑牛说,啥事?少爷,您说。侯锁堂抓住张黑牛的胳膊,来到离郭耀祖不远的地方,低声说,还是耀祖和串串的事。张黑牛心里一震,不动声色地说,他俩该有啥事?侯锁堂说,他俩有啥事,你能不知道?串串过不了多久要过门儿了,出嫁前想见耀祖一面。你就帮他俩一次,瞅个机会将耀祖带进侯府。看见张黑牛不吱声,侯锁堂又说,只要我爹不在家,白天晚上都成。事成后给你和上次一样的酬劳,你就行个好事吧。张黑牛想,看来这事铁定太太知道。沉吟了一下说,这件事,容我再想下好不好?侯锁堂硬声硬气地说,帮就帮,不帮就不帮,给句干脆话,没时间想了!张黑牛沉默了片刻说,对我来说,少爷交代的差事和老爷交代的差事是同等重要的,只是有句话,没来得及告诉您。上次耀祖和小姐见面的事,好像老爷有所觉察了,专门将我叫去,开口就问他和太太去方城寨那两天耀祖来没来过侯府,小姐出没出过侯府。老爷问话时,眼睛一眨不眨地盯着我,差点没把我的魂给吓飞了!您想想,老爷既然能这样问,想必不会是随便问的。既然老爷起疑心了,大家都得加个小心,要是犯在了老爷手里,那会是个啥下场?尤其是,他要知道我参与了这件事,看老爷不把我活埋了!听张黑牛这样说话,侯锁堂心里也有些发紧了。想了想说道,既然是这样,你不帮就不帮吧,由我自个儿想办法好了。不过这事要是走漏了风声,我找你张黑牛算账!张黑牛笑了下说，这您尽管放心好了，要是从我嘴里漏了风，您咋处置我都成！只是小姐很快就要过门儿了，老爷太太也都忙活这件事，想要见小姐，恐怕很难有啥机会，千万千万得小心才是。跟郭耀祖分手时，张黑牛对郭耀祖说，大小姐虽然对你情深意重，但她如今是闫府的人了，为了小姐，为了侯府，为了你自个儿跟你们郭家，往后想事做事，得有个分寸才行。侯锁堂说道，哎哎哎，我说张黑牛，你说这话是啥意思？张黑牛说，小少爷您甭上火，啥意思也没有，就想让耀祖好自为之，别捅出了啥娄子，到时既害小姐，又害他自个儿，还害大家伙。侯锁堂说，快住嘴吧，怎么说着说着就胡乱跑开舌头了？不就是两个人想见一面嘛，该捅个啥娄子？你不帮就不帮，别乱吱哇好不好？

　　张黑牛回来后，将骡子拴上槽头，拌好草料，回到了住处，躺在炕上翻来覆去睡不着。他想，看来老爷交代的事情得尽快动手，要是让这两个碎崽子闹腾起来，不定会生出啥乱子来。同时在心里骂道，狗娘养的郭耀祖在找死，把侯府小少爷和大小姐当猴耍，留着这坏种迟早是个祸害，就按老爷的意思办吧。

　　郭耀祖回到铺子后，爷爷和父亲早睡了，小学徒给他开了门。他径直来到父亲和他住的屋子，黑摸着上了炕。父亲迷迷糊糊问，咋回来这么晚？还想吃什么不，我起来给你做。郭耀祖说了句，啥也不吃，睡吧。转过身给了父亲个脊背。父亲很快又睡去了。可郭耀祖怎么也睡不着，满脑子都是刚才在红灯笼巷子玩的情景，都是那个小嫩瓜轻盈可爱的影子。

二十七

　　张黑牛很早就起了炕，按着往日的习惯，他将侯府院子内外仔细查看了一遍。回到院子时看见客屋门已经打开了，便小心地来到门口。侯智仁说，有事吗？进来说话。张黑牛走进屋子，沉吟片刻，小声说，老爷吩咐的事，我想好了。侯智仁哦了声说，说说看。张黑牛往前迈了一步，用更低的声音说，那地方我看过了，都是些旧椽旧梁旧檩，只有一把火了。侯智仁瞥了张黑牛一眼，半天说，好多间屋子，能烧得起来？张黑牛说，上次我去省城，在大少爷那里见过一种洋油，跟清水一样，大少爷说那东西着火特溜，我看能使得上。侯智仁没说话。张黑牛说，有了那个东西，别说是几间屋子，就是几十间也能烧起来。侯智仁依然没说话。张黑牛说，我打算立马去趟省城。侯智仁定定地看着张黑牛。张黑牛说，老爷还有啥吩咐？侯智仁说，嘴上把点风。张黑牛说，黑牛明白。侯智仁点了一锅水烟咕噜噜地吸了起来，没有再理张黑牛。张黑牛退了出来，简单收拾了一下，就去了城南的顺丰车马店，坐了一辆马车，朝省城赶去了。

  第三天半夜时分，张黑牛又回到了府良。只是这次返程，他没乘坐车马大店的马车，而是雇佣了一辆私人马车，一路上没歇点，昼夜兼程赶回了侯府。离开府良时，张黑牛只带了一个棉线褡裢，回来时却带了两只铁皮桶子，里面装满了当时人们还没见过的汽油。天亮后，张黑牛和往日一样，将侯府里里外外查看了一遍，将手头儿的事情处理完毕，然后去了客屋。侯智仁问，事情办妥没？张黑牛点点头说，妥了，大少爷亲自办的。侯智仁说，东西呢？张黑牛说，藏在打麦场草窑里。侯智仁说，人手找好没？张黑牛又点点头说，两个外地人，很麻利，还说他们会轻功。侯智仁拿着烟扦，低头边挑烟屎边说，谈价没？张黑牛说，谈了，每人十块银圆。侯智仁说，办大事，别抠掐，给二十块吧。张黑牛点点头。侯智仁说，夜长梦多，准备停当就动手。张黑牛说，您看放在哪天合适？侯智仁说，越快越好，女女出嫁前，必须将这件事了掉。明晚咋样？张黑牛说，没麻达。侯智仁沉吟了一下说道，这样吧，明天早晨，你去茂源中药铺走一趟，将郭老先生接过来，我要跟他见一面。张黑牛说，知道了。

  这天早晨，张黑牛起炕的当儿，郭嘉树也在穿衣下炕。郭嘉树打算将手头儿所有事情搁下来，亲自去醉香楼一趟，订一桌酒席宴请侯智仁。这些天来，郭嘉树实在太兴奋了。他给扩展后的药铺起了一个新的名字——医善堂。郭嘉树想，什么茂源中药铺，当初来县城时怎么起下这个名字，如今怎么看都觉得憋气。太土太俗不说，居然将悬壶济世如此高尚的事由，完全弄成了做买卖赚钱！郭嘉树想，将来的医善堂，就是一个真正的医坊，至少要招揽三几个看病先生，还要招一些护理和学徒，开四五个专门的号脉间。另外，腾出几间屋子支上木床，让那些远道来看病、不方便来回折腾的人，住下来看病。郭嘉树忘不了，那天从侯府回到铺子后，一来侯府小姐肚子里的那个麻烦终于被拿掉了，二来侯府老爷满口答应帮他买房子扩展药铺，郭嘉树心里充满了喜悦和激动。当时，他特想将这个消息说给儿子和孙子，可谁知孙子耀祖那天跑遥得根本见不到人，响午饭没有回家吃，晚上饭没有回家吃，直到小半夜才回到铺子，身上还带着一股酒气。这可把郭嘉树气坏了，劈头盖脸逼问道，说吧，一整天连个人尾巴也不见，干啥去了？郭耀祖哼唧了一声，说，去蓝河镇了。啥？郭嘉树气得眼睛通红，大发雷霆将孙子训斥了一通。这一通训下来，将自己满肚子的美好憧憬，几乎冲击得无踪无影了。不过临了，他还是按捺不住内心的冲动，将在厨房忙活的儿子和孙子耀祖喊在一起，将他对中药铺子的宏伟设想，以及侯府对他信拆旦旦的承诺讲了一遍。谁知他的话刚说完，儿子德存却说，耀祖跑了那么远路，肯定饿坏了，响午做的红烧肉我馏上了，端上来让娃趁热吃吧。郭嘉树瞅瞅儿子，看看孙子，满脸的不高兴。郭耀祖瞥了父亲一眼，咕哝道，都半夜了，还吃啥吃？累都累坏了，赶紧睡觉好了呀！郭嘉树气哼哼地说，你这个德存，不知道这是在说正事吗？整天猫吃糨糊只晓得在嘴上扒拉，你还能想个啥？转脸对郭耀祖说，要是将来买下的是南街杜家的院子，铺子就得分两下里开了。到时你给咱经管个铺子，有没有这个胆量？郭耀祖望着爷爷茫然说道，我不知道，这不是有我爹吗？郭嘉树牙关一咬，说，你……郭耀祖不耐烦地说，烦死了，有啥话不能明儿个说？我要睡了。说完起身去了他住的屋子。望着孙子的背影，郭嘉树铁青着脸，长长地嘘了一口气，将气恼一股脑地撒在儿子身上，就知道个吃，也不怕把你吃死了？也不看看自家后人成啥模样了，整天价跟侯家那个二流子货混达，如今跟二流子差不多了。你这个当爹的，从来没想过管管他？郭嘉树训斥着，郭德存一句也不敢反驳，小心说道，时候不早了，您老人家赶紧歇息吧。郭嘉树气哼哼地立起身子。郭德存想去搀扶，郭嘉树一甩手，去了自己屋里。

这些天里，郭嘉树白天给病人号脉开方，晚上坐在油灯下，用毛笔在纸上一遍遍勾画着新铺子该如何建造，一熬就是一个通宵。郭嘉树不懂房屋设计和建造，完全按照心中的憧憬和想象任意勾画。经过连续几个晚上的谋划，他将李家庄院和杜家庄院两个不同地方的建造设想，分别勾画出来，打算在宴请侯智仁时，将这些设想完整地告诉侯智仁，也好听听他的意见。郭嘉树一边将勾画好的方案小心地放进医案抽屉，一边朝正在洗脸的郭耀祖问，前几天你又有一天没去小学堂，半夜才回家，干啥去了？郭耀祖不慌不忙地洗完脸，将擦脸巾搭在脸盆架上，看了爷爷一眼，缓缓地说，耍去了！郭嘉树气鼓鼓地说，长本事了，开始学着整天逃学了？侯府小少爷是条游狗，你跟着他，得是也想当游狗？郭耀祖说，啥游狗不游狗，话咋说得那么难听？那天锁堂心情烂透了，他爹他妈不让他念书了，他要我跟他去耍、去散心，我能不去？郭嘉树哦了一声，却说，这事儿……好像他爹对我提说过……郭耀祖说，得是？郭嘉树说，不过我劝他爹了，说娃还小，想念就让他念去。郭耀祖说，您真这样劝了？郭嘉树说，我巴不得他立马停学，别再纠缠你了。这不是咱还有求于人家嘛，顺口劝了几句。郭耀祖说，他爹应承没？郭嘉树说，算是听劝了。郭耀祖笑了，说，爷爷，您真好，我还打算求您劝劝他爹呢，这下可好了。

二十八

感受到孙子忽然高兴起来的情绪，郭嘉树疑惑地说，你高兴什么？即便让他念，那也是瞎子点灯——白费蜡。接着又说道，去蓝河镇那天晚上，爷爷给你说的那些话，究竟听明白没有？郭耀祖眼光有点涣散。郭嘉树生气地瞪了孙子一眼，怎么，全忘啦？郭耀祖不吱声。郭嘉树说，我再给你说一遍，我打算买块地方，最好是隔壁李家院子，万一不行，就买南街杜家的，把咱的铺子扩展一下。将来若开两个铺子，你得给咱经管一个。这些话你真的没有听进耳朵？郭耀祖嘿嘿地笑了，说，谁说没听进耳朵？新药铺的名字得是叫医善堂？将来要真开两个铺子，我就给咱经管一个，再往后，两个铺子都由我经管，好不好？听郭耀祖这样说话，郭嘉树脸上现上了笑意，说，你个碎崽子，爷爷就等你这句话呢。说着叹息道，耀祖呀，你如今已经十五岁了。人常说，男儿十三，立地顶天，你呀，可别让爷爷给你把心白操了。郭耀祖说，爷爷您就放心好了，有一天，我要让咱家的医善堂把南街的医坊压下去！郭嘉树的脸腾地红了，半天哆嗦着嘴唇说，你说的可是真心话？郭耀祖说，当然是真心话。郭嘉树眼睛里闪上了亮亮的泪光。

用完早饭，郭嘉树和郭耀祖一起走出铺子，却与张黑牛打了个照面。张黑牛乐呵呵地问道，郭老先生要出门得是？郭嘉树笑道，是啊。张黑牛又问郭耀祖，小少爷没去小学堂？郭耀祖说，送走爷爷就去。郭嘉树说，张先生有事？张黑牛说，老爷要郭老先生去一趟侯府。郭嘉树一愣，问道，女女哪里不展妥了？张黑牛说，大小姐好着呢。郭嘉树的心放下了，想想说道，那……咱们走吧。张黑牛说，老先生若有紧事，就先办事去，后响我再来接您。郭嘉树说，那怎么成？再紧的事也紧不过会长的事。转脸对郭耀祖说，把药箱拿来。就在张黑牛搀扶郭嘉树上马时，郭耀祖将药箱递给张黑牛，小声问道，叔，串串姐的病真好了吗？张黑牛瞅了郭耀祖一眼，没说话，转身牵着马离去了。郭耀祖立在原地，呆呆地看着枣红马越走越远。

郭嘉树来到侯府，侯智仁和潘彩儿都在。侯智仁笑着说，实在是麻烦老哥了，女女眼看就要过门儿了，总觉得不大放心，想请你再给娃看一下。看到侯智仁这样说话，郭嘉树呵呵地笑了，说，啥麻烦不麻烦？麻烦我是你会长看得起我。在我心里，串串娃不只是你的女女，也是我的女女。潘彩儿将女儿带进客屋，侯串串腼腆清脆地说了声，伯伯来了。郭嘉树看见，侯串串气色和上次相比好多了，年轻女娃娃那种青春的气息，又从她身上焕发了出来。面对女孩子的惊艳和乖巧，郭嘉树心里沉了一下，些许悔意再次从心头掠过。随即笑着说，看看，看看这精气神，多赢人哩。说着将三个指尖象征性地在侯串串腕上轻触了一下，很快又拿开了，笑容满面地说，没啥再看的了，真没啥再看的了。潘彩儿说，这几天我按您老上次叮嘱的，每天早晨给娃加了个红枣荷包蛋，再就是让她多出去转转，吹吹风、晒晒太阳。郭嘉树说，这就对了，这就对了！吹吹风、晒晒太阳，身子骨会更结实些。

潘彩儿和侯串串离开后，侯智仁给郭嘉树斟上茶水，自己抽着一支什邡卷烟，笑着说，郭老先生医德高尚，智仁不知该如何感谢。郭嘉树说，你太客气了，要说感谢的话，是我嘉树应该感谢你会长才是。侯智仁说，老先生悬壶济世，对百姓的恩德大过智仁百倍千倍。郭嘉树听到这里，嘿嘿地笑了，说，会长总是会说话。转而问道，串串娃嫁妆备办好了？侯智仁说，该备办的都备办了。郭嘉树说，听说闫局长那边闹得很大。侯智仁笑着说，说到底，咱是嫁女女，人家是娶媳妇，事情办不好，丢的是他闫家的人。你老说是不是？郭嘉树说，那可不是？他闫家娶的是谁家的女女，是侯府的千金！他敢马虎？这句话说得侯智仁哈哈大笑了。郭嘉树说，听说县上要扩编民团，有这回事？侯智仁说，你也听到了？郭嘉树说，听说要你做司令呢。侯智仁说，你还知道得挺细致，是有这么回事，我正犯犹豫，不知该做不该做。郭嘉树说，咋不该做了？侯智仁说，如今地方不太安宁，省里成立了民团指挥部，要县上建立民团司令部，要求各村镇的财东富户都要参加。可上头又不给经费，全靠自己筹集。就说那些财东吧，说到给他们看家护院，一个个眉开眼笑，一提出钱出人，都装聋作哑了。这个事，难弄得很很，我不想沾手。郭嘉树说，县长让你做，那是看重你，说明你会长有给百姓办事的能耐。再说了，当上这个司令，权势更大，往后就没有咱办不到的事咧。侯智仁定定地看着郭嘉树，呵呵地笑了，说，你个郭老先生，想得还蛮深哩。郭嘉树说，我家扩展铺子的事，我大致理了个初步的想法，晚上吃饭时给你当面呈报，你还得给我参谋参谋。侯智仁一愣，吃饭？晚上吃什么饭？郭嘉树笑着说，是我把话没说清楚。我打算一会儿去醉香楼订一桌席，晚上请会长和夫人吃顿饭。侯智仁说，看你老先生，为你效劳完全是我的本分嘛。郭嘉树说，会长客气了，这顿饭你一定得赏脸。侯智仁笑着说，你呀你呀！只是今晚有个应酬，已经应承人家了。老先生非得吃，那就放明天吧。郭嘉树说，那说好了,就放明天中午。说完又试探着说,会长你琢磨下,这扩展铺子的事,有没有必要跟章县长说一声。侯智仁噢了一声,当即说,有必要啊!你和县长是儿女干亲,当然应该说。郭嘉树显得有点不好意思,说,县长和咱根本不在一个档档上,是咱高攀人家了。只是扩展铺子算是个大事,不给县长说一声,会不会失下了礼数?侯智仁说,老先生说得没错。这样吧,扩展铺子不是一天两天能办妥的事,等这几天忙过了,我跟县长约一下,咱俩一起去和县长说说,你看咋样?听侯智仁这样说,郭嘉树再次被感动了,连声说道,那就拜托会长了,那就拜托会长了。

二十九

　　郭耀祖来到小学堂,急忙找到侯锁堂,问道,串串姐得是又病了?侯锁堂说,好好的呀,怎么啦?郭耀祖说,一大早你爹打发张黑牛又将我爷爷接走了,前后才几天,接去你家几次了。侯锁堂对这件事情不知情,说,我咋不知道?郭耀祖说,我刚要离开铺子时,张黑牛就进门了。侯锁堂说,我离家时,张黑牛正在给枣红马刷毛,没听说他要接你爷爷。郭耀祖说,我向张黑牛打听串串姐的病,你猜怎样?他瞥了我一眼,没言传转身走了,态度跟以前完全两样。侯锁堂说,这个张黑牛,是有点靠不住!郭耀祖说,锁堂哥,现在我这心里更焦烦了,只想尽快见到串串姐,你说该咋办?侯锁堂说,我这心里不也着急嘛。没法可想了,昨晚上我把这事说给了我妈。郭耀祖啊了一声,说,锁堂你疯了……侯锁堂说,甭急,你听我说嘛。我妈听了后,只是很惊讶,并没责骂我,看来她也很同情你跟串串。郭耀祖说,大娘咋说了?侯锁堂说,我妈说,庭院本来就深,进出人多,加上我爹最近很少出去,要将一个外人引进来,实在难得很很。郭耀祖感到有些气馁,说,那该怎么办?侯锁堂说,我妈担心这事要是让我爹知道了,他真的会对你我下毒手,叮咛咱俩格外小心。郭耀祖心在微微颤抖,说,大娘好可怜。侯锁堂说,不过我想,既然我妈不反对,那就有希望，咱就从今儿个起，悄悄找机会，只要有了机会，我就想方设法把你往进带。郭耀祖惊讶地说，怎么，由你来带呀？侯锁堂说，张黑牛靠不住，我不带谁带？只要避开我爹，绝对不会有事。郭耀祖说，张黑牛知道了咋办？侯锁堂说，知道了也没事，他不是不想帮咱，是害怕我爹。郭耀祖说，锁堂哥，这次我也想好了，只要能见到串串姐，即便让你爹碰见了，或者张黑牛告发了，我也不在乎。我豁出去了，要杀要剐，由他们去。侯锁堂望着郭耀祖，半天说，我的老天爷爷，这话是从你郭耀祖嘴里说出来的，你真是这样想？郭耀祖说，我早给我爷爷说过了，这辈子只爱串串姐，娶不了串串姐，我一辈子打光棍！侯锁堂一拳打在郭耀祖腰间，说，看来是哥哥我小瞧你了。郭耀祖也朝侯锁堂捅了一拳，说，你以为呢！接着哀求道，我说哥呀，这次你可得帮帮我……侯锁堂说，你这话啥意思，啥时候又没帮你了？说着话，突然用狡黠的眼光看着郭耀祖说，这次见面时，有我妈在跟前，你小子可得规矩点，听到没有？郭耀祖一时有点蒙，旋即红着脸骂道，你这个坏家伙，串串是你妹子，这话也该你说？侯锁堂嘿嘿地笑了，说，哥只是给你提个醒儿。郭耀祖说，我爷爷只说你把我带坏了，不知带坏到啥地步，要知道带到红灯笼巷子，看我爷爷不杀了我！侯锁堂说，哼哼，你爷爷就那样，古板、抠门儿。郭耀祖说，你天生就是个匪贼。侯锁堂说，匪贼咋？梁山匪贼杀人放火，打家劫舍，劫富济贫，那才是我心中的英雄。郭耀祖说，梁山好汉没你好色。侯锁堂一愣说，你咋知道他们不好色？那是书里面没写，是男人没有不好色的，不好色还能算男人？郭耀祖说，我爷爷就那么个人，其实心地很好的。你爹不让你念书，后来就是我爷爷劝了他，才又让你念了。侯锁堂说，这事我知道，我爹给我说了，回去替我谢下你古板、抠门儿的爷爷。郭耀祖没吱声，转口说，照你说，从今儿上起找机会？到底怎么个找法？侯锁堂说，从今晚起，天黑后你就躲在侯府附近，我待在家里瞅摸着，一旦我爹离开家，我就把你领进去，到家后有我妈遮挡着，绝对不会有问题。郭耀祖说，不是说你爹最近很少出门吗？侯锁堂说，放心吧，那阵子是忙串串成亲的事，那事已经忙完了。以前晚上睡觉前，我爹几乎不着家。郭耀祖微微仰起头，开始琢磨晚上该躲在啥地方好。侯锁堂说，那就这样办，你到时可不要拉了稀。郭耀祖望着侯锁堂,说了句,只要你不拉稀就好。

郭嘉树离开侯府时,已经到了吃午饭时节。回到药铺,他看见候诊的人还有不少,儿子德存坐在医案后面低头给病人诊脉开方。那些等待看病的人看见他进门了,一哄儿全立起来,走上前将郭嘉树团团围住,一个个脸上露出急切景仰的神情。看见父亲回来了,郭德存放开正在号脉的手,想要给父亲腾开椅子。这时郭嘉树朝儿子扬了扬下巴,示意他继续坐下号脉,微笑着对众人说,让诸位久等了,刚才侯府那边有点事情要老夫去办,眼下事情没办完,还得出去一下,请各位安心等候。我儿子德存医术不比我差,相信他会给各位把病诊好。说完,喊了一名小学徒,骑着毛驴往醉香楼去了。

这阵子,正是饭馆最为忙碌的时刻。郭嘉树一走进醉香楼大门,就有眼尖的人认出了他,急忙将此事告给了掌柜。掌柜听说茂源中药铺郭老先生登门了,忙不迭地从里面跑出来迎接。如今的郭嘉树,已经是府良城里妇孺皆知的人物了。德高望重的郭老先生能亲自登上醉香楼的门槛,掌柜觉得是一种莫大的荣耀。掌柜殷勤地将郭嘉树迎住,满脸堆笑地说道,郭老先生请随我来。同时喊了一声,福泽阁上茶上烟!将郭嘉树引进了一个包间。掌柜说道,郭老先生是第三次光临醉香楼,我记得不错吧?郭嘉树有点惊讶地望着掌柜。掌柜说,第一次是县长跟商会侯会长和郭老先生吃饭,第二次是郭老先生和商会侯会长一起光顾,在下一直铭记在心。郭嘉树笑道,还真是这样,掌柜记性不错。说话间,一个小伙计将茶和烟送了进来。郭嘉树说,我不动烟。掌柜一边给郭嘉树斟茶,一边问,郭老先生想吃点啥?是您老点呢,还是我拿主意?郭嘉树说,我不是来吃饭,我吃过了,我来订一桌饭。老板一愣,说,是吗?订饭的事好说。正好赶上饭时,怎能让您老空腹而归?说完转身出门,不大一会儿工夫,一名跑堂在掌柜带领下,将三热两凉五碟菜和一壶烧酒端了上来。掌柜说,不成敬意,请老先生先用酒菜,饭食即刻就到。说着在郭嘉树对面坐下来,为郭嘉树斟酒。掌柜的举动,让郭嘉树有点受宠若惊,急忙说,这怎么使得,这怎么使得!掌柜笑着说,老先生不必在意,没有其他意思,在下只是仰慕老先生的医德、医术和口碑,今天借此机会,略表一下敬重之情而已。这时郭嘉树也平静了下来，呵呵地笑了，说，看来我这一来，搅扰了您的生意，实在过意不去。掌柜说，哪里哪里！老先生光临小店，小店蓬荜生辉，托老先生大福，生意肯定会越来越好。说着呵呵地笑了。两杯酒下肚后，跑堂将主食端了上来，是一碗香味四溢的手擀汤面条，外加两个烤得金黄的小馍馍和一碟新鲜的红烧猪肉。掌柜说，知道老先生进食讲究，特意做了几样家常主食，不知合老先生口味儿不？这些饭菜正中郭嘉树心意，他连连称赞道，真好真好！不只清淡爽口，而且营养丰富，果然名不虚传，醉香楼就是醉香楼。吃完饭，郭嘉树要付钱，掌柜双手拦住，说，老先生给我一点面子，这顿饭算我请您好不好？看见掌柜真心诚意，郭嘉树只好将手里的钱装了回去。掌柜给郭嘉树又沏了一壶茶，问道，老先生现在说吧，打算订一顿啥饭，几个人用餐，做什么用场？郭嘉树咳嗽了一下说，是这样，正好你也给我参谋参谋吧。说着端起杯子啜了几口茶水，我吧，从乡下到县城这几年，一直受到商会侯会长精心关照。而我呢，一直对侯会长无以回报，想来想去，就想在醉香楼订一席饭，请下侯会长和太太聊表一下心意。掌柜说，是这样啊，那最多也就一席人吧？郭嘉树说，没那么多，就四个人——侯会长两口，还有我跟我儿子。掌柜说，其实，说心里话，侯会长对我这个醉香楼，多年来也是关照有加，也是我这里的常客和贵客。这样吧，这顿饭您就不要操心了，由我一手来备办。地方嘛，就搁在这个包间。这个福泽阁，是我们这里的头等包间，一般情况下，宁可让它闲着，也不随意订出。至于酒菜，您老放心好了，首先给每位精制一份冰糖血燕，其余全上我这里的名菜名酒。保证不让您老先生跌份儿，让侯会长和太太吃得满意。掌柜这些话，让郭嘉树有点手足无措，脸上露出了一副感激而又无可奈何的神情，嘴里不断说道，这成什么体统？这成什么体统？我请客就该我掏钱，怎么能……掌柜说，好了好了，您老就听我的好不好？我这里饭钱也不是随便就能免掉的，我是仰慕您和侯会长的人品才这样做的。您老就答应我吧，给我一次孝敬您老和感谢侯会长的机会。话说到了这个份上，郭嘉树拱起双手说，那恭敬不如从命了，往后掌柜有啥吩咐，嘉树定当随时效劳。掌柜说，最后您老定一下日子，这顿饭何时用？郭嘉树说，原想放在今晚，可今晚侯会长有别的应酬，只能放在明天了。掌柜笑着说，这个时间正好说实话，要把这顿饭备好，半天时间是不够的，明晚用餐再好不过了。

三十

郭嘉树回到药铺时，已经是后晌申时了。这时铺子里比较清闲了，儿子德存带着三个徒弟围在一起挑拣不久前收购回来的远志等几种药材。看见父亲面带喜色走进了大门，郭德存起身走近父亲，小声问，饭订好了吗？郭嘉树说，订好了，订好了。郭德存说，啥时候请人家？郭嘉树说，明晚。郭德存说，都请谁？要不要正式把人家邀请一下？郭嘉树说，吃饭时间我和侯会长说的是明天中午，让醉香楼掌柜挪明晚了。至于请谁，就请会长和太太，咱们这边，到时你跟我一起去。

郭德存给父亲倒了一杯水，说，这顿饭，得花不少钱吧？郭嘉树喝了一口水，说，那可不是嘛，得花一大笔钱。俄而，又感慨地说道，唉，到今天我才算看明白了！咱们这些乡下人呀，和人家城里人比起来，还是眼见小、度量小、算计小，整天就知道死巴巴挣几个钱，挣下钱也只知道攥在手心里出汗，硬是舍不得往外花，弄得自家没个人情世面，到头了也没真正挣下多少钱。这城里人，他们就想得开、看得远、谋得深，他们不光知道咋挣钱，更知道咋花钱。知道如何拿钱去搭桥，拿钱去办事，拿钱给自个儿脸上搽粉，拿小钱换更大的钱。郭德存不知道父亲为啥会说出这番话来，有点茫然地望着父亲。郭嘉树摇摇头，笑了下问道，耀祖晌午回来吃饭没？郭德存说，没。郭嘉树说，又没回来？这娃我看疯了，信马由缰了！晌午你们吃啥了？郭德存说，待看病抓药的人走完后，日头已过正午了，我和几个娃娃下了点面。今天不知怎么了，看病抓药的人格外格外多。郭嘉树说，这说明啥？说明咱们眼下这个铺子太小了，人手太少了。转口又说，这个耀祖啊，越来越不像话了，整天价神不守舍，不知道跟侯家小少爷都在外面混啥呢！这么下去怎么得了？我最近想了，侯家小少爷爱念书，让人家念去，咱家耀祖就别念了，让他回铺子接手看病吧。郭德存望着父亲，附和道，按说耀祖不小了，该是接手看病的时候了。书念得再多，将来还不是要行医？迟接手不如早接手。郭德存的话，让郭嘉树坚定了让郭耀祖停学行医的决心，说，今晚耀祖回来后，就把这话告给他。郭德存想，告不告，那是您老人家的事。嘴里说道，累一天了，您躺下歇会儿吧，我去把那些远志择零干。郭嘉树说，让他们几个择去，你坐下，我有话给你说。郭德存坐下来。这时郭嘉树心情又变好了，他对儿子说，晓得我刚才为啥给你说那些话吗？郭德存摇摇头。郭嘉树说，德存啊，今天我的感受真的太深太深了。知道吗？你爹我今天订了一桌上等酒席，却没有掏一个铜子，不光订饭没掏钱，吃饭也没掏钱。郭嘉树的话，让郭德存一头雾水，用惊讶的眼光望着父亲。郭嘉树说，到醉香楼后，那里的郑掌柜把我敬为座上宾，又是端茶送烟，又是温酒上饭。吃完饭我要掏钱，被人家谢绝了。后来听说我要订饭宴请侯会长，郑掌柜立即说这顿饭他包了，权当是他对我的孝敬和对侯会长的谢忱。不光上他们醉香楼最好的酒菜，还要给每个人上一份冰糖血燕。德存你算下，这一来，得花多少钱！所以今天这件事啊，给我启悟太大太大了：这人呀，活在世上，就得有地位，就得有名望。你有地位和名望，旁人才会敬重你。咱郭家是行医世家，咱的地位和名望是啥？那就是遵从医道，精通医术，做到药到病除，妙手回春，给百姓把病看好。另外呢，还有为人处世，别把钱看得太重了，钱是人挣来的，是为人支差的，该花时就得往外花。把钱看得比人大、比命重，那人不成钱的奴才了？那就把事情弄反了。郑掌柜没跟咱打过交道，可人家一见我就能那样做，光这一点咱就得向人家学。将心比心，人家郑掌柜今天这样待承你，你能不记着人家的好处？人家有了啥急事难事，你能不尽力去帮？这世上的道道复杂着呢，就看你悟得来悟不来，解得开解不开。你，还有耀祖，得好好地体察，好好地学呢。郭德存听着，不住地点头，心里却在想，但愿你往后不再那么寒酸和抠门儿就好了。

这时候，郭耀祖回来了。郭德存说，爹，时候不早了，你和耀祖说话，我去给咱做饭。郭嘉树说，耀祖，你过来。郭耀祖走过来问，爷爷，又怎么啦？郭嘉树说，晌午饭咋又没回铺子吃？郭耀祖说，在外面吃了一碗䭆面，又回小学堂了。铺子里整天乱哄哄的，饭不是早了就是迟了，不是热了就是凉了，该咋吃嘛！随便在外头吃点啥，也比回铺子吃强，还不耽误去小学堂。孙子的话，将郭嘉树噎了个倒憋气，半天才说，啥话让你一说，没理倒有理了！整个假期，你跟着侯府那小子胡跑乱逛，如今刚开学，还是收不住心，逛都逛疯了，你到底想咋？郭耀祖说，本来就是嘛。郭嘉树说，再这样下去，你这辈子就毁了，知道吗？我和你爹商量了，不想让你念书了，爷爷如今老了，回来接手行医吧。郭耀祖听了，瞪大眼睛盯着郭嘉树看了半天，说，人家锁堂比我大，不还在念吗？郭嘉树说，人家念人家的书，你行你的医，泾河渭水，有何相干？郭耀祖说，让我把这学期念完不行吗？郭嘉树哼唧了一下说，为啥非要等到这学期念完？郭耀祖说，这开学不是刚把学费交了，学堂能给你退学费吗？只要舍得钱，那随便您！说到钱，郭嘉树一下子没话了，半天说，好好好，那就把这学期念完再说。接着又说道，不管你爱听不爱听，有些话还是要说给你听。爷爷今天去醉香楼订饭了，明晚宴请会长和太太。吃了这顿饭，会长就开始说合咱家买地方、扩展铺子的事了，本来想让你一起去……郭耀祖说，这样的饭我不吃，你和我爹去好了。说着话给了郭嘉树一个背身。郭嘉树眼瞅着不懂事的孙子，忍气吞声地说，不去就别去，到时我和你爹去！另外，我和会长说好了，最近得去找下章县长，求他给咱家扩展铺子帮帮忙。这是个大事情，到时你得一起去。郭耀祖说，这还早得很嘛，到时候再说。说完望了望大门，问，今晚到底吃啥饭？我爹做饭越来越捏慢了。快点吃完饭，我还要出去看戏哩。郭嘉树生气了，愤愤然说道，经常去看戏！天天去看戏，看戏比念书和学医都上紧，这辈子得是靠看戏活命呀？郭耀祖没理爷爷，转身去厨房了。

晚饭是小米稀饭和馍馍，由于中午吃得简单，加上父亲和儿子没在家，晚饭时郭德存多炒了两个菜。把那天没有用完、用盐腌制保存下来的一块猪肉取出来，用凉水拔了拔咸味，做了一盘豆角炒肉，另外做了一盘红烧茄子。郭德存的红烧茄子做得特别上味，是郭耀祖爱吃的一道菜。晚饭郭耀祖吃得很香，一边吃一边说，爹好些天没做这么好吃的饭了，像这样的饭，我就愿意回来吃。听郭耀祖这样说，郭德存默默地望着儿子，脸上挂满了慈爱和微笑。郭耀祖吃完饭，说，晚上和锁堂说好看戏哩，我得走了。郭嘉树冷眼看着郭耀祖，没吱声。郭德存说，早去早回。郭耀祖哼唧了一声，就出门了。三个学徒收拾碗筷的收拾碗筷，给毛驴添草料的添草料。郭嘉树气哼哼地说，看把娃惯成戾了。郭德存望着父亲说，他还小，再大一点就好了。您不是说，他念书比侯府小少爷好多了吗？郭嘉树说，他是你儿子，你不下茬管教，让我当恶人呀，你倒是落了个好人！听着父亲的埋怨，郭德存脸上依然挂着笑。他知道，父亲埋怨是埋怨，并没真的发脾气，今天父亲没掏钱订下饭，明天要请侯会长吃饭了，心里高兴着呢。郭嘉树说，我只是尽我的力气给你们把底子铺铺好，将来能不能经管好，能不能有更大扩展，就靠你和耀祖了。郭德存说，爹，你就放心吧。虽然说我各方面不如您的意，但耀祖我看行，他像您，能把这个家撑起来，我会全力帮衬他。郭嘉树笑着说，这才算说了一句正经话。耀祖天资是不错，这我知道，可到城里后，让侯府那个锁堂把他带坏了，如今一身坏毛病，得下狠心管教，不管教不得了。只要他能把心操在铺子上，当然不会有问题。儿子笑着说，眼下咱们铺子算是县城头一家了，有你在前头遮风挡雨，咱的铺子终有一天会超过南街医坊。郭嘉树笑了，笑得很开心，说，但愿如此吧。郭德存出门端来一盆洗脚水，蹲下身给郭嘉树一边洗脚一边说，今天您累了，早点睡吧。郭嘉树说，人老了，出去跑遥了一圈，就乏困得不得了。那我先睡了，你也睡吧。安顿三狗一下，给耀祖把门留上。

离开药铺，郭耀祖按照跟侯锁堂的约定，来到侯府巷口老槐树底下，与侯锁堂见面。这天是九月初八，天上闪烁着稀疏的星星，周围一片黑暗。侯锁堂将郭耀祖拉到路边说，时间还早，我爹吃完饭还没走呢。郭耀祖说，你给串串姐说过了没有？侯锁堂说，给串串和我妈都说了。郭耀祖说，她俩怎么说？侯锁堂说，能说啥？激动呗，害怕呗！听说你要来，我妈气短心跳、手忙脚乱，串串脸上红一阵、白一阵，晚饭一口也没吃进去。郭耀祖深呼吸了一下，说，那怎么办？得要等多久？侯锁堂说，多久不好说，要不咱先去红灯笼巷子玩一会儿？反正我爹晚上出门后，一般回来都很晚。郭耀祖说，都啥时候了，还有心思去那地方！侯锁堂说，啥时候了？我只是说从今晚起咱们留心找机会，没说今晚一定能见到串串。今晚没机会，明天再找呗！你还以为今晚上真能见上了？郭耀祖说，不管见得上见不上，我都不去那地方。即便天再晚，我都坚持在这里等，你好好在家里盯着你爹。侯锁堂气哼哼地说，为了你俩的事，耽误了人家的好事，看你怎么赔！郭耀祖马上软口说，哥，求你了，只要让我见了串串姐，让我天天陪你去红灯笼巷子都行。郭耀祖的话把侯锁堂逗笑了，说，好，今晚不去了。不过话是你说的，把你的事情办成后，你可得陪我，到时可不许耍赖。郭耀祖笑着捅了一下侯锁堂。侯锁堂抬头朝周遭望了下，说，你找个地方躲起来，我回家看看去，我爸从家里出来后，我过来叫你。郭耀祖说，好，离你家不远有户人家，在大门外修了个茅厕，我就躲在那里面。侯锁堂奇怪地说，哟嚯，路数很熟嘛，得是事先踩好点啦？郭耀祖说，别说了，赶快走，小心让别人看见了。

三十一

侯锁堂回到家里，潘彩儿和侯串串都在，两个人并排坐在炕沿上，默不作声。看见侯锁堂回来了，潘彩儿问，见到耀祖了？侯锁堂说，见到了。潘彩儿说，他在哪儿？侯锁堂说，离咱家不远一个地方躲着呢，我回来看看情况。潘彩儿说，千万千万小心，别让旁人看见了。侯锁堂有点烦躁地说，咋这么寸，我爹每天这时节早就出去了，今晚为啥不动身。潘彩儿说，你进来时，看见你爹做啥哩？侯锁堂说，客屋灯亮着，隔窗看见张黑牛立在他跟前说话呢。这时只听侯串串有点凄楚地叫了声，妈！接着依偎在潘彩儿身上啜泣起来。潘彩儿轻轻拍着侯串串，说，我娃甭担心，想你爹一会儿会出去的，他一走就让你哥把耀祖带进来。侯锁堂对潘彩儿说，妈，你干脆去客屋把我爹支走。潘彩儿说，该怎么个支法，说着起身出门往客屋走去了。潘彩儿进门时,张黑牛还在。看见潘彩儿进来了,张黑牛朝着潘彩儿笑笑。潘彩儿说,我过来拿笸篮。侯智仁说,媒人下午找我了,说坤定要给串串定做一套西式结婚礼服,尺寸不好掌握,想让串串去一趟省城。潘彩儿说,结婚衣服家里都备好了,弄那个干啥。侯智仁说,我也见到闫局长了,说没必要定做了。闫局长说,坤定来信说,结婚没有三五套礼服怎么行,他是大学生,至少得有一套西式的才行。潘彩儿说,想买那就让他买,大小也让他自己把握,不就是结婚那天穿一会儿吗,串串肯定不会去省城。侯智仁说,要不这样行不行,省城贵禄那边有些事要办,我正安排黑牛明天去省城顺带着把这件事办了,你过去将串串身子量一下,让黑牛带给闫坤定,怎么说人家也是一番好意。

潘彩儿拿着笸篮出门后,侯智仁对张黑牛说,还有啥话要说?张黑牛说,没了,都预备停当了,那两个人天亮前就来了,在打麦场草窑里待着呢。侯智仁说,遮脸挡身的东西预备没,张黑牛说,都备好了。侯智仁沉吟了一下说,身手放麻利,记着不要放过那个小兔崽子。张黑牛点点头说,您老歇着吧我走了。侯智仁说,今晚我哪儿也不去,待这里等你消息。说话间潘彩儿又走了进来,将写着侯串串身材尺寸的一片纸交给侯智仁,侯智仁拿着晃了一眼,转手交给了张黑牛,说,让贵禄转给坤定吧,再给人家解释一下。张黑牛将纸片装进口袋。侯智仁说,别弄丢了。张黑牛说,您老放心。说完转身走了出去。

潘彩儿问,今晚没事了?侯智仁说,怎么啦?潘彩儿笑笑说,看你没出去呗,哪天晚上不是跑遥得不见人影。侯智仁说,这不是要给张黑牛安顿事嘛。今年家里事情忒多,连去省城查看商号的时间都挤不出来,眼下省城布匹商号进了一批货,要得力人去帮一下。潘彩儿哦了一声,转口问道,你说说,那个坤定靠得住吗?侯智仁说,怎么就靠不住了?即便将来留了洋,到末了还不得回府良。潘彩儿说,你毕竟是在府良生长的,我从小在省城长大,知道那里是个花花世界,好好的一个人,最后硬是就变了。我只怕那个坤定把女女闪了……侯智仁说,嗨,你这就想多了,嫁夫娶妻这事情,谁不是闭着眼睛打瓜哩,打的究竟是苦瓜还是甜瓜、香瓜还是臭瓜,一切都是命里注定的。反正咱给女女没操瞎心就是了,先尽人心后由天命。潘彩儿说，你呀，就是认定了闫家这门亲。侯智仁笑了一下说，从哪方面比，郭家就是比不过闫家嘛。潘彩儿笑着说，好好好，一切都依你这个当家的。又说，时候不早了，甭坐这里了，回上屋睡吧。侯智仁看了看潘彩儿，说，你和娃娃先睡，我再待会儿，说不定一会儿还要出去。

潘彩儿回到上屋，将侯智仁的话说了。侯锁堂说，既然我爹说他说不定要出去，那就让耀祖继续候，我出去看看。潘彩儿说，千万小心些，我和串串先睡了，两边的门都给你留着。侯锁堂来到郭耀祖藏身的茅厕，郭耀祖问，你爹走了吗？侯锁堂说，还没呢，不知道今晚咋的了，既不睡觉也不出门，一直坐在客屋里面，我妈劝他睡，他说再待一会儿，说不定还要出门去。郭耀祖说，那我继续在这里等，哪怕等到天明。侯锁堂问，饥不饥，要不要弄些吃的来？郭耀祖说，不饥，啥也不要，你赶紧回去，别操心我，你爹一离开你就来接我。

侯锁堂走进院子，客屋灯光依然亮晃晃的，他踮起脚尖朝客屋里面望了望，侯智仁手里夹一根什邡卷烟有一搭没一搭地抽着，满屋氤氲着卷烟的雾气。侯锁堂摸回自己屋子和衣倒在炕上。他心里恨着自己的爹，决心再晚也要等下去，他告诉自己，千万可别睡着了。半个时辰过去了，一个时辰过去了，睡意不知不觉袭上了脑际。侯锁堂爬起身，眯瞪着困涩的眼睛，从门缝朝客屋望去，客屋灯还是那么亮。侯锁堂觉得希望不大了，心想应该出去告诉郭耀祖，让他别等了，明天晚上再说。但这时的侯锁堂，周身筋骨好像被抽掉一般，一丝丝劲也没有了，末了还是沉沉地睡去了。在上屋和厦房，躺在黑暗里的潘彩儿和侯串串，一直没有睡意，她俩等啊等，始终等不来侯锁堂任何消息，却也不敢随意下炕或者出门走动。

时间到了后半夜，整个府良城万籁俱寂。这时的张黑牛，悄然摸进了侯府打麦场草窑，将两个粗壮结实的外地人接出来，每人提一只满满的汽油桶，顺着墙根，飞速来到茂源中药铺门前。按照张黑牛示意，一个人将身一跃上了房顶，用手中的家什熟练地起开瓦页，撬开泥土，然后将桶中的汽油灌一些进去，如此这般，很快给房顶灌了七八处汽油。另一个人提着油桶，挨个儿朝着每个门窗泼洒汽油。随后，三个人分别点了一支火把，在每个门窗上点着了火，最后将三支火把分别投上了房顶。眼看着熊熊大火在瞬间升腾起来将整个中药铺子包围了，张黑牛给两个外地人每人塞了一袋银圆，说了声，赶快走两年内别到府良来。看着两个外地人提着两只空桶子，猫腰消失在茫茫夜色中，张黑牛也扭头离开了。

  腾空的火焰至少有三五丈高，几乎将整个府良城映红了。待在距离大火不远处的郭耀祖，窝在茅厕里焦急地等待侯锁堂的消息，不经意间突然发现茅厕被一闪一闪的红光照亮了。郭耀祖吓了一跳，当即从茅厕跑出来，举目一望，看见靠西边不远的夜空中，一股巨大的火焰卷着黑乌乌的烟团，正在朝着天上跳蹿和呼啸。郭耀祖心中一紧，下意识地撒腿就往自家的中药铺子跑。当跑到离自家中药铺子不远时，他一下子傻眼了，真是自家的铺子着火了！郭耀祖愣了一下，接着异常惊恐地哭喊着爷爷——爹——义无反顾地朝着药铺冲过去。炙热的火浪逼得人无法靠近，可郭耀祖硬是冲进了屋子，这时他已经喊不出声了，烟火熏得他几乎要断了气。他发现，火势从外面看异常凶猛，实际上屋子里的火并不是很大。他迅速将自己的衫子脱下来，缠在了嘴巴和鼻子上低头闯进了里屋，他一边呜呜地吼叫着，一边找寻着爷爷。这时郭嘉树从炕上滚落在地上，将郭耀祖绊了个趔趄，他立即弯腰抱起爷爷往外跑，当跑到铺子大门时，门框忽然坍塌了，他怒吼着冲出铺子，将浑身发软的郭嘉树放在街道对面一户人家的门楼下面。这时候，一些邻居来到街面上，站在自家门口神情惊慌地朝大火望着。看见被大火烧焦头发和眉毛的郭耀祖抱着郭嘉树跑过来，有人大声问，你爹呢，他出来了吗？郭耀祖哭着说，还在里面呢！快救救我爹吧！扭头又朝大火里奔去。就在他闯进铺子时，与从里面奔出来的三狗撞了个满怀。郭耀祖喊，他俩呢，三狗哭着不断摇头。郭耀祖冲进去，跑到父亲与他合住的屋子，看见屋子里没人，郭耀祖慌了，转身想去学徒住的屋子看看，这时大火已经将他包围了，从嘴和鼻子吸进去的，不是空气而完全是火。郭耀祖撑不住了，只得从屋子里退了出来。郭耀祖身上的衣服全被烧光了，身上多处被烧伤。他站在街上，光着身子朝铺子里望着，一声接一声嘶哑地呼唤着爹——连生——秋来——却不敢进到铺子里去了。就在这时候，传来了轰隆一声巨响，整个铺子坍塌了，那高高燃烧的火山瞬间变成了一片火海。随着房屋的倒塌，郭耀祖再次嘶叫着闯入火中。他跑到学徒住的屋子，发现两个学徒分别牵着父亲的一只手，被压在塌下来的一根房梁下面。郭耀祖扑通跪在了父亲身边昏死过去。

大火渐渐熄灭了。街坊们将郭耀祖抬到郭嘉树身边放下，有人用手分别放在郭嘉树和郭耀祖的鼻子下面试了试，觉得两个人还有气息，说，这爷孙俩还活着，只是这个娃娃烧得不轻。说完，一伙人又去了火场，分别将死去的郭德存和两个学徒抬在了药铺后院，一边抬人一边惊恐地议论着。一个说，好端端的铺子，怎么就着火了呢？一个说，我起来刚要解小手，还没撒完呢，天上就忽然红了。一个说，多亏这房子老旧了，椽檩都糟朽了，没个啥烧头，也就是那么一阵子火，不然屋里的六条性命，一个也甭想留下来。一个说，这火究竟是咋着的，得是学徒娃玩火弄的，郭老先生是个仔细人嘛。一个说，真少见了，火烧得那么烈，还有股臭烘烘的味道，好像浇了油似的，今晚的风也不是很大嘛，奇怪了。一个说，该不是有人故意放火……当即有个声音说，闭上你的臭嘴，该说的话说，不该说的甭说！一个年纪稍大的人感叹，完了，郭家从此完了，这个郭老先生人是要强，可命里只有七合米，走遍天下不满升，谁都犟不过命啊……

渐渐地，躺在地上的郭耀祖醒转了过来，他抬头看看天，扭头看看周围，觉得周身疼痛得像有无数把刀子在剺。发现爷爷郭嘉树就在自己身边，郭耀祖拉拉爷爷的手，觉得爷爷的手是温热的，叫了声，爷爷，我是耀祖……您能听见我说话吗？郭嘉树这时也醒过来了，他无力地捏了一下孙子的手，哭着问道，你爹呢？郭耀祖哭着说，我爹……还有连生和秋来，被房梁压住了……爷爷，咱们该怎么办啊……郭嘉树用了用力，两只手撑在地上侧身坐起来，将身子靠在墙上，摸索着将自己的外裤脱下来交给郭耀祖，说，快穿上吧，你身上没衣裳了。郭耀祖将爷爷的裤子慢慢穿上，身子每动一下，就觉得针刺般地疼。他哭着说，我爹好可怜啊，我进去找他时，他两只手牵着连生和秋来……郭嘉树流着泪，长长地叹了一口气说，这是咱家的一难，没想到它会这么来，会来得这么快！郭耀祖哭着说，怎么会着火呢，得是有谁想害咱？郭嘉树说，事情发生了，再甭胡乱猜想了，只要有爷爷在，你啥都别怕。郭耀祖的一双泪眼不明就里地望着郭嘉树。郭嘉树说，这场灾难能留下你的命，爷爷已经很高兴了，这是咱郭家不幸中的万幸。只是你立马得离开这里，记住，不要走大路，抄小道回郭堡村去，躲在家里千万别出来。郭耀祖哭着说，我不走，这里的事情怎么办，还有我爹他们……说着忍不住哭得更厉害了。郭嘉树微弱而又坚定地说，不许哭，你已经是大人了，要听爷爷的话，这地方不能待得立马离开，要是跑慢了，你就跑不了了，懂吗？郭嘉树的话，让郭耀祖似乎明白了点啥，他一激灵，对郭嘉树说，我晓得了，爷爷，我马上走。郭嘉树从衣襟里摸出个小袋子，塞到郭耀祖手里说，拿好，别丢了，这是咱们的家当。说完喘了一口气说，别磨叽了，快些走。郭耀祖挣扎着立起身说，爷爷你当心啊。郭嘉树扬了扬手说，快走。郭耀祖望了望光腿坐在地上的郭嘉树，流着泪扭头沿着街道逃走了。

这时，传来了公鸡打鸣的声音。在炙热的灰烬中，有人在默默地找寻着东西，希图在这里得到一点外财。一个抬人的邻居说，天快亮了，过去看看郭老先生和他孙子醒来了没有。

三十二

七天后，郭嘉树离开了府良城，回到了他阔别三年的郭堡村。

这一天，侯智仁打发张黑牛赶了一辆马车，将郭嘉树连同他的一点行囊专程送回了家。

着火那晚，天刚放亮，侯智仁就带着张黑牛几个人，来到茂源中药铺，侯锁堂也跟着来了。看见一把火将整个铺子化为了灰烬，侯智仁皱着眉头，神情肃穆地在着火现场查看了一圈，心想，这个张黑牛下手还真是不轻。接着，他走进放置三个死人的后院，弯腰仔细地将每个人查看了一番，看见郭德存和两个学徒几乎被烧焦了，但明显没有郭耀祖的尸首。他立直身子，低声问张黑牛，咋没有那个人呢？张黑牛说，他可能在铺子里，应该烧成灰了……侯智仁看了一眼张黑牛说，这三个人咋没烧成灰？

张黑牛不说话了。侯锁堂惊恐而又痛苦地一边瞅着看着，一边悲痛地叫着，耀祖，耀祖，你没事吧？你在哪儿呀？叫着叫着，侯锁堂忽然大声喊道，哪个狗娘养的这么心狠，将铺子烧成了这样你不得好死……听侯锁堂这样喊，侯智仁看了儿子一眼，温和地说，锁堂，来看下就行了，赶紧去小学堂吧。侯锁堂仰了仰头，顿了顿神没吱声，脸上淌着泪水，转身离去了。张黑牛小声问，老爷，我今天还去省城不。去省城？侯智仁大声说，出了这么大的事，咋走啊？过几天再说。张黑牛没说话。侯智仁问，郭老先生在哪里？旁边一个人说，在药铺对门廖掌柜家里呢。侯智仁说，走，去看看。转脸对张黑牛说，你不要去了，快去警察局报告闫局长，怎么还没见他们的人过来。张黑牛走了，侯智仁由一个邻居带领，来到了廖家的厦房。侯智仁进去时，郭嘉树平躺在炕上，廖掌柜坐在炕对面屋桌旁边的圈椅上，正在和郭嘉树有一句没一句地说话。看见侯智仁进来了，廖掌柜立刻站起来，凝重而又客气地说，侯会长您来了。郭嘉树看见侯智仁进来了，脸上的肌肉抽搐了一下，静静地闭上了眼睛。侯智仁走上前，拉住郭嘉树冰凉的手说，郭老先生受惊了，你的老兄弟看你来了，你老没受大伤，真是万幸啊。郭嘉树没有睁眼睛也没有吱声，从眼角滚下了两滴泪珠。侯智仁感到奇怪的是，郭嘉树真的没怎么受伤，好像只是被惊吓了一下。他说，刚才我去铺子那里看了，郭先生不幸遇难，真让人难过……只是事情已然这样了，也就别去想它了，想办法把眼前的事情处理好。郭嘉树依然不吱声。侯智仁说，我看了下，所有人差不多全见到了，就是没有见到小公子，他还安好吧？听侯智仁提到了郭耀祖，郭嘉树心里一颤，心想，知道你操心的就是他。郭嘉树摇摇头，微微地说了句，不知道，我啥都不知道……

这时候，从门外拥进了一伙人，侯智仁看见，是章县长和闫济舜几个人来了。侯智仁说，县长过来了。章县长点点头，来到郭嘉树跟前，俯下身低声说，郭老先生，你还好吧？我是章恒寿。郭嘉树睁开眼，伸手抓住县长的手涕泪滂沱地说道，县长，郭家完了，郭家完了啊……哽咽得说不下去了。章县长说，郭老先生莫要悲痛，节哀保重吧。郭嘉树说，天塌下来了……我怎么办啊！这件事肯定是有人故意所为，害我郭家家破人亡，你要帮帮我啊！章县长正色道，若是真有人胆大妄为，定叫他难逃法网，闫局长给我打过保证了，一定尽快破案，缉拿凶手！这时闫济舜也说道，郭老先生尽管放心，章县长给我交代过了，我给县长打保证了，派出精兵强将办案，等抓到凶手时，天人一起讨伐吧！郭嘉树听着县长的话，心里还真抱了一线希望，当听到闫济舜的声音时，立刻明白他与侯智仁的关系，又一下子心冷了，立马闭上了眼睛。章县长立直身子，问道，谁是这家的主人，廖掌柜说，是我，廖启慧。县长说，暂时就让郭老先生待在你府上，一定好生照顾。廖掌柜说，县长大人放心，在下一定尽力。章县长刚将目光投向侯智仁，侯智仁便开口说道，县长，我想是这样，破案的事情我不便插手，其他事情就交给我吧。眼下最紧要的，必须尽快将死者安葬。我是这样想的，去世的三个人，必须在今天全部入土。两个去世的学徒，由我出面与其家人交涉，每人赔偿五十块大洋，由其家人自行安葬。至于郭先生，马上派人去郭堡村家里设立灵堂，找风水先生看墓地，力争在天黑前让郭先生安息，随后再给郭先生正式举办葬礼。章县长没想到侯智仁会考虑得如此仔细周到，有点感动地说，侯会长安排周到妥帖，就这么办吧。说完又道，钱要是不够用，去我那里拿二百块大洋吧。侯智仁说，不须劳县长大驾，我自有安排，如若我的力量不济，那就让商会补贴一部分。郭老先生是商会理事，理应得到这个待遇。章县长看侯智仁说得头头是道，觉得侯智仁这种扶危济难的胸怀，实在令人景仰和感动。便说，一切听从侯会长安排吧。

　　看着满目疮痍的过火场景，想着郭先生也亡故了，又听说郭先生是为了拉着两个学徒逃出火海，将自个儿的一条命搭上了，两个死亡学徒的家里人，便没有了与郭家理论的想法。当天中午，两家亲属同意了侯智仁的提议，各自拿了五十块大洋，将孩子拉回家安葬了。与此同时，侯智仁买了一口上好棺材和一套崭新寿衣，将郭德存入了殓，指派张黑牛带四个人，用马车将郭德存的遗体送回了郭堡村。郭德存的突然暴亡，在郭堡村乃至整个白凤镇，引起了极大的震动。一个活生生的整天跑遥着给人看病的先生，怎么说死就死了，而且是被一场大火烧死的。更令人感到不解的是，郭德存被烧死后，将他尸首运回村的，是一帮毫不相干的陌生人，与郭德存一起外出的父亲郭嘉树和儿子郭耀祖,却没有一个人回来!郭家三个男人出门后,家里留下郭嘉树的老伴和郭德存的媳妇两个女人,她们天天盼着自家男人能够平平安安地行医看病,平平安安地回家,可谁知晴天一声霹雳,她们的亲人郭德存,一个三十多岁的汉子,竟横遭大祸,被一场大火夺去了性命。当张黑牛一帮人的马车来到郭堡村,将郭德存去世的消息传来时,两个女人先是一愣,接着就双双昏了过去。满村的人几乎同时拥到了郭家院子和巷子,将载有郭德存棺木的马车团团围住。按照侯智仁事先安排,张黑牛他们要在郭家为郭德存搭设一个灵堂,可郭家两个女人和邻居们众口一词要求张黑牛将郭嘉树和郭耀祖叫回来,再说设置灵堂的事情。张黑牛他们越是解释,人们就越觉得事情蹊跷,既不让在家里设置灵堂,更不让将郭德存安葬。这样乱哄哄地僵持了近两个时辰,最后实在没法子了,张黑牛无可奈何地说,爷爷婆婆大爷大妈们,我们说的话,你们咋就不信呢?我们真的是章县长和侯会长派来的,我们如果是坏人,是凶犯,敢这样拉着郭先生回村吗。反复给你们说了,郭老先生真的没有受伤,只是受了些惊吓,眼下在药铺对门廖掌柜家里将息呢,是章县长和侯会长决定的,暂时不让郭老先生和小公子回到村里来。当下天气还不是很凉,县长和会长一再叮咛,无论如何要在今天将郭先生入土,郭先生入不了土,让他的尸骨变昧甚至生蛆,我们活着的人心里不安哪,也对不起郭先生啊!这样好说歹说,村人们还是不信张黑牛的话。就在张黑牛无计可施时,忽然来了两名警员,这使得在场的所有人吃了一惊。看到村人们正在与张黑牛几个人对峙,一个二十来岁模样的高个子警员来到张黑牛跟前,问了问情况,然后站在一个石碾上,向村人们喊道,我是白凤镇警所的裴元魁,接到县警局闫局长命令,我们两个人赶来郭堡村,协助处理郭德存先生安葬事宜。刚才张黑牛给大家讲的都是实情,大家不要怀疑。县警局闫局长已经组织警力着手破案了,请大家放心,纵火和杀人凶手一定会缉拿归案的。现在,我正告在场的每个人,这是一起重大刑事案件,能帮忙的尽可以来帮忙,帮不了忙来看热闹的,请赶快走人,不要在这里起哄闹事。谁要是胆敢胡来,阻止郭先生安葬,当即带走,严惩不贷!在裴元魁的威慑下,村人们不敢阻拦张黑牛了,赶忙分头帮着找风水先生,确定墓穴方位，帮着将墓穴挖成，赶在天黑前，总算将郭德存下葬了。安葬了郭德存，张黑牛已经没有在郭家搭建灵堂的想法了，与裴元魁他们道别后，便匆匆赶回县城。张黑牛上午离开县城时，侯智仁叮嘱他，到郭堡村后，一定要打听清楚郭耀祖的下落。照眼前这个样子看，郭耀祖肯定没回家。张黑牛想，这个混账小子，真能躲过了这一灾？

回到县城，张黑牛将埋葬郭德存的情况告诉了侯智仁，最后说，就这样草草安葬了事吧。老爷，你不知道，郭堡村那些人真叫难缠，好心没好报，别给自个儿找麻烦了。侯智仁说，那就这样吧，葬礼爱办不办。接着问，有没有小崽子的消息？张黑牛说，没，那小子没回家，不知道是死是活。侯智仁说，你这个人呀，总是这么粗心和鲁莽，当初咋给你叮咛的，这条鱼漏了，烧那些房子有啥用，烧死郭德存有啥用。张黑牛半天说，要是小崽子命大，还真活在人世，老爷放心，我再瞅时机，总有一天收了他的魂。侯智仁摆摆手，说，算尿了吧。别弄到最后，肉没吃进口，惹了满身腥。张黑牛呆呆地望着侯智仁，不知道该说啥。

这天早上，侯智仁来到廖掌柜家里，向郭嘉树说了安葬三位死者的情况。半天，郭嘉树说了句，有劳你了。侯智仁说，啥劳不劳的，老先生客气了。甭说这事有章县长关照，即便没有章县长关照，我也是责无旁贷啊。郭嘉树半天说，那个学徒三狗呢？侯智仁说，家里来人将娃娃领走了，娃娃家长要来这里看望你，我没让他们进，把他们打发了。郭嘉树难过地说，连生……秋来……两个娃娃可怜啊。侯智仁说，铺子那块地方还由警局封着呢，你老有没有啥交代，还有啥贵重东西要寻找？郭嘉树沉默了一会儿，摇摇头，没吱声。在这次大火中，让郭嘉树感到庆幸的，除了郭耀祖逃生外，还有当初他听了孙子的话，没有将赚下的钱装入罐中埋到地下，而是兑成了银票。那晚着火后，郭嘉树就是摸黑急着从箱子里取银票时，从炕上跌到了地上的。良久，侯智仁说，一场大火，烧塌了几间房子，我相信烧不了郭老先生的雄心。隔壁李家和南街杜家的院子，我的意见还是按计划买，买一家也行，买两家更好，尽快将铺子的生意恢复起来，请郭老先生放心，我会全心全力帮你。侯智仁的话，让郭嘉树长时间地沉默了。侯智仁说，郭老先生怎么想，有啥难言之隐，尽说无妨，有我侯智仁在，就有你郭老先生的铺子在。许久，郭嘉树缓缓地说，还开啥铺子啊？儿子死了，孙子活不见人死不见尸，家破人亡了，还开啥铺子啊？说着哀哀地淌下了眼泪。侯智仁抓住郭嘉树的手，悲戚地说，郭老先生节哀，我想小公子绝对没事。发生这样的事情，放给谁，都会伤心难过的，可伤心归伤心，难过归难过，往后的日月还得往下过不是？所以这个铺子不能不开。府良城里的百姓也不能没有你郭老先生啊！郭嘉树说，府良县城，是富人和强人享福的地方，不缺我一个乡下老郎中，弄不好，我这把老骨头也会落不了全尸，还是回郭堡村吧。侯智仁说，刚才那些话，也是章县长的意思，他让我把这些话告诉你，如果郭老先生执意要回乡下，谁都不好勉强。郭嘉树再没吭声。侯智仁说，那这样吧，等郭老先生身子复原了，我打发人送你老回家。良久，郭嘉树问，闫局长破案有进展吗？侯智仁说，这不是刚开始调查嘛！郭老先生放心，凭闫局长的能耐，一定会给你老有个圆满交代。郭嘉树望着屋顶不吱声。侯智仁说，还有一件事，得向郭老先生说说，中药铺子当初是租用人家袁家的，虽然长期没人住有点失修，经过这次着火，已经彻底毁坏了。关于这方面的赔偿，经过反复讨价还价，最后敲定给人家赔偿一千二百大洋，分三年付清。郭嘉树躺在炕上，默默地望着侯智仁，侯智仁并没看郭嘉树，而是一边从上衣口袋拿出折叠好的两张纸，一边说郭老先生要是没啥异议的话，就在这份契约上签个字吧。郭嘉树接过那两张纸，仔细地看了起来。侯智仁说，为了说和这件事，章县长还说话了，价格压得很低了。郭嘉树两只手微微抖着，努力看了半天，只觉得老眼昏花，咋也看不大清楚，心想，已经这样了，看能咋，不看又能咋。便让廖掌柜取来笔砚，在契约上写下了自己的名字，摁上了自己的指印。

三十三

就在张黑牛将郭德存终于下葬,一行人离开郭堡村后,当天晚上三更时分,奔波躲藏了一整天的郭耀祖,带着满身的伤痛和疲惫,回到了郭堡村。

村子里一片死寂。

郭德存的突然死亡,让整个郭堡村弥漫着恐怖的气氛。郭德存下葬时,有人曾瞄见过郭德存的尸体。尽管郭德存穿着一身崭新的黑色寿衣,但由于棺木并没有最后钉死,张黑牛整理遗容时,郭德存被烧焦的双手及颜面,还是让在墓坑里干活的人瞅见了。张黑牛离开后,关于郭德存被烧得面目全非的说法,霎时间传遍了全村。有人说,入土的恐怕不是郭德存,而是另外一个人。还有人说,入土的就是一个木头人。由于人们不清楚郭德存的具体死因,一时众说纷纭,更加重了人们的不安。天还没有黑严实,村里便不见了人影,人们都早早回家、早早关门,悄悄地躲在了家里。

郭耀祖来到家门口时,大门关得严严实实。他惊异地发现,自家门头上挂着长长的招魂幡,心头不由得一颤,难道家里也死人了?是婆婆还是母亲?郭耀祖心里一急,不顾身上的疼痛,顺着门前那棵槐树爬上去,沿着一根横斜的树枝,跃上自家门楼,踩着门楼摸到院内墙头,扒住墙头溜进了院子。郭耀祖看见婆婆屋里亮着灯,从门缝透出了一丝微弱的光亮。害怕吓着婆婆,郭耀祖让自己平静了一会儿,然后小声对着门缝叫道,婆婆,我是耀祖,我回来了。郭耀祖的声音还没落下,屋里的灯忽然灭掉了,屋里屋外顿时没有了一丝声音。郭耀祖又叫道,婆婆、妈,我是耀祖,我回来了,快给我开门。又是一片沉寂。良久,郭耀祖听见屋里面有了窸窸窣窣的声音，接着，眼前的门扇被轻轻地拉开了。只听眼前影影绰绰的黑影子说道，你不是我家耀祖，你是哪里来的冤魂，来我家里想做什么，家里就两个女人，要啥东西，你随便拿吧。郭耀祖听出来了，这是母亲惊恐颤抖的声音。郭耀祖鼻腔一酸，哽咽着叫了声妈，扑上去将黑影紧紧抱住，接着就瘫倒在了地上。炕上的婆婆听到门口的响动，立即将灯点着。看见儿媳坐在地上，怀里抱着孙子，婆婆立马下炕，与媳妇一起将昏晕过去的郭耀祖扶到炕上。这时的郭耀祖没穿上衣，裤子几乎烂成了缕缕，打着赤脚，头发和眉毛全烧光了，浑身肌肉黑乎乎的，脸上身上到处是血痂和伤痕，不断往外渗着血水。看着眼前的郭耀祖，婆婆流下了难过的泪水，母亲则抱着儿子低声哭泣起来。婆婆从灶台小后锅打来一碗温开水，一口一口给孙子喂水。母亲用一块布巾，蘸着温水，轻轻将儿子脸上的黑灰擦掉，又取来烧酒，仔细地给儿子一个一个地清洗伤口。当布巾刚刚接触到郭耀祖额头的伤疤时，昏晕的郭耀祖一下子疼醒了，忍不住哀号了一声。郭耀祖睁开眼睛，发现自己躺在炕上，婆婆和妈妈围着他伤心地掉泪，委屈伤心地叫了声，婆婆、妈，咱家药铺着火了，我爹他被烧死了。说完呜呜地哭了起来。良久，郭耀祖问，咱家门上挂着白幡，是怎么了？婆婆说，白天时，县城来了几个人，将你爹的尸首运回来了，天黑前下葬了。郭耀祖问，都是些啥人？婆婆说，领头的人叫张黑牛。那伙人啊，我和你妈想看你爹一眼，都不让看，就那样把你爹入土了。郭耀祖从裤腰处扯下了一个小袋子说，这是咱的家当，把它藏起来。母亲接过小布袋，走到屋子里面，将小布袋放在柜子里。婆婆说，你爷爷咋样？郭耀祖说，着火后，我先将爷爷背了出来，爷爷出来早，没受啥大伤。我爹为救两个学徒，被倒下来的房梁压住了。母亲流着眼泪说，耀祖，你说，这到底是怎么一回事？郭耀祖说，我也不知道。这几天，我爷爷正张罗着给咱家买地方，想把中药铺子扩展一下，昨个我爷爷把饭订好了，原定今晚上宴请商会侯会长，谁知昨晚上就发生了着火的事。母亲问，着火时，你没在药铺？郭耀祖说，没，跟侯府小少爷去外面看戏了。母亲问，这火究竟是怎么着的？郭耀祖说，我不知道，待我爷回来后，问他吧。婆婆问，你是怎么跑回来的？郭耀祖说，我将爷爷背出来后再去救我爹，已经来不及

126

了。我爷爷醒来后，把他的裤子和那个小布袋交给我，当即打发我回来，叮嘱我抄小路，到家后也要躲起来。昨晚离开县城后，走了约莫一半路程，白天在一架沟窝里躲着，黑了才又上路。看郭耀祖说不出个子丑寅卯来，三个人再没有说话，郭耀祖在瞬间又沉睡了过去，婆婆接着给郭耀祖慢慢清洗伤口和身子，母亲去了厨房，给郭耀祖做汤去了。

着火后的第七天上午，章县长让侯智仁将郭嘉树接上马车，打发张黑牛送他回了郭堡村。一路上，郭嘉树没有和张黑牛说一句话。刚上路伊始，张黑牛还没事人一样说着一些不咸不淡的话，想跟郭嘉树拉拉家常，岔岔郭嘉树的苦闷。可郭嘉树一上车就闭上了眼睛，一直到马车停在郭家大门前，一声不吭。张黑牛说，郭老先生，到您家门口了，我扶您老下车吧。郭嘉树哦了声，算是应了。他睁开眼睛，起身朝周围望望，看见许多乡邻站在马车周围。这时人群里有人说，嘉树伯伯，你回来了？接着就传来啜泣的声音。郭嘉树顿顿神，鼓了鼓劲，大声说道，感谢街坊这么挂记我郭嘉树，说着话朝空中拱起了手，娃们家来吧，扶伯伯下车。有人走上前来扶郭嘉树，这时张黑牛也扶住了郭嘉树一只胳膊，没想到郭嘉树说道，你放开手！张黑牛一颤，丢开了手。几个邻居将郭嘉树扶下马车，这时郭嘉树的老伴和郭耀祖的母亲从院子里走了出来，流着泪将郭嘉树架住。在大家伙簇拥下，郭嘉树走进自家院子。走到院子正中时，郭嘉树想起了什么，喊了一声，赶车的，进来吃饭！大家看见，张黑牛并没有进院，而是在郭嘉树进了大门后，挥鞭将马车掉头，匆匆地赶回县城去了。

众人渐渐散去了。这时郭耀祖才敢出来见郭嘉树。郭嘉树看见，郭耀祖的伤势不是很重，只是四肢、胸背和脸上烧下了许多处皮外伤。经过婆婆几天来坚持擦拭、清洗和敷药，一些伤口已经不再发炎，开始渐渐愈合。郭嘉树问郭耀祖，那个小袋子没丢吧？郭耀祖说，交给我妈了。郭嘉树对儿媳说，把那个东西拿来。郭耀祖母亲将小布袋交给郭嘉树，郭嘉树打开看了看，手里捏着一沓纸片晃了晃说，多亏当初把银圆兑成了这个，这是咱全部的家当了，还得从中拿出一千二百块大洋给袁家赔偿。说完将小布袋扎好交给了老伴，说，千万藏好，把这个丢了，全家人就没活路了。知道郭嘉树身体并无大碍，老伴和媳妇悬着的心放了下来。只是郭嘉树闭口不提儿子死亡的事，让两个女人很纳闷。良久老伴说，这次将德存就那样殁了，又那样草草葬了，真让人难过死了。婆婆这样说话，郭耀祖母亲又唏嘘着哭起来。老伴又说，今天该给德存烧七划纸了，只是我想，儿子死得那么可怜，要不要给他好赖弄个葬礼，请一班乐人吹打一番，也好让亡人入土为安。听老伴唠叨，郭嘉树沉默了半天说，我明白，人那么殁了，我们心肝肺都要疼烂了。不过，死已经死了，照眼下境况，办葬礼能咋，不办又能咋，弄不好还给旁人当笑话看了。要是日后光景有了起色，耀祖对他爹有那孝心，迟早给他爹补个葬礼，也不是不行。听郭嘉树这样说话，老伴和儿媳将目光投向郭耀祖。郭耀祖说，就按我爷爷说的办，将来到了我爹去世三周年或是五周年，我一定给我爹补办个葬礼。郭嘉树又说，后响给德存烧纸，我和耀祖都去。既然回家了，也没啥躲藏的了。这时老伴又问道，你还是没说明白，到底发生啥事了。郭嘉树再次陷入了沉默。许久他抬起头，看着老伴和儿媳说，啥事也没有发生，就我这么个人，能跟旁人起啥冲突，结啥梁子，还不是行医卖药，把旁人生意挤对了，惹得人家上火了呗。郭嘉树说得轻描淡写，两个女人听得似是而非。

　　从此，郭嘉树的中药铺子失火和死人一事，成了解不开的谜。

　　两个月过去了。郭耀祖的伤痊愈了，郭嘉树心里的伤痛也慢慢减轻了一些，爷孙俩又开始跑遥着在四村八乡行医看病了。郭嘉树的医术依然是那样精湛，医德依然是那样高尚，请他看病的人依然络绎不绝。这时的郭耀祖，一边念书一边捎带着学医，看病的本领也明显长进了。不久，郭嘉树在村子里买了一块地，盖了五间大瓦房，又开起了一个中药铺子，生意又渐渐地做起来了。

　　正月一过，郭嘉树开始为郭耀祖提亲了。郭嘉树步着自己当初为儿子定亲的路子，在四处行医的过程中，悄悄瞅摸和挑选着让他中意的女娃娃。一次给谭家坳王财东老婆看伤寒时，郭嘉树看上了王财东的女儿王冬翠。这个女子比郭耀祖小两岁，长得亭亭玉立，唇红齿白，性格温和，聪明伶俐。王掌柜老婆肠胃不好，面黄肌瘦的，郭嘉树先后给她看过好几次病。后来一次，这女人发起了高烧，几天持续不退，出现了精神恍惚、食欲减退、头痛、腹痛、便秘等症状。王掌柜将郭嘉树请去，郭嘉树经过一番望闻问切，断定是得了伤寒病，用今天的话说，就是患了由伤寒杆菌引起的急性肠道传染病。这可没把王财东吓死，以为婆娘活不成了。郭嘉树开了五服中药，没花多少银子，女人便转危为安了。郭嘉树每次去王财东家里诊病，都是王冬翠端茶倒水。嫂子把饭做好后，又是王冬翠端饭递汤，伺候得很是周到。几次病看下来，郭嘉树便从心里看上了这个女娃娃。一次看完病回家的路上，郭嘉树说，耀祖，你看王财东那个女女咋个相？郭耀祖说，是哪个？郭嘉树说，当然是大的，叫王冬翠的那个。郭耀祖脱口说，不咋个相，还不如她嫂子好看。郭嘉树说，胡掰掰啥哩？跟你说正经事呢。郭耀祖说，啥正经事？郭嘉树说，如今你爹不在了，你也不小了，该成个家了，我看，王财东这个女女挺合适，你要是没意见，咱就央媒人去提亲。郭耀祖不吭声了。郭嘉树说，咋不吭声？郭耀祖说，让我说啥呀，我说过多少次，这辈子我只爱侯串串，可你就是不应允，如今侯串串嫁人了，我也不要媳妇了。一听郭耀祖提侯府，郭嘉树火冒三丈，大声说，你这是屁话！那侯串串她娘啥出身，你难道不晓得？她就是个烂窑姐儿！让窑姐儿的女子做我孙媳妇，八辈子都别想！看见爷爷发火了，郭耀祖不吭声了。郭嘉树咬牙切齿道，知道咱家那个难咋遭的，知道你爹咋死的，我不信你一丝也没觉察到。今天我就明说了，就是因了那个侯串串！郭嘉树的话让郭耀祖吃了一惊，不解地望着爷爷。郭嘉树缓和了一下语气说，不过话说回来，即便你再爱侯串串，可人家侯府看不上你，不也是白搭吗？你也晓得，侯府来过咱家提亲吗？你爱也是白爱，想也是白想。怎么笨狗咬住干屎橛子，就不知道松口啊！郭耀祖不吭声。郭嘉树又说，就说眼前吧，那女子已经嫁人了，你还恋她做啥呀，难道为了她，你一辈子真的不成亲了？郭耀祖许久说，我就是那样想的。郭嘉树吼道，你是个傻汉！世上少见的大傻汉！

三十四

郭嘉树要给郭耀祖定亲这件事，拨动了郭耀祖心底那根弦。

郭耀祖爱侯串串，侯串串也爱郭耀祖，侯串串在郭耀祖心里生了根。九月初八那天晚上，郭耀祖为了去与侯串串幽会，有幸躲过了葬身火海一劫。十五岁的郭耀祖，并不完全知晓侯家与郭家的恩怨情仇始于他与侯串串的情缘。那晚大火之后，逃回郭堡村的路上，郭耀祖为爹的死亡和自家药铺的毁灭，感到惊恐和难过；也为没有与侯串串幽会成功，感到遗憾和懊恼。一路上，在他脑海中不断闪现的，有大火和父亲的影子，更多的还是侯串串的影子。他不知道，此时此刻侯串串在做什么，她还会在等他吗？她知不知道他家的药铺着火了，知不知道他正奔波在逃亡的路上。郭耀祖想，由于没有幽会成功，侯串串可能正在伤心地哭泣。在那个沟窝里躲藏的一天里，郭耀祖将他和侯串串的交往，从头至尾回想了一遍又一遍。想他们在一起吃东西，想他们在一起打牌，想他们在一起唱戏，想他们在一起嬉闹，想他们互相抠弄脚心，想他们一起忘情恩爱……当想到过不了几天，侯串串就要嫁给闫坤定了，郭耀祖心里就止不住揪得慌，忍不住流下了痛苦无奈的泪水。

随着侯串串嫁期的逼近，对侯串串思念所带来的痛苦，也在不断地积累和叠加。九月二十八那天，郭耀祖的伤口还没有愈合，没有办法去往县城，可他多想亲眼看看心爱的女人穿上嫁衣的样子，多想站在一个别人看不见他的地方，再看一眼自己心爱的女人。郭耀祖连续三天没有吃饭，就那么一声不响地躺着。这可把婆婆和母亲吓坏了。郭嘉树当然知道原因，对老伴和儿媳说，放心吧他没事。后来，当郭嘉树提出要孙子跟王冬翠定亲后，郭耀祖竟突然疯癫了起来。一天，他对郭嘉树说，爷爷，我要去县城一趟。郭嘉树一惊,去那里做啥?你不能去!郭耀祖说,我去见下侯锁堂,见过他,我就回来了。郭嘉树说,你难道真是个傻汉吗?侯郭两家水火不容,你不怕把小命丢在那里。孙子说,不去我活不下去。爷爷说,那里是火坑,你不能去,爷爷求你了!看见爷爷这样说,郭耀祖沉默了一下,说,好吧,我听爷爷的。可是第二天早晨,当郭嘉树睁开眼睛时,孙子已不见踪影了,这让郭嘉树喉咙一堵,一股鲜血就涌了上来。郭嘉树不晓得,就在鸡叫过头遍,郭耀祖就悄悄起炕了,他给身上装了一些钱,蹑手蹑脚溜出家门一路小跑奔往了县城。晌午放学时,郭耀祖来到小学堂,躲在没人的地方,将走出来的侯锁堂截住。郭耀祖的出现,让侯锁堂大吃一惊,忍不住叫了声,耀祖,你……郭耀祖笑着说,想大哥了,来看看你。侯锁堂说,咋穿这么薄?说着将身上的棉大氅脱下来给郭耀祖披上,将头上的棉帽摘下来扣在了郭耀祖头上,说,跟我走。两个人来到一家饭馆,找了个角落坐下来。侯锁堂说,那晚着火后,一大早我就跑去找你了,你跑哪儿去了?郭耀祖说,哪儿也没去,回家去了。侯锁堂说,多亏那晚你没在铺子,不然就没命了。郭耀祖说,我要是在铺子,我爹就死不了。说着问侯锁堂,听你爹说过没有,案子破得怎样了?侯锁堂哼了一下鼻子说,就靠闫济舜那个肥货,还能破了案子!他们说是流匪犯事,抓不到人犯。郭耀祖也哼了一声说,我知道会是这个结果。侯锁堂说,你有觉察没有,这事好像与我们家有关。郭耀祖说,与你们家有关?难道是你爹让人干的?侯锁堂说,我说的是张黑牛,那家伙一向心狠手辣,是不是为了谋你家钱财,他伙同流匪干的?贼无底脚,寸步难行。郭耀祖说,你发现啥了?侯锁堂说,你家失火后,张黑牛好像有些不对劲,没以前那么活泛、那么爱说爱笑了,看着瓷愣愣的,我就怀疑那家伙了。郭耀祖说,那是你自个儿想的,没赃没据,咋能证明是他干的?即使真是他干的,他是你爹的狗腿子,你爹能不护着他吗?侯锁堂说,你们家这件事,啥时候想起来都让人难过和窝火,你爷爷那么好的人,救了多少条性命,能得罪下什么人,竟下这样的毒手。逮住他,得千刀万剐!郭耀祖说,说说你吧,得是还在念书?侯锁堂说,是,不过自从你走后,觉得念书还真没啥意思。郭耀祖说,又怎么啦?侯锁堂说,没人跟我玩了,还能有啥意思。

郭耀祖说，不是还有四满吗？侯锁堂说，够不上串儿！真的不想念了。郭耀祖说，不念去干啥？侯锁堂说，当兵呗。郭耀祖说，还真去呀？侯锁堂笑着说，真想去。好了不说我了，说你吧。郭耀祖说，日子又回到了三四年前了。我爷爷在我们村买地盖房，又开了个中药铺子，每天跟着我爷爷四处给人看病，就这样。侯锁堂呵呵地笑了说，你还能给人看病？郭耀祖说，咋，小看人了？我的医术不比我爷爷差。转口又问道，串串姐她好吗？侯锁堂愣了一下说，好不到哪里去。郭耀祖问，怎么啦？侯锁堂说，这闫家父子真他妈不是好鸟，合伙将我们家骗了。郭耀祖问，骗了，怎么骗了？侯锁堂说，当初不是说闫坤定在省城上大学堂，年底前要出国留洋吗？串串嫁了后才知道，那家伙早被大学堂开除了，如今在一家小公司支差胡混哩。郭耀祖说，没留学就没留学吧，既然成了亲，只要他真心对串串姐好也行啊。侯锁堂说，这不是不好嘛！郭耀祖说，到底怎么了？侯锁堂说，知道那家伙为啥被开除了，人家同学安心念书，闫坤定整天追求啥个性解放，把人家四五个女学生睡了，其中一个还弄成了大肚子，被人家家里人将狗东西狠揍了一顿，一下子完蛋了。郭耀祖说，当初咋不仔细打听打听？侯锁堂说，我爹喝迷魂汤了呗！只相信那个闫胖子。郭耀祖说，串串姐好可怜！侯锁堂说，这还算不上可怜。郭耀祖惊讶地啊了一声。侯锁堂说，闫坤定去年多大了？二十三四了，如今还有谁扛到这么大不结婚？其实他早就成家了，那女人大他七八岁，已经生下三个娃娃了，他就在女人娘家的公司里胡混哩。郭耀祖说，能有这等事？侯锁堂说，跟串串结婚后，一次闫坤定领着他的老婆娃娃逛街，被我家商号的伙计看到了，告给了我大哥。我大哥跟踪他，才将事情弄清楚了，这事眼下还瞒着串串。郭耀祖说，这个王八蛋，既然结了婚，还要染指串串姐？侯锁堂说，据闫坤定他妈说，一次闫坤定回府良和她妈在西关戏园子看戏，碰见我们一家也在看戏，那家伙看见串串后，回家就缠着他妈，要把串串娶回家，串串就这样掉进了火坑。郭耀祖忍不住流下了眼泪。侯锁堂说，动不动就流你那点尿水，哭能顶个屁用？就说当初吧，让你家央人求亲，来过吗？郭耀祖说，根本不是我们家求不求的事，是你爹铁了心攀高结贵呗。侯锁堂说，不说这些了，说些开心的事情。郭耀祖的伤感被勾了出来，没理睬侯锁堂，趴在饭桌上哭起来了。

　　申时时分，两个人走出了饭馆。郭耀祖说，还回学堂吗？侯锁堂说，去尿，没听我说不想念了。这时，郭耀祖哀哀地叫了声锁堂哥。侯锁堂定住脚，看着郭耀祖说道，又叫我哥？得是有啥事要说？郭耀祖说，我……想见串串姐。侯锁堂满脸惊讶地说，啥？你想见串串？以为还是当初那阵子，你说想见我就使着法子让你见，如今不行啦，如今串串是人家闫家的人了，连回侯府看亲娘一眼，那恶婆子都使脸子呢。我这个当哥的，想看她一眼都难哩。郭耀祖难过地低下头，泪水再次涌了出来。侯锁堂说，甭难过了，世上的事就这样，不如意者常八九，该干啥干啥去。郭耀祖用棉衣袖子擦了把泪水，仰头望了望天空，想起了爷爷对他叮嘱的话，便说，天这么冷，你走吧，我也要走了。侯锁堂说，啥，耀祖你怎么啦，刚见面就要走啊？走吧，找个避风的地方暖和暖和。郭耀祖说，我爷爷不让我乱跑，他根本不让我来城里，我是偷着跑出来的。侯锁堂愣了一下说，戏也不看了？郭耀祖摇摇头。侯锁堂想想说，那就去红灯笼巷子。郭耀祖说，你得是那里的常客了？侯锁堂说，是又怎么样？如今没你陪我逛荡了，总觉得心里边空空的。郭耀祖说，那就去别的地方吧。侯锁堂说，在我面前装啥正经啊，放心吧，你只管受活，钱由我来掏。

　　两个人来到妓院，侯锁堂说，天还没有黑，这里不许窑姐儿"吃狗食"。郭耀祖说，啥叫吃狗食，侯锁堂说，就是白天不许和客人干那事。郭耀祖说，还有这规矩？侯锁堂说，不过那要看是谁了，咱不管他那一套。这时大茶壶走来了，笑容可掬地说，小少爷，您大驾……侯锁堂说，少啰唆，快喊妈妈来！大茶壶一愣，立即转身去了。顷刻间，就见老鸨拿着个帕儿，拍着手笑嘻嘻地走来了。是小少爷大贵人啊，她转脸对大茶壶说，还不快给少爷安顿！大茶壶小心地望着侯锁堂，问，小少爷点哪个？侯锁堂却低声问郭耀祖，你想要哪个，小嫩瓜怎样？郭耀祖想想，有点羞赧地说，就那个……梅花吧。侯锁堂笑着说，也好，梅花会耍风情，那我就点小嫩瓜了。两个人便分开玩了。一直到了晚上掌灯时分，侯锁堂拍打梅花的门，郭耀祖才慵懒地将门打开。侯锁堂说，时候不早了，走吧，找个干净旅馆住下。郭耀祖转身亲了一下依然抱着他的梅花说，这里不跟旅馆一样吗？侯锁堂啊了一声，说，呵呵，这样也好。郭耀祖将棉大氅和帽子拿来给侯锁堂，侯锁堂说，这是干啥？你衣裳单薄，还要上路，用着吧。又说，要不要出去吃点啥？郭耀祖说，你赶紧回吧，不要说见过我。郭耀祖将侯锁堂送到门外，侯锁堂说，不见面的日子，各自珍重。郭耀祖点了一下头说，锁堂哥保重。侯锁堂离开时，笑着说了句，小嫩瓜还在念叨你对她的好呢。郭耀祖在街上吃了一碗饺子，喝了一碗馄饨汤，回到院里。梅花一见郭耀祖，咯咯地笑着，用臂膀软软地缠住郭耀祖。郭耀祖把脸在梅花脸上挨了下，说，梅姐，玩那么久，还没够吗？换个口味去吧。看郭耀祖这样说，梅花呼啦将脸一拉，顿时没了笑容，转身拧着屁股坐炕沿了。郭耀祖找到大茶壶说，浑倌不要了，来个青倌吧。不大工夫，老鸨赶了来，笑嘻嘻地对郭耀祖说，大官人想啃嫩芽呀？青倌倒是有一个，名字叫青莲，水灵齐整着呢，不巧的是这几天身子不干净，大官人要是喜欢，我把她专意给你留着？郭耀祖点点头没说话。老鸨问，那眼下呢。郭耀祖说，就小嫩瓜吧。大茶壶便将郭耀祖带到小嫩瓜屋子。大茶壶刚走出门，小嫩瓜就扑上来将郭耀祖脖子搂住，两条腿缠在郭耀祖腰上。郭耀祖问，想哥？小嫩瓜调皮地说，不想。郭耀祖说，跟侯府少爷要小半天了，还没够？小嫩瓜还是腻腻地不放手。郭耀祖说了声，那你受着吧。说完将小嫩瓜往炕沿上一扔，三两下就将小嫩瓜剥光了，只听小嫩瓜哎呀了一声，就迷瞪过去了。事毕，小嫩瓜躺炕沿上半天不起来。郭耀祖说，还不起来等啥？小嫩瓜幽幽地说，还在半空悬着哩，梦游着呢。郭耀祖说，真是个小骚货！难道侯府少爷把你没有伺候好？小嫩瓜眯缝着眼睛说，他呀，有你小官人一半能耐就好了，硬是把人家在半空里白吊了半天，又给摔在了地上，你说那能好受吗？郭耀祖呵呵地笑了说，那好，只要你小骚货乐意，把他欠你的，哥我全给你补上。

　　郭耀祖抱着小嫩瓜，一直睡到次日巳时方才下炕。梳洗既毕，走出红灯笼巷子，在一家面馆吃了一碗面，出了西城门，回郭堡村去了。

三十五

对于孙子的不辞而别,气郁填胸的郭嘉树本想将他狠狠教训一通,但思来想去,还是压下了心中的怒气,平静地问,见到侯家那小子了?郭耀祖说,见到了。郭嘉树说,都说啥话了?郭耀祖说,说了许多话。郭嘉树说,有啥重要的话?郭耀祖说,一个是破案的事,说是外地流匪犯的事,抓不到人。二是闫家把侯府欺哄了,串串姐被骗了,那个闫坤定不光没上大学堂,而且早就成家了,已经有了三个娃娃了。郭嘉树哦了一声,陷入了沉思。良久又问,那小子还在念书?郭耀祖说,是,不过他说也不想念了。郭嘉树说,你这穿戴哪来的?他给的吗?郭耀祖点点头。郭嘉树说,昨晚住在哪里?郭耀祖说,兴隆车马店。郭嘉树叹了口气说,耀祖啊,你走后,知道爷爷有多担心吗?县城那地方,是咱们郭家的灾地,往后甭到那里去了,好吗?郭耀祖说,知道了,往后不去了。

从县城回来后,郭耀祖心里更是放不下侯串串了,对侯串串充满了怜悯、痛惜、遗憾和愧疚,觉得侯串串落到今天这境地,完全是他的责任,并陷入了一种深深的自责。时间过去了三个月。一个风和日丽的早晨,郭嘉树要去十多里地之外的关桥村,给一户人家的娃娃看疝气。郭嘉树将一切收拾停当,喊郭耀祖出去备马。郭耀祖出去将马备好,回来却对郭嘉树说,爷爷,马备好了,你一个去吧。郭嘉树说,你不去吗?郭耀祖说,我想去一趟县城。郭嘉树脑袋轰地一响,怎么又要去县城,不是说好再不去那里了吗?郭耀祖说,从见到锁堂后,串串姐的事情整天在我脑子里萦绕,我想去打听下,她那些事情是咋了结的。郭嘉树心里蹿上了一股恨气,愤然说道,耀祖,你咋这么没出息,怎么就忘不了一个侯串串?难道这世上再没有别的女人啦?郭耀祖说,爷爷你别说了,我真的没有心思出诊了，这县里我一定得去，爷爷你就让我去吧。说完转身走出了屋门。望着走火入魔的孙子，郭嘉树呆呆地立着，半天纹丝不动。待回过神，慌忙赶到大门外面时，已经不见孙子的影子了。郭嘉树手里拽着马缰绳，颓然想道，长大了，翅膀硬了，管不住了。心中却直后悔没有把马给郭耀祖骑，不管怎么说，骑上马，去也快回来也快。

  不知道为什么，就在昨天晚上，郭耀祖觉得格外心慌，脑子里全是侯串串的影子。蒙眬间睡过去后，又梦见他和侯串串在一座大山里，被一条大河拦住了路，就在他俩手拉手想要走过那座独木桥时，忽然一个趔趄，侯串串落到了水里，转眼间就不见踪影了。望着滔滔而去的河水，郭耀祖声嘶力竭地呼喊着串串姐，一下子惊醒了过来，满头满身都是湿淋淋的汗水。此后到天亮，他再也没有合眼，当即决定要去一趟县城。未时时分，郭耀祖来到了县城，他依然来到小学堂附近，等待侯锁堂的出现。可让他奇怪的是，就在下学时，几乎所有学生都离校了，依然没有看见侯锁堂。郭耀祖想，莫非侯锁堂真的不念书了？就在郭耀祖有些茫茫然的时候，四满从小学堂走出来了。郭耀祖喊了声，四满。四满立住脚，望望郭耀祖，没说话扭头朝另外方向走去了。郭耀祖知道，在他未上小学堂前，四满是侯锁堂的小铁哥们儿，自打郭耀祖来了后，侯锁堂便将四满跟另一个小喽啰抛弃了，这就使得四满对郭耀祖始终心怀不满。郭耀祖快步赶上前，笑着说道，四满兄弟，不认识二哥啦？四满睨视着郭耀祖的脸，那神情在说，谁认你做二哥了？郭耀祖笑嘻嘻地说，忙不忙？不忙的话，二哥请四满喝酒，咋样？就这样，四满不情不愿地跟着郭耀祖来到上次他和侯锁堂吃饭的小饭馆。郭耀祖要了一份条子肉，一份红烧肉，一份焖排骨，一份里脊肉，另外要了一壶烧酒。四碟肉外加一壶烧酒，让四满眼里爆出了火星。四满笑容满面地说，二哥就是二哥，拿得起放得下，四满打心眼儿里佩服你。郭耀祖笑着说，一直没机会和四满兄弟一起吃饭，放开肚子吃吧，不够二哥再给你添菜，保管你酒足饭饱。这个四满长这么大好像没闻过肉星一样，见了肉眼睛就绿了，只等郭耀祖话音一落，就呼呼噜噜吃开了，不大工夫就将三碟肉横扫了，将烧酒喝下了一半。郭耀祖说，过瘾不？还要啥？二哥给你点。四满摇晃着脑袋说，二哥，你不吃，光叫四满吃，我肚子再大，也把四碟肉装不下！郭耀祖说，真饱了？四满说，真饱了，二哥，真过瘾，二哥！啥菜都不要了，下面光喝酒就行了。郭耀祖笑着问四满，最近可好，明年就要毕业了吧？四满说，毕啥业？二哥还不知道我，去年又留级啦。郭耀祖说，是吗？那就多上一年好了。四满说，哼哼，我看了，这辈子也从这个小学堂里毕不了业啦。郭耀祖笑着说，锁堂大哥最近还好吗？怎么没见他上学来？四满一脸的惊讶说，你说啥？锁堂大哥？你还不知道怎的？想想又说，对了，自从你家铺子着火后，你就离开县城了。郭耀祖说，是，你说吧，锁堂大哥他怎么了？四满说，后来他就退学了，过年后就当兵了，穿二尺五、背三八大盖去了！郭耀祖哦了一声，拿过酒壶仰头喝了一大口问，知道他去啥地方当兵了？四满说，不清楚，锁堂后来也不怎么理我了，退学后直到他当兵，我没有跟他见过面。郭耀祖说，接着说。四满说，二哥，您问吧，只要四满知道，全说给二哥。郭耀祖说，说说侯府的事吧。四满想了想，摇了摇头。郭耀祖说，有没有听到侯府小姐，就是锁堂大哥那个妹子啥消息。四满忽然拍了一下脑袋，哎呀了一声说，你看我一时迷瞪了，她那个事情弄得可大啦。郭耀祖说，啥事？四满说，她不是嫁给闫府公子了吗？不知咋弄的，不久她就上吊死了。郭耀祖一震，眼前一晕，急忙问道，四满你说啥？侯府小姐她……上吊死了？四满说，可不是嘛，侯府小姐上吊没多久，锁堂就当兵去了。郭耀祖没说话，低头默默地哀伤。四满说，后来两家为这事还打了一场官司。郭耀祖哀声问道，你知不知道侯府小姐葬在哪里？四满瞪着一双不解的眼睛，头摇得像拨浪鼓。看着郭耀祖痛苦不堪的样子，四满又问道，怎么，难不成二哥跟侯府小姐有啥瓜葛？郭耀祖随手拿出两块银圆塞给四满说，啥话都别说了，你马上去把她的坟地打听清楚，回来告诉我。四满说，就现在吗？郭耀祖说，是。四满说，二哥难不成要祭奠她？郭耀祖说，甭啰唆了，快去快回。这件事任谁也不能讲，我就在这个地方等你。四满说，二哥放心，四满办事肯定没麻达。

四满走后，郭耀祖来到一家纸扎店，买了一把柏香，一沓纸钱，一壶烧酒和十八根蜡烛，另外买了一些甜点，又回到小饭馆。约莫半个时辰，四满回来了。郭耀祖问，打听清楚了？四满说，当然，只是地方太偏僻了，这侯府也真是，咋给小姐找了那么个破烂地方！郭耀祖说，得是地方不好找？四满说，可不是嘛，要你自个儿去找，肯定找不到。郭耀祖说，愿意跟我跑一趟吗？四满说，啥愿意不愿意，二哥说咋办就咋办。于是四满带着郭耀祖来到县城西沟深处一条窄而长的土塄里，在那里找到了侯串串的坟茔。郭耀祖看见这里地势偏僻，荆棘丛生，黑乎乎的大沟里，只有一个小小的坟头格外苍白。走到侯串串坟前，郭耀祖心里充满了悲怆。四满说，经过打听，我才明白，将侯府小姐葬在这里，是因为她是横死，又没留下子嗣，闫家不许她进祖坟。侯府老爷无可奈何，只好将女儿葬在这种地方。郭耀祖含泪说，四满别说了，你去地头等着我吧。看到郭耀祖满脸是泪，四满感到有些惊诧，转身朝地头走去了。四满走开后，郭耀祖跪在地上，将蜡烛一一点亮，将柏香点着插好，然后一张一张地化着纸钱。蜡烛的火焰在飘忽摇摆，柏香的细烟在袅袅上升，纸钱的灰烬随风飘飞，郭耀祖再也止不住心中的悲痛大叫一声，串串姐啊，你的耀祖看你来了……一头跌在坟墓上痛哭起来。良久，郭耀祖逐渐恢复了平静，他将各类甜点掰碎抛在纸灰里，一边将烧酒围着坟头淋洒着一边说道，串串姐，你走了，我的心也死了，我还是那句话，这辈子娶不了你，我不会再娶别的女人了。你在地下等着我吧，每年这个时候，我都会来这里看你，等将来我死了，我要葬在你的身边。你等着我吧，串串姐……

　　回到城里已经是黄昏时分了。郭耀祖说，四满现在去哪里？四满说，二哥没有啥事要办，我就回家了。又说，二哥晚上住哪里，住我家好不好？郭耀祖说，还没吃晚饭，吃过饭再说。四满说，又要让二哥破费了。郭耀祖说，啥时候学会作假了，快走吧。两个人来到一家面食店，郭耀祖要了两碗油泼扯面说，要些啥菜？四满说，不要菜了，肚里的肉还款款搁着呢。郭耀祖说，要不要酒？四满看看郭耀祖，说，不要了，这不是才喝过？郭耀祖说，光吃面寡寡的，来一点吧。便要了一碟凉拌猪头肉，一碟油炸花生米，一壶烧酒。吃饭间，四满笑着说，还真不知道，二哥与侯府小姐有一腿。郭耀祖瞪了四满一眼说，啥叫有一腿？四满嘿嘿地笑了说，二哥知道还要问我。郭耀祖一边喝酒一边说，也不瞒你四满了，说句心里话，我跟侯府小姐是真爱，真爱你懂吗？就是走不到一起！四满有些诧异地望着郭耀祖说，这事锁堂大哥知道不？郭耀祖说，不光他知道，他妈也知道。四满说，二哥真有本事，四满算是服你了。郭耀祖喝了一口酒说，拉倒吧。四满说，跟人家她哥一搭耍，又将人家妹子勾上了，不是本事是啥？郭耀祖说，甭胡喷了。二哥给你安顿个事，行不？四满说，啥事？二哥尽管说。郭耀祖说，往后代替二哥常去小姐坟地看看，除除草，整整坟，能做到不？四满说，就这事，有啥做不到的？保证一个月去看一次。郭耀祖说，这件事做好了，二哥不会亏待你。四满嘿嘿地笑了，狡黠地问，二哥和小姐干过那事了？郭耀祖愣了一下，嗯？这也是你该问的吗？四满嘿嘿地笑了。郭耀祖说，四满今年多大了？四满说，比你大，十九，和锁堂大哥同岁。郭耀祖唉了一声，说，你有十九？四满说，咋没有？只是个头矬点罢了，没听锁堂老叫我地锤吗？郭耀祖笑了说，四满给二哥说实话，尝过女人滋味没？四满茫然地望着郭耀祖摇了摇头。郭耀祖吃了一口菜，喝了一口酒，问道，想尝尝不？四满呆呆地望着郭耀祖，不摇头也不点头。郭耀祖笑着说，不要你掏钱，二哥替你掏。四满眼睛透出一丝亮光，半天结巴说，二哥得是……说笑吧？郭耀祖说，咋还不信二哥，立马起身，跟二哥走。

三十六

侯串串的死，让郭耀祖将世事看淡了。

不光将世事看淡了，而且破罐子破摔了。

不久，谭家坳王财东的老婆又生病了，郭嘉树爷孙俩一起去出诊，正诊脉时，来了一个邻居，请郭嘉树去他家瞧病，郭嘉树想想，打发郭耀祖去了。在和王财东说话间，郭嘉树将王家的女儿王冬翠，着实夸赞了一番，说不知谁家的小子有福气，将来能娶这个女女做媳妇。听话听音，王财东从郭嘉树话里，似乎听出了几分明白。但又想，绝对不可能，凭着郭家的家道和声望，怎么可能跟自己这样个小财东结亲？尤其那个小先生，不光人长得排场，病也看得好，不愁娶不到好媳妇，咋会看上他家冬翠？王财东红着脸应承道，承蒙郭老先生夸奖，小女少指教，不懂事，还请郭老先生多担待。郭嘉树说，我就喜爱你这个女女。王财东笑着说，郭老先生真要喜欢她，那就高攀让她给您老做个干孙女。郭嘉树笑着说，既然话说到了这里，我就明说了吧，让你家冬翠给我家耀祖做媳妇，不知道王掌柜意下如何？说完话不由得红了脸面。这边王财东脸上挂着喜色，摇摆着双手客气道，老先生的话让我不敢当，我一个小门小户的庄户人家，怎敢如此高攀？郭嘉树叹一口气说，王掌柜啊，是你有所不知，自从我那儿子殁了后，我这心里整天没着没落的，如今孙子眼看大了，就想尽快给他成个亲，也算是给他早死的爹安个心。在晚辈婚姻上，我们郭家不讲究啥门户，看的是人，王掌柜不要想多了，你若不嫌弃……王财东立马打断郭嘉树的话说，啥嫌弃不嫌弃？这门亲事真要成了，那不是给我王家脸上贴金嘛，还嫌弃个啥？只要小先生不嫌我家冬翠丑，我就谢天谢地了。王财东这句话，让郭嘉树一颗心落地了，笑着说，娶媳妇是摘花哩，我就看上你家女女温和、端庄、懂事、勤快，能把这个女女娶回家，我就满足了。郭嘉树的话，说得王财东一颗心突突乱跳，不知道说什么好。当即喜笑颜开地跑到上屋，把这件事给老婆通报了，告诉儿媳妇，赶紧弄酒菜吧，他要好好地招待他这位亲家爷。

　　回家后，郭嘉树请本村一个媒婆吃了一顿饭，央她前往王财东家提亲。直到这时候，郭耀祖才知道爷爷真给自己提亲了，对象就是王冬翠。郭耀祖对郭嘉树说，爷爷，这事咋还真给说上了？郭嘉树说，这是什么话，不真说难道假说不成？郭耀祖说，你怎么就看上了她？郭嘉树说，她怎么啦？我体察好久了，比来比去，觉得就她最合适了，将来过日子生娃娃绝对没麻达。接着又说，当初你爹娶你妈，使的就是这个法子，你就相信爷爷的眼力吧。郭耀祖说，不是给你说过了，除过侯串串，我这辈子不会结婚。郭嘉树咬牙一恨说，你这是放狗屁！侯串串早都死翘翘了，死了了的一个人，动不动提她干什么，晦气不晦气？郭耀祖说，我忘不了她。郭嘉树说，王冬翠胜过一百、一千个侯串串。侯串串长得惜又能咋？不就是个福薄命浅的女人，这样的女人谁沾她谁倒霉！郭耀祖沉默了一阵说，别以为我啥都不知道，不就是你和侯智仁两个人在置气，把我跟侯串串拆散了？如今还口口声声责骂她，爷爷这样做，良心上能安吗？郭嘉树没想到孙子会说出这样的话，两只眼睛盯着郭耀祖，静静地望了半天，说，既然话说到这里了，爷爷就给你说句实情话，串串确实是个好娃娃，可她的出身有些贱，另外吧，她爹根本瞧不上咱郭家。如今把可怜的女女逼死了，咱总不能为个死去的人，连自己的世事也不活了。忘不了她，就把她搁在心里面，往后的日子咱还得过，该娶的媳妇还得娶，就把王财东的女女娶回来吧。郭耀祖头一次听爷爷说出这样一番话，眼泪止不住流了下来。看见孙子哭了，郭嘉树心里也有些难过，哀哀地说，爷爷知道你心里不好受，其实爷爷也后悔过，可事已至此，无力回天了，你就原谅爷爷吧，把这件事忘了去。郭耀祖抬起泪眼，望着郭嘉树不吱声。郭嘉树说，答应爷爷好不好？将王财东的女女娶了吧。看着郭嘉树祈怜的神情，郭耀祖心里一酸，扭头从屋里跑出去了。

　　媒人很快回话了，说王家满口答应了，一家人感到很满意。王财东让媒人捎话说，他一个山旮旯的农家小户，能和郭老先生这样的名门望户结亲，感到脸上很是荣光，至于彩礼，没有分外的要求，就按常规办，走个形式就行了，一份礼满可以了，等到女女出嫁时，他会给女女一份丰厚的陪嫁。郭嘉树问，看到女女没？媒人笑着说，何止是看见了。郭嘉树又问，还跟女女说了话吗？媒人笑着说，我问她喜欢不喜欢耀祖，女女羞得头都不敢抬，耳朵红得像红绸布，看得出，娃娃脸上挂着喜色。郭嘉树说，没看女女长得咋样？配不配得上我家耀祖？媒人说，您老问的这是啥话，人身上有病没病，您老一眼就能看得透透的，女女长得好看不好看，您那双眼睛还能出了错。没麻达，好着呢，不论身条、面貌、还是脾性，一点点麻达都没有，绝对百里挑一。尤其是人家女女那个白，十村八村难得挑出来一个，说媒这么多年了，还真没遇见过长得这么惜这么俊的女女，您老人家算是挑准了，跟您家耀祖真是金童玉女、天造地设的一对哩。

　　媒人这番话，让郭嘉树想起了"走马的腿，媒人的嘴"这句话，郭嘉树眉开眼笑地说，人家王财东那是客气，咱可不能把事情做薄了。这样吧，彩礼两份，四百八十万元，外加五十块银圆，三石麦子。给女女一对银镯子，一个银项圈，十斤棉花，四身衣料。给她爹她妈每人一身衣裳，她哥嫂和弟弟妹妹每人一双鞋，一切按照规矩办。咱这边不说了，得给人家王财东在村邻面前撑个脸面。不合适不周到的地方，您尽管给咱提。媒人呵呵地笑了，在村人眼里，郭嘉树是个好人，是个好看病先生，唯一的毛病就是做事有些寒酸和抠门儿，如今没想到，郭嘉树如此阔绰和大方。媒人笑眯眯地说，郭老先生这般行事，不光给王财东撑了脸面，也给我这个媒人撑了脸面，不像有些人，老让媒人从中犯难，受夹板气，我最怕的就是那样的事。受到媒人的吹捧和赞扬，郭嘉树心里热乎乎地说，看您说的，咱这是给咱自家孙子娶媳妇，人家女方爹妈劳心费神，将女女养到这般大，一顶轿子就给咱抬回家，咱就想了，给人家再多彩礼都不算过分。说着笑了一下，接着说，至于您这个大媒人，尽管放心好了，自然不会慢待您，到时会给您重重的谢忱。媒人脸上乐开了花，谦逊地说，我这辈子说媒只为成人之美，不希图别人啥东西，能把你家耀祖和王家女女送入洞房，算我又给自己积了一分阴德。郭嘉树哈哈地笑了，说，好说，好说，您说吧，下一步咱们该怎么走？媒人说，这不明摆着嘛，水到渠成的事了，择个吉日把婚订了呗。郭嘉树说，好，就按您大媒人说的办。

六月初六这天，郭嘉树为孙子摆了订婚酒席。这天一早，先由媒人带着郭耀祖，将郭家的彩礼送到了王家，在那里吃了席，然后带着王冬翠和女家的回礼回到郭堡村。郭嘉树将村里头头脑脑的人物和郭氏家族的长辈都请了来，总共坐了四大桌，热热闹闹吃喝了一顿。入席时，媒人安顿郭耀祖和王冬翠坐在了一起，所有人都夸赞两个娃娃郎才女貌，天生一对。郭耀祖母亲和婆婆分别坐在王冬翠和郭耀祖身边，尤其是郭耀祖母亲，眼睛一直盯着王冬翠打转儿，心里欢喜得不得了，脸上的笑意一刻也没落下来。王冬翠来到郭堡村，心里感到孤单单的，忽然觉得只有郭耀祖才是她最亲近的人。王冬翠几乎啥也没吃，不断在偷偷地望着身边的郭耀祖。人们在不断地夸赞他俩，不断地取笑他俩，这让王冬翠既甜蜜幸福又尴尬羞涩，眼窝里始终蒙着一层薄薄的泪水。郭耀祖则正襟危坐，表现得十分的体泰和庄重，对来自王冬翠的殷殷目光，几乎没什么反应。自从早晨见到王冬翠,直至现在两个人坐在一起吃饭,郭耀祖不断在想,这个王冬翠不仅长相没有侯串串好看,身材也没有侯串串高挑儿,光是一个皮肤白嫩,那又能怎么样,爷爷怎么就看上了她。只要一瞅见王冬翠,他就会不可遏制地想到侯串串,就会觉得对不住侯串串,甚至觉得老天爷正是为了让他和这个王冬翠在一起,才将侯串串招走了。郭耀祖暗想,看来这个王冬翠,比他的爷爷郭嘉树和侯智仁还要可恶一百倍。眼下不管王冬翠怎样向他投来羞涩爱慕的目光,甚至一次次轻轻地向他身边依偎,郭耀祖始终目不斜视。散席后,媒人对郭嘉树说,那就让冬翠在这边家里待几天吧?照礼数,新订婚的媳妇可以在婆家留住几天,以便与未婚夫家里人有个熟悉的机会,当然也可以不留住。媒人说话时,将眼光转向郭耀祖和王冬翠,王冬翠红着白嫩嫩的脸,两只大眼睛扑闪扑闪的,没有言传。郭耀祖母亲和婆婆异口同声说,留下留下,当然要留下,就让娃娃住几天吧。郭耀祖没有说话,一脸无所谓的神情。郭嘉树沉吟了一下,脑子里闪过了郭耀祖和侯串串那些事情,笑着对媒人说道,这次就不留了,麻烦您再跑遥一趟,把冬翠送回谭家坳。说完对郭耀祖说,快去备马车。

送走王冬翠,郭嘉树和郭耀祖帮着两个女人收拾杯盘和桌凳。郭嘉树问郭耀祖,今天高兴吗?郭耀祖说,高兴。听郭耀祖这样说,郭嘉树笑着说,高兴就好。看到了吧,今天满座的人,没有不夸冬翠好的,不光人样长得惜,还温和、聪明、懂事,看来这个媳妇是挑对了。至于你丈人那边,家里人口不算多,光景也过得去,将来冬翠过了门儿,就能一门心思过咱家光景。郭耀祖将一张借来的桌子擦干净,扛起来放在二门口准备送还,转回身又擦另一张桌子。郭嘉树继续说,我想过了,最迟年底或者明年开春,给你跟冬翠把喜事办了,早结婚,早得子,眼下咱郭家最缺的就是人丁,让冬翠将来给咱多生几个娃娃,到那时节,你给咱开铺子行医,冬翠和你妈给咱管家,我跟你婆婆给你们照看娃娃……就在这时候,郭耀祖忽然说,爷爷,我、我明天想去一趟县城。孙子的话让郭嘉树一愣,立时有些不高兴,沉下脸道,去县城干啥?郭耀祖说,前两天你不是说过,要我有空进些原生药材回来?竹蜂、天葵、天麻、三七,十多样哩,您得是忘了?郭嘉树一想,确实有这么一回事,便说,其实也不着急着用。郭耀祖说，急用不急用，总得用、总得买不是？看着孙子平静的脸，郭嘉树知道，他既然说要去，肯定阻挡不了，想了想说，那就跑一趟吧。郭耀祖说，收拾完东西后您开个单子给我。我去家庙把桌子跟板凳还了去。郭嘉树却说，爷爷刚才说的那些话，你听进去了没有？郭耀祖望了一眼郭嘉树笑着说，一满子仄着耳朵在听哩，即就是不想听，那些话也钻进去了。

三十七

一大早，郭耀祖骑着自家的白马，去了县城。

在路经县城西沟时，郭耀祖牵着马，拐弯抹角地来到侯串串墓地，在侯串串的坟墓旁边坐了下来。郭耀祖对着坟头说，串串姐，我看你来了，来给你说一件事情。我曾经给你说过，除了你，我这辈子不会娶任何女人，可就在昨天，我爷爷给我把婚订了，是个名叫王冬翠的女人，我看不上她，打心眼儿里不同意，可家里人却说她百般好，我没办法阻拦。我爷爷对我说，打算年底或者明年开春给我成亲。串串姐，你说我该怎么办啊？你只管自己走了，丢下我活在这人世间，路还那么长，我该怎么往下走？郭耀祖沉默了许久又说道，串串姐，有件事情，我一直没有告诉你，我找窑姐儿了，找过好几次了。跟你那晚相会之前，我就找过了。你能原谅我吗？串串姐，我曾为我的荒唐不羁万分懊悔过，可有了头次，就有了二次、三次，尤其随着你与闫坤定订婚、结婚，我的心彻底灰了、死了，变得无所谓了。从此，只要想你了，我就会去那个地方。你会骂我吗？骂我变成了一个坏蛋，骂我对你不忠？可是串串姐，请你相信我，在我的心里，依然只爱你一个，对任何女人，我都不会再爱了，包括那个王冬翠。郭耀祖抬起头，遥望着湛蓝的天空，又环顾了一眼黑黝黝的大沟，继续说，串串姐，今天来这里，我就是想看看你，想给你说说心里话。郭耀祖一边说话一边站起身子，从马背的褡裢里摸出一把银圆，用手在坟上挖了个深坑将银圆埋了进去,今天我没带柏香和纸钱来,只给你带了一些真钱,你地下有灵,就拿着那些钱用吧。埋好银圆,郭耀祖又在坟前坐下来,说,串串姐,我上小学堂时有个同窗叫四满,跟我和锁堂哥很要好,他家就在县城,我给他叮嘱过了,让他有空来这里看看你,为你烧烧纸扫扫坟。这个人要是真来了,你不要害怕,是我让他替代我来伺候你的……串串姐,你知道吗?如今锁堂哥当兵去了,你也丢下我走了,我好孤独啊……郭耀祖说着话,脸上淌满了泪水。

离开侯串串的坟地,郭耀祖来到城里,把要采买的药材从几个不同的药材贩子那里买好,装了几个袋子,打成了捆,连马带药材一起寄放在了兴隆车马店,叮咛店掌柜给他经管好马和药材,然后吃了点饭,直奔红灯笼巷子去了。

如今的郭耀祖,已经成这家红灯户的老主顾了。郭耀祖一进门,老鸨就喜笑颜开地迎了来,将郭耀祖安顿在厅堂正中的圈椅上小憩,大茶壶喊人给郭耀祖端来瓜子和茶水,送上了水烟袋。安顿好郭耀祖,两个人便离开了。大茶壶对老鸨说,这小子还真来了哈。老鸨说,惦记着咱家青莲呗,今儿个他来了好,他来了就让他给青莲摆房,赶快让青莲梳妆打扮,让姐妹们把自个儿收拾利索。大茶壶说,摆房?青莲不是摆过了吗?老鸨说,你咋是个瓷锤?忘记他上次来,我应承把青莲给他留着吗?今儿个他既然来了,还能让他白走了不成?按咱的规矩,一出一出给他来。大茶壶笑着说,也是,如今没有侯府小少爷大肚子扛人了,这小子没势没靠了。老鸨说,就你啰唆,快办事去,给每个人都把话说到,尤其是青莲,把嘴巴捏严点,谁要是学习漏了风,撕了她的嘴。说完两个人分了手,大茶壶安顿事情去了,老鸨回到厅堂,在郭耀祖右手圈椅上坐下,伸手捏了一撮瓜子一边嗑着一边笑眯眯问道,大官人得是把我家青莲忘了?没等郭耀祖回话,老鸨接着说,您大官人离开后,我可把青莲一直给您留着呢。后来的几位大爷,口口声声想要了她,可我既然给您大官人应承了,不能说话不算话呀,硬是没答应他们,都把人家几个大爷得罪下咧!郭耀祖说道,妈妈你是个好人,我感恩你。老鸨却嘎嘎地笑了,说,我就说嘛,我们青莲是个有福的丫头,一定会遇到大贵人宠幸她。说完对站在厅堂门口的一个男人说,快叫青莲见过大官人。片刻,就见大茶壶领着一个小巧玲珑的女孩子来到郭耀祖面前。老鸨说,这就是青莲,大官人瞅瞅,有点心疼吧?青莲羞涩而美丽,郭耀祖一边瞅着,一边拉过青莲的手,笑着说,妈妈的话还会有错?郭耀祖的话,让老鸨和大茶壶笑了起来。大茶壶说,今儿个是青莲大喜的日子,咱就给青莲把事办得盛盛的,大官人你说呢?办事?郭耀祖抬起头,不解地望着大茶壶问,办啥事?老鸨立刻笑着说,哎哟哟,只怪我没有给大官人说明白,大官人有所不知,咱这院里有个规矩,凡长相出众的丫头,要是给哪位贵客相中了,头回要她的身子,她就等于是嫁出去了,这位贵客呢,也等于是娶她了,这贵客就得给她摆房。郭耀祖说,摆房,啥叫摆房?老鸨说,其实简单得很很,只要你给青莲备办三身里外全新的衣服,一套新被褥、新家具,将她的屋子粉刷一下,再请所有姑娘们吃一顿酒,事情就算办妥了,你与青莲就能入洞房了。入洞房后,每宿按平常"包夜住局"双倍算,你大官人得在这里连住三宿,这个房就算摆成了。老鸨的话还没说完,郭耀祖头就大了,平日里与侯锁堂来这里玩,从来没听说过这么多的烂说法,钱全由侯锁堂一人掏,他自个儿只有玩的份儿,今儿个侯锁堂不在了,这老婊子就狠宰起他来了。郭耀祖说,妈妈说的这些事,不是一时三刻能办停当的,何况我来县城办事,也不可能待好久……那怕啥?时间太紧咱可以急事急办嘛!老鸨心里也蹿出了一股无名火,心想这小东西还不上套?遂打断郭耀祖的话说道,一切都不要你大官人操心,保管让你跟青莲今晚入洞房。郭耀祖还想说什么,老鸨接着说,所有事由,都可以折合成银钱,只要大官人您一把将银子付清,您大官人说咋办咱就咋办。说完朝青莲使了个眼色。青莲立马抱住郭耀祖的胳膊轻轻摇着,嗲声嗲气道,大官人,我不让你走嘛,我不让你走嘛……郭耀祖傻眼了,心里升起一股恨气,心想,妈拉个巴子,我立马甩手离开这里,看你们能把老子怎样?可脑筋一转还是把气忍了下来。他明白,如今他不仅是个乡下人,而且是独独一个人,烟花青楼打手棒打客人一类的事情,他不是没有闻听过。这时大茶壶说道,大官人是咋想的,说出来咱好商量。语气明显变硬了。郭耀祖低头咬了咬牙,良久,抬起头说,就按妈妈说的办吧。老鸨立即拍着两只手,乐呵呵地说道,我就说嘛，大官人向来是个爽快人，说话办事就是利索。不一会儿，大茶壶便拿着一张写好费用的单子送给郭耀祖，共折合大洋二百零九块。郭耀祖拿着账单瞅了半天，只觉得脑袋在嗡嗡作响，半天说，身上的钱不够……大茶壶说，那没啥问题，现下出去取呗。大茶壶带了两个人，三个人跟着郭耀祖，去一家钱庄取出二百块大洋，回到院里交给了账房。接着，整个院里就热闹起来了。有给青莲缝制衣裳的，有给青莲收拾屋子的，有给青莲置办家具的，晚饭时节，全院姐妹在一起大吃大喝了一顿，然后一起闹着为郭耀祖和青莲披红戴花，簇拥两个人入了洞房。

这件事让郭耀祖懊恼到了极点，没想到看起来热情直爽的老鸨，居然如此歹毒，硬是给他下了个圈套。这让郭耀祖将全部的仇恨集中到了青莲身上，等到闹洞房的姐妹离开后他不由分说一把拽过青莲，就那么恶狠狠地进入了。青莲嘶叫了一声，哀求郭耀祖放开她，郭耀祖不理不睬，心想，哭啥哭，叫啥叫，忘了你们合伙讹诈老子啦？事毕，郭耀祖将青莲扔在一边，倒头睡自己的去了。青莲在不断地啜泣，郭耀祖也在默默地生着闷气，两个人谁也睡不着。约莫半夜时分，郭耀祖起了一次夜，当他上炕再次拽住青莲胳膊的时候，那青莲一惊诧，倏忽间挣开郭耀祖，光溜溜地跳下炕，跪在地上哭道，大官人，你饶了我吧，你饶了我吧，你饶了我吧……郭耀祖隐忍着厉声道，怎么，想要赖啊？告诉你，这一夜是老子用二百块大洋买下的，你不受让谁去受啊？快上炕来！青莲忍气吞声地哭着说，是妈妈他们变着法子整治你大官人，可青莲没有啊！郭耀祖狠狠地说，你再不上炕，我就将你扔到门外去！说着就要动身下炕。青莲迅速爬起来，用身子挡住屋门颤抖着嘴唇说，青莲求你了，大官人别那样，若是让他们知道了，青莲就活不成了……

郭耀祖没有下炕，眼睛一眨不眨地盯着青莲。看郭耀祖没有真要整治她的意思，青莲急忙又跪在地上，朝着郭耀祖哭诉道，大官人，我原来的名字叫张秋水，是你们邻县为川人，四岁时，我爹妈双双得肺痨病死了，死前将我送了人，养父便将我的名字改成引弟，希望能给他引来个男娃。后来养母真的开怀了，不光生了个男娃还生了个女娃。谁知他们生了娃娃后就不待见我了，在养母生下第二个女娃后，他们干脆不要我了。原说要将我送给一户没有女娃的人家，谁知最后将我卖到了这里，妈妈又将我的名字改成了青莲。我在这里待不惯，几年中偷跑过好多次，每次都被大茶壶他们抓了回来。今天遇到你大官人，我看你识文断字的，庆幸我遇到了一个好人。可你，可你，可谁知你大官人……我都快要死掉了……青莲哭着说着，眼泪越流越多了。

看见青莲哭诉得可怜兮兮，郭耀祖沉默了许久，用和缓一点的口气说，上炕来吧。青莲小心翼翼地望着郭耀祖。郭耀祖说，上你的吧，不动你还不行吗？青莲犹豫了一阵，慢慢挪动身子爬上了炕。这时郭耀祖一惊，青莲身上沾着点点血迹。青莲上炕后便躺倒了，蜷缩着身子一动不动。郭耀祖愣怔了半晌，跳下炕，从脸盆架子上取下汗巾，在盆子里蘸了些水，将青莲身上的血迹擦了擦。郭耀祖的举动，让青莲忍不住呜呜地哭了起来。郭耀祖上炕后，青莲将郭耀祖抱住，颤抖着嘴唇说，你大官人是个坏人，你大官人是个坏人……

两个人再没有合眼，一直说话到天亮。郭耀祖说，老鸨对你好吗？青莲说，能好吗？我给你念一段她教给我们天天都要背的东西，你就知道她对我好不好。郭耀祖说，这里又不是学堂，要背什么啊？青莲说，你就听好吧：不准逃跑，不准热客，不准甩客，不许怀二心，不许攀结权贵，不许接近窑痞地痞，不许开盘时偷活，不许倒贴热客，不许私自藏钱，不许犯八大块，不许说丧气话……各式各样规矩多如牛毛。大官人想想，有这么多戒律，触犯其中一条，不是皮鞭、火筷、通条，就是火钩、木棍、绳子，各样刑具伺候，这能说是对我好吗？郭耀祖说，真有这么多戒律？有些根本听不懂。青莲说，都是些隐语和暗语。郭耀祖说，不许开盘时偷活，说的是啥？青莲说，就是与客人闲聊时，不许干那个事情。郭耀祖说，还有八大块，说的是啥？青莲说，就是从起炕到吃早饭这段时间，不许说行话里的八个字：龙、虎、梦、灯、桥、塔、鬼、哭。郭耀祖说，为啥不许说？青莲说，说实话，有些我也弄不清是啥意思，反正那里面的道道不老少，都是一些整人的规矩。郭耀祖说，青莲小小年纪，说话倒不粗俗，你识字吗？青莲说，老鸨逼你学这学那，将来好支应客人，给她挣大钱，几年下来认了几个字，也算是被卖进窑子后唯一的益处。郭耀祖说，青莲是个可怜的丫头。两个人一时都沉默了。良久，青莲说，大官人能救我出去吗？我不想在这里待。郭耀祖想想说，要赎你出去，恐怕不是件容易的事情，如今老鸨拿你当头牌，她愿意不愿意都会狮子大张口，从长计议好不好？郭耀祖的话，说得青莲既喜又忧，青莲抱着郭耀祖说，大官人是我的大贵人。这时郭耀祖却说，青莲给我说实话，你是头次摆房吗？郭耀祖的话让青莲愣怔了一下，接着就哭着说，这事绝不怪青莲，是妈妈的主意。郭耀祖说，她经常这样吗？青莲说，看客下饭哩，宰的都是有钱的大爷。郭耀祖说，真是该杀该剐！青莲说，每次都是弄些鸡血蒙骗客人。郭耀祖吐了一口气说，真恶心。青莲说，大官人恨青莲吗？郭耀祖说，真咽不下这口恶气。青莲小心地说，以前也有客人为这事闹过，可最后吃亏的还是客人，青莲不想看到大官人吃亏。郭耀祖说，老鸨要我在这里住三天，我家里有事，待不了那么久。青莲说，你就放心吧，只要老鸨收了钱，大官人走也好不走也好，她都不管了，可能你走得越快她心里越高兴哩。

三十八

第二天晚上，郭耀祖跟青莲行人事时，到了情浓处青莲说，大官人答应我一件事。郭耀祖说，啥事？青莲说，往后不许大官人到梅花和小嫩瓜那里去。郭耀祖一愣，有点惊讶地望着青莲说，那怎么行？这不紧着去哩，她俩还鼻子不是鼻子脸不是脸的。青莲说，我不管，大官人跟我摆了房，你大官人就是我青莲的人，我不想让大官人去找她俩。郭耀祖没再吱声。青莲说，大官人，你说，你心里到底有我，还是有她俩？郭耀祖一边埋头动作一边说，你说有谁就有谁。青莲顿了一下说，有谁没谁我不管，我只要你心里有我，我只要你把我从这里赎出去。郭耀祖喘着气说，抱紧点，突然将动作加快了。青莲却将郭耀祖使劲一推，撒娇说，不，我要你先答应我。郭耀祖在枕巾上蹭了下头上的汗说，好好好，我答应你。青莲说，还有呢？郭耀祖立即说，等我有了钱，铁定把青莲赎出去。青莲笑了在郭耀祖胸脯上亲了一口，郭耀祖大喊一声，趴在青莲身上不动弹了。青莲抱着郭耀祖，一边抚摸一边说，大官人明儿个真要走吗？郭耀祖说，家里有事得赶紧回去。青莲说，舍不得你走嘛。郭耀祖说，怎么啦，刚认上卯就上瘾了？青莲掐了郭耀祖一下。郭耀祖说，那咱们说好了，既然跟我摆了房，往后不许你接其他客人。青莲说，那你得经常来看我。郭耀祖说，一个月一回。青莲嘟着嘴说，不，半月一回。郭耀祖将青莲抱了一下，算是应允了。青莲将头抵在郭耀祖胸脯上，嘤嘤地哭了。

　　从县城回到家里，郭嘉树问药都弄下了？郭耀祖说，弄下了。郭嘉树说，待了这么久，整整两天半？郭耀祖说，有几样药材没货了得等人家把药材弄回来。郭嘉树说，马在哪里喂的，身上怎么毛茸茸的。郭耀祖说，出了门哪能跟在家比，吃喝当然赖点啦。接着说，也不看看跑遥了好几天，人是不是毛茸茸的就知道心疼你的马。郭嘉树瞅了孙子一眼，笑着说，马不知道照顾自个儿，可人知道。郭耀祖笑着看了爷爷一眼，转身要出门去，郭嘉树说，你等等，爷爷想和你商量个事。郭耀祖站住脚，等着爷爷说话。郭嘉树说，我想过了你自个儿该单独出诊啦。郭耀祖愣怔了一下笑着说，爷爷放心我？郭嘉树说，迟早总得有这么一天。往后凡外村的病人就由你出诊，我给咱在药铺坐诊和抓药，捎带看下本村的病人。

　　到了这时候，郭嘉树自感身体大不如从前了。自从那次被郭耀祖气得吐了几口血，郭嘉树明白是气郁伤肝，便以道遥散方为主，为自己组了一剂中药，即甘草（微炙赤）半两，当归（去苗，剉，微炒）、茯苓（去皮，白者）、芍药（白）、白术、柴胡（去苗）各一两，加烧生姜一块（切破）及丹皮、茱萸、黄连、栀子、薄荷少许，连续煎服了十天，将血止住。接着，服用六味地黄丸，以补肾滋阴，疏肝清热，养血健脾。他没有让家里人知道这件事。他明白这个家目前还不能没有他，孙子还没有真正长大成人，还不能独立撑起门户，他还必须活下去。他告诉自己，往后再不能硬撑着到处跑遥了，得给孙子放单了，让他学着独立出诊吧。

　　从此后，郭嘉树坐守药铺带着两个学徒制药抓药，给本村病人号脉开方，郭耀祖骑着白马外出给人看病。让郭嘉树没有想到的是，郭耀祖放单后的表现，完全出乎他的意料。跑单没多久，郭耀祖就利利落落处理了几个大病症，很快给自己挣来了好名声。

一天，郭耀祖去关桥村给一个癫痫患者看病，吃完晌午饭后骑着白马出村时，在巷口遇到了一个趴在路边的中年人，他衣衫褴褛，面色蜡黄，两只手搭在一只可以帮他全身挪动的小板凳上，在听着周围人说话。郭耀祖下了马，走上前向这个人问道，请问您得了啥病？郭耀祖这一问，周围的人都笑起来。一个人说，啥病？屁眼门子的病。趴在地上的男人脸腾地红了望着郭耀祖不知道说什么好。郭耀祖俯下身子说，没关系，你说说看，究竟得了啥毛病，我是看病先生，看能不能帮你治治好。旁边另一个人嘲笑说，呵呵，你给他治治好？你个娃娃小先生，你能治好吗？他屁眼门子上长了拳头大的肉瘤子整天在流血，不光坐不起来连拉屎和睡觉都没法子弄啦，老婆都不让他上炕啦。周围的人又笑了起来。一个年纪稍长点的人说，岁数不大得了这个怪病，不光他可怜，一个家也给他拖垮了，多少先生给他瞧过没一个能治好，你一个娃娃先生，能给他治好？郭耀祖朝病人屁股上看了看，发现那里真的有一大块干痂的血迹，用手触摸了一下，发现裤子里面塞了厚厚一层东西。郭耀祖立起身，朝周围的人说，麻烦大家动个手把他弄到家里去，让我看看好不好？所有人用诧异的眼光瞅瞅郭耀祖，又互相瞅了瞅，半天没有人动弹。郭耀祖说，都是乡里乡亲的，帮他一把吧。一个人说，得是小先生想从他身上弄钱啦，那我告诉你，他家穷得锅底朝天啦。郭耀祖脸红了一下说，我给他看病一厘钱不收。这时有个小伙子说，既然先生这么说，那就动手吧。一伙人将病人抬到家里，将病人放在炕上便散去了。家里有一个三十多岁的女人，一个十三四岁的女娃娃和一个十一二岁的男娃娃。女人看见郭耀祖，知道他是看病先生，冷冷地说道，我家掌柜的那个病，瞧过的先生多了去了，吃过的药有一草笼了，如今家里被他弄得穷干净了，先生还是回吧，这病我们不看了。见婆娘这样说话，躺在炕上的男人说，我叫关福林，她是我老婆，那边是女女和小子，是我的两个娃娃。说完话，他对女女说，将将，快去给先生倒碗煎水。老婆看男人想看病，坐在炕沿上谁也不搭理。女女把煎水端来放在郭耀祖面前，转身站在了母亲身旁。郭耀祖发现，女女出落得蛮秀溜便朝女女笑了下。看见气氛很低落,郭耀祖朝女人说,刚才路过巷口时看见大叔趴在地上,就问了问他的病,我是看病先生想给他瞧瞧。女人看着郭耀祖,一脸疑惑的神情,扭头不满地剜了炕上的男人一眼将脸扭向了另一边。这时女女用身子挤了下母亲,小声说,就让先生给我爹瞧下,说不定真能看好呢。郭耀祖立刻说,女女说得对,大婶,你放心,给大叔看病我不会收钱,一厘钱也不收。女人瞅着郭耀祖,半晌问,不收钱?为啥?郭耀祖笑着说,不为啥。看到你们一家人都是好人,大叔的病这么重,就想给大叔把病看好。女人说,你说的是真话?郭耀祖说,大婶要我立字据不成?女人低了一下头,淡淡地笑了,说,小先生说笑话了。说着离开炕沿,说,那就看看吧,不过我想他得的是绝症,想看好也难。郭耀祖看女人说话难听,说,不管怎样,话可不能这么说。女人脸红了说,将将,带俊俊到外边耍去,这里要给你爹瞧病了。娃娃们离开后,女人要给躺在炕上的关福林解裤子,关福林说,金镯,去把门关上。女人说,放心,娃娃出去不会进来,都这样了死讲究贼多。说着走过去把门关上。当金镯将关福林的裤子脱下来时,呈现在郭耀祖眼前的是一副惨不忍睹的景象,还伴随着一股刺鼻的恶臭。金镯对郭耀祖说,就这个尿样子,小先生还看吗?郭耀祖说,去弄半盆温水过来。金镯将水端了过来。郭耀祖却说,这个铜盆真好看。金镯脸一红,说,这是我出嫁时我娘家给我的陪嫁,这个家没有比它更值钱的东西了。说完眼睛里蒙上了泪花。郭耀祖说,大婶你让开让我给大叔洗。金镯说,哪能让你洗,我自己来吧。说着用汗巾认真仔细地给丈夫洗起了屁股。郭耀祖说,其实大婶对大叔挺好的嘛。这时关福林说,她就这号人,刀子嘴豆腐心。金镯说,别听他给我灌洋汤,我早跟着他受够了,这不,每天就这么洗一回,到晚上就又成这样子了。整天价裤裆血糊拉拉的能把人恶心死。我给他说,这样活世事还真不如死了好,人家还不愿意听。听着夫妻俩说话,郭耀祖笑了说,大叔真死了,大婶怎么办?郭耀祖一句话,顿时让金镯泪如雨下。金镯给关福林洗好后,郭耀祖仔细将伤口查看了一遍,问,之前的先生是咋说的?金镯说,有的说是痔疮,有的说是肛瘘,说法可多了也说得可好了,结果药方一开钱一拿,病还是病,先生却不见了。郭耀祖说,这病多久了?金镯说，三四年了吧，开始时轻些，人还能干活，近年来那东西就疯长了。郭耀祖说，这不是痔疮也不是肛瘘。关福林问，那是啥？金镯眼睛也直直地望着郭耀祖。郭耀祖说，是肉瘤。金镯说，肉瘤，要命不要命？郭耀祖说，按说时间很长了应该不要紧，真要是要命的东西大叔早不在人世了。关福林说，那有啥法子治不？郭耀祖想想说，法子只有一个。金镯说，啥法子？郭耀祖说，割掉它。啊？金镯忍不住叫了一声：那么大的家伙，咋割呀？割了它，还有肛门吗？咋拉屁屁嘛！郭耀祖说，大婶别怕，我说能割那就肯定能割，肯定得给大叔把肛门留下。只是有一点，你俩商量下，敢不敢让我割。关福林没说话，金镯想了半晌说，那就割吧，不割也是活人受死罪，割瞎了与你小先生无关。郭耀祖笑着说，大婶是个痛快人，大叔意思呢？半天关福林幽幽地说，我也叫这个罪受够了，这样活着真不如死了，就按娃他妈说的办。郭耀祖对金镯说，那这样吧大婶，我给大叔开两服药，一服喝，一服抹，先将炎症消消再说，半个月后我来给大叔割瘤子。

　　半个月后的一天，郭耀祖来到了关福林家。让人没想到的是，郭老先生也跟来了。郭耀祖回家后将这件事告诉了爷爷，郭嘉树一听，觉得风险太大，坚决不同意孙子的做法，甚至要郭耀祖将这个病人交由他来治。这时郭耀祖已经下定了决心，任爷爷怎么劝也无济于事。没法可想了，郭嘉树只好跟着来到关桥村，打算一来给郭耀祖打打下手壮壮胆，二来必要时以应不时之需。这时候，由于村里人都知道了郭堡村的小先生要给关福林屁股动刀子，全都拥到关福林家院子看热闹。手术在关福林家一块门板上进行。郭耀祖在门板上铺了一块自己带来的白洋布，让洗净伤口的关福林躺上去。郭耀祖发现，经过半个月服药和清洗，炎症明显消了许多，肿块的颜色也变白了，往外渗血也减轻了。郭嘉树看到关福林的屁股后，顿时觉得胆战心惊，他行医以来还没见过这样的情景，郭嘉树将郭耀祖拉到一边悄悄说，还是甭动刀子了，坚持一边吃药一边洗着吧，小心失下了人命。郭耀祖望着爷爷说，事情到这个份儿上了，撒手不成笑话了吗？郭嘉树说，我担心……郭耀祖顿了顿神，说，爷爷，我给你说句心里话，今天这个病要是看好了，我就继续行医看病；看砸了，或者失下了人命，从此我就金盆洗手，一辈子不干这行了。听孙子这样说话，郭嘉树既激动又害怕，嘴唇不住地哆嗦着，眼里止不住涌上了泪花。郭耀祖说，爷爷，没事，相信你的孙子，你到外面待着去。你待在身边我心里会发毛。郭嘉树再没有吱声，抹了一把眼窝，转身从屋里走了出去。郭嘉树离开后，郭耀祖一边给关福林做针灸麻醉，一边说，可能会很疼你要忍得住。关福林说，没事，只管弄你的。郭耀祖小心地在关福林屁股上至尾椎骨处，下至会阴处，用刀子拉了个长长的口子，精心地将瘤体剥离出来并且摘除掉，尽量避免伤及括约肌，最后小心地进行了缝合。事后人们看到，从关福林屁股取下来的肉瘤，至少也有七八斤重。当郭嘉树看见那一堆血肉模糊的脏物时，惊讶得半天说不出话来。随后，郭耀祖给关福林开了十服药，依然既有服的又有洗的，然后和爷爷一起离开了。谁知仅仅过了半个多月，关福林的伤口就长住了，接着人也能下炕了，不但能自主行走而且能够稳稳地坐下来。下炕行走那天，关福林和金镯还有将将和俊俊，一家人抱在一起号啕大哭了一通。就在郭耀祖想着忙过眼前一些事，再去关桥村看看关福林伤情的时候，没想到关福林居然将一个借钱做下的"华佗再世，妙手回春"的匾额，打发金镯领着两个娃娃送到了郭堡村。

　　郭耀祖看好的第二个重症病人，是吴家沟一个老财主。这个老财主全身黄疸好几年了，两个眼珠子都是黄澄澄的。病人腹背疼痛，精神萎靡，人极消瘦，面色吓人。以往的看病先生都将老财主这个病当黄疸肝病来治，结果经医无数，却久治无效。郭耀祖接手这个病人后，经过望闻问切，虽然没有彻底否定黄疸肝病的结论，但他觉得，腹背疼痛确实属于肝病症状之一，但胆病也会有同样的临床症状。在用药时，郭耀祖减少了疏肝的药量，增添了利胆的药量，没想到五服药吃下去，居然见到了效果，老财主的皮肤退黄了。这大大鼓舞了郭耀祖，坚定了自己的判断，在给病人更换处方时，便将用药大胆调整为以消炎利胆为主，以疏肝理气为辅。人常说，对了症，一口汤；不对症，哪怕用车装。这老财主的病原本就是胆囊炎引起的胆石症，只是一直尚未诊断清楚病情而已。将郭耀祖开下的十几服药吃了后，困扰老财主几年的全身黄疸，就那么一点一点地消退了，腹背疼痛也明显地减轻了。

治好了关桥村关福林的肉瘤病，接着治好了吴家沟老财主的黄疸病，郭耀祖的名声一下子在当地传开了。人们说，郭堡村那个小先生，脉号得贼准，药下得贼准，尤其遇见大病和疑难病症，不光敢下手，还对穷人格外怜恤，比他爷爷当年还要厉害哩。

三十九

时间到年底了。

这天，郭嘉树将郭耀祖叫到跟前说，你的手艺比你爹强，这点爷爷看到了。你没枉爷爷为你操的一片心，爷爷谢天谢地了。眼下还有一件事，把这件事办了，爷爷心里就彻底零干了。郭耀祖说，爷爷有话就说，还给我绕弯子啊？郭嘉树嘿嘿地笑了，说，我心里有啥事，你能不知道。郭耀祖笑着说，给我成亲的事吧？郭嘉树哼了一声说，清白装糊涂！郭耀祖笑着说，除了这件事，爷爷心里还能有啥事！郭嘉树说，知道爷爷这片苦心就好。郭耀祖说，爷爷，我给你说过，我不喜欢王冬翠。郭嘉树说，为啥？郭耀祖说，不好看呗。郭嘉树说，不好看，好看是个啥样子？郭耀祖说，咱不拿她跟侯串串比，拿她跟她嫂子比吧，她有人家好看吗？郭嘉树说，胡呲啥哩，她那嫂子有啥好看了？不就是比冬翠年岁大些，多长了点肉，人比冬翠滑耍一点。冬翠这不是还小嘛，看起来有点单薄，将来肯定比她嫂子好看多了。郭耀祖说，反正我不乐意。郭嘉树说，放屁！越说越来了！三媒六证定下的亲事，说不乐意就不乐意了吗？再说了，娶媳妇为的是啥，不就是会过日子，会生养娃娃，能孝顺长辈，人样儿瞧得过眼就行了，何况冬翠人样儿一点也不差。郭耀祖嘟着嘴不说话。郭嘉树说，前几天我给媒人打过招呼，媒人传话过来，说王财东想把成亲的日头，放在过小年这一天，我琢磨了一下，觉得这日子不错，便应承了人家。郭耀祖啊了一声说，腊月二十三？这不眼看着就要到了吗？为啥要放在这一天，弄得人紧紧巴巴的，过了年再办不行吗？郭嘉树说，成亲就是要的好日子和好兆头，图的是个大吉大利。过小年这一天成亲，紧接着就是过大年，一串子喜事挨一搭儿不是喜上加喜吗？郭耀祖说，反正我不喜欢。说完从药铺走出去了。

虽然郭耀祖说他看不上王冬翠，但知道自己拗不过爷爷，也就抱着一种无所谓的态度，爷爷想咋折腾由他折腾去。只是眼下这个成亲的日子，实在让郭耀祖有些窝火，不只是因为这个日子太过紧迫，更重要的是，跟郭耀祖的计划冲撞了。自几个月前在红灯笼巷子被老鸨设计狠宰后，尽管后来几乎每个月都要去县城办事，但郭耀祖却再无心思踏进那个门槛半步了。随着时间的推移，终于有一天，青莲的影子又闪现在了郭耀祖的脑海里，让他产生了想见到她的冲动。郭耀祖想，也罢，去就去一趟吧，于是打算腊月二十三去一趟县城和青莲一起过个小年。如今成亲的日子跟他的安排打架了，郭耀祖郁郁不欢地回到家里。母亲问，啥事惹我娃不高兴了？郭耀祖往屋桌的圈椅上一靠，恹恹地说，成亲的事呗。母亲说，成亲的事怎么了？郭耀祖说，该成亲成亲，该过年过年，为啥要将两厢不沾的事搁一天？母亲说，那有啥嘛，搁一天不是更加喜庆更加热闹嘛！郭耀祖听母亲这样说，厌烦地说，啥喜庆，啥热闹，想起来就觉得闹哄哄的，我爷爷咋说你就会咋说！自从郭德存死后，这个贤淑懦弱的女人一下子变得更加懦弱不堪了，在她的心里，儿子如今就是她生命的全部。听儿子这样满腹怨气地说话，不是因为儿子对她态度不尊，而是因为定下成亲的日子惹得儿子不高兴，母亲站在郭耀祖面前，右手提起围裙无声地抹起了眼泪。看见母亲这样，郭耀祖心软了，说，我没事，妈，你忙你的去吧。这时婆婆走了过来，问道，这是怎么了？媳妇说，你问耀祖吧，他不愿意过小年那天成亲。婆婆呆呆地立了半晌说，这些事都是你爷爷定的，想改动也没办法啦。我娃别上火就那样办吧。你爷爷他老了，他也不容易。

成亲的事毕竟是大事，离过小年也就半个来月时间了，郭耀祖只好放弃自己的计划。腊月二十三这天，郭嘉树给孙子办了个盛大排场的成亲典礼，风风光光地将王冬翠娶进了家门。这一天，郭家杀了十头猪，光做饭的厨子请了十三个人。吃饭的席棚搭在巷子东头郭家祠堂，支了十张酒桌。请了一台大戏和三班吹鼓手，热热闹闹地又唱又打。郭嘉树事先给村里人通告，孙子成亲这天，全村上百户人家晌午饭都别开伙，一应到事情下面吃流水席。事实上到了这一天，不光郭堡村的人家没开伙，连相邻的吴庄和六台村的人家也没开伙。村里村外的人，蜂拥跑来吃席、听戏、看热闹来了。晌午吃饭时，管事的人发现不少吴庄和六台村的人跑来吃席了，便将这些人拦住，一时席桌上有些混乱。这事让郭嘉树听到了，便叮咛管事的人说，既然来了，就让吃吧，将所有客朋招呼好。郭嘉树的做法，让所有在场的人受了感动，都说从没见郭老先生做事这么敞亮过。可让人没有想到的是，由于放得太开了，至下午开席时，从村外跑来吃酒的人已经超过了本村的人，一时间将席棚快要挤爆了。这一来，哪些人吃过了，哪些人还没吃，应该安排哪些人吃？管事的乱了套了，说话没人听了。结果，几乎在一瞬间，席桌上馍馍被拿光了，酒菜被拿光了，就连厨房里尚未用完的熟肉、生肉等食材，也被拿光了。弄得下午这顿酒席，没有办法按规矩吃。据管事的人后来说，他在清点借来的碗碟及酒具时，发现这些东西也缺了不少。郭耀祖的婚礼，就这样在一片喜庆和哄闹中，热热闹闹地完成了。

晚上村里还有一台秦腔戏要唱，乡下人平时看大戏的机会极少，看了一整天仍没看够，天一擦黑老老少少又挤到戏台下面去了，晚上就没几个人来耍新房了。郭家在村里算是大户了，后人成亲没人耍房，院子里显得冷冷清清，这让全家人有些失落。直至戏散后，来了几个耍房的人，也都表现得畏畏缩缩不敢放开手脚耍，喝了几口茶，吃了几片炸馃又都客气地离开了。临睡觉前，郭耀祖领着王冬翠，去长辈人屋里请安。来到母亲屋里，母亲激动得话也说不出来，只是拉着儿媳妇的手，望着屋桌上郭德存的牌位，止不住一个劲流泪。小两口在母亲跟前小坐了一会儿，说了一阵话，在郭德存牌位前磕了头，然后转到郭嘉树屋里。看见爷爷和婆婆在等着他们，郭耀祖对爷爷说，爷爷婆婆累一天了，早点安歇吧。孙媳妇两只纤手握一起，往左边腰间收了一下，双腿一屈，道了个万福，两个人就想离开了。郭嘉树说，先别忙着走。郭耀祖立住脚，看着爷爷。郭嘉树手里端着水烟袋，并没有吸烟，顿顿神说，今天啥都好，就是酒席安顿有点乱，没给大家吃喝好，那些主事的人，都是吃干饭的！看爷爷对白天吃席的事很生气,郭耀祖笑着说,其实一切都好着呢,爷爷的心意全到了,我心里很高兴,村里人也高兴。郭嘉树叹了一口气,说,把心思用过头了,就弄成这样了。郭耀祖说,都是那些外村人闹的。郭嘉树说,为的都是热闹,其实也没个啥,事情过去了,不说那个了。郭嘉树装上一锅烟,还是没有吸,接着说道,我要说的是,耀祖和冬翠,你两个如今结为夫妻了,从今往后心里要有这个家,同心合力把家里的光景往好的过,把郭家的门户撑起来,把郭家的香火续下去,把郭家的医术传下去。你们说说,能做到这点吗?郭耀祖和王冬翠同时说,能。郭嘉树说,能就好,能听到你们这样说,爷爷就放心了。坐在一旁的婆婆,一边流泪一边说道,只要你爷爷跟我还有你妈在这世上活一天,就会全力帮衬你们一天,只盼你们能把咱家的日子,过得比你爹你爷更红火。

两个人回到新房里,一进门郭耀祖说道,折腾了一整天,快把人累死了。王冬翠看了一眼郭耀祖没说话。看王冬翠没吱声,郭耀祖说,时候不早了,快上炕睡吧。听郭耀祖这样说,王冬翠脸呼啦红了,没吱声悄悄将绣鞋脱下,立马爬上了炕,只脱了外面的大袄和裙子,中袄也没脱,就和衣拉了一床被子盖在了身上,随后又扯了下被头,将头和脸也盖住了。看见王冬翠这样,郭耀祖说,咋不脱衣服?王冬翠静静地不出声。郭耀祖说,快起来,将被子铺好,把衣服脱掉,一起睡。这时从被窝里传来了王冬翠怯怯的声音,你把灯吹灭些。郭耀祖说,把灯吹灭做什么?亮亮的多好。听见郭耀祖不愿意灭灯,王冬翠不吭声了,将身子缩得更紧了。郭耀祖立在脚地上,瞅了瞅炕上的媳妇,心想这人咋这样?此时的郭耀祖,已经欲火满满了。原打算成亲前去县城会一次青莲,没承想让成亲的事搅掉了,望着眼前自己的小新娘,郭耀祖心里已经没有喜欢不喜欢这个概念了,只想尽快跟王冬翠共赴欢乐谷。郭耀祖伸手扯了一下王冬翠身上的被子,说,起来吧,我给你脱衣裳。听见郭耀祖这样说,王冬翠浑身抖颤了一下,两只小脚更是朝被窝里面缩了一下,幽幽说道,我不嘛,你先把灯吹灭……谁知王冬翠的话还没说完,郭耀祖一把就将王冬翠身上的被子扯掉了。王冬翠一惊,失声叫道,快把灯灭掉!郭耀祖嘿嘿地笑了,说,灭了灯黑洞洞的有啥意思?来吧,亮着灯让我给你解衣裳。王冬翠蜷曲着身子说，我不，你把灯吹灭！看到王冬翠如此不展妥如此一根筋的样子，郭耀祖突然有点烦，伸手抓住王冬翠的小脚，稍一用力就将娇小单薄的新媳妇拉到了炕沿。王冬翠哇哇地叫着，扭着身子想将炕墙的油灯吹灭，却被郭耀祖另一只手牢牢按住了。郭耀祖说，媳妇儿，不要灭灯好不好？我不喜欢黑，我要仔仔细细瞧瞧你。就在郭耀祖说话的当儿，王冬翠还是挣扎着爬到炕墙边，吹了一口气将灯灭掉了。这让郭耀祖生气了，嘴里说道，你这个人还真叫犟。说完话一步跨到炕上，窸窣了片刻，再次将灯点亮了。这时王冬翠惊骇地发现，郭耀祖竟然将自己脱得一丝不挂了，这让王冬翠羞愧难当和委屈不已，只见她像受了惊吓的小鹿一样，哀鸣了一声，迅速将脸埋在了被子上。这时的郭耀祖已经无所顾忌了，将王冬翠拽住要给她脱衣裳。王冬翠两只手捂着脸，拼命做着反抗，但无奈力气太小了，很快她也变得一丝不挂了。王冬翠闭着眼睛，两只手胡乱地抓挠着，两只脚胡乱地踢蹬着，仿佛只有这样，才能将自己的羞愧遮挡住。王冬翠拼命挣扎，让郭耀祖一时有点手忙脚乱。郭耀祖一边喘气一边说，真是没见过你这样的人……说话间一用力，就进入了王冬翠体内。

四十

郭耀祖和王冬翠的新婚之夜，就这样在不欢不快中过去了。

在王冬翠心里，这个郭耀祖，人长得高高大大，知书达理，其实并不是那么一回事。她曾多次暗地庆幸，这辈子能跟这么一个人见人敬的看病先生成亲，实在是她最大的福分。可谁知，就是这样一个看起来文绉绉的男人，怎么做起那件事情来，简直不知道羞耻，跟个饿狼一般。王冬翠记不清楚了，整个晚上郭耀祖将她折腾了多少回，而且始终就那么将灯明晃晃地亮着，这让从未见过世面的王冬翠，心里硌硬极了，害怕极了，也恶心极了。更为重要的是，虽然王冬翠此前未经过人道，但凭女人的直觉，郭耀祖干那件事，肯定不是头一回了。王冬翠哀哀地想，这个男人心里还有别的女人。想到这一点，心高气傲的王冬翠，觉得郭耀祖一点也不可爱了，而男女间的那件事情，也不像当初憧憬的那样神秘和美好了。

在郭耀祖心里，经过跟王冬翠一个晚上的闹腾，让他仅有的那点激情几乎荡然无存了。郭耀祖不明白，同样都是女人，王冬翠怎么一点风情也解不了，男人竭尽全力向她示好、示爱，她竟然当成了上刑场，当成了过鬼门关。看看她那鬼哭狼嚎的劲儿，那扭捏作态的劲儿，那手舞足蹈、胡乱踢腾的劲儿，这一切的一切，将郭耀祖的情绪降到了冰点。郭耀祖再次将王冬翠和侯串串做着比较，侯串串惊艳、温婉、可人、美妙，而王冬翠却是那样的丑陋、粗鄙、愚钝、做作，让王冬翠这个土包子，给侯串串提鞋都赶不上趟子。郭耀祖甚至想到了梅花、小嫩瓜和青莲，一个个不也是既温柔顺从、又风情卖力，既温柔乖巧、又煽情撩人？而王冬翠，怎么会是那个操蛋样子？算了算了，郭耀祖愤愤地想，供养着这样的婆娘该有何用？去她的吧，该咋咋去！

照礼数，成亲第二天，该是新媳妇和新女婿回娘家的日子，俗称回门。可王冬翠让郭耀祖折腾了整整一夜，浑身的骨头都要碎了，只感到精疲力竭。郭耀祖一直睡到太阳一竿高，才起身下炕，可王冬翠硬是下不了炕了。好在郭家的长辈人还不错，就在王冬翠已经睡醒，心里熬煎着要不要穿衣起炕的时候，郭耀祖母亲推门进来了。看见王冬翠醒来了，也看见了她脸上的容颜和疲惫，母亲急忙用手按住要起身的儿媳妇说，我娃甭急着起来，再睡一阵阵吧。这时婆婆也跟了进来，见状也说，在咱们家里，没那么多的规矩，你想睡到几时就睡到几时。王冬翠感激地望着眼前的两个长辈说，婆婆，妈，我这就起炕呀。婆婆说，叫你睡，你就睡，今儿个没啥事，不就是回门嘛，不一定非得一大早赶到谭家坳，啥时候赶到都可以。王冬翠便接着又睡了半晌，赶在吃午饭前下了炕，吃完饭简单梳妆了一下，尽量将皮胀眼泡的模样遮了遮，然后将婆家给娘家带去的礼物整了整，跟随着郭耀祖，一起乘马车回门去了。

在去谭家坳的路上，两个人待在马车上，许久互相不搭腔。郭耀祖发现，王冬翠两只手藏在袖筒里，好像怎么坐着都不舒服，身子不断地扭动着，就说，你是怎么了？坐就好好坐，不想坐躺下也成，咋那么不宁耐？王冬翠脸唰地红了，忍不住又动了下屁股，半天狠狠地说了句，你就是个大匪贼！说完两泡眼泪涌满了眼眶。郭耀祖忽然明白了，许久笑了笑说，晓得了。又说道，那还不是你自找的，谁叫你那么不听话？王冬翠唾骂道，你不是人，你是驴！郭耀祖说，驴不好吗？有些女人想叫自家男人驴，还驴不成呢。王冬翠没理郭耀祖，侧身躺了下来，将棉被盖在了身上。郭耀祖说，昨晚是有些太冲动了，只是你……也太削薄了点，往后会好的。王冬翠沉默良久说，还往后？没得想！郭耀祖说，要是有人到时候想了，该怎么说？王冬翠说，至死都不会想！沉默了许久又说，你老实告诉我，你在外面有几个女人？郭耀祖乜斜着眼睛，有点惊讶地看了看躺着的王冬翠，幽幽地说，不管外面有几个女人，没有一个是我媳妇，我的媳妇就一个，那就是你王冬翠。王冬翠呜呜地哭了起来。她哭着说，你郭耀祖不是人，你是驴、你是猪……

　　赶到谭家坳村时，已经是下午未时尾巴了。王财东一家人站在大门口迎候女儿、女婿回门。郭耀祖将手里的鞭子一甩，吁了一声，将马车停在大门前，一家人便迎了上来。王财东和王冬翠的哥哥王冬来走到郭耀祖身边，王财东呵呵地笑道，怎么这么晚啊？郭耀祖说，一大早就拾掇着上路呢，谁知道还是磨蹭晚了。王冬来对着郭耀祖笑笑，接过鞭子，只顾卸车拴马去了。王冬翠的母亲和嫂子以及弟弟和妹妹，说笑着将王冬翠扶下了车。这时王财东说了声，冬生、冬梅，快去喊你大伯、大妈、叔叔、婶娘，都过来入席吧。按规矩，新媳妇回门只有一天时间，结婚次日上午回到娘家，由娘家开席宴请新女婿，天黑前又得返回婆家。由于郭耀祖和王冬翠来晚了，一直守候着准备吃回门酒的远路客人等不及了，王财东便提前给他们开了三席饭，让人家回去了。眼下剩下吃席的人，只有王家的族人了。由于都是自家人，这顿饭吃得很随意很轻松也很热闹。郭耀祖和王冬翠端着酒，先给长辈们一一敬，然后又给年长的平辈们敬，当来到哥哥王冬来两口面前时，这个酒就敬不下去了。王冬翠的嫂子井花花今年十九岁，和王冬来结婚两年多了，还没有生养，这女人是个乐天性子，喜欢说笑，整天快乐无忧得跟个没过门儿的姑娘家一样。郭耀祖说，哥，嫂子，我跟冬翠给哥嫂敬酒了。井花花望着几乎比自己高出一头的郭耀祖，心里闪过"这个男人好俊"的念头，笑呵呵地说，哟，一直还没有近看过呢，我家冬翠和姑爷还真般配呢。我说姑爷先生，你娶了我家这么好的女女，应该喝下三杯喜酒才成哩，大家伙说对不对？家里人都知道井花花是个热闹爱耍的性子，听井花花这样说，也都笑着说道，对，当然对啦。哥哥王冬来始终笑笑地望着妹妹冬翠和郭耀祖，没有说话。望着眼前这个连说带笑、无所顾忌的嫂子，郭耀祖心里一动：这女人还真的好俏板，却向王冬翠问道，咋办？我喝不喝？井花花叫道，啊呀呀，才成亲一天，我家冬翠就将姑爷调教得这般顺手啦？连喝个酒，也得听我家冬翠的。说完对着王冬翠说，翠翠，这会儿可不得心疼女婿，这个酒必须让他喝下去。王冬翠红了脸，望着嫂子笑道，我不心疼他，让他喝。这时王冬来也笑着对郭耀祖说，喝吧。郭耀祖这时已经是个喝酒的老手了，他微笑着看看王冬翠，又看看王冬来和井花花说，恭敬不如从命，那我只得喝了。说完连续喝下了三杯酒。郭耀祖的爽快让井花花很开心，也让在场的所有人很高兴。井花花说，今天我看出来了，我家冬翠命好，嫁了个好姑爷，是个爷们儿。郭耀祖笑着说，别只顾给我戴高帽了，哥哥和嫂子还没喝呢。井花花眼珠子一转，说道，甭忙甭忙，事情还没完呢。今天是冬翠妹子的回门儿酒，下来让姑爷和咱们翠翠喝个交杯酒，象征他俩百年好合怎么样？王冬来问，啥叫交杯酒？井花花说，就是姑爷和冬翠各自端着酒，两只胳膊交缠在一起，把杯中的酒喝下去，我们井村那边耍新房，都少不了这个节目。嫂子的提议，让王冬翠羞红了脸，咋也不敢当着自己爹妈和族人做出这样的事。尽管井花花喋喋不休地规劝着、怂恿着，郭耀祖也表现得很是无所谓，无奈王冬翠终究扯不开面子，事情只好不了了之了。最后，郭耀祖和王冬翠与王冬来和井花花，互相碰了一下杯子，四个人算是把酒喝下了。

四十一

　　这顿饭吃完时,天已经黑了。散席后,王冬翠母亲说,晚上你们年轻人一起说说话,一起耍耍吧。王冬来、井花花、郭耀祖和王冬翠,以及弟弟冬生和妹妹冬梅,一起玩了一阵花花牌。睡觉歇息时,王财东老两口睡上屋,其他人按照性别分开睡,王冬来、郭耀祖还有王冬生,睡院子西边的小窑里,王冬翠与嫂子井花花还有妹妹王冬梅,睡在哥哥与嫂子平时住的东屋里。

　　在东屋,三个女人上炕后,王冬梅很快进入了梦乡,王冬翠和井花花虽然很疲劳,但两个人都有点兴奋,就聊了起来。井花花说,冬翠,你嫁了个好女婿,比你嫂子有福气。王冬翠说,听话音嫂子嫁了我哥没有福气了?觉得我哥不配你?井花花自知说话失言了,想想说,当然不是那样,不过冬翠,你说句心里话,你哥比得上你女婿吗?王冬翠说,看咋比哩,比人样嘛,我觉得我哥人样也不差,尤其我哥能吃苦,勤快,赶车扬场,犁耧耙耱,样样农活不挡手,这样好的男人该去哪里找?井花花说,好好好,你哥好,你哥好得世上没有了!王冬翠说,就是嘛,我哥那么心疼你,嫂子你还不知足?井花花沉默了一阵,说,冬翠,结婚好不好?王冬翠说,不好。井花花说,不好?哪里不好了?王冬翠不说话了。井花花贼贼地问,昨晚上他动了你几回?王冬翠不吱声。井花花又问,他强不强?王冬翠有点嗔怨地说,嫂子,说那些事情干啥呀!井花花说,冬翠你还不懂哩,女人找男人,不光要找一个干活勤快的,也要找一个炕上勤快的。王冬翠一愣,扭头看了看躺在她身旁的井花花,问道,嫂子,你说啥?井花花说,我没有说啥。良久,王冬翠小声问,怎么了嫂子,难道我哥他……不强？井花花没答话，半天说，后响你从车上下来，看那副容颜和模样，走路扭腰趔胯的样子，我就知道他把你折腾得不轻……井花花这样一说，王冬翠禁不住轻轻抽泣了起来。井花花一愣，问道，翠翠，你怎么啦，他是怎么折腾你的？许久，王冬翠哼哼唧唧地说道，他是个狼，不，他是个野驴，就那么一直亮着灯……我都快要死掉了……井花花说，怎么一直还点着灯？王冬翠说，他不让灭。井花花若有所思地喔了一声，没说话。王冬翠说，这个驴头，他外面有女人了。井花花说，你怎么知道？是他说的吗？王冬翠抽泣着说，这还要他说？

　　第二天早晨吃过早饭，郭耀祖两口要回家了。马车已经套好了，王冬翠却对母亲说，她不想回郭堡村。这让王财东老两口急了眼，不知道女女犯了什么病，便将王冬翠堵在上屋盘问了半天。问来问去，王冬翠并说不出个子丑寅卯来，只说她不想回郭堡村，气得王财东老两口将王冬翠好是数落了一顿。可任凭爹妈怎么劝，怎么骂，王冬翠就是不改口。实在没有法子了，井花花将王冬翠叫到东屋，对王冬翠说，翠翠，你不能这么不懂事，今天不管是死是活，你都得回郭堡村，这可是铁打的规矩。王冬翠低着头不吱声。井花花说，你要是不回去，郭家人咋给村里人说道？说到底，那个家才是你一辈子的家，怎么能说不回就不回了啊？话说到这儿，王冬翠嘤嘤地哭了。井花花说，哭啥呀，不就是睡觉没吹灯吗？遇啥人随啥人，嫁啥人容啥人，他可能就是那么个人，两口子关了门，没有啥羞臊的。听嫂子话，乖乖跟着姑爷回吧。王冬翠抽抽搭搭地说，昨晚我给你没说完，嫂子你不知道，那人是个驴……我真的给他整怕了，今天跟他回了家，又不得让他折腾吗？又要死里逃生了，说啥我也不跟他回了……听到这儿，井花花没有再吱声。王冬翠央求说，嫂子，你去劝劝咱爹咱妈，别让我回了……

　　井花花出了屋，立在院子里的婆母立刻问，说好了吗？井花花摇摇头。王财东躁气地说，究竟是啥事？井花花说，不太好说。不太好说？王财东说，该有啥不好说？井花花说，爹，你甭问了。王财东说，好，我不问了，那事情究竟怎么办？井花花想了想说道，冬翠既然不想回，那就让她住几天，爹妈别管了，我去跟姑爷说道。王财东丧气地说，这女子真是个不争气的东西！快去，多给人家姑爷回几句好话。井花花来到客屋，郭耀祖正坐在椅子上发呆，王冬翠不愿意跟他回家，是他根本没有想到的事情，一时间束手无策不知道怎么办好，心里又气又恨又没有法子。看见井花花进来了，郭耀祖殷勤地说，嫂子，冬翠她……答应回了吗？井花花在椅子上坐下来，伸手要给自己倒茶，郭耀祖见状，起身为井花花把茶斟上，毕恭毕敬地放在井花花面前。井花花端起茶杯，轻啜了几口，沉着脸问道，姑爷，你说，你是怎么颠腾我家妹子的？郭耀祖没想到井花花会说出这样的话，脸唰的一红，低声咕哝道，我咋颠腾她了？井花花说，咋颠腾你知道，我知道，我家妹子知道。整个晚上没灭灯，总没错吧？郭耀祖望着井花花的脸，轻声辩解道，哪个新媳妇还不被颠腾几下下，你家冬翠也太矫情了。井花花说，姑爷咋能这样说话？你要是不那样毛手毛脚，何至于弄到眼下这种状况？我家翠翠一黄花闺女，这下将她整怕了，你说怎么好？郭耀祖无可奈何地说，我没有整她啊，嫂子，真的没有。井花花说，不是嫂子在这里说你，这事说到底还得怪你。人家女女嫁给你，是让你疼惜的，不是让你任着性子瞎整的。郭耀祖越发委屈了，说，嫂子，我没瞎整啊，是你家冬翠太难伺候了。郭耀祖说着，静静地望着井花花。井花花看了一眼郭耀祖，说，要我说吧，冬翠既然不愿意回，那就别让她回了，姑爷听我的好不好？郭耀祖丧气地说，回门不回家，从来没有过的事，让我回去咋见人？再说了，眼看要过年了，她不回去咋成嘛！井花花说，我也看见了，翠翠确实是害怕了，没看她走路那个式子吗？就让她在这里待几天吧，年底前保管让她回郭堡村，到时不要你姑爷接人，我们把她给你送回去，成不？看郭耀祖目不转睛地看着自己，井花花眼睛回避了一下，说，看啥看，这样行不？郭耀祖依然定定地瞅着井花花，说，既然嫂子这么说，只能这样了。井花花说，不就是几天时间嘛，姑爷就放心吧。郭耀祖嘿嘿地笑着说，有这么好的嫂子陪着她，我还有啥不放心？要不这样吧，既然冬翠不想回，我也不回了，和冬翠一起在这里陪嫂子……井花花脸呼啦一红，说道，怪道来我家妹子骂你呢，你这个姑爷就是坏，一肚子坏水儿。

四十二

郭耀祖只好独自赶着马车回了郭堡村。

王财东老两口始终不解其中的缘由。

新媳妇回门儿后没回家，让郭嘉树吃了一惊。郭嘉树问郭耀祖，怎么你一个人回来了，媳妇呢？郭耀祖撒谎说，昨晚冬翠半夜突然跑肚子了，赶天明都要下不了炕了。郭嘉树说，病了才要将她带回来，这边家里看病不是方便吗？把新媳妇扔在娘家自己跑回来，你这心里也能落忍？要不你就甭回来，待媳妇病好一点再回来也成。郭耀祖说，这不是就到年根根了，家里还有许多事情要做嘛！郭嘉树说，总不能让新媳妇在娘家过年吧？郭耀祖说，已经说好了，不用咱这边去接，到时他们会将人送回来。

郭嘉树心里不痛快，却也没再说什么。郭耀祖说，爷爷，我想了下，年关要到了，是不是得去县城跑一趟？郭嘉树说，小年一过，生意人基本关门大吉了，去县城做甚？郭耀祖说，关门大吉了也得去。看郭耀祖说得如此郑重，郭嘉树说，到底想说啥？郭耀祖说，如今咱家的药铺开在乡下，不像当初开在城里，地儿和声名都很显要，咱要买一些上好和紧俏药材，不是得仰仗那几个药材商人？眼下到年底了，咱是不是去县城把人家看望一下，送一点年礼给人家，礼不在轻重，让人家觉得咱郭家没把人家忘了，也好在来年继续跟人家打交道。郭嘉树哦了一声，心想，是这个道理。看来孙子长大了，开始思谋家里的一些事情了。便说，你这话说得很在理，既然这样想，那就不要耽搁了，赶紧预备一下，明天一大早就上路，小心到时见不上人，提着礼当没处去送。

次日清晨，郭耀祖骑上马，带上褡裢和银子，往县城去了。半个月来，为了跟王冬翠成亲，从筹备到礼成，郭耀祖忙得团团转，而媳妇王冬翠的表现，又让他失望到了极点，心里除了窝囊和败兴，还是窝囊和败兴。这样的情绪，让郭耀祖对于见到红灯笼巷子的青莲，充满了期待，只想快快奔到县城，一解积郁胸中多日的闷气。可让郭耀祖没有想到的是，在去往县城的一路上，不断跳跃在郭耀祖眼前的，却并非不久就要见到的青莲，而是与郭耀祖昨天分别的大舅嫂井花花。这让郭耀祖吃了一惊，他使劲摇了摇脑袋，似乎想把眼前这个女人甩掉，可井花花的影子像涂了胶一样，硬是黏在他眼前了，而且越来越清晰、越来越鲜活了。哼哼，这个女人！郭耀祖突然这样想。郭耀祖忘不了，当初他第一眼看见井花花时，就对这个女人留下了不坏的印象，后来爷爷给他和王冬翠提亲时，他便将王冬翠和井花花仔细做了一番比较，这才觉得井花花真的长得很俏丽，她的一颦一笑、一举手一投足，都是那样地惹人喜爱。回门儿那天傍晚吃席时，井花花与他的一番闹酒，让郭耀祖隐约感到，这个女人似乎对他有点意思，但又不敢确定。直到昨天晌午，井花花来客屋里跟他商量王冬翠不愿回家的事情后，郭耀祖便觉得没啥可含糊的了，井花花真的对他有那么点意思。不是吗？对于他那句挑逗她的话，她竟然脸红了，虽然嘴里嗔骂他一肚子坏水儿，可那眼神那表情，却分明透着甜蜜和欢喜的意味。想到这里，郭耀祖的心跳了，忍不住默然地笑了，心想，多亏有了王冬翠唱的那一出，要不然，他怎么能有机会和这个美艳的大舅嫂说话、调情呢？想到这里，王冬翠的影子又出现在了眼前，郭耀祖眉头皱了一下，心里升起了一股怨恨：怎么能把这样一个没有名堂的女人娶回家？死巴巴的一块废肉，还那么死犟，那么难缠。想想将来要跟她在一个屋檐下过一辈子，郭耀祖真不知道该怎么好，痛苦得连连摇起了头。

到县城后，郭耀祖买了点心、白糖、红糖等礼物，分别送到了他平日交往的几家药材铺。当店主知道郭耀祖专程前来向他们拜早年时，都十分高兴，有几家店主还给郭嘉树回敬了吃货、年礼。礼当送完后，郭耀祖买了纸扎、香蜡和甜点，又来到侯串串的坟地，他围着侯串串的坟头慢慢转着，看到近日有人曾来这里烧过纸，但不知道是侯家的人，还是他叮嘱过的四满，心想，这个四满靠得住吗？究竟来没来过这里？最后，郭耀祖将柏香和蜡烛分别点着，跪在地上一边化着纸钱，一边想把他与王冬翠成亲的事情说给侯串串，但犹豫了一下，终究没有说出来。纸钱化完后，郭耀祖又给坟头埋了几块银圆，捧了几抔土，将坟脚一个像是鼠洞的窟窿补补，用手将土拍打平整，嘴里说道，串串姐，要过年了，我来看看你，给你送些钱，你在那边好好过个年吧。郭耀祖站起身，将两只冻僵了的手使劲搓了搓，拍了拍，仰脸望了望天空，打了打身上的土，转身离开了。

办完所有事，已经日暮了。郭耀祖吃了点饭，将马寄在了兴隆车马店，去了红灯笼巷子。老鸨看到郭耀祖来了，兴奋得两只手在大腿上一拍，哇哇地叫道，哎哟哟，我的大官人，我的老天爷，您老人家得是从天上掉下来的？半年了啊，咋连个人影也没有了？我家青莲为了等您，一头黑发都要变白啦！老鸨大呼小叫着，郭耀祖没怎么理会她，却看见青莲、梅花、小嫩瓜三个人几乎同时推开屋门，手挑门帘朝门外望着。当看见走进厅堂的人是郭耀祖时，三个人眼睛同时一亮，接着青莲就跌跌撞撞地跑下了楼，一把将郭耀祖抱住了，嘤嘤地哭出了声。看到青莲这个样子，梅花和小嫩瓜霎时拉下了脸，放下门帘转回了屋。大茶壶立即安顿郭耀祖进了青莲的屋子。青莲哀哀地说，我就知道你大官人说话靠不住，你把我青莲当扔物哩！郭耀祖说，天地良心，我对天发誓，实在是家里有事脱不开身。青莲嗔怒道，家里有事？有啥事？辣子事！你说吧，答应得好好的，半个月要来看我一次，可你来过吗？还说帮我赎身哩，这事就着吃馍了吧？半年啊，半年连你个人尾巴都抓不着，知道我这半年是咋活的？郭耀祖说，别着气了好不好？今天不是来了嘛！青莲说，要是你年前再不来，就见不到青莲了，那时青莲就死了……说着怨着，再次扑在郭耀祖怀里，委屈伤情地哭了起来。郭耀祖顺势将青莲抱住，一边胡乱地亲吻着，一边将青莲的衣裳剥下来，就与青莲黏在了一起……

两个人逐渐平静了。青莲说，咋那么猴急嘛。郭耀祖说，半年了，能不急吗？青莲说，拿上你大官人小先生，身边还能少了女人？你糊弄谁哩！郭耀祖说，青莲小小年纪，咋越来越坏了？青莲说，还不是被大官人教坏的。郭耀祖笑着说，记得你说过你们这里有规矩，不许开盘时偷活，刚才你那么吱哇乱叫，不怕老鸨拾掇你？青莲说，半年不见你的人，妈妈知道把你得罪了,她天天都在盼你来呢。你如今来了,我偷一点活,她能把我咋?郭耀祖气哼哼地说,她不是盼我来,是盼我的银子,臭婆娘!青莲说,不说她了,这次打算住几天?郭耀祖说,两天吧,今天腊月二十五,后天就是二十七了,家里还有许多事……郭耀祖话还没说完,青莲眼睛又溢上了泪花,说,又是家里有事,好像就你大官人有个家一样。青莲想和大官人一起过个年,硬硬是没有这个福气……郭耀祖将青莲抱起来,一边舔着青莲的泪水,一边从褡裢里取出十块银圆,放在青莲手上,说,年礼我就不去买了,你自己喜欢啥,给自己买些。青莲将郭耀祖搂住,嘴巴对在了郭耀祖嘴巴上。

和青莲共度了一夜之好,第二天起炕后,郭耀祖开始琢磨怎么给梅花和小嫩瓜送年礼的事情。郭耀祖明白,这个青莲小小年纪,却是个大大的醋罐子,不允许他跟别的窑姐儿交往。但在郭耀祖心里,究竟放不下那两个女人。郭耀祖曾经听侯锁堂说过什么"婊子无情,戏子无义"的话,说和窑姐儿打交道,就当是拿钱买乐哩,脸上可以挂笑,嘴上可以抹蜜,心里千万不敢用情,一旦用情,那吃亏的肯定是自己。

郭耀祖记得,侯锁堂给他说过一个故经,那故经是侯锁堂从他三叔那里听来的。侯锁堂的三叔比侯锁堂大不到十岁,常会去红灯笼巷子逛荡,一次被侯锁堂撞见后,既害怕又粮颜,便带着侯锁堂一起玩了,叔侄俩从此成了窑友。叔父辈分高,年纪长,有着保护和教导晚辈的责任,常会对侯锁堂说些提醒、点化之类的话,叮咛侯锁堂跟窑姐儿打交道时,多长个心眼儿,不要用情太深,以免上当受骗,惹出麻烦来。

四十三

三叔对侯锁堂说,从前江南有个富商,好上一个窑姐儿后,不可自拔,不惜花重金给窑姐儿用名贵沉香木打造了一套家具,尤其那个床,龙凤呈祥雕花,做工高雅精致。分别时两人抱头痛哭,窑姐儿哭得一树梨花春带雨，几次晕死了过去，一边哭一边拥吻着富商说，永世不会忘记富商大官人对她的浓情盛恩，时刻盼望着与富商大官人再次聚首。分别后，富商对窑姐儿思念有加，茶饭不思，夜不成寐，连生意几乎要荒废了，实在忍受不住煎熬，两个月后的一天，富商携带了更多的银子去看望窑姐儿。来到了院里，老鸨依稀记得这个视银钱为粪土的家伙，赶紧热情接待了他，富商想见窑姐儿心切，不顾老鸨阻拦，只顾顺着当初熟悉的路径，直接来到窑姐儿门前。隔窗朝里一望，只见那窑姐儿正躺在一个老汉怀里，手里扯着老汉的白胡子，咯咯地笑着，便伸手将窗子推开。屋里的窑姐儿和老汉同时一愣，只见窗口立着一个男人，老汉立即明白他肯定是窑姐儿的老相好，虽然有些不快，但还是耐住性子，只是脸上露出了些许愠色。窑姐儿望着窗口，左看右看，怎么也想不起这个男人会是谁，开口说道，你这人也真是的，怎么一点礼数也不讲，就这么莽莽撞撞地把窗撞开了，你究竟是想撞大运还是想撞霉运？赶快走人吧，别拦在门口像傻子一样，妨碍人家的好事！富商一看是这般情景，忍不住一股羞愤从心头升起，但还是忍着气说，我只是想来看一下，那张床还用着可心吗？窑姐儿厌烦地说，快滚远些，可心不可心关你屁……话说到这里，窑姐儿心里一哆嗦，猛然意识到，这人原来就是给她打床的大爷，嘴里惊叫了一声"我的天大大"，一把推开老汉，连滚带爬从床上跳下来，拉开门，张开双臂要抱富商。富商伸手拦住窑姐儿，正色说道，当初你不是说永世不会忘记我吗？不是说时刻想和我再聚首吗？如今分离才两个月，你就将我忘得一干二净，你这个水性杨花的女人！怪只怪我鬼迷心窍，有眼无珠，忘了世间还有"婊子无情"四个字，真叫人悔之莫及！说着朝自己的脸上连击三掌，转身离去，顷刻间请来了一帮力夫，将当初他为该窑姐儿打制的那套沉香木家具抬至大街上，当众抱恨焚烧，以致半月之内，整条街道上空木香缭绕，久不散去。

  这个故事，郭耀祖一听就明白了，当即对侯锁堂说，少爷你放心，你的意思我懂了，好心我也领了。天底下无情的婊子肯定有，绝对不止富商遇到的那一个，那多了去了。不过我也相信，并非所有婊子全都无情，有无情的，也有有情的，不能一篙打落一船人不是？就说眼下咱们交往的几个窑姐儿吧,你不觉得她们并没有多坏、多无情?郭耀祖是个心软多情的男人,凡是与他有过瓜葛的女人,他会久久不能忘怀。眼下给青莲把年礼送了,可给梅花和小嫩瓜不送点啥,郭耀祖心里过意不去。青莲伺候郭耀祖吃过早饭,郭耀祖说,我出去溜达一圈。青莲酸酸地说,得是去看望老相好呀!郭耀祖看了青莲一眼,心想,这女人啥都好,就这点惹人烦。一边说道,你呀!一边往衣服里塞了两把银圆,出门去了。郭耀祖在街上逛荡了一圈,回来找到大茶壶,给大茶壶塞了一块银圆,托大茶壶给梅花和小嫩瓜每人送去五块银圆。郭耀祖在厅堂里坐了一会儿,只见大茶壶走了过来,对郭耀祖低声说了句,妥了。郭耀祖问,说话没?大茶壶说,两个人像商量好一般,啥话也没说,都流眼泪了。郭耀祖心里涌过了一阵淡淡的伤感,起身离开了厅堂。

天黑前,青莲与郭耀祖吃过晚饭,青莲说她有点事,得出去一下,就出门了。郭耀祖百无聊赖,将青莲吸食鸦片的一套家具拿将出来,躺在炕上一件一件地把玩,心想,这么小小的年纪,咋就吸起这个来了?郭耀祖从小家教严,郭嘉树从来不沾鸦片,郭耀祖就没了接触这个东西的机会。郭耀祖有点好奇,将烟灯点着,端起烟枪,想试着吸几口,尝尝鸦片到底是什么味道。正在他埋头寻找鸦片的时候,青莲进门了,看见郭耀祖躺在床上舞弄烟具,大叫了一声,你在干吗?一把从郭耀祖手里夺过烟枪,接着将烟枪烟灯一应什物扔在了地上,抓住郭耀祖的胳膊,不可遏制地哭闹起来。郭耀祖不明就里,不知道发生了啥事,对青莲说,宝贝,别闹,有话好好说,究竟怎么了?青莲泪流满面地叫道,怎么了你难道不知道?装啥装?郭耀祖说,我装啥了?我啥也没装!青莲说,你啥也没装?你说你不再理睬那两个烂货了,可你为啥要给她俩送钱?而且给她俩的钱,比给我的多得多!郭耀祖一下子敛声了。他不知道,这件事究竟是梅花和小嫩瓜说出去的,还是大茶壶说出去的,尤其让郭耀祖有口难辩的是,青莲居然说他给梅花和小嫩瓜的钱比给她的多。看见青莲气急败坏的样子,郭耀祖知道,想要让她平静下来说话是不可能的了,便坐在炕沿上,不再吭声。这时候门口聚了一堆人,很快,老鸨过来了,大茶壶过来了。郭耀祖看见大茶壶,劈头问了一句,到底怎么回事?大茶壶撇了一下嘴,摊了摊两只手，说了句，我咋能晓得？任老鸨跟大茶壶连声劝解，青莲依旧不依不饶，一句一个烂货地唾骂着，也将她自个儿气得要死。就在这时候，几近疯狂的梅花和小嫩瓜，突然从门口闯了进来，两个人气势汹汹地直扑青莲，一个死死拽住青莲的头发，不住地朝青莲脸上抽打，一个手脚并用，在青莲身上拳打脚踢。青莲在不经意间受到袭击，哭喊着也与对方踢打了起来。一时间，三个女人打成了一团，在地上哭闹着和翻滚着，现场一片乌烟瘴气。这时老鸨大喝了一声，妈拉个巴子，都站着干吗，也不怕出了人命？看热闹的人这才一哄而上，将三个女人撕扯了开来。这时候，郭耀祖看见，三个如花似玉的女人，全都狼狈不堪了，一个个披头散发，脸脖挂彩。老鸨跺着脚骂道，妈拉个巴子！你们三个得是想翻天，成心败葬老娘的摊子？！老鸨嘘了一口气，没好气地朝众人喊道，都滚回各屋去，看啥看，不怕眼睛长疖子？转过脸对三个女人喝道，都给老娘跪下！三个女人齐齐跪了下来。老鸨向大茶壶使了个眼色，大茶壶当即甩手轮流在每个女人脸上扇了几巴掌。女人的嘴和鼻子都出血了，屋子里弥漫着一股血腥味。老鸨继续骂道，不知好歹的狗东西，大官人喜欢你们是你们的福分，可你们，一个个福薄命浅，都给烧着了！你们这样没脸没皮地闹腾，大官人还会喜欢你们，还会疼惜你们吗？还不快给大官人谢罪！三个女人惊恐地望望老鸨，又望望郭耀祖，立即低下头在地上砰砰地磕着。这时老鸨脸上又堆上笑，转脸对郭耀祖说，大官人，今天这件事是老身对不住您。三个小姐妹闹脾气，都是为了喜欢您，您老人大心大，别跟她们计较，老身马上摆酒，为您大官人压惊。您老放心吧，今晚上就由她们姐妹三个一起服侍您，保准把您伺候得舒舒服服，让您老享享齐人之福……

郭耀祖坐在炕沿上，低头望着地面，一动不动。郭耀祖咋也想不明白，一个小小的青莲，前不久还哭着闹着要他给她赎身，如今怎么这般厉害？看她闹事那个样子，只要手边有刀子，说不定真敢杀人哩。还有那个梅花和小嫩瓜，平时说话不也轻声细语，闹起仗来也跟疯狗一样，一个个既恶毒，又凶狠。原来在他心中的三朵花，如今全变成了大恶煞。听着老鸨向他赔笑请罪，郭耀祖在心里冷笑道，满嘴胡话，满腹心机，心比狼狠，手比刀残，你还不如她们三个，你就是一头黑了心肝的母夜叉。郭耀祖觉得，他陷入了一个充满邪恶和欺瞒的险恶境地。眼下天色已经黑了，他还能在这里安歇吗？该歇在哪个女人屋里？让三个女人一起服侍他，想想都让人恶心。郭耀祖沉默了许久，没有搭理任何人，慢慢下了炕，走到衣架跟前，将褡裢取下来，往肩背上一搭，转身绕过这几个女人，缓步走出了屋门。望着郭耀祖的背影消失在了门外，三个窑姐儿全傻了眼。这时青莲哭喊了一声，大官人，你就这样走了吗……老鸨也走到门口，望着郭耀祖叫道，大官人，您就给老身个面子吧……郭耀祖没应声，踩着楼梯一步一步地向下走着。

刚走到厅堂，从身后楼上就传来了老鸨歇斯底里的叫骂声和几个女人的哭喊声。

四十四

离开红灯笼巷子，郭耀祖来到了兴隆车马店。车马店掌柜看见郭耀祖冒着寒风，黑天黑地跑来了，慌忙将郭耀祖接盛住。郭耀祖来县城，每次都是将行囊和牲口寄放在车马店，直到回家时才来店里结账。郭耀祖为人敦厚，账算上不做计较，深得车马店掌柜喜欢，每次都会替郭耀祖将行囊管好，将马喂好。这次郭耀祖在大黑夜突然来到车马店，让店掌柜有点摸不着头脑。店掌柜问，郭先生有事？郭耀祖说，没事。店掌柜说，那黑更半夜跑来……郭耀祖说，黑更半夜就不能来吗？店掌柜说，哪里哪里，只是郭先生……郭耀祖，别唠叨了，快去给我安排个铺位吧！店掌柜眼睛瞪得圆格愣怔的，说，您老真要住啊？郭耀祖说，那还有假不成？店掌柜搓着两只手，有点为难地说，您看看，我这里全是通铺，没有单间，也不干净，该让郭先生怎么个住法？郭耀祖说，甭想那么多，人家咋住我就咋住。店掌柜想想说，要不这样，您看行不，您就住我屋里吧，虽然不很干净，总比通铺好点。郭耀祖说，那你住哪里？店掌柜说，这您就别管了，我自己开店，还能没我一张铺？店掌柜的话，将郭耀祖逗笑了。郭耀祖说，那就难为你了。沉吟了一下又说道，干脆咱俩挤一夜吧。店掌柜说，那太委屈郭先生了，不行不行。郭耀祖说，啥委屈不委屈，就这么办。看见郭耀祖脸上有了笑意，店掌柜说，郭先生刚进来，吓了我一跳，以为遇到啥不舒心的事情了。您说吧，想吃点啥，我给您弄去，汤汤地下点面怎样？郭耀祖说，甭忙活，我吃过了。

车马店毕竟没窑姐儿的屋子舒坦，不大一盘土炕铺着一领旧得发亮的席子，挤着两个大男人，连转个身子都困难。加上屋子奇冷，炕又奇热，真所谓一面烙，三面凉，烙得过了转个向，睡啥姿势都觉得不安生。郭耀祖上炕时，肚子里的气还未消除，睡下后恍惚间一会儿在与王冬翠置气，一会儿在与青莲吵架，店掌柜起来查夜时，将郭耀祖惊醒了。店掌柜蹑手蹑脚下炕出门后，郭耀祖也下了炕，去院子里撒了泡尿，返回时冻得浑身直打哆嗦，躺下后再也睡不着了，便拿起店掌柜的旱烟锅，点了一锅烟抽起来。郭耀祖想，平心而论，青莲、梅花和小嫩瓜，都是些可怜人，她们对他都不错，让郭耀祖不明白的是，她们为啥要那么闹腾？想到今晚三个女人逃不脱老鸨和大茶壶的一顿惩治，想到他离开时从身后传来的哭叫声，郭耀祖的心不由得揪紧了。

这时候，店掌柜回来了，看见郭耀祖坐在炕上抽旱烟，笑着说，得是把你吵醒了？郭耀祖说，本来就没有睡实在，你一起身，我就醒了。每天夜里都要查夜？店掌柜说，这么多人和这么多牲畜待在店里，万一有个好歹，那不坐蜡吗？郭耀祖说，看来做哪个行当都不容易。店掌柜说，旱烟抽不惯吧？我有一些什邡叶子，弄根卷烟抽吧？郭耀祖说，我抽烟不在行，抽几口就喉干头晕的。说着将烟锅里的烟灰磕掉，将烟锅递给店掌柜，我不抽了，你抽吧。店掌柜点着一锅烟，用力吸一口，随之徐徐吐出一团浓浓的烟雾。郭耀祖笑着说，看你抽烟，真叫过瘾。店掌柜说，一辈子没啥爱好，就爱抽个烟，牙熏黄了，嘴唇和手指头熏黑了，如今回家，婆娘都不让上炕咧。听店掌柜这样说，郭耀祖嘿嘿地笑了，说，那就甭抽了。店掌柜说，世事活到眼下，啥都没有烟重要啦。没听人说，一锅烟，赛神仙；宁要烟锅，不要老婆。郭耀祖笑着说，抽烟抽出境界来了。店掌柜笑笑，问道，到年根根了，年货备齐了？郭耀祖说，算齐了吧。年年过年，没有哪个年过不去，也没有啥可备的。店掌柜说，郭老先生身体可好？郭耀祖说，还好，谢谢你挂记。店掌柜说，自从郭老先生离城后，人们有病都没挖抓了，不知道该咋办好。郭耀祖说，城南有医坊，还有几个医堂和药铺，还能看不上病啊？店掌柜说，如今还有哪个先生能跟郭老先生比？天上地下啦！县城的人，没有不作念郭老先生的。郭耀祖没有说话。店掌柜问，药铺着火的案子，终究没有破得了？郭耀祖摇摇头。店掌柜说，郭老先生是个积德行善的人，那火着得有些蹊跷，满城的人都这样说。郭耀祖说，过去的事了，咱不说了。看见郭耀祖不愿意提说药铺着火的事，店掌柜埋头抽起了烟。良久，郭耀祖问道，侯府最近有没有啥消息？店掌柜抬起头，望着郭耀祖，说，侯府？你是问东街侯府？郭耀祖点点头。店掌柜半天说道，你不愿意提说药铺着火那件事，但不知道为啥，人们都说那件事与侯府的人脱不了干系。郭耀祖愣了下，问道，啥意思？店掌柜看着郭耀祖，没有继续说下去。他将烟灰磕掉，又点了一锅烟抽起来，许久，缓缓地说道，听说侯府那边，也不是太安宁。郭耀祖问，怎么了？店掌柜说，先是侯闫两家打官司的事，侯府那个小女女，不是嫁给闫家儿子了嘛，嫁出去没几天，就不明不白地上吊死了。为这件事侯闫两家交了恶，大干了一场，侯府践了闫府的家，将闫济舜告上了法庭。传说章县长担心他俩闹腾起来，会给他惹来麻烦，居中调解多次不成后，上峰来人查案，就说了些折中调和的话，这竟将侯智仁惹恼了。章县长一直对侯府敬重有加，力举侯智仁当上了县民团司令，可侯智仁上火后，竟将闫济舜与章县长卷在一起告了，结果闫济舜倒了台，章县长也带了伤，灰头土脸离开了府良。这场官司打得热火朝天，几乎将府良县城翻了个过儿。侯智仁这人太厉害，如今这个县城里，最威风、最霸道的人，就数他了。郭耀祖点点头说，这些事我大致听到了一些。店掌柜接着说，侯府女女死后不久，正当侯闫两家官司打得最凶时，侯府那个小儿子，侯智仁从良的四老婆生的那个不成器的家伙，捅了个大娄子。郭耀祖说，侯锁堂？店掌柜点点头说，是他。有天晚上在西关戏园子看戏，中途那小子去解手，回来后挤不进去了，那家伙是个野蛮子，连冲带撞往进闯，一路撞磕得大人小娃哇哇叫。有个二愣子不答应，跟那小子摽上劲了，两个人先是吵，后是骂，再是打。那二愣子人高马大，浑身是劲，上手后将侯府那小子提溜出人群。这时人们不看戏了，就看他两个打架。侯家小子打不过二愣子，就从怀里掏出了一把刀子，朝二愣子肚子乱捅起来，血哗啦啦流了一地，吓得满场子的人全跑了。这事出来后，二愣子家人找闫济舜报案，闫济舜借这件事向侯智仁发难，搞得侯智仁狼狈不堪，不光给人家看病，还赔了人家二百块大洋。最后，侯智仁将他那小子吊在巷口槐树上暴打了一顿，总算将那件事了结了。可谁知儿子却跟他结仇了，不久，中央军来府良招兵，那小子就扔下爹妈，吃皇粮走四方去了。儿子走了后，官司总算是打赢了，可他那小老婆又出事了。这小老婆在很短的时间内，失去女女又失去了儿子，精神一下子崩溃了，很快就疯癫了。郭耀祖问，锁堂他娘疯癫了？店掌柜说，可不是嘛，彻底疯癫了，疯癫得不懂得人事了，有几次一丝不挂地在大街上乱跑哩。开始一阵，侯智仁对她还算不错，请先生给她看病，雇了个人照看她，不让她乱跑。可日子一久就心烦了，想跑就任她跑去，只要她白日有饭吃，晚上有地方睡，再也不去管她了。家弄成这样了，按说对侯智仁打击不会小，可他根本不在乎，不久前，又心欢撒乐地给他纳了一房妾。郭耀祖说，怎么，他又纳妾了？店掌柜说，有钱人家就这样，喜欢妻妾成群，喜欢老婆越小越好，这不是四老婆疯癫了嘛，身边没人伺候他了。侯智仁这人表面上一本正经，但凡他惦记上的女人，却没谁能逃出他的手心，这府良城里，让他戴了绿帽子的男人，至少不下十个了。郭耀祖说，是吗？店掌柜说，他那些花花事能拉一马车，他还经常逛窑子呢，他那疯癫了的四老婆，不就是从窑子里带回家的？他四个老婆，除大老婆是奉父母之命、媒妁之言，用花轿抬进侯家的，其余三个老婆，哪个不是胡乱纳弄来的？二老婆先奸后娶，进侯府门不到三个月，就把娃娃生下了。郭耀祖说，侯智仁离六十不远了吧，这第五房妾多大了？店掌柜说，听说刚二八。郭耀祖说，女方娘家在哪里？店掌柜说，就在府良城里，算个小康人家，家里开了个小铺子，卖日用杂货。不过，听说这事是女家主动上门的。郭耀祖说，居然有这种事？店掌柜说，她那爹妈眼皮子薄，一向簇红灭黑，眼见得侯智仁势力越来越大，小老婆又疯了，就动起了歪心眼儿，主动往上贴呗，拿女儿当人情使唤。郭耀祖说，女娃的爹不大吧？店掌柜说，三十啷当吧，要他给侯智仁当儿子，也只能是个小儿子。郭耀祖说，如今给侯智仁当老丈人，不觉得恶心？店掌柜说，哼哼，恶心啥？人家心里那才叫洋活哩。

鸡打鸣了。店掌柜说，天要亮了，还能迷糊一阵子，郭先生睡会儿吧。郭耀祖躺下来。店掌柜依然坐着抽旱烟。郭耀祖说，我家跟侯府很熟的。店掌柜说，这点外人也晓得一些，说郭老先生跟侯智仁还有章县长的交往很密切。郭耀祖说，那你还给我说这些啊？店掌柜说，郭老先生跟章县长是好人，不都被侯智仁赶走了？心里有些气不忿啊！店掌柜顿了顿又说，郭先生知道侯府的那么多田产，是从哪里来的？他家的三百多亩地，一多半是从我爹手里弄走的。郭耀祖惊讶地望着店掌柜，说，原来是这样。店掌柜说，过去的事，不说了，如今我们家只有这个车马店了。

四十五

郭耀祖回到了郭堡村。

郭嘉树问，该看的人都看了？郭耀祖一边将药材商人送给郭嘉树的吃货和年礼，以及买回来的年货，从褡裢里取出来，一边说，都看了，那些商人都很高兴，他们还给您老人家回礼了，叮嘱我给您老人家带话，给您老人家拜年，祝您老人家健康长寿。看着眼花缭乱的一堆吃货和年礼，听着郭耀祖的话，郭嘉树笑着说，真的假的？郭耀祖说，啥真的假的，人家的一片心意，爷爷不领情怎的？郭嘉树依然笑着说，只要是人家的真心，那当然好，我照收了。接着说，你的这个主意出得好，事情办得好，爷爷心里高兴。郭耀祖笑着说，对自家孙子也客套吗？郭嘉树说，爷爷不是客套，是看到你心里开始装进家里的事情，一下子踏实了许多。郭耀祖说，爷爷放心，我一定好好看病行医，把您老人家的医术学到手，一代一代传下去。郭嘉树没说话，看着郭耀祖，脸上流露出欣慰的神情。良久，他又问道，听没听到啥消息？郭耀祖说，也没啥消息，侯串串去世后，侯锁堂当兵了，侯家大娘也疯癫了，不穿衣服在大街上乱跑呢。郭嘉树张了张嘴，想说啥，没有出声。郭耀祖说，开始侯智仁对大娘还好，请先生给她看病，雇了个人服侍她，时间一久心烦了，就不怎么管了。最近侯智仁又给他纳了一房妾，小老婆才十六岁。郭嘉树哦了一声，半天若有所思地说道，这个人呀，这个人呀……

郭耀祖说，爷爷，听车马店掌柜的说，城里人都在议论，说咱家药铺那场火，与侯府的人脱不了干系，这会是真的吗？郭嘉树没有说话。郭耀祖又说，爷爷，那场火，把我爹的命搭了进去，把咱家的药铺毁了，到底怎么一回事，你就给我说说吧。郭嘉树抬起头，幽幽地看着郭耀祖，半晌说，难道你一点没觉察到有啥蹊跷？郭耀祖眼光有些涣散和茫然，望着郭嘉树摇摇头。郭嘉树说，既然话说到了这里，爷爷就把一些事情说给你。咱家遭受的这一切磨难，都是侯府所为，也都是因你而起。你爱侯串串，爷爷不是不知道。可后来侯串串有了身孕，这就使得事情一下子变得复杂了。为了息事避祸，我给侯串串开了动胎气的药，没承想药料下得轻了些，事情进展不怎么顺利，被侯智仁两口子知道了底细，他就对我们郭家怀恨在心了。我虽然心里就明白，侯府肯定会报复我们，但并不知道会在什么时节、用什么方式报复。谁知就在我给侯串串把病医好后，他就迫不及待地对我们下手了。他想通过烧药铺，将咱们家赶出县城，并借以除掉你。不幸中的大幸，是那天晚上你不在家，不经意间躲过了那场劫难。郭嘉树说到这里，郭耀祖已经泪流满面了。郭嘉树继续说，你可能会这样想，爷爷为啥不和侯智仁斗，为啥不去县上催促破案？你要明白，不是爷爷不和侯智仁斗，而是爷爷明白，弱不和强斗，穷不和富斗，就凭爷爷一介乡间看病先生，能斗得过他一个城里的土豪劣绅？爷爷害怕最终斗不过他，反被他将我们郭家残害得一干二净，咱们郭家要留你这条根啊！事到如今，侯智仁是个什么人？你看到了，也听到了，那是个心地歹毒，杀人不眨眼，杀人不见血的强盗，和这样的强盗遇上了，咱们只能逃，只能躲，只能打掉牙往肚里咽。郭嘉树说到这儿，突然住口不说了，昏花的老眼里，溢满了泪水。郭耀祖立起身，走过去用挂在墙上的汗巾将自己脸上的泪水擦掉，又坐回到郭嘉树身边，说道，我心里也不是没有一点疑窦，只是觉得事情有些不大对劲，就是不明白到底发生了啥事情，爷爷今天这样一说，我完全明白了。郭嘉树说，明白了就好，爷爷把这些话说给你，不是让你去寻仇，而是想让你明白一些事，知道自己往后该怎么处世和活人。那个侯府，与咱们郭家没有任何关系了。不管过去的恩怨如何，咱们都要咬着牙，将这口恶气咽下去。咱们要重起炉灶，重新开张，把郭家治病的医术弄精通、弄扎实、传下去。郭耀祖突然问，爷爷，你说串串姐已经怀了我的娃娃，是这样吗？郭嘉树看着郭耀祖，点了点头。郭耀祖禁不住又哭了。郭嘉树说，这些事情，知道了就行了，不要哭了，也不要去想了。世事如梦，如今侯串串早已入土为安了，你前面的路还长着呢！郭嘉树嘘了一口气，说，眼下要想的事情，就是如何把咱家的药铺弄好，给害病的人把病看好，把咱家的日子过好，让冬翠给我生个胖重孙，你说好不好？

郭耀祖说，爷爷说得对，我听爷爷的，但杀父之仇，我不会忘记，终有一天，我要向侯智仁讨还这笔血债。听郭耀祖这样说，郭嘉树眼睛里闪出了一丝亮光，但他说道，你能这样想就好，只是眼下咱们不是侯智仁的对手，不要想这件事了。君子报仇，十年不晚，这要看你往后有没有出息了。爷爷只希望你这辈子，平安健康，有吃有穿，有儿有女，受人敬重。郭耀祖看着郭嘉树的脸，仿佛第一次发现爷爷的头发已经花白了，额头和双颊上刻着深深的皱纹，两只浑浊的眼睛没有了昔日的光亮。他正在用一种殷殷的目光望着自己，似乎在期待着什么。郭耀祖心中禁不住一酸，两行眼泪又滚落了下来。郭耀祖用手背抹了一下脸上的泪水，对郭嘉树说，爷爷，今天腊月二十七了，下午有啥事没有，没事的话，我想去谭家坳将冬翠接回来。说着这话时，郭耀祖脑子里忽然浮上了井花花的影子。郭嘉树说，是得赶紧将冬翠接回来，让新媳妇待在娘家门上，邻家会笑话的。不过，眼下有个很紧火的事情，先得你去办办。郭耀祖说，啥事？郭嘉树说，关桥村一户人家，儿子全身浮肿，眼睑部尤甚，家人吓坏了。他爹昨天来过咱家，我答应人家，你一回来就去他家，那人临走时都哭了。郭耀祖哦了一声，没说话。郭耀祖明白，爷爷从他年轻时开始，就给自己立了个规矩，凡是有人来看病，必须无条件出诊。看郭耀祖有点犹豫，郭嘉树说，你不是说，谭家坳那边会将冬翠送回来吗？郭耀祖说，说是这样说过，不过谁知道他们会不会送？郭嘉树说，还是看病上紧，先去关桥村吧，明天去接冬翠不迟。郭耀祖还想说什么，这时从外面走进一个四十多岁的男人，一进门就趴在地上哭起来。郭嘉树忙将来人扶住，嘴里说道，你快起来，我家耀祖这也是刚进门，正说着要去你家哩。郭耀祖明白是怎么回事了，说道，您老稍等下，我去拿药箱，咱们即刻就上路。

　　来到关桥村，见到病人，还真将郭耀祖吓了一跳，心想，病人怎会肿成了这样？病人二十三岁，已有一对儿女，身体一直很好。据家人说，不久前病人晚饭时吃了一顿咸腊肉，睡下后浑身燥热，夜里起来喝了三四次水，至天亮时，便出现眼睑和四肢浮肿，继而全身浮肿，起初家人没在乎，接下来浮肿越来越严重。请来白凤镇一个先生看了看，吃了几服药，不仅没见效果，反而越来越重了，眼睑肿得看不见任何东西了。全家人包括病人爹妈、爷爷婆婆、媳妇子女，全都围在病人身旁，脸上透着惊恐不安的神情。郭耀祖问了病人一些情况，看了看病人周身的肌肤，按了按病人四肢和眼睑，最后给病人号了脉。根据病人眼睑浮肿明显，延及全身，小便不利，恶风发热，舌质红，苔薄黄，脉浮数，将其诊断为水肿病，其症型为湿毒浸淫症。主人问，我家福明到底得的是啥病？郭耀祖说，水肿。主人又问，要紧吗？郭耀祖说，应该能治好。听先生说这病能治好，全家人和炕上的病人松了一口气。主人这时脸上泛上一丝笑容说，感谢郭先生手到病除。郭耀祖笑着说，这不刚把过脉，病咋能除了？全家人跟着笑了，一直哭泣的媳妇也破涕为笑了。主人说，不就是吃了一些咸腊肉，喝了几瓢水，怎么会成这个样子？郭耀祖说，吃肉喝水只是个由头，由它把病引了出来，病，本来就有了的。郭耀祖即以五味消毒饮合麻黄、连翘、赤小豆汤为方剂，要病人连服十剂，本着宣肺解毒、利水消肿的治则，对病人做了处置。

　　郭耀祖给病人将药方开好，交代了服药注意事宜，刚要坐下来喝口水，这时从大门外走进了两个女人，一个还边走边在院子里说道，得是郭先生来了？怎么悄没声的一点音讯都不知道？说着话两个女人就进了屋。说话的女人是屁股上害肉瘤的关福林的媳妇金镯。看见金镯进来了，郭耀祖立起身，笑着说，大婶，你来了。金镯说，你郭先生来了也不言不声的，悄悄待在这里给福明兄弟看病哩。知道不？给福明兄弟看病，还是我给金祥大叔出的主意。回头又说道，金祥叔也真是的，将先生请来了也不告诉我一声。主人笑着说，这不是一进门就急着看病嘛，还没来得及说给你。金镯说，这里的病得是看完了？完了的话，让郭先生去我家吃饭吧。关金祥说，那怎么行？给我家人看病，在你家吃饭，成啥道理啦？金镯说，郭先生给我家掌柜的看了那么大的病，救了他一条命，不光没收钱，也没在我家里吃过一顿饭，不管咋说，今天这顿饭，得在我家吃。关金祥两只手在空中摆着说，不行不行，你咋说也不行。这时郭耀祖笑着说，别争了，哪家的饭我也不吃，我上午刚从县城回来，没停点来到关桥村，眼下到年根根了，大家都很忙，我家里也有事，我马上得回家，赶天黑必须回到郭堡村。

金镯刚要说话，和金镯一块进来站在旁边一直没有开口的女人这时说，郭先生，你不能走，我婆子妈的病重得很，想让你过去看一下，成不成？郭耀祖说，你婆子妈多大年纪了？女人说，四十七。郭耀祖说，身子有啥不合适？女人脸红了一下，轻声说，老是……拉肚子。郭耀祖说，那马上走，看看去。说着提起药箱就要出门去。关金祥急着说，哎哎哎，这个淑香怎么这样啊？你婆子妈再有病，也得等先生把饭吃了再去吧？怎么说叫就叫啊？叫淑香的女人脸红了一下，狡辩道，是先生自己要去的，我又没有硬拉他。郭耀祖呵呵地笑了，说，这不能怪这位小嫂子，我本来要赶回郭堡村，既然这里有病人，那我就得去看看。关金祥说，那看完病回这里吃饭。郭耀祖说，在哪里看病，就在哪里吃，您老甭操心了，招呼福明大哥按时吃药，药吃完了再来找我。关金祥将两块银圆塞到郭耀祖口袋里。从关金祥家里出来后，金镯对郭耀祖说，郭先生，咱可说好了，给淑香婆子妈看完病，就来我家里吃饭，我已经将饭菜弄好了，今天走不了的话，晚上就住在我家，我家里虽然穷，住的地方还是有。郭耀祖说，好好好，晚上走不了就在你家住，我也想见一下福林大叔，不过吃饭的事情你就别管了，我真是急着回家呢。金镯说，你这个淑香忙中添乱哩，平地里插了一杠子。淑香朝金镯做了个鬼脸，转过身领着郭耀祖走了。

四十六

到了淑香家，郭耀祖在上屋病榻前，见到了被病痛折磨得皮包骨头的淑香婆子妈。经过望闻问切，了解到女人患腹泻已经有三年多的时日了，常因受到风寒和饮食不慎反复发作，多次就诊和服药，服药期间稍有好转，停药后很快又复发，始终难以痊愈。根据病人舌苔薄腻，脉搏细缓，面色萎黄，倦怠乏力，常口渴，进食差，小便清长，大便稀溏，严重时日平均五到六次腹泻的症状，郭耀祖分析，病人由于脾胃虚弱，不能腐熟水谷，输布精微。肾为胃关，开窍于二阴，二阴之开闭皆肾主，今肾中阳气不足，则命门火衰，阴虚极盛之时，即令人洞泻不止。泄泻已久，脾虚益甚，脾胃虚弱不能运化精微，聚水成湿，湿盛则濡泻，固应以肾阳温煦脾胃、健脾补肾化湿为此病的主要治则。看着郭耀祖动手开写药方了，炕上的病人用微弱的声音问，我究竟是怎么啦，无论吃下去啥东西，怎么都变成水了？淑香也在一旁小心地问，小先生，我妈她究竟得的是啥病？郭耀祖看了一眼淑香，觉得这个女人内敛、羞涩，虽然有点清瘦，长得还算上眼，而且有点俏皮，遂笑笑说，就是你刚才说的那个病，拉肚子。淑香说，我说的拉肚子？我说的话也能算数？你是看病先生，我在问你呢！郭耀祖说，那我给你说，你妈她得的是脾肾阳虚、水湿运化失职之泄泻病症，听懂了吗？淑香突然脸红了，说，小先生是故意捉弄我淑香哩，根本听不懂你说的啥。郭耀祖说，没听懂的话，那我说个听得懂的，你妈她得的就是拉肚子病，这话不算你说，算我说的。淑香吭地笑了，脸再一次红了，说，你这个小先生还蛮捣蛋呢。听淑香这样说话，郭耀祖看了看淑香红嫣嫣的脸，也说道，你这个大嫂子也蛮可爱的。淑香的脸唰的紫红了，嘴里说了句，去你的，谁跟你说这个了，很快从门口闪出去了。郭耀祖遂以四君子汤合四神丸加减，给病人开出了方剂，即党参四钱，白术三钱，茯苓两钱半，山药两钱，芡实三钱，补骨脂一钱半，肉豆蔻一钱，吴茱萸一钱，五味子半钱，焦山楂一钱，焦麦芽一钱，藿香两钱，炙甘草一钱半。注明日煎服一剂，共十剂。郭耀祖开好药方，却不见淑香了，想想从进家后没有看见这个家的男人，看着天快要黑了，觉得还是去关福林家吃晚饭好些，便将药箱收将起来，打算离开了。

就在这时，淑香又从门口闪了进来，说，小先生你要去哪里？郭耀祖说，药方开好了，你收起来吧。一边将药方递给淑香，一边说，去白凤镇将药抓回来，总共十服药，每天一服，吃完后，我再来这里看看。淑香将头往郭耀祖跟前凑了凑，小声说，只求小先生赶紧给她老人家把病治好，如今她几乎下不了炕了，每次还得我盆呀土呀地给她弄，把人都要瞀乱死了。郭耀祖说，试着治治吧，应该没问题。说完话看着淑香说道，你个小媳妇家家的，不好好伺候婆子妈，心里瞀乱啥哩？淑香笑着说，你说我瞀乱啥哩？三年床前无孝子，说说而已嘛，谁又说过不想伺候了？又问道，小先生啥时候再来呀？郭耀祖说，药吃完后，肯定会来。淑香静静地看着郭耀祖，脸上微微一红说，小先生可不能说话不算话。郭耀祖说，怎么会，看不好你婆子妈的病，我不罢手，这该行了吧？淑香说，这还差不多。说着话轻轻地笑了，脸上又泛上了红晕。郭耀祖说，嫂子在，我走了。淑香说，看把你急的，看病的钱也不要了？你这小先生倒蛮大方。郭耀祖笑笑说，想给就给一点，不想给就算了。淑香，小先生怎么说话呀，谁倒是不想给你了？说着将一把铜钱塞给郭耀祖。郭耀祖说，要不了这么多。淑香说，怎的啦，嫌少得是呀？郭耀祖笑着将钱收下，问道，你家的人呢？淑香说，我和我妈不是人呀，还要有啥人？郭耀祖说，我说的是男人，你那口子呢？淑香说，后响去地里了，就要回来了，等我家掌柜的进门了，你们一起吃饭吧。郭耀祖说，我还是走吧。淑香说，你想去哪儿？郭耀祖说，关福林家。既然来了，我想把福林大叔见一下。淑香说，好得利利索索的了，跟个好人一样样，还有啥好见的？我给你把饭做好了，好饭赖饭吃了再走不成吗？郭耀祖说，这不是我还会来嘛，下次再吃好不好？淑香突然说，得是金镯那妖神罐罐把你小先生迷住了？郭耀祖一愣，说，嫂子，你说的啥话！淑香说，甭看金镯岁数大，可英莲得很很呢。说曹操曹操到，这时候，关金祥和关福林同时从院子外面走了进来。一见面，关福林一把将郭耀祖搂住了，哭声搭着笑声说，我的救命恩人哪，可把你给盼来啦！说着眼泪吧嗒地往下掉。淑香说，你俩跑来做啥呀，我给先生把饭做好了，就让他在我家吃。关金祥说，咋说先生是我请来的，本应在我家吃嘛。关福林说，金祥叔，淑香妹子，你俩就别争了，郭先生给我看了那么大的病，没有收过我一个铜钱，没吃过我家一口饭，你俩就让让我，让我给郭先生尽一点心意好不好？看见关福林话说得恳切，关金祥和淑香再没有说话。郭耀祖说，那就这样吧，你们两家的饭，迟早我肯定会吃。扭头问关金祥，马拴在哪里？关金祥说，我家槽头呢，你就放心吧。三个人一起从淑香家里走出来，在大门口遇见刚刚下地回来的淑香男人，正拉着一头大黄牛要去涝池饮水，碰面时互相寒暄了几句，又分开了。望着郭耀祖渐渐远去的身影，淑香眼睛定定地瞅着，直到郭耀祖转了个弯，她才将目光收了回来，转脸对自己男人说，半天死到地里做啥呀？人家郭先生后晌给你妈看病了，想等你回来跟人家先生吃饭哩，死等活等就是等不见你死鬼的人影子。

　　到了关福林家院子时，天已经黑了，油灯也点亮了。金镯与女儿将将，还有儿子俊俊立在屋门口接盛郭耀祖。郭耀祖看见，空荡荡的炕上放着个饭桌，饭桌上摆满热菜和凉菜。金镯笑着说，来到这关桥村，你先生就甭想歇下来，好像家家都有病人等着你看呢。关福林说，直接上炕吧，咱们先吃饭，吃了喝了再说话。郭耀祖一边上炕一边说，后晌看了两个病人，关福明和淑香的婆子妈。金镯一边端饭一边问，那老婆的病咋样了，能看得好吧？郭耀祖说，病拖得太久了，有点耽搁，病人虚弱得很了。关福林说，那是个可怜的女人，十九岁时男人就过世了，守寡将三个儿女抓养成人。郭耀祖说，三个儿女？关福林说，她这个儿子叫福生，在他前头还有两个姐，嫁到外村了。郭耀祖说，那儿子咋样？关福林说，老实庄户人，性子有点木讷。郭耀祖说，他媳妇看样子性情很活泛。金镯笑着说，您感觉到了啊？岂止是活泛，那是个妖神神。郭耀祖问，啥叫妖神神？金镯说，心眼儿要呗，不安分呗。郭耀祖说，咋不安分了？金镯说，看不上自个儿男人呗，两口子常为睡觉打捶哩。关福林说，说那些事干吗？你这人就是嘴巴长，赶紧招呼郭先生吃饭。看见将将和俊俊两个娃娃立在炕下面没动，郭耀祖说，快让娃娃上炕，就咱几个人，还客气个啥，一起坐炕上吃吧。见郭耀祖这样说，金镯说，将将俊俊都上炕吧。就这样，饭菜上齐后，五个人围在一起开吃了。金镯为郭耀祖准备的饭菜，是当地人家招待客人至为丰盛的席面十三花。郭耀祖说，不就吃一顿饭嘛，怎么弄这么排场，还去外面割肉了，花不少钱吧？关福林为郭耀祖斟了一杯酒，恭恭敬敬地递到郭耀祖面前，说道，你郭先生不光是我关福林的救命恩人，也是我们这个家的救命恩人。看了这么大的病，没收我家一厘钱，你就是我们家的活菩萨，别说一个十三花，就是十个、一百个十三花，也还不清、抵不了你郭先生对我的大恩大德。郭耀祖说，看大叔把话说哪里去了，我就是个看病的，看病是我的本分，能为你治病，是咱俩的缘分。啥都别说了，来，大婶，你和福林大叔端上酒，咱一起干一杯。见郭耀祖这样说，金镯立刻给丈夫和自己倒上酒，端着酒杯与郭耀祖轻轻碰了一下，仰头将酒喝下去。酒喝下去后，金镯突然泪流满面了，她流着泪说，我常在想，那天福林怎么就遇上您郭先生了？是老天爷还有各位神灵把您郭先生送到了他面前，让您专门给他治病。郭先生，您知道吗？自从他得了那个病，这家里的光景根本没法过了，真是要钱没钱，要药没药，要吃没吃，要穿没穿，都要把人困死了。您郭先生要是再迟来几天，说不定金镯就不在人世了，我实在受不下那磨难，我早就想好了，终究不是跳井就是上吊，这世事我活得没有一点味道了。郭耀祖笑着说，记得那天大婶还不想让给大叔治呢。金镯不好意思地说，那不是看病看得太多了，没一个先生能看好，到了还得花一大笔钱，已经穷到根根了，经不起折腾啊！郭耀祖说，都是过去的事了，能治好大叔的病，那是大叔的命重。大叔大婶，别说客气话好不好，别想那些事情了，如今大叔痊愈了，往后光景就会慢慢好起来的。看见大叔、大婶有说有笑，看见将将、俊俊穿得干干净净，一家人这顿饭吃得热热闹闹，这不就是个温暖美好的家吗？我都羡慕得很很哩！郭耀祖的话，说得关福林和金镯都笑了起来，将将和俊俊也跟着笑了起来。这时郭耀祖忽然想起淑香下午说过的话，仔细将金镯瞅了一眼，心想，金镯年轻时，是个不俗的女人。

四十七

　　五个人吃完饭，郭耀祖跟关福林两口说了一阵话，金镯就安顿大家睡觉了。金镯和关福林将郭耀祖领到上屋隔壁大窑洞，看到炕上被褥里面一应全新，郭耀祖说，我和大叔一起睡吧，别将你们一家人挤着了。关福林说，你是大先生，我是庄户人，可不能那样。我这屋里穷，物件不凑手，你将就着歇一宿。金镯说，不怕您郭先生笑话，如今我们全家就睡一盘炕，一来没有那么多被褥，二来没有分开睡的习惯。今晚您就将就下吧。说句露丑的话，您炕上的被褥，还有将将、俊俊身上的衣裳，都是从邻家借来的，我不想让您郭先生看着我这个家破败和寒酸。郭耀祖心里掠过一丝心酸，没有说话，依着他们的安顿准备就宿了。金镯给郭耀祖扫好炕，将被褥铺好，说了声，郭先生歇着吧，就和关福林从屋子出去了。郭耀祖站在脚地，将这个干净整洁但却空洞无物的窑洞环顾了一下，心想，这个家真的好穷啊！直到听见院子里没有人走动了，便起身出去上了一趟茅房。回到屋子后，正打算上炕，恍惚间听见门外有啥动静，下意识地朝门口望了下，感觉好像是门上的扣子响了一下。正在疑惑间，又发现炕上的被窝里好像有一堆什么东西，还微微地蠕动了一下。郭耀祖心头一震，头顶的毛发瞬间竖立了起来。他伸出手，立即将被头扯起来，没想到里面竟躺着金镯的女儿关将将，衣服已经脱光了，整个身子就那么蜷曲着。这让郭耀祖吃了一惊，便在炕沿上坐下来。就在郭耀祖发呆的当儿，将将把被子拉过去，又将自己盖住了。许久，郭耀祖问，是你妈打发你过来的？将将不吱声。这事你爹晓得吗？将将还是不吱声。郭耀祖起身拉了拉屋门，门从外面扣上了。郭耀祖就那样呆呆地站立了一阵，最后爬上了炕。他没有说话，没有灭灯，就那么靠着墙壁，在将将身边坐了下来。

郭耀祖坐了许久，眼睛望着对面的屋桌，心想，这个金镯和关福林，咋能想到这样做？他们究竟想干啥？是因为没有钱给他，想用这种方式顶账吗？这时候，只听将将小声地、模模糊糊地在被窝里说，郭先生甭着气，是我妈打发我过来的……我妈说，郭先生给我爹看好了病，是我们全家的救命恩人……她跟我爹不想欠着你……听关将将这样说话，郭耀祖沉默了半天，说，你妈让你来，你就来啊？你才多大呀？关将将小声道，我……情愿来……郭耀祖说，我给你爹看病，一开始就说过不要钱，也没想过要你家的钱。关将将半天才说，郭先生……别嫌弃我……要不然……我妈……她会伤心……也会打我……郭耀祖听到这里，鼻腔里一酸，一股悲悯的情绪从心头涌过。他想了想，对关将将说，将将你甭怕，你爹你妈的话，由我给他们去说。门已经从外面扣上了，今晚你就在这里睡吧。郭耀祖说着，给关将将把被子盖严实，接着将油灯灭掉，和衣倒在了炕上。

　　郭耀祖渐渐进入梦乡时，躺在一旁的关将将，已经哭得泪流满面了。郭先生对她不理不睬，那就等于她爹看病的钱依然没有给人家郭先生还上，她不知道天亮后母亲将会怎样处置于她，心里充满着惶恐和不安。关将将悄悄爬起来，摸黑给自己把衣裳穿上，小心地将被子盖在郭耀祖身上，然后和郭耀祖上炕时一样，背靠着墙壁，无声而又困顿地坐着。

　　天亮时，郭耀祖醒了，看见关将将靠着墙壁迷迷糊糊地坐着，问道，你啥时醒来的，还是始终就没有睡？关将将没有吱声，望了郭耀祖一眼，眼泪止不住唰唰地滚落下来。郭耀祖起身下了炕，对关将将说，你待着甭动，我去看看。这时门扣已经打开了，郭耀祖拉开屋门，一股寒气直面扑来。郭耀祖打了个寒噤，径直去了院子南头的茅房。看到郭耀祖出了屋，上屋那边早已起炕的金镯慌忙来到隔壁窑洞，看见女儿将将坐在炕上，好像刚刚哭过，低声问道，衣裳穿上了？女儿点点头。金镯说，哭啥哭，起来了就赶紧下炕，瓷在炕上等着吃啥呀？关将将赶紧下了炕。金镯又问道，他对你还好吧？关将将一脸茫然地望着母亲，不点头也不摇头。金镯再要问话时，郭耀祖进来了。金镯脸一红，当即赔着笑脸说，郭先生起得早，晚上歇得可好？没等郭耀祖说话，金镯又说，女女不懂事，郭先生多担待些。郭耀祖说，大婶说的哪里话，将将既懂事又听话，是个难得的乖女女，日后大婶和大叔，可要给将将嫁个好人家才是……听郭耀祖这样说话，金镯望望郭耀祖，又望望女儿，嘴里自语道，难道……你俩……说着一把拽住女儿的胳膊，几乎是提溜着出门去了。

　　金镯问将将，这么说，郭先生他……没有动过你？将将低着头，两只手捏弄着上衣的扣子，默不作声。金镯突然用食指在将将额头上戳了一下，恨声说道，你真是泡鸭子屎，打发你过去做啥了？忘了我给你咋说的？真是个没用的东西……这时候，关福林走进来了，看见金镯正在责骂女儿，知道事情没有办成，刚要开口说话，郭耀祖也跟着进屋了。看见郭耀祖，关福林道了声，先生歇好了吗？禁不住脸呼啦通红了。郭耀祖说，好着呢，歇好了。郭耀祖说话时，关福林瞬间溜出了屋门。郭耀祖对着门外说道，麻烦大叔去替我把马牵过来，我要回家咧。扭头又对金镯说，大婶，去东屋说几句话好不好？

　　金镯跟着郭耀祖来到隔壁窑洞，郭耀祖刚要说话，却被金镯抢先了。金镯紫涨着脸说，昨晚的事情……实在是不知道怎么报答您，才想了这一出，让郭先生见笑了。郭耀祖说，大婶，你跟大叔的心意我明白，只是当初当着众人的面，我许诺不收你家的钱，那就是真的不收，若果到了钱是没收，却把将将那样了，那我郭耀祖成啥人了？往后该叫我咋活人，咋行医？听着郭耀祖的话，金镯流下了眼泪，说，我知道，我家将将长得丑，上不了郭先生的眼……郭耀祖说，谁说将将长得丑了，将将是个好女女……金镯脸上泛上了一丝笑意，半天说道，要是郭先生真能看上我家将将……您就将她收了小吧，让她这辈子天天伺候您……郭耀祖望着金镯，脸上露出疑惑不解的神情。金镯接着说，我知道郭先生成亲了，有正房了，你们两口子不也要人伺候吗？那就将我家女女收了房，让她伺候您跟夫人……也就了了我们一番心意了。纳妾？郭耀祖想想，摇了摇头，说，将将真的是个好女女，大婶怎么舍得让她给人做小呢？金镯张了张嘴巴，眼睛溢满着泪水和失望，哀怜地望着郭耀祖，不知道说什么好。这时，郭耀祖从怀里摸出三块银圆，说道，要过年了，拿这些钱买点年货，给将将和俊俊买身新衣裳吧。望着郭耀祖递过来的银圆，金镯浑身颤抖了一下，一时不知道该怎么办才好，犹豫了片刻，小心而又不解地将银圆接了过来。金镯从小到大，过的都是贫穷苦难的日子，几乎连银圆都没有见过，更别说摸过银圆了，眼下这三块白花花的带着郭耀祖体温的银圆放在她的手中，这让金镯有些措手不及。金镯明白，有了这三块银圆，他们家不仅能过个有吃有喝的好年，一家人能穿上新衣裳，而且还能办其他许多事情。金镯心里一时充满了感动，甚至一扫刚才因为郭耀祖拒绝将女儿纳妾给她带来的失落和难过。她忽然觉得，眼前这个郭先生，就是这尘世上最好的看病先生，也是这尘世上对她一家最好的人。手捧着银圆，金镯眼泪扑簌簌地滴落下来，她哀怜悲切地说了声，您郭先生是好人哪，接着身不由己地跪在了地上。郭耀祖没有想到金镯会这样，弯腰将金镯扶住。金镯激动不已地哭泣着和战栗着，许久平静不下来。郭耀祖说，大婶不要老觉得欠我什么，其实大叔的病，是我出道后看好的头一个大病，正是大叔的这个病，给我扬了好大的名气，我感激你和大叔还来不及呢。金镯眼带泪花说道，郭先生真会说话，说得人心里好展妥。郭先生，您看这样好不好，咱们干脆认个干亲吧，让将将和俊俊叫您干爹成不？郭耀祖愣了一下，笑着说，我才比将将大几岁嘛，这一来班辈全不乱套了？说得金镯嘿嘿地笑了，便说，说来说去，这也不成，那也不成，那就让我金镯这辈子欠着您郭先生，下辈子我跟关福林做牛做马，定当报还。郭耀祖说，这件事往后别再提了。这时金镯恍然道，哎呀，只顾着说话了，早饭忘记吃了。您洗漱一下，赶紧吃饭吧。郭耀祖说，不吃了，我真的得走了，家里好多事等我忙哩。金镯说，说急咋就那么急啊，想家里的新媳妇了？郭耀祖笑笑，说，想了。两个人随即往上屋走。这时郭耀祖突然问，那个淑香人到底咋样？金镯愣怔了一下，说，不是说过了，那是个妖神神，可惜人强命不强，嫁了个木头男人，把个骚罐罐憋屈扎咧！怎么，郭先生对她上心了？郭耀祖说，乱说啦，大婶。金镯不悦地想，这里给你硬塞个黄花女女你不要，却看上了那个烂鞋破罐子，啥人嘛！嘴里说道，那淑香花花肠子可多了，小心她打您郭先生的主意。郭耀祖定下脚说，她打我的主意？笑话，大婶把我看成啥人了？金镯有点赧然，刚要说话，关金祥从大门进来了，一进二门笑着问道，郭先生起炕啦。金镯和郭耀祖转过身，郭耀祖笑呵呵地回道，都啥时候了，还能没起吗？金镯说，金祥叔，你看郭先生,一睁眼就嚷嚷着要回家,饭也不要吃,劝也劝不下。关金祥说,那怎么成?怎么说也得把饭吃过再走。郭耀祖说,早饭都不想吃了,别说晌午饭了,腊月天色短,真的没工夫吃了……郭耀祖话音刚落,又传来了淑香娇滴滴的声音:郭先生谁家的饭不吃都行,我家这顿饭可不能不吃哩。只见淑香和他男人福生一前一后从二门进来了。金镯说,看看吧,这晌午饭不吃,看您还能走得了?郭耀祖苦笑着摇摇头,好好好,吃了走,那就吃了走。金镯说,那去谁家吃?郭耀祖说,早饭去金祥大爷那边吃,晌午饭,去福生大哥家里吃。

郭耀祖的话,让淑香脸上乐开了花,金镯脸上露出一丝不易捉摸的神情。

四十八

郭耀祖回到家里时,天已经擦黑了。

他拴好马,没有回家,直接去了中药铺子,他知道爷爷还在药铺。郭嘉树正在领着两个学徒收拾碾槽和一堆切好的药材,郭耀祖叫了声,爷爷。郭嘉树抬头说,怎么这时节才回来?郭耀祖端起一个晒药的筛子,帮一个学徒往袋子里装药,说,这不是由事不由人嘛,昨天给关福明看完病后,本打算马上回,又有人家来请了,病人是个老婆婆,得的是泄泻病,日子好久了,瘦得皮包骨头,给开了十服药。今早想回时,呼啦啦又来了一堆看病的,这不,又将大半天耽搁了。郭嘉树心想,看来,孙子的名声确实传开了。便说道,既然有病人,不管病大病小,都得经心去看,这是咱家的规矩。接着又说,让他们弄吧,咱去那边。便和郭耀祖来到医案旁边。郭嘉树说,这次出去有进项吗?郭耀祖说,当然。说话间想起自己给了金镯三块银圆,便说道,爷爷我有一个想法,不知道对不对?郭嘉树看着郭耀祖,说,啥事你说。郭耀祖说,许多看病的人家,确实穷得让人心酸,要吃没吃,要穿没穿,一家人合盖一床被子,可怜得很很,真不忍心收他们的钱。就说前些时割了瘤子的关福林，爷爷你也去过他家了，那个家穷得掉底了，该咋收钱？像这种情形，干脆甭收钱了，还能落个人情。郭嘉树沉吟了一下说，穷人家确实可怜，越是光景穷，越是爱害病，当个看病先生，就是要怜老惜贫，具体看情形办吧，能少收就少收点，太过贫寒的人家，不收也行。郭耀祖说，眼下我刚出道，虽说看好了几个大病，但名声远不如爷爷响亮，得先将人气养起来再说，收钱手重，会伤了信行。郭嘉树点了点头说，这话也对，不过话说回来，手也不能太松了，该收的钱还得收，要不然，咱爷孙俩整天不是白跑遥、白忙活了？咱一家人的吃喝穿戴从哪里来？郭耀祖张了张口，说，爷爷的话，我记在心里了。

　　回到家，一家人围在一起吃晚饭。郭家人吃饭不分主从，学徒与家人一起进餐。母亲怜爱地望了望儿子，说，从县里回来没落脚就被叫走了，这一出去又是两天。郭耀祖说，关桥村有重病人上门求医，叫得很急，爷爷就让我去了，到那里又遇到了个重病人。母亲问，病人还好吧，不会有事吧？郭耀祖说，病得很重，我给他们开了药，待吃完后再去看一次，应该能好起来。听儿子这样说，母亲无声地笑了，眼睛始终没有离开过郭耀祖。郭耀祖发现，媳妇王冬翠依然没有回家来，想到井花花答应过他，年前一定将王冬翠送回来，怎么还不送啊？郭耀祖一边吃饭，一边问，爷爷，明天干什么？郭嘉树说，明天啥也甭干，去谭家坳把你媳妇接回来。另外，明天一早，让两个学徒娃娃回家吧。郭耀祖说，冬翠家里答应将人送回来，不知道为啥还没送？郭嘉树说，说的是嘛，这个王财东怎么一点礼数也不懂，眼睁睁让新婚的女女一住就是四五天，难道想要冬翠在娘家过年不成？郭耀祖见爷爷显然生气了，就说，爷爷别上火，不要她家送了，我明天把她接回来。这时郭嘉树问道，耀祖，你说实话，你和冬翠之间没有发生啥事吧？郭耀祖说，会发生啥事？连结婚带回门儿，我跟冬翠在一起待了不到两天时间，能发生啥事情？郭嘉树说，人和人之间，不怕争执和拌嘴，就怕遇上不明事理、不懂礼数的麻迷人。这时郭耀祖母亲说，明天二十八了，再隔一天就是腊月月尽了，说啥也得把媳妇接回来。郭耀祖说，妈，你放心吧，明天保证把她接回来。

　　第二天，郭耀祖赶上马车去了谭家坳。一路上，西北风呼呼地刮着，郭耀祖脑子里却是一片混沌。此时此刻，占据他心头的，不是就要见到的媳妇王冬翠和大舅嫂井花花，而是关桥村那个说话娇声细气的淑香。昨天上午，郭耀祖离开金镯家，在关金祥家里吃过早饭，又去请他的两户人家给病人号了脉、开了药方，然后在关福生家里吃了晌午饭。一放下饭碗，郭耀祖就说他要上路，淑香却劝他别急，歇会儿再走。郭耀祖说，年根根了，家里堆着好多活没做呢。淑香笑嘻嘻地说道，年根根了，家里还能堆下多少活？不就是新媳妇这一个活吗？要跟她处一辈子，还怕惜不够她吗？再说了，这刚吃完饭，胸满肚胀的，骑马也不舒坦，小先生不妨稍微歇息一阵阵，待肚里的食水落一下，再上路也不迟，再急也不在乎吃一锅烟的工夫不是？那个福生也在一旁敲边鼓，郭先生，你就歇会儿吧，关桥村离郭堡村不多远，一眨眼工夫就到家了。经两个人这一劝，竟将郭耀祖给制住了。吃饭地方就在淑香和福生屋里，淑香一边劝着一边爬上炕将被子拉开，您就在这里躺躺吧，过一会会我喊您上路。就这样，郭耀祖只好客随主便，在淑香和福生出门后，便倒在炕上歇息了。这边淑香和福生回到上屋后，淑香问福生，后晌干啥去？福生说，不是说好了，去坟地给先人烧纸。淑香说，纸明天烧吧，没看见咱妈在炕上受罪哩，人家郭先生将药方开下了，那就赶快把药抓回来，小心药铺把门关了。说着将药方和一把铜钱放在了桌子上。淑香的话就是圣旨，福生没再说话，伸手抓过药方跟钱，径直去白凤镇抓药去了。

　　眼看着关福生出门了，背影消失在了二门口照壁外，淑香没动身子朝着院子呆望了片刻，扭头看了一眼躺在炕上的婆子妈，从屋里走出来，回过身子将屋门拉拉紧，然后走出去将大门上了闩，最后来到自己屋门前。在那里，淑香站了好一阵子，才将虚掩着的屋门轻轻地推开了。淑香轻手轻脚走进去，小心地合上门，静静地望着躺在炕上的郭耀祖。看见郭耀祖翻了个身，淑香轻声叫道，郭先生，您该上路了。郭耀祖忽地坐起来，嘴里叫道，哎呀呀，我怎么睡着了？一睁眼却见淑香立在炕沿跟前看着他，随即不好意思地笑了下，刚要伸腿下炕，却被突然扑上来的淑香将他搂住了。郭耀祖心里一跳，两条腿搭在炕沿上，问道，嫂子，你这是干啥哩？淑香声音颤颤地说，你个小捣蛋鬼，你说嫂子干啥哩？郭耀祖说，我还是个娃娃。淑香说，不是成亲了嘛，还娃娃个啥？郭耀祖说，嫂子不怕福生大哥收拾你？淑香细声细语说，他要真能收拾我，我就谢天谢地了。郭耀祖说，大哥他不行？淑香没说话，将一张俏脸紧紧贴在郭耀祖胸膛上，两只手在郭耀祖脊背上乱抓摅。郭耀祖想了下，没动身，两只大手在淑香腋下一提溜，就将女人提在了半空，郭耀祖的举动，惊得淑香吱哇叫了一声，两只小脚在空中胡蹬乱舞。接着，郭耀祖将女人揽在自己怀里，顺势反转身子，就将淑香压在了炕沿上……郭耀祖离开淑香家里时，已经是下午申时了。淑香依依不舍地抱住郭耀祖，一直在抹眼泪。郭耀祖说，我该走了。淑香说，我淑香生是你郭先生的人，死是你郭先生的鬼。郭耀祖说，嫂子是个黏黏草。淑香说，你可不能今儿一过，就把人家忘了。郭耀祖说，嫂子对我这般好，我会把你记在心里。淑香说，还会来关桥村吗？郭耀祖说，关福明和你婆子妈的病，治没治好，不得来看看……

　　正在思想着，从冰冷灰暗的高空，传来了一声凄厉的鸣叫，一只鹞子从郭耀祖的头顶嗖地掠过。郭耀祖朝天上望望，深呼吸了两口冷气，将鞭子在空中虚晃了一下，喊了一声，驾，接着干脆将身子缩进了被窝。郭耀祖知道，他家的白马是匹识途的好马，先前已经去过谭家坳，眼下不用主人操心，白马就知道朝哪条路走。郭耀祖躺在车上，用棉被将自己裹得严严实实，不禁想到，事情还真给金镯说准了，这个淑香真在打他的主意，而且，胆子忒大，明知道婆子妈待在隔壁，一直就那么无所顾忌地叫着……郭耀祖使劲摇了摇有点发木的脑袋，眼前又浮上了井花花的影子。郭耀祖想，今天看见井花花，她会是个啥样子？他想他应该质问她，当初应承得满满的，为啥迟迟不将王冬翠送回来？看她该怎么回答。郭耀祖下意识地把井花花和淑香做着比较，从长相看，两个人都很俏丽，都很漂亮，区别是，井花花高挑一点，淑香小巧一点；井花花丰满一点，淑香瘦削一点；井花花两只眼睛花溜好看，淑香的声音娇柔细软。郭耀祖想，只是不知道，井花花会不会也像淑香那样温情黏人？郭耀祖想着，又下意识地将王冬翠和淑香两个人做了番比较。比来比去，郭耀祖觉得，王冬翠长得比井花花和淑香并不差，可他就是不明白，王冬翠给人的感觉怎么会那么差劲呢？都是女人，井花花满脸喜相，性情活泛，身上透着一股说不出来的媚劲；淑香温和柔软，俏皮诙谐，在床上是那么地大胆和疯狂，从而对郭耀祖产生着一种不可抗拒的魅力。王冬翠就不同了,漂亮的脸蛋总给人一种僵硬死板的感觉,死板就死板吧,她怎么就那么不解风情,就那么执拗和倔强,就那么让人讨厌和不省心呢?郭耀祖想,男女成亲,先甭说有没有感情了,单是将两个人热热闹闹凑到一起,就是一件美好的事情,而就是这件美好的事情,在王冬翠心里,竟然跟上杀场一样,整得人一丝丝情趣都没有了。郭耀祖忽然想,当初要是给他娶的是井花花,或者是淑香,而不是王冬翠,那会是一个什么样子?郭耀祖为自己突然会有这样的想法感到惊讶,他长长地嘘了一口气,闭着眼睛痛苦地摇了摇头。郭耀祖又掀开被子,抬头朝路上看了看,再次觉得他家的这匹马是个难得的好马,伸手在马屁股上抚摸了一下,心里说道,乖乖,稳稳地走着吧。

马车嘎啦啦地在凹凸不平的土路上行走着,郭耀祖有点昏昏欲睡了。就在这时候,忽然传来了两声清晰的吆喝声:吁——!吁——!那声音回荡在空旷寒冷的原野上,显得格外地响亮。郭耀祖猛地掀开被头,抬头看见一驾搭着篷子的马车,停在了自己马车的前方。郭耀祖以为对方马车与他相对行驶,是在喊他起来会车。他拉了一下马嚼子,让马车停下来,懒懒地坐起身子。他看见,一个戴着厚厚棉帽的男人,怀里抱着一根鞭子,朝他走了过来,边走边喊,姑爷,真的是你吗?郭耀祖一激灵,定睛一瞧,原来是自己的大舅哥王冬来。郭耀祖说,是冬来哥啊。王冬来说,我正要去郭堡村,将冬翠送回去。郭耀祖笑笑说,这不是一直等不来你们送,我赶过来接了。郭耀祖说着话,心里莫名其妙有点泄气。郭耀祖明白,既然王冬来将王冬翠送回来了,那他就不必去谭家坳了,去不了谭家坳,就见不到他要质问的那个人了。看见郭耀祖情绪有点冷淡,王冬来解释说,前天上午家里把猪杀了,打算后响送冬翠回家时,顺带着将年礼带上,谁知道下午村里老下人了,昨儿个要葬人,又去事情底下帮了一天忙,就拖到今天才送了。郭耀祖心里道,既然拖过了两天,再拖一天也无妨嘛,为啥偏偏非得今天送呢?遂懒懒地说道,那怎么办,让冬翠坐到我车上来吧。王冬来笑着说,那是自然,就让冬翠坐你的车回吧,我也得尽快赶回谭家坳,许多事情没干呢。郭耀祖跟着王冬来,走到了另一辆马车前。王冬来朝车里喊,翠翠快下车,坐到姑爷那辆车上去,真的是姑爷接你来了。

四十九

随着王冬来话音落下,就有一只纤纤玉手将车上的帘子掀了起来。郭耀祖一看,不由得傻愣了,出现在眼前的,不是媳妇王冬翠,而是大舅嫂井花花的俏脸。只听井花花嬉笑着说,看看,算我说对了吧,打老远我就看出来了,肯定是姑爷来接冬翠了,你兄妹俩还不信,现在信了吧?井花花说着,拉了一把坐在马车里面的王冬翠说,还不快些动弹,姑爷都站在车前了,也不怕把你女婿冻着了。井花花探出头,想从车上跳下来,却叫了声,我的妈呀,怎么这么冷?自从看到井花花,郭耀祖的眼睛就没离开井花花。郭耀祖的这个举动,井花花当然看见了,她瞄了郭耀祖一眼说,姑爷还瓷着干吗?还不快把冬翠妹子扶下车。郭耀祖哦了一声,将脸转向了车里面,这才看见王冬翠从帘子里边出来了。郭耀祖和王冬翠一对眼,王冬翠的脸呼啦通红了,郭耀祖脸也红了一下,微笑着将王冬翠从马车上扶下来,带过去又扶上了自己的马车。郭耀祖的马车没装篷子,井花花将他们车上的棉被抱过来,给王冬翠盖在身上,嘴里说道,你这个姑爷,也不看是啥天色,怎么赶了个没带篷子的马车过来,你不怕受冻,也不怕将我家妹子冻坏了吗?多亏我们多带了铺盖。王冬来将带给郭家的礼当搬下来,放在郭耀祖的马车上,又给妹妹压好盖在身上的被子,说,没装篷子也不要紧,让冬翠钻到被窝里边,盖两层被子,应该受不了啥冻。这时郭耀祖说,这么冷的天,有大哥一个人送就行了,怎么也让嫂子跟来了?听郭耀祖这样问,王冬来说,她们姑嫂就这样,干啥都不拆帮,她嫂子在家里没啥事,也就跟来了。井花花看了看郭耀祖,又看了看王冬翠,说,姑爷你到这边来,借地儿给你说几句话。郭耀祖来到了井花花身边,井花花低声说,知道我为啥也来了吗?实话告诉你,姑爷你真的将冬翠整怕了,她铁了心不想回郭堡村了,是爹妈还有我,八八九九地一再劝导她,甚至责骂她,她才勉强答应回来,但一定要我陪着她过来。这下你该清楚了吧?郭耀祖说,我晓得了,谢谢大舅嫂。井花花说,谢我干啥呀?只是冬翠回家了,再不要那么粗鲁和野蛮,我就谢天谢地了。女娃娃家粉嫩,她心里想啥,她需要啥,你不也得想想?顺毛摩挲着,好好哄着她,再从心里让着她、疼着她,啥问题不都解决了?当然,我也给她说过了,让她也别那么矫情了,当个女人就要能受女人的罪,男人该咋咋,死撑着别吭声。这次回去处不处得好,就看你姑爷的了,要是还那样如狼似虎一般,你这事情真就没有法子办啦。郭耀祖听着井花花说话,眼睛一眨不眨地盯着井花花的脸。看着郭耀祖一脸贪婪的神情,井花花说,看啥看,没看见人家她哥正在盯着你瞅呢?郭耀祖脸红了下,却说道,看看怕啥嘛。井花花脸唰的红了,低声骂道,你想找死呀?放着自家的新媳妇不看,看我这老婆子干啥?再说了,我是谁?是你的大舅嫂,你也敢随便看,胆子也忒大了些,也不怕看出乱子来?郭耀祖说,我这就看了,看他谁能把我咋?井花花似乎有点气短心跳了,说了句,快滚,带着你家冬翠滚回郭堡村去!说完转身离开郭耀祖,径直走到马车前,低头对王冬翠说,嫂子只能把你送到这里啦,乖乖跟着姑爷回家吧,回家好好过个年,隔不了几天,咱姑嫂就又见面了。说完跳上了自家的车子,对王冬来说了声,咱们走。王冬来挥了一下鞭子,驾!马车掉了个头,吱吱扭扭顺着原路往回走了。

　　井花花钻进车篷子,郭耀祖站在马车旁,将王冬来的马车目送了很远,然后将自己的马车掉头,在马屁股上拍了一掌,说道,不去谭家坳了,回家吧。白马似乎听懂了主人的话,打了一声响鼻,喷出一股白气,刨了一下蹄子,又嗒嗒地朝前走了。郭耀祖坐在了车辕上,扭头看了看躺在被窝的王冬翠,只见王冬翠把自己裹在两层棉被里,根本没有和他招嘴的意思。西北风呼呼地吹着,郭耀祖冷得受不住,将被子推了下,说,也不吭声,也让我盖点被子,都不怕把我冻坏了?王冬翠从被窝里伸出头,粉嫩的脸上布满着幸灾乐祸,说道,冻坏才好哩。看到王冬翠美丽的脸庞,郭耀祖心里一动,当即将两条腿收上来,要将自己塞进被窝。只是车身太小,两个人躺一起有些窄狭。王冬翠说,你想挤死我呀?那好吧,你躺下，我坐着。说着要爬起身子。郭耀祖说，那咋行？把你冻坏了我还心疼呢。说着将王冬翠搂在了怀里。王冬翠红着脸挣扎道，快放开些，你不怕旁人看见笑话，我还怕呢。郭耀祖说，谁爱笑话笑话去，我搂的是我媳妇，怕啥？馋死他们去！王冬翠说，你咋这么不要脸？郭耀祖嘿嘿地笑着，突然将手伸到王冬翠的棉衣里，抓住了王冬翠的奶子。王冬翠吓了一跳，红涨着脸挣扎着坐起来，说，郭耀祖，你是个猴！你再弄，我从车上跳下去！看王冬翠生气了，郭耀祖只好将手拿出来，讪讪地说，你怎么那么犟？王冬翠说，我就这么犟。郭耀祖说，你啥啥都不懂。王冬翠说，我就是不懂，我是个傻子。郭耀祖有点尴尬，没话找话说，在娘家这些天，想我没有？王冬翠看了一眼郭耀祖，倔倔地说，没想！想你干吗？一路上，两个人再没有说话。

　　过年的一切预备停当了，孙子媳妇回到了家里，郭嘉树显得格外高兴。加上王财东送来了半扇膘水又肥又厚的猪肉，核桃、红枣、花生、柿饼、炸馃等吃货，每样装了一袋子，使得年货更加充实和丰富了。当天晚上，郭嘉树安顿，由郭耀祖母亲主厨，做了一桌丰盛的九碗席面，一家人一起欢欢乐乐地吃了一顿饭。郭耀祖母亲格外高兴，对王冬翠简直爱得不得了，打王冬翠一进门，眼珠子只围着王冬翠转。吃完饭后，她将王冬翠和郭耀祖叫到自己屋里，拉着王冬翠的两只手，含着泪仔仔细细地将这个端庄秀丽的儿媳看了老半天，最后将她娘家当初陪嫁给她的一个金项圈、一副玉手镯和一块小金砖，亲手交给了王冬翠。郭耀祖母亲说，这些东西都是我外爷外婆当年陪嫁给我妈的，我妈后来又陪嫁给我，如今我把它交给你，你就成了咱这个家的女主人了。冬翠呀，让你做郭家的媳妇，妈心里高兴啊，我想你那逝去的爹，也将一颗心放下了。你和耀祖都要记住，两口子过日子，不是一天两天，一年两年，而是一生一世，要一起相处几十年哩，免不了会发生一些小龃龉，要学会互相体谅，互相忍让。尤其是耀祖，时时处处要护着和让着冬翠，世上这么多人，让你们两个结为夫妻，这就是缘分，这就是天意。妈只盼望你们小两口和和睦睦、恩恩爱爱，将来给我生一大堆孙孙，我就死而无憾了。母亲话说得体贴入微，也有点悲悲戚戚，让郭耀祖和王冬翠感到既心酸又怜悯。两个人将母亲安慰了一番，在父亲的灵牌前磕了头，又去了爷爷和婆婆那里问安。郭耀祖问郭嘉树，爷爷，明天干啥？郭嘉树说，事情还多着呢，一早先去祖坟祭奠，给列祖列宗，还有你爹，把纸钱和吃货送去，告诉他们，你俩成亲了。从坟地回来后，将院子里外打扫干净，将春联贴出去，将灶王爷、财神爷各位神神请回来，供奉上。然后将祖楼子和每个先人的牌位擦擦干净，将供品摆上，将蜡烛和柏香点着。记着，从明儿个起，就不能让蜡烛和柏香灭了。郭嘉树想了想，又说，还有，将炮仗拿出来晒晒干，别让到时哑了声。郭耀祖说，万一有人叫出诊，还去吗？郭嘉树说，年根根了，应该没啥活了。除非是挺命的病人，一般人家即使有点病，也不会看先生，图个吉利不是？当然，万一有人来请了，那就得出诊。郭耀祖说，爷爷和婆婆歇息吧，我们过去了。婆婆说道，冬翠还小，嫁过来时间浅，一应生不拉拉的，耀祖你得处处顾怜她，晓得吗？郭耀祖说，晓得了。

　　回到小房里，王冬翠洗了下脚，就上炕了，给自己和郭耀祖分别将被子铺好，悄悄在自己被窝和衣躺下了。郭耀祖拉开炕门，朝炕里面填了一层碎草末，拿炕灰拍实，又将炕门拦上。接着也将脚洗了，将手伸到褥子下面摸了摸，觉得炕席烫烫的，很是暖和，就准备上炕了。他看见王冬翠在假寐，想起了白天在马车上跟王冬翠拌嘴的事，心里有些不舒服，觉得王冬翠时时处处都在故意跟他作对，便想，今晚安安生生睡自个儿的吧，谁也甭理谁了。可当他上炕后，看到王冬翠娇小甜美的睡态后，又有点不可自抑了。说，怎么一上炕就睡了，说说话不好吗？王冬翠眼睛稍微睁了一下，说，我累了，想早点睡。郭耀祖说，就那样睡下了，也不管管我？王冬翠忍不住笑了，说，管管你？你又不是谋娃（婴儿），让我怎么管你？不是给你把被子铺好了吗？郭耀祖还想说什么，王冬翠接着说，赶紧睡吧，爷爷说过了，明儿个还有好多活要做呢。郭耀祖没吱声，将自己的衣服脱下，钻进了王冬翠的被窝。王冬翠其实很爱郭耀祖，觉得她正像嫂子井花花说的那样，找了一个既长得排场，又有本事，也让人敬重的男人，这让王冬翠感到很荣光，很骄傲。只是郭耀祖在新婚晚上那样对她，让王冬翠有点怕，加上想到郭耀祖在外面有女人，心里生出了一些恨意。眼下郭耀祖钻进她的被窝，动手脱她的衣裳，王冬翠虽然缩着身子，并没有反对。郭耀祖轻轻地抱着王冬翠，柔声问，冬翠，你爱我吗？王冬翠半天说，不爱你能从谭家坳嫁到郭堡村？接着反问道，你爱我吗？郭耀祖说，当然爱，不爱你能把你弄得死去活来吗？王冬翠心里一烫，拧了郭耀祖一下。郭耀祖说，爱这个家吗？王冬翠说，爷爷婆婆都是好人，尤其是妈，太可怜了。想到刚才婆子妈将那些传家宝贝交给了自己，王冬翠说，往后我会好好孝敬老人，孝敬咱妈。郭耀祖说，这样做才是好媳妇。王冬翠将郭耀祖搂了一下。郭耀祖说，你可怜咱妈，想孝敬她老人家，就得满足她老人家的心愿不是？王冬翠嗯了一声，没说话。郭耀祖说，咱妈让你给她生养一大堆孙子，你做得到吗？王冬翠低声说，你是个匪贼，又想干坏事了？郭耀祖说，不干坏事能孝敬咱妈吗？王冬翠咻咻地笑了，说，你怎么那么坏？去，把灯灭了。郭耀祖灭了灯，心里想着一定要体贴入微地对待媳妇，小心谨慎地把事情做好，但他没想到，当他一进入王冬翠的身体，王冬翠便失魂落魄地叫唤开了，连声说，不行不行，真的不行。郭耀祖说，你怎么了？王冬翠说，我快要死了，你快停下。这时候的郭耀祖，已经箭在弦上了，便说了句，你忍忍住，我轻轻来。王冬翠已经哭了，说，不行不行，我受不住……看到王冬翠还是上次那个样子，郭耀祖顿时十分不悦，咬咬牙，一鼓作气把该干的事情干完了。两个人平静下来后，王冬翠哭着对郭耀祖说，我求求你了，往后别这个样子好不好？我不是在装，我真的活不了了。郭耀祖说，行，行啊，我向你保证，往后绝不会那个样子了。说完，钻进自己被窝打鼾去了。

五十

正月初一这天，郭耀祖一家人过得既热闹，又开心。除夕晚上，郭嘉树让郭耀祖给屋里屋外、院里院外将油灯点着，拜了祖先敬了神神，全家人吃过拴魂面，三个女人坐在热烘烘的炕上，郭嘉树和郭耀祖坐在脚地屋桌两边的圈椅上，一边说话，一边准备熬个通宵。

除夕熬通宵，是当地人的风俗。人们认为，这天晚上，将灯点亮，不要睡觉，这样，已经离世的亲人们和列祖列宗们，就会循着这天晚上的灯光，回到自己家里看看。活着的人的魂灵，也会被牢牢拴在自己的身上，包括在过去一年里经受过惊吓，曾经失过魂、落过魄的人，他们的魂灵都会在这天晚上回到家里来，归附在自己身上。

郭耀祖母亲的手一直拉着王冬翠的手，一条薄棉被盖在三个女人的腿上，在轻声细语地说着闲话。郭嘉树和郭耀祖基本上属于干坐，互相要说的话不是很多。郭嘉树在有一口没一口、象征性地吧嗒着旱烟锅。郭耀祖母亲说，耀祖，上来坐炕上，跟婆婆和冬翠说说话。郭耀祖说，我嫌炕上热，腿也窝得难受。婆婆笑着说，也是，不看我家耀祖如今多高多大了，比他爹当年起码高出一头多，你让他坐炕上，他不憋屈难受才怪。这时郭嘉树对郭耀祖说，去，把花花牌拿出来，一起耍耍牌，要熬整整一夜呢，没有扛头的人是熬不下来的。郭耀祖从婆婆的柜子里取出花花牌，交到婆婆手里，婆婆说，要不，你也上来吧，三个人打牌，没一个替家也不成。婆婆年纪大了，没有啥爱好，就是喜好打个花花牌。见婆婆这样说，郭耀祖上了炕，看王冬翠坐在母亲左边，自己就坐在了母亲右边。母亲说，坐这边干吗？坐冬翠那边去。郭耀祖和王冬翠互相看看，王冬翠笑了下，郭耀祖就坐在了王冬翠左边。看四个人在炕上玩起了牌，郭嘉树将旱烟锅的烟灰磕掉，说，你们玩着，我出去转转，说完走出屋门，来到放置郭家祖楼子的儿媳妇屋里，上了三炷香，磕了三个头，嘴里喃喃说道，请列祖列宗回家里过年来吧。列祖列宗，还有德存，今天是大年三十，过小年那天，我给耀祖把媳妇冬翠娶回来了，冬翠是个好媳妇，你们都天上有知吧？郭嘉树顿了顿，接着说，我们郭家就耀祖一个根，嘉树祈求各位神灵和列祖列宗，能保佑耀祖一生平安，保佑他们夫妻和睦恩爱，保佑他们早生子嗣。也祈求各位神灵和列祖列宗，保佑我们郭家行医顺利，药铺兴隆。说完这些话，郭嘉树再次磕了三个头，转身走出大门，去了自家药铺，在药铺里没有目的地摸索了一阵，就上炕睡觉了。

在家里，三个女人和郭耀祖，硬是将一个通宵熬出来了，鸡叫头遍时，四个人打着哈欠收拾了牌摊，下炕将饺子包好。郭耀祖去药铺将郭嘉树喊起来，鸡叫三遍时，一家人分别给各位神灵和祖楼子前面献了饭，然后就着黎明的曙光，一起将大年初一的饺子吃了。吃完饺子，郭耀祖和王冬翠来到院子里，将两大卷炮仗燃放了。郭家的炮仗一响起，接着就有邻家的炮仗跟着噼噼啪啪地响开了。这时天还没亮，王冬翠要去厨房洗碗，被婆母挡住了，碗我来洗吧，耀祖和冬翠，还有爹、妈，你们都去靠（歇）一会儿吧。

郭耀祖和王冬翠回到小房，郭耀祖说，咋睡法？王冬翠说，和衣躺会儿，天就要亮了。自从前天晚上再次闹了不愉快，昨晚郭耀祖和王冬翠谁也没惹谁，安安静静地分开睡了一夜。郭耀祖不理王冬翠了，王冬翠有点过意不去，半夜时将一只小手伸到郭耀祖被窝里，抚摸着郭耀祖的胸脯，对睡得蒙蒙眬眬的郭耀祖说，别记恨我好不好？我说过我爱你，只是我可能还小，慢慢就会好的。郭耀祖抓住王冬翠的手，轻轻摩挲了几下，迷迷糊糊地说，没事，我记恨你做什么。

大年初一这天，人们一大早就跑着互相拜年了。郭耀祖和王冬翠没睡多久，就听到院子里有人嚷嚷着来拜年了，王冬翠将郭耀祖摇醒，两个人赶紧下了炕。看见郭耀祖和媳妇早早起来了，郭嘉树心里很满意，对他们说，按规矩，新媳妇过门儿后，应该一家一家拜邻居，眼下正好遇上过年，那就来个二合一，耀祖你带着冬翠去给邻居拜年，连拜年带认门。这时候，一拨又一拨来拜年的晚辈人和娃娃们，不断朝郭家院子拥进来，尤其是孩子们，一进二门齐刷刷跪了小半个院子，分不清谁是谁家的娃娃，接着就由郭耀祖的母亲和婆婆，还有郭耀祖和王冬翠，乐呵呵地将事先准备好的核桃花生柿饼红枣这些小吃货，还有一枚两枚的小铜钱，往娃娃们口袋塞，被塞满吃货、拿了铜钱的孩子们，便会笑闹着一哄而散了去，又上另一户人家拜年去了。有些娃娃刚拜过，不一会儿又结伙来拜了，惹得郭耀祖母亲和婆婆哈哈大笑，王冬翠则笑得喘不过气来，扳着指头一个一个地算着，看哪几个孩子拜年的次数多。

拜年大劲过去后，郭嘉树和郭耀祖就去了郭家祠堂，和全村十二岁以上的郭姓族人一起，共同祭拜了郭家的祖先。然后，郭耀祖带着王冬翠，从自家隔壁邻家起，一户一户地给所有乡邻上门拜年。谁知这一拜，竟使得王冬翠的白皙和美貌，再次传遍了整个郭堡村。人们议论说，郭先生家男人妻命好，上辈人郭德存娶了个漂亮媳妇，如今郭耀祖的媳妇更漂亮了。从外面拜年回家后，郭嘉树一边吃饭，一边对郭耀祖说，明天大年初二，按礼数是给老丈人拜年的日子，后响你将马喂喂好，把车子拾掇好，明天一早和冬翠去谭家坳拜年。冬翠回来带了那么多礼当，这次也将咱们的回礼带过去。郭耀祖想了想，说，爷爷，您看这样行不？如今我爹不在了，咱家亲戚又不多，是不是让我俩先给我舅家把年拜了，然后再去谭家坳？郭嘉树听孙子这样说，心里有些感动，坐在一旁的郭耀祖母亲，当下眼泪就下来了。这时王冬翠说，耀祖说得对，先去我舅家吧，谭家坳那边，迟一天早一天去都行。郭嘉树望了望王冬翠，也感到了孙子媳妇的贤惠，便笑着说，这样也好，先去苏庄你舅家，回来再去谭家坳，后天去了给你丈人解释一下。

初二这天，郭耀祖和王冬翠去了苏庄，给郭耀祖外爷外婆、舅舅妗子拜了年。舅舅一家人喜欢王冬翠，摆出九碗席招待他们，外婆想留他们住几天，舅舅说，忘了耀祖是新女婿，人家还要去他丈人家呢。说得外婆呵呵地笑了，说那就以后来苏庄住，我疼惜冬翠女女哩。当晚回到家里，郭耀祖连夜给自家的马车搭了个篷子。郭耀祖忘不了，接王冬翠回家那天，井花花责备他，嫌他的马车没篷子，让王冬翠受冻了。初三一早，郭耀祖就将马车套好了，和王冬翠上了路。王冬翠看到有篷子，欢喜地说，这下暖和了，你的手真巧，还会弄这个！郭耀祖哼了一声说，我啥不巧了，啥又弄不了了？只是有人不让你弄，你有啥办法。王冬翠愣了一下，接着咯咯地笑了，轻轻打了郭耀祖一拳，说，心眼儿咋这么小，还跟人家记仇哩！郭耀祖说，能不记仇吗？王冬翠说，反正不怪我，只怪你太驴了。郭耀祖说，不是我太驴，是你窝儿太小了。王冬翠一下子脸红了，说，你胡说。

来到谭家坳，王财东全家人正在焦急地等候着他们的到来。王冬来卸车拴牲口，王财东领着郭耀祖和王冬翠往屋里走。来到院子中间，看见井花花从屋里迎了出来。井花花脸红红的，穿一身颜色鲜亮的新衣裳，比平日里显得更加俏媚了一些。郭耀祖立马笑着问，大舅嫂过年好！井花花笑吟吟地瞄了郭耀祖一眼，没有答话，直接走到王冬翠面前，嘻嘻哈哈地将小姑的手一拉，显得格外地亲密。看见郭耀祖向井花花问话，王财东眉头挑了挑，扭头看了郭耀祖一眼。进到上屋，冬翠母亲说，昨儿个等了一整天，等到天黑也等不见个人影子。听话音丈母娘对他们晚来有些嗔怨，郭耀祖赶忙解释说，婶婶谅解些，这不是我爹不在了嘛，我妈年纪也大了，不方便去我舅家走动，我和冬翠商量了下，就先去我舅家拜年了。王财东笑着说，是这样，那是应该的，应该的。这时王冬来从外面进来了，说，外面飘雪花了。王财东说，好事嘛！一个冬天没见雪，麦苗多少有些受旱了。常说干冬湿年，要下就让它下，好好捂它一场厚雪，今年收成就有了盼望。王财东问郭耀祖，还有哪些亲戚没走动？郭耀祖说，我家亲戚不多，最主要的就是我舅家。王冬翠母亲说，那就好，安安生生住几天，你们看病先生一年到头也蛮辛苦的。

　　吃过晌午饭，外面的雪下大了。后晌没啥事可干，冬翠母亲说，这人呀，年前忙得不可开交，就是为了年后坐着歇这么几天。外面下着雪，出门又湿又冻，不如在一起摸摸花花（牌）。于是，除了王财东老两口，其他人便挤在王冬来和井花花屋子里，玩起了花花牌。十二岁的冬生和十岁的冬梅，也挤在里面。在冬生和冬梅眼里，郭耀祖这个大姐夫，既有钱，又气派，还会给人看病，是个了不起的人物，也是他们既向往又没勇气亲近的一个人。牌打了没几圈，就传来冬翠母亲在门外喊冬翠的声音，王冬翠便下炕出去了。留下王冬来、井花花、郭耀祖、王冬生继续摸牌。王冬来跟郭耀祖有些生，只顾低着头摸牌，很少与郭耀祖说话。郭耀祖也显得很拘谨，目不斜视地摆弄着手里的几张牌。看见两个男人这个样子，井花花也一反往日的性情，既不笑也不闹，一脸正经八百的神色。这一来，大家都表现得中规中矩，牌打得有点干巴巴的。这边王冬翠来到上屋，看见爹和妈都在，问道，妈叫我干啥？母亲说，你说叫你干啥？就想问问你，郭家人对你怎么样？王冬翠说，好着呢，那家人都可好，尤其我婆子妈，不光心眼儿好，而且忒可怜，耀祖爹早早扔下她走了，她整天眼泪吧嗒的，见了我稀罕得不得了，拉住我的手就不想放了。这次回到家里后，那天晚上就将她几样传家宝贝给了我。母亲问，都有些啥？王冬翠说，一个金项圈、一副玉手镯，还有一块金砖。母亲有些惊讶，说，真的吗？你一进门儿就给你这些？王冬翠说，当然是真的，我哄你干啥？这时王财东说道，不要问娃这些事了，知道人家对冬翠好，咱就放心了，人家那边家里的事，往后少打问。转脸对女儿说，冬翠，看来你是个有福的人，能嫁这么个好人家，是前世积下的德，听爹的话，一心一意过人家光景吧。谭家坳这边家里的事情，你就甭牵心了，那边家里需要啥帮衬，就给爹打招呼，爹不会让你受委屈。王财东说完，要去槽头看牲畜，就出门走了。母亲又说，你上次回门儿，死活不愿意回去，妈还以为那边人对你不好，一直担心着呢。王冬翠喉咙打了个结，没有说话。母亲说，到底怎么了，吞吞吐吐的。王冬翠说，啥事都没有，妈问这些干啥呀。见女儿这样说，母亲越发地疑心了，说，明明是有啥事嘛，为啥要瞒着你妈？想让你妈为你把心操碎啊！王冬翠沉吟了许久，有点扭捏地说了句，那个人……毛手毛脚的……母亲哦了一声，半天说了句，做个女人家，也别太矫情了……话说到这儿，恍然说道，去吧，快去把你嫂子叫过来，帮着我一起做晚饭。

  王冬翠回到牌场，井花花将手里的牌交给了王冬生，去上屋做饭了。这时郭耀祖推说他头有些疼，也将手里的牌交给了王冬梅，顺势躺在旁边歇息了。牌场就剩下王冬来、王冬翠兄妹四个人了，气氛一下子活跃了起来。尤其王冬生，本来牌就打得半生不熟，但又赢牌心切，就不断地在偷牌、赖牌，弄得牌场吵吵闹闹、呜呼喧天，惹得小小的王冬梅在一边嘎嘎地笑着。直至王冬生赖得不像话了，气得王冬翠摔了牌，将王冬生扑倒在炕上捶打了一顿，这场牌才算是打结束了。

  晚饭后，外面的雪越下越大，积雪已经一拃厚了，天上一片乌蒙蒙的，好像这场雪不下个三五天，是绝对停不下来的。在屋里，人们都显得有些落寞和疲惫，下午已经摸过花花牌了，没有人再想玩那个了。大家在一起说了一阵话，便分头歇息了。王冬翠母亲说，睡法跟上次一样，姑爷、冬来、还有冬生，睡西边小窑，花花、翠翠、还有梅梅，睡东屋，我跟你爹睡上屋。

五十一

在东屋，三个女人上了炕，王冬梅缠着姐姐给她梳头发，王冬翠给妹妹辫了两根又细又长的小辫子。井花花对王冬梅说，我家梅梅本来就漂亮，加上冬翠姐姐辫子辫得好，就更漂亮了。王冬翠说，嫂子，有没有觉得，咱家梅梅越来越好看了。井花花说，怎么没觉得？这丫头脸型长得好，哪里都是既不多又不少，将来再长些肉肉，再增些水色，绝对美人儿一个。王冬翠说，等我家梅梅将来长大了，肯定能找个好女婿。井花花笑着说，是啊，找个就像你姐夫那样的女婿，梅梅情愿吗？说得王冬梅的小脸一下子通红了。王冬翠笑着说，屁大个孩孩，还知道羞臊了。井花花说，那可不，十岁的女女懂得好多事情了。说完对王冬梅说，梅梅甭羞，现在脱了衣裳睡，好不好？王冬梅说，我不睡，我怕把头发弄乱了。王冬翠说，没事，弄乱了姐明天给你另梳，梳得比这个还好，行不行？说服小丫头睡下了，井花花灭了灯，和王冬翠挨着躺下来。觉得王冬翠半天没说话，井花花伸手摸了摸王冬翠的脸，悄声问，真急着睡呀？王冬翠说，还没呢。井花花说，不说话，想啥呢？王冬翠说，啥也没有想。井花花说，这次回家怎么样，还好吧？王冬翠沉吟了一下说，好着呢。井花花说，啥叫好着呢？王冬翠犹豫着说道，他再没有……那样对我。井花花说，啥意思？这次回去没弄那事吗？王冬翠嗔怨地叫了声，嫂子！井花花说，怎么啦？王冬翠说，老说那些事做啥？没话说了就睡觉吧。井花花说，这不是担心姑爷他欺负你嘛，为你这事情，我可没少说姑爷，都要把人家姑爷得罪下了。王冬翠心软了，瞅着黑蒙蒙的屋顶，若有所思地说，这次好像怪不了人家。井花花说，怎么回事，啥怪不了人家？接着一阵沉默。井花花说，咋不说话了？王冬翠说，嫂子你说说，是不是我结婚太早了？井花花说，十四了，应该不算早，村里出嫁的女女，不都这个年纪？王冬翠说，我怎么老是受不了他，弄得人家老不高兴，不知道怎的了。井花花自言自语道，咋会是那样？王冬翠说，回到家那天晚上，他倒是不毛手毛脚了，可我还是受不住……井花花良久说，你这事还真是少见。王冬翠说，我都要愁死了，往后该咋办？井花花若有所思地说，他那个家当……到底能有多大……王冬翠说，你和我哥，一直很好是吗？井花花半晌说，反正我没像你那样难受过。王冬翠忍不住笑了，井花花也跟着笑了。

  西边小窑。三个男人一上炕，几乎没说什么话，各人拉开被子便倒头睡了。在王冬来和郭耀祖之间，始终是客气多于坦诚，拘谨多于随意。两个人没有共同谈论的话题，所以除了刚见面时礼节性的打个招呼外，便没有了再跟对方做更多交流的想法。作为小舅子的王冬生，虽然对郭耀祖这个姐夫充满了景仰，愿意追随他去做任何事，但郭耀祖根本没有将他纳入视野。进屋后，王冬来说了句，咱们睡吧。郭耀祖说，睡吧。王冬来便灭了灯，屋子霎时间变成了漆黑一团。也几乎在顷刻间，靠炕墙躺着的王冬来，头一挨枕头，就进入了深沉的梦乡，还打起了呼呼的鼾声。睡在中间的王冬生，倒是翻转了一阵子睡不着，但没有过很久，也发出了均匀的呼吸声。睡在最南边的郭耀祖，一时三刻却怎么也进入不了睡眠的状态，脑子清醒得没有一丝丝睡意。郭耀祖明白，此时此刻占据他整个身心的，只有大舅嫂井花花。这个高挑妩媚、面若桃花的女人，如今已经让他如痴如醉了。郭耀祖静静地、一动不动地仰面躺着，眼睛瓷愣愣地盯着什么也看不见的窑顶，在不断遐想，此时此刻井花花在做什么？是和王冬翠说话呢，还是已经进入了梦乡，抑或是跟他一样样在炕上辗转反侧呢？想着此时此刻的井花花，正赤身裸体地躺在距离他只有几丈远的东屋的热炕上，这样的环境让郭耀祖忽然有了一种按捺不住的冲动。时间就这样过去了近两个时辰，郭耀祖依然无法入睡，只觉得浑身燥热，他用手在自己的脸上使劲搓了几下，然后将手指交叉起来枕在脑袋下边。他不知道，这个晚上他该怎么度过。

  就在这时候，吱扭——传来了一声开门的声响。郭耀祖一惊，下意识地迅速溜下了炕，他想知道，到底是谁起夜了。当他趴在门缝朝外瞄时，才发现门外挂着厚厚的帘子。郭耀祖那个急呀，一颗心快要从喉咙眼儿蹦出来了。他屏着气息，小心地将门闩拉开，再将帘子挑了起来，这才看见出来的人是老丈人王财东。王财东踢踏着脚步，走到院子东南角茅房附近，就像一个黑树桩，朝着一个树坑撒尿，撒尿间响亮地咳了一声。郭耀祖遂放下帘子，又将门合上，小心地爬上了炕。这时候，郭耀祖才想起身边还躺着王冬来和王冬生，不由得为他的大胆和莽撞吃了一惊，好在兄弟俩睡得十分深沉和香甜。王财东撒完尿，去大门窑洞槽头给牲口拌了一些草料，又踢踢踏踏回了上屋。

　　郭耀祖躺在炕上，心在咚咚地跳着，还在想，不知道她会不会起夜？郭耀祖再次被自己的想法吓了一跳，他问自己，你究竟要干什么？他不知道自己为什么会这么疯狂，继而陷入了一种揪心的期待。时间过去了一个时辰，门终于响了，郭耀祖再次轻轻跳下炕，却看见是自己的媳妇王冬翠解手，便又返回炕上。就在王冬翠转回来经过小窑门口时，不知道什么原因，王冬来突然坐起身子，连续咳嗽了几声，大声地朝着炕下面吐了一口痰，然后披衣下炕，出门去了。大概是撒了一泡尿吧，王冬来很快转了回来，冷得嘴唇直打哆嗦。王冬来上了炕，很快又睡去了。郭耀祖毫无睡意，他仍然在等。

　　大约到了半夜时分，再次传来了门响的声音，郭耀祖禁不住打了个激灵，他朝黑暗中的王冬来瞅瞅，摸不准他究竟睡实在没有，一时不敢贸然下炕。这时从窑门口传来了碎步踩雪的声音，郭耀祖断定，肯定是她。这个判断让郭耀祖忽然不顾一切了，他毅然决然下了炕，拉开门，光着身子来到院子里。雪还在下，院子里一片白茫茫的。这时一路小跑的井花花进入了茅厕，郭耀祖便快速地奔向那里。就在尚带睡意的井花花蒙眬着双眼，将一泡憋了很久的尿水徐徐撒出后，刚要起身的当口，郭耀祖突然闯进了茅厕。他一把抱住井花花的后腰，井花花吓得浑身一软，刚要张口叫喊，被郭耀祖的一只手捂住了嘴巴。郭耀祖压低嗓子急促地说，我是姑爷……说话间只听井花花啊呀了一声，郭耀祖就从后面进入了。这时井花花已经清醒了，她下意识地双手扶着墙壁，任郭耀祖在身后奔突……一场鏖战很快结束了，郭耀祖长长地嘘了一口气，在井花花的脖子上亲了一口，迅速离开了。

五十二

第二天，全家人一如既往热热闹闹地坐在一起吃饭、说笑。郭耀祖和往日一样，显得十分平静。井花花和头天比，有了些许变化，换上了一件更为合身掐腰的上衣，那双平时看起来比王冬翠要大一些的小脚，穿上了一双更为瘦削、尖俏的高底绣花鞋。井花花出出进进地跑着，话比平时说得多了，活比平时干得多了，跟婆子妈一道，精心制作着全家人的饭食，干着一堆杂七杂八的活。午饭后，雪下得小了，满村的娃娃们都跑到外面去玩雪了。到处是零零星星的炮仗声和孩子们的笑闹声。

女娃娃们凑在一起玩"拿羊儿"，用九个从羊身上剔下来的拇指脸儿大小、染成不同颜色的骨头块，在一起玩。玩法是，先由玩的人将所有羊儿抓在手心，向空中抛一粒羊儿，迅速将手中其他羊儿撒落在地，很快又将抛在空中的羊儿接回在手中。然后，每向空中抛一粒羊儿，迅速从地上抓一粒羊儿起来，又将抛在空中的羊儿接住，就这样一抛一抓一接，要是不出现错误，就可以由第一局捡一粒，第二局捡两粒，第三局捡三粒，直至最后一局，一把将地上的八只羊儿全部抓起来，又将抛在空中的羊儿接在手中，就算赢了一盘。谁要是将地上应该捡起来的羊儿没有捡起来，或者将抛在空中的羊儿没有回接住，就算是失败了，就由下一个人接着来玩。玩拿羊儿是女孩子最开心、最欢乐的时刻，她们大呼小叫着，脸上洋溢着幸福的笑容。

男娃娃则聚在一起玩"打码子"。每个人拿着一个用铜或者铁铸成的大约一指薄厚、手心大小、中间刻有一个马字的圆形饼子，找一块平展宽敞的空地，在地上画一个大圆圈，玩的人每人出一个铜钱作为赌注，将铜钱撂起来放到圆圈中心，然后在十步开外的地方画一条横线，由玩的人站在横线之外，瞄准圆圈里的铜钱用自己的码子击打，谁能将铜钱击打到圆圈外面，铜钱就归谁所有，打出去几枚赢几枚，打不住铜钱或者虽然打住铜钱但没打到圆圈外的人算轮空。直至将圆圈里的铜钱最后打完，算是结束一盘。男孩子们不比女孩子们，他们玩的时候，格外严肃认真，往往整个场子寂静无声。只有哪个人忽然将圆圈里的铜钱击中了，或者将几枚铜钱打到了圆圈外，才会有一阵嚯嚯的欢呼声。

年龄大些的人们，则聚在一起打麻将或者摸花花牌。整个村子里，到处是一片欢乐温馨、闲适自由的景象，加上这场瑞雪的降临，使得人们的心情格外轻松和愉快。王冬来被几个伙伴喊去打牌了，王冬生去和伙伴们打码子去了，王冬梅和伙伴们拿羊儿去了。王财东找了一个避风旮旯儿，和村里一些年长的人，用袖筒袖着两只手在说闲话，议论今年庄稼的收成，或者粮食的市价。看到家里的人都出去了，王冬翠对郭耀祖说，走吧，我带你出去走走，认认村里的人，另外看看我们村的景致。其实，我们谭家坳，不比你们郭堡村差。郭耀祖说，你去吧，我不想去，昨天晚上可能忌讳生地方，一直没睡好，到现在还有点头晕，我想在家里躺一会儿。王冬翠说，你不去，那我去了，几个小伙伴在门口等着我哩。郭耀祖笑笑说，快去吧，别让人家等久了。王冬翠出门后，郭耀祖来到西小窑，爬到炕上歇息了。家里就剩下了王冬翠母亲、井花花和郭耀祖三个人。婆子对井花花说，这阵子没事，你也出去转转吧。井花花说，不去了，家里这么多活要干，一会儿又要做晚饭了，咋能让您老人家一个人忙活？婆子说，看见姑爷去哪里了？得是和冬翠出去了？井花花心里跳跳的，说，没看见也不知道，我去西边小窑看看。井花花并没有进小窑，而是从窗缝隙朝内瞄了一眼，看见郭耀祖躺在炕上。井花花让紧张的情绪平复了一下，心想，这家伙真是个匪贼！回到上屋对婆子说，我出去看了，姑爷没出去，在西小窑歇着呢。听儿媳妇这样说，婆子说，晌午饭吃过了，晚饭又没到，是不是给姑爷弄点啥吃的？井花花说，那我给咱做，你说做啥吧。王冬翠母亲说，该做个啥呢？鸡蛋醪糟汤咋样？井花花说，姑爷不是带来一些莲子和百合嘛，做冰糖莲子百合汤咋样？王冬翠母亲说，那当然好，亏你能想起来，姑爷家里咋能有这些东西？井花花说，妈忘了，姑爷家是干啥的，还能缺了那个？王冬翠母亲呵呵地笑了，转口说，只是大雪天的，吃什么冰糖，恐怕有点凉吧。井花花说，那好办，把冰糖换成红糖不就行了嘛。王冬翠母亲用赞许的眼光望着儿媳妇，心里有着格外的满足，心想，啥时候你能给我们王家添一口人呢？

　　井花花将汤做好了。她对婆子说，妈，汤做好了，你给姑爷送去吧。王冬翠母亲说，还是你送吧，你们年轻人说话没隔阂，这个姑爷文绉绉的，至今还和他熟稔不起来。井花花心怦怦跳着，脸上堆满了笑，说，冬翠过门儿才几天啊，这个家哪个人倒和他熟了？都还生分着呢！说完朝婆子笑笑说，那我送去了。井花花怀着一颗天雷滚滚的心，用颤抖的手轻轻推开了西小窑的门，将碗放在炕墙上，摇了摇郭耀祖的腿，低声说，姑爷醒醒，起来喝点汤。郭耀祖已经睡过去了，猛地一醒来，看见井花花立在炕沿前，他哦了声，望了望周围，一起身就将井花花抱住了。井花花想挣扎，但却没有动。感到郭耀祖的嘴在急切地寻找着，便将软软的舌头送给了郭耀祖。两个人无声地吻着，直吻得井花花喘不上气来了，井花花推开郭耀祖，低声说，你真是个驴，不怪人家冬翠说你。郭耀祖说，受活吗？井花花用手指戳了一下郭耀祖的脑袋，悄声说，你真不要脸，色胆比天大。郭耀祖却说，今晚我等你。说着将手又要摸向井花花腰间。井花花打开郭耀祖的手，嗔声说，你想死得是？给你熬了些汤，快把它喝了。说着就要转身离开。郭耀祖拉住井花花不让走，井花花急了，哀声道，小祖宗，快放手，好好好，晚上你等我……

　　这天晚上，半夜子时时分，就在王财东起夜给槽头的牲畜拌过草料后，井花花悄无声息地起炕了，走到郭耀祖住的西小窑门前时，稍稍停留了一下，便继续朝前走了。井花花刚刚走到茅厕门口，郭耀祖就悄无声息地跟上来了。郭耀祖将井花花抱起来，迅速钻进了茅厕。两个人十分紧张，在呼呼地喘着粗气。郭耀祖刚要动手扯井花花的衣裳，井花花却说，这地方不行，去槽头吧。郭耀祖又抱起井花花，走进了大门窑洞的二门，说，就这里吧。井花花说，再往里走。来到牲口圈口，井花花说，就这里吧。郭耀祖觉得，这里暖和无风，离院子较远，加上有牲口嚼吃草料的声音,也安全多了。条件变好了,两个人显得从容了许多。还没等得郭耀祖动手,井花花突然来了个饿虎扑食,一个跳跃竟将自己飞了起来,瞬间两条长腿就牢牢地缠绕在了郭耀祖的腰间。郭耀祖哦了一声,借势将井花花整个人掐在了半空,两个人做起了高难度的动作。毕竟头天晚上是狼吞虎咽,今天晚上两个人只想细嚼慢咽了。郭耀祖和井花花忘情地欢乐着,这使得他们忘记了时间,忘记他们出来很久了。在东屋,睡了一觉被尿憋醒的王冬翠,想去外面解手,又觉得太冷,便忍着劲憋了一阵,终于忍不住了,只好起身下炕。王冬翠的手在黑暗中不经意间碰到了炕墙,这让王冬翠一愣,嫂子怎么不在炕上?遂以为井花花也去解手了。王冬翠缩着身子下了炕,裹着棉衣出了屋门,当来到茅厕解了手,却没有看见井花花。王冬翠回到东屋,炕上依然没有嫂子。这让王冬翠忽然害怕了起来。她在炕沿边立了片刻,伸手将炕上的冬梅摇醒,想去院子里再找一遍。冬梅蒙蒙眬眬地被姐姐拉起来,跟着姐姐一起来到茅厕,茅厕里面依然空空如也。冬梅说,姐,我想尿尿。王冬翠说,尿吧。这时候,王冬翠隐约听到有人呻吟的声音。王冬翠一惊,以为那是牲畜的动静,便走出茅厕,朝二门口挪了几步,那声音一下子变得清晰起来了。王冬翠想,是哥哥和嫂子耐不住隔离的寂寞,偷偷跑这里来了吧?可就在这时候,突然传来了男人一声难忍的低吼,这声音让王冬翠又是一惊,她顿时明白了,那是自己男人郭耀祖的声音。王冬翠心里霎时涌上了一股悲愤,她觉得眼睛一阵发黑,身子有点站立不稳。她静静神,反转身子,牵住冬梅的手,迅速回到了东屋。

五十三

虽然是严寒的冬天,郭耀祖和井花花已经大汗淋漓了。郭耀祖抱着井花花,在不断地亲吻着。井花花说,亲,我该走了。郭耀祖说,再待一会儿。井花花说,不敢磨蹭了,真的得走了。郭耀祖说,喜欢吗?井花花顿了一下，说，喜欢。郭耀祖说，明晚准时再来。井花花说，你疯了？郭耀祖说，你不想吗？井花花不吱声了。郭耀祖说，嫂子真好。井花花说，出来太久了，得赶紧离开。郭耀祖说，明晚还来！井花花说，再说好不？太危险了。郭耀祖说，我不，要来！井花花急着走开，说道，好吧，真是个赖子。你先走，还是我先走？郭耀祖放开井花花，说，你先走。井花花在郭耀祖的脸上摸了一把，转身离开了。

　　王冬翠回到东屋，再也没法合眼，两行泪水止不住顺着两鬓往下流淌。王冬梅问，姐，刚才咱俩出去干啥了？王冬翠说，这不是姐嫌一个人独自，要你搭个伴嘛。王冬梅说，姐又没有尿尿。王冬翠说，其实姐先前已经去过茅房了，回来后听见院子好像有啥动静，吓了姐一跳，就拉你出去看个究竟。冬梅说，看到啥了？王冬翠说，啥也没有，是槽头牲口的声音。冬梅哦了一声，没有说话。王冬翠说，这件事，甭告诉任何人。王冬梅说，为啥？王冬翠说，少啰唆，让你别告诉就别告诉，你要是嘴长，看我不撕烂你的嘴。王冬梅说，姐又耍歪了。王冬翠说，时候还早得很，快睡觉吧。不大一会儿，王冬梅就进入了梦乡。

　　王冬翠实在不明白，郭耀祖跟井花花，除了早些时候郭耀祖随他爷爷来家里看病时照过几次面，真正的见面加起来不就三两次吗？订婚时见过一次，结婚时见过一次，结婚后回门儿见过一次，怎么就能黏到一起了？王冬翠仔细回忆着，在两个人的接触中，都有啥不寻常的举动，思来想去，好像也没发现啥疑点。

　　在王冬翠心里，嫂子井花花是个好看、开朗、勤快、善良的女人，当初为了将井花花娶回家，爹和妈可是费老鼻子劲了。井花花家里虽然比不上王冬翠家里富裕，但是光景过得也不错，一大院庄基，上下四孔大砖窑，院子西边籧有两孔小窑洞，种有四十多亩向阳平展的好地，每年的收成在村里不是数一也是数二的。农忙时，还会雇一些短工来帮忙。当初有人来家里给王冬来提亲，女方就是井村的井花花，双方家长带着各自的娃娃在白凤镇集上见过一面后，王冬来就放不下井花花了，他被井花花的美貌倾倒了。可当时井花花家里还给她说了另外一门亲，井花花跟那个男的见面后，硬是喜欢那个男的，不喜欢王冬来。可那个男的家道贫寒，井花花的爹害怕女儿将来过日子受罪，最后还是决定将女儿嫁给王冬来。可井花花忘不了那个男人，对王冬来挑这挑那的。为了满足井家的要求，王财东给了井家四百八十万元和一百块大洋做彩礼，外加五石小麦和五石玉米，整得王财东差点要断气了，才将井花花娶回了家。

　　王财东两口子原以为井花花是个难伺候的主，心想，儿子成亲后，干脆将小两口另出去，让人家过他们的小日子。只要人家小两口能和和美美，老两口不指望享儿子儿媳的福。没想到，井花花过门儿之后，却表现得很不错，不仅性情开朗，孝敬公婆，而且处事机灵得体，待人热情大方，与丈夫王冬来的相处，也算得上是恩恩爱爱，结婚两年多，两个人从来没有拌过嘴。这就使得王财东两口子对这个美丽乖巧、贤惠孝顺的儿媳满意得不得了。王冬来对井花花，更是心疼得了不得。自己的炕上能坐着这样一个漂亮贤惠的媳妇，让王冬来站在人前总有一股说不出来的骄傲和幸福。不论井花花干什么，王冬来都怕将媳妇热着、冻着、累着，只想让井花花整天歇在家里啥活也不要干，只想将井花花时时顶在头上或者含在嘴里。王冬翠忘不了，井花花对她也很好。井花花比王冬翠大五岁，一直将王冬翠当亲妹子看，平时只要王冬来不在家，井花花必定要王冬翠晚上跟她一起睡，姑嫂俩亲密得像亲姊妹一样。王冬翠出嫁时，身上所有的穿戴，从头到脚一应全是井花花一针一线缝制的，井花花对王冬翠的那份好，让王冬翠打心眼儿里感动。王冬翠咋也想不明白，就是这个好得不能再好的嫂子，却与自己的男人搞在了一起，干出这种伤风败俗、有辱门庭的事体，这让王冬翠气愤、委屈到了极点。

　　王冬翠年纪虽然不大，却是个脾性刚烈、颇有心气的女子。在伤心难过、悲伤气愤一阵后，她明白，井花花就要回来了，她不想和井花花当面发生啥冲突，再说了，凭她的身量和个头，根本不是井花花的对手。何况井花花回来后，即便王冬翠提起这件事，井花花还会承认吗？捉贼捉赃，捉奸捉双，这个道理王冬翠还是懂得的。王冬翠咬咬牙，静静心，对自己说，甭胡思乱想了，她就要回来了，千万不要露了馅。王冬翠想，绝对不能让井花花发现在她离开后，王冬翠曾经醒来过，曾经出去解过手。王冬翠静静地想着，静静地躺着。这时候，传来了窸窸窣窣的脚步声，接着屋门被缓缓地推开了一条缝，瞬间从屋外蹿进了一缕白色的光亮，灌进了一股冰冷的寒气。门在瞬间又无声地合上了。这时的王冬翠，已经响起了微微的鼾声。王冬翠听见，井花花好像有点冷，牙齿和周身都在哆嗦，嘴里隐忍着喘着粗气。井花花爬上炕，钻进自己的被窝里，断断续续着呼出了一口长长的气息后，就没有声息了。王冬翠终于忍不住了，又害怕被井花花发现啥，她咳了一声，立即坐起身子，蹬上裤子，披上棉袄，摸黑下炕出门了。王冬翠去了一趟茅厕，让自己的情绪缓释了一下，又龇着牙咧着嘴，一路小跑回到屋里。这时传来了一声狗叫，接着许多狗跟着叫了起来。井花花装作刚刚被惊醒，迷迷糊糊问，是冬翠吗？外面冷不？王冬翠哆嗦着嘴唇说，嫂子是我，外面可冷了，冷得人牙帮骨疼呢。井花花问，不知道几时了？王冬翠没回答井花花，说，我去茅厕时，远远近近的狗在叫，怪瘆人的。井花花说，大概天快要亮了，我也想上一趟茅房。王冬翠说，能忍就忍着吧，外面能把人冻死。井花花笑着说，怕冻就不撒尿了，那不把人憋死了？王冬翠嘿嘿地笑了，说，那你出去可把衣裳得穿好，切不敢冒风了。井花花说，知道。嘴里说着却没有动身。王冬翠不想说话了，觉得有一股恶气在胸口回荡，便说，天明觉，八抬轿，赶天明还能眯一阵。井花花心里鼓荡着情欲，怎能睡得着呢？说道，既然醒来了，就说会儿话吧。王冬翠没吱声。井花花说，哎，冬翠，老听你说你家姑爷驴，真那样吗？姑爷看起来文质彬彬的，不像那样的人嘛。王冬翠心里冷笑道，驴不驴，如今还要问我啊？便说，人，从表面上怎能看出来？井花花说，也是，我也听说过，有些男人看着身量小，其实家当并不小，有些男人身量大，家当其实没名堂。王冬翠哦了一声说，看来，嫂子见识过的家当不少哩。井花花说，这女子胡嘞嘞啥呢，啥叫见识过不少？嫂子长这么大，还不就是你哥一个人？王冬翠说，我哥他怎样？井花花沉默了半天，一字一句说，你哥他……算不上驴，其实说句心里话……王冬翠想，看来两个狗男狗女王八看绿豆，眼对上眼了。随即说，嫂子我有点困，还想睡一会儿。便将身子背对着井花花，不再吱声了。井花花依然睡不着，但不好再说什么了。过了许久，井花花叫道，翠翠，翠翠……看王冬翠不应声，她两只眼望着屋顶，又沉浸在了刚才的回忆中。

五十四

　　正月初五是破五，是打穷鬼的日子。一家人早晨吃了顿麦子凉粉汤，又各玩各的了。雪已经停了，冬季的太阳露了脸，橘黄色的光芒照得天上地上一片暖意和光明。吃饭时，郭耀祖对王财东两口说，叔，婶，我和冬翠今儿个想回去。王财东说，雪刚停住，路上不好走，再说了，今天是破五，有些地方还当小年过哩，把今天待过，明儿个再走不迟。王冬翠母亲也说，待在这里安安心心歇息几天吧，回到家又不得消停了。其实，谭家坳这边家里的亲戚，你和冬翠也得走走，这不是下雪了嘛，也没走得成。郭耀祖和王财东两口子说话时，王冬翠和井花花，眼睛牢牢地盯着三个人，脸上的表情不约而同有点紧张。郭耀祖最后笑笑说，这边的亲戚等天干了再走吧，有的是时日，药铺的事情确实忙，一过年就有人看病抓药了，明天一定得走了。听见郭耀祖这样说，两个女人脸上的神情释然了。

　　离开上屋后，郭耀祖回到西边小窑，一个人躺在炕上歇息，井花花在上屋帮婆子妈干活。王冬翠来到西小窑，将郭耀祖身上的被子拉开，说，整天就知道窝在炕上睡懒觉，哪来那么多瞌睡？快起来，几个姐妹叫我领你去和她们耍呢。郭耀祖坐起来，笑着说，我和你那些姐妹该耍个啥？要不你上炕来，咱两口子耍一耍？王冬翠咯咯地笑了，说，死相哩，以为我不敢上来怎的？说着就要关门上炕。郭耀祖立刻拱起手，小声说，我的小姑奶奶，该耍的时节你不耍，不该耍的时节又上劲了，快饶过我吧！说好了，回到家咱们好好耍，到时可不许耍赖。王冬翠又咯咯笑了，说，你不去，那我耍去了。郭耀祖朝前挥了一下手，说，快去吧，和姐妹们好好耍，从人家那里多学些本事回来，好好伺候你的老汉。王冬翠在郭耀祖腿上使劲拧了一把，笑着出门了。这边王冬来去了不远一家邻居，准备继续打牌，到牌场坐下打了没几局，王冬翠就跑来找他了。王冬来不想走，打牌的人也起哄，你这个翠翠真怪了，不和新女婿一搭儿耍，缠着你哥算是咋回事？王冬翠朝大家笑笑，做了个鬼脸，硬是将王冬来拽了起来。出了邻居家大门，王冬来说，冬翠，你怎么了？有话说话，拉拉扯扯干吗？王冬翠说，有事情要给你说哩，这个地方说不成。王冬来笑了，说，啥天大的事情，咋就不能在这里说了？哥可给你说，事大事小都不能耽搁哥打牌，打昨儿个起，哥的手气忒好了，有啥事就在这里说，我听着！王冬翠瞅了瞅周围，沉吟了一下，低声说，你媳妇跟郭耀祖好上了。啥？王冬来大吃一惊，当即说，翠翠，你胡喷啥呢？这话可不敢乱说！王冬翠静静地望着哥哥的脸，两行泪水无声地流了下来。王冬来突然觉得身上一瘆，周身起了一层鸡皮疙瘩，急忙在妹妹肩头按了一下，低声说，哭啥，快把眼泪擦掉，小心旁人看见。王冬翠抬手抹了下眼窝，王冬来说，走吧，找个僻静地方说话。兄妹俩来到他家在村外一个短坡下面的小草窑，这里很安静，到处是灰尘。王冬来将窑门合上，说，就立着说吧。王冬来话音刚落，王冬翠便扑在哥哥怀里，失声痛哭起来。想想妹妹刚才说的话，看着妹妹哭得撕心裂肺的样子，王冬来觉得，事情肯定是真的了，禁不住也流下了眼泪。王冬翠渐渐不哭了，王冬来说，怎么发现的？王冬翠把昨天晚上发生的一切，告诉了王冬来，咬牙切齿地说，恨不得拿刀捅了他们，一对畜生！听完妹妹的话，王冬来牙帮骨咬得嘎嘎作响，有点愧悔地说，我向来晚上睡得死，现在回想起来，半夜里影影绰绰听见过开门的声音，没往别处想过，真是两个王八羔子！王冬翠说，这事该咋办？王冬来思索了一阵说，看来只有一软一硬两个处置办法了。王冬翠说，软办法是啥？王冬来说，人常说，家丑不可外扬。肉烂叫在锅里转，不要将事情戳破，往后防着两个王八蛋就是了。王冬翠说，硬办法是啥？王冬来说，将两个狗贼暴打一顿，赶出家门。王冬来沉吟了一下说，只是这样一来，咱这两个家就散伙了。王冬翠说，哥，你说，咱该用哪种办法？王冬来低着头，没有说话。此时此刻，王冬来心里很矛盾，对这件丑事，他确实恨得咬牙切齿，可毕竟娶个媳妇不容易，何况他很爱井花花，井花花就是他的命根子,他不知道离了井花花,他还能不能活下去。王冬翠说,哥,你说话呀!王冬来说,对这两个猪狗不如的东西,我当然恨不得将他们碎尸万段,可是……没待王冬来说下去,王冬翠就呜呜地哭起来。王冬翠哭着说,我知道哥爱她,在此之前我也很爱她,咱全家没有人不爱她,可如今她做出这样的猪狗事,不光给你戴绿帽子,给咱全家人都戴绿帽子!哥,你想,他们两个人这一整,咱这个家成啥了?咱要是就那么隐忍着,那全家人不成猪狗、不成王八了?再说了,哥,往后咱防着他们,欲火烧心的两个魔鬼,该是怎么个防法?能防得住他们吗?我说,哥呀,嫂子的心跑了,你即使留下她的人,那该有啥用?她跟你一个锅里搅稀稠,一个炕上枕枕头,心里却装着别的男人,整天与你同床异梦,你受得了这样的恶心吗?王冬来慢慢抬起了头,眼睛里露出了怨恨,再次淌下了泪水,他咬咬牙,说道,翠翠,甭急也甭哭,哥不是那个意思,你让哥再想想。王冬翠望着王冬来,有点焦躁地说,火烧到眉毛了,还想什么想呀?王冬来说,翠翠,你说,你说该咋办?王冬翠说,说心里话,我也很爱郭耀祖,爱他人长得齐整,爱他有本事,可眼下的事实是,他并不爱我啊,那我爱他有啥用?他带给我的,只有洗刷不尽的眼泪和屈辱。反正我想好了,我和他郭耀祖不共戴天,也和她井花花不共戴天。

听着妹妹义无反顾的话语,王冬来心里抖动了一下。他对妹妹说,翠翠,你说得对,哥晓得了。只是不知道两个狗东西今晚会不会在一起?王冬翠说,这很难说。王冬来说,只要今晚他们还敢胡来,咱就给他们下手。若是人家收了手,那只能再找机会了。王冬翠说,按照我的推测,昨晚花花从外面回来,心里高兴得像鸡翎子在扫,明天郭耀祖要回家了,两个人就要分开了,你想他们会收手吗?觉得妹妹说得有道理,王冬来两只拳头使劲一握,十指关节即刻发出咯叽咯叽的声响,他咬了咬牙说,那就是今晚了。王冬翠说,我也想过了,恐怕只有今晚才是最好的时机,除过今晚,往后再要抓住他俩的尾巴,恐怕是难上加难了。王冬来摸了摸妹妹的头,笑着说,丫丫心里挺有主意,还以为你没长大呢!王冬翠也在王冬来的脸上用指头轻轻划了一下,说,哥以为呢!又说,到时下手抻点劲,小心不要失下了人命。

五十五

这天晚上，吃过晚饭，响过炮仗，打过穷鬼，一家人说了一会儿的话，就分开歇息了。

在东屋，三个女人躺在炕上。平时喜欢笑闹的井花花，没跟王冬翠说几句话，就不再开腔了。王冬翠明白，井花花心里是焦急的，恨不得她立马就能睡了去。王冬翠戳了戳井花花，悄声说，嫂子说话嘛。井花花没吱声。王冬翠说，那么急着睡觉干啥呀？井花花哼了一声说，你这丫丫咋的了，闹腾了一天，还没闹腾够？王冬翠说，是，不知怎么了，就是睡不着嘛。井花花说，睡不着是想你家先生了，熬不住了呗。王冬翠打了井花花一下，笑着说，嫂子说话这么难听。井花花说，嫌难听，我就不说了。王冬翠笑着说，好好好，不难听，你说吧。井花花沉默了一阵说，说吧，都想听啥话？王冬翠想想说，说说你和我哥吧。井花花想想说，我和你哥真没啥好说的。王冬翠说，嫂子啥意思？井花花说，没啥意思，你哥他不行呗。王冬翠啊了一声说，他不行？我看，我哥比村里许多男人都威武嘛，那究竟是怎么了？井花花说，男人威武不威武，不是拿眼睛看的。王冬翠说，听嫂子说话，你可不要干出对不起我哥的事情。井花花说，人的命，天注定，胡思乱想不中用，我井花花活了十九年，没闻过第二个男人的味道，能干出啥对不起你哥的事？王冬翠说，嫂子可坏了，背地里这样说我哥，我要把嫂子这些话，说给我哥听。井花花叹了口气说，说给他也好，不说给他也好，我说话没有亏待他。只要他哪天真的把我按下了，让我把他顶头上高供着，我也心甘情愿哩。王冬翠低声说，咋也看不出，嫂子的瘾还真大。井花花说，去你的，坏丫丫，啥瘾不瘾的，大凡女人都这样。

王冬翠还想说什么,井花花却说,不说了不说了,越说越闹心,闭眼睡觉吧。两个人再没有说话。

在西边小窑里,三个男人也躺下了。下午王冬来为晚上准备了一根木棒,粗细跟成人胳膊差不多,约三尺长短,拿在手里掂了掂,觉得沉沉的,很趁手,也很吃劲。趁吃晚饭时,将木棒靠在西小窑炕墙背面的旮旯角。郭耀祖打心眼儿里瞧不起王冬来,很少与王冬来搭腔,一进小窑门就倒在了炕上,用脚将被子挑开,随即闭上了眼睛。王冬来知道,郭耀祖一向对他不恭敬,也就抱着搭腔不搭腔都无所谓的态度,看见郭耀祖躺下了,自己也上炕躺下。冬生嘟囔道,咋一上炕就睡觉了,摸会儿花花牌不好吗?王冬来说了句,摸啥摸?快睡你的觉!说着话就把灯灭掉了。这边郭耀祖努力地压抑着自己,希望装出真正睡觉的样子来,但烦躁的心绪让他过不了多久就忍不住要翻一次身子,每次翻身后,很快又打起了微鼾。这些动作在王冬来听来,觉得很假,也很可笑。事实上,王冬来也根本睡不着,他不知道郭耀祖和井花花今晚会不会幽会,也不知道今晚会不会发生什么事情,心里不免有些紧张。只不过王冬来比郭耀祖扛头要大些,尽管王冬来心里也在翻江倒海,可他却能装得跟真的一样,半个时辰一个时辰就那么躺着纹丝不动,还呼呼地打着鼾声。王冬来不断警告自己,绝对不能动,自己要是睡不死,郭耀祖就不会出去了。

终于挨到了半夜时分。这时候,王财东规律性地爬起来,走到茅厕附近,在那个树坑下撒了一泡尿,响亮地咳了一声,转身去大门窑洞里,给牲畜拌了一些草料,又踢踏踢踏回了上屋。随后不久,就有王冬翠一路小跑从东屋去了茅厕,解了个小手又回屋了。接着,西小窑的王冬生也溜下炕,将身子挤出小窑门,朝着门口撒了一泡尿,嘴里不断哗啦着凉气,哆哆嗦嗦地爬回到炕上。再后来,就没有什么动静了。半个时辰过去了,一个时辰过去了,院子里静寂极了,整个村子也一片死寂,连平日最爱吵吵的狗狗们,这时候也都进入了沉沉的梦乡。

在东屋,王冬翠拉起了徐徐的鼾声。在西小窑,王冬来打起了震天的呼噜。按捺不住急切心情的井花花,悄悄地摸索着下炕了。郭耀祖则支棱起耳朵,悉心谛听着门外的动静。井花花穿上鞋,轻轻拉开屋门,用极其轻盈的脚步，快速走到西小窑门前，稍微停顿了一下，就朝着大门窑洞走去了。约莫过了半锅烟工夫，郭耀祖开始行动了，他轻手轻脚下了炕，利索而又小心地拉开屋门，猫着腰身朝着牲畜槽头走去。郭耀祖踏进二门后，悄然地立在二门口，想让眼睛适应一下黑暗。这时候，待在里面的井花花突然朝郭耀祖扑上来，一下子抱住郭耀祖，将舌头塞给了对方。郭耀祖哦哦了两声，也将井花花搂住，在其背上急切地摩挲着，接着一用力，将井花花扳了个转身，瞬间就入港了。井花花哼唧了一声，两只手急忙抓住石槽沿子，努力将身子稳住，随着郭耀祖的动作，嘴里一下一下地哈着短气，似乎在忍耐着一种锥心的痛苦。井花花断断续续说，别、别急，到槽、槽头后面去。郭耀祖只管一鼓作气动作着，没有理会井花花的话。

就在这时候，东屋的王冬翠下炕了，她来到西小窑门口，恰好与哥哥王冬来碰了个照面。王冬来手持木棒，对着妹妹使劲摇了摇头，示意她别去了。王冬翠也摇摇头，表示她不离开。王冬翠跟在哥哥身后，他们先摸到院子东南角的茅厕，往西溜到了大门窑洞的二门口，便听到了郭耀祖和井花花激烈地鏖战的声息。王冬来警觉地用手挡了一下王冬翠，示意她贴着墙根别出声。

郭耀祖和井花花的喘息声越来越清晰，这使得王冬来怒从心起了，倏忽间举起木棒朝着二门里的黑影痛击下去。随着木棒的落下，郭耀祖闷哼了一声，倒在了地上。井花花不明白发生了啥事情，刚要扭回头，又有一棒朝着她击打下来，井花花应声倒下了。接着，王冬来朝倒在地上的黑影，没有目标地踩踏了一阵，王冬翠则从王冬来手里接过木棒，又朝着两个人击打了一通。王冬来说了声，走吧。兄妹俩便转身离开了。走到西小窑门口时，王冬来对妹妹说，这件事，就让它烂在肚子里。王冬翠点点头，回到了自己屋里。

可能是拴在槽头的郭耀祖的那匹白马，感知到了主人的气息，它忽然嘶鸣了一声，打了一声响鼻。接着，传来了一声鸡鸣。

躺在地上的郭耀祖被惊醒了。他睁开眼睛，使劲摇了摇头，接着动了下身子，觉得有一股针刺般的寒气正朝着他的骨头缝子钻，周身在剧烈地疼痛，右肩上的骨头好像已经断裂了。他动了动腿，觉得腿也没有了知觉。郭耀祖努力回忆着，突然想起自己是倒在王冬翠家大门洞二门口的槽头，心里颤抖了一下，下意识地朝旁边摸去。他摸到了一张人脸，那张脸冰凉凉的，只有嘴里呼出着微弱的热气。郭耀祖挣扎着坐起身子，使劲扯着井花花的肩头，扯着扯着，井花花也终于醒过来了。郭耀祖听见，井花花长长地出了一口气，喉咙里发出了一种含糊怪异的声音。郭耀祖低声叫道，嫂子，花花，快醒醒……半天井花花哼了一声。郭耀祖说，你没事吧？井花花良久说，怎么这么冻……哎呀呀，疼死人了……郭耀祖说，你快醒醒，咱在大门洞槽头呢。井花花不吱声了。良久，郭耀祖说，试着动一下，看身子还能动不？井花花试着从地上往起爬，爬了几爬都没有爬起来。井花花说，爬不起来了，骨头全断掉了。郭耀祖慢慢伸出右手，使劲将槽帮扳住，竭尽气力跪在了地上，喘息了一阵，最后攀着槽帮立起身子。郭耀祖嘴里咝咝地吸着凉气，疼痛得无法站立，只觉得胸腔憋堵得厉害，心想，肋骨和锁骨肯定是断掉了吧。靠着槽帮又歇息了一会儿，郭耀祖一只手抓住槽帮，用另一只手抓住井花花的衣领往起提溜。井花花哎哟了一声说，别、别动我……疼死了。郭耀祖说，咬咬牙，疼死也要立起来。听郭耀祖这样说，井花花忍痛伸出一只手抓住槽帮，在郭耀祖的帮助下，终于立了起来。郭耀祖倚着槽头，一只胳膊揽住井花花，说，不幸中的万幸……是没有伤在头上和脸上……井花花趁势将郭耀祖抱住，让自己稍微立稳，无声地流下了眼泪。郭耀祖说，花花，是我害了你，你恨我吗？井花花没有说话。郭耀祖说，后悔吗？井花花依然没有说话。郭耀祖说，知道是谁干的吗？井花花将脸贴在郭耀祖的身上，轻轻动了下，郭耀祖不知道是啥意思。郭耀祖说，按说王冬翠没那么大的劲……会不会是王冬来？还是他老爹？两个人就这样搂抱了一会儿，井花花站立不住了，不由自主地出溜在了地上，说，我浑身散架了，疼死了，不知道哪里都坏坏了？郭耀祖也顺着槽腿溜了下去，坐在了地上。他再次将井花花揽住，脸贴住井花花的脸，低声说，天就要亮了，咱们怎么办？井花花不吱声。郭耀祖说，得快点做决定，不然来不及了。郭耀祖说，这个家肯定不能待了，天亮后让人们看见这个摊场，像怎么回事嘛！井花花还是不吱声。郭耀祖试探说，愿意跟我走吗？井花花气息微弱地问道，去哪里？郭耀祖说,远走高飞,走得远远的,永远不回这里来了。井花花摇了摇头。郭耀祖说,那这样吧,我来牵马,你骑上马,尽快离开这里,再做商量好不?井花花望着郭耀祖黑蒙蒙的脸说,骑马,你还骑得了马吗?郭耀祖愣了一下,说,那怎么办?难道待在这里不成?井花花有气无力地说,走吧。郭耀祖说,好,赶天亮前一定得离开谭家坳。井花花点点头。郭耀祖说,你等会儿,我去开门。说完话起身拄着槽帮,顺着槽头慢慢地摸到了大门附近,费尽气力将大门的闩子抽开,将门扇拉开,拐回头又将井花花跌跌撞撞地扶出大门。两个人站在大门外,朝着漫无边际的星空望了一眼,黎明前的黑暗和寒冷让两个人浑身战抖不已。郭耀祖扶着井花花往前走,井花花蹭了一下郭耀祖,说,郭堡村不是在南面吗?郭耀祖哦了一声说,那你怎么办?我放心不下啊。井花花说,你只管走你的,井村在北边,不远。郭耀祖怔了一下,说,你……能行吗?井花花没吱声,只顾扶着大门窑洞的墙面,一瘸一拐地朝巷子东头挪去了。郭耀祖忍不住叫了一声,花花……不由自主地往前迈了一小步,谁知就是这么一小步,使得郭耀祖身子跌闪了一下,霎时肩膀和腰好像断裂开了一样,哎哟了一声,窝倒在了地上。

五十六

天亮了。

虽然是滴水成冰的冬天,小鸟们依然按时将自己挂在干枯的树枝上,起劲地叽叽喳喳地叫着。

王冬翠母亲很早就起炕了。她下炕的头件事,是要赶在其他人起炕前,将自己的尿盆倒掉。当地人家有个习惯,晚上会给家里的脚地上放一个尿盆,免得起夜时跑到外面去。王冬翠母亲从打嫁给王财东那天起,每天晚上都要给自己提个尿盆。这本来是件见怪不怪的事情,可王财东不以为然,硬是闹着不许婆娘使尿盆,说白天干了一天活,晚上想好好睡个觉,脚地上却放着半盆子尿水,弄得满屋尿臊味,臭烘烘像个茅厕,白天把人没累死,晚上却给熏死了。王冬翠母亲不管男人咋叨叨,心中自有老主意,多年来我行我素,每到晚上就会将尿盆弄回屋。王财东拗不过婆娘,只好任其所为了,但是有一条,坚持晚上去外面解手,坚决不使用尿盆。王财东的态度和做法,渐渐影响到娃娃们,娃娃们也觉得起夜不去外面而在家里面撒尿,确实有点太那个了,也就从小养成了起夜上茅厕的习惯。更为重要的是,随着年龄的增长,都不乐意为母亲效劳端、倒尿盆了。这样时日一久,老太太也觉得自己的做法有点不大合群。尤其是井花花刚嫁过来那阵,一次老太太起得晚了点,井花花来到上屋时,看见婆子的尿盆还放在脚地上,里面盛着小半盆黄拉拉的尿水,井花花犹豫了再犹豫,最后还是将尿盆端出去倒了。这件事让王冬翠母亲很感动,将这件事告诉了王财东,夸赞儿媳妇孝顺。没想到王财东却说,媳妇孝顺归孝顺,人家那也不是没办法?趁早把你那个臭盆子扔了去。从此后,王冬翠母亲就起得更早了,为的是倒掉自个儿的尿盆。这天,王冬翠母亲将尿盆倒掉后,将尿盆涮干净,在茅厕一个角落扣好,便来到西小窑门前,用手拍拍门,喊道,冬生,快起炕,今天是个大晴天,把院子的雪扫扫。想到姑爷跟女儿冬翠今儿个要回家,冬翠母亲犹豫了一下,又来到东屋门前,拍了拍门说,冬翠,跟你嫂子都起吧,姑爷今儿个要赶路,赶紧起来备早饭。王冬翠母亲回到上屋,很快王冬翠就过来了。母亲说,赶紧洗一下,帮我捏馄饨,今天你跟姑爷要上路,吃顿拴魂面咋样?王冬翠说,月尽晚上不是吃过了,今天又吃呀?母亲说,这是讲究懂不懂?上马饺子下马面,你们上路呀,捏些饺子跟馄饨,再搓几条老鼠尾巴,一块下锅里,既是吃饺子,又是吃馄饨,既是吃钱串子,又是吃拴魂面,该有啥不好?王冬翠咯咯地笑了,说,妈倒是会想,其实你这饭就是一锅煮,啥啥也不是!王冬翠的话将母亲惹笑了,顺手操起擀面杖,要打王冬翠,骂道,你个死丫丫,这些话要是让人家姑爷听到了,还不把你妈笑话死?没心眼儿的家伙!王冬翠躲避着擀面杖,依然咯咯地笑着。母亲问,咋没见你嫂子?王冬翠说,她不是早就过来了?王冬翠母亲说,胡说啥哩,我拍东屋门时,这院子除你爹在槽头给牲口拌料外,还没一个人影哩,她啥时候起来了?

王冬翠说，是你拍门把我弄醒的，可我一睁眼，身边就躺着冬梅，就没看见我嫂子。冬翠母亲一愣，你说的是真的？王冬翠说，你看我像撒谎吗？冬翠母亲说，这就奇了怪了，既然早就起来了，她能到哪里去？这时王财东从门外走进来，冬翠母亲问，你在外面给牲畜拌料，看见媳妇没有？王财东眼睛瞪得核桃般大小，说，你这是什么话？一大早我给牲口拌料哩，咋能看见儿媳妇？把你舌头扳顺了再说话。冬翠母亲说，我问的是真话，冬翠说她嫂子早就起来了，可至今没见她的人影嘛，你说她能去哪儿？王财东说，跟着冬来出去干啥了也说不定，翠翠，去看看你哥在不在小窑？王冬翠去了西小窑，这时王冬来还在被窝里躺着，王冬翠对哥哥说，你咋还睡哩？快起来些，家里大大小小的人都在寻找花花呢。王冬来看了一眼王冬翠，问，咋啦，两个狗东西都走了？王冬翠说，不走还能待这里不成？爹一早就去槽头喂牲口了，没听见爹说啥，他俩肯定跑掉了！王冬来一边穿衣服，一边说，跑了就对了。兄妹俩同时回到上屋，王冬来问道，有啥事？王财东说，你早晨没出去？王冬来说，冻哇哇的，我该去哪里，这不是刚刚下炕吗？母亲说，跟你媳妇没在一起？王冬来说，妈说的啥话，我在西小窑过夜，她在东屋过夜，咋能跟她在一起？母亲说，从早晨起来到现在，没看到花花的人影子。王冬来一惊说，是不是？一大早她能上哪儿去？王冬来立即出门去了东屋。王财东说，这还真日怪了，一个大活人眼瞅着能不见了？这时冬梅进来了，母亲问，见到你嫂子没有？王冬梅茫然地看着母亲，摇摇头，不知道发生了什么事。王冬来从东屋跑过来，急急地说，花花真的不见了。全家人一时在院子里发呆，不知道该去哪里找寻人。王冬生把院子扫完，手里拿着扫帚，不解地望着上屋门口。母亲走到王冬生跟前，问，看到你嫂子没有？王冬生说，没有。冬翠母亲呆呆地站了一阵，忽然好像想起了什么，说，只顾说花花了，好像也没见到姑爷啊，转头问王冬生，你姐夫得是还在西小窑睡觉？王冬生摇摇头，说，我起炕时，就没有看见他。啥？王冬翠叫了一声，立刻跑去将西小窑门推开，接着转身惊恐地说，耀祖真的不在了！转脸望着王财东，说，爹，耀祖他也不见了！王冬翠说着，立即流下了泪水。看见王冬翠这样，王冬来也露出惊讶的神情。王财东说，我给牲畜拌料时，耀祖的马还好好的嘛,怎么他也不见了?

家里突然同时没了两个人,一个是姑爷,一个是儿媳,王财东心里不由得一惊,难道……王财东的心突突地跳着,脸色一下子蜡黄了。王财东努力镇静了一下,想了想说,都别吵吵了,回屋里说话。所有人都进了屋子。王财东说,这事发生得很蹊跷,先别急着找人,任何人都把嘴给我捏严实,不要提说这件事情,尤其不许对外人说。转脸对王冬翠母亲说,老婆子,继续做你的饭,把饭做好些,让娃娃们吃好,吃了照常到外面耍去。又对王冬生说,去给你妈拉风箱。冬翠母亲和王冬生做饭去了,王财东对王冬来和王冬翠说,你俩跟我来。说完,出了上屋门往东屋去了。王冬来和王冬翠对眼看了下,没言声地跟着父亲来到东屋,三个人分别坐定后,王财东说,你俩说说吧,到底是咋回事?这时王冬梅进来了。王财东厉声说,到外面耍去!王冬梅赶紧扭头跑了。王财东将屋门关严实,说,你俩谁先说?王冬翠看看王冬来,说,我真的啥也不知道。王财东说,冬来,你说。王冬来说,让我该说啥,我啥也不晓得。王财东冷笑了一声,说,以为你爹是傻子、是瞎子啊?你俩要是不清楚这事,我头朝下在这屋里给你俩走三个来回。刚才冬翠第一次去西小窑,看冬来在不在里面,后来你妈说没看到姑爷,冬翠又跑去西小窑找了,这不是在做戏在做啥?王冬来不说话,王冬翠低下了头。王财东说,有啥事快说,说了我心里就有底了,你们要是不说,我就组织村里人找人呀,后响去井村找,明儿个去郭堡村找。王冬翠惊讶地看着父亲,然后看看王冬来。王财东说,看啥看?你们要是信得过你爹,就把实话说了,要是信不过你爹,我就不管这事了,由着事情发展吧,将来发展个啥算个啥!王财东的话不知道怎么的让王冬翠心里一动,王冬翠忍不住流下了眼泪。看见女儿哭了,王财东的心里一疼,仿佛一切全明白了。他说,冬来,你说吧。王冬来沉吟了半天,低着头说,那是一对狗男女,昨晚我跟冬翠把他俩抓住了。王财东的心又突突地跳起来,说,接着往下说,把事情说清楚!王冬来说,那两个坏东西钻到一起了,好几个晚上,他们半夜都要跑到槽头那里黑鳌,我和冬翠发现后,心里恨不过,昨晚就将他俩暴打了一顿……王财东哦了一声,慢慢地低下了脑袋。半晌,王财东抬起了头,问道,打得重吗?

王冬来说，不轻。王财东说，会不会……失下了人命？王冬来说，那倒不至于，这不是赶天明都跑得没影儿了？王财东长长地嘘了一口气，看了看已经泪流满面的王冬翠，说，翠翠我娃甭哭了，既然遇上了这事，就不要怕事，把这两个祸害赶出了家门，你跟你哥做得对，别再难过了，爹不怪你俩！王冬翠一下子扑在了王财东怀里，饮泣了起来。良久，王财东问女儿，翠翠，你还回郭堡村吗？王冬翠眼泪吧嚓地说，我是傻子啊，还回那里做啥？又说，我恨不得杀了他们。王财东沉默了半晌说，这是你兄妹俩的不幸，也是咱王家的不幸，更是咱王家的丑事。从今天起，权当这件事没有发生，继续过咱家的日子，该做什么做什么，听明白了吗？王冬来和王冬翠看了看父亲，没有说话。王财东起身，从东屋走出去了。

五十七

这天晚上天黑后，郭耀祖回到了家里。给郭耀祖开门的是他母亲。当郭耀祖由一个陌生人扶进大门时，母亲大吃了一惊，叫道，耀祖，你这是怎么啦？郭耀祖不吭声。母亲赶紧搀住郭耀祖另一只胳膊，和陌生人一起扶着郭耀祖，慢慢地将他放在了炕上。这时候婆婆进来了，看到孙子成了这般光景，一时惊疑不已，急急地问道，这是咋啦，这究竟是咋啦？婆婆将目光由孙子的身上转到了陌生人身上，看到陌生人是个老实厚诚的中年人，中年人接过郭耀祖母亲递给他的一碗水，恭谨地说道，上午送我妹子回婆家，后响在回家的路上，听见有人在呻唤，走过去看了下，是郭先生躺在一个看瓜棚子里。我是关桥村人，郭先生将我们村关福林和关福明的病治好了，村里人都夸他医术好，所以我认识他。他说他要回家，我就把他送回来了。郭耀祖母亲要给中年人做饭，中年人说他马上要赶回去。郭耀祖母亲赶紧给中年人拿了一包吃货，有油炸馃子，有花馍，有天鹅蛋点心，还有核桃花生枣子之类，千恩万谢地将中年人送走了。中年人走后，母亲一边流着泪一边问，耀祖你给妈说，这到底是怎么一回事？冬翠怎么没回来？不管母亲怎么问，郭耀祖就是不开口，躺在炕上纹丝不动。这时婆婆给郭耀祖母亲使了个眼色，郭耀祖母亲连忙给自己包了个头巾，朝着门外走去了。不大工夫，便带着公公回来了。虽然在药铺时，郭耀祖母亲将儿子受伤的事情告诉了公公，但郭嘉树在看到郭耀祖死人一般蜡黄的脸色时，还是禁不住吓了一跳。他来到炕沿前，对着郭耀祖叫道，耀祖，耀祖，能听见我说话吗？郭耀祖依旧不吱声。郭嘉树有点急，大声说，耀祖，你怎么了，不管怎么样，应我一声好不好？这时候，郭耀祖嘴里呜啦了一下，摇了摇头。看到孙子脑袋清楚着呢，也能回应自己的呼叫，郭嘉树一颗焦急的心落下了。他对老伴和郭耀祖的母亲说，你俩搭把手，把他挪到小窑去。郭嘉树上了炕，小心地将郭耀祖扶了起来，和两个女人一起，将郭耀祖抱下了地，就在他们将郭耀祖架着刚要动弹时，郭耀祖忍不住大叫了一声，疼！三个人吓了一跳，郭嘉树说，甭急，慢慢使劲，又对郭耀祖说，忍着点，很快就好了。就这样，三个人将郭耀祖又转放到了他平日住宿的小窑里。郭嘉树对儿媳说，去吧，弄些吃的来。不大工夫，母亲给郭耀祖端来一碗热油茶，里面泡着油炸馃子，没让郭耀祖身子动，小心地喂着郭耀祖吃饭。想不到郭耀祖吃得很香，很快就将一碗饭吃完了。母亲又去了厨房，将馏在锅里的两个肉夹馍拿过来，郭耀祖没费气力又吃完了。郭嘉树明白，孙子生命无大碍，便对两个女人说，时候不早了，你们去睡吧，我在这里陪着他。两个女人离开后，郭嘉树问郭耀祖，现在你说吧，这究竟是咋回事，怎么把你弄成了这样？怎么没见冬翠和马车回来？郭耀祖仍然不说话。郭嘉树说，到底是怎么了，不说话怎么行？只有你把事情说清楚了，才能够想办法处置，你不说话算是怎么回事嘛，想把你爷爷急死吗？郭耀祖沉默了很久，终于开口说，爷爷，我当初说过，王冬翠这个女人不行，王财东这家人不行，可你硬是认准他们不放手，如今将王冬翠娶回来了，你知道吗，这个人脾气不光执拗，还很暴躁，跟我结婚后，我俩几乎没同过房，有也仅就那么一两回吧，还和我弄得鼻子不是鼻子脸不是脸的，反正她就是不情愿。既然不愿意同房，你嫁人做什么？回门儿那次，她死活不愿意回来，怎么劝都不听，我只好一个人回了家。这次去她家拜年，我跟她分开睡，白天她出去耍她的，我待在小窑里睡觉，本来两不相干，可这个人性格特怪异，心眼儿特窄狭，不知道她怎么想的，居然说我跟她嫂子之间不干不净。爷爷，你总知道吧，她那嫂子爱说笑，比冬翠要活泛些，我跟她见面也不过那么几次吧，见了也没说过什么话，冬翠居然说我跟她嫂子好上了，还把这事描画得有鼻子有眼，直直地告诉给了她爹和她哥。人常说，不是一家人，不进一家门，她爹和她哥两个大男人，也是吃草长大的，脑子肯定叫驴踢了，王冬翠给他俩咋说，他俩就咋样信。昨天晚上一家人打牌，我懒得跟那些人瞎凑凑，躲在西小窑睡觉。这当中，王冬翠她妈打发她嫂子弄了一碗鸡蛋醪糟汤，给我送到了西小窑，就这么一件事，被冬翠知道了，哭天抢地地闹腾起来，她爹和她哥，不由分说闯进西小窑，劈头盖脸将我暴打了一顿，顿时就将我打昏了过去……听着郭耀祖的话，郭嘉树脸上渐渐露出一副悲凉的神情，深深地埋下了头。许久，郭嘉树问，那个女人，也被打了吗？郭耀祖说，怎么没打？照样打了。郭嘉树说，你离开谭家坳，他们家人知道吗？郭耀祖说，打完我俩，她爹和她哥就走了，我们醒过来后，黑摸着离开了那个狼窝。郭嘉树说，那女的也走了？郭耀祖说，能不走吗？屋子里静寂了很久，郭嘉树说，你给我说实话，你跟那女人到底有没有瓜葛？郭耀祖说，天地良心，我要找女人，哪里找不下，非要在她家那个狼窝折腾？郭嘉树盯着郭耀祖的眼睛，久久没有离开，郭耀祖的目光回避在了一旁。郭嘉树长长地吐了一口气，幽幽地说，你怎么这么不争气啊！来吧，让我看看你的伤。

五十八

郭嘉树将郭耀祖的上衣解开，发现胸脯及肚子没啥明伤，摸了摸胸腔，发现右边第九、十两根肋骨断掉了，心里不由得一震，他要郭耀祖翻趴在炕上，郭耀祖哎哟哎哟地直叫唤，郭嘉树只好小心翼翼地将郭耀祖左臂衣袖脱了下来，翻开棉衣后摆一看，郭嘉树不禁惊呆了，孙子的背部和屁股，全是乌一块紫一块的颜色，整个背部几乎没有正常皮色了。郭嘉树按了按郭耀祖的屁股，郭耀祖呲呲吸着凉气，当摸到右肩时，郭耀祖失声喊了一下。郭嘉树说，忍住，再让我摸摸，就是这一摸，郭嘉树才知道，郭耀祖右锁骨也骨折了。郭嘉树给郭耀祖把棉衣脱掉，盖好被子，然后坐在炕沿上，一动不动地发呆。郭耀祖问，爷爷，伤得怎么样，严重吗？郭嘉树没说话，继续坐了那么一阵，再次吐出了一口长气，低声说，下手可真狠啊，第九、十两根肋骨折了，右边锁骨也折了。郭耀祖问，能治好吗？郭嘉树说，这你还不明白？好在两根肋骨虽然折了，但还没有错位，这也是你为啥能跑回家里的原因，要是骨头错位了，你想动就难了。郭耀祖没说话，心想，不知道井花花回到家没有？她会给家人怎么说啊，家人会给她看伤吗？想起井花花，郭耀祖心里一揪，瞬间滚过了一丝难过。郭嘉树突然说，没想到你的性情会如此轻浮，总会惹出花里胡哨的乱子来，唉！郭嘉树叹了口气，接着说，这种伤，只能待其慢慢愈合了。郭耀祖说，那得多久啊？爷爷想想办法，这样的罪我受不了。不管怎么说，孙子受了这么重的伤，郭嘉树心里损得难受，听孙子这样哀求他，郭嘉树眼睛忍不住湿了，说，甭想那么多了，安心养伤吧，爷爷能给旁人把病治好，能对你的病不管吗？郭嘉树回到药铺，将以前给患者用过的一条长布带子拿回家，对孙子的伤骨做了固定，然后将自己的夜壶放在炕头，说，好好睡一觉吧，憋尿了夜壶就在身边，爷爷给你制药去。郭嘉树将灯灭掉，走出了小窑门。听着爷爷的脚步声渐渐远去了，郭耀祖的眼泪无声地淌了下来。

　　回到药铺后，郭嘉树精心配制了一贴方剂，即白附子一两、白芷一两，川乌一两，羌活板两个，地骨皮二两，防风半两，杜衡半两，红花二两，天南星半两，大黄一两，芙蓉叶二两，紫荆皮二两，草乌一两，薄荷脑半两，冰片一两，樟脑一两半，肉桂半两，土鳖虫半两。分别将其中的樟脑、薄荷脑、冰片三味研成细粉；将其余十五味碾碎，过筛，混匀，加炼蜜二斤半，白酒八两，拌匀；最后将樟脑、薄荷脑、冰片细粉加入，再次混匀，制成约三斤半接骨药膏。药膏制成后，性状为棕黑色稠膏，可以散瘀消肿，活血止痛，舒筋续骨，对跌打损伤、筋骨折伤有着特异的治疗功效。赶天亮时，郭嘉树将制成的药膏密封在一个瓷罐里，带回家里，将沉睡中的郭耀祖喊醒，取适量药膏敷在了郭耀祖的患处。当累了一夜的郭嘉树干完这一切，一下子倒在了郭耀祖的身边，骤然间昏晕了过去。

人常说，伤筋动骨一百天。不过，郭耀祖毕竟年轻力壮，加上爷爷郭嘉树的精心治疗，母亲一日三餐全力喂养，三个多月后，郭耀祖身上的断骨被接活了，伤病也痊愈了。

痊愈后的郭耀祖，又成了一个高大英俊的年轻人。没有了白马，他让爷爷买了一头关中毛驴，开始骑着驴子，背着药箱，四处给人出诊看病了。此时的郭耀祖，已经成了一个无牵无挂的男人。郭耀祖明白，事至如今，媳妇王冬翠肯定不会回家了。在郭耀祖看来，这是一件无所谓的事情，王冬翠回来也罢，不回来更好。可这样的状况，对郭嘉树来说，无时无刻不让他倍感糟心和败兴。郭嘉树多次想过，孙子给他说的那些话，不见得可靠和可信。凭着王财东的人品，事情不应当是那种样子。王财东虽是庄户人，但为人诚厚，治家严谨，在谭家坳村很有名望，不会做出那些荒诞无稽的事情来的。自打郭耀祖受伤后，郭嘉树就暗自思忖，孙媳妇冬翠不明不白待在娘家不回郭堡村，自家的车和马放在王财东家里也不见送回来，这里面肯定有问题。郭嘉树想，得抽空去谭家坳一趟，无论如何得跟亲家见一面，不管事情会是啥模样，起码自己心里能透亮些。

这天，郭耀祖被吴家沟一户人家请去出诊，郭嘉树觉得这是个时机，便给老婆和儿媳打了声招呼，说他要往外村看个病去，看完病一路步行着来到了谭家坳。当时正赶上吃晌午饭时辰，王财东一家人正要端碗伸筷，郭嘉树忽然从院子外边走进了屋，让王财东吃了一惊。王财东急忙上前，将郭嘉树肩上的褡裢接盛住，感叹了声，天哪，怎么会是您郭老先生啊！郭嘉树笑吟吟地站在屋门口一动不动。王冬翠母亲也急忙赔着笑脸说，郭老先生还立着干吗？赶紧坐下，赶紧坐下，坐下一起吃饭吧。王冬翠看见婆家爷爷到家里来了，忍不住呜呜地哭起来。王冬翠母亲说，爷爷来了应该高兴，哭什么哭？快去给你爷爷打饭。王财东说，打啥饭？打咱吃的饭？赶快洗手去，另做吧。王冬翠母亲对王冬生说，走，跟妈烧火去。坐在一旁的王冬来一直没有吭声，不紧不慢地将自己碗里的饭扒拉干净，吃完饭放下碗筷，伸手从桌上抓过旱烟袋子，转身从屋门走了出去。王财东看着王冬来的背影，说了声，冬来你……转而生气地说道，这娃做事没眉眼嘛！坐在板凳上的郭嘉树望着王冬来的背影，看看王财东，脸上始终挂着温和而又略带尴尬的微笑，说了声，不怪娃娃，不怪娃娃，怪我来得太唐突了。王财东说，郭老先生说的是哪里话，啥唐突不唐突，这里就是您老的家，您想来就随时来嘛。王财东的话让郭嘉树感到很温暖，将一路上搁在心里的担忧去掉了不少，他微笑而又感激地朝王财东点点头，转脸看着王冬翠，发现孙媳妇比正月时稍微胖实了一些，面容似乎有点浮肿，就对王冬翠说，冬翠，爷爷想你了，来看你了。郭嘉树的话，让王冬翠再次哭泣了起来，也让坐在一旁的王财东举起手，抹了抹自己的眼窝。

　　王冬翠母亲给郭嘉树做了一顿刀剺臊子面条，汤宽面细，筋道耐嚼，既煎又汪，既辣又酸，正合郭嘉树的口味。郭嘉树吃了两碗面，王财东劝郭嘉树再吃一个烤馍馍，郭嘉树想吃，但实在吃不下了，就让王冬翠将调料盘子和碗筷拾掇了。这时王财东说，吃饱了喝足了，咱去东屋那边坐坐吧。两个人来到东屋，王财东给了郭嘉树一个水烟袋，自己将旱烟锅点着，狠狠地吸了几口，从嘴里吐出了一连串浓浓的烟团。王财东说，老先生有啥话，就请说吧。郭嘉树吸了一锅水烟，呛得自己咳嗽了一阵，沉吟了一下，字斟句酌地说，上次耀祖和冬翠来谭家坳拜年，末了耀祖一个人回去了，冬翠没跟着回来，我来这里，就是想接冬翠回家。说完小心地望着王财东的脸。王财东直至将一锅旱烟抽完了，将烟灰在鞋底上磕了出来，然后给烟锅又装上烟叶，这才慢悠悠地开口说道，耀祖回去没有给你说过拜年期间这边家里发生了啥事？王财东看着郭嘉树，郭嘉树摇摇头。王财东说，那好，这里没有外人，我就不嫌丢丑了，就给您老叔实话实说。拜年期间，耀祖和冬来媳妇钻弄到一起了，深更半夜在大门窑洞槽头胡整时，被冬来和冬翠逮住了，冬来气不过，给他们两个动手了，就这么回事情。郭嘉树看着王财东，一动不动地坐着，脸上的神色既惊讶又无奈，不知道该说什么好。王财东说，也就那晚，耀祖回了郭堡村，冬来媳妇回了井村她娘家，冬翠怎么劝也不愿意回郭堡村了。郭嘉树的手微微抖着，低头给水烟袋装烟，老半天一锅烟也没有装好。王财东将旱烟锅点着，突然带着哭腔说，老叔您说说，我王家突然间失去了儿媳和女婿，我这日月还咋过嘛！郭嘉树心里涌上了一股心酸，怔怔地拿着水烟袋，一动不动。王财东让自己镇静下来，将这锅烟抽完，又给烟锅装进了烟叶，问道，耀祖他是怎么说的？郭嘉树有些结巴地说道，他说……是冬来媳妇给他送醪糟汤……冬翠误解了……你就和冬来打了他……王财东长长地嘘了口气，说道，哪有的事！郭嘉树说，知道他是胡说八道……王财东说，别的且不说了，眼下冬翠有喜了，可事情弄成了这样，我该咋办呀？老叔，您说，我该咋办呀？往后咋在乡党邻里面前立站呀？听说王冬翠怀孕了，郭嘉树心里头一震，抬起头说，是吗？冬翠有喜了？王财东点点头，说，找先生号过脉了，肚里的娃娃已经三个多月了。郭嘉树将一锅水烟吸完，试探着说，我这次来，就是想将冬翠接回郭堡村，亲家，你说呢？王财东摇了摇头，说，这话我对女女说过不知多少回了，也想让冬来将她送回郭堡村，可这女子犟，咋说也不答应嘛。郭嘉树觉得头有点发昏，胸中有些壅堵，说，这事不怪冬翠，全是耀祖那狗东西一个人的错，我在这里向您亲家赔罪了。王财东眼睛瞅着脚地，有一下没一下地吧嗒着旱烟锅子。郭嘉树说，能不能让我见下冬翠？王财东抬起头，不假思索地说，那是自然。说着起身走到屋门口，对着上屋方向叫道，冬翠，到这边来一下。很快，王冬翠进屋了，后面跟着她的母亲，两个女人将身子靠在炕沿上，似坐非坐的样子，眼睛望着对面屋桌旁的两个男人。王财东说，冬翠，你爷爷想跟你说几句话，好好跟爷爷说话。郭嘉树和缓地说道，冬翠，以前的事情，爷爷给你爹说过了，没有你的一丝丝错，全是耀祖那个死狗一个人的罪责；如今耀祖知道他错了，愿意当面向你和你全家人赔罪，愿意改掉他身上的瞎毛病，你就原谅他一次吧。这几个月里，你没有回家，你婆子跟你婆婆都好想你，天天催我把你接回家。今天爷爷就是来接你回家的，你就跟着爷爷回家吧，好不好？郭嘉树说话时，王冬翠的眼泪哗哗地流淌开了，待郭嘉树说完话，哭得更加厉害了。王财东说，这女子，咋只知道个哭？你爷爷问你话哩，想要接你跟他回郭堡村，怎么不答话？听父亲这样说，王冬翠一边哭一边不住地摇头，显得既伤心、又哀痛。看见王冬翠这个样子，郭嘉树心里一急说，算爷爷求你了，看在爷爷这张老脸上，你就跟爷爷回家吧！王冬翠抹了一把眼睛，一双泪眼看着郭嘉树，顿着气说，爷爷您，还有我妈跟婆婆，我都舍不得离开你们，我也很爱那个家，可如今，出了这档子事，您说我还能回去吗？我要回去了，那还不把我们王家的脸面丢尽了？我不会回去了，不光不回郭堡村，这辈子也不再嫁人了，爷爷，您就成全冬翠吧。我爹我妈命苦，就让他们养我这个不孝女一辈子吧……说完呜呜地哭了起来。郭嘉树嘴唇颤抖着，忍不住说道，那、那你肚子里的娃娃……郭嘉树话一出口，在场的四个人都不吱声了。郭嘉树盯着王冬翠，神情格外可怜，王财东两口也不走神地望着女儿。过了许久，王冬翠说，看在爷爷您老的分儿上，肚子里的这个娃娃，我给你们郭家留着，待他出世满半岁后，会把他交给你们……听王冬翠这样说话，郭嘉树突然泪流满面，忍不住从圈椅上出溜下来，双膝一软，跪在了地上，一颗脑袋不断在地上磕着，拉着哭腔说道，亲家，拜托了！亲家，拜托了……王财东两口急忙将郭嘉树扶了起来，说，这怎么使得，这怎么使得！老先生快快起身吧。郭嘉树站起身，泪眼婆婆地望着王财东，说道，冬翠是个好女女，是耀祖那死狗没福啊，是我们郭家没福啊！不管冬翠跟不跟我回家，冬翠永远是我的好孙女，永远是我们郭家的女神神。

五十九

天黑前，郭嘉树赶着自家的马车，回到了郭堡村。

回到家里，没有看到郭耀祖的人影，郭嘉树问老婆，怎么没看见耀祖？老婆说，没回来。郭耀祖母亲从厨房走过来，说，爹，你回来了。郭嘉树说，回来了。郭耀祖母亲说，饭已经做好了，就等你跟耀祖回来一起吃呢。郭嘉树鼻子哼了一声，自语道，真不是个好东西！郭耀祖母亲瞅着公公，半天说，爹是在说耀祖吗？郭嘉树在圈椅上坐下来，叹了口气说，咱们这个耀祖，心越来越野了，胆越来越大了。两个女人都不言声了。郭耀祖母亲给公公倒了一碗开水放在屋桌上，郭嘉树拿起水烟袋，一锅烟抽过,吐出一口烟,说道,你们知道我今天去哪里了?老婆说,不是看病去了?郭嘉树说,去谭家坳了。嗯?两个女人大为诧异。老婆说,去谭家坳出诊看病呢,还是去冬翠家里了?郭嘉树说,这么久了,我出门看过病吗?郭耀祖母亲说,那爹是去看冬翠啦?见到冬翠了吗?郭嘉树说,见到了,全家人都见了,将咱家的马跟车,也弄回来了。郭耀祖母亲说,冬翠怎么没回来?郭嘉树将水烟袋重重地往桌子上一放,吐了口气说,人家不回嘛!老婆说,不回来?嫁了人却要住在娘家,没道理嘛!郭嘉树咬咬牙说,不怪人家冬翠,都是耀祖这个不争气狗日的,将事情彻底弄瞎塌咧!郭耀祖母亲说,耀祖做啥事情了?郭嘉树说,如今事情既然这样了,我也不掖着藏着了,就把一切告诉你俩吧。当初县城药铺那场火,你们知道是啥缘由?就是因了耀祖跟人家侯府小姐捣鼓在一起,害得人家小姐有了身孕,侯府就给咱下了手,结果将德存的命搭上了。如今离开了县城,眼看着他也长大了,行医基本上道了,媳妇呢,咱也给他娶回家了,总以为他会改邪归正,好好过家里的光景。谁能料到,他居然恶习未改,变本加厉了。正月去谭家坳拜年,这狗东西又跟人家冬翠嫂子勾搭上了,让冬翠和她哥半夜抓了个正着,将两个人暴打一顿,赶出了家门。如今,将人家王财东家里搅了个稀巴烂。郭嘉树嘘了一口气,顿了顿神,接着说,我今天去谭家坳,本想见下王财东,把事情原委弄弄清楚,将冬翠接回来,谁知道,眼下冬翠有喜了,就是不愿意回家,好说歹说也不愿意回来了……郭嘉树咬牙切齿地反问道,你们说说,咱家这个耀祖,像人不像人?可恶不可恶?忽然听说王冬翠有了身孕,郭耀祖母亲心里一热,无声地流下了眼泪。郭耀祖婆婆说,咱的孙子再可恶,咱教训他就是了,可她冬翠肚里的娃娃,那是咱们郭家的根,她不回来怎么行?难不成让她把娃生到她娘家?干脆哪天再去趟谭家坳,把冬翠一定接回来。郭嘉树叹了口气说,别把话说得那么有理气长,从根子上说,是耀祖把人家的心伤了。就说冬翠吧,甭看年纪小,但是个性硬的娃娃,我求她原谅了耀祖,知道人家说啥了?人家说,她这辈子不会踏进郭堡村,一辈子不会再嫁人了。郭耀祖母亲说,那她肚里的娃娃该怎么办?可不敢让她乱处置。郭嘉树说,在这一点上,那家人倒通情达理,冬翠应承娃娃生下半年后,会交给咱家养,就为了这点，我都给人家王财东两口跪下了。两个女人再没有说话。郭嘉树望了望门外，说，看看，天已经黑实了，还不见他回来，他心里已经没有这个家了，咱们吃饭吧，甭等他了。郭耀祖母亲出门端饭去了，郭嘉树自言自语道，真没想到，这小子会出息成这个尿模样！将饭菜摆好后，郭耀祖母亲说，爹、妈，赶快吃吧。婆婆说，你也坐下吃。郭耀祖母亲说，我不想吃了，我吃不下。看着郭嘉树两口举箸吃饭，郭耀祖母亲坐在对面的炕沿上，喃喃说道，冬翠是个好媳妇，应该想方设法接回家才对。郭嘉树扭头看看儿媳妇，说，法子想尽了，人家铁心了。郭耀祖母亲说，将来娃娃真能要回吗？郭嘉树不说话了，饭没吃几口，就将碗筷放下了。他对儿媳妇说，你就放宽心，娃娃的事，有我在呢。冬翠话说得恳切，会送给咱养，再说了，王财东不是那种倒舌子人。郭耀祖母亲没有说话，流泪收拾了碗筷，去自己屋子歇息了。就是从这天晚上起，郭耀祖母亲一病不起了。

  这天上午，郭耀祖跟着吴老大来到吴家沟，给他十六岁的小儿子看病。前些天，这个小儿子去沟里斫柴，看见几棵新长出的蘑菇又白又肥又嫩，拔了一棵放嘴里尝尝，觉得甜甜的，还有一股幽香，就将蘑菇采下来，去小河里洗净吃掉了。没想到回家后，出现了腹胀、腹痛、腹泻、恶心、呕吐、流涎、流泪、出汗、脉缓、瞳孔缩小、呼吸困难等病状，这可把吴老大两口子吓坏了，连夜将儿子拉到白凤镇，老中医倒没有诊错，说是误食了有毒蘑菇，得解毒，遂开出了黄连、黑豆、桔梗、甘草、枳实等十三味中药组成的方子。谁知服过汤药后，儿子的病情不但没见好，居然明显加重了，不光食、水不能进，还出现了昏睡不醒的症状。吴老大急了，扭头来到了郭堡村，将郭耀祖请了来。郭耀祖给病人号了脉，看了看前头先生的处方，觉得问题出在了只顾单一解毒上。毒蘑中毒分阴毒和阳毒，阴毒有寒，阳毒有热。病人中毒症状无热象，为寒象，解阴寒之毒，只能用温阳补气药物。若用黄连等清热解毒之寒凉药物，药物的功用则变成了助毒，致病情加重。病理分析清楚了，郭耀祖按照寒者热之、热者寒之的治则，开出了简单六味药，即人参、白术、茯苓、干姜、附子、甘草各三钱，水煎服。吴老大安顿郭耀祖在家里吃饭，急忙赶往白凤镇抓药去了，郭耀祖刚吃完饭，吴老大就满头大汗地回来了。郭耀祖说，这么快？吴老大说，我家马走半个时辰能跑一百里，这几里路算什么？郭耀祖问，药呢，抓下了吗？吴老大却苦笑着晃晃手里的药，说，就这么一点草草，它能治病吗？郭耀祖笑了下，说，吃了我这药，你儿子不见好，我给你出钱请先生。吴老大还是摇摇头，转身去给儿子煎药了。这天后响，郭耀祖又给三户人家瞧了病，就在他骑上毛驴正要转回郭堡村时，却见吴老大慌慌张张赶来了，郭耀祖一惊，急忙问道，大叔怎么了？谁知吴老大却哭了，说，郭先生，我专意来告诉您，我儿子吃了您的药，见了效了。郭耀祖说，咋样了？吴老大说，吐和泻止住了，还能喝点米汤了。郭耀祖说，这就好，三服药吃完后，病就全好了。吴老大拽住郭耀祖的胳膊说，郭先生别走了，晚上我要好好谢忱您哩！

　　这天晚上，郭耀祖没回家，在吴老大家里过了夜。次日吃过早饭，吴老大说，先生上路，我送送您？郭耀祖说，我这不是有驴嘛，忙你的去吧。与吴老大分了手，郭耀祖出了吴家沟，没有朝南走，径直朝东去了。他这是要上哪里去？昨天晚上吴老大留他过夜时，他就思谋好了，这里离井村很近了，至远也就五六里路吧，他要去看望井花花。自那晚跟井花花分手后，郭耀祖时刻都在想着这个女人，想着她的音容笑貌，想着她的激情娇喘，想着她难忍疼痛的哀鸣。郭耀祖喜欢这个女人，喜欢她美丽好看，喜欢她善解风情。郭耀祖觉得，在和他有过肌肤之亲的女人中，就数这个女人最好了。与井花花搭上线后，他曾想到过侯串串，但觉得那时他俩毕竟还小，当时的恩爱，难免简单和肤浅。而让郭耀祖最为感动的是，井花花是那样的喜欢他，当他对她做出突然袭击后，她并没有表现出他事先担心过的不满和怨恨，而是欣欣然地接受了他。与井花花分手后，郭耀祖曾多次想，是他将井花花连累了，是他将井花花的生活颠覆了，这时不时会让郭耀祖感到惭愧和内疚。从来到吴家沟的那刻起，郭耀祖就在犹豫，要不要去井村看望井花花？他也想到过这样做会有风险，甚至为此感到惊恐和悚然，但思来想去，还是放不下对井花花的思念。郭耀祖来到井村，正是人们上地干活的时分，村子里几乎见不到人影，打听到井花花的家，他将毛驴拴好，小心走进院子。走到屋门跟前，郭耀祖小心问道，有人在家吗？接着又问了一声，有人在家吗？这时候，从屋里传来了轻轻细细的声音：谁呀？郭耀祖不知道怎么答话，正犹豫间，屋门打开了，一张美丽的面庞出现在了他眼前。郭耀祖屏着气，叫了声，嫂子。井花花啊了一声，惊讶地倒退了一步，接着又扑上来，一把将郭耀祖抱住，无限哀伤地啜泣了起来。郭耀祖抚摸着井花花的脊背，问，伤好了没？井花花点点头，抬头泪眼婆娑地望着郭耀祖，说，你好利落了吗？郭耀祖说，这不好好的吗？又问，伤得重吗？井花花说，没伤到骨头。郭耀祖说，家里人呢？井花花说，冰开河也开了，都上地了。听井花花这样说，郭耀祖忽然捧起井花花的脸亲起来，亲着亲着，就将井花花撂倒在炕上。井花花说，总这样毛毛糙糙的，快去将大门关上。郭耀祖转身出了屋，很快又转了回来，他一步跨到炕上，就跟井花花翻滚在了一起。事毕，井花花喃喃地说，你还是那么驴。郭耀祖摸着井花花的脸说，不喜欢？井花花闭着眼睛说，不喜欢。俄而又说，你个贼胆不改，敢跑到这里来？郭耀祖说，几个月了，时刻都在想你，实在扛不住了。井花花说，你是个匪贼，冬翠说得一点没错，你把我害了，我该咋活人呀？郭耀祖说，事已至此，冬翠肯定不回郭堡村了，我打算一不做二不休，干脆休了她，咱俩一起过咋样？井花花吭哧一声笑了，说，亏你敢那样想，真要那样做了，你我岂不千古留骂名了吗？郭耀祖说，啥骂不骂的，我不在乎。井花花说，你不在乎，可我在乎，我没你那么厚的脸皮。郭耀祖说，那咱们咋办？井花花说，不知道，走着瞧吧。郭耀祖说，给你爹你妈是咋说的？井花花脸一红，还能咋说，说王冬来外面有人了呗。郭耀祖说，咋跟我想的一样？井花花在郭耀祖脸上摸了一下，说，去把大门打开，我给你做饭。郭耀祖笑着说，已经吃饱了，我得赶快走，别让你家人看到我。井花花搂住郭耀祖，说，你就像一阵风来了，又像一阵风走了，我井花花上辈子作了啥孽，今辈子遇上你个害人精。郭耀祖做了个鬼脸说，究竟谁把谁害了？是你小妖精把我魂勾走了，让我神魂颠倒了。井花花说，啥时候还来？郭耀祖说，得空就来。井花花顿了一下说，姑爷告诉你，我有身孕了，三个月了。郭耀祖一惊说，是吗？井花花说，不知道是谁的。郭耀祖说，我来谭家坳拜年前，你跟王冬来整那事没？井花花咬着嘴唇，点了点头。郭耀祖哼了一声说，还真有点说不清了，算我一半王冬来一半吧。井花花拧了郭耀祖一把，说，胡说八道。郭耀祖说，不过靠王冬来那德行，还能把娃娃种上？这块地他侍弄几年了，咋一直没收成？井花花将头顶在了郭耀祖胸上，喃喃地说，你把我害苦了哇。郭耀祖说，月子在哪里坐啊？井花花脸上露出一股忧愁，摇摇头说，不知道，到时候再说，你赶快走吧。

六十

郭耀祖心里充满了喜悦。

郭耀祖没想到，居然会这么顺当地见到了井花花。郭耀祖骑在驴背上，任驴子悠闲自在地走着，情不自禁地哼起了一支民谣：

> 这么长的个鞭子
> 鞭子哎——
> 探呀么探不到边
> 这么好的个妹妹呀
> 哎——
> 见呀么见不上个面
>
> 这么大的个锅来
> 锅来哎——
> 下不下两啦颗颗米
> 这么旺的个火来呀
> 哎——
> 烧呀么烧不热个你
>
> 三疙瘩瘩的石头

石头哎——
　　两呀么两疙瘩瘩砖
　　什么人呀么让我
　　哎——
　　心呀么心烦乱
　　…………

　　郭耀祖边唱边想，井花花还是那么美丽，那么迷人，那么温柔，那么爱他，那么让他销魂。郭耀祖举头朝着井村望了一眼，觉得井花花还立在她家大门口在痴痴地朝他眺望着。郭耀祖的心里涌过了一股热流，继而又涌过了一股辛酸，便忍不住对着空中吼叫了一声，井——花——花——谁知就是这一喊，让屁股下面的驴子受惊了，突然间蹦跳狂奔了起来。郭耀祖也吓了一跳，急忙扯住驴嚼子腰身努力往后挺着，嘴里不住喝道，吁——吁——好不容易才让驴子缓下了脚步，郭耀祖心在怦怦跳着。他从驴背上溜下来，朝驴子屁股猛抽了一掌，笑着骂道，你才是个老骚情嘛！下来的路程，郭耀祖干脆没有骑驴，就那么牵着驴子慢慢走着。他又在想，究竟能不能跟井花花结婚？要是这辈子能跟她两相厮守，那该多好啊，要是能让她将肚里的娃娃生在自己家里，那该多好啊！郭耀祖琢磨来琢磨去，怎么都觉得井花花肚子里的娃娃不应该是王冬来的，而应该是他的。这让郭耀祖想起了他跟侯串串的孩子，那可是他的第一个孩子，可爷爷跟侯智仁合伙瞒着他悄悄将孩子拿掉了。想到这里，郭耀祖心里升起了一股心酸和恨意。来到了一个十字路口，郭耀祖牵着驴子站立了片刻，思谋他应该到哪里去。按说，离家已经一天多了，他应该马上回家，且不说家里的爷爷婆婆和母亲都在等着他，就说那些前来请他诊病的人，见不到他怎么办？可就在这时候，郭耀祖想起了他在年前诊治过的几个病人。遂想到反正回家被人请去出诊是看病，回访自己看过的病人，那也是看病啊，何不借此机会去看看他们？那就顺道去一下关桥村。郭耀祖跨上驴背，朝着关桥村的方向走去了。

　　郭耀祖先去了关金祥家。关金祥一家人刚刚吃过晌午饭，第一个看见郭耀祖的是关福明。关福明正在院子里舞弄牲口的笼嘴，看见郭耀祖进来了，问，你找谁？郭耀祖说，找关金祥大爷。关福明看着郭耀祖，朝屋里叫道，爹，有人寻你哩。关金祥应声从屋里走出来，看见是郭耀祖，不禁啊呀了一声，急忙将郭耀祖的药箱接住，说，是郭先生啊，贵人，贵人啊！转脸对关福明说，你当他是谁？他就是给你治病的郭先生。听他爹这样说，关福明立马站起身，有点拘谨地笑着对郭耀祖说，啊，啊，对不住，我不认识郭先生。郭耀祖笑笑问道，福明大哥病好利索啦？关金祥说，早就好利索了。那十服药没吃完就基本好了。关福明嘿嘿地笑着说，吃一顿腊肉就成那样了，肿得看不见郭先生了。关金祥说，还站着干啥，还不快让你媳妇做饭去？和关金祥父子拉了一会儿家常，吃过晌午饭郭耀祖就离开了。

　　郭耀祖打算去关福林家看看。刚到大门口，正好碰见金镯从家里出来，右边肩头挂着一个硕大的袱子，左手拿着一把铁锁。郭耀祖叫了声，大婶。金镯一愣，看见郭耀祖牵着一头驴站在自己跟前，不由得叫了声，天大大，怎么会是您啊，郭先生！遂将肩上的包袱和手里的锁子扔在石磙上，走上前接过郭耀祖手里的驴缰绳，一边拴驴一边问道，郭先生这是从哪里来？郭耀祖说，去吴家沟看完病，顺便过来了，大婶得是要出门哈？金镯正为自己的不修边幅和肩上又大又脏的包袱感到难堪和不好意思，遂答道，用了一冬的棉被跟棉衣拆了想洗一下。郭耀祖说，那打搅大婶了，我其实没啥事，只是顺路过来转转，大婶，你忙，我……金镯打断郭耀祖的话，郭先生说的是啥话，一个冬天都没洗，非得今儿个去洗啊？搁着去，改天再洗吧，赶快回屋吧。到屋里坐定，金镯要给郭耀祖做饭，郭耀祖说，在金祥大爷家吃过了，坐下说会儿话吧。金镯说，可别把您饿下了。说着给郭耀祖倒了一碗开水，又说，这您岔岔地一来，真不知道拿啥招呼您，摊几张煎饼咋样？郭耀祖说，啥啥也不要吃，说几句话我就走。金镯说，原想您郭先生过年后会来哩，给您留了些好吃的，结果等不上那些东西都放坏坏了。郭耀祖说，大婶心里有我就等于我吃了。金镯笑着说，就郭先生这张嘴会说话。郭耀祖说，大叔跟两个娃娃呢？金镯说，都上地了，农活忙开了，黑明昼夜干，活也干不完。郭耀祖说，大叔身体还好吧，干活能吃力不？金镯笑着说，好干净了，跟以前一样样，轻重活路不避，啥活都能干，是您救了他，救了我们一家人，每当想到这，我就忍不住想哭。金镯说着，眼睛又红了。郭耀祖说，那是大叔的福分，是老天给他的福分。金镯撩起衣裳下摆，一边点头一边擦着眼睛。郭耀祖笑着说，这就是说，大叔能给大婶行人道了？金镯哦了声，不解地看着郭耀祖，半晌说，先生在说啥，我咋没听明白？郭耀祖说，就是说，如今大叔晚上能伺候大婶了？金镯倏然红了脸，接着尴尬地笑了，说道，我说您这个小先生，小小年纪咋这么坏，敢跟大婶开玩笑？郭耀祖说，难道不是实话吗？金镯说，如今这个家才像个家了，啥时候想起来，都觉得欠着郭先生。郭耀祖说，啥欠不欠的，其实是你跟福林大叔成全了我，这辈子看过的病人再多，谁都可以忘记，只有福林大叔忘不了，刻在我心里了。金镯说，您的心思我晓得，也知道您郭先生是个大善人，上次您给我的银圆，让我们家头回过了个好年，我跟我家掌柜的常念叨，就让我们一家人来世做牛做马，给郭先生报还吧。郭耀祖说，大婶又说了，你再这样说，我往后不来你家了。金镯说，不说了，不说了。想想又说，郭先生得是嫌我家将将丑，怎么给您塞都不要？郭耀祖说，那是要不要的事情吗？你家将将丑不丑，你这个当妈的不明白？将将是个好女女，将来找个好人家嫁了吧。我若那样做了，不成猪狗了吗？金镯说，我也说过了，既然不嫌丑，就将她收个小不行吗？我跟我家掌柜的不图给你当丈人丈母娘，只要她能伺候你，我俩心里就零干了。郭耀祖说，我一个媳妇都养不住，还收小做啥呀？金镯心里一惊说，郭先生怎么了，啥叫一个媳妇养不住？郭耀祖说，没怎么，说说而已啦。金镯说，您个小先生，云山雾罩的，每次说到正事上，就会忽悠我，其实我问过我家将将了，她好喜欢你郭先生的。郭耀祖呵呵笑道，娃们家家的懂个啥叫喜欢？还不是你……金镯叹了口气说，算了，不说了，真拿您没办法。郭耀祖说，时间还早，大婶下河洗衣服吧，我就走了。金镯说，那些东西今儿个不洗了，您个大神仙下凡了，我就在家里陪你。您去东屋炕上歇着吧，我给咱做一顿好饭，晚上和我家掌柜的喝两盅，歇一宿，明天再走不迟。

六十一

郭耀祖想了想,说,那好吧。又说,既然不走了,我去福生家里看看,不知道他妈的病怎么样了?金镯定定地瞅着郭耀祖,半天说,看来,要回家是假,去福生家是真?郭耀祖脸红了一下,说,大婶怎么这么邪心,老把事情往偏的想,福生他妈明明是我的病人,说好药吃完了要来看的……金镯笑着说,您小先生肚子里那点渠渠道道,以为真能瞒了你大婶我?给大婶说实话,年前去淑香家吃饭,咋待了那么久?郭耀祖说,还不是关福生弄酒了呗。金镯说,啥福生福生的,干脆就说淑香吧,那福生在家里,还不跟个死人一样?郭耀祖没说话,脸上露出些许尴尬。金镯说,跟淑香接上火了?郭耀祖说,你这个大婶,越说越离辙了。金镯呵呵一笑道,吃完饭那福生就被淑香轰去白凤镇抓药了,我没说错吧?郭耀祖不吱声了。金镯说,给您小先生透个底吧,要不是大婶我那天给你俩盯着,那关金祥早就拍门喊您啦,是我硬把他拦住了。郭耀祖疑惑地望着金镯。金镯说,看啥看,您不信咋的?郭耀祖愣了愣,嘿嘿地笑了,说,没想到大婶是个有心的人。金镯说,有心没心,姑且不说,您是谁?我们家的大恩人啊,送您好将将您不要,我金镯还能给您效啥劳?郭耀祖搔着脑袋说,大婶的好,我会记着。金镯说,是她勾引的您吧?郭耀祖没说话。金镯说,喜欢她了是不是?郭耀祖依然没说话。金镯说,其实看咋论哩,那淑香娘家没啥人,爹妈死得早,有个哥是过继的,跟她几乎不走动,那是个苦命的女人,嫁个福生跟木头差不多,也把委屈受扎咧。郭耀祖说,跟我在一起,她多半时间在流眼泪。金镯沉吟了一下,又说,只是有一点,我得说给您,甭看那个家穷得叮当响,福生有些木,那却是个大家族,淑香在那个家受委屈,族人睁一只眼闭一只眼,如今她跟您好上了,好赖您得抻点劲,不避讳福生,也得避讳族人。说到底,你俩干的,是让人家族人跌份子的事体。

来到淑香家里时,淑香婆子正在院子东墙下晒太阳。郭耀祖走上前,看见女人气色比看病时好多了,问道,老人家晒暖哩?女人仰起头,望着郭耀祖,说,今儿个太阳好,出来晒晒哈。你是谁,找我家福生吗?郭耀祖说,是啊,找您家福生哩。女人说,他上地了,天黑才回来。郭耀祖笑着说,认不得我啦?我是给您看病的先生,来看看您。听郭耀祖这样说,女人满脸歉意地说,哦哦,您看我这眼睛,连个人也都盯不住了,郭先生是我的大恩人。女人说着话,猫起身子想要立起来,郭耀祖将女人按住,说,您老坐着吧,看见您比过去好多了,心里高兴哩。女人又坐下来,抬头朝屋里望望,叫道,淑香,淑香,看看谁来了,咱们的大恩人来了,快起来招呼郭先生哈。女人说完对郭耀祖说,媳妇在屋里睡觉呢,上午为种棉花的事,两口子拌了几句嘴,吃过饭就睡去了。郭耀祖问,淑香在家里?女人说,在呢,在东屋,人好心也好,就是脾气大了些。您见过她,上次给我看病,就是她把您请来的。郭耀祖笑笑说,老人家记性好,那我进去看看她,问问您的病情。女人说,我陪不了您,您自个儿进去吧。郭耀祖对这院子熟悉,径直朝关福生跟淑香的屋子走去。屋子的门虚掩着,郭耀祖轻轻推开门,谁知一只脚刚刚踏进屋,就被一个活物抓住拽进去,郭耀祖拿脚将门合上,悄声说,你婆子在院里呢。淑香说,管她哩!遂将舌头给了郭耀祖。两个人气喘吁吁地放开手,郭耀祖说,怎么,知道我来了?淑香抹了一把泪,说,我本来就没有睡着,你跟我婆子一搭话,我就听出来是你。说着又将郭耀祖搂住了。郭耀祖说,你还是那么黏、那么骚。淑香嗔怨地说,就黏了,就骚了,你郭先生才是个大骗子,说好年后来看我,现在都到几月了?得是又让哪个女鬼缠住了?我这几天就在想,你这辈子都不会再来了……淑香说着,眼泪又哗哗地淌了下来。郭耀祖说,这不是忙嘛,脱不开身子,年后又生了一场病,这不是病刚刚好,就跑来看你。听郭耀祖这样说,淑香将嘴巴抵在郭耀祖的脸和脖子上,狂乱地亲吻着。郭耀祖哼哼着,一边说着,别,你婆子在院里,一边将手从淑香的裤带里面塞进去。两个人忘情了，站在炕沿边，匆匆地将事情办了。两个人来到淑香婆子跟前，郭耀祖说，看得出来，病情是好转了。淑香说，岂止是好转了，已经全好了，如今一天只拉一两次，您郭先生救了我妈一命，我全家永世忘不了您的恩德。郭耀祖说，嫂子言重了。这样吧，我给老人家把下脉，开个方子，再吃几服药。听郭耀祖这样说，坐在小板凳上的女人咧开嘴，乐呵呵地说道，那敢情好，您郭先生就是天上派来的救命神神。说着对淑香说，快去做饭吧。郭耀祖说，别，已经说好了，晚饭在关福林家里吃。淑香说，那怎么行，给我妈看病了，咋能去他家吃饭？开完药方你随意转转去，上我屋里歇会儿也行，晚饭就在我家吃。

　　福生今天下地早，听他妈说郭先生来家里了，心想，这人又来纠缠我媳妇了。自从上次郭耀祖来过他家后，村子里就有了他媳妇淑香跟看病先生的一些风言风语，关福生人是有些木，可对这件事情很敏感，在几个族人撺掇下，他质问过一次淑香，没想到刚一张口，就将淑香惹怒了，不光将他破口大骂了一顿，脸上被抓了七八道血痕，并将盆盆罐罐摔了一地，末了还发疯般要找绳子上吊。事情弄大了，母亲遂将儿子数落了一通，说这么好的媳妇该哪里找去，猪脑子咋只知道听别人撺弄？关福生落了个倒憋气，虽然心里去不了疑惑，但却不敢再惹媳妇生气了。关福生走进东屋，郭耀祖从炕上下来，问了句，福生哥下地了？关福生堆上笑脸说，郭先生，您来了，我妈天天念叨您呢，您歇着吧，我看看饭去。说完转身回到上屋，将过年时没喝完的半壶酒拿了出来。淑香说，郭先生来了，你就能喝酒了。关福生手里掂着酒壶，觍着脸不吭声。淑香说，一会儿关福林要请郭先生吃饭，咱早点吃吧。说完又说，郭先生看好了咱妈的病，咋说也得好好谢忱人家才是，一会儿跟先生喝喝酒，拉拉话，迟早今晚就让先生歇在咱家。听媳妇这么说，关福生说，歇在咱家？咱家哪有地方？淑香说，先吃饭吧，一会儿再说，这不是想表表咱的心意嘛。关福生遂将酒菜端到了东屋，让郭耀祖坐在上首，跟郭耀祖对饮了起来。这个关福生有个嗜好，喜欢抽水烟，抽水烟比抽旱烟档次高，但买烟丝花销却不小，淑香便不让福生抽水烟，福生没法子，觉得抽旱烟没意思，就恋上了喝烧酒。乡下人喝烧酒不常见，不遇事情和时节，一般没机会喝烧酒，虽然家家有的是稠酒，但福生对稠酒不感冒，认为稠酒根本就不是酒，坚持只喝烧酒，不动稠酒。对关福生这个新嗜好，淑香管得比抽水烟还要严。福生爱喝归爱喝，但淑香不开口，他依旧不能喝。今天跟郭耀祖一起吃饭，给了福生喝酒的机会，便想敞开性子喝一回。郭耀祖喝了两盅住了口，福生便抱着酒壶不撒手了。这让淑香看在眼里，气在心里，却也没去阻拦。至饭毕时，福生将半瓷壶烧酒喝光了，已经脸红脖子粗了。就在这时候，金镯和关福林来请郭耀祖吃饭，金镯一进门就叫道，哎呀，咋都吃上了，还喝上酒了？不是说好在我家吃吗？淑香笑着说，是呀金镯嫂子，这里不光吃上了，而且喝上了，差不多就要吃毕了。金镯说，你这个淑香，手脚倒挺快。关福林说，既然在这里吃了饭，那就去我家歇息吧，好长时间没见了，咱叔侄俩好好拉拉话。郭耀祖微笑着看了眼淑香。淑香说，我跟福生商量好了，郭先生今晚就歇在我家。金镯说，歇你家？你家哪来的地方？不就两孔上窑嘛……金镯话一出口，关福林扯了一下金镯的衣襟，金镯自知话没说好，立即噤了声。淑香说，金镯嫂子嘴大话大，编派我们穷人哈？看来这人贫寒不得，贫了就得受人作践！哼哼，我淑香还就不信了，我这个没有住处的贫寒人家，今晚能让郭先生歇在撂天地？我现下说了，我妈睡上屋，郭先生睡东屋，我跟福生今晚在院子里立一夜，这总该成吧？看见两个女人话说得不投机，郭耀祖呵呵一笑说，歇哪里都一样嘛。淑香说完话，朝坐在炕上的福生后腰抓了一把，关福生立即红涨着脸说，要我说，你关福林比我福生也富不到哪里去，说话咋那么欺人哈？你两口子快走吧，没啥商量的，郭先生今晚就歇我家了！一番话说得不愉快，郭耀祖朝关福林和金镯笑了笑，说，大叔大婶回去吧，今晚我就歇在这里。临走时，金镯说，我说淑香妹子，嫂子我不就说了那么一句话，也没啥怪味吧，用得着生那么大气嘛，两家人不都是想把郭先生安顿好？这句话让淑香脸上泛上了笑意，这才嗔怨道，谁倒是生你嫂子的气了？只是把嫂子刚才说的话听一下，不怪味那才叫怪味哩，不怪味福林大哥为啥要扯你的衣襟呢？这句话说得在场的人都笑了。淑香又说，就让郭先生今晚歇我家，明天晌午去你家吃饭。关福林两口子这才跟郭耀祖道了别，转身回家去了。

关福林和金镯离开后，围绕晚上到底该怎么个睡法，淑香跟福生叨咕了半天。淑香说，就让郭先生住东屋吧。关福生醉醺醺地说，当然得住东屋，除了东屋哪还有地方？只是他把东屋占了，咱两口怎么睡？淑香说，我睡上屋，跟咱妈一起睡。关福生说，那我怎么办，也睡上屋哈。淑香说，去去去，那不行。关福生说，咋就不行了？我跟我妈睡，还有啥不行的？淑香说，那不是还有我在吗？关福生说，你是我媳妇，有啥不能睡？我就想跟你睡一搭。淑香坚决地说，不行就是不行。关福生拍拍红涨的脸，说，那我向邻家借一宿吧？淑香却说道，值得动那么大的干戈？干脆这样吧，你去把大门东窑的柴火拾掇一下，在那里将就一晚吧。大门窑洞除了进出走人，还要喂牲口，只有东边那孔窑是用来放杂物的，除了牲口草料、柴火，再就是大大小小的农具，里面脏乱不堪。关福生有点为难，说，那么脏，怎么个睡法？淑香说，看你让酒喝成啥咧，说话牙帮骨都在打架哩，就这么个屎眉眼，该到谁家睡去，谁家炕上盛你嘛。快去，将柴火窑拾掇一下，就睡那里去！看见淑香生气了，关福生哼唧了一下，转身点了一盏油灯，去了大门东窑。

福生在大门东窑东挪西堆，硬是腾出一块地方，在地上支了四摞砖，在砖上搁了一张单扇门板，在门板上铺了领旧席，一张床就算弄成了。福生在门板上坐了坐，爬上去躺了躺，觉得挺平展，挺结实，心想，住这儿，耳边没有淑香叨叨和数落，倒觉得耳根清静了，没有啥不好。回到家里后，淑香说，弄好没？关福生说，睡觉能占多大地？弄好了，还挺美。淑香说，抱你的被褥快去睡，叫酒喝成狗尿了。福生还想去东屋跟郭耀祖说几句客套话，忽然觉得酒气上头，舌根发硬，有点想吐，就在腋下夹了自己的铺盖，跑到茅厕外面吐了一通，去大门东窑安歇了。福生走后，淑香无心在上屋待，一会儿给郭耀祖送茶，一会儿跟郭耀祖说婆子的病，一会儿给郭耀祖送洗脚水，来回在上屋和东屋穿梭。待伺候婆子入睡后，她来到大门东窑，轻轻推开门，一股陈腐糜烂的气味扑鼻而来，她低头看了看躺在门板上的关福生，他早已经鼾声大作了。在福生床边站立了片刻，淑香走出大门东窑，将门轻轻拉上，将门扣扣上，直接来到了东屋，跟郭耀祖滚在了一起。直至鸡叫二遍时，郭耀祖说，天快亮了，你该走了。淑香光溜溜地抱着郭耀祖不放手，问道，你啥时走呀？郭耀祖说，天亮了就走。淑香说，不许你走。郭耀祖说，那怎么成？离家好几天了，得赶紧回去。淑香说，我不管，反正我不让你走，留下来再陪我一天行不行？说着，滚下了依恋的泪水。看淑香这样依恋着他，郭耀祖心里既甜蜜，又不舍，遂说道，你家里地方不宽展，让人家福生住柴火窑，旁人知道了也不好看，要不这样吧，让我住在关福林家，也没啥不方便。淑香说，我不，我就要你住在我家，不让你住关福林家。郭耀祖想想说，你呀，你是个缠人的妖精，咱可说好了，最多再待一天。淑香抱住郭耀祖的头，连续亲了几下，这才起身穿衣，从东屋出来，将大门东窑上的扣子打开，然后回婆婆屋里睡了。

　　就这样，郭耀祖在关福生家里住了下来，而且一住就是三天。从第二天起，他将关福生家的东屋变成了他的诊所，附近村子闻讯赶来看病的人，一应在这里给病人号脉和开方，淑香则在家里专门为郭耀祖做饭。至此，有关郭堡村的小先生跟关桥村关福生婆娘的绯闻便不胫而走了。人们都在惊讶，郭嘉树老先生一辈子为人规矩端正，怎么会有这样一个不拘小节的孙子？到了第四天早晨，郭耀祖吃过早饭后，才与淑香依依惜别，骑着毛驴回家去了。

六十二

　　郭耀祖下驴时，一眼看见了拴在自家大门前的白马，不禁疑惑道，这白马怎么跑回来了？是王冬翠家里送回来的，还是爷爷去人家要回来的？想着白马回来了，爷爷肯定知道一切了，郭耀祖一时有点失神，慢慢地移动着显然有些沉重的脚步，走进了院子。刚走进二门，与正要出门的婆婆碰了个照面。婆婆惊讶道，哎呀呀耀祖，你总算回来了，这些天你跑到哪里去了？没把人给急死！郭耀祖说，这不是由事不由人嘛，村里人知道郭先生来了,不是这家叫,就是那家叫,弄得人想走也走不了。婆婆说,不说这些了,回来了就好,赶紧进屋去吧。郭耀祖说,怎么,家里有啥事?婆婆说,我要去药铺叫你爷爷,你回来了,我就不去了。郭耀祖和婆婆一边往屋里走,一边问道,我妈在吗?婆婆说,就是你妈病了,还病得不轻,你赶紧给她看看吧。郭耀祖一惊,急忙来到母亲屋里,看见母亲静静地睡在炕上,叫了声,妈,我回来了。母亲没吱声,也没有动弹。婆婆对躺在炕上的儿媳说,耀祖回来了,让娃给你看看吧。郭耀祖问婆婆,我妈这是怎么啦?婆婆说,你离家那天晚上,你妈她就病了,好几天了,躺炕上起不来,水米不沾牙,越来越沉重了。母亲脚朝炕沿、头朝炕里躺着,郭耀祖爬上炕,将盖在母亲身上的被子揭开一角,看见母亲侧身躺着,脸色蜡黄,气息微弱,闭着眼睛,眼角有泪。郭耀祖吓了一跳,小声说,妈,您怎么了?我是耀祖,您睁开眼睛看看我。母亲依然没有动。郭耀祖知道,母亲原本就是气郁型体质,忧郁脆弱,敏感多虑,尤其在父亲去世后,母亲情绪更加低沉了,一直情志不畅,表面上看起来平静,习惯将一切事情憋在心里。郭耀祖将母亲的右手拿过来放在枕头上,给母亲号脉。号完脉,郭耀祖问婆婆,我妈没说她怎么了?婆婆说,说过,说她不想吃饭,手脚无力,头疼不支,如同刀劈,胸肋憋闷,晚上总是噩梦不断,睡不着觉。起初还好些,还能与人说话,打昨儿个起,话也不说了,饭也不吃了,问话也不应声。郭耀祖看见,母亲皮肤失荣,脸色暗沉,身子明显消瘦,头顶有些发热,知道母亲是肝气郁结,生大气了,是肝气郁结导致的肝脾不和,便对母亲两只脚背上的太冲穴施行按摩,以期让上升的肝气往下疏泄。按摩这个穴位会很疼,母亲屡屡想要将脚缩回去,可郭耀祖抓住母亲的脚不放,反复地进行按摩,直至这个穴位不再疼痛,母亲不再缩脚为止。接着,又在太冲穴上给母亲扎了几针。最后,郭耀祖精心给母亲开了一剂药方,即,柴胡两钱半,木香两钱,郁金两钱,厚朴两钱,当归两钱,茯苓两钱。其中,柴胡、郁金可以疏肝、理气、解郁,以祛病之因,为主药;当归补血、活血为副药;木香、厚朴、茯苓理气、健脾,共为佐药。六药合用,既可疏肝理气解郁,又可醒脾补中补肝血,可治肝气郁结、精神抑郁、胸肋胀痛、脘闷嗳气、腹胀纳呆。开好药方,郭耀祖立即出门去了药铺给母亲抓药。郭耀祖来到药铺时,邻村一个老汉由一个年轻人陪着来看病,爷爷郭嘉树正在给老汉开方子。郭耀祖来到医案旁边叫了声,爷爷。郭嘉树猛地抬起头,看见是郭耀祖,两只眼睛瞬间就发红了,只见他牙帮骨咬了咬,好像要说啥,却忍着没有说出来。郭耀祖说,我给我妈抓服药。说完来到柜台,一个学徒马上迎上来,小声说,先生回来了?郭耀祖点点头,将药方递给学徒,说,赶紧抓吧。学徒没有怠慢,很快就将药抓好了。郭耀祖接过药,转身又走出药铺。就在郭耀祖刚将药下入砂锅煎熬时,爷爷从药铺回来了。郭嘉树冷冷地说,药锅交婆婆照看,你到屋里来。郭耀祖来到上屋。郭嘉树说,这些天去哪儿了?郭耀祖说,哪儿也没去,就在那几个村子转着给人看病呢。郭嘉树两只眼睛红拉拉的,咄咄逼人地盯着郭耀祖,垂着的两只手忍不住在哆嗦。他大声说道,都在哪几个村子看病了?你给我说!郭耀祖知道爷爷这次是真的生气了,小心说道,吴家沟、关桥村,还有井……一听到井字,郭嘉树立刻咆哮起来,井村?你是不是跑到井村找那个臭婆娘了?郭嘉树的话,让郭耀祖心里立时感到特别不舒服,反口说道,爷爷咋说话呀?找哪个臭婆娘了?郭嘉树喊道,找哪个臭婆娘,你不知道?郭耀祖沉默了半天,突然抬起头说道,就算是吧,那又怎么样?郭嘉树没想到郭耀祖胆敢这样对他说话,气得嘴唇和那撮小白胡子哆嗦抖动,抬手指着郭耀祖的额头半天说不出话来,你、你、你……郭耀祖继续说,既然话说到了这个份儿上,那就把话挑明了吧,我不喜欢王冬翠,我喜欢井花花,我要休了王冬翠,将井花花娶回家。郭嘉树吼道,你个狗贼,郭家先人造了孽啦,养下你这个忤逆货!我告诉你狗贼,冬翠有了身孕了,她肚子里的娃娃你不要了?郭耀祖冷笑一声说,哼哼,我跟侯串串的娃娃我都没有要成,要她王冬翠肚子里的娃娃干啥?再说了,她王冬翠有了身孕又能咋?人家井花花也有了!王冬翠生下的娃我不要,我就要井花花生下的娃……郭耀祖话没有说完,没想到脸上突然挨了爷爷甩过来的两巴掌,郭嘉树咬牙切齿地骂道,你真不要你的猪脸!你羞你的先人哩!郭嘉树气咻咻地跺了一下脚,嘴唇颤抖着喊道,你狗贼等着瞧吧,你要是敢把那个破烂货给我弄回家,看我不把这个家放火烧了去,然后碰死在你狗贼面前!郭嘉树喊完时,已经泪流满面了，两只手不住地抽打着自己的脸，一下子瘫倒在了地上。

咋咧咋咧咋咧？听到上屋的吵闹声，婆婆急忙从厨房跑了过来，一看郭嘉树倒在地上，便朝郭耀祖骂道，你这个不孝的东西，还立着干吗，还不将你爷爷扶起来？郭耀祖这才赶忙将郭嘉树抱起来，放在了炕上。这时婆婆也十分生气了，原只觉得孙子的一些作为确实不像话，是该教训一下了，可谁知道，他竟会将爷爷气成这样。婆婆说道，耀祖啊，你爷爷打你骂你，还不是为了你好？你咋一点天高地厚也不知道啊！再这般下去，终究会把你毁了！郭耀祖沉默了一会儿，不以为然地说道，你说我爷爷为了我好，我怎么就没看出来，他管我十七八年，就跟管贼一样，哪件事把我管好了？我爱侯串串，他不让我娶，我和侯串串的娃娃，他亲手给我摘掉了；我不爱王冬翠，他偏要给我娶回来，还要把王冬翠肚里的娃娃给我弄回来；如今我想好了，要休了王冬翠，跟井花花一起过，他更是疯了一样反对，把他气成了这样。婆婆，您说，井花花怀着我的娃，把她娶回来有啥不好？我这一辈子，永远逃不出爷爷的手心！婆婆刚要说话，这时躺在炕上的郭嘉树苏醒过来了，听到郭耀祖这样一番话，一股悲凉再次从心头升起，他拖着哭腔，放大声哀叹道：老天老天哪，你真的不放过我郭嘉树啊……

药熬好了，婆婆将药汤倒出来，用布片过滤干净，端着药去让儿媳喝。看着婆婆颤巍巍的样子，郭耀祖走上前，从婆婆手里接过药碗，去了母亲屋里。郭耀祖想将母亲扶坐起来，可母亲怎么叫也不应声，郭耀祖看到，母亲满脸是泪，就是不睁开眼睛。郭耀祖要给母亲喂药，母亲不愿意将嘴张开。无奈，郭耀祖将药碗放在桌子上，气馁地说道，这家里的人都怎么啦，怎么都和我过不去啊？

郭耀祖不知道，他和爷爷在上屋的争吵，悉数被母亲听去了。

就在这天晚上，母亲上吊身亡了。母亲是半夜前后死的。郭嘉树晚上临去药铺时，给老伴说，媳妇那里多操些心，这些天她心情不大好，这人话少，多给她开导开导。婆婆说，那倒是次要，主要是不吃饭，连汤也不喝了，该怎么好？婆婆起夜时，想去媳妇屋子看看，怎么也推不开门，一使力气将门掀了个缝子，感到有些奇怪，将手顺着门缝伸进去想打开门闩，触到的却是个凉冰冰的人体。婆婆大惊失色地将睡梦中的郭耀祖叫了起来，郭耀祖将母亲的屋门抬开，发现母亲将自己挂在屋门框上，早就断了气了。郭嘉树回到家里后，垂着老泪，铁青着脸久久不说话，直到将媳妇的尸首处置停当后，才给老伴和郭耀祖统一口径，对外不许说媳妇是吊死的。婆婆说，明天耀祖舅家来人了，咋能瞒过人家？郭嘉树说，该瞒就得瞒，瞒不了也得瞒，不瞒咋办呀？这事说出去，那不把人埋汰死？不论对谁，就说她得了一种怪病、急病，胸闷气短，喘不上气，硬是把人活活地憋死了。

埋葬了母亲，家里笼罩着一股悲凉败兴的气氛。村里便有传言说，没听说德存媳妇害啥病嘛，怎么说死就死了？即便有啥病，大小两个看病先生守在身边，还有啥病看不好？这郭家也是日怪了，净出些日怪的事情。在家里，郭嘉树和郭耀祖爷孙俩基本不招嘴，整天价说不了几句话，两个人面对面或者背靠背各干其事。郭嘉树照常在药铺坐堂诊病，郭耀祖照常外出看病。

母亲的死，是郭耀祖万万没有想到的事情。耀祖母亲内向温和，贤淑婉容，对郭耀祖宠爱有加，尤其是耀祖父亲郭德存去世后，她将全部的感情和希望寄托在了儿子身上，可她没想到，儿子是那么令人失望。她曾期待，儿子能在啥时候，给他爹追办一个像样的安葬仪式，让可怜的亡命人地下有安；她曾期待，儿子能在结婚后，夫妻和睦孝顺，给她生出一大堆孙儿和孙女，让她享享作为人祖的快乐；她曾期待，仪表堂堂的儿子，能够医术超群，德高人贵，手到病除，享誉乡里，给她带来莫大的自豪和骄傲。然而，儿子的作为，让她的愿望和期待破灭了，反过来带给她的，是无尽的羞愧和耻辱。将这一切看透想透后，心强气高的女人，觉得再这样苟活在世上，没有多大意思了，便决意要离开这个世界，与她可怜的丈夫去共话团圆。母亲对郭耀祖的痛惜和疼爱，郭耀祖当然是能感觉得到的，他感觉到了母亲的孤独和可怜，也常常为此心疼和无奈，他多次想，如今父亲不在世了，他一定要好好照顾和孝敬母亲，让母亲快快乐乐地安度余年。可实际上，他只忙于自己的那些事情，对于来自母亲的疼爱，他并没有怎么看重和在乎，只有在母亲倏然离他而去后，他才感觉到他失去了至亲至爱的人。

郭耀祖明白，父亲是因为他被大火烧死的，如今母亲的死，依然是因为他。母亲的死，令郭耀祖痛悔不已。母亲去世后一段时间，只要一想起母亲，郭耀祖就会泪流满面；只要一想起母亲，郭耀祖就会自责不已。他在心里对母亲说，妈，儿子对不起您，对不起我爹，是儿子不成器，您走好吧，儿子一定会痛改恶习，从此踏踏实实做人，将来成为像爷爷那样的名医，给您老人家和我爹争气。自从母亲去世后，郭耀祖的性情与以前相比，明显安静了许多，所作所为也比以前收敛了许多。他认认真真给人看病，踏踏实实研究医术，夜不归宿的现象再没发生过。在爷爷和婆婆看来，孙子真的痛下了决心，要好好地做人了。

六十三

三个月过去了，母亲的百日纸烧过了，撒在母亲坟头的五谷，生长得郁郁葱葱了。随着时间的推移，郭耀祖心中的悲伤和自责，渐渐地减轻了。

郭耀祖思谋，眼前应该着手处理自己的婚事了。如今王冬翠不愿意回家，弄得爷爷和婆婆整天鼻子不是鼻子脸不是脸，也让邻居议论纷纷，好赖都得有个说法才是。郭耀祖觉得，既然王冬翠不愿意回家，那就别回了，干脆另娶个女人，安安生生地过日子吧。这样想着，心思禁不住又回到了井花花身上。郭耀祖想，在所有与他熟悉的女人中，比来比去吧，还是井花花最好了。郭耀祖也想过将关将将娶回家，关将将娇嫩、懂事、乖巧、漂亮，但要和井花花相比，还是井花花美丽、风情、妩媚和利落。眼下井花花又有了身孕，而且是他的娃娃，算来娃娃已有六个多月了，临盆的日子也快要到了。郭耀祖想，事已至此，还是将井花花娶回家，最合适了。不然的话，让井花花把娃娃生在井村娘家，让自己的后人将来连个名分也没有，那怎么成？想到这儿，爷爷的影子又飘在了他的眼前，他苦涩而又无奈地摇了摇头,他知道,爷爷跟婆婆,肯定不让他这样做。郭耀祖就不明白了,爷爷为什么会如此激烈地反对这件事?井花花不就是王冬来的媳妇嘛,他跟井花花相好,根本算不上乱伦,爷爷无非是害怕乡邻们议论,让爷爷在面子上挂不住。郭耀祖设想,如果他下决心硬把这件事情做了,而且最后做成了,做好了,让爷爷亲眼看到井花花确实比王冬翠漂亮和能干,还给他抱回了个白白胖胖的孙子,爷爷还会坚决反对吗?郭耀祖思前想后,谋划了好久,最后觉得,这件事眼下没有必要告诉爷爷,在事情八字还没见一撇之前,过早地让爷爷知道,只能得到爷爷的阻挠和反对,那才是自找麻烦。郭耀祖想,眼下要解决的问题,是尽快统一他和井花花的想法,只要他们两个人想法一致了,他就写一纸休书,将王冬翠休掉,同时王家不愿意要井花花了,井花花打离婚也不会很难,到那时候,他跟井花花结婚,就是水到渠成的事了。到了整个事情瓜熟蒂落的时候,再将这一切告诉爷爷,爷爷他不乐意也得乐意,不接受也得接受。即便是爷爷还是不乐意,那他就和井花花双双远走他乡,也不是不可以。

　　这天,七坪寨有人来请郭耀祖看病。郭耀祖想,很好很好,七坪寨位于白凤镇东南的金水沟半坡,距离塬上的井村不过十里路,看完病顺道去见一下井花花,是个绝好的机会。郭耀祖来到七坪寨,病人是那户人家的女主人,最初只是冒了点风寒,有点咳嗽,眼下症状是舌苔薄白,发热怕冷,咳嗽有痰,鼻塞流涕,头痛肌肉疼。看病人的病情不是很危重,郭耀祖便给病人开了个偏方,即,铁树叶一片,花生米六钱,加水煮沸,熬好后倒入碗中,加蜂蜜六钱,搅匀,饭前服,一日三次,连用三天。男主人看见郭耀祖处置病人如此轻松,偏方又如此简单,笑了笑,对郭耀祖说,这几样东西就能把病治好吗?脸上布满了疑惑。郭耀祖也笑了笑,说道,一般能治好,占九成,不过也有二般,可能治不好,占一成。要是病人属那二般的话,你只管来找我,往后给你家的人看病不再收钱。郭耀祖说完,连今天看病的钱也没收,只在主人家吃了一顿晌午饭,就离开了。

　　郭耀祖径直来到了井村,由于认识井花花家大门,他来到门前,抬头看了看天,望了望周围,时间约莫未时时分,人们正好刚上了地,巷子里显得很安静。郭耀祖希望能跟上次一样,只有井花花一个人在家里。他拴好马，信步从大门走进去，和上次一样，站在上屋门前轻声问道，屋里有人吗？他觉得，屋门很快就会打开，很快就会出现井花花那张俏脸。郭耀祖的心在怦怦跳着，又问了一声，屋里有人吗？这时候，屋门霍地被拉开了，出现在他面前的这个人，不是井花花，而是一个二十啷当岁的小伙子。郭耀祖一愣，一时不知道该走还是该留。小伙问，你找谁？郭耀祖本想说自己走错了门，然后转身退出去，但鬼使神差，他居然说道，这、这是……井花花家吗？小伙点点头说，是，井花花是我妹子，你请进屋吧。这时小伙子已经认出了郭耀祖，因为王冬翠出嫁时，井家作为亲戚去过谭家坳，可郭耀祖并不认识小伙子。两个人坐定，小伙问，你是谁？找我家花花做什么？郭耀祖说，你妹子……她没在家？我想见下她。小伙子说，她回家了……郭耀祖说，她回家了？回哪个家了？小伙说，她还能有哪个家？你还没告诉我，你是谁？郭耀祖犹豫了一下，说，我……小伙子脸上露出了恨意，说道，说吧，你究竟是谁？郭耀祖笑笑说，你不认识我，我跟你姐很熟，我是郭堡……小伙子突然喊了一声，你是郭耀祖，对吧？！郭耀祖惊讶地望着小伙子，还没有开口，小伙子一拳狠狠地击在了郭耀祖脸上，郭耀祖鼻口顿时就出血了。郭耀祖跳起来，举手挡住小伙子打来的第二拳，说，有话说话，为啥动手打人？小伙子虽然比郭耀祖年岁大，但身子骨没有郭耀祖健壮，小伙子第二拳没有打上郭耀祖，破口骂道，你个狗娘养的坏东西，勾引和欺负我妹子，居然敢找到我家门上来……郭耀祖抹了一把鼻口的血，说，你妹子不爱王冬来……小伙子顺手抓起个小板凳，突然朝郭耀祖砸过来，郭耀祖冷不防，被打到了肩上，正好击中了肩上的旧伤，并将头皮划了一道口子，鲜血瞬间冒了出来，郭耀祖肩头一疼，忍不住喊了一声。小伙子转身又抓起一根扁担，扁担两头挂着长长的链钩，呼啦啦朝着郭耀祖抡将过来，嘴里骂道，我妹子被妹夫接回家了，你还敢血口喷人，你这个该死的狗贼，害得我妹子好苦，看我不打死你这个坏种……郭耀祖彻底慌神了，抱头从屋里闪出来，一鼓作气跑到大门口。小伙子跟着追打了出来，郭耀祖伸手将大门一拉，挡住小伙子，转身飞快地解开马缰绳，翻身上马，狼狈逃窜了。

　　跑出井村，直至来到了一片早秋庄稼地头，看看周围没有什么人，郭耀祖放开马缰绳，蹲在一棵柿子树下面处理伤口。这时鼻子已经不流血了，头皮上让小板凳划下的口子虽不深，但很长，头皮有点翻开，一直渗血不止。郭耀祖从药箱里取出棉花，蘸着烧酒将鼻口的血迹擦干净，又用药棉将头上的伤口擦了一下，给伤口上敷了些止血止痛的粉末，又缓缓地上路了。

伤口处理过了，肩膀和头皮还在隐隐作痛。走几步，郭耀祖忍不住用手要摸摸肩膀和伤口。渐渐地，头皮和鼻脸肿胀了起来。此时此刻，郭耀祖的心里，灰败到了极点。他怎么也没有想到，他至爱、也爱他的井花花，又会回到了谭家坳，回到了王冬来身边。

六十四

就在上个月，井花花的肚子明显鼓起来了，这让她爹妈的心焦急了起来。一天，母亲对井花花说，即便王冬来在外面有了人，即便王冬来不主动过来接你回家，你也不能没头没尾地住在娘家啊！两口子闹事，也不是这样个闹法啊！这样下去怎么成啊！井花花哭了，说真是嫁出去的女女泼出去的水，我嫁出去了，爹妈就不让我在娘家住了。坐在一旁的爹也说，咋能这么胡搅蛮缠嘛，你妈的话是不让你在娘家住吗？你跟王冬来闹矛盾，闹就闹吧，怎么闹都成，那是你们两口子的事，我和你妈管不着，也不想管。可你如今肚里怀着王家的娃娃，这娃娃一天比一天大了，王冬来永远不来接你，你就打算把娃娃生在娘家啊？你就不怕旁人笑话吗？井花花赌气说，我偏要把娃娃生在娘家，看我究竟能违了啥规、坏了啥理？看谁还能怎样处置我不成？井花花的态度，让爹妈一点脾气也没有，晚上老两口商量，眼下生娃娃是大事，不管王冬来接不接女女回家，也不管王冬来事情做得在理不在理，咱这次都得给人家王家低个头，求人家将女女接回去，不管怎样，得将娃娃生在谭家坳，绝不能生在井村是不是？爹和妈商量过后，第二天，井花花爹就悄悄去了一趟谭家坳。到了那边后，才将事情真相弄明了。井花花的爹听完王财东学说原委后,羞得半天抬不起头来。末了井花花爹说道,亲家,你说吧,这事该怎么处置,一切由你跟冬来说了算。王财东看井花花爹羞惭成了那个样子,心里面一软,觉得这事怪娃娃怪不得爹妈,就说,亲家,你也甭那样说话,自打这事发生后,我没有去井村找过你,也没打算寻你闹啥事,花花这事情做得是出格,但那是娃娃自个儿的错,不是你们大人的错,这个理我心里明白着哩。至于这事咋处置,我也想听听你的主意。听王财东这样说话,井花花的爹觉得王财东实在是个走理的人,一时心里感动,竟不由得流下了眼泪。他流着泪说,亲家大度走理,我真是没脸说话。亲家,你就说吧,我一切听你的,事到如今了,我还有啥脸出主意啊?一定要我说话,我只说一句,花花是好是坏,是你们王家的媳妇,你们把她接回来,想怎么处置由你们处置吧,即便将她投进枯井里,我这里一句怨言也不会有。将花花接回家?王财东心里一愣,看着亲家苦凄痛楚的脸,不知道该说什么话好,心想,其实儿媳妇自从嫁过来之后,一直很乖巧很勤快也很孝顺,都是郭耀祖那个王八羔子将儿媳勾引坏了。想到这里,王财东叹了口气说,既然亲家你那样想,那这样好不好,接不接花花回来,咱俩说了不算,接回来还是要跟冬来过日子,那就听听冬来是啥想法。井花花的爹看着王财东的脸,觉得亲家的话没有啥不对,点了点头。王财东走到门口喊了声,冬来,到这边屋子来。王冬来从上屋走过来了。进了屋,王冬来对着井花花的爹叫了一声,叔,就在炕沿上坐下来。自从井花花离家后,王冬来整天过得昏头昏脑、没滋没味的,今天井花花爹赶来了,王冬来想,他跟井花花的缘分到头了。沉默了一会儿,王财东说,冬来,井村你叔今天过来了,说花花的身孕已经六个多月了,想问你对花花是啥态度,愿意不愿意往家里接?听说井花花怀孕了,王冬来心里禁不住一烫,抬头惊疑地望着井花花的爹。井花花爹点了下头。王冬来心怦怦地跳着,低下头想道,不知道这娃娃是谁的种,是自己的还是郭耀祖的?心里不由得涌上了一股委屈。王冬来低头不说话。井花花的爹说,冬来,叔今天到这里来,本想将事情原委弄弄清楚,没想到原来是这样,是井花花她对不起你,叔在这里给你和你爹赔罪了。不过我的想法是,你和花花是夫妻,她犯了错,也应该犯到你手里，处置也应该由你来处置，你说是不是？你对花花是打是骂，让她是死是活，将来是休是留，我和花花她妈都没有意见。我的意思是，她肚子里毕竟怀着你们王家的后人，你先将她接回来，然后你再处置她，好不好？看见王冬来不说话，王财东也说，你叔已经把话说给你了，你自己拿主张，切切脆脆给人家你叔一句话。王冬来想，说来说去，他觉得他从心里还是爱着人家井花花，离了井花花，他不知道他这日子该怎么过，这辈子该怎么过。他对自己说，罢了，要不就将她接回来，先接回来再说。至于肚子里的娃娃是谁的，如今谁也说不清了，是我王冬来的更好，是坏蛋郭耀祖的也罢，只要这个娃娃生在我王家的炕头，那就是我王家的娃娃，谁也说不成是旁人的娃娃。结婚几年了，不就是盼着有个娃娃吗？王冬来咬咬牙，心里想，罢罢罢，丢人就丢人吧！不就是一顶绿帽子吗？一顶绿帽子也压不死人，谁叫咱自己没出息呢！王冬来慢慢地抬起头，眼睛里含着泪水低声说道，那就……接回来吧。王冬来话音刚落，井花花的爹忍不住哭出了声，他哭着说道，冬来啊，你不只是我们井家的姑爷，你也是我们井家的儿啊。三天后，王冬来套了一驾马车，将挺着大肚子的井花花接回了谭家坳。

　　白马信步由缰地走着，郭耀祖脑子里一片混沌，精神完全崩溃了。他反复地喃喃地念叨着，井花花，你不该背叛我……井花花，你不该背叛我……就那么下意识地低头跟着白马走着，连郭耀祖自己也不清楚，他现在要去哪儿。当他抬起头的时候，眼前已经是关桥村了。

　　郭耀祖想，像这样烂头烂脸地回家，爷爷婆婆肯定会生气，那还少得了一顿没完没了的数落？算了，不回了。他犹豫了一下，没有去关福林家，直接来到关福生家里。关福生上地了，只有淑香和婆子在家。淑香在屋里用碎布糊袼褙，鞋底已经纳好了，布料跟鞋样也预备好了，她打算给自己做一双绣花鞋，再给郭耀祖做一双厚底鞋。坐在院子里的婆子看见有人走进了院子，手搭在额前眯着眼睛瞅了大半天，终于认出了来人是给她看病的郭先生，当即朝屋里叫道，淑香，郭先生来咧。淑香一惊，扔下手里的活，从屋里跑了出来，当看见郭耀祖头上血糊拉拉的景象时，一下子立住了，定定地看了一会儿郭耀祖，忍不住流下了眼泪。她将郭耀祖手里的东西接住，轻声说道，你这是怎么啦？说着话，将郭耀祖带到了东屋。淑香按照郭耀祖的指点，小心翼翼地给郭耀祖将伤口洗了，将药粉上了，然后用绷带包扎了起来。淑香问，究竟是怎么啦，弄成了这样？郭耀祖说，没怎么，马受惊了呗，摔了一下呗。淑香说，一打眼血糊拉拉蛮吓人的。郭耀祖说，没事，很快就好了。淑香说，我给你做饭去。郭耀祖说，不急，等福生大哥回来了，我要和他喝两盅。听郭耀祖这样说，淑香心里跳跳的，知道郭耀祖要住下了。遂低声细语问，得是想人家咧？郭耀祖说，要不是受了伤，先立收了你！淑香咯咯地笑了，说，来呀，收呀，就在这儿呢。说着从炕上拿出鞋样，说，你整天价四处跑遥忒费鞋了，我给你做了一双鞋，这就抓紧做，你走时带上。郭耀祖看着鞋样和淑香，眼睛里充满了柔情。

　　傍晚关福生下地回来，看见郭耀祖坐在自己家里，老实人心里泛酸了，也害怕了。淑香将饭端上后，郭耀祖将他看病用的烧酒拿出来，要与关福生对饮。关福生见了酒，一下子来了精神，也对郭耀祖热情了。郭耀祖喝了几盅便吃饭了，关福生就自个儿喝，直至半壶酒全喝光了，关福生已经脸红脖粗、精神恍惚了。睡觉时，淑香对关福生说，还是上次那个睡法，我和咱妈睡，郭先生睡东屋，你睡大门东草窑。关福生不满意，又没啥法子，便夹着铺盖卷去大门东窑了。上次郭耀祖在他家住过后，村里人骂声四起，族里一个老伯父将关福生叫去斥责了一顿，骂他狗日一个，将族人的脸丢尽了，说今后再若发生这种羞先人的事，先要卸了他的腿！这话吓得关福生魂飞魄散，却不敢将此事告诉淑香。关福生来到大门东窑，想起了老伯父的话，便借着酒胆跑到了老伯父家里，跪在地上哭诉郭耀祖又在他家住下了。谁知老伯父听了，并没有生气，对关福生说，你起来吧，你这些话我不要听；后来我想明白了，如今各家门另家户的，各人过各人的光景，你家那些事情与我何干？再说了，你那媳妇谁惹得起？我不想自找麻烦了。快别啰唆了，赶紧回去睡觉吧。关福生满身酒气，老伯父的话还没听大明白，就被赶了出来。可怜人没辙了，只好悄悄溜回到大门东草窑，躺在门板上睡着了。就在当天晚上三更时，关福生在大门东草窑睡下了，婆子妈也进入梦乡了，淑香将大门关好，将大门东窑门的扣子扣好，悄然来到郭耀祖安歇的东屋。就在两个人钻入被窝情意正浓时，忽然有一帮人将屋门撞开，将郭耀祖光溜溜地拽出来，用绳子捆住手脚毒打了一顿，又将淑香裹在被窝里结结实实揍了一通。

这一次，郭耀祖算是把人丢大了。关家族人说啥也不放过郭耀祖，说啥也不愿将事情暗中私了。事情实在下不了场了，只好由郭嘉树出面，亲自上门给关福生及其族人赔了罪，给关福生装了三石麦，赔了五十块银圆，总算把这场乱子了结了。

六十五

这件事将郭耀祖整怕了。

加上在家里养伤，好长时间里，郭耀祖没有出诊了。

这天，郭耀祖帮着学徒切药、晒药或者抓药，干着一些杂七杂八的事情，郭嘉树给前来求诊的病人号脉和开方。

趁没人的当口，郭嘉树喊道，耀祖，过来。郭耀祖来到医案旁。郭嘉树说，坐下说话。郭耀祖坐下来，等爷爷问话。郭嘉树说，像这样窝在药铺多久了，得是不打算出诊了？郭耀祖望着爷爷的脸，没有说话。郭嘉树恨气地说，如今晓得怕了吧？我真不明白，花了那么多心血，怎么把你出息成了这种尿样子。说吧，往后作何打算？郭耀祖想了半晌，低声说，能有啥打算，出诊看病呗。郭嘉树说，说得是，诊还得出，病还得看，不能永远窝在铺子里消磨时光。犯毛病时胆比天大，出了事情吓破了胆，这就是你没名堂的地方。时刻记住，你是一个男人，没事不惹事，出了事不怕事。时刻记住，你是一个大夫，病人比天大，德行先于行医。只有这样，你才能立德于世，立医于人。郭耀祖小声说，我记住了。郭嘉树说，往后让赖狗（学徒）随你一块出诊吧，也好给你打个下手。郭耀祖看看爷爷，没有说话。郭嘉树说，打算哪天出诊？郭耀祖磨叽了半晌说，再过些时日吧，我觉得腰还有些疼。郭嘉树看着郭耀祖，一脸无可奈何的神情。

良久，郭嘉树说，看你整天浑浑噩噩的样子，想过正经事吗？郭耀祖不解地望着爷爷。郭嘉树说，看什么看？你真的没想过冬翠有喜几个月了？郭耀祖依然望着郭嘉树。郭嘉树说，难道你真的想让冬翠把娃娃生在她娘家吗？郭耀祖嗫嚅着说，我啥时候那样想了？是人家冬翠不愿意回来嘛。郭嘉树说，人家为啥不愿意回来？想想你做的那些破烂事，好赖有点血性的人，谁愿意回这个家？郭耀祖不吱声。郭嘉树说，说吧，这事咋办？要不你去一趟谭家坳，给你丈人丈母娘还有冬翠和她哥，当面赔个罪，让人家宽恕你，然后将冬翠接回来？听爷爷这样说，郭耀祖脑子豁亮了一下，暗中思谋去一下也无妨吧，起码可以看见井花花。想起井花花，郭耀祖心里又涌过了一股悲愤，他要当面质问她为啥要背弃他，为啥如此没骨气。可转而又想，如今井花花跟王冬来和好了，面对王家一家人，恐怕没等他开口，就给王冬来打翻在地了，说不定全家人都会上手呢。郭耀祖脑子里浮上了前后三次遭人毒打的场面，心里不由得一颤。郭嘉树说，半天不吭声，想啥呢？郭耀祖立即摇摇头，说，我不去。郭嘉树望着郭耀祖，说，你不去？解铃还得系铃人，你不去谁去？你不去这中间的疙瘩咋解啊？郭耀祖说，爷爷你想一下，我还能去吗？我如今成了这家人的眼中钉，万一他们要对我动手，我这不是自投罗网吗？郭嘉树觉得这话有些道理，遂说道，天作孽，犹可违；自作孽，不可活。如今知道自己造的孽了吧？半晌沉思道，那该怎么办，难道又拿我这张老脸去蹭？郭耀祖看着爷爷，那神情说，除了你拿脸蹭，谁还能蹭啊？郭嘉树叹了口气，咬了咬牙，说，也罢，蹭就蹭吧！反正是为了郭家这门香火，不在乎这张老脸了！

次日一早，郭嘉树驾着马车，给王财东家里带了一大堆礼当，包括给王冬翠带了两只老母鸡和一百颗鸡蛋，给王财东带了一坛子滋补药酒，给王冬翠母亲带了一罐子滋补药膏，去了谭家坳。郭嘉树再次来到谭家坳，王财东依然热情接待了他，让老伴做了郭嘉树喜欢吃的臊子剺面。看到郭嘉树带来这么多礼物，王财东说，来就来了，带那么多东西干啥？郭嘉树说，能不带吗？冬翠劳苦功高，给我们郭家养着娃娃，我能空手两吊来吗？吃完饭，郭嘉树和王财东去了东屋说话。郭嘉树略带歉意地说，冬翠身子重了,多亏你跟亲家母伺候,我来看看冬翠,也来看看你和亲家母。王财东刚要说话,郭嘉树接着问道,刚才吃饭时,好像看见冬来媳妇了,啥时候将媳妇接回来的?王财东脸红了一下,抽了几口旱烟,吭吭哧哧说道,个把月工夫吧。冬来媳妇不也有喜了嘛,眼看不久也要临盆了,冬来就把她接了回来。说完头上渗出了一层汗。郭嘉树哦了一声说,那是那是,总不能让媳妇把娃娃生到娘家,接回来是对的,接回来是对的。王财东只管抽着烟,没有接郭嘉树的话茬儿。郭嘉树说,其实我今天来谭家坳,也和亲家你的想法一样,想、想把……冬翠接回郭堡村家里去。王财东当然想让王冬翠跟郭耀祖和好,打心里不希望女儿把娃娃生在自己家里。他缓缓地抽完一锅烟,幽幽地说道,又烦劳您老跑了一趟,那我把冬翠叫过来,您老和娃商量一下。王财东将王冬翠叫到东屋,说,你爷爷这次来,没别的事情,还是想接你回郭堡村家里去。郭嘉树笑吟吟地看着王冬翠,说,冬翠,我娃听爷爷的话,跟爷爷回家吧。王冬翠挺着个大肚子,半天没吱声,末了看了看她爹,说,上次不是说好了吗,怎么又要接我回去?郭嘉树忙说,当然回到咱家最好,你爹你妈这边这么忙,这不是你嫂子也有身孕嘛,我娃还是回到咱家坐月子好些……郭嘉树话没有说完,没想到王冬翠说道,爷爷,说好的事情就不要再提了,好不好?郭嘉树被王冬翠戗了嘴,显得有些尴尬,望着王财东。王财东说,爷爷老远跑来了,你就听他老人家一句话,跟爷爷回郭堡村,在郭家炕头把娃娃生下来,有啥不好?郭嘉树接着说,对对对,你爹的话说得在理。按照咱当地的风俗,娃娃应当生在自家炕头,到时我跟你婆婆,还有耀祖好好伺候你,把娃娃养得好好的。你看人家你嫂子不也回家坐月子了?郭嘉树的话好像刺痛了王冬翠,王冬翠不耐烦地说,嫂子是嫂子,我是我。各人的事情各人行,嫂子与我没有关系!说着停顿了片刻,接着说,爷爷,我说过的话不会改,一辈子不会再进郭家的门!王冬翠看着郭嘉树涨紫的脸,说,既然爷爷今天来了,那你捎句话给耀祖,让他给我写封休书捎过来。王财东说,冬翠,别不知道好歹!在爷爷面前叽叽喳喳的,成何体统?王冬翠说道,我知道爹不让我在娘家住下去,那好吧,到时我不会扰害你跟妈,也不会扰害嫂子给你生孙子,我找个地方坐月子还不成吗?王冬翠的话，说得郭嘉树和王财东瞪大了眼睛，王财东眼睛里溢满了泪水。郭嘉树说，冬翠我娃不敢乱说，你爹不是那个意思。所有人都觉得，你应该回到自己家里坐月子。王冬翠看着郭嘉树说，爷爷，您别说了，既然事情这样了，那就一封休书各走各路，清清爽爽、利利索索，我不喜欢磨磨叽叽。您回去告诉耀祖，让他把休书给我捎过来。听着王冬翠的话，郭嘉树只觉得脑袋发胀、眼睛发花，他怎么也没想到这个小小的王冬翠，居然是个倔强硬气的女女。郭嘉树沉默了半天，说，冬翠的意思我听明白了，既然娃是这样的想法，那就拜托亲家、亲家母把冬翠伺候好，让她安安生生地把娃娃生下来。

　　郭嘉树离开时，王冬翠将郭嘉树送出了大门，道说，听说我婆母不在世了，回去代我给她老人家烧些纸钱。

　　郭嘉树回到家里，将王冬翠说的话告诉给了郭耀祖，没想到郭耀祖一下子来了气，嗤之以鼻道，啥，要我休了她？得是她又瞅下男人了，急着嫁人呀？哼哼，想得倒美！我偏偏不让她美，我要拖住她，拖她个发谢牙落！她想要休书，休想！一整天的跑遥加上心里的委屈，让郭嘉树身心俱疲。郭嘉树坐在椅子上，有气无力地对郭耀祖说，别再使气啦，我的小祖宗，整个事情都是你弄失塌的。冬翠已经说过了，她这辈子不会嫁人，她是让你把心伤透啦。她不像你说话不算话，你小看冬翠了！郭耀祖鼻子哼了一声说，她这辈子不嫁人？你能相信她的鬼话？让她骗鬼去吧！反正吧，这休书我不会写，我要憋死她！郭嘉树说，休不休的事情先别说，眼下最当紧的还是坐月子的事，不仅要让她顺顺当当把娃娃生下来，还要让她顺顺当当把娃娃给咱们。冬翠性子硬，我只担心将来弄不好她反悔了，不愿意将娃娃给咱们。郭耀祖想想说，不给就不给吧，她爱养就让她养去，咱还省得受麻烦！郭嘉树突然挺起身子怒骂了一声，放你的狗臭屁！那娃娃是我们郭家的香火，说不要就不要了？你这个狗日的，我看这郭家就要绝门绝户了！郭嘉树骂着，气哼哼地闭上眼睛，将头靠在椅背后面的墙上假寐，不理郭耀祖了。

　　郭耀祖不吱声了，待了一会儿就起身回他屋子去了。看着郭耀祖出了门，郭嘉树咬牙切齿地嘘了一口气。婆婆说，要歇赶紧去药铺歇歇吧，累一天了，生那些闲气干啥？郭嘉树愤愤地说，这叫闲气？这是正事！耀祖这个败家的东西，把人活世事的心思弄得灰塌塌的，将来你我都入土了，他能把郭家的光景过成啥样子？想都不敢想！婆婆说，你就管你这辈子吧！儿孙自有儿孙福，莫为儿孙做马牛。将来光景过好过赖，随他去吧。郭嘉树说，真是作孽啊！我郭嘉树一辈子行善积德、治病救命，没给人使过一丝坏心，后代人怎么成了这副尿样子？老婆，你知道吗，如今我只要看见这小子，气就不打一处来，黑血不由得往上翻，真的气死我啦！婆婆说，赶快去药铺睡吧，要知道，把你气死了，这家里就塌台了。消消气吧！遇啥人容啥人，逢下这样的后人，就容这样的后人。这都是咱自个儿的命，别胡思乱想了，日子该咋过咋过吧。郭嘉树不再说话了。婆婆问，冬翠还好吗？郭嘉树半天说，好着呢，这是个气大性硬的女女。我也看清了，人家冬翠看不上咱家这货，咱这货也配不上人家。咱没这个命，也没这个福，把个好孙子媳妇硬是可惜啦！

六十六

两个月后，先是井花花生下一个女娃娃，中间隔了七天，王冬翠又生下一个男娃娃。王冬翠生了娃娃后，王财东打发王冬生来郭堡村给郭家报了喜。娃娃半个月时，郭嘉树赶着马车，拉着婆婆，带着厚礼，去谭家坳看望王冬翠和孩子。当婆婆从王冬翠怀里抱起胖嘟嘟的重孙时，站在旁边的郭嘉树忽然呜呜地哭了起来。郭嘉树一哭，婆婆也哭了，看爷爷跟婆婆哭得如此真心和伤情，王冬翠也跟着哭了。三个人这一哭，引得王财东两口子急忙赶过来。一看是这情景，望着女儿跟小外孙可怜兮兮的样子，忍不住都哭了，五个人哭成了一团。哭了一阵子，婆婆首先说，冬翠我娃不敢哭，你在月子里呢，哭会伤了身子。我和你爷爷哭，是高兴地哭，是欢喜地哭，是哭我们郭家后继有人了。

从谭家坳回到家里后，郭嘉树像打了鸡血一样亢奋，立即买了一只体肥乳多的奶山羊回来，准备将来将孩子接回后用羊奶喂养孩子。此后几个月里，郭嘉树精神特别振奋，一方面打理药铺的事情，一方面抽空放羊喂羊。每天放羊时还要割回来一捆青草，保证奶羊时刻有青草吃。除此之外，每隔半个月、一个月，一定要和婆婆去谭家坳看一次冬翠和孩子。有一次，郭嘉树劝郭耀祖也跟着去，借机消除一下他跟王冬翠之间的隔阂，希望挽回他们的情缘。可郭耀祖对这件事情并不热心，不知道是不敢去还是不想去，始终没有去过谭家坳。这期间，郭嘉树将挤出来的羊奶煎煮后让全家人喝，郭耀祖对奶没有兴趣，奶就让郭嘉树和老伴喝了。谁知几个月下来，婆婆的体重增加了，郭嘉树的身体状况也明显改善了，这就使得郭嘉树对用羊奶喂养小重孙的信心更足了。孩子满半岁了，郭嘉树便和王财东商量接回娃娃的事情。这时王财东两口子对娃娃产生感情了，提出将孩子养到一岁后再接。这让郭嘉树急了，说，娃娃半岁交给我们，是冬翠当初亲口许下的。亲家，你可不许反悔。王财东不说话了。这时王冬翠流着泪说，爷爷您就甭怪我爹我妈了，娃娃我也舍不得。但既然当初答应过您，我肯定会把他交给您。您就放心吧。郭嘉树说，那啥时候能让我把娃娃接走？王冬翠半天没吱声。待王冬翠仰起头时，已经泣不成声了。郭嘉树静静地盯着王冬翠，等着她说话。王冬翠说，娃娃是我身上掉下来的肉，我舍不得啊！爷爷。郭嘉树心里一紧，既紧张又难过。他张了张嘴，不知道说些啥好。良久，王冬翠擦了把眼泪，说，爷爷，我有个条件，爷爷你必须答应我。郭嘉树一慌，立即说，冬翠你只管开口，啥条件？王冬翠说，回去让郭耀祖给我把休书写了，拿着休书来换娃娃。

  郭嘉树无奈，回到家让郭耀祖写休书。郭耀祖为了扛住王冬翠不再结婚，依然不愿意写。郭嘉树急了，问道，你给我说清楚，你究竟想不想要这个儿子？郭耀祖想也没想，用无所谓的口气说道，不想！郭嘉树顺手抄起身边刚用过的一只瓷碗，没思索就朝郭耀祖甩了过去。碗落在了郭耀祖的大腿上，疼得郭耀祖哎哟了一声，险些跪倒在地上。郭嘉树大声吼道，你个狼心狗肺的东西！你给我写不写？郭耀祖没吱声，揉了揉自己的大腿，不情不愿地斜了郭嘉树一眼，慢吞吞地取出毛笔和麻纸，将休书写下了。第二天，郭嘉树拿着休书来到谭家坳，从王冬翠手里换回了娃娃。

王冬翠将娃娃交到郭嘉树手里时，流着眼泪说，我给娃起了个名字，不知道爷爷喜欢不喜欢。郭嘉树说，你是娃的娘，娘起的名字不会有错，爷爷肯定会喜欢。王冬翠破涕为笑了，说，郭镇豪，爷爷看行吗？郭嘉树听了后一愣，随后哈哈大笑，连声说，好名字好名字！就让这名字跟他一辈子吧。

这个小生命给了郭嘉树老两口无尽的欢乐。

娃娃刚接回来时又白又胖，已经会对着人笑了。郭嘉树看到，这孩子完全是郭家的真传，小模样酷似郭耀祖，两个人如同一个模子里浇出来的。尽管心里对郭耀祖有着诸多的怨恨和不满，但对于娃娃酷似郭耀祖这一点，郭嘉树却是心满意足的。郭嘉树只要抱起了娃娃，就像抱着了金元宝，心甜得要死，心疼得要死，宝贝得要死，爱惜得要死。只要娃娃一抱上手，就再也不想放下了。人常说，抓养个娃娃等于侍弄十亩土地，家里有多少人就能忙活多少人。此话当真不假。娃娃离开母亲后，岔岔地来到一个新地方，忽然从吃母乳换成了吃羊奶，就有些不适应了。换环境、换肚子，让娃娃大病了一场，也让郭嘉树两口子忙得焦头烂额。先是娃娃不愿意喝羊奶，一点点也不愿意喝进口，即便硬是灌了一点点进去，也很快就吐了出来。没办法了，郭嘉树让婆婆熬小米粥，将漂在上面的米油汤汤喂给娃娃吃，娃娃还是不愿吃。娃娃吃不下饭，喝不下水，肚子饿了就不停点地号啕。整个晚上几乎不睡，就那么哇哇地哭着，哭得嗓子哑了，眼睛肿了，颜面肿了。面对躺在炕上嗷嗷不止的娃娃，郭嘉树束手无策，急得在地上打转转，无奈了将蜂蜜加在羊奶里一点点，慢慢地让娃娃抿着喝。可能是娃娃实在饿极了，饥不择食了，居然将那点羊奶喝下去了。这让郭嘉树跟婆婆高兴得流下了泪。第一次将羊奶喂进了娃娃肚子，老两口就像打了大胜仗，看着安静下来的娃娃，忍不住嘿嘿地笑着，眼泪却唰唰地淌着。可是好景不长，羊奶是喝下去了，谁知道喝下去羊奶的结果却是没完没了地拉肚子。几乎是吃进去多少，拉出来多少，一天能拉几十次。眼看娃娃明显消瘦了，郭嘉树心里如同刀绞，他小心地给娃娃配制了一点止泻药，吃了也不顶事，却也不敢再弄了。就这样黑明地忙活着，整得郭嘉树老两口连吃饭、上茅厕的时间也没有。两个人同时上火了，嘴唇上各起了一溜小泡泡。两只粗糙的老手上，娃娃屎尼尼和尿水从来没有洗净过。婆婆实在熬不住了，对郭嘉树说，干脆把娃娃给冬翠送回去，让冬翠养上一段时日再接回来，好不好？婆婆这句话一下子将困兽犹斗的郭嘉树激怒了，对着婆婆怒吼道，我说不好！绝对不好！你这个老婆子，我问你，你是在说话还是拉稀？把娃娃给冬翠送回去？亏你想得出来！你要是累了、烦了，就给我滚远些！我一个人来管娃娃，不信把娃娃管不好！你呀你呀，跟耀祖一个尿式子！我看耀祖那不肖的尿样子，就是跟着你传下来的！郭嘉树的话将婆婆骂哭了，婆婆不敢再说啥，一边哭一边给娃娃侍弄屎尼尼。

郭耀祖在这期间，看见爷爷和婆婆被娃娃弄得手忙脚乱，一直是隔岸观火，绝不去插手。娃娃回到家里后，郭耀祖曾好奇地将娃娃低头望了老半天，婆婆笑着说，看吧，看你儿子多漂亮，长得就像你。像我？郭耀祖一激灵，接着用心将儿子端详了一阵，说，倒是哪里像我了？像个没长毛的小麻雀。婆婆又说，抱下娃娃，心疼下他。郭耀祖慢慢立起身，没有抱娃娃，对婆婆说，我看他不光不像我，还特别丑陋。婆婆说，胡说八道！不像你，他又该像谁？嘴里说不出一句正经话。郭耀祖没吱声，转身从屋子里出去了。直至后来，娃娃又拉又吐的，弄得家里腥乎乎臭烘烘，郭耀祖干脆不去家里了。一天，郭嘉树说，抓娃的事情你不伸手，我如今顾不上药铺了，你就去药铺支应着吧。郭耀祖便和两个学徒在药铺里忙活，至于侍弄娃娃的事，不愿意看也不愿意想。

前后折腾了两个多月，娃娃终于逐渐适应了新环境，吃饭睡觉步入了正轨，郭嘉树也终于松了一口气。可这时的婆婆，却因为劳累过度病倒了。

三个月后，家里的运转秩序恢复了正常。郭嘉树对老伴说，娃娃交给你了，把娃娃给我看好，不能有一点闪失。要有啥闪失，我唯你老婆子是问！婆婆负气地说，说话咋那么难听？好像这娃是你的娃，不是我的娃。郭嘉树笑了，说，当然是你的娃！婆婆抱着娃娃笑了，指着郭嘉树对娃娃说，这是个坏祖爷！郭嘉树摸摸娃娃的头，说，我得去照看药铺了。耀祖在药铺这一段，几乎没有啥进项。婆婆说，这耀祖真是不争气。郭嘉树说，我在药铺坐堂，还是让他去远路出诊吧。

郭耀祖又开始四处给人看病了。这时候的郭耀祖已经打消了再婚的念头，整天价在四村八社游荡，哪里黑了哪里歇，常在外面过夜留宿。三天五天不回家已经成了家常便饭。

六十七

六年后的一九三四年，郭耀祖二十四岁了。

这年春季的一天，三十岁的白凤镇警所所长兼联保主任裴元魁，将自己十五岁的妹妹裴元秀嫁给了郭堡村富户韩贵明的儿子韩大浪。韩贵明是生意人，在白凤镇开了个不小的铺子，做粮食和山货的营生。韩大浪初小毕业后，跟着他爹在白凤镇经商。

裴元魁爹妈过世早，由裴元魁把这个小妹妹拉扯大。裴元魁的爹活着时，是县警察局的副局长，与闫济舜是同事，在白凤镇是个有权有势的人物。裴元魁从省城中学毕业后，遵照他爹的意愿在白凤镇警所谋了个警员的职位。裴元魁的爹后来得了肺气肿，早早地去世了。两年后，他妈也去世了。那年裴元魁二十岁，妹妹裴元秀刚五岁，其他弟妹也还小，老大裴元魁便挑起了家里的担子。裴元魁性情像他爹，办事认真，处世干练，胆正心硬，义气豪爽。在闫济舜的关照下，他不久就当上了警所的副所长，后来又升为所长，兼任白凤镇的联保主任，在白凤镇建立了很广的人脉和很强的权威。

裴元魁的妹妹裴元秀，是裴元魁兄妹六个的老幺，与长兄裴元魁几乎算是两代人了。裴元秀继承了母亲大家闺秀的气质，出落得十分美丽和端庄，是白凤镇有名的美人儿。裴元魁很是心疼他这个妹妹，吃穿用上绝不亏待她。他决心给妹妹找个好婆家。最后挑来拣去，挑到了郭堡村韩贵明的儿子韩大浪。经媒人穿针引线，裴元秀和韩大浪见了面。裴元秀对高高大大的韩大浪很满意，觉得韩大浪不光人长得英俊，还识文断字，是她心中的白马王子。韩大浪对裴元秀当然没有啥挑剔。裴元魁对裴元秀说，你可想好了，韩大浪人是不错，家道也殷实，可就是家不在白凤镇。那郭堡村可是地道的乡下。嫁进韩家，就意味着你日后必须住到乡下去。这你想过吗？裴元秀说，原来没想过，今天哥哥说给了我，我就知道了。裴元魁说，住乡下乐意吗？裴元秀说，乡下就乡下吧，谁叫人家祖上就在乡下。听妹妹这样说，裴元魁一颗心便落下了。裴元魁跟韩贵明是老交情了，韩贵明在生意上需时时仰仗裴元魁照应，裴元魁的一些应酬中，也离不开韩贵明在物质和经济方面的支持。两个人一拍即合，就将这门亲事定了下来。

裴元魁在白凤镇有威望，这点郭耀祖早就听说了。裴元魁的妹子裴元秀长得漂亮，郭耀祖也早有风闻了。只是没有亲眼看见过这个女人，这让郭耀祖一直有些遗憾。听到裴元魁要将妹妹嫁给韩大浪的消息后，郭耀祖心里酸溜溜的，对韩大浪能有如此艳遇，很有些嫉妒。不过退而求其次，裴元秀毕竟没有嫁到其他很远的地方去，而是嫁到了郭堡村，这就让他有机会能够看到这个美人儿。韩大浪跟裴元秀成亲那天，郭耀祖专意回到家里，决心要一睹美人儿的风采。按着村里的习俗，郭耀祖主动跑到韩大浪家，在他结婚的事情上帮忙，为客人烧茶送水，为饭席端菜提馍。郭家、韩家在郭堡村算得上是富户了，郭嘉树和韩贵明更是很有声望的人物。郭耀祖主动来给韩家打下手帮忙，带来了爷爷郭嘉树祝福的话，这让韩贵明和韩大浪十分高兴。因为平时郭家、韩家各忙各的，两家人几乎见不上面，就更对郭耀祖热情接待。郭耀祖也大大方方拿出一百万元随了礼，让韩家父子很是感动。那天花轿落地后，郭耀祖挤到了人群最前面，耐心地观看撩轿、打轿等仪式的完成，待裴元秀被人从花轿上扶下来时，郭耀祖直眼瞪瞪地盯着轿门一眨不眨，但令郭耀祖失望的是，他只看到了裴元秀的一袭红嫁衣和一个红盖头，看到了裴元秀细长直溜的身子骨，其他什么也没看见。郭耀祖不甘心，随着人群挤进院子，耐着性子看着韩大浪与裴元秀拜天地、拜父母、夫妻对拜，依然没有看到韩大浪将裴元秀的盖头揭下来。人群簇拥着新郎新娘进了新房，郭耀祖也跟着挤进去。接着进行"拍扫帚"：由一个能说会道的男人手持一把篾子上拴满核桃、花生、红枣等吉祥物事的扫帚，在新房的炕面上一边拍打着，一边朗朗上口地说着快板书。大意是夸赞新郎新娘郎才女貌，这桩婚姻天造地设，祝愿新郎新娘婚姻美满、子孙满堂和白头偕老。这一环节是当地婚礼最令人期盼的节目，人们都想听拍扫帚的人说出一大堆吉利好听、诙谐有趣的顺口溜。拍扫帚的人满口白沫地说唱着，满屋子的人津津有味地听着，动不动会爆出一阵哄堂大笑。对于眼前的这一切热闹，郭耀祖什么也没感受到。他不住地瞅着站在炕沿前面，离他不远，头上盖着大红盖头的新娘裴元秀，不住地瞟着那个讨厌之至、得意扬扬地说快板书的男人，只希望那人能够马上闭嘴或者忽然死掉，好让韩大浪尽快将裴元秀的盖头揭下来。拍扫帚终于完成了。在几个伴娘的簇拥下，在人们的嘈杂声和笑闹声中，韩大浪将新媳妇扶上炕。郭耀祖看见韩大浪跪在裴元秀面前，就要为裴元秀揭盖头了。郭耀祖的心突然狂跳了起来，跳得胸腔里怦怦乱响。可就在这时候，有一只大手突然拽住了郭耀祖的胳膊，不由分说将郭耀祖弄出了人群。郭耀祖刚要发火，扭脸一看，原来是爷爷郭嘉树拽着他。爷爷火急火燎地说，快走，立马去一趟牙子村，有个男娃在家挺命哩，你去看看吧。郭耀祖垂头丧气地跟着爷爷走出了韩家的大门。

　　裴元秀和韩大浪结婚后，郭耀祖便将心思操在了裴元秀身上，时常盼望着能在村里碰到裴元秀。韩贵明和韩大浪平时不在家，加上他家门楼高、家教严、规矩多，裴元秀待在家里几乎没有出过门。郭耀祖希望韩家人能有个啥病病灾灾的，使他有机会给他们诊诊病，实现他的夙愿。可韩家始终没有人生病，也没见他家人来药铺抓药，这让郭耀祖一直很闹心。直到韩大浪和裴元秀结婚后的第二年正月初一那天，郭耀祖琢磨，今天是女儿女婿给老丈人拜年的日子，韩大浪和裴元秀少不了要去白凤镇给裴元魁拜年。这不正好是个机会吗？掐指算来，裴元秀嫁给韩大浪将近一年了，郭耀祖至今还没见过这个女人的面，这让郭耀祖喉咙眼儿里仿佛堵着一个啥东西，总是感觉气儿不顺。正月初二这天，郭耀祖起了个大早。听见郭耀祖起来了，站在院子里的郭嘉树感到有点意外。如今的郭耀祖，已经对来自爷爷的管教几乎充耳不闻了。他平时大部分时间在外云游，对家里的娃娃和两个老人也不放在心上，即便回到家里住，也把家里当成了歇马凉店。要是不出诊，郭耀祖早晨睡不到日头三竿高，是不会起身下炕的。郭嘉树正在拿着一把扫帚扫院子，郭耀祖从西边小窑走出来，看也没看爷爷一眼，从拿着扫把的郭嘉树身边走了过去。郭嘉树想，没听说他要去哪里拜年嘛，咋这么早就起来了？郭耀祖走出大门，稍微站了一下，脑子里判断着韩大浪可能会从哪条路出村，然后转身朝巷子西边的方向，顶着呼呼作响的西北风走去了。只是郭耀祖不知道，韩大浪跟裴元秀说好了，今天晚上要住在白凤镇，两个人便上路比较晚。郭耀祖站在大路上等啊等，一方面被凛冽的西北风吹得脑袋有些发木，一方面被陆续出村拜年的人看得他有些不好意思，只好躲在离大路不远的一棵老梨树背后，用眼睛睄着每一个赶着牛车、驴车或者马车出村的人。太阳已经三竿高了，到了郭耀祖每天起身下炕的时间了，依然看不到韩大浪马车的影子。郭耀祖有些烦躁了，怀疑韩大浪是不是在他来这里前已经出村了。正在纠结时，一声短促的吆喝声传了过来，郭耀祖一惊，听见是韩大浪的声音，伸脖一望，果不其然。郭耀祖心猛地一跳，立马振作起来，与此同时，又有些失望，因为韩大浪的马车上搭着严严实实的篷子，篷子前面挂着厚厚的帘子。韩大浪坐在车辕上，袖着一双手，怀里抱着一根不长的鞭子。郭耀祖迅速来到大路上，装作要回村里的样子，与韩大浪的马车打着照面走。郭耀祖脑袋里飞快转着，思量应该怎样与韩大浪说话，怎样说话才能让他看到裴元秀。很快马车来到了郭耀祖面前，郭耀祖愉快地叫了一声，大浪兄弟啊，去拜年啊？韩大浪将马缰绳扯住，吁了一声让马车停下来，笑着回道，是啊，去白凤。天这么冷的，耀祖哥从啊达回来？郭耀祖笑着支吾道，你年根根才回到村吧？一直没见到你的人，真的是商人爱钱不爱家啊，把个漂亮的媳妇孤独独地搁在家里，心里就能落忍吗？韩大浪不大会说话，笑着说，耀祖哥说笑了，这不是铺子里生意忙嘛！眼看韩大浪要举手里的鞭子了，郭耀祖急忙说，大浪啊，人家都说你娶了个天仙回来，这么长时间了，哥还没见过你媳妇的金面呢。真是金屋藏娇哩，舍不得让哥看一眼？见郭耀祖这样说，韩大浪朝坐在帘子里的裴元秀说了声，秀，这就是我给你提起过的耀祖哥，年纪不大，医术了得。这时就有一只纤纤玉手轻轻将车篷帘子拨开一条缝，只见裴元秀稍微将脸往外伸了一下，望着站在马车前的郭耀祖笑笑,轻声说道,郭先生过年好。郭耀祖立即拱起手说道,弟妹过年好。裴元秀说,我家掌柜的说起过你。说完,将帘子放了下来。郭耀祖还想说什么,只听韩大浪"驾"了一声,马车徐徐地走动了。坐在车上的韩大浪回头说,耀祖哥,有空来白凤我家铺子转转啊。郭耀祖嘴里答应着好啊好啊,心里却想,有空去你家铺子卖傻呀?咋不让我有空去你家里转转呢!马车渐渐地走远了,郭耀祖的视线始终与马车连接在一起。直至韩大浪挥了一下鞭子,马车转了一个弯,人、马、车全没踪影了,郭耀祖才将直勾勾的目光恋恋不舍地收了回来。

也就是从那一刻起,郭耀祖终于明白了,啥样的女人才是漂亮的女人;终于明白了,啥样的女人娶回来才算是真正的媳妇;终于明白了,和他曾经交往过、使他迷恋的那些女人,不管她们是小媳妇、大姑娘,还是窑姐儿,没一个人能和人家裴元秀比,全是提不起串子的半吊子货色。也就是从那一刻起,郭耀祖的心思铁定地操在了裴元秀身上。

六十八

为了能得到裴元秀,郭耀祖下了很多功夫。

郭耀祖知道,韩贵明和韩大浪在白凤镇做生意,家里只留有韩大浪的母亲和爷爷,还有裴元秀三辈三个人。郭耀祖想,这三个人,不是老汉就是女人,裴元秀夜里又是单独一个人睡,这应该是个不错的机会。虽然郭耀祖也曾去过韩家的院子,但郭耀祖仍然几次趴在窑背上,偷偷地对韩大浪家的院子结构进行了仔细观察,看看韩家墙头可不可以攀爬和行走。另外,他还几次找借口从韩大浪家大门走到院子里,想要发现可以利用的漏洞。通过多次观察和摸底,郭耀祖觉得他的想法不现实。事实上,韩大浪家里除了三个家人外,还住着两个男人——韩家有上百亩土地,长年雇着两个年轻力壮的亲戚给他家干活。这不和保镖一样吗?这使得郭耀祖不得不打消了强取豪夺的念头。

他告诉自己，日子长着呢，等待机会吧。

　　又是六年时间过去了。就在这年的秋季，一天，郭耀祖正在白凤镇一户人家看病，忽然跑进来了一个中年人，急赤白脸地述说他家的男娃从小尿床，一直没有治好。最近娃娃爬树，从树上跌下来，把膝盖跌烂了。如今伤口化脓了，膝盖骨都露出来了，只怕娃娃的腿是保不住了。中年人说话间，已经眼泪吧嚓的了。郭耀祖问，白凤镇的白老先生请过了吗？中年人说，怎么没请？吃他的药，抹他的药，不见效果啊！听说郭先生治病有奇法子，我就去了郭堡村，郭老先生说你来镇上了，我转身打听着跟来了。郭耀祖问，你是哪个村的？中年人说，镇北温家河的。郭耀祖便跟着中年人来到了温家河。温家河村被一条小河温家河滋润着，这里虽属河沟地带，但地域开阔、林木茂密、流水潺潺，是个风景秀丽的地方。走进院子，郭耀祖发现这是个大户人家，门楼高大，院落宽敞，砖挂窑面，青砖铺地。见到害病的男娃后，郭耀祖发现，中年人说得没错，娃娃膝盖的伤口已经大面积感染了，隐隐看到白骨了，要是再得不到有效医治，肯定会落下终身残疾。郭耀祖先使用他家一个祖传偏方，即：取桂圆十粒，让娃娃食其肉，再将壳、核炕干，入锅翻炒成炭，捣碎碾成面末，过筛成粉，将炭粉敷于伤口。这个偏方郭耀祖极少用到，决定用它时心里还有点打鼓，不知道效果究竟如何。这个偏方是爷爷传给他的，爷爷神秘兮兮地只让他把方子记在心里，不许用笔写出来。郭耀祖当时不以为然，心想，啥宝贝方子？听后也没放心上。今天看到这个病症后，这个方子忽然从脑子里跳了出来。男孩用药后，郭耀祖有点忐忑地等待着结果。谁知爷爷就是爷爷，名老中医就是名老中医。就是这个不起眼的偏方竟有一种奇异的效用，药灰敷上一个时辰后，伤口渗血就有些减轻了。孩子家长异常感激，孩子妈当即趴在地上要给郭耀祖磕头。郭耀祖一边扶起女人一边说，每次不要敷很多，薄薄一层就行。这样不但伤口会很快痊愈，以后也不会留下疤痕。中年人立即对老婆说，立即温酒炒菜，我要重重地谢忱郭先生。

　　就在郭耀祖跟着中年人走进客厅吃饭的时候，眼前的一幕让郭耀祖惊呆了。他看见，往饭桌上端酒端菜的女人不是别人，竟是他日思夜想的裴元秀。郭耀祖望着裴元秀,不由得结巴了一声,说,怎么是、是你……裴元秀朝郭耀祖笑笑,没有说话,转身忙她的去了。这时中年人说,元秀是我的外甥女,来我家里待几天,小时候经常在这里住。说完又朝裴元秀说,这是你们村的郭先生,应该认识吧?中年人说完,对郭耀祖说,请你给娃看病这个主意,就是元秀给我提醒的,说你对一些疑难杂症很有办法。郭耀祖嘴里哦哦着,心想,这人原来就是大名鼎鼎的温敬海温财东,裴元魁的舅舅啊!在外面名气不小的,怎么穿着像个庄稼人?温敬海笑着说,温家河跟郭堡村离得远,我原来还想请郭嘉树老先生哩。这时郭耀祖的心里已经平静下来了,笑着回道,我爷爷年纪大了,就把出诊交给了我。郭嘉树的方子好像很对症,这让温敬海很高兴,对郭耀祖很崇敬,嘴里的话不免多了起来。他对郭耀祖说,元秀母亲是我大姐,我家里姐弟四个,我是老四。只可惜大姐早早地过世了,我们元秀从小受了不少苦。这时裴元秀笑着说,舅舅,快吃饭吧,说那些事情干啥?温敬海便招呼郭耀祖坐下来,对裴元秀说,看来今天请郭先生是请对了,我心里高兴。饭是分开吃的,裴元秀跟舅母和几个表弟表妹一起吃,温敬海和郭耀祖一起吃。吃饭过程中,温敬海还是不住地说话,郭耀祖则说话很少,在默默地吃着饭。这时候,郭耀祖的心里已经乱了,他觉得,今天在这里,也许会有什么事情发生……

吃完饭已是半后晌了。郭耀祖将男娃的伤口检查了一次,换敷了一次药,接着琢磨如何给娃娃看尿床的病。这时候郭耀祖心跳得特别厉害,他故意磨蹭着时间,光翻药书就翻了小半晌,直到天要黑了,才开出一个祖传偏方:用葵花根须加水煎服,一日两次,连服七天。郭耀祖将方子交给了温敬海,温敬海看了看,微笑着不说话。郭耀祖问,怎么啦?温敬海苦笑着说,这个方子用过了,不顶用。郭耀祖一激灵,哦了一声,将药方接过来,说,是吗?让我再看看。郭耀祖又翻了一阵书,另外开出一个方子:取蜂房二两,将其剪碎,放铁锅中慢慢加热,直至松脆时趁热碾成细末,每天早晚各取一钱,用白糖开水化服或者冲服均可。温敬海拿着方子说,真能治好吗?郭耀祖说,应该没问题,此方专治顽固性尿床,最大的好处是疗程短、见效快。温敬海说,那就好,我信先生。郭耀祖笑着说，你不要信我，信单方吧。没听说过单方气死名医这句话吗？温敬海嘿嘿地笑了。方子开好天已经黑了，郭耀祖提出要回家。眼看天黑成了这个样子，温家河离郭堡村三十多里地，这时候让人家看病先生走，从哪一方面讲都有点不合适。温敬海给了郭耀祖十块大洋作为诊费，却不让郭耀祖走，说，让郭先生半夜上路回家，这话传出去，那还不把我寒碜死？待一宿吧郭先生，天亮后再走好不好？看温敬海这样说话，郭耀祖假装推辞了一下，留下来了。郭耀祖说，也好，明天上午临走前，再把娃的伤口看看。

裴元魁的舅舅温敬海是当地有名的财东，他当然晓得郭耀祖在当地是怎样的名声。不过他觉得，一来有裴元魁这个外甥镇守白凤镇，二来裴元秀与郭耀祖同村，韩贵明又是村里的名流，料想郭耀祖不敢胡来。温敬海想，不管怎么说，毕竟人家给咱娃看了病，将人家当贼娃子对待，是有点过分。不过也要看紧他，只要晚上多操一点心，应该不会有啥问题。

开始郭耀祖还担心温敬海会将他安顿在另外人家或者另外的地方住，但温敬海没有那样做。在温敬海的安顿下，他自己和两个男娃与郭耀祖住在了厦房，裴元秀和两个表妹与舅妈住在了西屋。所有人都分头睡下了。郭耀祖静静地躺在炕上纹丝不动，他听见两个娃娃上炕不久就睡着了，温敬海虽然没有了声息，但郭耀祖知道他并没有睡着。郭耀祖心想，看来这老家伙是在提防我。郭耀祖脑子里紧张地旋转着，怎么办？做还是不做？一种想法告诉他，别做了，太危险。这让郭耀祖想起了裴元魁，他觉得有些胆战心惊。另一种想法却说，做吧，机不可失，时不再来，这样的机会你等多少年了？如若不做的话，绝不会再有这样的机会了！郭耀祖想起在婚礼上穿着一身红嫁衣和盖着红盖头的裴元秀，说那身子骨是袅袅娜娜，一点也不为过，至今想起来仍叫人怦然心动。他还记得，他曾经从那红盖头的下角隐隐约约看到了裴元秀一细缕脖子，那脖子怎么那么白那么嫩那么细啊！让他更难忘的是那年正月初二，他站在大路上看到坐在马车篷子里裴元秀的情景。当时裴元秀只是朝他道了声好，很快就将帘子放下了。但就是那一瞬间，将郭耀祖的魂魄摄去了。郭耀祖这些年来不知道回味了多少回，每一次回味，都能从中品味出不同的新意。末了，郭耀祖想起了晌午裴元秀对他的微微一笑，当那一笑传递过来的时候，他觉得他的心都要融化了。直至今天，他才算真真切切将裴元秀看清楚了。她真的很美丽、很娇艳、很白嫩、很高贵，是他有生以来见过的最为雍容华贵的女人。郭耀祖揣测，此时此刻裴元秀睡着了没有，她该是怎样的睡姿，该是怎样的睡容？她入睡后会微微打鼾吗？她是穿着睡衣睡觉，还是像普通女人一样那样光着身子……郭耀祖把持不住自己了，觉得有一股难耐的欲望在心里翻腾。郭耀祖对自己说，机会难得，绝不能白白睡这么一宿，下决心做吧。郭耀祖仔细听了听，依然拿不准温敬海睡着了还是没睡着。郭耀祖知道药箱里放着蒙汗药，心想，要行动就必须用这个。他动了动身子，让喉咙里发出一种黏黏糊糊的声音，迷糊道，怎么老是睡不实在，接着翻身坐了起来，打了个哈欠，朝温敬海说道，叔，我想出去解个小手。那边温敬海根本没有睡，也翻了下身，同样佯装迷糊地说，哦，我不想去，你去吧。郭耀祖披了件上衣，下炕出门了。回来后，他一边上炕一边自言自语，不知道怎么了，老是睡不实在。接着又说，还是吃点药吧。郭耀祖说着上了炕，将放在离他被窝不远的药箱摸到手。这时，温敬海嚓地击打了一下火镰，将油灯点着，屋子一下子变得明亮了。郭耀祖充满歉意地说，叔，打搅你睡觉了。温敬海笑着说，没事，怎么你睡不着？郭耀祖说，我这人就这个毛病，虽然经常外出，但忌生地方，有时硬是睡不好。这不，随身带些帮助睡眠的药，万一不行了吃点。说着在药箱里摸索。又问，叔，你睡得怎样，要不要也吃点？吃了可管事呢。温敬海说，我睡得好着呢，头一挨枕头就呼噜开了。我不吃，你吃吧。说着将身边的小儿子摇起来让他去外面撒尿，又把身边腿上有伤的大儿子弄醒，将夜壶塞给儿子，说，醒过来，尿点儿。这期间，郭耀祖迅速将蒙汗药拿出来，塞进了自己的被窝，接着佯装往嘴里塞进了药，仰头干咽了一下。温敬海说，我去弄点水过来。郭耀祖说，好了，不要了。接着钻进了自己的被窝，嘴里说道，好了。叔，灭灯吧。

约莫到了子夜时分，整个屋子里一丝儿声音也没有。郭耀祖闭着眼睛，脑筋清醒得很，他在等待温敬海入睡。时间又过去了许久，温敬海那里始终没有任何声息，不知是睡着了，还是在装睡。郭耀祖有点心烦了，他悄悄将被窝里的蒙汗药拿出来，摸黑将药末放在一根约莫五寸长的细管一头，然后将细铁管对着温敬海枕头的方向轻轻吹了一下。郭耀祖静静地等待着，不久温敬海发出了长长的鼾声。郭耀祖想，这老家伙一直盯着我呢。随即起身，给温家父子三人再次施了些药，便光着身子下炕了。郭耀祖来到裴元秀睡觉的西屋，用细管连续将蒙汗药从门槛下面吹进了屋。不到小半个时辰，屋里的人全被迷住了。郭耀祖遂将一边门扇抬开，顺顺当当地爬上了炕，钻进了裴元秀被窝。他先是抱着裴元秀不断地亲着，接着就反复地蹂躏裴元秀，将他多年淤积下来的对裴元秀的觊觎和渴望，在这个晚上淋漓尽致地发泄了出来。

郭耀祖心满意足地下了炕，走出屋门，望着满天不断闪烁的星星，一股凉风吹过，他打了个寒噤，脑子一下子清醒了。他明白，他做下了不可饶恕的恶事，犯在了恶人裴元魁手里，不可能在郭堡村和白凤镇待下去了。郭耀祖回到厦房，温敬海父子依然睡得很深沉。他迅速将衣服穿上，提上药箱来到温家槽头，挑选了一匹高大的枣红马，跨上马一溜烟地飞出了温家河，却将自己的白马丢在了那里。马蹄声将巷子里的狗惊醒了，引得远远近近的狗争先恐后地吠了起来。

就在他骑着马飞出村时，传来了一声长长的鸡鸣。

六十九

秋季的黎明，已经有些许袭人的寒意了。

裴元秀被从屋门吹进来的冷风冻醒了。她转了下脸，恍惚间觉得屋子好亮，不由得一惊，以为天色大亮了，舅妈她们已经起床了，心想自己怎么这么懒啊，独独地赖在炕上？伸手一摸，自己竟然光溜溜地躺着，连个被子也没盖。她下意识地抓了一下被子，发现被子不见了。裴元秀慌忙想坐起身，就在起身的一刹那，她觉得自己的身子好酸困、好疲倦，下身有一种锥刺的灼痛感。她警惕地朝着屋门方向望了下，使劲摇了摇头，这才终于看清楚，有半边门扇是敞开着的。裴元秀再次低头看看自己的身子，看见睡觉前穿在身上的睡衣被揉卷在枕头旁边，被子也被堆在了脚底，褥子上一片狼藉……裴元秀心里一沉，终于明白在自己的身上发生了什么事情。

裴元秀尖叫了一声，将躺在身边的舅妈惊醒了。舅妈幽幽地转过头，朝裴元秀问道，秀，你咋咧？裴元秀哭着说，妗子，你快起来些，快叫舅舅过来，昨晚咱家来贼了！女主人脑袋一震，迅速穿上衣裤，跌跌撞撞跑到厦房，看到男人跟两个娃娃睡得死死的，而那个郭先生却不见了。女人忍不住哭了，一边哭一边使劲地拍打男人：快起来，家里来贼啦！男人慢慢地抬起头，看到女人一脸惊恐一脸泪地立在炕前，浑身打了个激灵，他忽地爬起身，跳下炕，奔到院子查看了一。当看到郭耀祖不见了人影，裴元秀哭得泪水涟涟，便晓得家里发生了啥事情，倏忽就昏厥了过去。

温敬海醒来后，马不停蹄地赶到白凤镇，一边哭一边拍打着自己的脸，将这件事告诉了裴元魁。裴元魁听完后，一把抓住舅舅的衣领，吼道，家里发生这样的事，你干啥去了？郭耀祖是个啥货色，你难道不清楚？你怎么能将这个坏蛋留宿？吼完一把将舅舅推倒在地上，一只脚提在了半空中，又软软地放了下来。温敬海不埋怨外甥无礼，从地上爬起来，哭丧着脸说，昨晚上我一眼觉都没睡，我当然知道那家伙是啥货色，可谁知道他竟然使药了。说着又朝自己脸上抽了几掌。裴元魁没再说话，渐渐冷静了下来。良久，他对舅舅说，对不起舅舅，刚才……原谅我吧。温敬海再次流下了眼泪，说道，啥话都甭说了，都是我一人的错，你怎么谴责都不过分。裴元魁没说话。温敬海说，赶紧抓人吧，抓住后将他千刀万剐。

这天中午，裴元魁带着人赶到郭耀祖家里，不由分说，先朝郭嘉树脸上甩了几巴掌，接着将郭家的药铺践踏了一番，立逼着郭嘉树两口子交出郭耀祖。郭嘉树眼看着第二个药铺又被人践踏了，却不晓得郭耀祖究竟犯了什么事。在郭耀祖家里一无所获，裴元魁又回到警所，当即成立了一个追捕郭耀祖的三人小组，下死命令，要求他们务必在十天之内把郭耀祖活捉回来。

郭耀祖仓皇逃走后,一路上只觉得有一股凉气从脊梁骨往上冒,只害怕温敬海从后面追过来。从众人们的传言中,他早知道了裴元魁的厉害。传说还是裴元魁当上警员三年后的那个夏天,一天晚上,三个土匪来白凤镇耍蛮,他们洗劫了韩贵明的铺子,将韩贵明准备收购粮食的三千银圆抢了个精光,接着来到警所,企图从那里抢几条枪。好在晚上所里不放枪,使他们扑了空。没有抢到枪,他们便将值班警员痛殴了一顿。这件事很快在全县传开了,弄得所长脸上很是无光。所长下命令,谁要是抓住了作案匪徒,我就把这个所长位子腾给他。警所当即成立了由裴元魁负责的缉捕小组。在侦破案子的过程中,裴元魁历尽千辛万苦,在案发后第二个月,终于查明此案系悍匪胡麻子所为。接下来的事情便是将胡麻子抓捕归案。这时有线人来报,说胡麻子躲在四百里之外一座大山的寺庙里。缉捕组便摸进了那座山,化装成老百姓,在寺庙附近寻找胡麻子的踪迹。一天,警员们分头摸线索去了,裴元魁来到了寺庙时,突然发现有个熟悉的身影闪进了大门,模样酷似胡麻子。裴元魁心里一震,当即疾步上前,跟了进去,但在寺庙里寻找了一圈,却没发现胡麻子的踪影。和尚看见裴元魁进来了,瞥了裴元魁一眼,又闭目念经了。裴元魁在打坐的一个和尚跟前站了一阵,没说话转身离开了。在此之前,裴元魁曾询问过寺庙的方丈有没有看到过胡麻子,并给他看了胡麻子的画像,方丈一口咬定没有见过这个人,说来寺庙的人每天几十上百,我们怎么记住哪个人啊?说完闭上眼睛,双手合十,不再理会裴元魁了。裴元魁想,难道自己眼花了不成?不,裴元魁摇摇头,他相信自己的眼睛,坚信胡麻子就躲在寺庙里。这时候,裴元魁最需要的是与侦缉组其他人合力围捕,但却无法与其他组员取得联系。裴元魁不敢离开寺庙,思来想去跑到一个少有人走动的制高点,迅速爬上了一棵硕大的柏树,用枝叶将自己掩住,一眼不眨地盯着寺庙内外的动向。这时候,躲在寺庙里的胡麻子并没有完全弄清楚是怎么回事,在过了约莫半个时辰后,觉得没啥事情了,便悄然地从寺庙背后一条小路朝山下奔去。发现了胡麻子企图逃下山,裴元魁紧跟了上去。当裴元魁距离胡麻子不多远时,胡麻子发现有人跟踪他,马上钻入了一片树林,两个人便在树林里追逐了起来。胡麻子跳坎,裴元魁也跳坎;胡麻子上崖,裴元魁也上崖。胡麻子实在无路可逃了，便朝裴元魁开了一枪，裴元魁也当即做出了还击。两个人互相射击了一阵，裴元魁大腿被打伤了，胡麻子的踝骨也被打穿了。最后两个人都精疲力竭了，就在相距三四丈远的地方瘫坐了下来对望着。胡麻子朝裴元魁喊，小子，姓裴是吧？老子听说过你，想学你老爹当年那个二尿劲啊？算了吧小子，放老子一马，老子不会亏待你，给你五百大洋。裴元魁一听胡麻子认出了他，回话道，知道我是谁就好。你肯定跑不了了，我们还有人在山下围捕，乖乖跟我回府良吧。胡麻子骂了一句，去你妈个巴子！裴元魁说，跟我回去自首，保证对你轻判。胡麻子说，妈拉个巴子小碎尿，跟你那死爹一个尿样，想置你老子于死地啊？裴元魁说，死不死在你自己，别想着再逃了。跟我走，肯定死不了。胡麻子骂道，滚你妈个巴子！老子今年四十了，吃喝嫖赌啥没经过？丢了这条命无所谓。你小子还没二十吧？女人的滋味还没尝过吧？不怕断了裴家的香火？裴元魁说，甭啰唆那些没用的，乖乖归了案，我保你不死。胡麻子突然发躁了，不知好歹的坏种，真要跟老子鱼死网破吗？那好，我豁出这条老命不要了，咱就拼个你死我活！我立即从这个崖上跳下去，你敢跟着往下跳吗？裴元魁冷笑了一声，说，还是想逃啊？随你的便吧。只不过我告诉你胡麻子，任你耍天大的花招，你今天甭想溜走了。胡麻子说，你不怕死？裴元魁笑了笑说，说过了，随你！悍匪就是悍匪，胡麻子忽然哈哈一笑，说了声，敢来你小子就跟着来吧！说完霍地立起身子，纵身一跃，从身边那个不知深浅的崖头飞了下去。胡麻子的举动将裴元魁吓了一跳，一时间周身起了一层鸡皮疙瘩，但同时也有一股恶气从丹田升了上来。裴元魁没犹豫，拖着伤腿迅速来到胡麻子跳崖的地方，也飞身跟着跳了下去。另外的警员听到枪声后，赶紧漫山遍野地寻找裴元魁，却怎么寻找和呼唤，也看不到裴元魁的影子。当他们第二天下午在那个悬崖下面的深涧里找到胡麻子和裴元魁的时候，裴元魁就压在胡麻子的身上。胡麻子的两条腿全摔断了，六根肋骨也摔折了，裴元魁断了一只胳膊，断了一条腿，不过两个人都还活着。警员请来当地山民，将两个人从深涧里弄了出来，胡麻子一边哎哟哎哟地喘气，一边用微弱的声音说，小王八羔子，压死我了……一个警员问，你在说什么？胡麻子嘟囔道，……正经的裴汉槐的种……后来一个警员去山上寺庙里询问方丈胡麻子藏身的情况，方丈满脸羞愧地说，他不敢下山，就藏在山上，只是时不时会来寺庙里弄吃喝。警员盯着他，他又说，我们给他吃的，他给我们银圆……阿弥陀佛……善哉、善哉……

抓住了胡麻子，裴元魁一下子在府良县警界出名了。所长向县警局进言，请求辞去所长职务，推举裴元魁担任。县警局没批准所长的辞呈，但提拔二十岁的裴元魁当上了警所的副所长。

七十

关于裴元魁的这些传说，当地人就像传说郭嘉树一样，越传越神了。这为裴元魁后来长期统治白凤镇，起到了不小的作用。

裴元魁这次神勇之举，也大大地增进了裴元魁与商人韩贵明之间的信任和友谊。裴元魁帮着韩贵明将丢失的银圆找了回来，韩贵明则拿出银圆中的一半回报了裴元魁，两个人从此成了互帮互惠的好兄弟。郭耀祖知道，他如今做下的这件事，算是正经八百犯到了裴元魁手里，这个恶魔肯定不会善罢甘休。所以他只想逃得远远的，让裴元魁永远找不到他。

郭耀祖骑上枣红大马，不歇气地跑啊、跑啊，赶在天亮前跑到了距离府良县一百多里地的青龙山的一片深山老林里，这才敢从马上跳下来，坐在地上喘息了一阵。这时天开始亮了，等到他和马身上的汗稍微落下后，郭耀祖这才觉得又饿又困，止不住两条腿发酸发软。郭耀祖想，无论如何，得先找点吃的再说。他站起身，牵马缓慢地往前走，似乎没有上马的力气了。这样走了很长一段路，随着山路拐了个弯，他蓦然瞅见左手方向对面沟壑的树林里，仿佛有一股轻轻的烟雾在飘浮，这烟雾在秋季的深山老林里，在清晨的一片静谧的雾霭里，显得湿漉漉的，似有似无，在袅袅地上升，在悄悄地散开。郭耀祖激动极了，决定立马朝那里赶去。郭耀祖上了马，下到沟底，越过一条不大不小的河流，循着一条模模糊糊的路径向上走。来到距离沟底大约一里路的地方,有一个小坝子,坝子不大,也就三四丈见方,在靠着山崖的一边,有几间低矮的石板屋。郭耀祖下了马,朝着坝子走去。来到屋子附近,看到一个年轻女人蹲在地上,在用砂锅煎熬药。大概由于早间湿气太大,柴火不干,火苗总是旺不起来,一团一团黑烟不断往外冒,弄得女人满手满脸都是烟尘。郭耀祖将马拴在一棵树上,走上前去,向女人道了早安。郭耀祖的问话,将女人吓了一跳,大概不明白天色这么早,怎么会有人进山。女人抬起头,警惕地盯了一眼郭耀祖,没有搭理他,低头继续侍弄自己的柴火。郭耀祖看见女人被烟熏得不断咳嗽,左手将柴火往火里塞,同时努嘴对着火用力地吹着,右手则拿着筷子在药锅里搅几下,又不断在空中挥舞着,企图将烟团驱走。郭耀祖在距离女人不远的地方蹲下来,这时他看见,女人正在悄悄地哭,已经泪流满面了。他小心地问道,请问大嫂,得是家里有人生病了?女人又看了一眼郭耀祖,用脏兮兮的手背抹了一把眼泪,依旧没回话。郭耀祖指了指挂在马背上的药箱说,我是看病先生,有啥事,你说吧,我肯定能帮你。女人再次抬起头,眼睛里仿佛闪过一道亮光,旋即又流露出疑惑的神情。郭耀祖说,大嫂,我说的是真话,你就相信我吧,我真的是看病先生。这时女人将一张泪脸对着郭耀祖,苦着脸说道,俺家女女病了。郭耀祖说,啥病?女人犹豫了好久,似有难言之隐。郭耀祖说,你就说吧,娃娃的病,有啥不好说的?女人犹豫了好久,终于说,半年前……女女来了身子……开初几个月还好……从上个月不知怎的总干净不了,每天都见红……这山里没有看病先生,眼看着娃娃……女人说着,眼泪流得更多了。郭耀祖说,女女多大了?女人说,十一了。郭耀祖说,锅里熬的啥药?女人说,听人说侧柏叶能止血,我就弄了一些回来,想给娃熬熬喝了。郭耀祖说,侧柏叶确实能止血,但必须经过炮制才能药用,这样直接熬煮,娃喝了不光没啥作用,还可能中毒。

听郭耀祖这样说,女人呆呆地立在原地,不再说话了。满脸的烟尘加上满脸的愁苦和泪水,让女人的脸看起来像戏台上的一个丑旦,有点可笑。郭耀祖起身走过去将药箱拿下来,对女人说,去看看娃娃吧。女人木然地将郭耀祖带进屋里,对着躺在床上的女儿说,慧慧起来下,来看病先生了，让先生给我娃看看。女娃爬起来，让郭耀祖把了一下脉。郭耀祖看见女娃眉目清秀，一头浓密的黑发，个头儿已经不低了，身体发育还不错，就是脸色有些蜡黄，精气神差。郭耀祖沉思了下，想起了一个家传的偏方，对女人说，娃娃是瘀滞引起的出血，不少女娃娃来了身子后，常会有这样的毛病。你不要害怕，我保证能给娃娃治好。

　　郭耀祖的话给了女人莫大的鼓舞，郭耀祖看见，女人第一次朝着他笑了，笑起来两排细密的牙齿显得格外白。女人立即动手给郭耀祖做饭。山里人的饭食很简单，女人给郭耀祖馏了四个玉米面馍馍，熬了两碗玉米糁子稀饭，外加一碟酸菜、一碟辣子、一碟腌蒜、一碟山菜。郭耀祖头回吃这样的饭菜，居然吃得很香。女人羞愧地说，山里没有麦子和白面，长年吃玉米跟洋芋，菜蔬也是山里的，先生莫要嫌弃。郭耀祖一边狼吞虎咽地吃着，一边笑着说，很好呀，这就很好了。没看我吃得很香，还想吃什么呀？郭耀祖的话让女人微笑了。填饱了肚子，郭耀祖对女人说，大嫂你在家等着我，我去山上给女女采药。说完骑着马离开了。

　　望着郭耀祖骑在马上的背影，女人想，这是个啥人？就像从天上掉下来的一样，吃了一顿饭，又一溜烟走人了。该不会是骗吃骗喝的过路人吧？忽然觉得心里没有了底，感到有些委屈，没指望这个人还能返回来。郭耀祖骑着马跑了好远，找到一些野生的莲蓬壳子后，又折回女人家里。看病先生又回来了。女人听到马蹄声，立即从屋里走出来，看到郭耀祖从马上跳下来，女人心里涌上了一股热流和自责，觉得自己那样想人家先生，实在有点太那个了，立即上前笑着问道，回来啦？郭耀祖说，回来了。女人说，采到药没有？郭耀祖晃晃手里的莲蓬壳子，说道，这不是吗？一边跟着女人走进了屋子，一边说，还真不好找，这一带好像不大生长这个东西。郭耀祖让女人将莲蓬壳子烧成灰，然后从药箱取出烧酒，打发女人温了一下，让女孩和着温酒喝了下去。吃过午饭后，郭耀祖又去山上，采了一些诸如白芨、血余、仙鹤草、侧柏叶、艾叶、地榆、槐花等止血类的中草药，拿回来简单炮制了一下，配成方剂用水煎熬后，让娃娃喝了下去。这样到了第三天，娃娃的出血就止住了。

七十一

看好了娃娃的病，女人对郭耀祖感激得不得了，把郭耀祖当神仙对待。第四天，郭耀祖对女人说，大嫂，我要走了。女人说，不知道先生要到哪里去？郭耀祖说，进山。女人说，进山做啥？郭耀祖说，采寻名贵中药材。女人说，您如今已经在山里了，再往深处走，就没有人烟了。郭耀祖笑着说，我一个大男人，啥也不怕。女人沉思了一会儿，说，这不是怕不怕的事情。再往深处走，就有狼虫虎豹了，先生只身一人，对山里不熟，这样做好让人担心的。郭耀祖说，我晌午进山，后晌早早收工，不会有事的。女人说，先生一个人进山，连个铺盖卷也没带，山里的夜晚会将您冻坏的。还有，不知道先生的饭打算在哪里吃？郭耀祖不吱声了。女人说，有些山外面的人，不知道山里面的危险，冒冒失失进去了，结果就出不来了，以前发生过好多这样的事情。两个人都不说话了。半天，女人说，这样好不好？只要先生不嫌弃，就在我家安歇吧，吃住就放在我家。郭耀祖犹豫地说，这样恐怕不好吧？女人说，没有啥好不好，是您先生看好了我家慧慧的病，救了我家慧慧的命，怎样报答先生也不过分。只是我这里吃住都不好，先生会受一些委屈。郭耀祖说，感谢大嫂一片好意，没啥委屈不委屈。只是我留在你家里，你家男人回来该咋说？女人沉默了一会儿，叹了口气说，我没有男人。啥？郭耀祖惊讶道，大嫂明明有娃娃，咋能没有男人？是他把你娘儿俩抛弃了，还是……女人对郭耀祖说，她叫兰竹菊，十五岁从山那边嫁到山这边，她男人前几年跟着旁人做生意去了。如今其他人都回来了，唯独他没回来，打问同去的人，人家说，开始他们在一起，后来就分开了，互相间也没有讯息了。她等啊等，就是等不回来人。兰竹菊叹了口气又说，如今谁也不晓得他是活着还是死了，我如今和慧慧哪里也不敢去，只能守在这里等他。郭耀祖哦了一声，用同情的目光望着兰竹菊说，大嫂受苦了。不过，我还是走吧。这时兰竹菊用嗔怨的口气说，那先生您看着办。不是我非得把您留下来，是因为山里面真的好危险。您先生上山后，万一有个啥好歹，我兰竹菊一辈子也不会心安。郭耀祖没有再说话。兰竹菊说，先生听我的，留下来吧。这时慧慧也说道，我妈说的这些话都是为了先生好，您就歇在我家吧。就这样，郭耀祖在兰竹菊家里躲藏了下来。

郭耀祖的到来给这个沉闷忧郁的家，带来了一丝温暖和生气。慧慧的病终于好了，脸色越来越红润了。兰竹菊心情也变得没有以前沉重了，脸上泛上了笑容。郭耀祖发现，兰竹菊其实是个漂亮耐看的女人，只是那天灰败的心情、简陋的衣着、满头的灰尘和满脸的泪水，将她原本的美丽遮蔽了。

自从郭耀祖住进家里后，兰竹菊每天招呼郭耀祖吃饭、出行、歇息，整天忙得不亦乐乎。兰竹菊的心情明显变好了，不知不觉注意起自己的形象了，原来随便一身衣裳就能穿上身，如今却要注意搭配了；原来每天起床后，将个汗巾蘸些水，草草擦把脸就算是洗漱了，如今却会认认真真地去洗脸，还要把头发洗干净、梳整齐。家里的三间屋子虽然很低矮，兰竹菊却要将它拾掇得干干净净、清清爽爽。郭耀祖始终不敢将自己的真名实姓告诉兰竹菊，只说自己是山下齐家窑头村子的人，名字叫齐金生，从小跟着一个名老中医学看病。老先生管教他特别严，平时不许他回家，见天价让他干活看书到深夜。每过两三个月，还要对他的学业进行测验，将测验结果告诉他爹妈，让他爹妈配合老先生对他管教和训导。这样十几年下来，他跟老先生学了一手好医术，如今在自己家里开了个药铺，一边坐堂看病，一边给人抓药，生意做得顺风顺水。后来他觉得，行医看病，要使自己有个好名声，光医术好还不行，必须有上好的药材。听说青龙山生长着一些平时很难见到和买到的名贵药材，他就下决心花一段时间来青龙山采集。将这些名贵药材采到手，往后看病效果就会好得多，药铺的生意也会好得多。来青龙山之前，他给自己开了一个采药的单子，必须把这些药材全部采到手再回家。兰竹菊说，采齐这些药，大概得多长时日？郭耀祖说，很难说。有些药材是咱们这一带生长的，那就好采些；有些药咱们这一带很少生长，只能偶尔见到，那就很难采了。就像前些天我给慧慧采摘的那些莲蓬壳子，咱们这一带就很少见到。兰竹菊说，要是一些药万一采不到，怎么办？郭耀祖说，那就得想办法，必须采到。又说，万一青龙山采不到，那就去其他地方采。兰竹菊哦了一声，陷入了沉思，再没有说话。就这样，郭耀祖每天骑着马上山去采药，把马放养得膘肥体壮，也把自己的情绪逐渐调适平稳了。这里虽然地处深山，但山清水秀，空气清新，气候宜人，郭耀祖慢慢放下了心，觉得这里确实比较安全，似乎没有啥太大的危险了。

自己的男人离家六年了，兰竹菊寂寞了六年。

如今有这样一个高大健壮、年轻帅气，跟自己年纪相仿、知书达理的白面先生，整天住在自己家里，整天守在自己身边，这时日一久，兰竹菊心里就有点扛不住劲了。兰竹菊毕竟不到三十岁。慢慢地，兰竹菊的心被郭耀祖牵走了。郭耀祖上山，兰竹菊的心跟着上了山；郭耀祖吃饭，兰竹菊会忘情地、呆呆地看着他吃饭；郭耀祖睡觉，兰竹菊听着他轻轻长长的鼾声，一整夜辗转反侧无法成眠。郭耀祖将这一切看在眼里，故意不做出任何反应。好久没有与女人有过肌肤之亲了，有兰竹菊这样一个既年轻美丽又成熟热情的女人整天服侍着他，郭耀祖心里早就欲火怒燃了。然而，在这方面有着丰富经历的郭耀祖，这次却不打算主动出击了。他知道，兰竹菊迟早都是他的一口菜，他要憋住这个劲，让兰竹菊自己主动来找他。郭耀祖要看看，一个漂亮女人在渴望的时候，究竟会是一种什么样子。终于，在一个月光如洗的晚上，当心里同样火烧火燎的郭耀祖忍着气息在自己床板上假寐时，兰竹菊光着脚丫子，蹑手蹑脚、战战兢兢地推开门，来到郭耀祖床前。兰竹菊没有惊动郭耀祖，没有上床，而是在郭耀祖床前，静静地立着大概立了小半个时辰，兰竹菊还是没有动，这让躺在床上的郭耀祖实在憋不住劲了，忍不住咳嗽了一声，接着翻了个身，这将兰竹菊吓得立马蹲下了身子，等待郭耀祖气息平稳后，才悄无声息地退了出去。兰竹菊的表现，让郭耀祖感到既激动又泄气，直后悔兰竹菊来到床前时没有将她拽到床上。第二天晚上、第三天晚上，只要到了那个时辰，兰竹菊依然会光着脚丫，悄然地来到郭耀祖床头，凝视着郭耀祖睡觉。这样到了第六天晚上，当又要转身悄然离开时，郭耀祖突然从床上跳下来，一把将兰竹菊抱住，转身将兰竹菊放在床板上，疯狂地亲吻了起来。那一晚，那张破床的嘎吱声，持续了好久，也传得好远。

七十二

郭耀祖在青龙山一躲就是四年七个月，到了第四年夏天，兰竹菊生下了一个儿子。这期间，裴元魁始终没有放松对郭耀祖的缉捕。依照缉捕组的判断，郭耀祖很可能就藏在青龙山，便把青龙山作为搜索的重点地域，先后多次来这里搜捕。终因山大林密，人烟稀少，没有效果。裴元魁觉得缉捕组警员不够负责和尽力，先后对人员做过处罚和撤换，给警员形成莫大的压力。时间进入第五个年头，裴元魁干脆明确要求，缉捕组三名警员必须常驻青龙山，抓不住郭耀祖，别回白凤镇。

郭耀祖明白，这山大林密的青龙山也绝不是世外桃源。从上山时的如惊弓之鸟，到后来心理防线稍有松懈，如今他又变得格外小心了。郭耀祖警告自己，不怕贼偷，就怕贼惦记。裴元魁不是那种随着时日一久就会淡忘仇恨的人，躲得时间越久，越要缜密提防。他暗想，裴元魁一直抓不住他，肯定急疯了，说不定他的人眼下就在青龙山游荡，就在离自己不远的地方藏身呢。每当想到这里，郭耀祖心里就充满了恐惧。他决定往后不再进山了，也不能随意走动了，踏踏实实就在家里待着。事情想清楚了，郭耀祖就真心地对待兰竹菊，床下床上将兰竹菊伺候得心欢体乐。兰竹菊呢，不光在吃喝上将郭耀祖服侍得舒舒服服，更在心里将郭耀祖当自己男人对待。到这时候，兰竹菊心里也明白了，郭耀祖绝不是来青龙山采集啥名贵中药的，他是来这里躲灾避难的。至于郭耀祖究竟为了啥事来到这深山老林，兰竹菊不晓得，也不想去追究。一天，郭耀祖笑着对兰竹菊说，你看我越来越身宽体胖了，让你惯得连山也上不了了。兰竹菊马上明白了郭耀祖的用意，说，上不了山就别上了，上去不也没有啥事干？就在家里待着，把娃娃照管好就行了，家里家外的活都交给我，你就甭操心了。听兰竹菊这样说，郭耀祖就说，既然咱俩好了，我也想过了，不再回去了，就这样帮衬着你过下去吧，我会一辈子对你好。郭耀祖的话，让兰竹菊受了感动，一把将郭耀祖抱住，两行眼泪忍不住流了下来。从此郭耀祖干脆啥活也不干了，整天待在家里看娃做饭，家里家外的担子，全由兰竹菊挑起来了。自从有了来自郭耀祖的这份儿好，有了这个男人厮守在自己身旁，兰竹菊满足了，似乎不再那么心焦地等待自己的男人回家了。

就在兰竹菊心里充满对郭耀祖的感激和热爱，眼前升起一片彩虹的时候，家里却发生了一件意想不到的事情。

郭耀祖来到青龙山的第四年春天，兰竹菊怀孕五个多月了。兰竹菊反应很强烈，从怀孕头月起就不断呕吐，从第三个月起，脚和小腿也明显浮肿了。这些反应在郭耀祖的调理下，虽然有了减轻和好转，但兰竹菊整个人的精神状态一直不怎么好。从第四个月起，两个人床上的生活就停止了。这一年，兰竹菊的女儿慧慧十四岁了。前不久过春节时，兰竹菊和郭耀祖带着慧慧一起去山那边娘家拜年，有人给慧慧提了一门亲事，男方家在离兰竹菊娘家不远的一个小山头上，姓翟，算个富足人家，家里有庄基、有骡马、有田产。男娃比慧慧大五岁，也长得灵灵醒醒、精精干干。兰竹菊看过后觉得很满意，问郭耀祖的意见，郭耀祖说，我觉得挺好，你再问问慧慧吧。兰竹菊问慧慧时，慧慧说，你跟我爹看着办吧。郭耀祖又说，这事你来定吧，大主意得你拿。兰竹菊说，娃娃没意见，再说了，地方离我娘家也不远，将来照顾慧慧也方便，那就定了吧。事情说定后，选了二月初二龙抬头这天，给慧慧把亲定了。人常说，深山出俊鸟，这时的慧慧，虽然还是个碎娃儿，但大形已经出来了，亭亭玉立、花容月貌，对于订婚这件事也表现出了明显的期待和向往。郭耀祖忘不了，就在媒人带着慧慧去男方家里相亲那天，当两个年轻人见面后，毫不生分地热聊起来。虽然隔着屋子，时不时也能听到慧慧咯咯的笑声，那笑声既开心又甜蜜。也就是在那一瞬间，郭耀祖的心忽然像被马蜂蜇了一下，有一种被深深刺痛的感觉。郭耀祖惊讶自己怎么会这样，遂严厉警告自己，别忘了你的处境，别胡思乱想了。谁知就是从那刻起，郭耀祖开始注意慧慧了。平时在家里，慧慧喊郭耀祖爹时始终是一种安详安静的样子，和郭耀祖接触，也保持着父女之间应有的恭谨和严肃。那次相亲后，郭耀祖多次想，原来慧慧是个活泼开朗的女女，什么心思都懂得了。晚上躺在兰竹菊身边，郭耀祖睡不安宁了。这样的状况持续了一个多月，郭耀祖不断问自己，你这是怎么了？是不是疯了？忘记你的处境了吗？但这时候，激荡在胸腔里的心猿意马已经不听他的指挥和摆布了。终于，有一天晚上，郭耀祖怎么也合不上眼，他不想让兰竹菊知道他没睡着，佯装着轻轻拉起鼾声，心里面想的，却是躺在隔壁屋子的慧慧。郭耀祖摸了摸身边的兰竹菊，抚摸了一下兰竹菊凸起的腹部，兰竹菊迷迷糊糊地抓了一下郭耀祖的手，又沉沉地睡去了。郭耀祖将自己的手拿回来，思前想后，终于摸下了床。他走出屋子，春天山里的夜晚，飘荡着花草、树木、河流和山石的气息，他深深地呼吸了一下，仰头看看天，不由自主地将脚步移到了慧慧屋门前。郭耀祖站住脚，静静地站在那里，就那么无声地站着。郭耀祖慢慢伸出手，想要推开慧慧的门，但就在手指刚要触及到屋门时，他却住手了，打了一个激灵，转身回到了自己的屋子。接连好几天晚上，郭耀祖都会如时来到慧慧屋门前面站立一阵子，这让郭耀祖想起当初兰竹菊在自己床前站立凝视的往事，不由得苦笑了一下。也就在这时候，他突然想，当初兰竹菊在他床头站立时，躺在床上的他是心知肚明的，如今他在慧慧的门前伫立谛听，慧慧会不会知道呢？郭耀祖心里乱糟糟的，摇摇头，对自己说，别想了，顺其自然吧。此后不久，一天，天气晴朗，已经有着夏天的味道了，兰竹菊想着给自己将来的生产做准备，叮嘱慧慧将全家人的被褥以及全家人的衣裤拆了，借着天气好，去河里洗洗干净。没想到将所有东西收拾在一起，竟有一大堆。这时郭耀祖说，那些东西还真不少，让慧慧一个人洗，恐怕洗不完，也晒不干。兰竹菊说，那就分两次洗吧。郭耀祖说，我的意思是，让我也帮着洗，一次就洗完了。兰竹菊说，你甭去了，让她洗。郭耀祖笑笑说，待在家里也是闲着。兰竹菊便对慧慧说，那就和你爹一起去洗吧。郭耀祖从慧慧手里接过包袱，两个人一起下河了。慧慧毕竟是个孩子，到了河里，她将自己的衣袖和裤腿挽得高高的，坐在河边的一块石头上，将两只白嫩的小脚泡在水里，望着水里的太阳、小蝌蚪和自己的影子，高高兴兴地干起了活。谁知就是这个景象，让郭耀祖不可自持了，慧慧露出来的一大截白白嫩嫩的长腿、细细长长的臂膀、小可盈握的双足以及因为干活脸上渗出的微汗和飞起的红晕，将郭耀祖看得发呆了。慧慧猛地一转头，看见郭耀祖正在呆呆地看着她，脸一下子红了，正在用力搓洗衣物的两只手不由自主地停下来，将脸深深地埋在了胸前，整个身子纹丝不动了。郭耀祖看慧慧这样子，沉思了一下，轻声说道，慧慧，你真漂亮，爹……喜欢你……慧慧低着头不吱声。郭耀祖接着说，知道爹多喜欢你吗？好些天里，你晚上睡觉后，爹都要在你门前立好长时间……这时候，埋着头的慧慧又羞又急地说，爹，你甭说了……郭耀祖却继续说，爹时时刻刻都在想你，整个晚上睡不着觉……你喜欢爹吗……慧慧不抬头，也不吱声。良久，郭耀祖又问，你不喜欢爹是吗……这时候，慧慧霍地抬起头，红涨着脸，迅速而又嗔怨地瞟了郭耀祖一眼，又深深地埋下了头。郭耀祖笑着说，慧慧不想说就不要说了，你玩去吧，剩下这些东西都由爹来洗。就在那天晚上半夜时分，郭耀祖溜进了慧慧屋里。事毕，慧慧喃喃地说，爹真坏。郭耀祖说，爹不坏，爹爱慧慧。慧慧说，爹就是坏。郭耀祖说，爹不坏，慧慧不爱。慧慧将小小的身子蜷曲在了郭耀祖怀里。郭耀祖说，好吗？慧慧将脸贴在郭耀祖胸脯上，低声说道，人家快要死了。郭耀祖摸着慧慧说，慢慢就好了，我家慧慧懂事了，成大人了。半天，慧慧忽然说道，那天晚上，你和妈的那个声音，知道有多大吗……

　　从此，一股诡异的气氛，笼罩着这个家。

七十三

　　开始，两个人都还比较小心。

　　晚上，郭耀祖要等到半夜待兰竹菊睡着了，然后借着起夜解手，快速溜进慧慧屋里激情一番，又赶紧回到自己屋里。慧慧也很害怕，害怕这件事被母亲知道。她知道，这不是女儿应该做的事情，对不起母亲。每天晚上，她既渴望郭耀祖快点过来，又希望他不要来。郭耀祖来了后，她既希望郭耀祖整夜待在她身边别走，又希望郭耀祖赶快离开。两个人抱这样的态度，事情就做得很隐秘。从事情发生到兰竹菊分娩，兰竹菊一直对这件事情没有觉察。兰竹菊生产后，娘家母亲曾想前来服侍女儿，被郭耀祖婉言谢绝了。

　　正是在兰竹菊坐月子这一个多月时间里，郭耀祖和慧慧彻底放开了。郭耀祖对兰竹菊说，坐月子期间你就待在床上，吃喝拉撒由我来弄。兰竹菊红着脸说，那怎么成？郭耀祖说，你怀孕生产受了多少罪，给我生了个胖小子。现在你坐月子，让我服侍一下你，还不应该吗？郭耀祖的话让兰竹菊很感动，她静静地望着郭耀祖，嘴里没有再说什么。郭耀祖走过去，揽住兰竹菊的脑袋，抚摸着她的头发轻轻说道，竹菊，知道我有多么感激你、多么爱你吗？整个月子里，郭耀祖和慧慧两个人将兰竹菊伺候得特别周到，让兰竹菊天天有肉吃，有蛋吃，有人参汤、醪糟汤或者鸡汤喝，兰竹菊拉和撒也都在床上进行了。这就给了郭耀祖和慧慧前所未有的自由和空间。每天，两个人常会同时或者分别待在兰竹菊身边，与兰竹菊说话，伺候兰竹菊。只要离开了兰竹菊，离开了兰竹菊的视线，一切时间和空间就成了他们两人的。在院子里、在厨房里、在慧慧屋里、在杂物房里，郭耀祖和慧慧常会迅速走到一起，拥抱一下对方，亲吻一下对方，或者慧慧突然跳到郭耀祖身上，双腿钩住郭耀祖的腰，双手圈住郭耀祖的脖子无声地笑着。这时郭耀祖便会将慧慧提溜着揽在怀里，就地激情在了一起。直至兰竹菊月子出来，身体基本恢复，开始下地活动和劳作了，郭耀祖和慧慧的行为才不得不收敛了一些。突然的阻隔和不方便，让两个人既不舒服，也不适应。尤其是慧慧这个娃娃，已经食髓知味了，要求郭耀祖每天晚上都去她屋里，能待更久的时间。郭耀祖嘴上答应了，实际上做不到。他明白，如今兰竹菊身体恢复正常了，也有了生理上的需求，他没理由视而不见。而且由于侍弄小娃娃，夜里总会起来为娃娃把尿和喂奶，兰竹菊整个晚上几乎处于半睡半醒的状态，这就使得郭耀祖虽然心里也在着火，可实际上无计可施，常常几个晚上去不了慧慧屋里。这就惹得慧慧不高兴了。慧慧毕竟是个孩子，有时候会将不高兴挂在脸上，常会莫名其妙地突然不搭理郭耀祖了，也会无缘无故地给母亲发起脾气。这让兰竹菊感到有些突兀，问郭耀祖，慧慧这是怎么啦？郭耀祖搪塞道，没啥呀，好着呢。兰竹菊责骂慧慧道，怎么越长越不知道好坏了，再给大人使脸子，看我不收拾你！郭耀祖乘机悄悄瞪了慧慧一眼，慧慧只好安静下来。俗话说，纸里包不住火。这时日一长，兰竹菊终于从郭耀祖和慧慧的神情举止上发现了一些端倪。

　　一次，郭耀祖抱着儿子在屋里转悠，慧慧在院子里玩耍，兰竹菊说，慧慧，你来抱下弟弟，让你爹歇会儿。正好头天晚上郭耀祖趁机去过慧慧那里了，慧慧情绪特别好，蹦蹦跳跳来到郭耀祖面前，却没伸手接娃娃，而是立在郭耀祖跟前逗孩子。这孩子快半岁了，已经会对着人笑了，慧慧一边逗得弟弟嘎嘎地笑，一边一双媚眼不断地朝郭耀祖瞟着。郭耀祖被慧慧弄得一时失了神，也将一束温情怜爱的目光投向了慧慧。此时两个人并不知道，他们的那一愣神被站在一旁的兰竹菊瞧见了。兰竹菊心里怦地一跳，霎时间眼前一阵发黑。她努力让自己镇静下来，没吱声走过去，从郭耀祖怀里抱过娃娃转身离开了。兰竹菊的举动，让郭耀祖和慧慧打了个激灵，一时十分尴尬。慧慧嗔怨地叫了声，妈！扭头走出了屋门。

　　又一天下午，三个人一起吃晚饭。兰竹菊端起碗没吃几口，躺在床上的娃娃哭闹了起来，兰竹菊放下碗，说了句，小东西得是又尿了？立马去照看娃娃。托起娃娃的小屁股，可不是嘛，热乎乎一泡尿刚撒出来。兰竹菊一边噢噢地哄着娃娃，一边将尿湿的垫布抽出来，这才发现晒在院里的垫布没收进来，便想让慧慧去院子里拿一下。兰竹菊转过头，却见慧慧用筷子从自己的碗里夹了一口饭，往郭耀祖嘴里送。兰竹菊既吃惊，又生气，一时不知道该怎么办。郭耀祖看见兰竹菊朝他们瞅，急忙给慧慧递了个眼色，三个人同时都受了惊吓。郭耀祖和慧慧赶紧低头吃饭，兰竹菊顿了一下神，走出屋门收拾垫布去了。

　　这件事情让家里的气氛骤然紧张了好几天。事情已经败露了，郭耀祖和慧慧都觉得怎么向兰竹菊解释都没有用，只好不吱声低头各干各的事情。兰竹菊连续几天晚上睡不着觉，这件恶心事让她羞愤难当，气恼、伤心和悲哀挤满了她的每一个细胞。兰竹菊咬牙切齿地想，这个齐金生不是人，是畜生，居然诱骗她的女女！和这样的畜生过日子，还有意思吗？兰竹菊想，要不要将这件事告诉娘家人，将齐金生这个贼人赶出家门？但当她想到不满周岁的儿子还没懂事就没有了亲爹，想起这件丑事一旦被张扬出去，这个家的门风跟女女的名声就全毁了。她最后决定，为了这个家不散伙，为了女女的名誉，为了襁褓中的儿子，对这件事忍气吞声。兰竹菊的眼泪汹涌而下，她对自己说，兰竹菊，你的命怎么这么苦，怎么这么可怜啊！她叮嘱自己，一定要死死地盯住他们，尽快将慧慧嫁出家门……

　　兰竹菊恢复了往日的平静。这天，她早早起了床，就像家里没有发生任何事一样，给全家人做好早饭。饭后兰竹菊对女儿说，慧慧，今天咱娘儿俩去你外婆家走一趟，让你爹在家看娃娃。慧慧说，好好无事去我外婆家做啥？兰竹菊笑着说，没看人家你女婿多大了，人家去年就提出要你过门儿哩，是我将人家推辞了。今天咱娘儿俩去跟你舅商量，把你们的亲事办了去。听母亲这样说，慧慧一千个不乐意，但却不敢说出口。兰竹菊母女来到山那边，让哥哥找来媒人，当天就与翟家商议妥下个月初八给两个娃娃成亲。在娘家歇了一个晚上，第二天，兰竹菊故意将女女留下来，要哥哥将女女送到女婿家里，在那里耍几天再回家。兰竹菊回到家里后敲明叫响与郭耀祖谈了一次话，要郭耀祖中止与慧慧的交往。否则，就将他赶出家门。郭耀祖没想到兰竹菊这个女人挺厉害，明白自己做下的事情见不得天日，更知晓自己是个啥处境，便给兰竹菊认了错、赔了罪，最后打了保证：从今往后一心一意跟兰竹菊过日子，绝对不再染指慧慧。如若不然，愿意接受任何惩罚。

七十四

次月初八那天，兰竹菊将慧慧嫁出去了。事情办得热热闹闹、顺顺利利。兰竹菊和郭耀祖的生活，渐渐又回到了以往。

慧慧成亲后头半年和女婿处得很亲密，这让兰竹菊很高兴。谁知半年后，不知咋搞的，小两口忽然闹开矛盾了。起初两个人先是拌拌小嘴，后来发展到了打打小架。为此，兰竹菊和郭耀祖专门去了一次翟家，规劝慧慧收起小脾气，好好跟女婿过日子。谁知就是这次规劝后，小两口不仅没有和好，而是来了一次大打。慧慧下手不知轻重，顺手抓了个短镰刀朝丈夫抡了过去，将丈夫右臂划了一道又深又长的口子；丈夫一时来了气，用血淋淋的胳膊揪住慧慧的头狠狠地朝墙上撞，将慧慧头给磕破了。听到这个消息，兰竹菊直后悔不该带郭耀祖去翟家，很难说不是慧慧看见郭耀祖心里又起了波澜。就在兰竹菊后悔不迭时，慧慧带着头上的伤从山那边跑回了娘家，要郭耀祖给她处置头上的伤。伤处置了，兰竹菊对慧慧说，闹仗是闹仗，不能住娘家，赶紧回家吧。慧慧说，我才不呢！我比谁贱啊？就那么没脸没皮啊？兰竹菊说，要不让你舅舅传个话，让你女婿来接你？慧慧说，再别提那狗屁，他就是用八抬大轿来抬我，我也不回那个尿家了！听慧慧这样说话，兰竹菊没奈何，只好让郭耀祖劝慧慧。郭耀祖来到慧慧屋里，劝慧慧说，听你妈的话，赶紧回去吧！慧慧抬起头，看着郭耀祖，突然将郭耀祖抱住了，拉着哭腔说，知道我为啥回来吗？我这心里舍不下你……郭耀祖连忙将慧慧推开，说，小心让你妈看见，说着朝门口望了望，自己却将慧慧抱住了。慧慧哭了。郭耀祖说，我也舍不得你……还是回去吧，再找机会吧。慧慧说，让我再住几天好不好？今晚能来我这边吗？郭耀祖没吱声，心神恍惚地看着慧慧。兰竹菊问郭耀祖，对慧慧劝得怎样了？郭耀祖说，答应回去了，只是还想再住几天。当天晚上，郭耀祖没去慧慧屋里。

　　第二天，慧慧竟不管不顾了，主动跟郭耀祖调起了情。三个人一起吃饭时，慧慧不断给郭耀祖碗里夹菜，吃完饭拾掇碗筷时，趁机摸了一把郭耀祖的手。慧慧的作为将兰竹菊激怒了。饭后她对郭耀祖说，真把这骚女子没办法！拾掇一下吧，一会儿去山那边你也一起去，把这个骚货给婆家送回去。郭耀祖说，还是不要强下手为好，我再劝劝她，尽快把她打发走。看郭耀祖这样说，兰竹菊没有再说话。谁知就在这天晚上，慧慧居然在后半夜时分，悄悄摸进母亲的屋里在郭耀祖身边躺了下来。郭耀祖吓坏了，紧挨着慧慧光溜溜的身子，出了一身冷汗。他掐了一下慧慧的胳膊，示意她快走，可慧慧根本没有要走的意思，而是不断地抚摸郭耀祖。郭耀祖望望另一边的兰竹菊，身子纹丝不敢动，一只手就那么和慧慧纠缠着。终于，他们的动静将兰竹菊弄醒了。兰竹菊醒来后，她身子没有动，就那么静静地躺着，悉心地捕捉着周围的声响。郭耀祖终于扛不住劲了，悄声对慧慧说，走吧，去你屋里。就在两个人刚要起身下床时，兰竹菊噗地将火镰擦着了，接着点着了油灯。油灯骤然一亮，郭耀祖和慧慧犹如雕塑般地定格在了床上。兰竹菊厉声喝道，你两个猪狗，都给我别动！说完跳下床拿了一把菜刀，给我听着，谁动砍谁！郭耀祖和慧慧愣在床上不敢动。这时儿子被吵醒了，哇哇大哭起来。兰竹菊立在地上，根本没要管儿子的意思，她恶狠狠想，今天要好好教训一下这两个坏种！慧慧看弟弟哭得厉害了，伸手将他拉到身边。兰竹菊问道，齐金生你说，你两个猪狗，是谁先生的坏心？郭耀祖不吱声。慧慧说，是我。兰竹菊突然来气了，唾骂道，是你？你真是个小骚货，怎么打小就那么骚！慧慧说，我骚？知道我怎么骚的吗？打我十一岁起，每天晚上你屋里的床都要咯吱半夜，我能不骚吗？兰竹菊一愣，脸上一烧，举刀要朝慧慧砍去，被郭耀祖拦住了。兰竹菊跺着脚叫道，你个小骚货，你知道他是谁？他是你爹！慧慧说，我知道他是我爹，也知道他不是我亲爹！兰竹菊吼道，他是你妈的男人！慧慧说，我妈的男人也是男人！兰竹菊怪异地喊了一声，我操你了个妈！再次气急败坏地要将菜刀朝慧慧砍去,依然被郭耀祖挡住了。郭耀祖想从兰竹菊手里将刀夺下来,刚一使力,兰竹菊迅速闪过手用刀背朝郭耀祖胳膊上连斫了好几下。虽然是刀背,血还是从郭耀祖胳膊上淌了下来,疼得郭耀祖直咬牙。兰竹菊突然哭了,她哭着骂道,齐金生我操你妈!我兰竹菊好心将你收留了,你不仅不报恩,还昧着良心糟蹋我女女。你说你还是个人不……

　　这时候,天蒙蒙亮了。就在三个人对峙时,屋门哗啦一声被推开了,从外面闯进来了一个男人,屋子里的三个人顿时被吓了一跳。男人一进门就叫道,竹菊、竹菊,你在家吗?听见来人叫自己的名字,兰竹菊一怔。男人看了兰竹菊一眼,说,不认识我啦?我是你男人邵南风啊!一听是丈夫回来了,兰竹菊手一松,浑身一软,刀随之掉在了地上,人也瘫倒在了地上。邵南风立即蹲下身子将兰竹菊抱了起来。郭耀祖慌忙穿上衣裳,慧慧也扯了个布单遮住身子,回屋将衣裳穿好又跑了过来。这时兰竹菊醒了过来,看见抱着自己的真是分别六年的男人,忍不住放声大哭。慧慧来到邵南风面前,说,爹,我是慧慧。邵南风望着眼前的媳妇和女儿,忍不住流下了眼泪。末了又看了看站在一旁的郭耀祖,问道,他是谁?慧慧不假思索地说,后爹。邵南风看见床上有个娃娃在哭,心中明白了大半。

　　邵南风的突然归来,将这个家原有的混乱秩序搅得更乱了。郭耀祖恋着慧慧,还有个亲生儿子在这里,他并没有因为邵南风的归来而打算离开或溜走。慧慧觉得亲生父亲如今回来了,母亲不再需要郭耀祖了,便生出了要与郭耀祖走在一起的念头。各怀心思的四个人,忐忑不安然而又是风平浪静地度过了两天。

　　在这两天中,兰竹菊将家里发生的一切毫无保留地告诉了邵南风。末了,兰竹菊说,自从你离家后,我本想守身如玉地等你,可我没有把持住。我不是一个好女人。我没把自己管好,没把慧慧管好,没把这个家管好。我没脸向你要求啥,如今一切由你说了算。你决定我的去留吧,我兰竹菊决不会赖着你。邵南风沉默了半晌说,竹菊你别这样说,别过分自责和难过,你们前天闹事的场面我看到了。离家后我稀里糊涂跟着人去了南洋,无法与家里取得联系,让你们娘儿俩受苦了。我在外面给人做苦工,也把罪受扎咧。如今捡了条命回来，我啥也不怨，我啥也不要，就要你和慧慧。至于那个齐金生，你真心对他，他却那样对你跟慧慧，实属可恶至极！而且按你的说法，这个人身上不定背着啥大案子。对这个人，咱不能就这样把他放了。兰竹菊说，我晓得了。怎么处置他，你说吧。邵南风说，找几个人将他送到县城官府去。兰竹菊表示同意，红着脸问道，床上的娃娃咋办？邵南风说，娃娃是你生的。生在了咱家床头，那就是咱的娃。

　　第三天上午，就在郭耀祖与邵慧慧悄悄商量他俩的事情时，家里呼啦拥进来一帮人将郭耀祖三下五除二捆绑起来，推搡着要往县城送。一看这种情形，郭耀祖扑通给兰竹菊和邵南风跪下，接着邵慧慧也跪下了。兰竹菊说，慧慧你干什么？快立起来！慧慧说，爹、妈，求求你们了，就让我跟他走吧。兰竹菊啪啪地抽了慧慧两个巴掌，大声吼道，你得是脑袋撞墙了？再不起来我立马杀了你！心里却在骂道，真是头小母猪！要给你弟弟当后妈啊？邵南风扯住慧慧的胳膊将女儿拉起来，说，听话，让他们走吧。郭耀祖似乎还想求情，被那伙人不由分说推搡了出去，慧慧接着失声大哭了起来。

　　就在这帮人押着郭耀祖走入一段非常险要的地方时，突然被暗守在那里的另外一伙人截住了。押人的人一惊，以为郭耀祖家里要劫人，一时间有些慌乱。暗守在这里的这伙人，正是裴元魁组织进山搜捕郭耀祖的便衣警员。警员们看见几个人押着一个人走近了，就拦住他们询问情况，谁知还没有开口，一个警员惊呼道，这不是郭耀祖吗？随着警员的呼喊，所有人立即掏出枪，连同押人的人全部包围起来。一个警员大声问，你们从哪里来的？押的是什么人？要如实回答，不许耍花招！一个押人的人说，我们是从青龙乡邵家坝子那边来的。这个齐金生是个禽兽，把自家的女娃子糟践了，我们要将他送到县衙去处置。一个警员说，什么齐金生，他叫郭耀祖，正是我们要抓的人。现在你们别押送了，把他交给我们就行了！押送的人说，你们是啥人，我们不知底。这人不能给你们。另一个接着说，你们想要这个人可以，待我们把他交县衙后，你们问县衙要人。警员们没奈何，为首的大声说，他是个通缉犯，我们正在缉拿他！你们再阻挠抓人,小心对你们不客气!押人的人依然不让步。警员们便朝天放了一梭子子弹,硬是把这帮人吓跑了,才将郭耀祖抢夺了过来。

七十五

在郭耀祖出逃后的第六个年头,终于落在了全力缉拿他的裴元魁手里。这一年,郭耀祖三十六岁,裴元魁四十二岁。按照郭耀祖后来的说法,那一年是他的本命年,躲来躲去还是没有躲过那一劫。

警员们将郭耀祖押回白凤镇。裴元魁一看见郭耀祖,直直地一脚踢在郭耀祖的裆部。郭耀祖哎哟一声窝倒在地上。接着,裴元魁又是一阵踩踏和踢打,打得郭耀祖蜷在地上不断地翻滚和号叫。裴元魁打完后,喘着气对警员说,接着给我打!打狗日个灵魂出窍、死去活来!

两个警员一个手拿鞭子,一个手提棒子,对郭耀祖又是一阵毒打。一边打一边骂,狗日的坏东西,五六年里躲到哪个老鼠洞里去了?害得老子吃了多少苦,跑了多少路,挨了多少剋?直打得郭耀祖躺在地上纹丝不动了,这才住了手。

警员报告说,郭耀祖快要断气了。裴元魁说,没那么容易死,那家伙皮实着呢!接着问道,真要断气了吗?警员说,躺在地上没有一丝声息了,跟死了差不多。裴元魁笑了一下说,放心,死不了!他是在装。不过,后边别打狠了,真要打死了,就便宜他了!给我看好他,可不能让狗东西跑掉了。警员刚要转身离开,裴元魁又说,去,找条结实的绳子将狗东西吊在杂物房的大梁上。不要给吃的和喝的,饿他个两天两夜再说。

按说,郭耀祖体形高大,应该比较耐得住折磨,但在房梁上吊了两天两夜还不到,郭耀祖就彻底昏死过去了,屎尿全拉在了裤裆里。警员报告给裴元魁,裴元魁说,放下来给换条裤子,弄些吃的将养几天,接着拾掇他。

与此同时,裴元魁派人去了青龙山,要求警员将郭耀祖在那边作恶的事情查清楚。

将养了半个多月，郭耀祖稍微有些恢复。这时候，裴元魁将他舅舅温敬海叫了来，让舅舅和两个表弟将郭耀祖暴打了一顿。

温敬海打过郭耀祖后第三天，裴元魁给郭耀祖家里传了消息，让家里来人看郭耀祖。

这时候，郭耀祖家里已经发生了不小的变化。郭耀祖的婆婆在他出逃后的第二年夏天，患病去世了，家里只剩下爷爷郭嘉树和重孙郭镇豪。此时的郭嘉树，年纪越来越大了，身心不断受到来自郭耀祖的打击和伤害，精气神大不如从前了。他身子严重地佝偻，视力也严重下降了，基本上看不了病了。老伴突然去世，让郭嘉树彻底垮了下来，不得不将药铺关掉，从此不再行医了。不再行医的郭嘉树待得身子骨好点后，又开始惦记着两件事：一是坐在家里陪同重孙郭镇豪识字学医，希望重孙将来能走看病行医这条路；二是在他有生之年，能给重孙郭镇豪把亲成了。就在前不久，郭嘉树给郭镇豪把婚事办了，媳妇是辛头庙一个庄户人家的普通女子，叫廖雪艳。

接到白凤镇警所传话后，老眼昏花的郭嘉树吃了一惊，他不相信他的这个孙子还能活着回到白凤镇。郭嘉树对郭镇豪说，你爹回来了，咱们赶紧把他接回来吧。郭镇豪套好毛驴车，拉着祖爷一起来到白凤镇，找到了警所。郭镇豪将驴拴在一棵树上，扶着郭嘉树走进警所院子，向站在院子里的一名警员说明了来意。警员立即将此事报告了裴元魁。裴元魁走出办公室看见了郭嘉树，问道，郭老先生亲自来啦？郭嘉树不知道给他说话的是什么人，便说道，是啊，家里没人了，我不来谁来？郭嘉树曾是白凤镇乃至府良县很有名望的老中医，裴元魁过去没少见过他。眼前的郭嘉树弓腰驼背，老态龙钟，似乎既聋又哑，已经今非昔比。裴元魁心里生出些许恻隐，问道，郭老先生身体可好？郭嘉树含糊地应了句，好不好就这个样子咧！人老了就尿式了，离入土的日子不远咧。觉得郭嘉树不乐意跟他说话，裴元魁问，赶车的这个娃子是哪个？郭镇豪说，我是郭耀祖的儿子，叫郭镇豪。裴元魁说，儿子？郭耀祖还有儿子？没听说郭耀祖成过亲嘛，这儿子是从哪里来的？裴元魁说出如此不恭的话，让郭嘉树听了十分生气,他不高兴地说,你这人到底是谁?说这些咸不咸淡不淡的话是啥用意?我们是来这里接人的,赶快安顿我们见人吧。裴元魁朝警员摆了摆手,转身离开了。一个警员说,跟我来吧。警员带着郭嘉树和郭镇豪来到关禁郭耀祖的屋子后,转身出去了。郭嘉树环目一望,这分明就是一间杂物房嘛,怎么能将自己的孙子关在这里!郭嘉树叫了一声,耀祖。这时从屋子里面传来了一声微弱的声音,爷爷,是您吗?我在这里。郭镇豪循声望去,看见郭耀祖躺在一张放在脚地的门扇上。郭镇豪扶着郭嘉树走过去,在郭耀祖的身边蹲下来。郭镇豪叫了声,爹。郭耀祖睁开眼睛看着郭镇豪。郭镇豪说,爹,我是镇豪。郭耀祖惊讶自己的儿子居然这么大了,脸上挤出一丝微笑,说,镇豪都长这么大了?郭嘉树说,不光长大了,不久前,我给他把媳妇都娶下了。郭耀祖哦了一声。郭嘉树说,你怎么成了这副模样?他们为啥这样对你?你究竟做了啥事情?这几年你跑到哪去了?郭嘉树连续问了一串子话,郭耀祖静静地躺着,不吱声。郭镇豪将盖在郭耀祖身上的被子揭开一角,看见父亲满身满腿都是血迹,心里一惊,迅速将被子盖上了。郭耀祖问,我婆婆还好吗?郭镇豪说,祖奶去世好几年了。郭耀祖又哦了一声。郭嘉树嘘了一口气,说,究竟是咋回事嘛,敢这样打人?郭耀祖不吱声了。郭嘉树说,你坐起来,跟我和镇豪回家吧。郭耀祖说,您跟镇豪先回吧,我还得在这里待几天。郭嘉树说,怎么,他们不让你回家?你究竟犯下啥罪了?有话就给我和镇豪说,我俩去县上告他们!郭耀祖摇了摇头,说,爷爷您放心,我没事,过几天就回家了。屋子里静寂了好久。郭嘉树说,有吃喝吗?郭耀祖点点头,说,见了面就行了。镇豪,扶爷爷出去吧,把爷爷招呼好。郭镇豪扶起了郭嘉树,郭耀祖看见爷爷的眼睛里噙满了泪水。

去青龙山的警员很快回来了。他们把那边的事情弄清楚了,也把郭耀祖骑去的那匹枣红马骑了回来。

裴元魁思量了好几天,终于把事情想好了。他决心不把郭耀祖交给县警局,他要亲手制裁这个坏家伙。为此副所长提醒,教训他一下是对的,但不管怎样,还是把人交给县警局好些。不就是偷了咱一匹马吗?如今马也回来了,该出的气也出了。再折腾下去,弄不好会给自己惹麻烦。裴元魁听了后，摇了摇头。副所长说，如今又有从青龙山弄回来的材料，要我想，有他的那份罪恶在，有你的这份面子在，县警局不会轻饶了他。裴元魁依然不为所动。副所长苦笑着说，那你可把持着点劲，总是不要连害了自个儿才好。说完又说，你这个人呀，要不是这么个性格早就升了职了。韩贵明也找到裴元魁，说，你这个人就这么个暴脾气。对郭耀祖那种下三烂，美美地捶上他几顿，也就把气消了。跟那样的人去较真，不值当。交给县警局处置吧，别给自己惹那身臊了！对韩贵明的话，裴元魁依然不置可否，笑了笑，将话题岔了开去。

因为这事只有裴元魁心里明白。若是对郭耀祖处置不到位，他和妹妹这口恶气无论如何是咽不下去的。就在那晚郭耀祖行恶逃走后，第二天一早接到舅舅报案，裴元魁赶到了舅舅家里。看到二十一岁的妹妹被糟践得身心俱疲，裴元魁心都要碎了。家里出了这样的丑事，尤其是被恶人奸淫践踏这样的丑事，真要传了出去，他裴元魁还咋在府良的官场混啊，还咋在府良的警界混啊？他可怜的妹妹还能在人家韩贵明家里容身吗？当时裴元魁就给舅舅、舅妈统一了口径，对郭耀祖糟践裴元秀的事，以后不要再想了，也不要再提了，权当这件事情没有发生。他将妹妹元秀叫在当面，安慰了一番，同样告诉她不要再想、再提这件事情了一切要和过去一个样，绝不能让韩家人看出任何破绽，对外一律说成是郭耀祖趁给表弟看病，见财弃义，把舅舅家的枣红大马还有二百块银圆偷走了。裴元魁当即安排舅舅温敬海当天没让郭耀祖的白马出槽，赶在第三天天亮前，将白马拉到四十里外一个集市上贱卖了。所以在当地，人们只知道郭耀祖偷了温敬海家的马和银圆，并不知道其中更深的隐情。

让裴元魁更为窝火的是，因为郭耀祖的施恶，裴元秀居然有喜了。裴元秀和韩大浪结婚后，韩贵明老两口一直眼巴巴地盼望着小两口早一天能给他们生出个孙子来。可不知道是啥原因，结婚好几年了，裴元秀的肚皮平坦如初，一丝儿动静也没有。小两口为此不知悄悄找过多少回先生，吃过多少服药。韩大浪更是不辞劳苦，一个时期干脆每天晚上要跑二十里地从白凤镇赶回家里过夜。办法是想尽了，力量是使足了，可就是没有效果。可就在那个晚上后，裴元秀当月就不来身子了，九个多月后生下了个女娃娃。娃娃出生后，可没把韩贵明一家老少给乐死！韩大浪将娃娃抱在怀里，止不住眼泪一个劲地流，除了把娃娃送给裴元秀吃奶外，一刻也不愿意将娃娃放下手。娃娃满月后，韩贵明先是在郭堡村办了个酒，请了县城的戏班在村里唱了戏，接着又在白凤镇给娃娃办了个酒。在裴元魁的带动下，白凤镇头头脑脑的人物全都出席了，礼金、礼物收了一箩筐。娃娃长得十分清秀可爱，完全不像韩大浪粗壮猛实的样子。人们就说娃娃随她妈了，将来又会出息成一个裴元秀。这件事，只有裴元魁、裴元秀以及温敬海两口子几个人心里明白。这件事让裴元魁一直怀恨在心，想起来就觉得异常痛苦和恶心，常常一个人默默念想着，如果有一天逮住郭耀祖，非要把他撕成碎片子，熬成一锅汤不可。

七十六

　　裴元魁跟郭耀祖谈判了。他要郭耀祖提出制裁自己的法子。郭耀祖到了这时候，精神彻底崩溃了，神经也几近错乱了。他对裴元魁说，都是我的错，都是我的罪，如今我啥话不说了，一切由你所长说了算。所长想咋处置就咋处置吧。裴元魁说，算你痛快。那我说个意见，你看行不行？郭耀祖说，所长，你说吧。裴元魁说，一个，让警员押着你在白凤镇所有村子游转一遍，你坏种把铜锣提上，敲一下说一声你是贼，偷了温家的银圆和大马。二一个，设一个席面请我舅舅一家人吃饭，给他们赔罪压惊，还我舅舅二百块银圆。郭耀祖听了这两条，紧绷着的心立时松快了许多。当即说，我愿意，也保证做到，银圆就赔三百块吧。

　　裴元魁说，这两条就算说定了。不过，光是以上这两条，你坏种不觉得太便宜你了？说到这里，裴元魁忽然咬牙切齿地骂道，你这个人渣，你在我舅家里犯的烂事，今天咱就不提了。单说你在青龙山吧，居然将人家兰竹菊母女通吃，那娃娃还把你叫爹呢？就这个罪行，若要交给县警局，你说该怎样制裁你？

郭耀祖惊讶地望着裴元魁，眼里流露出惊恐的神情，心想，这个可恶的裴元魁，肯定派人去过青龙山了，想要置他于死地。想到这里，郭耀祖只觉得一阵头晕目眩。缓了半天，他心虚地问道，那……所长你说咋办，我都听你的。裴元魁盯着郭耀祖，缓慢地说，青龙山的事情查清了，兰竹菊母女把指印按了，单等着往县警局交呢。这事若由县警局处置，判你个死罪没问题。

裴元魁的话让郭耀祖傻眼了，一股凉气瞬间从脚心蹿到了头顶。他不晓得，糟蹋一个女娃娃究竟能判个啥罪。郭耀祖沉默了半晌，小心地问道，要是、要是……不往县上交……裴元魁鼻子哼了一声，郭耀祖眼巴巴地望着裴元魁。良久，裴元魁鄙夷地说，不想死是吗？舍不得你这条狗命是不是？郭耀祖鸡啄米般地点着头，接着又将头不住地在地上砰砰磕着，嘴里不断说道，请所长开恩，请所长开恩……

裴元魁哈哈大笑了起来。裴元魁的笑让郭耀祖浑身一瘆，他惊恐而又不解地望着裴元魁。裴元魁说，要想留命，不是不可以。裴元魁说完，开始在屋里踱步子。良久说道，说吧，说个处置你的法子。合适了，就按你说的办。郭耀祖半晌不吭声，心里琢磨着是送县警局好，还是留在白凤镇好。郭耀祖想，既然裴元魁答应可以不让他死，那就由他处置。万一交县上判个死罪，那不彻底完蛋了？

裴元魁说，咋不吭声啦？郭耀祖依然不吱声。裴元魁说，那就明天送你上县吧，把你狗东西送走了，我这手头儿就零干了！郭耀祖急忙说，不、不，所长，我不去县上，我要留在白凤。裴元魁说，那你可要想好了。郭耀祖说，想好了。裴元魁说，既然希望这事由我来处置，有几句话得给你说清楚。郭耀祖说，所长你说，我听着。裴元魁说，将来不论怎么处置你，都要说成是你跟我舅舅两相协商的，不能说成是我弄的，明白吗？郭耀祖看着裴元魁，茫然地点点头。裴元魁说，现在说说该咋处置吧。说话间，裴元魁眼里露出一道凶光，郭耀祖直勾勾地盯着裴元魁。裴元魁说，按我的想法处置很简单，留你一条命，但必须取你身上一样东西，你看成不？郭耀祖脸唰地青了，哆嗦着嘴唇说，所长、所长……你就饶了我吧……裴元魁大声说，咋的啦？留下了狗命，取一件东西，还不想给吗？郭耀祖说，不不不，我不是那个意思，我不是……裴元魁说，那是啥意思？郭耀祖颤抖着嘴唇说道，那、那……所长你说，想要啥？裴元魁却笑了，调侃地说，当然最好是你那家当啦。郭耀祖哑了，脸一下子黄到了脖根。裴元魁说，凭你做的那些伤天害理的烂事，最应该拿下来的不就是它？郭耀祖扑通跪倒了，说，求求所长，手下留……裴元魁大喝了一声，你个王八蛋，如今想到手下留情了？当初为非作歹的时候，怎么不手下留情？眼看着裴元魁发怒了，郭耀祖浑身像筛糠一般，哆嗦着说道，所长、所长你甭着气，我、我说我说……裴元魁恶狠狠地盯着郭耀祖。

郭耀祖犹豫了片刻，嗫嚅道，那、那就……一只耳朵……不不，一只眼睛……一只胳膊……裴元魁一动不动地盯着郭耀祖，鼻子里呼哧呼哧喘着气息。良久，郭耀祖咬咬牙，痛下决心似的说道，那就……一条腿吧……说完静静地望着裴元魁。裴元魁徐徐地吐出一口气，缓缓地说，要你一件东西比登天还难！甭说了，那就一条腿了！转而大声问道，想好啦？郭耀祖说，想、想好了。裴元魁说，不反悔？郭耀祖点点头。裴元魁说，这可是你说的，不是谁逼的？郭耀祖说，当、当然……是我……给你舅舅主动提出的，不不，是我走路不小心跌到沟里摔折的……

哈哈哈！裴元魁大笑了起来，聪明，怪道来人们都说你郭耀祖聪明，今天我算是领教了，你郭耀祖真是个聪明人。这事就算说定了？郭耀祖说，说定了。裴元魁说，下来的事情，就刚刚说的这一条，连同前面说定的那两条，一起立一个字据，好不好？郭耀祖没表示反对。裴元魁说，看在你往后还要活人的份儿上，看在你给人看病行善的份儿上，敲锣游村时，就不要提说跟兰竹菊母女那些肮脏事了，只说你做贼偷盗的事吧。郭耀祖一边点头一边拱了拱手，没有说话。接着，郭耀祖便以自己的名义写了一个字据。实际上相当于如今的个人检讨，表示自觉自愿做到以上三条，以示对自己犯错的惩罚。郭耀祖签字画押后，裴元魁将字据收起来，临走时说，要不要给你爷爷捎个话，让他把接骨治伤的药预备下？郭耀祖眨巴着眼睛，摇了摇头。

随后四天，由两个警员押着郭耀祖，在除了郭堡村之外的白凤镇所属各堡各村敲锣游转了一圈。接着，由郭耀祖在白凤镇吉祥饭馆摆了两桌酒席，给温敬海一家人压了惊、谢了罪，当场赔给温敬海三百块银圆。吃过酒席后的第三天下午，裴元魁来到杂物房对郭耀祖说，最后那件事，你看放在啥地方做合适？郭耀祖惊恐地望着裴元魁，没说话。裴元魁说，只要你觉得放在白凤镇做于你脸上有光彩的话，那就放在镇上做。干脆将场面弄大些，怎么样？郭耀祖脑袋嗡嗡响着，下意识地摇了摇头。裴元魁看见郭耀祖头上渗出了一层汗，便嘲弄道，不就是一条腿嘛！也不要你的狗命，咋就吓成这样了？郭耀祖两只手和两片嘴唇瑟瑟发抖，一句话也说不出来。裴元魁大喝了一声，说话！想放在哪里做？郭耀祖更是一颤抖，失神地望着裴元魁，愣愣地说，就、就放在……我家……

这天黄昏后，裴元魁带着两个便衣警员用车子拉着郭耀祖，来到了郭堡村，在黑夜里将郭耀祖弄回家。郭嘉树、郭镇豪，还有郭镇豪的媳妇廖雪艳都以为事情处置完毕了，警所将郭耀祖送回来了。赶紧招呼来人入座喝水。这时候郭嘉树从人们的疯传和议论中，知道了郭耀祖偷马偷钱的作为。他表现得十分谦卑，看见来人坐着不走也不说话，对郭镇豪说，让雪艳赶紧做饭吧，客人们吃了还要赶路呢。这时裴元魁笑着说，老人家别忙活了，我这里带有现成的酒菜。说着让警员将酒菜在炕上摆摆好。你们在家吃过晚饭了吧？我们急着赶路没来得及吃饭，今天要和耀祖兄弟一起吃顿饭。裴元魁的话说得虽然温和在理，但郭嘉树总觉得事情有点不大对窍，却不知道怎么办好。裴元魁说，老人家，不要嫌我们无礼。我们要吃饭了，你和娃娃们出去一下好不好？见裴元魁话说得明白，郭嘉树便和郭镇豪两口子离开了。

裴元魁让郭耀祖吃了一阵菜，喝了几杯酒，拱手对郭耀祖说了声，兄弟，对不起啦。转身朝两个警员使了一个眼色，两个警员当即走上前，一个将炕上的酒菜端走，一个把躺在炕头的郭耀祖拉到炕沿，说道，说吧，想给哪条腿？可能是喝下了几杯酒，郭耀祖这时倒镇静了，可着声说道，想要哪条腿给哪条腿，随便拿好了！这时一个警员伸手刺啦一下将郭耀祖右腿的裤筒撕开了，另一个警员将一瓶白酒倒在一条汗巾上，在郭耀祖胫骨上擦抹了几把，问，还有啥话要说吗？郭耀祖抬起头，大声说，裴元魁，我操你妈！你狗日的心狠手辣，算一条汉子！只是你不要高兴得太早了，我郭耀祖今天跌到你手里，说不定啥时候你也会跌在我手里。等着那一天吧，我会叫你狗日的好过不了！说完对着警员喊道，好汉听着，给你爷爷把活做利索！听郭耀祖这样说话，裴元魁心里忽然冒上了火。他大声问，郭耀祖，你狗日的服不服？郭耀祖大声喊，不服！裴元魁又叫道，不服，老子下了你的脑袋！服不服？郭耀祖大声喊，不服！要脑袋要腿，随你狗日的便！少啰唆，快动手！裴元魁说，你狗东西不知好歹！说着大叫一声，你俩闪一边去，拿家伙来！原来说好施刑的警员，小心地望着裴元魁。裴元魁说，把家伙递给我！警员将一把大铁锤递给裴元魁，低声说道，所长真要亲自动手吗？裴元魁说，这是我们两个人的事，用不着连害其他人。把他的嘴给我塞好了！就在两个人手忙脚乱地往郭耀祖嘴里塞布子的时候，只听咯嚓一声，裴元魁的铁锤落在了郭耀祖右腿上。郭耀祖闷哼了一声，他的右脚和一截小腿，从断裂的地方软软地耷拉了下来，有尖尖的白骨茬子从肉里戳出来了一截。在场的三个人心里猛的一紧，头发不由自主竖了起来。事情做完了，裴元魁咚地撂下铁锤，从容地拍了拍两只手，说，收拾摊子吧，咱们走。便带着警员，连夜赶回了白凤镇。

也就是在这天晚上，受了刺激的郭嘉树老人在半夜里犯了一阵咳嗽，至天明郭镇豪要服侍祖爷起炕时，发现祖爷已经咽气了，身子都已经冰凉了。

十八岁的郭镇豪和媳妇廖雪艳两个刚刚涉世的年轻人，忽然面对被砸断了右腿的父亲和成为僵尸的祖爷爷，一时间吓得魂飞魄散、六神无主，只知道呜呜痛哭，不知道该怎么处置。好在有本族大伯大叔押头出面，与村里受过郭家恩惠而不忘交情的人们一齐动手，也没举行啥仪式，赶天黑时草草将老人入土了。

七十七

尽管裴元魁变着法子想撇清他与处置郭耀祖一事的干系，但白凤镇没有一个人不知道是裴元魁砸了郭耀祖的腿。这件事很快在当地疯传开了，而且越传越邪乎。有人说，裴元魁就是裴元魁，砸人腿就跟砸树桩一样，想没想就那么一锤下去了。郭耀祖的断腿当时就只连指头宽窄一个肉条条了。也有人说，郭耀祖也是了不得啦，将自家的大腿拍得啪啪响，溅着唾沫星子对裴元魁喊道，爷爷天生就多余一条腿，快帮爷爷把它砸了去，砸了爷爷请你裴元魁喝酒。这件事传到了府良县城，县警局把裴元魁传去，接着县法院就介入了。事情很快查清楚了，裴元魁私设公堂，知法犯法，滥用私刑，致人严重伤残，被判入狱三年。办案期间，裴元魁将郭耀祖奸淫兰竹菊、邵慧慧母女的材料交给了县警局。县警局经过重新调查，兰竹菊和邵慧慧表示对郭耀祖不予起诉，认定郭耀祖与兰竹菊系事实婚姻，与邵慧慧发生性关系系通奸。故强奸、乱伦罪不能成立，不予立案。法院决定对郭耀祖给予训诫，不追究刑事责任。案件判决后，躺在家里养伤的郭耀祖伤心地哭了，不为县法院未判他坐牢喜极而泣，也不为县法院判决裴元魁三年刑罚喜极而泣，而是为自己当初上了裴元魁那家伙的当，让自己好端端失去了一条腿而悲愤哭泣。

在郭耀祖的精心自治下，在郭镇豪两口子的精心侍奉下，郭耀祖的右小腿包括右脚总算没有断了下来，不过已经彻底地瘸了。半年后，郭耀祖能挂着双拐下地了。一年后，他基本可以架着一根拐杖单独活动和转悠了。

这一年，解放战争打得如火如荼。一九四七年三月，国民党胡宗南部队打进了共产党中央所在地延安，占了个空城。共产党中央机关撤出延安，指挥解放军转战陕北，由西北野战军配合陈谢兵团挺进豫西，牵制胡宗南主力，进而攻打榆林。至第二年年底，陕甘宁边区和延安又回到共产党手中。其后一年多时间，解放战争节节胜利，从根本上改变了共弱国强的战争态势。这时候，共产党一边打仗一边接收解放了的地方，准备建立自己的政权。府良县处于陕甘宁边区与国民党统治区交界地带，白凤镇又是府良县最北边的一个重镇，共产党军队与国民党军队在这个地方争夺得厉害。今天共产党打来了，这里成了共产党的天下；明天国民党还乡团又窜了回来，共产党便不见踪影了，可国民党还乡团立足未稳，共产党又从天而降，突袭了回来。

一九四八年八九月间，国民党大势已去。为守住南边的省城，将号称打不死的陆军中将钟松部调往国统区北大门黄龙山一带驻守，企图堵住共产党南下，这样就与共产党彭德怀部的王震第二纵队交上了手。双方在白凤镇以北的大尧山开了一战，王震第二纵队将钟松军队打了个落花流水，一举撕开了直通省城的咽喉。败退的溃兵蜂拥经过白凤镇，沿着公路往南逃窜。白凤镇一带的老百姓，看到战火真的烧到了自家门前，纷纷躲藏到附近的荒沟野岭里面去了。多年的战乱让这一带老百姓懂得整建制国民党部队尚不十分可怕，最为可怕的就是这些打了败仗四处逃窜的游兵散勇。他们无所顾忌，烧杀抢掠，残害百姓，无所不为。公路从郭堡村西边的罗庄村通过，与郭堡村隔着一条小沟，一时关于逃兵的传言满天飞，人心惶惶。村里一些胆小的人早逃得没影了，一些麻木的人在观察情势，少数胆大的人耐不住好奇，跑到罗庄村看热闹去了。后来从前面又传来消息，说前边的溃兵沿途屡屡遭到共党地方武装袭扰，苦不堪言，这让后面的溃兵更加惶恐了，便纷纷改变溃逃路线，变沿公路逃跑为分散逃跑。这一来，就有溃兵摸到了郭堡村，将留在村里的人吓得魂飞魄散。郭镇豪赶忙跑回家，对郭耀祖和媳妇廖雪艳说，中央军来咱村了，村里的人跑完了，咱也赶紧跑吧。看见郭镇豪失魂落魄的样子，郭耀祖说，得是死下你爹还是死下你妈了？有话一句一句说，慌里慌张干啥哩？郭镇豪说，真比死下爹妈还上紧！国民党溃兵进村了！听说这些人有些是路过，有些还要住下来，正在给自己占地方呢，这些人可是无恶不作。廖雪艳听到这里脸白了，挺着高高的肚子，颤抖着嘴唇说，甭说那么多了，咱也赶紧跑吧，先离开村子再说。廖雪艳听人说那些逃兵一路上只干两件事，一是抢东西，二是奸妇女，因此不由得失魂落魄了。看见儿子儿媳的模样，郭耀祖说，要跑你两口子跑吧，我这腿咋跑呀？我跑不了。郭镇豪叫道，你跑不了，那是等死呀？郭耀祖瞪了郭镇豪一眼。郭镇豪自知话没说好，赶紧改口说道，爹，你可不能这样想，留下太危险了！郭耀祖说，雪艳快临盆了，眼下夜间凉了，带一床被子，不论到哪里将雪艳照看好。郭镇豪说，你也一起跑吧！雪艳也说，爹，你不走，我们咋走嘛！那不让旁人把我跟镇豪骂死了？郭镇豪静静地立着，苦着脸望着郭耀祖，心里急得像火烧。郭耀祖说，想那些干啥？只管走你们的！再不走真可就走不了了！看郭耀祖这个态度，廖雪艳止不住哭出了声。郭镇豪走到炕跟前，说，来吧爹，我背着你跑。郭耀祖忽然躁气了，说，你俩这是咋的啦？得是想把我气死？郭镇豪说，你也一起走嘛。郭耀祖说，我肯定不走。一是我不怕他们，他们即便抓住我，也不能把我怎么样！二呢，你们带上我，既连害你们，还累垮了我。我受不了那份洋罪！甭磨蹭了，快走，我不会有事！看终究说不动父亲，郭镇豪眼睛一红说，那……我们走了。说话间从炕上拉了一床被子，领着廖雪艳出门逃了。这时候已经半后响了，村子里跑得空无一人。郭耀祖下了炕，拄着拐棍来到了大门外，坐在巷口看那些稀疏过往的逃兵。这些逃兵，多数人没打算在这里停脚，他们从郭耀祖面前经过，眼睛里充满了饥饿和疲惫，看见有个中年男人坐在巷口看着他们，既惊讶又惊恐，偶尔会有人停下来问一句，大爷，能弄点吃的不？我给你银圆。郭耀祖摇摇头，说话的人也摇摇头，继续赶路了。郭耀祖想，真是兵败如山倒啊！

临近夜晚了，郭耀祖回到家里，打算给自己弄点吃的，然后早早入睡。他给锅里烧了点水，倒了半碗稀面糊糊进去，将馍馍切成碎块，扔到锅里，烧熟，就成了当地人吃的一种便饭——煮馍。接着舀了一碗，将盐和醋调上，最后放了一大块猪油辣子，酸辣有味，埋头吃开了。就在这时候，他觉得院子里好像有响动，挺起身子朝外瞅瞅，却没看到什么。刚要继续吃饭，动静似乎又出现了。郭耀祖站起身子，一手端碗一手拄拐，一瘸一颠来到屋门口,大声喊,谁?这时候,从院子二门照壁外面闪出了一个黑影。院子灰蒙蒙的,啥也看不清,郭耀祖放下碗筷走到照壁附近。这时候,从照壁那里又闪出一个黑影。郭耀祖一惊,胸腔里咕咚响了一下。这时候,第三个、第四个黑影也出现了。郭耀祖眼睛适应了黑暗,他看见站在自己眼前的原来是四个女人。郭耀祖啥话也没说,转身朝屋里走,女人们便悄然跟了进来。在昏暗的灯光下,郭耀祖发现,尽管女人们给自己换了男衣,做过伪装,但从她们的容颜和气色能够看出这些女人很漂亮。其中一个年龄大点的约莫二十七八岁,还有点高贵。郭耀祖想,大概是个官太太吧。女人们挤在一起,小心地朝郭耀祖望着。郭耀祖靠住桌沿,笑着说,都是逃下来的吧?甭害怕,我不会害你们。女人们不吱声,那眼光似乎在说,全村人都跑了,你为啥不跑?郭耀祖说,村里人全给你们吓跑了,我是个跛子,跑不动。女人们望着郭耀祖,依然不说话。郭耀祖说,都不说话怎么办?说吧,你们是想住一宿呢,还是吃点东西继续走路?我咋帮你们?大概看郭耀祖没有恶意,那个最年轻的女人说,看大叔是个好人。我们走累了,也饿了,想寻点吃的,满村里就您家里亮着灯……郭耀祖呵呵地笑了,想吃饭啊?我这里有的是馍馍和面粉,可我做不了饭。你们会做吗?女人们面面相觑,谁也没做过饭。年轻女人说,我们不会做。大叔刚才吃的那个饭就很香。郭耀祖笑着说,这个饭很香?想吃这个好办,你们坐下歇歇,我立马给你们弄。他先给女人们烧了些开水,将水舀到瓷盆里让她们喝,然后弄了一铜盆水,让她们擦洗了一下,就给她们做饭去了。郭耀祖和善随意的态度,让女人们很放心,也很开心,喝水、擦洗后,叽叽喳喳地说开话了。一个女人说,看这个人还不错,吃完饭在这里歇一阵,来点劲再走。另一个女人说,如今谁也靠不住,吃完饭把饭钱给人家开了,赶紧上路。年轻女人说,反正我得歇一阵,这腿都要断了,半步都挪不动了。年龄最大的女人说,稍歇下可以,但不能歇久了。听说这里离省城还三百多里呢,该走到猴年马月?就有女人说,那就听大姐的吧。接着有人附和,也是,歇息时灵醒点,将细软收好,啥时节都别忘了防财防身。年轻女人说,就你谨慎小心,我看这个大叔靠谱,别将人家想得那么坏。再说了,他一个老瘸子家家的,能干个啥呀?

郭耀祖做好饭，说道，看你们人多，我做了大半锅，保证够你们吃，吃不完还能带一些。闻着香喷喷的饭味儿，听着郭耀祖暖融融的话语，几天没吃饱饭的女人们口水都要流出来了，人人脸上挂着幸福的笑容，少去了往日的矜持。这顿饭，女人们吃得欢畅、吃得尽兴，吃饭间有了咯咯的笑声，甚至互相开起了玩笑。她们没将郭耀祖看成坏人，将他看成一个老实敦厚、跛足残疾的庄稼人。吃完饭，郭耀祖问，官太太们，你们是歇，还是走呢？年轻女人说，看大叔人挺好，就让我们歇上个把时辰，半夜再好上路。郭耀祖说，那敢情好，我家人也跑了，有的是地方。你们就睡这上屋，安安心心睡个好觉。我在院子西小窑给你们把守，保准到时叫醒你们。郭耀祖的话将女人们逗笑了。女人们说，好啊好啊，大叔真好啊！这时那个年龄大点的女人，将二十块大洋、一串珍珠项链、一个银项圈、一副金手镯、两个金戒指，交到郭耀祖手上，说，大叔，你是好人，今日相聚是咱们的缘分。大叔救了我们，我们感激不尽。这点小意思，望大叔笑纳。看见闪烁着亮光的金银珠宝，郭耀祖傻了眼，颤抖着手说，这哪里使得！这哪里使得！女人说，大叔不收的话，我们会不安的，你就收下吧。再说了，我们走累了，这些东西也带不动了，带上也会不安全，你就收下吧。这时女人们齐声说，收下吧。看女人们心很诚，郭耀祖笑笑说，那好，我收下了。随手将收下的金银珠宝放进了屋桌抽屉，女人们开心地笑了。

这些女人不知道，正是他们的到来，让好久没有沾过女人味儿的郭耀祖心里升起了不良之欲。待到这些女人们进入梦乡后，郭耀祖便悄然溜下炕，走出西小窑，猫着腰来到上屋门口，熟练轻巧地将半边门扇抬开。进屋后，郭耀祖如法炮制给她们施了些许蒙汗药，接着刚要爬炕时，冷不防一个凉冰冰的东西抵在了他的脖根上：不许动！郭耀祖一愣，静静地趴在炕沿上，定格在了那里，纹丝不敢动。这时只听年轻女人叫道，大姐，快起来上路，这老家伙是个流氓！女人们受了点麻醉，先后摸摸索索地爬起身子。大姐问道，小琳怎么回事？年轻女人说，我不是在门外站岗吗？不小心也给迷糊了，直到这家伙进了屋，我才突然醒了过来。咱们快走，这是个老流氓！一个女人拍拍额头说，脑袋怎么晕乎乎的？年轻女人说，肯定是这老家伙搞啥鬼了！说着将枪口用力一顶，搞啥鬼了？不说毙了你！郭耀祖这才知道顶在脖根上的是支手枪，才知道这些狗婆娘一个个不是吃素的，一时间两条腿抖颤着，啥话也说不出来了。年轻女人说，都瘸成这般鬼模样了，还忘不了干那事。你干得动吗？一个女人说，该怎么处置这老流氓？下手吧！那大姐瞅了一眼赤身半裸的郭耀祖，说了句，甭理他了，立马上路。一个女人狠狠地说，把他阉了去！郭耀祖突然大喊了一声，不！这一声喊叫惊恐万分，这一声喊歇斯底里，将四个女人吓了一跳。大姐说，还磨蹭什么，快走！女人们当即撇下郭耀祖，踏着夜色匆忙出门了。就在女人们刚走到院子，年轻女人折回头，走进屋子，拉开屋桌抽屉，把送给郭耀祖的那些金银珠宝又拿走了。

就在过完军队后的第三十天，廖雪艳生下了一个儿子，给这个家平添了一份喜悦。接生婆离开后，郭耀祖来到上屋，站在炕沿边看了看炕上的孙子，小心地用手摸了一下孙子湿嫩嫩的脸蛋，看见娃娃眼睛还没有睁开，心里生出了一丝感动。

七十八

郭耀祖每天无所事事。

如今的郭耀祖在村人们眼里，已经没有了往日的信任和崇拜，他偷装元魁舅舅家里马和银圆的事，他在青龙山的那些破事，尤其如今落魄残疾的潦倒样子，成了人们饭后茶余的谈资和笑料。村里的人大多不通文墨，但特讲究礼仪规矩。郭耀祖变成这副模样，没有人愿意与他交往，甚至没有人愿意搭理他。

自从廖雪艳生娃后，郭耀祖虽然打心眼儿里喜欢，但让他与常打情骂俏的儿子和儿媳待在一起，就觉得既憋气又窝囊。尤其家里面又平添了个雪艳娘，他便没心思窝在家里睡闲觉了。每天只在家里吃个饭，便拄着拐杖去外面转悠了。

此时天气进入了深秋，新下种的麦苗嫩嫩地绿成行了。晚上一地白霜，清早晨露欲滴，冬的气息慢慢来临了。

　　一天，吃过早饭，人们下地干活了。郭耀祖拄着拐杖打算去村东的打麦场转悠，却不知不觉走远了，来到了附近的田野。田野里空无一人，太阳温和地照耀着大地，树叶大多已经飘落。不远处那棵硕大的柿子树上，挂着几个尚未被人摘走的柿子，红得格外耀眼。路边的小草开始枯黄，给人一种肃杀的感觉。秋风凉凉地刮过，郭耀祖身上不觉微微打个寒噤。他转身往回走，又来到了打麦场。如今郭耀祖觉得，在他们那个家，仿佛只有他是个闲而多余的外人。尤其闹心的是，儿媳廖雪艳那个妈，长着个鞋底脸、大鼻子、小眼睛、吊吊嘴，看着那张脸就叫人心里犯难过。就是这么个老女人，动不动还爱数叨个人，整天价把儿子镇豪数落得进退两难，手足无措。郭耀祖无奈地想，是自己那个儿子实在窝囊，任丈母娘怎么数落，死活都能忍受得住。这事要是放给他郭耀祖，去他娘娘的，还有你数落的份儿，先将你那张丑长脸给我换了再说话。郭耀祖就不明白了，就是这样一个长丑脸的妈，生出来的女儿廖雪艳居然很是秀溜，配搭自己的儿子还算说得过去。只是郭耀祖总有点担心，担心将来孙子、孙女万一要是返了祖，长成他们外婆那个丑模样，那该怎么办？每当想到这里，郭耀祖总是无声地瞅瞅小孙孙，又望望亲家母，心里苦笑着暗自摇头，心想，长啥样算啥样吧！

　　郭耀祖来到一个麦秸积跟前，那里有他早就扒出来的一个向阳的小窝窝。每次来到这里，他就坐在小窝窝里晒太阳。郭耀祖在小窝窝里坐下来，眯缝着眼睛看看天上的太阳，瞅瞅不远处落叶的小树林，然后收回目光，无聊地看着不远处一群麻雀在觅食。这时候，一切显得是那么寂静，静得郭耀祖能听到麻雀在地上啄食麦粒的声音。不知什么原因，麻雀们会哗的一声飞走了，很快又悄悄地飞了回来。郭耀祖看着看着，便打起了瞌睡，仿佛很快就要进入一个梦境了。就在这时候，一个隐约的声音将郭耀祖惊动了。郭耀祖睁开眼睛朝左右瞧瞧，没发现有啥动静，又轻轻地闭上眼睛，却没有了睡意。看到天上的太阳已经挪到了晌午饭时节的位置，郭耀祖决定起身回家。刚用力用拐杖撑起身子，那种声音又响了一下。这次他听出来了，那是人的一声呻吟。郭耀祖警觉了，闲得无聊的他，拖着瘸腿，不厌其烦地围着每个麦秸积转了一遍，末了又来到离麦秸积不远处一排草窑前打算探个究竟。连续查看了几户人家的草窑，依然没有发现什么。就在郭耀祖决定离开的时候，那声音再次响了一下，而且变得清晰了。郭耀祖想，没错，是有人在咳嗽，身上不由得瘆了一下。当他走进韩大浪家草窑后，当即发现在草窑最靠里的角落里有个人在呻吟和喘气。郭耀祖走上前，看见一个四十岁出头的男人在麦草里躺着。郭耀祖小声问，你是谁？躺在这里干啥呢？那人继续低声呻吟和喘息了一阵，抬头看了郭耀祖一眼，没有吱声。郭耀祖说，问你话呢，咋躺在这里？有病了吗？那人还是不吱声。郭耀祖说，你说话呀，我是个看病先生。那人用尽浑身劲挣扎着坐起来，将脊背靠在墙根，两只手用力扢住地面，断断续续说道，你真是……看病先生……郭耀祖惊讶地说，你不是我们当地人。从哪里来？那人点点头，喘着气说，从外地来……我受不了了……帮我……

　　郭耀祖说，知道了。别弄出啥动静，我就来。说完转身离开了草窑。郭耀祖回到家里，草草扒拉了几口饭，扔下碗筷回到自己屋子，给怀里揣上烧酒、药品和两个馍馍，给过队伍时捡到的军用铝壶灌上水。他悄悄来到麦草窑，麻利地清洗了那人肚子上的伤口并上了药，然后给他喂馍馍吃了，又喂了些水。那人显得很平静，微弱地说，你真的……是个……出去……不要……说……我……很快……会离开……郭耀祖说，我给人说这些干啥？只是你这伤太重了，不是三天五天能好利索的，你怎么离开？那人喘着气，不说话。郭耀祖说，要是信得过我，就安心在这里养，我保证给你把伤看好。那人抬起头不动声色地看着郭耀祖，仿佛在问，为什么呢？郭耀祖说，别那样看我，我说的是心里话。因为我看你不像坏人，才给你治的。那人再次将目光投向了郭耀祖看了一会儿，微微地笑了一下，说，你的话……我信。郭耀祖也笑了一下，说，信就对了。却问，你这伤是枪伤吧？那人不吱声。郭耀祖说，我看你不像中央军，你该不会是……北边的人吧？那人犹豫了一下，点了点头。郭耀祖哦了一声，说，你真是八路军？看你不像弄枪舞棒的人嘛。那人笑了下，喘着气说，我从南边上来……路上和……国、国民党军队……遭遇了……我被……打伤了……和我们的人……走散了……我爬了半夜……爬到了这里……

一听那人说他是被国民党军队打伤的，郭耀祖一下子来气了。他骂道，狗日的国民党里没好人！我最恨国民党了。说着话又想起了那个用枪顶着他脑袋的小娘儿们，骂道，连那些军官太太臭娘儿们，一个个也是头顶长疮脚底流脓，坏透透了。那人看着郭耀祖，哦了一声。郭耀祖说，你就放心吧。只要你是国民党的对头，你就是好人，我就要给你送饭送水，把伤治好。那人将食指竖在嘴唇上嘘了一下，悄声说，声音……郭耀祖吐了一下舌头，不说话了。那人说，不怕我……连累你？郭耀祖笑了，说，我怕个屁，我这辈子还没怕过谁！那人说，你们这里可是……国统区……郭耀祖说，连累也好，不连累也好，我看八路军就比中央军好。你这病我是看定了。那人微笑了，说，为啥……这么恨国民党……郭耀祖眼珠子转了转，说，狗日国民党给我栽赃、害我呢……那人说，我姓……程，叫我……老程吧。郭耀祖说，我姓郭，叫郭耀祖。这草窑不是我家的，晚上挪我家草窑去。天色黑过后，郭耀祖给老程送来了铺的和盖的，还有吃的和喝的，将老程转移到了自家麦草窑，给老程换了药。从此按时按点偷偷地伺候着这个陌生男人。

郭耀祖不外出看病很久了。他每天除了吃饭和睡觉，就在村里村外没有目的地一个人乱转悠，村里人已经习以为常了。

七十九

一个月待满后，郭耀祖对老程说，这样每天往场里跑不是个事，既不方便，也不保险。干脆搬我家去吧。老程说，搬你家？那会更不方便，会搅扰到你的家人。不行不行。郭耀祖说，这个不要操心，由我来想办法。郭耀祖给小孙子办完满月酒后，廖雪艳母亲提出让雪艳和外孙去她家里住一段日子，被郭耀祖拒绝了，为这事两人闹得不太愉快。这天郭耀祖回到家里，吃饭时搭着笑脸想跟亲家母说话，被人家生生冷落了。吃完饭，郭耀祖找到亲家母，讪笑着说，小孙子是你的，也是我的。我舍不得离开他，也是人之常情。亲家母你说对吧？怎么还跟我记仇啊？见郭耀祖这样说话，亲家母说，又想出啥幺蛾子了？说吧，我听着呢。郭耀祖笑着说，这些天我也想通了，之前是我不对，就让雪艳和小孙子去你家住一段吧。听郭耀祖这样说，亲家母的眼睛一下子瞪大了，瞪大了其实还是小眼睛，还不如平时的小眼睛看着舒服。这让郭耀祖有点想笑，便说，怎么啦亲家母，怎么这样看我啊？吓了我一跳。雪艳妈说，是你吓了我一跳，怎么忽然变开通啦？你刚才说的可是真话？郭耀祖说，既然说了，当然是真的。雪艳妈一下子高兴了，说，死亲家，这才算是句人话！亲家你不晓得，我在这里伺候雪艳，其实那边家里许多事情丢不开手，心里整天瞀乱得很。让雪艳跟我一同回去，既把雪艳和娃娃伺候了，也把那边家里事情兼顾了，不是一举两得吗？可你亲家就是不开这个恩。郭耀祖笑着说，这不是开恩了吗？

　　第二天，郭耀祖让郭镇豪赶着驴车，将雪艳、孩子和老丈母娘送走了。也就在那天晚上，郭耀祖将老程接到了家里，安顿老程住在自己屋子里。郭镇豪返回后，看到家里住了个生人，问父亲，爹，那个人是谁？郭耀祖说，朋友。郭镇豪说，咋没听说过你有这个朋友？郭耀祖说，咋啦？你没听说过，我就没这个朋友啦？我交朋友还要给你知道？郭镇豪说，听他说话呜里哇啦的，不是咱本地人，感到好生奇怪。郭耀祖说，奇怪你个头！叨叨叨，不就来个客人吗？打问那么清楚干啥？郭镇豪说，我哪里叨叨了，问问不行吗？郭耀祖说，他是我在青龙山那边的好朋友，几年不见了，跑来看我了。怎么你不愿意啊？郭镇豪笑着说，看爹说的，你的朋友来看你，我能不愿意？不就问了一句话，爹就说了这么多，究竟怪你还是怪我？既然客人来了，就把人家招呼好。郭耀祖也笑着说，这才像我儿子说的话，只是我这朋友人家爱清静，不喜欢搅扰，出去后不要对人乱说。听见了没有？郭镇豪说，听见了，招待朋友还不让村里人知道，啥事嘛！郭耀祖眼睛一瞪说，叫你别说你就别说，说了看我不拔了你的舌头！郭镇豪抬起头，看着郭耀祖脸上正经得有点莫名其妙的神情，不再说话了。将媳妇雪艳和儿子送走后，眼前忽然没了心尖尖上的两个人，郭镇豪心里像猫抓，有点神不守舍。他小心地对郭耀祖说，爹，雪艳回了娘家，我心里有些放不下。既然家里来客人了，你就在家里招待客人，我想去雪艳娘家住几天照看雪艳和娃娃。儿子的话，正合了郭耀祖的心意。他说，正好正好，咱父子俩互不搅扰。你这个婆娘孝子，赶紧去看雪艳和娃娃吧，去看你丈母娘那张俏脸吧。郭耀祖的话将儿子扑哧逗笑了，说，爹再这样说，我把你这些话说给雪艳听。郭耀祖伸手要打郭镇豪，郭镇豪缩着脖子闪了一下，转身给自己打点行囊去了。

　　家里就剩郭耀祖和老程两个人，一下子变得清静了。郭耀祖大门不出二门不迈，整天和老程面对面说闲话。老程借机给郭耀祖宣传共产党的主张，这让郭耀祖觉得太有意思了，也就听得津津有味，渐渐地对老程佩服得五体投地。一天，郭耀祖对老程说，我也想参加共产党，想参加革命，不知道你们共产党要不要我。老程说，革命路上不分先后，也不分男女老幼，怎能不要你啊？郭耀祖有点不好意思地说，你看我这右腿瘸掉了……老程笑了，说，参加党组织，参加革命，看的是你的思想和态度，与你腿瘸不瘸没有关系。眼下全国革命就要胜利了，你要是真有这样的想法，可以和府良当地党组织联系，向他们申请。郭耀祖说，我们当地？我们府良还有你们共产党？老程说，当然有，到处都有，早就有了。只是国统区党组织不公开活动，目前还处在地下。郭耀祖说，那老程你把我介绍给他们吧。老程说，按规定与地下党组织只能通过地下交通单线联系，不能随便乱接头。郭耀祖有点迷糊。老程说，老郭，你不要急，这件事情由我帮你来解决。

　　有一天，老程问，老郭，你儿子多大了？郭耀祖说，二十了。老程说，念过书没有？郭耀祖说，没怎么念过书，但不是文盲。当初我爷爷在世时一直教他识字学医，识的字应该比我还多。老程说，那就成。我有个想法，不知你赞成不赞成。郭耀祖说，啥想法？你说。老程说，你不是想加入共产党、参加革命吗？眼下共产党就要坐天下了，这坐天下得有人啊！目前我们的人手不够用，尤其缺乏一些识文断字的年轻人。你儿子正好符合条件和要求。这些天我一直在考虑，能不能让你儿子到边区那里参加我们的培训。郭耀祖说，你说的是我儿子，他符合条件和要求，我得是不符合？老程笑着说，你就算了吧。郭耀祖说，看看，还不是嫌我是个瘸子？老程说，不能这样说，主要是这个培训有许多军事课目，你身体会吃不消。郭耀祖脸上闪过失望的神情，问，培训的地方在哪里？老程说，离府良不远，往北大概百多里地，有个中央抗大分校。学费公家掏，培训出来给共产党干事，给老百姓干事。愿不愿意让他去？郭耀祖沉默了一下，说，共产党是好党，肯定愿意。老程说，真的吗？舍得离开你儿子？郭耀祖说，当然有些舍不得，只是我如今晓得了，让娃跟着共产党走的是正道。老程说，你老郭是个开明开通的人，我很欣赏。看老程在夸自己，郭耀祖有点不好意思，说，我这个人，遇事不会钻牛角，也胆大，只要我想做，没有我不敢做的事！如今你老程说的话让我信服了，你老程说让娃干啥就干啥。老程微笑地望着郭耀祖，没说话。郭耀祖说，让娃啥时走，怎么走？老程说，你放心，由我亲自带他走。

又过去了一个月。一天，老程对郭耀祖说，感谢你老郭照顾了我这么久。我伤好了，得走了。郭耀祖舍不得老程走，说，你走了后，还能见到你吗？老程笑着说，肯定能见到。只是往后我会去哪里、会待在哪里，现在确定不了。不过这白凤镇郭堡村，还有你郭耀祖的名字，我记在心里了，以后会联络你。郭耀祖望着老程，眼睛里涌上了一层泪水。郭耀祖说，我那孙子娃娃几个月大了，至今还没起下名字呢。你老哥就给娃娃起个名吧。老程的眼睛也红红的，想了想说，好，那就叫必胜吧。郭耀祖连声说，叫必胜好，叫必胜好。老程伸手抓住郭耀祖的手说，往后有啥事需要帮忙，就直接找你们县上的领导。郭耀祖不知道老程这句话是啥意思，有点迷茫地点了下头。

老程将郭镇豪带走了。郭镇豪不想去，媳妇廖雪艳更是不让郭镇豪走，一心想让郭镇豪跟着郭耀祖学医。可郭镇豪耐不住郭耀祖大声唾骂和痛斥，最后只好乖乖跟着老程上路了。那天天黑后，郭耀祖和抱着儿子的廖雪艳悄悄地将化装成商人父子的老程和郭镇豪送到了大门里。分手时，郭镇豪和廖雪艳哭得稀里哗啦的，郭耀祖眼睛里也涌满了泪水。郭耀祖低声说，都哭啥呢，小心大门外有人！快跟你程伯伯上路吧。又朝郭镇豪说，去了好好受训，学无所成甭回来见我。

春节过后不久，郭耀祖听到了一个不好的消息——裴元魁服刑期没满，被减刑释放回家了。就在郭耀祖为这件事耿耿于怀的时候，天下的局势真的说变就变了：在一夜间，共产党就回来了，一帮八路军穿着淡黄色的军装住进了白凤镇。府良县解放了。

八十

这时候，除右腿走路明显歪斜瘸跛外，郭耀祖又变成了一个强壮的中年男人，变成了一个身怀绝技的瘸腿郎中，又开始骑着毛驴跑遥着给人看病了。儿子参加革命了，郭耀祖懂得了一些革命道理，也没什么烦心的事情了，郭耀祖便想实实在在将药箱重新背起来去看病挣钱，养活家里的儿媳妇和小孙孙。可让郭耀祖没想到的是，几乎所有人家都不再请他看病了，即便有人家请他，也不是当年那种情形了。他明显感觉到他完全没有了当年那种人脉和际遇。年轻时，他是个人见人爱的小先生。那时的他，相貌英俊、医术高超，给人的印象纯洁无邪。那些大婶大嫂、甚至小媳妇大姑娘们，看见他都不由自主地往上凑呢。可如今，人们请他看病是看病，对他的态度却变得两样了。虽然看起来也很热情，但人们的眼睛，分明有着一种戒备。就在郭耀祖逃往青龙山之前那几年，他的名声已经变得不好了，后来忽然连个人影也看不见了，就如同从人间蒸发了一样。这件事让人们惊讶不已。许多人猜想，郭耀祖是不是又犯下了啥大事端，会不会让什么人掳走了，或者打坏了。谁知时隔六七年，他却像变戏法一样，又出现在了人们眼前，成了一个偷盗银圆和大马的大盗贼，还被裴元魁生生地砸断了一条腿。这就使得人们看待他的眼光，变得比原来更复杂、更疑虑了。尽管郭耀祖极力想在人们中间重建自己的德行和信誉，但他感觉到，白凤镇的老百姓已经将他抛弃了。他不止一次思量，看来他的后半生，只能在这样的黯然和无奈中度过了。

就在郭耀祖一筹莫展的时候，一件突如其来的事情让他遭受了更为严重的打击。一天,郭耀祖被白凤镇的一个人请去给他爷爷看了一次病。这件事让郭耀祖很高兴,好些天他已经没有出诊了。郭耀祖坐着驴车回到村里时,看见儿媳廖雪艳抱着娃娃立在自家巷口朝北望着。没等驴车走到巷口,廖雪艳便朝着驴车走了过来。郭耀祖感到有点异样,刚要问话,儿媳就开口了,问道,爹回来了?郭耀祖说,回来了。你立在这里干啥?有事吗?廖雪艳望了下周围,低声说道,咱家里来了个女女,说是有事找你。郭耀祖说,得是看病的?廖雪艳说,不大像。郭耀祖想想,说,女女?长啥模样?你不认识她?雪艳说,不认识。来半天了,也不是附近哪个村子的,听口音好像是远路来的。郭耀祖问,她说是找我吗?雪艳说,是。郭耀祖说,这就奇怪了。

　　来到了自家大门口,卸了车,拴好驴,郭耀祖跟着儿媳一道往家里走。刚转过照壁,郭耀祖看到邵慧慧站在东屋门口,正朝他望呢。郭耀祖一愣怔,心里一热,立住脚,颤抖着声音叫道,慧慧……那边邵慧慧也脱口叫了声,爹!立马跑到郭耀祖面前,伸手就将郭耀祖抱住了。郭耀祖说,你怎么跑来了?慧慧满脸是泪,抽泣着说,我就不能来吗?你一走连一丝音信都没有!邵慧慧搂着郭耀祖不放手,郭耀祖也将慧慧揽住,两个人就这样静静地立着、抱着。站在旁边的儿媳廖雪艳,被老公爹和陌生女娃的举动吓了一大跳,脸顿时成一块红布子了,呆呆地站在一旁不知道该咋办。邵慧慧嘤嘤地哭出了声,郭耀祖连声劝慰道,甭哭,甭哭……这时廖雪艳仿佛才惊醒过来,悄声转过身快步回到了屋里,自语道,妈呀吓死我了,还有这号事情?两个人怎么这样啊?一见面就跟疯了一样。廖雪艳朝院子望望,看见女娃的嘴在公爹脸上乱拱呢!心想,这女娃才多大,至多也就十七八吧,咋就那么不要脸。廖雪艳想着,忽然有点明白了,这大概就是青龙山那户人家的女女吧。随即冷笑道,两个没有名堂的家伙。正在胡思乱想时,廖雪艳听见郭耀祖气喘吁吁说道,慧慧你胖了。邵慧慧说,我生娃了,出月子没多久。郭耀祖哦了一声。邵慧慧说,这个是第二个,头一个都三岁了。郭耀祖心里一震,张了张嘴,却没有吱声。邵慧慧说,知道吗?我妈老跟我闹别扭,她不认我了。郭耀祖说,咋就不认了?邵慧慧说,你说咋就不认了?第一个娃娃生下后,我妈叫我把他送人,我不情愿，打那往后就一直跟我闹呗。郭耀祖说，进屋吧，有话屋里说。邵慧慧没有动，接着说，我妈她认我也好，不认我也好，我也不在乎了，只是我咋也不想跟那狗尿过，那狗尿太差劲了。思来想去，就跑来找你了，咱俩干脆过一起。郭耀祖说，娃娃放在家里？邵慧慧说，这不是走得急嘛。我想过了，小的留给翟家，大的我带过来……郭耀祖心里热乎乎的，起步和慧慧往屋里走。慧慧这时才看见郭耀祖的腿瘸了，而且瘸得很厉害。随即惊诧地问，你腿咋咧？郭耀祖脸一报，支吾道，一次晚上出诊，不小心跌到沟里，摔折了。邵慧慧直直地盯着郭耀祖的右腿，看着看着就流下了眼泪，说道，咋能这样嘛，你咋能这样嘛！郭耀祖说，折是折了，不过没啥要紧，啥活都能干。这不嘛，我见天都在出诊呢。慧慧立着不动，哭着说，自从你走后，我天天在想你。后来府良有人来青龙山调查，我才知道你老家在这里。打那时起，我就下决心不跟那狗尿过了，可你……咋就将腿弄瘸了呢……我邵慧慧的命咋就这么苦……郭耀祖拉住邵慧慧的手，说，别难过了，先进屋吧。我不！邵慧慧忽然大喊了一声，我不要你腿瘸！郭耀祖在地上拖拉着瘸了的那条右腿，惊讶地望着邵慧慧。邵慧慧哭着说，我原打算永远和你在一起……邵慧慧眼泪越来越多，两只手不住地抹着眼窝。郭耀祖劝道，别哭了，哭坏身子可怎么好？这时廖雪艳从屋里走出来说，别哭了，快进屋吃饭吧。我不！邵慧慧再次喊出了这两个字，喊完猛地扭过身子，朝大门奔出去了。郭耀祖呆呆地望着邵慧慧的背影消失在了二门外边，接着听到大门啪地响了一声。廖雪艳想要跑出去追邵慧慧，被郭耀祖喊住了，甭追了，随她去吧。这时候，郭耀祖已经没有心思吃饭了，直接回到自己屋里。一走进屋门，就忍不住失声痛哭起来。听着公爹悲哀凄惨的哭号，廖雪艳心里也有点悲戚戚的，暗想，既然那女娃这么远跑来了，那就是想跟他一起过。也罢，让她留下来伺候他，还能少了自己许多麻烦。廖雪艳想，说不定她还会回来的。

邵慧慧跑了后，再也没有回来，又跑回了青龙山，跟山那边那个狗尿过日月去了。从此郭耀祖的情绪一落千丈，觉得他这辈子算是彻底完蛋了。从此他再也没有心思跑遥着给人看病了。有人上门请他看病，他也懒得去，说他已经不干这个营生了。孙子大点后，廖雪艳上地干活了，整天忙得灰头土脸。郭耀祖无所事事地窝在家里，吃了睡，睡了吃，陪着小孙孙浑浑噩噩地打发日子。

一天，廖雪艳对郭耀祖说，爹，你在家里闲也是闲着，得空还是看看医书，别把自家的手艺丢了，将来好给你孙子教嘛。郭耀祖看了一眼儿媳妇，冷冷地说，教啥教？几辈人都是弄那的，到了还不是没有个尿用场？该干啥干啥去，把那些破医书统统给我烧了去！在廖雪艳心里，对这个公爹本来就没有啥敬重可言，尤其是自己的男人，还让他不明不白交给了一个没根没底的过路人，如今是死是活，连个音讯也没有。可他待在家里，一身懒肉塌着啥也不干，还要她一天三顿伺候着，一时越想越气，干脆将孩子一抱回娘家去住了。

八十一

白凤镇解放后，成立了共产党的区政府。接着，就是搞土改、斗地主、分田地。白凤镇的斗争对象和斗争重点就是刚出狱不久的裴元魁，还有裴元魁的舅舅温敬海和开商铺的韩贵明一帮人。

这场斗争让郭耀祖特别开心。这些斗争对象不都是郭耀祖的死对头吗？报仇的日子终于到了，郭耀祖很快成了这场运动的积极分子。郭堡村每次开批斗会，郭耀祖来得最早，走得最晚。会上喜欢发言，喜欢带头呼喊口号。许多人对郭耀祖的做法不以为然，觉得这个人不知道天高地厚，不是啥人物却还在人前吱里哇啦乱叫唤。村里人并不知道，此前郭耀祖接受过老程的宣传和教育，对共产党和新社会有着比村里任何人更为清楚和深刻的认识。

白凤镇的大地主有十多个，让郭耀祖最为痛恨的有两个，那就是大恶霸裴元魁和大地主温敬海。郭耀祖骑着毛驴分别跑到白凤镇和温家河，希望能够参加人家村子批斗裴元魁和温敬海的大会，都因没有赶上开会的时机扑了空。这让郭耀祖心里很憋气，想来想去，就想到了直接上门跟这两个坏家伙做面对面的斗争。

他首先去了白凤镇，打听到了裴元魁的家。到那里一瞧——嚄，那可不是一般的人家，单从门楼子看，气势不比县城的侯府差多少。郭耀祖走进大门楼子朝内望了一眼，看见院子很深、房屋很多、结构很复杂，至少也有三进或者是四进，一时弄不清裴元魁会住在哪一间屋子。他退出来，坐在大门外的石磴上守候着裴元魁出现。等了将近一个时辰，郭耀祖看见裴元魁出现了，不是从家里走出来，而是从外面往回走。郭耀祖发现，裴元魁清瘦高挑的身子变得比过去更瘦了些，手里拿着一个纸糊的高帽子。他心想，狗东西如今遭殃了，走路也不昂头挺胸了，就跟个做贼的一样。待裴元魁走到自家大门口时，郭耀祖突然站起身蹿到了裴元魁面前，不由分说跳起左脚，伸出右手朝裴元魁脸上掴了一掌。这让裴元魁吃了一惊，定睛一看，原来是郭耀祖立在跟前。自从砸了郭耀祖的腿后，两个人再没有见过面，如今打眼一看，裴元魁忍不住扑哧笑了，他笑着说，是耀祖兄弟啊，没想到你的右腿还真给保住了，当时不是快要断掉了吗？啧啧啧，还是老兄弟的医术高明啊！老哥我有朝一日要是断了腿，一定请你老弟为老哥接骨！郭耀祖唾骂道，狗日的裴元魁，如今说话还那么硬气，以为还是你们国民党匪帮的天下？如今是我们共产党的天下啦！裴元魁说，你们共产党？裴元魁呵呵地笑起来，你快莫要糟蹋共产党了！我不信共产党能要你这种不要脸的狗贼！告诉你郭耀祖，不管谁坐天下，你郭耀祖啥时候都是个狗贼，都是个臭流氓！共产党是好党，你以为共产党会放过你这号狗贼、臭流氓吗？郭耀祖扑上去要打裴元魁，被裴元魁用手里的高帽子挡住了。裴元魁嘲笑道，别打了，郭瘸子，甭看我没有劲了，你打不过我。郭耀祖一把从裴元魁手里夺过高帽子，要往裴元魁头上戴，被裴元魁甩手打在了地上。郭耀祖指着裴元魁叫道，嚄！你敢摔高帽子？你这个恶霸地主反革命，得是对共产党坐天下不满？裴元魁一愣，立即将高帽子捡起来，说，你胡掰掰啥哩？谁对共产党不满了？把嘴扳顺了再说话！接着又说，别胡搅蛮缠了好不好？想喝水吃饭就跟我回家，不想喝水吃饭就忙你的去吧。我要回家了。郭耀祖说，怎么啦，想用吃喝拉拢我吧？甭想！我郭耀祖是贫农，我既不喝臭地主的水，也不吃狗恶霸的饭，我的阶级立场稳固着呢！你裴元魁家里的一切都是剥削穷苦百姓得来的。如今我们穷人当家做主了，就要和你们这些坏家伙算账，要把你们夺走的东西重新夺回来！郭耀祖的一番话让裴元魁傻眼了，他没想到郭耀祖也能说出这样的话来。这样的话只有那些土改工作组的人才能讲出来，这个郭耀祖是怎么啦？难不成他真的成了共产党？想到这里，裴元魁再也无心恋战了，扭头钻进大门溜回家去了。郭耀祖对着裴元魁家的大门跳高叫骂了一阵，觉得意思不大了，才悻悻地离开了白凤镇。

  中间隔了三天，郭耀祖又骑着毛驴来到了温家河村。这天，温敬海没有在家。乡下的地主毕竟不能和镇上的地主比，宅舍简陋多了。当初郭耀祖来温敬海家看过病，犯过事，对这个院子熟悉。郭耀祖直直地走进温家院子，一边走一边大声叫着，大地主温敬海，狗日的给我滚出来！听到郭耀祖的叫声，温家的大儿子和媳妇打开屋门，看见郭耀祖一瘸一拐地走了进来。温敬海的儿子认识郭耀祖，夫妻俩看着郭耀祖，静静地站着不说话。看见有人出屋了，郭耀祖立住脚，大声喊，我要批斗大地主温敬海！那儿子走上前温和地说，您是郭先生，我认识您。我爹不在家，有啥事跟我说吧。郭耀祖明白，眼前的这个男人就是他给治过病的那个尿床的娃娃。他大声说，不成，我要见你爹！那儿子说，我爹真的不在家，先进屋坐吧。郭耀祖说，进屋坐个尿毛！你这臭地主的狗崽子、狗帮凶！还记得你跟你爹在白凤镇打我吗？我看好了你的腿伤和尿床病，你们居然那样打我，那样陷害我！我今天是来找大地主温敬海算账的！你和你爹砸了我的腿，昧了我的马，讹了我的钱，坏了我的名声，老子今天和你们算账来了！看见郭耀祖气势汹汹、张牙舞爪，那儿子不再吱声了。这时郭耀祖左右瞅瞅，忽然从墙角抄了一把榔头豁开夫妻二人，闯进了屋子。他如入无人之境，用榔头将屋子里的东西乱砸了一通，然后咣地扔下榔头瘸着腿拂袖而去了，丢下那儿子和媳妇眼睁睁地看着郭耀祖的背影消失在了照壁外。郭耀祖走出大门后，那媳妇将头埋在丈夫的怀里呜呜地哭了起来。

  郭耀祖去白凤镇和温家河闹事，很快在白凤镇各个村子传开了。郭耀祖成了威震一时、赫赫有名的积极分子。

  不过，郭耀祖心里还是有些纠结：对他的前老丈人、谭家坳村的大地主王财东，郭耀祖依然充满了怨恨。但在去不去找王财东算账的问题上，他却一直下不了决心。由于顾忌到当初是他做下了对不起人家的事情，顾忌到井花花如今已经成了王财东家里的女主人，顾忌到如果去了肯定就会见到王冬翠，顾忌到这个老地主毕竟是自己儿子的亲外爷……筹思来筹思去，郭耀祖终于没有勇气去找王财东算账。不敢去斗王财东，又够不着批斗裴元魁和温敬海，郭耀祖便将全部斗争的激情和狠劲使在了本村的大地主兼资本家韩贵明的身上。在未找裴元魁和温敬海算账前，郭耀祖就一次不落地参加了韩贵明的批斗会。郭耀祖明白，自己的一切痛苦和磨难，归根结底。全是韩贵明这个老家伙造成的。要不是韩贵明给韩大浪将裴元秀那个小妖精娶回家，他郭耀祖怎么会被裴元秀迷惑，他怎么会遭受那么多的苦难？韩贵明和韩大浪，天生就是他郭耀祖的克星。每当想到是裴元秀那个小妖精害了他，害得他丢了一条腿，害得他人不像人鬼不像鬼，郭耀祖气就不打一处来：不就是跟裴元秀睡了一觉嘛，睡一觉该是多大个事，竟将他一辈子毁掉了！

　　从温家河回来的第三天，村里通知召开批斗会，郭耀祖早早地跑到会场坐在最前排。村长刚宣布批斗韩贵明大会开始，郭耀祖头一个瘸跛着右腿走上台子，用食指指着韩贵明的鼻尖大声说，韩贵明，你这个老东西，你这个大地主兼资本家！你家的商铺收购老百姓的粮食和山货，价格压了又压，然后又以翻了几个跟头的价格卖给外地商人，从中攫取暴利。郭耀祖指着台子下面的众人说，邻里乡党们，咱们这些常年上山下沟种粮打粮、采集山货的穷苦人，一年到头是不是穷得叮当响，是不是揭不开锅？从早忙到晚，一家人还是填不饱肚子？可韩贵明呢，他却富得往外冒油。他韩贵明常年身不摇膀不动，他家却有着那么多的田地、那么多的庄基、那么多的钱财，这是为什么啊？大家想过没有啊？这是因为，韩贵明他盘剥咱们穷人呀！他家的一切，全都是咱们穷苦人的血汗啊！郭耀祖说得激动了，举起胳膊带领众人呼喊口号，呼喊完口号又举手啪啪啪地接连扇了韩贵明一串耳光子。裴元秀在台子下面看着郭耀祖批斗韩贵明，她知道那瘸子就是她女儿韩玉枝的爹，她心里痛恨郭耀祖，但也觉得他可怜。当看到郭耀祖在台上抽打韩贵明耳光的时候，她忍不住哭着离开了会场。在分韩贵明家的田地和家产时，郭耀祖最积极了。他不光自己从韩贵明家里拿东西，还撺掇一伙人从韩贵明家拿东西，很快就把韩贵明家折腾得精光了。在白凤区，郭堡村的土改和斗争搞得最有声势也最彻底，受到了县土改工作组和区委的通报表扬。

　　后来不久，镇压反革命斗争开始了。一天，郭耀祖听到村里的人用喇叭筒子通知说，县上要召开公审大会镇压反革命分子，希望大家积极报名去县上参会。郭耀祖找到村长，第一个报了名。村长说，县城路程太远，当天去当天返回。你腿脚不方便，甭去了吧。郭耀祖说，那不行！我最恨的就是国民党和反革命了，我一定要去，一定要亲自批斗这帮坏家伙。村长说，你想去当然行，只是大家都是步行，你肯定赶不上趟儿。骑牲口还是坐车子，你自己想办法吧。郭耀祖问，哪天开会？村长说，后天晌午在县城北关。郭耀祖说，那就不要紧。我骑我家毛驴去，明天一早就出发，还能赶不上开会？村长说，那当然再好不过了。

　　第二天，郭耀祖吃过早饭就骑着毛驴上路了，午饭后赶到了县城。好多年没来县城了，郭耀祖感到有点陌生。看见街道两旁到处贴着欢庆解放和镇压反革命的标语，到处插着大小不一的红旗和彩旗。县城仍是那个老县城，但到处充满着热腾腾的生气。郭耀祖吃了点饭，没有去找旅店，而是骑着毛驴在县城里转悠。他先去了小学堂，发现小学堂被拆掉了，取而代之的是一座扩大了的完全小学。他去了县城西关戏园子看了一下，这里已经变成县政府的招待所，新的县文工团听说搬到了南大街一个巷子里。离开西关，郭耀祖来到当年的红灯笼巷子。街道依然是那么窄狭，妓院的那个门楼子还在，但模样变了——门楼上没了那几个随风飘荡的红灯笼，门框上挂着府良县城关镇铁木业组的牌子。郭耀祖脑海里立即浮出了梅花和青莲那几个女人的影子，浮现出了老鸨和大茶壶的影子，心想，不知道这伙人如今会在哪里……接着，郭耀祖来到了东大街侯府所在的巷子，看见侯府的门楼没有多大变化。大门上本来油黑发亮的漆皮基本上脱光了，露出了木头的本色。离开侯府，郭耀祖来到袁家庄基——也就是他家药铺那地方，下了驴在那里伫立了一阵。药铺的痕迹找不到了，那里如今坐落着一排平房，挂着百货门市部的牌子。看完这些地方，郭耀祖心里充满了唏嘘和感慨,这才想起晚上应该住在哪里。他拍了一下驴脖,一路来到当年县北关的兴隆车马店。大店院子依稀还在,那些窑洞已经破烂不堪了,已经没有牲口和车马了。郭耀祖自言自语说,一切全变了样啦!想到公判会就在北关这里开,便想着在附近住宿下来。他拐回头往南走了一截,看见路旁一户人家大门上钉着一块小木板,上面端端正正地写着"旅馆"两个字。郭耀祖走近打问,晚上可以歇脚吗?主人说,当然。郭耀祖说,有拴牲口的槽口吗?主人回答,院子地方大着呢。郭耀祖问,住一宿多少钱?主人说,便宜,一万元(旧币)。要是吃饭,再加一万元。郭耀祖说,那我住下了。说着拉着毛驴走进院子。将两万元交了,又掏了五千块钱给毛驴添了些草料、弄了些水,倒在一个小石槽让毛驴吃喝。郭耀祖看了看房间,觉得还算凑合,上炕躺了下来。郭耀祖睡不着,刚才在大街上看到的一切在郭耀祖脑子里翻滚着、撞击着。郭耀祖突然想起了应该去公审大会的会场看看,小心到时找不到了。转念又想,成百上千的人去那里开会,还怕找不着地方吗?这样想着又躺了下来。郭耀祖还是睡不着,他不知道自己怎么了,脑子怎么会这么乱。这时候,一个人影浮现在他的脑海,而且越来越清晰了,这让郭耀祖一激灵。他立马起身与房主打了声招呼,又牵着毛驴出门了。郭耀祖骑上驴,径直出城下坡,辗转来到了埋葬侯串串的那条荒塄里。当他来到侯串串墓冢时,不由得大吃一惊:侯串串的墓冢怎么不见了?郭耀祖怀疑是不是自己跑错了地方。他站在土塄的荒草和荆棘里四下里打量了一番,努力从脑子里搜索着记忆,最后确定他的记忆没有问题,侯串串肯定就埋葬在这里。但任凭郭耀祖怎么查看,这条土塄平平如也,除长满了发黑发绿的荒草和荆棘外,仿佛这里从来没有埋葬过人似的。带着深深的遗憾和疑问,郭耀祖回到了那户旅馆人家,在那里吃了晚饭,上炕歇息了。累了整整一天,残疾身子的郭耀祖,身子骨快要散架了,头一挨枕头就呼呼地入睡了。

八十二

  鸡叫时分，郭耀祖被梦惊醒便再也没有睡去，他懒得起床，就那么躺在床上想着心事。刚才他梦见了侯串串，梦见他们一起在县城西河玩耍。突然，侯串串跌进了那个深潭，郭耀祖立即跳进去搭救，但任凭他怎么使力就是找不见侯串串。他一边焦急万分地在水里扑腾，一边想着从此再也见不到侯串串了，就憋着气大喊道，串串姐、串串姐……也就在这时候，郭耀祖忽然醒了，发现自己已经满身大汗、满脸泪水。眼望着屋顶，一股自责涌上了心头：离开县城二十多年了，郭耀祖再也没有来这里看过侯串串，甚至连想到过侯串串的次数都很少。郭耀祖想起当年他和侯串串在一起的情景，心里升起了一股甜蜜、一股陶醉。他想，要是当初他真的和侯串串结了婚，那会是个什么样的结果？郭耀祖摇摇头，长长地叹了一口气。要是真的和侯串串结了婚，后来的那些破烂事大概就不会发生了吧？他郭耀祖的人生，也大概会是另外一种样子吧？郭耀祖想，侯串串的墓冢怎么就会不见了呢？心里感到一阵难言的沉坠。郭耀祖又想到今天的公审大会，来时听村长说过，这次大会要镇压一批血债累累的反革命分子，有一贯道头子、有反革命，肯定人数不会少。郭耀祖不知道这次被公审镇压的人里边，会不会有侯智仁。郭耀祖这时才意识到，他之所以要来县上参加这个公审大会，潜意识里就是要看看侯智仁那个恶魔的下场。郭耀祖觉得，侯智仁应该逃不了被公审、镇压这条路，这个人的罪孽太深重了。想到这儿，他忽然有点心慌，忽然有点担心，担心今天被公判镇压的罪犯中，真要没有大恶魔侯智仁，那该怎么办……

  郭耀祖立刻起身下炕。这时天已基本亮了，他在主人家吃了两碗面条，对主人说今晚还得住一宿，给主人补了钱，匆匆地上街了。郭耀祖跟着赶集一样的人流来到了公审大会会场。这里原是兴隆车马店北边一块空地，听人们说，今年县上要在这块地面上新建一个群众体育场，规划已经做好了，只待动工了。郭耀祖看见宽阔平坦的地面上，坐北朝南搭建了一个主席台，主席台上方写着四个大字：公审大会。主席台两边贴着一副白底黑字对联，右联是，人民当家做主人；左联是，镇压一切反革命。主席台前的桌子上，竖放着一个长长的用白铁皮卷成的话筒。主席台上已经有人在走动了，两个人拉着一块长长的白布往后面的一排桌子上铺着。主席台下面的场地上有用白石灰画出的白线和白字，标明每个区的位置。陆陆续续有队伍进入会场了，会场里响起了咚咚锵的锣鼓声。郭耀祖跛着右腿，想打听今天公审镇压的是什么人，问来问去，没有一个人能说出准信来。

　　郭耀祖不问了，找到白凤区的位置，坐在离主席台最近的地方不打算再动了。白凤区的队伍敲着锣鼓进来了，郭堡村的人也在其中。大家对郭耀祖如此早地来到会场感到惊讶。区长过来了，别人告诉他，这就是郭耀祖。区长看着郭耀祖，问道，你是怎么来的？郭耀祖说，骑我家毛驴，昨天就来了。区长说，这种精神很好。说完却要郭耀祖回到郭堡村的队伍中去，不要坐在这里。郭耀祖说，我腿不好，站不了很高，也受不了拥挤，坐后面啥也看不见，坐这里最合适。区长笑着说，各村有各村的位置，赶紧归队吧。郭耀祖执意不愿意离开，坐在地上不动弹。站在区长身边的一个青年人大声说，你这人怎么这么赖……区长摆摆手说，算了，要坐就让他坐吧。

　　公审大会开始了，大会由一个穿旧军装的人主持。首先由县委书记讲话。县委书记讲话很短，但充满激情，听得大家心里热乎乎的，都准备着狠批狠斗阶级敌人。接着主持人宣布，将反革命分子闫济舜、侯智仁押上来！郭耀祖的心突突地跳了起来，眼睛紧盯着主席台。这时，只见四个警察分别从主席台后台两边押上来了两个人。两个人都低着头，头发也都花白了，郭耀祖只能从挂在他们脖子的牌子上看到各自的名字。这时人群一下子骚动了起来，郭耀祖也霍地立了起来。后面人喊道，坐下，快坐下！

立起来干啥？郭耀祖只好又坐了下来。郭耀祖看见侯智仁头发快掉光了，人已经老得不像样子了。他身上衣服很破旧，他比过去瘦了很多，一副蔫头耷脑的样子。闫济舜也老了，只是这家伙还是那副猪头猪脑的样子，又肥又矮。看起来他比侯智仁精气神要好些，还不时将脑袋仰起来瞅瞅台子下面的人群。

让郭耀祖没想到的是，震天动地的口号声落下后，第一个跑到台子上控诉和揭发的人竟然是张黑牛。郭耀祖看见张黑牛也老了，头发也开始变白了，脸上胡子拉碴的。只见他一上台，就声嘶力竭、泪流满面地控诉道，家世世代代是贫农。当年我父亲有病，躺在炕上下不来，我兄弟姊妹九个，一家人的生计担子全落在了我的身上。我从十三岁起就进了侯府，给侯智仁当长工，侯智仁根本不把我当人看。在侯智仁眼里，我张黑牛就是一条流浪狗、一头干活的笨牛、一头任人宰割的猪崽。在侯家，我受尽了欺凌，吃尽了苦头。后来我长大了，侯智仁看我愚笨胆大，便用小恩小惠收买我，让我给自己当打手。我那时候不懂事，被侯智仁的小恩小惠迷住了心窍，凡事都听侯智仁支使，稀里糊涂做过许多害人害己的事情，欺负过许多无辜和穷苦的人。如今人民政府宽待我，没有将我当罪人，教育我、帮助我，使得我明白了许多革命道理，提高了我的阶级觉悟。所以我要革命，要立功赎罪，要揭发侯智仁的滔天罪行……张黑牛话说到这里，台子下面人群中，响起了"打倒大恶霸侯智仁！""坚决镇压反革命！"的口号声。

这时候，郭耀祖突然忍不住了，霍地立起身子一瘸一拐地走到主席台上，直直地来到侯智仁面前大喝了一声，侯智仁！抬起你的狗头，看看我是谁！郭耀祖的作为，让台上台下的人愣住了。侯智仁缓缓抬起头，朝郭耀祖看了一眼。郭耀祖看见，侯智仁的眼睛快要睁不开了，满嘴的牙齿也快要掉光了，干瘪的嘴唇让他这张老脸十分难看。郭耀祖接着大叫了一声，怎么不认识我啦？说着伸手朝侯智仁脸上啪啪抽了两巴掌，一把拽住侯智仁的衣领嘶声叫道，狗日的，你讲，是不是你指使人烧了我家药铺，烧死了我爹和两个学徒……郭耀祖的话让侯智仁一下子惊住了，让立在一旁的张黑牛惊住了，也让会场忽然混乱了起来。这时有人走到台前想要制止郭耀祖。侯智仁惊诧地再次看了一眼郭耀祖，心想，当年的那个白面娃娃怎么会变成这等模样？站在一旁的闫济舜也用讶异的目光瞅着郭耀祖。这时张黑牛突然抓住郭耀祖的手使劲摇着说，你就是耀祖小侄吧？说话间就将郭耀祖搂住了，接着呜呜地哭了起来。一边哭一边说道，耀祖小侄你说得对，你家药铺就是这个坏家伙让我花钱从外地雇了两个人烧的。那一场火，要了你爹跟两个学徒的命。听张黑牛这样说，郭耀祖挣脱张黑牛，不顾工作人员劝阻，嘴里大叫着，侯智仁我操你祖宗！再次扑上去要打侯智仁。

很快又过来一名工作人员，两个人一起将郭耀祖拦住，轻声然而严肃地说道，请你们不要这样乱搞，有话好好讲！郭耀祖不听劝告，依然跳跃着唾骂着，依然要打侯智仁。张黑牛看郭耀祖这样做，也趁机跳起来，趁机朝侯智仁脸上打了两个耳光，捅了侯智仁两拳。两名工作人员不知道怎么办好了，这时传来了主持人严厉的声音，请将这两名群众带下去！乱弹琴！从后台又走来了几名工作人员，将张黑牛和郭耀祖弄到了后台。一个工作人员对张黑牛训斥道，搞什么搞？你这是立功赎罪了？张黑牛哭丧着脸，半天说，那些事情我不是全交代了吗？只是来到这个会上，心里有些慌乱，不知道怎么讲了，加上他又捣乱……工作人员转脸对郭耀祖说，这是公审大会，不是练武台子，有话好好说。怎么能随便骂人打人？你是哪个区的？郭耀祖说，白凤区的。工作人员说，简直糟糕透顶！郭耀祖还想说什么，被工作人员挥手制止了，别再说了，下台去吧。好好学着点，看看人家是怎样控诉、怎么批判的。张黑牛和郭耀祖刚要离开，身后有人问道，这位跛腿的同志请等下，你和侯智仁是什么关……一听跛腿两个字，郭耀祖顿时气恼了，立住脚，斜了那人一眼，那眼光在说，怎么说话啊？那个人自知失言，讪笑了一下，说，对不起同志，我是想问下，你究竟跟侯智仁是什么关系？郭耀祖说，什么关系？血海深仇的关系！说完拉着张黑牛，说，咱们走。两个人一起走下了主席台。

八十三

批斗大会还在呜呼喧天地进行着，郭耀祖和张黑牛来到会场外找了一块空地坐下来。张黑牛说，你老侄的腿咋成这样了？张黑牛开口就问瘸腿的事情，这让郭耀祖十分厌恶，说道，没别的话说了，问这个干啥？外出行医时不小心跌的，得是感到很好奇？一句话将张黑牛噎住了。看郭耀祖不愿意聊他的事情，张黑牛不知道说什么好了。张黑牛眼下虽然没有被列为批斗对象，但也属于将功折罪人员。他不想惹郭耀祖，望着郭耀祖，等着郭耀祖问话。郭耀祖说，烧我家药铺，真是侯智仁干的？张黑牛说，那还会有假？他让我雇了两个外地人烧的。郭耀祖咬牙切齿地骂道，狗东西侯智仁，该千刀万剐！张黑牛说，还记得我对你说过，让你尽快离开县城。郭耀祖望着张黑牛，点点头。张黑牛说，今天我给你说实话，侯智仁烧你家药铺，是想把你爷爷赶出县城，但主要是想烧死你！张黑牛的话让郭耀祖一震，说，为啥？张黑牛说，为啥？这还要问我吗？侯会长，不，侯智仁知道了你和他家女女的事情后，都要气死了。郭耀祖说，那你为啥不下手？张黑牛说，这当中不是还有小少爷别着吗？少爷一直对你好，也一直向着你，他又是个心狠手辣的人，我敢下手吗？郭耀祖说，说到小少爷，他如今在哪里？张黑牛说，听老爷，不，听侯智仁说，锁堂当兵后打了不少仗，跟着中央军打共产党。这小子念书不行，打仗却蛮机灵，不久就当了连长。后来他们的部队打散了，他被解放军俘虏了，转过身又跟着共产党打中央军。府良解放那年春天，死在了战场上。家里收到他的阵亡通知书，才知道他当营长了，还成烈士咧，就是不知道葬在哪里。郭耀祖说，锁堂参加了革命，侯智仁不就成革命烈属了？政府没有宽大他？张黑牛唉了一声，说，老爷这个人，怎么说他才好？惹人太多，积怨太多。

当民团司令后,心更狠了,手更残了。一次打牌,对方赖了他一张牌,就指派人将那个人夷了。解放后,才知道那人是个地下党,这不撞到枪口上了?不管军属不军属、烈属不烈属,他肯定是活不成了,成地道的反革命咧!郭耀祖恨恨地说,要是让他活下来,就没天日了!我爹和那两个学徒不就白死了?张黑牛苦着一张脸,停了半天说,这不嘛,他这一尿式,弄得我也跟着倒霉了。郭耀祖说,你狗尿倒是转了个快!按说,你也应该挨枪子儿!侯智仁干的那些坏事,桩桩件件,哪桩哪件少得了你?张黑牛说,贤侄可别这样说话,我可是尽着气力揭发他,才勉强把自个儿洗了出来。还好,会长这个人担沉,没怎么拉扯我。再说了,我家好赖是个贫农,政府依靠咱贫农啊。张黑牛说着,突然压低了声音,这共产党真厉害,啥事情都能掏腾出来!弄得不好,还真逃不过这一劫了。郭耀祖说,你呀,好自为之吧!最后是个啥下场,眼下还难说哩,你这个坏蛋!张黑牛怔怔地望着郭耀祖,眼光一时有些失神。郭耀祖说,那个闫济舜不是被侯智仁扳倒了吗?怎么也要公审他?张黑牛说,哼哼,这个人本事也大着呐。当时会长是把他扳倒了,可没过两年,他硬是把警察局长又当上了,弄得会长也没了脾气。当上局长后,比以前更加疯狂了。县上地下游击队副大队长一次偷着回家看他妈,被一个内鬼告了密,就是闫济舜带着手下前去剿杀的。你说能不镇压他吗?这个人可坏了!耀祖,你肯定想不到,侯串串就是他让他儿子弄死的。郭耀祖惊叫道,真的吗?张黑牛说,一惊一乍干啥呀?就是这么回事嘛!郭耀祖说,闫济舜怎么害串串了?张黑牛说,说来话长。知道这事的根子在哪吗?郭耀祖看着张黑牛,摇摇头。张黑牛说,根子就在侯串串跟闫坤定结婚后,闫坤定发现她失过身,便开始打她,要她交出那个男人是谁,谁知串串性子硬,根本不怕闫坤定,眼见得婚后闫坤定不愿意带她去省城,知道闫坤定有事瞒着她,反过来跟闫坤定闹上了。那闫坤定在省城吃软饭,不敢惹省城那个婆娘。正好那阵子,省城那婆娘也知道闫坤定在老家娶女人了,也跟闫坤定疯闹哩。闫坤定一时乱了方寸,就将这件事告诉了他爹。闫济舜说,当初叫你别娶她,你执意要娶。这不?不仅弄了个烂货回来,还把麻烦给惹下了。闫坤定说,没想到她性子这么烈,跟旁的男人睡了觉,不觉得理屈,还跟我闹死活哩!

照这样弄下去，不定闹出啥乱子来。闫济舜说，侯家还不知道你在省城有家室，要是知道了肯定不会放过你！闫坤定心里跳跳的，愁着脸说，爹，您说，我该怎么办？闫济舜说，还想和侯串串过吗？闫坤定说，过啥过？悔都悔死了，烦都烦死了，如今有她在，我都没心思回府良了。闫济舜沉吟了一下，揶揄道，新鲜劲过去了？闫坤定白了他爹一眼，没说话。闫济舜咬咬牙，说道，既然是这样，干脆一不做二不休，夷了她，一了百了。就看你小子有没有这个胆！就在那天晚上，闫坤定就将侯串串勒死了，做了个侯串串上吊的假现场，闫济舜是警察局长，事情就那么混过去了。郭耀祖说，事情是怎么烂包的？张黑牛说，闫坤定回到省城后，没想到那婆娘大闹天宫，对闫坤定不依不饶。闫坤定害怕她，便说侯串串得紧病死掉了。那婆娘不信，要亲自到府良弄个清楚，逼得闫坤定没法，就将如何处置侯串串和盘告诉了那婆娘。谁知过了不久，闫坤定又黏上了一个女人，被他那婆娘发现了，两个人就彻底闹翻了，那婆娘便把这件事抖搂出来了。郭耀祖咬牙说，真该遭天谴！张黑牛说，如今闫坤定也在省城牢里押着呢，闫济舜是前不久才从省城监狱弄回来的。郭耀祖沉默了一会儿，说，我昨天去串串的坟地看了，怎么没有她的墓冢了？张黑牛惊讶地看着郭耀祖，说，怎么，你还真的去了？郭耀祖点点头。张黑牛一把抓住郭耀祖的手，无限伤感地说道，贤侄你，算是个有良心的人。郭耀祖说，说吧，串串的墓冢怎么了？张黑牛说，串串死了后，一个人埋在那个荒塄里，这事让老爷常念叨。后来为川那边有个大户人家，儿子没结婚病死了，想给儿子配个阴婚，打发人来说合，老爷便让那家人把串串的遗骨迁走了。郭耀祖长长地嘘了一口气，说，往后再想去她坟头看看，也不知道该去哪里了。张黑牛说，不管怎样，葬在为川总比葬在荒沟荒塄里好，你说呢？只要你心里有她就好，也不枉她来这尘世上走过一遭。郭耀祖从张黑牛手里拿回手，说，串串妈呢？还疯癫吗？张黑牛说，还能疯癫就好了！十多年前就死掉了。说到这一点，老爷这个人真有些不像话，老了老了，还要啃嫩草。啃就啃吧，旧人的死活根本不管了。串串妈死前那叫个可怜，死后那叫个惨！念起这一点，将老爷枪毙十次也不为过。郭耀祖自语道，活蹦乱跳的娘儿仨，说不在了全不在了。人世真是无常啊……又问，那个嫩草对他咋样？张黑牛发瓷了一下，恍然道，你说的是那个老五吧？县城一解放，人家就走人了，后来连音讯都没有了，她才不甘心陪他一个老干屎橛子。如今老大老二老婆都死了，丢下一个老三，瘫炕上快两年了……

就在这时候，公审大会结束了，人群忽然大乱起来，人们潮水般地从郭耀祖和张黑牛面前涌了过去。张黑牛向旁人打听，才知道控诉批斗结束后主持人宣读了判决书，立即将侯智仁和闫济舜绑赴刑场，验明正身，执行枪决。好奇的人们都想去刑场一睹恶人毙命的场景，纷纷朝着刑车追去了。张黑牛说，贤侄，走吧，看看去。郭耀祖摇摇头，说，你看我能跑动吗？张黑牛说，我想去看看枪响后侯家有没有安排人收尸……郭耀祖哼了一声，说，真是个走狗，正牌的老走狗！给侯智仁当了几十年走狗，得是当下瘾了？张黑牛说，唉，这人呀，不管怎么说，毕竟一起相处了那么多年，我还是想去看一下。说完抓了一下郭耀祖的手，起身混入人群，一瞬间不见踪影了。

八十四

参加县上的公审大会，给郭耀祖提了个醒儿。侯智仁和闫济舜虽然罪行累累，但最能要他们狗命的，还是这两个人的手上，都沾着共产党的血，一个杀死了地下党员，一个杀死了县游击队的副大队长。这件事让郭耀祖明白了，为什么要将他们两个叫反革命分子，为什么府良县的第一个镇反大会，首先要将他们两个镇压了。郭耀祖生出了一个心思，用这个办法对付他的死对头裴元魁，应该没啥问题。郭耀祖想，只要他能够抻头闹腾，即便将裴元魁枪毙不了，起码应该关到监牢里去。他觉得他的理由是充分的。第一点，虽然他没有入党，可他冒着生命危险救过共产党大官的命，足以证明他郭耀祖已经跟共产党员差不了多少。第二点，他虽然没有上前线打仗，可他是光荣的革命军属，在国民党黑暗统治的情况下，他将自己的儿子送进共产党的抗大分校受训，足以证明他郭耀祖就是一个坚定的革命者。裴元魁残害他这样一个和共产党员差不了多少的地下工作者，残害他这样一个革命军属，砸坏了他的一条腿，难道不应该坐牢，不应该枪毙吗？将这些事情前前后后想清楚了，郭耀祖下决心行动了。他骑上毛驴，拄着拐杖，开始往区上跑，亲自找区委书记和区长反映情况。说他为了救助地下共产党的大官，并将儿子郭镇豪送到了抗大分校受训，被反革命分子裴元魁砸坏了一条腿。他坚决要求政府将裴元魁关进监牢，并能够枪毙掉。区委、区政府很重视郭耀祖的反映，立即派人进行调查，结论是，郭耀祖救助过党的高级领导这件事，因为没有任何线索，无从查起，这就使得他搞地下工作的说法没有了依据；郭耀祖将儿子送往抗大分校受训属实，但此事发生在他与裴元魁闹腾之后，裴元魁砸郭耀祖的腿，与郭耀祖将儿子送去抗大受训之间没有因果关系，他们两人的纠纷，属旧社会个人之间的恩怨，已由当时的旧政府做过处理。且郭耀祖确实存在趁给温敬海儿子看病之机，偷盗温家的银圆和马，后又与自己义女私通的事实，本身也有过错。人民政府没有必要纠缠过去一些民间个人恩怨，应将主要精力放在当前的镇反工作和恢复经济工作上来。区委区政府的调查报告，报给了府良县委和县政府，县委和县政府表示同意。当区上将这个调查结果和处理意见反馈给郭耀祖时，可把郭耀祖气坏了，他不相信共产党的政府能这样处理问题。接下来又多次跑到县委、县政府告区上的状，县上给他的回答，和区上给他的回答完全一样，工作人员很和气地告诉他，这个问题区上已经向县上反映过了，县上同意区上的处理意见，如果你还有新的问题要做反映，尽可以去村里和区上反映，由区委、区政府进行处理。

　　就在郭耀祖为告不下裴元魁生着闷气的时候，这年的冬季，离家将近两年多的郭镇豪从本省北边距离延安不远的山区小县，调回了府良县。按照对方组织对郭镇豪的鉴定和府良工作的需要，县政府任命郭镇豪担任了塔王区的代区长。郭镇豪在塔王区待了三个星期，请假回郭堡村老家看望。郭镇豪对区委书记说，好几年没回家了，想回家看一下，看看我爹，看看媳妇和娃娃。区委书记笑着说，已经调到家门口了，哪有不回家看的道理？说着从腰间摘下盒子枪交给郭镇豪，说，眼下形势吃紧，路上带上这个安全，另外，让武装部派个人跟着你吧。郭镇豪的突然返回，身上别着一把盒子枪，屁股后面跟着一个警卫员，这让郭耀祖大吃了一惊，也把郭耀祖乐坏了，顿时精气神就上来了。郭耀祖问郭镇豪，两年多了，也没有个消息？郭镇豪说，怎么，没收到我的信？郭耀祖说，没。郭镇豪说，部队要求严，一般不许往家里写信，我胆小，怕写信给家里惹麻烦，只写过一封，没收到？郭耀祖摇摇头。郭镇豪说，白凤一带是国统区，收不到也不为怪。郭耀祖说，啥时候受训结束的？郭镇豪说，早结束了，我们那期受训只有半年，期满后就下部队了，我被分配在部队搞后勤，后来大部队南下了，我留在一个县民政局工作。郭耀祖问，这次回来，能待多久？还去北边吗？郭镇豪说，后来我不断打申请，要求调回咱们关中工作，眼下已经调回来了。郭耀祖哦了一声，说，调回来了？调回来好。又问，还有老程的消息没有？郭镇豪说，没有，程伯伯将我带进边区后，把我交给了一个人，是那个人送我去学校的，从那之后，再没有见到过程伯伯。郭耀祖说，到底弄不清这个老程是个啥人物？郭镇豪说，听说老程是他的化名，官职好像不小。郭耀祖说，你入党没有？郭镇豪说，入了，受训期间就入了。郭耀祖说，入了党好，共产党坐天下，不入党怎么坐天下啊？我还想入呢，这个老程还应承过我，看来他根本没放在心上。郭镇豪笑笑，说，你还想入党？郭耀祖望着儿子，说，我怎么了？不能入吗？郭镇豪没回答父亲的话，问，雪艳和必胜呢？郭耀祖说，在她娘家呢。郭镇豪说，他娘儿俩还好吧？郭耀祖说，好着呢。又说，自从你走后，雪艳不情愿在家里待，和必胜住在她娘家，家里常年就我一个人。郭镇豪看了一眼郭耀祖，说，让爹受苦了。郭耀祖说，你爹受苦不算啥，只要受苦能受出个结果，受多大苦都无所谓。给爹说说，你如今别着盒子枪，跟着警卫员，到底是个多大的官？郭镇豪说，县上任命我去塔王区当代区长，我这还是头次当领导。郭耀祖说，啥叫代区长？郭镇豪说，就是暂时代理，还不算正式的。郭耀祖说，这算个啥官？郭镇豪说，我刚回府良，组织上不得考验我一下？郭耀祖说，这个组织也是，训也受过了，命也革过了，当个区长，还代啥？代区长是多大的官？郭镇豪说，共产党的区长不是官，是为人民服务的。郭耀祖说，这我当然知道，那年老程早就给我说过了。郭镇豪说，知道白凤区的区长吗？就跟他一般大。郭耀祖说，是吗？官职不小嘛。跟裴元魁当年比，你大还是他大？郭镇豪笑着说，这好像没法比。不过要说级别吧，应该差不多。郭耀祖笑着说，这就好，狗日的裴元魁被打倒了，如今我儿子回来当政了。郭镇豪说，怎么老爱跟人计较这些？郭耀祖说，这不是计较，这是不忘阶级仇和阶级恨！郭镇豪说，听说裴元魁放出来了。郭耀祖说，可不是嘛，国民党向着国民党，刑期没满就放了，他放后不久，府良就解放了。郭镇豪说，放了就放了吧，过去的事别再提说了，如今是新社会，不要纠缠那些陈年老事了。郭耀祖说，你小子没受过罪，没挨过他的整，当然能说这种轻松话。我跟他裴元魁没完，他欺负了我郭耀祖，砸坏了我一条腿，想就那么一风吹了，他做梦去吧！又说，当个区长，还要跟个警卫员？郭镇豪说，区长没有警卫员，这个人是区武装部的干部，眼下不是镇反嘛，形势吃紧，书记就给了我一把枪，让他跟着我回来了。郭耀祖说，这么说，你没人家书记官大？郭镇豪说，啥官大官小的？书记跟区长是平级。郭耀祖说，平级就好，这不是你爹盼望你官大嘛。郭镇豪笑了，说，虽然是平级，可书记是一把手，区长是二把手。郭耀祖说，都是些啥规矩，黏麻弹稀的！又问，你两个还没吃饭吧？爹给你们做饭去。郭镇豪想想说，雪艳没在家，别动烟火了，我带回来了些点心和干粮，就着水，凑合吃点吧。吃完东西，郭耀祖说，镇豪，跟爹转转去。郭镇豪知道，父亲又要炫耀了，说，爹，别去了，我这一回来，全村没有人不知道，还需要出去转悠吗？看郭镇豪不愿意去，郭耀祖拿儿子也没办法，便说，后响你干啥？去地里给你爷爷还有祖爷祖奶烧个纸吧。郭镇豪却说，烧纸有的是时间，下午我想去雪艳娘家，将她和必胜接回来。郭耀祖心想，没出息的东西，心里就装着婆娘和娃，像你这样还能干个啥革命？遂朝郭镇豪看了一眼，不满地哼了声，说，要去你去吧。

  郭镇豪的突然回家，让郭堡村人吃了一惊，也在郭堡村引起了不小的轰动。当年好多人听说郭耀祖悄悄救过一个共产党大官，并且将儿子交给了那个人，都认为郭耀祖脑子进水了，做出那种没根没底、丢篙赶船的事。唾骂郭耀祖逛荡了半辈子，没做过一件能够拿出手的事，到了还将儿子不明不白搭了进去。后来时间久了，人们又纷纷猜测，郭镇豪肯定不在人世了，廖雪艳一辈子要守寡啦。就在人们逐渐将郭镇豪这个人快要淡忘的时候，这个人却突然回家了，还成了共产党的官儿，不光身上背着盒子枪，屁股后面还跟着警卫员。人们又说，郭耀祖一辈子孟浪是孟浪，但有些事情这家伙硬是敢出手，如今人家儿子光光堂堂回家了，这不是光宗耀祖是啥？郭镇豪去了雪艳娘家后，郭耀祖在家里眼巴巴地等待儿子回来。殊不知郭镇豪到了雪艳娘家后，居然乐不思蜀了，连着在那里住了三天，第四天三口子才一起回到了郭堡村。这件事让郭耀祖生气了，郭镇豪和廖雪艳一进家门，郭耀祖就说，是没见过媳妇和娃，还是没见过丈母娘？怎么到那里就不知道回来了？别忘了，你如今不是普通老百姓，你如今是共产党的大区长！听郭耀祖这样说话，廖雪艳当下就将脸拉下了，悻悻地说，爹是怎么说话呀？啥叫没见过丈母娘？郭耀祖自知有些失言，闭嘴不再吱声了。

八十五

吃过晚饭，郭镇豪将武装干部送到西小窑安歇后，又回到了自己的东屋和媳妇娃娃待在了一起。郭耀祖在上屋等待儿子过来和他说话，却一直不见儿子过来，心里就有些气恼。忍着气又等了好半天，儿子依然没过来。郭耀祖憋不住劲了，走到院子里，大声喊道，镇豪，到这边屋子来！又磨蹭了好半天，郭镇豪才慢腾腾地过来了。郭耀祖说，在那边屋里干啥哩？郭镇豪说，该干啥？睡觉哩。啥？郭耀祖说，天刚擦黑就上炕睡觉，有那么多瞌睡吗？郭镇豪说，爹，我累。郭耀祖说，累也不能太阳一落山就钻被窝！你这个人呀，和去受训前一个尿模样，真不知道你是怎么受训的。郭镇豪不吱声。郭耀祖叹了口气，说，如今你是区长了，往后起脚动手，都给我提起个劲，不要干啥事都是死烟灭火的，让人看着心里就发熬煎。郭镇豪依旧不说话。郭耀祖顿了顿神，说，叫你过来，是想和你商量怎么向裴元魁报仇的事……郭耀祖的话没有说完，郭镇豪就特不耐烦地说道，怎么又提那件事咧？郭耀祖愣怔了一下，半天说道，镇豪，你怎么了？郭镇豪不吱声了。郭耀祖说，得是心里有啥事？有事就告诉你爹，咱爷儿俩一块打商量，好不好？郭镇豪还是不作声。郭耀祖忽然生气了，大声说，镇豪，你究竟怎么啦？有话说话，有屁放屁，像你这样死死巴巴的，还能把区长当好？郭镇豪抬起头，眼睛望着郭耀祖，半天嗫嚅着说道，爹……你甭生气……我想给你说一句话……郭耀祖有点惊讶地瞪了瞪眼睛说，有啥话，你就说呀！郭镇豪沉默了半晌，突然说道，这个区长，我不想当了，一点点意思都没有……

你说啥？郭耀祖嘴巴一下子张大了，半天合不起来。他颤抖着嘴唇问，不想当了？为啥？郭镇豪说，不为啥，当不了嘛……再说了，雪艳和她妈都不让我当咧……郭耀祖盯着儿子的脸，说，咋就当不了啦？郭镇豪苦愁着脸，嗫嚅着说道，那么大一个区政府，里面住那么多的人，每天乱糟糟地就等着我给他们发号令哩，等着我给他们一个个指派活路哩。还有就是，那些文件实在太多了，一个文件里面就有一大堆事情，每个文件都要我批字，我看着那些文件，只觉得眼窝发胀，真不知道该咋批才好？见天价脑袋大得像个斗……郭耀祖呆呆地望着郭镇豪，看着儿子可怜兮兮一脸苦愁相，不知道说什么好。郭镇豪说，爹，你儿子真的没那个本事，这事我确实干不了。爹，你晓得吗？我每天就像被架在火上烤着的一只死羊，一天到晚都在受洋罪哩。爹，我求你了，这个官我做不了，也不想做了，你就让我回家种地吧。郭耀祖不说话，将下嘴唇咬得快要出血了。郭镇豪说，再说了爹，你如今腿也不太方便，身边没个人照顾不行，还有就是……雪艳和她妈，都不愿意我去外面跑遥……郭耀祖突然怒吼道，屎屎，你就是个屎屎！给你福也不会享！你就是个狗日……门墩虎……郭镇豪却咕哝道，我就是不会享这个福，也没本事享这个福，要享你自己去享吧！给你说句心里话吧，其实我这次回来，就不打算再去了，明儿个，让武装干部把盒子枪给区上捎回去，就算完事了。郭耀祖扑上前去，狠狠抽了儿子一耳光，说，羞你八辈子先人呢，这几年干饭白吃了，天生打牛尻子的货色！郭耀祖立在郭镇豪面前，脸对着脸用羞辱的口气说道，你得是前世里没见过婆娘，娶了个婆娘就把你给惜死了，这世上的女人多得是，让你瞪着眼珠子一下不眨地盯着看，一辈子也看不完。一个烂婆娘就把你的心勾住了，你做下这等猪狗事，旁人不拿嘴巴笑话，拿尻子笑话哩！就在郭耀祖骂得起劲的当口，廖雪艳从东边屋子走了过来。廖雪艳将身子靠在门框上，看着郭耀祖辱骂自己的男人，末了接着郭耀祖话茬说，就让他旁人拿着尻子笑话去！爹，你说得对，就是我这个烂婆娘把你儿子给勾住了，谁叫他那么没出息呢？镇豪说他干不了那些事，不想去了，我就说不去了也罢！镇豪走了这两年，我廖雪艳跟守寡的女人有啥区别哩？嫁了人连个家也没有，常年窝在娘家屋里，跟没嫁人有啥区别哩？在旁人眼里，我廖雪艳就跟给男人休了一样样，就跟自家男人死了一样样，知道这叫啥日子？这就叫守活寡！这样的日子我过够了！当初我总想，郭镇豪他死掉了，把我跟必胜撇下他自个儿走了。如今他没死回来了，回来了我就不让他走了，就让他待在我身边吧，我不图他给我挣金山银山回来，也不想跟着他当官太太和官娘子，我只要自家男人守在我身边！爹，你听明白了吧，就是我不让你儿子去了，要骂你就骂我吧！郭耀祖傻眼了，他不知道一个女人会有这么大的魔力，将儿子的魂给勾住了！郭耀祖接着又求廖雪艳，求他放了郭镇豪。但好说歹说，磨破了嘴唇，媳妇就是不开那个尊口，不给他那个面子，儿子镇豪也坚持不改那个主意。趁着郭镇豪没在意，郭耀祖朝着儿子的脸，呸呸地吐了两大口，扭头朝着廖雪艳骂了句，妈拉个臭×！愤愤然摔门走了出去。

  第二天上午，郭镇豪给区委书记写了个条子，与盒子枪一起交给了武装干部，告诉武装干部说，我不干这个区长了，也不回区上了，回去将枪和字条交给雷书记吧。眼看着武装干部走出了院子，郭耀祖气得牙帮骨咬得咯咯响，郭镇豪却乐呵呵地觉得一副千斤重担卸下了身，比神仙还要快活和舒坦，立即回到自己屋子，爬上炕安安心心地睡起了觉。郭耀祖走到东边屋里，当着儿媳廖雪艳的面，一把将郭镇豪从炕上拽起来，声嘶力竭地喊道，你这条菜狗，给我爬起来，区长当不了，你爹的仇总得报吧？你爹的腿给裴元魁砸了，你狗东西从来没上过心！去，到族上本家喊几个人，今儿个就去白凤镇找裴元魁算账，他政府不管咱的事，咱自己管还不成吗？郭镇豪没法子，只好下炕出门，去叫了几个本家人，在郭耀祖的督促、带领下，风风火火地来到了白凤镇，直直地闯进了裴元魁家。

当时一家人正在吃午饭，裴元魁听到院子里一片乱糟糟的，心里不由得一惊，顿时脸色就白了。自从坐国民党的监牢回来后，裴元魁目睹了共产党和人民政府的作为，知道共产党把江山坐稳了，打心眼儿里算是心服口服了，也就从此不敢乱说乱动，只想规规矩矩地做个庄稼人。裴元魁心里打着鼓，想今天又会是啥事情？他对家人说，只管吃饭，都别动弹，也别乱说话，我出去看看。刚走出屋门，就与闯进来的郭耀祖和郭镇豪一伙撞了个满怀。裴元魁一看是郭耀祖，心里的惊恐一下子放下了大半，刚要开口说话，没承想郭镇豪一把将裴元魁推了个趔趄，接着就有几个人冲上去，三下五除二将裴元魁捆绑了起来。郭耀祖说，裴元魁，你个狗日的，当初我就给你说过了，你总有一天会跌在我手里，没想到你们国民党这么快就垮台了。如今是我们共产党的天下了，老子要报仇了！裴元魁说，要杀要剐，要坐牢要枪毙，我裴元魁服从政府，你郭耀祖用私刑，算是哪家的王法？郭耀祖大声道，共产党的王法！当初动你爷爷的腿，你用的是公刑吗？裴元魁瞪了郭耀祖一眼，咬了咬牙，没有说话。郭耀祖说，听说了吧，侯智仁、闫济舜两个反革命因为杀害地下党，被人民政府镇压了。你裴元魁陷害地下党，砸了地下党的腿，难道不应该镇压吗？郭耀祖说着话将手一挥，走，给我把这坏家伙弄街上去！郭镇豪一伙人将裴元魁推搡到大街上，一边朝前走，一边要裴元魁自己喊，我是恶霸地主裴元魁，请政府把我枪毙了！裴元魁不喊，郭耀祖说，掌他的嘴！就有几个人啪啪啪啪地打起了裴元魁的嘴巴。裴元魁左右摇摆着头，嘴角和鼻孔流出了鲜血，依然不愿意喊。郭耀祖怒不可遏了：再不喊收拾狗日的！一伙人便打脸的打脸，拔胡子的拔胡子，拽头发的拽头发，一时间打得裴元魁狼狈不堪，引来街道两旁上百人出来看热闹。郭耀祖说，将狗日的押到区上去！一伙人便将裴元魁弄到了区政府。郭耀祖站在院子中间喊，我把国民党反动派、恶霸地主、反革命分子裴元魁抓来了，这个家伙罪恶滔天，请区政府把他押到县去坐牢、去枪毙！政府秘书当即喊了几个人，将拥进院子的闲人劝散了，将郭耀祖一伙和裴元魁带进会议室。秘书认识郭耀祖，大致问了下原委，接着就教训开了，你这个郭耀祖，你的革命热情值得肯定，可是革命不是胡来，革命也得有个规矩。你去县上参加公审大会，登台批斗侯智仁，这事本来没有错，但你不由分说先打侯智仁耳光子，接着又是乱喊乱跳乱骂，拦也拦不住，还跟一个控诉人搂搂抱抱，哭哭啼啼，像什么事嘛，把个公审大会搞得乱七八糟，弄得区上跟着你还挨了批评。你和裴元魁的恩怨，已经做过了反映，区上和县上都给了你明确的答复，今天怎么又来闹了？你反映的问题，组织上做过了调查，你也有一定的责任和过错嘛，可你就是听不进去。听说你之前还找裴元魁打闹过一次，是不是？今天我明确告诉你，以后不许这样胡闹了，裴元魁有他的反动历史，怎么处理，有人民政府按政策办。就目前了解到的情况看，裴元魁没有血债，民愤不是很大，目前也比较守法，对他进行监督改造，是符合党的政策的。如果你继续执迷不悟，我行我素，就会对你不客气了！秘书这番话，让郭耀祖听起来格外别扭，怎么听也不是向着革命群众和受害者的，而是向着这个国民党反动派的残渣余孽，最后居然还要对他进行恐吓！郭耀祖突然恼怒了，他眼瞪着区秘书，半天说，你说他没有血债是吧？他砸了我的腿，算不算血债？我应不应该向他讨还血债？秘书说，刚才说过了，你们两个人之间的恩怨，应该是事出有因，彼此各有责任，差别仅在于谁的责任大些，谁的责任小些，且由旧政府已经做过处理，目前尚达不到刑事立案的条件，还是由你们自己协商解决为好。秘书说到这里，声音忽然大了起来，我的话你听明白没有？我说的是协商，协商懂吗？就是有话好好说，不许捆绑人，更不许滋事打闹！这件事就说到这里，都回去吧！郭耀祖仍然不服气，说，这家伙罪大恶极，真的够得上枪毙，你却把他说得那么轻描淡写，我实在就想不明白了！说完朝郭镇豪说了声，不说了，咱们走！一伙人丢下身上还绑着绳子的裴元魁，从会议室鱼贯而出走掉了。

就在这个过程中，有区政府的人员发现，在郭耀祖那伙人当中，有个人与塔王区新到任的代区长很相像，立即将这件事情报告了区长，区长又将这个情况报告了县政府，县政府当即着人进行调查，情况完全属实，县长便将这一情况报告给了县委。县委书记本来对郭镇豪在非常时期擅离工作岗位就非常生气，但觉得目前正是用人之际，主张说服郭镇豪回到革命队伍里来，干不了区长干别的工作也行。可如今发生了这样的事情，县委书记彻底泄气了，对县长说，我们有些干部，理论和政策水平实在太差了，简直没有名堂嘛。现在看来，即便说服这个郭镇豪回来，也不会有多大意义和用处了。于是开了个会，将郭镇豪除名了。

八十六

下来好长一段日子，郭耀祖过得既没有心情，也没有滋味。

所有想好的事情，没有一件能办成功，郭耀祖懊恼地拍打着自己的脑袋。明明儿子当了代区长了，转眼间又被除了，成了一个地道的农民，这让郭耀祖格外伤心。尤其当听到县委书记起初还想挽留郭镇豪时，郭耀祖那个后悔呀，简直没法提了。区长那么大的官，是一般人想当就能当上的吗？他可比裴元魁那个破警所所长大多了。可谁知道儿子不争气，简直就是猪脑子，为了恋一个丑八怪婆娘，生生地把个区长的乌纱帽子给弄丢了。就说你们两口子见不上面吧，那不是以前的事情吗？那时节共产党还不是在地下吗？边区、国统区不是势不两立吗？相互间联系不上不也正常吗？如今共产党坐了天下，掌握了政权，你郭镇豪也调回来了，塔王镇离白凤镇有一千里远还是有一万里远？这不是想回家就回家了？晌午出发后晌不就到家了吗？怎么就知道个油卖九十六？真是笨死了啊！再者说了，这个区长你当不了吧，没吃过猪肉还没见过猪跑，学学不就会了吗？谁生下来就能当区长？不过，话说到底，这件事还只能怪自己，是自己把儿子给害了。后来县上来人把镇豪叫去县上一趟，让镇豪听候县委的那个处理文件，这时郭耀祖才知道，如果那天他不跟着自己去白凤镇找裴元魁，说不定还弄不到这种地步呢。唉唉唉，这世上啥啥药都有，就是没有后悔药！郭镇豪被开除后，郭耀祖像得了一场大病，睡到炕上起不来了。他不断想着儿子的事情，不断在心里面发着后悔，想来想去真想在自己的脸上抽几巴掌。但这些话，郭耀祖不想给儿子再提说了，儿子是个没心没肺的人，说了又能顶啥用场？加上最近为了告裴元魁，跑了区上跑县上，不知道跑了多少路，费了多少神，磨了多少嘴，最后还是没把裴元魁怎么样。这共产党也真是邪门了，认准的事情任你八头牛往回拽，也甭想拽回来。裴元魁那么大的罪，生生地把人家的腿砸断了，结果只给他定了个恶霸地主成分，戴个反革命分子和地主分子的帽子，来了个就地接受监督改造，就算完事了，真真能把活人给气死！

　　就在郭耀祖心里灰扑塌塌的时候，郭堡村初级社成立了，后来高级社又成立了，人们的热情和干劲空前高涨，到处一片热气腾腾的景象。郭镇豪喜欢和大家在一起干活，与媳妇雪艳整天价上山下沟，快快乐乐地忙碌着，两个人忙里偷闲，又给郭耀祖生了一个孙子和一个孙女。郭耀祖如今无所事事，整天价拄着一根拐杖，手里攥着一本《梁秋燕》剧本，让大孙子必胜管着两个小的，领着弟弟妹妹在自家门前玩耍。眼看着村里的男女老少人人都在忙活，郭耀祖觉得自己好像被所有人忘记了。解放后，国家颁布了《婚姻法》，提倡男女自由恋爱，反对封建买卖婚姻。西北戏曲研究院上演了一出现代眉户戏《梁秋燕》，戏曲素材来自农村，演绎农村青年梁秋燕和刘春生反对封建包办买卖婚姻，争取自由恋爱的故事。剧中人物性格鲜明，语言极富地方色彩，流畅明快，生动活泼，一下子就在全省唱红了，受到观众普遍喜爱。随后，县上和区上文工团也将这出戏排出来，挨乡挨村演唱和宣传，致使民间有了"看了梁秋燕，三天不吃饭"的说法，几乎人人嘴里都能哼唱几句《梁秋燕》唱词。从小喜欢看戏唱戏的郭耀祖，也十分喜爱这出戏。他托人给自己买了《梁秋燕》剧本，天天捧在手里看，逢剧团来唱戏也去看，时间一久，凭着郭耀祖天生聪颖，他便将这本戏从头到尾背得滚瓜烂熟，连唱腔带念白，能一口气熟练地吟唱下来。从此，郭耀祖就沉浸在这出戏里，其他任何事情也不去想了。

　　一天，郭耀祖领着三个孙子在自家门前玩耍，孙孙们趴在地上玩泥巴，郭耀祖靠在门墙上，闭着眼睛吟唱着梁秋燕与父亲梁老大的一段唱：

　　　　叫秋燕你往世上看
　　　　哪家闺女不嫁男
　　　　世上闺女都出嫁

这些道理我了然
为抓养儿女我心操烂
为你们爹常是泪涟涟
少衣穿来缺米面
好容易抓养你到今天
爹爹一辈子受苦难
想起来这些你心不酸
为你的亲事爹常盘算
只怕你缺衣少食受可怜
这边挑来那边选
才挑选下董家湾
…………

就在郭耀祖吟唱得如痴如醉的当口，村长走了过来，在郭耀祖肩膀上拍了一掌，说道，哎哎，甭唱咧甭唱咧。郭耀祖睁开眼睛，一看是村长，说，咋咧村长，你这个大忙人，不去忙你的大事情，跑来找我这个闲人做啥哩？村长说，想跟你商量个事，你看怎么样？郭耀祖说，啥事情还要跟我打商量？村长说，大事。郭耀祖说，啥大事，你说。村长说，如今人们生产这么忙，谁要是犯个头疼脑热，还得跑白凤镇去看病，多不方便。我想了下，咱们村不是有你这个名老中医吗？要是你能给咱开个小诊所，那不把一切问题解决了？郭耀祖说，是吗？你这样想？村长说，是呀，你觉得怎么样？郭耀祖说，那诊所开起来，算谁的？是我的还是村里的？村长说，当然算你的。只要你不想从乡亲们身上谋大利，让乡亲们就近把病看了，你也能有一些收入，那不是一举两得，两全其美的事情？郭耀祖低头思谋了一阵，本想着这辈子再不做看病这个营生了，没想到，村长如今提出了这个要求。事实上，村长讲的也是实情，自己呢，看着满村的人在紧张忙碌，心里不也空落落的？遂抬头对村长说，这事我同意，就这么办吧。村长高兴得嘿嘿笑了，说，将诊所办起来，也算你郭耀祖为咱社会主义建设做贡献嘛。郭耀祖说，村长，你说，啥时候动手？村长说，你既然同意，那还啥时候不啥时候，明天就动手呗。郭耀祖说，不过，村长，你也知道，我这个身子骨只能动口不能动手，你得给我指派几个劳力过来，诊所办成了，我给出力的人兑现工钱。村长说，账不必算得那么仔细，给你帮工，算是村里对你的支持，不要你兑工钱。郭耀祖说，村长的话，我爱听，你就放心吧，保证一个月之内，让诊所开业。村长笑着说，说话可要算话哩。说完转身离开了。

第二天，郭耀祖便为开诊所的事情忙起来了。村长给郭耀祖派来两个小伙子，郭耀祖指挥两个小伙子，开始修复自家那个搁置多年的旧药铺。郭耀祖想，自己离五十不远了，趁着身子骨还硬朗，再看上几年病，也不枉当初爷爷对自己的指教和栽培，也能给镇豪和雪艳他们帮一把力。就在郭耀祖对将来小诊所做着憧憬的时候，就在两个小伙子站在脚手架上干得汗流浃背的时候，有一天，村长又来找郭耀祖。村长说，耀祖，你过来，我给你说件事。郭耀祖来到村长跟前，说，又咋啦？又要变卦啦？我可告诉你村长，既然已经开了弓，就没回头箭了。你村长不办，我郭耀祖也得把这诊所办起来。村长说，说的是啥话，想到哪里啦？是有另外的事情。郭耀祖说，啥事情？村长说，县里来了个人要见你。郭耀祖说，县上？来了个人？啥人哈？村长说，我怎么认识？文质彬彬的模样，介绍信是县委办公室开的。郭耀祖疑疑惑惑地跟着村长来到村部，看见一个三十岁左右的年轻人在等着他。年轻人说，你就是郭耀祖？郭耀祖说，我就是郭耀祖，你找我有事？年轻人说，是。郭耀祖说，有事就说吧，得是我告裴元魁的事情又来找我麻烦？年轻人笑笑说，不是。我是县委办公室的人，县委派我来看看你。郭耀祖说，看看我？我一个烂瘫子，有啥好看的？县委真要关心我，就把裴元魁镇压了去。不要绕弯子，有啥事直说。年轻人说，你怎么不信啊？我说的是真的，县委让我来看看你。郭耀祖有些疑惑了，想不明白到底是怎么回事。郭耀祖对县委县政府一直没有好感。以前为了告裴元魁，郭耀祖不知去县上跑了多少趟，不论县委还是县政府，好赖没人理睬他，如今却派人看望他，这究竟唱的是哪一出？郭耀祖说，你说来说去，我还是不明白咋回事，是谁在这里玩把戏？这时年轻人小声说，北京首长打来了电话，要县上派人替他看望一下你。郭耀祖一下子将眼睛瞪圆了。年轻人接着说，首长还说，你要是有空，他邀请你去北京转转。郭耀祖吁了一口气，说，原来是这样。这个老程，终于有了音讯了。年轻人说，以后叫首长。郭耀祖眨巴着眼睛说，叫首长？是他让我叫他老程的啊，他的官究竟有多大？年轻人笑着说，以前那样叫，以后不要那样叫了。有关首长的事情，以后不要问，也不要往外说。郭耀祖哼了一声说，我就说嘛，县委还能有人关心我？年轻人看着郭耀祖，没说话。郭耀祖是个不甘寂寞的人，当下心里想，既然首长让我去北京转转，说明首长心里惦记着我，说不定真想见到我。首长打电话要我去，我就应该赶紧去，不去，说不定会惹首长不高兴哩。转脸对年轻人说，既然首长想让我去北京，那我就去吧，去了就免得首长挂记了。再说了，反正我在家也没啥事干……村长插话说，你咋没事干，诊所不是正在建着吗？等诊所建成后，你再去也不晚。郭耀祖说，你村长的话重要，还是北京首长的话重要？村长不再说话了。郭耀祖说，等我打北京回来后，接着再建诊所吧。首长要我去北京，这就是命令，我得赶紧准备哩。看郭耀祖这样说话，年轻人说，那好吧，既然你打算去北京，那就准备一下吧，我回县上做个安排，安排好了来村里接你。年轻人说完，将带来的糖果饼干等礼品，交给郭耀祖，饭也没吃又匆匆地走了。客人离开后，村长对郭耀祖说，你怎么是这么一个人，说风就是风，说雨就是雨。你不能走啊，咱们的诊所刚弄了个半截子，不能等诊所弄成再去吗？全村这么多人，天天都有闹风热脑疼的，就盼着你把诊所弄成呢。郭耀祖说，诊所弄成了，我去了北京，谁给病人治病啊？还不得等我从北京回来？我去北京后，你可以安排旁人接着弄，离了张屠夫，真要吃浑毛猪不成？这时村长又说，听说你解放前偷偷救过一个地下党，得是这个人？郭耀祖说，你听谁说的？这可是军事机密，不能随便乱说的。村长说，你小子胆大做事愣，可愣人有愣福。郭耀祖斜看了村长一眼，哼了一声笑着说，你以为呢！

八十七

　　郭耀祖的心情格外好。回到家里，郭耀祖对郭镇豪和廖雪艳说，过不了几天，你爹就要去北京啦，首长叫我去看他呢。你两口子想要啥好东西，到时爹给你们捎回来。郭镇豪相信郭耀祖的话，知道他爹当年确实结交了一个外地人，就对媳妇说，往后对爹孝顺些，别动不动拉着一张脸，他老人家这辈子不容易。廖雪艳说，凭啥？就凭他从外面带回来这些点心和饼干？我才不信呢，他能上渭城就不错了，还想去北京？郭镇豪说，不信你等着瞧呗。廖雪艳说，看就看咋的，凭着一身的好手艺，给家里挣不来一分钱，眼看小诊所要建成了，他尾巴一翘，又要走人了。你爹这个人，一辈子就没有踏实过一天！郭镇豪生气了，说，啥尾巴一翘？别那样骂我爹！如今看来，当初我爹骂着让我回塔王区没有啥不对，都怪你跟你妈，把黄河看成一条线了！要是当初听了我爹的话，何必像今天这样穷折腾？廖雪艳不吱声了，半天说，你后悔了吗？郭镇豪说，你不后悔吗？两个人都不说话了。过了约莫一星期，县上真的来了一辆小汽车，那个年轻人又来了。他问郭耀祖，准备好了吗？郭耀祖说，没啥准备的，没啥给首长带，就拿了些小米、红枣和柿饼，得是有点寒碜？年轻人笑笑说，我想首长不会嫌弃的，他们在陕北吃的不就是小米吗？听年轻人这样说，郭耀祖嘿嘿地笑了，只怕首长嫌弃了。年轻人说，放心吧，不会。来，上车吧，咱们直接上省城，到省城后你再坐火车。送走了郭耀祖，村长对郭镇豪和雪艳说，啧啧啧，看看，看看，你爹这个人，别看他腿跛，本事大着呐！

　　到了北京后，郭耀祖才算开了眼界。他被安排在部队招待所，吃喝都有人伺候。当天晚上，首长专程过来看望他，人和当年大不一样了，身体变胖了，脸色也红润了，穿着一身草绿色军装，身边跟着几个警卫员，高大而又威风。首长和郭耀祖说了好多话，问了他家里的情况，问了村里的情况，问了成立高级社的情况，问了郭镇豪的情况，显得很亲近也很随和。当首长问到郭镇豪时，郭耀祖忍不住又来了气。把事情前后经过给首长学说了一遍，问首长，这娃娃还能不能回到区上去？首长笑着说，他不是爱在农村劳动吗？只要好好在农村干活，照样会有出息的，没必要硬逼他干他不喜欢的事，你说是不是？听首长这样说，郭耀祖便没敢再说啥。首长问到他的腿，郭耀祖说，我这腿就这样了，永远也直不了了，只是当初砸我腿的那个恶霸地主裴元魁，我去区上和县上反映过好多次，可政府就是没有严惩他，只给他定了个恶霸地主成分，戴了个反革命分子和地主分子帽子，监督劳动改造，就算完事了。首长说，这些事情该反映的你就反映，政府都会按照政策办，既然政府做过了处理，咱就应该听政府的。首长最后问，你对今后还有啥打算？郭耀祖磨叽了一阵子，说，我还能有啥打算？我就能给人看个病，如今腿也不方便了，啥都不好弄了，也多年没有看了。首长沉吟了一阵说，这样吧，你要是愿意，我可以帮你搞一个诊所，你觉得怎么样？郭耀祖眼睛立时就亮了，感激地望着首长说，那敢情好，那敢情好。想了想又说，我家距离相邻的为川县城，比府良县城要近一些，能不能把诊所开在为川？其实郭耀祖是觉得，他上县好多次告裴元魁，县上那些领导硬是不理睬他，给他的印象太差了，他不喜欢县上的领导，也不喜欢县城那个地方。首长想想说，那也好。接着说，回去不要给人说咱们的关系，好好给老百姓看病，你给老百姓把病看好了，同样是给社会主义做贡献。首长离开后，再没有来过招待所。只是每天打发人陪着他逛北海，逛长城，逛颐和园，逛天安门，逛了好多的地方，还给他买了几身好衣服，给儿子和媳妇扯了几身好布料，给几个小孙孙买了一大堆糖果和玩具。郭耀祖在北京待了十天，那天离开时，送他的警卫员说，首长有重要会议参加，不来送你了。到家后你注意查收，首长给你买了一辆小型自行车，以后上路就方便了。郭耀祖眼泪婆婆地对送他的警卫员说，感谢首长，感谢首长，首长对我太好了，我郭耀祖一辈子忘不了首长。

从北京回到郭堡村，郭耀祖的精神头一下子昂扬起来了，兴奋得好多天里睡不着觉。每天要跑一次村部，查看他的邮件到了没有。没过多少天，郭耀祖就收到了从北京寄来的发货单，打发郭镇豪从白凤镇将一个很大的邮包取回来，真的是一辆二四码的日本富士牌自行车，刚好适合郭耀祖瘸了的腿骑用。郭耀祖心里热乎乎的，全部心思放在了学骑车子上，他把车子推到打麦场，要郭镇豪和廖雪艳轮换着陪他学骑车。儿子媳妇说他们要上地，他就骂他们没出息，只知道整天往土里钻，还能有个啥本事？学得基本差不多了，才把儿子和媳妇放走了，接着一个人不厌其烦地不断练习骑。郭耀祖是个心慧的人，没多久就把骑车学溜了。

他骑着自行车，跑到白凤镇供销合作社，跑到县城供销社，买了许多彩色毛猴儿，把车子装扮得花里胡哨。郭耀祖的心简直要醉了，整天什么事情也不想干，只想骑着车子到处跑。自从腿坏后，郭耀祖哪里也去不成，没有单独行走过五里路，要出行只能坐个毛驴车，如今有了自行车，郭耀祖觉得自己好像长上了翅膀，想去哪里就能去哪里，甚至比腿好的时节还方便。那时节农村自行车还很罕见，郭耀祖有了一辆自行车，整天价骑着车子到处跑，在当地引起了不小的轰动，也使得郭耀祖再次在白凤镇一带出名了。

村长来找郭耀祖，说如今你回来了，北京也逛过了，车子也学会了，也该收收心了，赶紧搭把手，弄咱的诊所吧。郭耀祖却说，那诊所，你还是找旁人弄吧，我这里没工夫，也没那个心思了，我还有我的事情要做呢。村长说，你的事情？你能有啥事情？郭耀祖说，我要给自己开一个诊所。村长说，这村里的诊所就是你的呀！郭耀祖说，村里的诊所算个屁，你赶紧另请高明吧，我要把诊所开到县城去。村长没想到郭耀祖这么快就变了卦，一下子感到很失落。摇摇头，嘴里扔下了一句话，啥尿人嘛！无可奈何地走了。

过了没多久，县委那个年轻干部又来了。这时郭耀祖已经知道了，他就是县委办的王主任。王主任对他说，郭老，你要开诊所，开在咱们府良县城多好啊，县上照顾你也能方便些，为啥要开到为川去？郭耀祖笑笑说，不是我不想开在咱县里，实在是我的腿脚不方便，这不是郭堡村离为川县城近些嘛。王主任说，不过，我们已和为川那边的同志说好了，由他们在县城帮你弄。说完王主任就将郭耀祖拉到汽车上,连同他的自行车一起,直接开往了为川县城,与为川县委办接头后,将郭耀祖介绍给了赵主任,王主任就回府良了。为川县委、县政府对郭耀祖的事情很重视,由赵主任直接抓,不到一个月工夫,就帮郭耀祖把诊所办成了,在赵主任策划下,给诊所起了个很通俗的名字:郭氏便民诊所。诊所开在为川县城一处热闹向阳的街面,诊所开业的那天,搞了个十分热闹的典礼。

八十八

郭氏便民诊所开业时,为川县城绝大多数私营工商业几乎都实行了公私合营改造。这种情况下,突然又有个私人诊所开业了,这在不大的为川县城引起了不小的轰动。加上有县委办的人出面帮忙,又有郭耀祖骑着一辆很少见的日本小自行车到处跑遥,就使得郭耀祖以及他的诊所,很快在为川县城有名了。

眼下的郭耀祖,已经不是以前的郭耀祖了。郭耀祖明白自己在为川县城的影响,他觉得自己不能给县上的领导丢脸,更不能给远在北京的首长丢脸,他必须把这个便民诊所办好,也必须把他自个儿的形象弄好。郭耀祖刻意将自己装扮了一番,将原来的发型换成了当时流行的洋楼偏分,给自己配了一副高档金丝眼镜,把从北京买回来的深蓝直贡呢中山装穿上了身,那条右腿是没有办法弄直了,他就给脚上穿了一双明光锃亮的皮鞋,郭耀祖本来人就长得排场,经过这样一番捯饬,使得他一下子儒雅和顺眼了许多。郭耀祖的医术本来就很好,这时他又记着北京首长的叮嘱,给老百姓把病看好了,就是给社会主义建设做贡献。就决心好好地给老百姓看病,把看病的收费标准定到最低,尽量使所有来诊所看病的人,不需要花太多的钱,就能得到满意的治疗。一时间,郭氏便民诊所的名声,在为川全县远远近近传扬了开来。有了名声,来看病的人就多了起来,使得郭耀祖有些忙不过来了,他觉得应该给自己找个帮手。

正好这时候，县委办赵主任到诊所来了。赵主任将诊所里里外外巡视了一圈，说，不错啊郭先生，还真是有模有样了。郭耀祖说，多亏赵主任和各位领导支持帮助，我郭耀祖能有多大能耐？赵主任笑着说，郭先生客气了，你呀，劲比我大。转口又问道，是不是来诊所看病的人多起来了？郭耀祖说，是啊，没想到越来越多了，有点忙不过来了。赵主任说，医术高，价钱低，人和气，地方好，这就是你郭先生的优势，看病的人当然会越来越多。郭耀祖缩提着右腿，恭谨地站立着，嘿嘿地笑着。赵主任说，真有些忙不过来了？郭耀祖说，可不是嘛，弄得人有点手忙脚乱，确实很难支应过来。要不这样吧，麻烦赵主任操点心，帮忙给我找个打下手的人。赵主任说，好啊，这个应该没啥问题。说着哎了一声道，你还甭说，我这手头还真有这么个人，不知道你郭先生看不看得上眼？郭耀祖说，啥看得上看不上，我要求不高，能给我拉个下手，打个杂就行。赵主任笑着说，要这样的话，这个人应该没问题，因为她学的就是这个专业。郭耀祖惊喜地笑了，真的吗？这么巧？那当然再好不过了，他是什么情况？赵主任说，是个女娃娃，我的一个侄女，县卫校培训了半年多，马上就要结业了，干个打针取药的活应该没啥麻达。郭耀祖说，那敢情好，只是娃娃卫校毕业，我这里不是正规医院，人家不一定愿意来吧？赵主任说，我问问吧。郭耀祖说，咱不勉强娃娃，若果娃不愿意，那就算了，娃要是愿意，那就让娃来吧，薪水保证让娃满意。赵主任放心，自己的娃娃，会更体谅一些。

赵主任的侄女叫赵慧珠，没过几天就来诊所上班了。赵慧珠是个十九岁的女娃娃，人长得高高挑挑，秀秀气气，两只眼睛水灵灵的，动作很麻利，手也很灵巧，确实如同他叔赵主任所说，将打针消毒取药甚至一部分中药炮制一匝的活儿全包揽了，这让郭耀祖十分高兴。郭氏便民诊所来了个漂亮的女护士，一下子给诊所增添了不少光彩，来看病的人更是络绎不绝了。后来还有一些人，身上没有啥大毛病，也来看病凑热闹。郭耀祖明白，这些人不是为看病，而是专门来看赵慧珠。特别是一些年轻人，甚至包括有了一把年纪的一些人，本来就那么一点点不舒服，吃点中成药或者西药就完全可以了，可他们不，硬要缠着郭耀祖给他们开针剂，为的是能让赵慧珠在他们的屁股上打几针。

眼看着如花似玉的赵慧珠每天就这样在诊所里，像蝴蝶一样飞来飞去，眼看着来看病的男人觍着脸和赵慧珠没话找话说，一个个眼珠子瞪着，涎水几乎要流了下来，郭耀祖心里既自豪又难受。自豪的是，自从来了赵慧珠，不光使诊所名气更大了，患者更多了，收入增加了，也使得他这个主治大夫脸上很光彩；难受的是，如此漂亮的美人儿，要说男人不为她动心，那根本是胡扯。但郭耀祖明白，在为川城里，任何男人都可以对赵慧珠抛飞眼，唯独他郭耀祖不可以。赵慧珠的到来，渐渐地让郭耀祖的心头乱了起来。这时候的郭耀祖，虽然已经四十七岁了，虽然是一个瘸子，但他也有正常的生理需求啊。从三十六七岁之后，将近十年的时间，郭耀祖再也没机会享受过温柔乡的生活了，这让郭耀祖既非常期待，又无可奈何。如今赵慧珠忽然来到了诊所，怎么能不让他无动于衷呢？郭耀祖开始一夜一夜地睡不着觉，一夜一夜地胡思乱想。这种事要是放在过去，郭耀祖想都不要想，便会任着自己的性子朝赵慧珠下手了，但如今不同了，郭耀祖有所顾忌了。郭耀祖忘不了他这条结实的右腿，就是因为追求那个晚上短暂的享受，而被永远地断送了；他更加明白，如今的他，已经不是以前那个赤条条来去无牵挂的郭耀祖了。如今的他，不仅牵扯着县上的领导，而且牵扯着北京的首长。更何况，赵慧珠是什么人？她不是别人，是于他有着大恩的赵主任的侄女。思来想去，郭耀祖警告自己说，千万千万定住神，千万不能犯糊涂！不过，到了这时候，郭耀祖的环境已经开始变得优越了，良好深厚的人脉，使他在县城上层有着自己独有的影响力；良好顺利的经营，使他有了充裕的收入和积蓄；良好熟练的医术，使他获得了患者的认可和尊敬。所有这些环境和条件，使得郭耀祖的身体恢复得越来越好了。郭耀祖感觉到，那种久违的生理上的需求和渴望，又在开始折磨他了。

这时候，人们了解到郭耀祖是独身，便有人登门提亲了。对象有离婚的，有未婚的，有农村的，有城里的，有年龄与他相当的，也有小他好多岁的，甚至还有年轻姑娘。这使得郭耀祖心里一动，心想，自己漂泊大半辈子了，是不是该考虑一下这件事情了？这人呀，总有老了的时候，到了那时候，总得有个伴！郭耀祖想起儿子郭镇豪不在家的那几年，儿媳廖雪艳住回了娘家，他一个孤独的鳏夫，守在一年四季犹如冰窖的家，哪个女人给过他哪怕是一丝丝的温暖呢？那段日子，是他一生中最难熬的岁月。但就在郭耀祖走马灯地相了几次亲，看过一些女人后，郭耀祖又对这件事情生厌了，感到乏味了。他对媒人说，还是算了吧，我这个人一直独身，不会顾家，不会顾人，真要跟哪个女人结了婚，会害了人家的。话是这样说，只有郭耀祖自己明白，多年的独身，已经使他过惯了无拘无束的生活，他不愿意在自己将老去的时候，把自己投进牢笼中去。

八十九

郭耀祖从赵慧珠给他带来的欲念和痛苦中走了出来。他对自己说，赵慧珠不是你郭耀祖的，就让她自由飞翔吧；他对自己说，不要为了追逐这只美丽的金丝雀，结果让它回头一撞，将自己这架飞机给毁掉了！郭耀祖为自己的这次自我超越感到欣慰和自豪。从此再看赵慧珠，就发现围绕在她身上的那个光环黯淡了许多，藏在她身上的那股妖劲和媚劲淡化了许多。面对花枝招展的赵慧珠，郭耀祖第一次在一个美丽女人面前心如止水了。这时候的郭耀祖，虽然不打算结婚，但也不打算让自己一直这样孤单无趣地过下去，他要让自己的生活丰富多彩起来。郭耀祖告诉自己，等待机缘吧。既然郭耀祖生了这个心，就会有自己的手段。不久，郭耀祖在来找他治病的女人中，先后和三个年轻女人搭上了线。这三个女人一个姓翟，一个姓杜，一个姓黄，她们的共同特点都是男人不在身边，都在为川以外的远方工作。在分别和三个女人交往一段时间后，他选中了其中的黄芳丽到诊所里来帮忙，给他做饭和干杂活。黄芳丽二十八岁，家就在为川县城里，男人在外省当铁路工人，一年难得回来那么一两次。黄芳丽人长得小巧玲珑，生就一张娃娃脸，很懂得风情，也很是乖巧。近三十了看上去不过二十来岁，猛一搭眼，比赵慧珠大不到哪里去。郭耀祖出手很大方，在金钱上不亏待黄芳丽，这让黄芳丽很满意。黄芳丽每天一大早来到诊所干活，晚上很晚回家去，除了夜里不和郭耀祖在一起睡，两个人相处得很甜蜜。不过，黄芳丽发现，郭耀祖时不时也会与姓翟的和姓杜的女人有来往，这很让黄芳丽苦恼和生气。郭耀祖知道黄芳丽对这件事情不满意，就哄劝黄芳丽，说以后不再和那两个女人来往了，但黄芳丽已经十分了解郭耀祖了，心想，他也不是自己的亲男人，只要做得不过分，睁一只眼闭一只眼，随他去吧。

郭耀祖的这些事情，让年纪轻轻的赵慧珠看在了眼里。一次去叔叔家里，就给赵主任把这些事说了。赵主任平静地说，是真的吗？这个郭先生也太不像话了，有机会我去批评批评他。同时又告诉侄女，这都是些烂事儿，看在眼里装作没看见，知道装作不知道，出去也不要乱说，只管专心学你的手艺。郭先生的医术那叫了得，人们都喊他神医，不要把这个机会浪费了，他们爱干啥干啥吧。也就在第二年，县医院要招一批护士，赵慧珠在叔叔的帮助下，顺利地去县医院上班了。赵慧珠走后，黄芳丽说，那小妖精终于走了哈，看她那两只眼睛，贼溜溜亮晶晶好像能扎进人的肉里去。郭耀祖说，那女娃好着哩，你怎么看人家不顺眼了？你们女人家就这毛病，只许自己吃饱，不许人家闻味儿，心眼儿小得连个针尖尖也容不下。黄芳丽说，去去去，你那心里是咋想的，以为我不知道哈，不是你看不上人家，是你不敢动人家娃娃！不知道你瞅人家赵慧珠那个馋相吧？眼珠子都要蹦出来啦，哈喇子都要流出来啦！说着咯咯地笑了。郭耀祖说，快闭上你的嘴，胡嘟嘟啥哩。

赵慧珠离开后，诊所的人手又拉不开栓了，这让郭耀祖很纠结。一天，黄芳丽对郭耀祖说，是不是再招一两个人，这赵慧珠一走，一来我弄不了她那些事，二来这诊所的活也太多了些，忙得人整天灰塌塌的，你却不提招人的事，得是想将我当老妈子使唤啊？郭耀祖说，是得招几个人，可瞅来瞅去，没合适人嘛。黄芳丽说，只管插你的招兵旗，不怕没有吃粮的兵。咱这诊所名声这么大，还怕招不到人吗？快点招，我实在扛不下去了！其实郭耀祖明白，如果他真的要招人，不怕没有人报名，有好多人都想来，有几个县上的领导就打过招呼，说诊所若是需要人，一定告诉他们一声。不过郭耀祖思谋来思谋去，不想再从外面招了，而是想用自己的人。只是他的这个想法不好给黄芳丽说出口。当有一天黄芳丽再次提招人的事，郭耀祖说，我已经把人招好了，明天就来上班。黄芳丽说，真的吗？怎么没见你招啊？郭耀祖说，这还要招吗？光县上领导介绍的人都用不完。黄芳丽哦了一声说，是这样，只是招来的人咋样，能用不能用？郭耀祖说，先用用再说，万一不行再换人。

第二天一早，两个新人都来上班了。黄芳丽一看，心里不由得一沉，招来的啥狗屁人，不就是翟桂儿和杜双荷两个婊子吗？三个女人见了面，翟桂儿和杜双荷刚想跟黄芳丽打招呼，没想到黄芳丽一头冲出了诊所，一会儿就不见人影了。看见黄芳丽走了，翟桂儿问郭耀祖，芳丽好像不高兴，怎么办？郭耀祖说，她就那样个人，甭管她！黄芳丽的态度郭耀祖早就料到了，但他想，不能依着她的性子来。黄芳丽在家里待了三天，不见郭耀祖这边有啥动静，心里面又感到慌慌的。到了第四天，郭耀祖对翟、杜两个女人说，你俩去把芳丽叫回来吧。郭耀祖这一手挺管用，翟、杜两个女人到了黄芳丽家里，黄芳丽热情接待了她们，还给婆婆介绍说，这就是我们诊所的同事。就这样，黄芳丽跟着翟桂儿和杜双荷回到了诊所。郭耀祖给三个女人开了个会，分了工。让黄芳丽接替赵慧珠原来那一摊子事，让翟桂儿接了黄芳丽的活，给大家做饭，杜双荷专门做杂工，最后安排黄芳丽当了三个人的头儿。郭耀祖说，你们三个人，都是我最信任的人，希望你们能团结一心，协作做事，把诊所的事情办好，给诊所增加收入，也给你们增加收入。这样做，尽管黄芳丽心里不乐意，但无奈扭不过郭耀祖。同时想，至少郭耀祖将她排在了翟桂儿和杜双荷前面，黄芳丽只好默认了。

从此，便民诊所热闹起来了。一个男人和三个女人在一个锅里搅稀稠，争风吃醋的事情在所难免了。黄芳丽认为自己是正位，是领导，时时事事总想支使、管理一下翟桂儿和杜双荷，翟桂儿和杜双荷早就对黄芳丽心怀不满了，联起手来挤对黄芳丽，整得黄芳丽整天哭哭啼啼的。郭耀祖终于看不顺眼了，将两个女人数说了几句，翟桂儿和杜双荷就和郭耀祖闹，甚至商量好闹罢工，整得郭耀祖无可奈何。为了彻底整下黄芳丽，翟桂儿和杜双荷商量，干脆晚上都不回家了，齐齐儿住在了诊所里。郭耀祖害怕这件事被外人知道将自己的名誉弄坏了，起先坚决不同意，坚决要求三个女人晚上必须回家住。可翟桂儿和杜双荷大主意已定，又看郭耀祖心里很害怕，便故意与郭耀祖拧着干，晚上坚决不回家。一起唱着歌给郭耀祖做晚饭，弄得郭耀祖劝也劝不下，赶也赶不走，一点脾气也没有了。晚上两个人都钻在郭耀祖的被窝里，左右两边各躺一个，竟把郭耀祖弄得心摇神荡了。郭耀祖风流了几十年，这样的场面还从来没经历过。从次日起，郭耀祖便对三个女人一视同仁了。这可把黄芳丽气了个半死，但无论黄芳丽和郭耀祖怎么闹，郭耀祖也不说翟桂儿和杜双荷一个不字了。终于有一天，黄芳丽实在没法可使了，害怕自己被那两个女人挤走，干脆牙一咬，晚上也不回家了，四个人挤一张大床睡下了。这样一来，三个女人的地位终于平等了，矛盾也就缓和了。郭耀祖整天陷在三个女人的旋涡里，被三个女人折腾得头昏脑涨，身心俱疲，再也不能集中精力经营诊所了。渐渐地，诊所的病人慢慢稀少起来，关于郭耀祖和三个女人之间的关系，也逐渐被人们知晓了。人们说，郭氏便民诊所那三个女人，没有一个是好货色，都是任人能推的官碾子。

九十

转眼十年过去了。

时间到了二十世纪六十年代中期，一场轰轰烈烈的革命运动几乎在一夜之间就席卷了全国。在为川县，县委、县政府被冲击，书记、县长还有赵主任被夺权了，成了走资派。整天被戴着高帽子游街，被押到不同单位接受革命群众的批斗。街面上到处张贴着大字报，到处跑着宣传车。

郭耀祖的诊所在运动初期倒还算安宁，没有哪个人和哪个组织来管它。这期间，社会上到处乱乱的，呈现出一种从未有过的无政府状态，似乎谁也不受谁管了，谁也管不了谁了。这种情况下，郭耀祖越发地自由了，干脆公开和三个女人在一起搅和。有一天，四个人一起在县政府招待所饭店包间吃饭，席间喝了些酒，就前三十年后四十年地闲扯了起来，说着说着竟说到了郭耀祖的瘸腿上。翟桂儿有点醉意地说，要是你老郭的那条右腿还好着，那可真是个第一等的美男子。这话说得郭耀祖心里有点难受，说，桂儿你说这话是啥意思？是说我腿瘸了，就不是美男子？黄芳丽说，不是那个意思是啥意思？我一听就是那个意思。黄芳丽这样说话，一下子将翟桂儿的气挑了起来，翟桂儿对黄芳丽说，你瞎尻挑啥挑？按你的说法这腿瘸了还能比腿不瘸好看？黄芳丽说，当然是啦，我就是这么认为的，我看耀祖如今瘸了腿，就比腿没瘸好看，咋啦？翟桂儿说，你真个会骚情！骚情也不是这么个骚情法。黄芳丽刚要还嘴，郭耀祖说，咋咧咋咧嘛，好好的怎么又斗开嘴咧？杜双荷这时说，你俩说的是啥话？争个腿瘸好看还是不瘸好看，这不是没话寻话吗？该有个尿意思？你俩谁倒是见过腿没瘸时的郭耀祖？如今明明腿瘸了，都跟瘸子睡了这么多年了，既然瘸了不好看，你俩晚上把瘸腿抱在怀里干啥呢？杜双荷的话将黄芳丽和翟桂儿逗笑了，两个人便不再斗嘴了。郭耀祖看了眼杜双荷，悻悻地说，你这话也说得没尿啥水平，你是数落她俩，还是在埋汰我？杜双荷看了看郭耀祖，想要张口，翟桂儿说道，腿瘸了瘸了去，只要那个东西不瘸就行。黄芳丽和杜双荷又笑了。郭耀祖说，一个个女人家家的，说话怎么那么粗口啊？真服你们了。黄芳丽说，桂儿啥都不想要，就只想着那个东西。杜双荷说，芳丽，你想干啥？不说话是不说话，一说话就挑事，啥意思嘛！三个女人都不吭声了。

郭耀祖气愤地说，他妈妈的，这条右腿，每次变天都要难受，简直没有办法。翟桂儿笑着说，我看变天时你也凶得很嘛，该干照干，啥也不受影响嘛。郭耀祖瞪了翟桂儿一眼，说，腿是腿，那是那，两回事！想想接着说，狗日的恶霸地主裴元魁，砸了我这条腿，至今没受到过啥惩罚，真他妈的没有天理了，总有一天我要找他报仇哩！翟桂儿看着郭耀祖，有点轻蔑地说，总有一天是哪一天？腿都断了二十年了，也没见你报啥仇去！眼下这一天不到了吗？到处批斗成风咧，连县委书记、县长都拉着斗，难道连个烂尻地主不敢斗？要我说，你郭耀祖也就是个王八和肉头！郭耀祖一边揉着自己的腿,一边琢磨着翟桂儿这句话。翟桂儿接着说,耀祖,你要是愿意,我们姐儿三个一起帮你去找那个裴元魁,给你把这口恶气出了去!

那时候,所有人的性子似乎都有些变野了,翟桂儿的话一出口,杜双荷和黄芳丽马上呼应了。杜双荷说,好啊好啊,这几天正有点憋得慌,那就去找那个老地主给咱们老郭报仇去!黄芳丽也说,整天窝在这为川城,该有个啥意思?走,找那个恶霸地主去,顺便去城外透透风,时间早的话,再去老郭家里转一圈。

三个女人的话,将郭耀祖的情绪煽惑起来了,觉得这时候再不找裴元魁报仇,真恐怕没有机会了。郭耀祖说,你们真敢去?翟桂儿说,革命群众浑身是胆雄赳赳,请问你哪里不敢去?当天晚上,郭耀祖借了一辆小货车,连同司机借了来。第二天吃过早饭后,四个人一股风来到了白凤镇。这时的白凤镇也和为川城一样,街上到处挤着人,就跟以往过大集一样,宣传车上的大喇叭不断唱着革命歌曲、喊着革命口号。四个人闯到裴元魁家里时,裴元魁正打算去白凤生产大队造反司令部报到。下午两点造反司令部要开一个批斗会,批斗白凤公社书记和社长,要裴元魁这些牛鬼蛇神去陪桩。这时郭耀祖喊了一声:看见没有,坐在圈椅里的老家伙就是裴元魁!说时迟那时快,三个女人朝着裴元魁扑上去,很快将裴元魁扭住了,接着用带来的绳子捆起来,将裴元魁拿在手中准备下午批斗会上要用的木牌子和高帽子,转眼间就给裴元魁挂上和戴上了,然后推着裴元魁上了街。裴元魁和家里人一看到郭耀祖,就明白是怎么回事了,所有人自始至终不吭声,任由郭耀祖和三个女人舞弄着。四个人将裴元魁押到街上,郭耀祖大声说,裴元魁,自个儿打自个儿嘴巴子。裴元魁不动弹。郭耀祖说,他不打咱们打!三个女人就一齐上手打,五六只手噼噼啪啪落在了裴元魁头上、脸上和嘴上,直打得裴元魁鼻子和牙齿出了血。几个人这一闹,惹来一圈人看热闹。街上的人大多不认识郭耀祖,也不知道这个跛子和三个女人,到底和裴元魁有啥冤仇。看到四个人这么疯狂,又看到裴元魁满脸鲜血很可怜的样子,就有好事的年轻人管起闲事了。一个三十啷当岁的小伙子,上前朝四个人问道,哎哎哎,请问你们是阿达的?为啥打人啊？翟桂儿说，我们是为川县城的革命群众，来找这个老地主报仇雪恨哩。年轻人说，为川县的人不在为川县城闹腾，跑到白凤镇干啥来了？郭耀祖接口说，在为川和在白凤镇，一样都是闹革命！小伙子，你还嫩，有些事情不一定知道，裴元魁这个恶霸地主分子兼历史反革命分子、国民党残渣余孽，解放前双手沾满革命战士和人民群众的鲜血。我本人是个地下党，这家伙砸了我的腿，这个血海深仇搁给谁，谁能不报啊？白凤镇的人都听说过裴元魁解放前砸过一个偷马贼的腿，传说中都说裴元魁是一条好汉。年轻人一激灵，说，裴元魁砸的就是你的腿？哈，你原来就是那个偷马贼？郭耀祖说，裴元魁是个大恶霸，是个大强盗，是个大骗子，他血口喷人，诬陷革命群众，他罪恶滔天，应该将他枪毙了才对！围观的人群却轰的笑了。年轻人说，看来眼下世道真变了，偷马贼也要翻天了，为川人竟敢跑到白凤镇撒野啦，大家说，应该咋办啊？年轻人的话一出口，人群里立马有人起哄说，上手打狗日的呗！打死狗日的偷马贼！将狗东西轰回为川去！话音一落下，围观的人群就拥了上来，一帮人七手八脚就把裴元魁弄走了，更多的人则把郭耀祖和三个女人放倒在地上，连踢带踹，乱七八糟地痛殴了一顿，打得四个人霎时就动弹不得了，眼看四个人躺在地上没了声息，打人的人这才住了手，随后散去了。四个人逐渐苏醒后，挣扎着从地上爬起来，身上的泥土也顾不上拍打，胆战心惊地顺着街道溜走了。当他们来到停放汽车的地方时，司机大吃一惊，问，你们这是怎么了？郭耀祖唉了一声说，甭提了，简直倒霉透顶了！没想到小小的白凤镇，比为川县城还要乱，这里的人比为川那边的人更野。刚才那里开批斗会，我们挤进去看了，批着批着两派的人就给打起来了，满场子一下子就乱了，也不知道谁打谁了，咱本来是看热闹，开打后硬是跑不出来了，让人群拥倒在了地上，挨了误伤，真他妈的……司机说，这地方人咋这么疯？咱们咋办哩，走还是不走？杜双荷说，当然走，立马走，不走等着挨打啊？黄芳丽说，午饭还没吃，人肚子都要饿扁了，先找点饭吃吧。翟桂儿最凶猛，也挨打最重，嘟着肿起来的嘴巴说道，芳丽你得是傻×？还想在这里吃饭啊？这地方的人不论大小都是二锤子，饿死也不能在这里吃！赶紧走！杜双荷说，还去不去耀祖家里了，原本不是说好要去吗？郭耀祖悻悻地说，哪也不去了，直接回为川，这副尿样子还能去哪里？回到为川再吃饭吧。转脸对司机说，辛苦你了师傅，还得饿一阵子，咱们上路吧。在回为川的路上，四个人好长时间不说话。郭耀祖说，咋都不开金口啦？翟桂儿低声说，张开金口说啥呢，我说你这个郭耀祖，历史还蛮复杂哩，根本没给姐儿们说实话！仿佛肚子里积满了怨气。杜双荷冲着翟桂儿低声说，还不是你出的馊主意，撺掇着要到这里来，怎么突然想到要来这个破地方？黄芳丽懒懒地说，都甭说话了，悄悄坐车吧。杜双荷说，你不也英姿焕发地想出来透风看风景吗？这下把风景看好了！黄芳丽看了杜双荷一眼，说道，当然看好了，怎么啦，那里的风景不好吗？回到为川城，司机说他还有事，饭也没吃，自顾开车回单位了。四个人去饭店吃了饭，翟桂儿说，把人弄成土贼了，去对面的浴池洗个澡吧？杜双荷说，回去再洗吧，自家的池子干净些。郭耀祖说，大浴池臭烘烘的，再说还得分开洗。翟桂儿没好气地说，谁倒想和你一起洗啦？郭耀祖，你给我说清楚，你过去真的当过偷马贼？郭耀祖沮丧地说，你这个女人嘴巴就是臭，听风就是雨。黄芳丽这时说，别吵吵了，先回诊所吧。一伙人回到诊所时，顿时傻眼了，诊所的牌子被砸掉了，门也被砸开了，中药柜和西药柜被推倒了，诊查床上的床单被撕烂了，诊所后院的卧房和厨房也被践踏得一塌糊涂。衣柜被撬开了，衣物和被子扔了一地，水缸也被打破了，满地都是水，最重要的是，郭耀祖藏在柜子里的几张存折找不见了。四个人前前后后把诊所查看了一遍，黄芳丽忍不住低声哭起来。翟桂儿说，平时只有你日能，一到场合上就尿了，尿水子比谁都多！郭耀祖来到大门外，这才看清诊所大门两边贴上了一副白纸对联，上联：割断郭耀祖资本主义尾巴；下联：砸烂郭耀祖资产阶级淫窝；横批：彻底革命。

　　郭耀祖问隔壁的人，隔壁人说，早晨你们离开后，县中学的小将们就敲锣打鼓地来了，来时还给你们准备了好几个纸牌子和高帽子，本打算押着你们游街呢，看你们都不在，就乱砸了一通，然后走人了。隔壁的人说着，朝街上指了指，郭耀祖看到，地上乱扔着四个被踩坏了的高帽子和纸牌子。

　　四个人的心顿时都揪了起来。隔壁人对郭耀祖说，快出去避避吧，听学生娃娃们走时还吵吵说,等你们回来他们还要来闹的。郭耀祖回到诊所里对三个女人说,形势大变了,你们三个赶快回家吧,最近不要来上班了,找个地方躲起来,小心他们找到你们家里去。黄芳丽哭着问,耀祖,你咋办呢?郭耀祖看着泪流满面的黄芳丽,心里想,说到底还是这个女人对我心最诚。就对黄芳丽说,你就放心吧,我也要出去避一避。翟桂儿看着黄芳丽说,有事没事就知道流尿水,有啥出息嘛,只有你一个心疼他?杜双荷对郭耀祖说,要不你先去我家亲戚那里躲躲?郭耀祖摆摆手,说,都别操心我,管好你们自己就成了。快走吧,赶快离开这地方。

　　三个女人都走了。郭耀祖扶起被推倒的富士车,骑着车飞快地来到街上的银行,银行马上就要下班了,郭耀祖说,先别急着下班,看看我这几个折子上的钱还在不在账。银行人员帮郭耀祖查了查,还算好,钱都在。银行让郭耀祖做了挂失,这件事算是放下了心。从银行出来,郭耀祖去五金商店买了几把大铁锁。回到诊所后,将诊所大致拾掇了一下,给卧室、厨房和诊所大门分别挂了一把锁,骑上富士车,连夜一溜烟回到了郭堡村。

九十一

　　郭耀祖小半夜时分回到了郭堡村。

　　听到有人拍着门环大声喊叫,郭镇豪走出院子,问了声,谁?遂将大门打开,没想到会是自个儿的爹,吃了一惊,问,爹,你这是怎么啦?半夜回家来了?说着话接过了自行车。五十多里地的路程,虽说全是公路,可途中要翻一道深沟,让一个瘸腿的人蹬着自行车跑遥,郭耀祖浑身早就散架了。郭耀祖喘着粗气说,先回屋吧,回到屋里再说。郭镇豪将郭耀祖带进东屋,没有去上屋,郭耀祖以为廖雪艳已经睡下了。东屋平时没人住,到处积满了灰尘,十分脏乱,这让郭耀祖心里很不舒服。问道,三个娃娃都没在家?郭镇豪说,可不是嘛,必胜在府中(府良中学),晓明和女女在白中（白凤中学），都没回来。郭耀祖说，如今这么乱，还待在学校不回来干啥？郭镇豪说，我也是这么说的，可他们说，学校没放假，他们不能随便回家，还说他们是红卫兵，要关心国家大事，要把革命运动进行到底。郭耀祖说，到处乱哄哄，全是他们这帮学生闹腾的，赶紧让他们回家吧。郭镇豪苦笑了一下说，哪一个倒是听大人话嘛，我都跑学校叫他们了，没有一个愿意回来。这时候，儿媳雪艳从上屋走了过来，搭着笑脸说，爹回来了。郭耀祖说，回来了。看了廖雪艳一眼，不由得一怔，只见儿媳穿着厚厚的衣服，还将脸用一个布帕子包着。郭耀祖说，怎么，雪艳病了吗？儿媳不好意思地笑了下，说，没有。郭镇豪将手摊了下，有点赧然地说，也真是，本想着不要了不要了，谁、谁知雪艳她……冷不丁又生了一个。郭耀祖一听，遂笑着说，又给我添了个孙孙啊？雪艳说，是个女娃娃。郭耀祖说，好好好，这下我四个孙子两男两女，求之不得哩。几个月大了？郭镇豪说，两三个月了，雪艳身体一直有点虚。郭耀祖说，身子虚那就好好补补，不敢这么拖着。看郭耀祖是这种态度，郭镇豪两口子高兴了起来。郭镇豪说，您看前面三个大的，上高中的上高中，上初中的上初中，突然又添了这么一个……真想把她给了旁人养去。郭耀祖说，胡嘞嘞啥哩！生娃的事，由不得人，生下了就好好抓养。再说了，一个家庭，人丁兴旺第一等重要，自家好好的娃娃，给旁人做啥？亏你想得出来！

　　自从郭耀祖去为川开诊所后，郭镇豪家里的光景全靠父亲不时接济，尤其三个娃娃上学念书，全靠郭耀祖交学杂费。这一来，儿子和媳妇对郭耀祖的态度就变得好起来了。这时从上屋传来了婴儿的哭声，廖雪艳说，爹，先让镇豪把屋子和炕上收拾下，我去看看娃娃，然后给你做饭。郭镇豪将一把椅子擦擦干净，让郭耀祖坐下来，开始扫炕。郭耀祖问，村子里咋相？乱不？郭镇豪说，前些日子还好，最近也有些乱，西巷的七锤押头成立了个造反队，开始批斗村里的干部，大队书记和大队长都被批判了，还押着韩贵明一帮牛鬼蛇神游街哩。郭耀祖哦了一声，说，韩贵明身子骨怎样？郭镇豪说，没看岁数嘛，活不了几天了。郭耀祖说，不知道谭家坳那边闹得怎样？郭镇豪说，听说我外爷病了，也不知道会不会有人拉着他游街。郭耀祖说，你今天说到了你外爷。你长了这么大，从来没提过你妈，你真的没想过她吗？郭镇豪正在铺被子的手停下来，转身静静地望着父亲，说道，她是我妈，我能不想吗？郭耀祖说，想也没见你去看过她？郭镇豪沉吟了一下说，你知道我没看过吗？从北边回来后，我就去看了她。郭耀祖愣住了，半天说，她、她怎么样？还硬朗吗？郭镇豪说，还好，没啥大毛病。我妈问到过你，不过不让我给你说我去看她。郭耀祖说，这个人，一辈子拗性子，一辈子都那样。良久，郭镇豪说，当初，你和我妈究竟是怎么散的？是你不要我妈了？郭耀祖半天说，这话是谁给你说的？是她不要我了。只是如今论起来，她是个好人，是我对不起人家。郭镇豪不说话了，又低头铺炕。郭耀祖说，往后有空就去谭家坳看看，去给她带点钱。郭镇豪说，知道了。

正如郭镇豪说的，郭堡村的运动也搞起来了。老支书和老村长被打倒了，七十多岁的韩贵明被揪出来了，几乎每天晚上，郭七锤他们都要组织召开批斗会。郭耀祖在为川县城和白凤镇两次领教过造反派和革命群众的厉害，再也不想掺和村里的事情了，下决心在家里悄悄躲着。郭镇豪对郭耀祖说，你回来了正好，看到村里乱了，正想着县城肯定会比村里更乱，打算去为川把你接回来呢。说完停了一下，接着说，看来我当初没回塔王区当那个代区长，也没啥可后悔的，要不到了如今，那不也遭大罪了？郭耀祖望了望郭镇豪，没说话。

廖雪艳身体好点后，将她母亲接来帮着看娃娃，便和郭镇豪每天照常上地搞水土保持。村里运动虽然搞得很热闹，但抓革命促生产，搞农业学大寨仍然没有放松。该收种的时节收种，其余时节搞水土保持，整天忙得不可开交。郭耀祖五十六七了，廖雪艳母亲也行将六十了，这老太太年轻时长相就不招人待见，如今见老了，那模样就更不敢恭维了，两只小眼睛几乎从来就没睁开过，两条腿更是罗圈得不像话。郭镇豪和廖雪艳上地后，家里就留郭耀祖和雪艳妈两个人大眼瞪小眼，一同经管那个小娃娃，郭耀祖又不想到外面去，这让他再次感到了一种聱乱和痛苦。郭耀祖给儿子和儿媳建议，雪艳娘家那边肯定也很忙，就让你妈回去吧，这边有我一个照看娃娃完全行。廖雪艳说，这不是怕把您老人家累着嘛！郭耀祖说，累啥累？抱自己的孙女女，心里别说多喜欢了，就让你妈回家吧。雪艳高兴地说，那敢情好，我弟两个娃娃还真等着我妈照看呢。说完便让母亲回家了。雪艳母亲回家了，郭耀祖不再觉得眼盯和难受了。可当家里真的只留下他一个人，又觉得孤独了，便将小孙女晓莹抱在怀里，去大门外面溜达，郭耀祖在自家巷口抱着小孙女转悠，看见从对面走过来一个年轻女人。女人三十岁上下，怀里也抱个娃娃。女人走近了，郭耀祖笑着主动打招呼说，你是谁家的媳妇啊？我在村里待得少，年轻人都认不得了。年轻女人在距离郭耀祖不远的地方停下脚步，笑着回答道，你是耀祖伯伯吧？咱们没有见过面，我只是听说过伯伯您。看女人这么懂事和客气，郭耀祖心里一阵温暖，说道，是呀，我经常不在家，四十岁靠上的人，还能认识些，再往下的娃娃就认不得了。年轻女人说，我爹是大浪，我妈是元秀，我叫韩玉枝，是他们的独生女，没有嫁出去，找了个上门的人和我一起伺候我爹和我妈呢，这是我们的娃娃。郭耀祖一惊，说，是吗？接着问道，你爹你妈都还好吧？女人笑着说，好着呢。说完也说，伯伯怀里抱的娃娃，想必就是镇豪哥的碎女女了？郭耀祖笑着说，对着呢，是老四，起了个名字叫莹莹，郭晓莹，已经会对着人笑了。年轻女人上前看了看郭耀祖怀里的娃娃，说，长得可好，镇豪哥几个娃娃都长得像伯伯，皮肤白，长精神。郭耀祖呵呵地笑了，也上前看了看年轻女人怀里的娃娃，这一看不打紧，心里不由得一哆嗦。这娃娃，咋长得和我家镇豪小时候一个模样呢？再抬头看看年轻女人，看那眼睛里水汪汪的光亮，又让郭耀祖心里不由得咯噔了一下。郭耀祖笑着说，娃娃也长得好，是男娃女娃？年轻女人说，是个小子娃。郭耀祖说，多大了？是老几？年轻女人说，快两岁了，是老三。郭耀祖说，前面两个都是啥娃娃？年轻女人说，都是女子娃。郭耀祖笑着说，这老三是个宝贝啊。年轻女人说，家里老少人都宠着他，把我妈都叫他累坏了。女人说完话，继续往前走路了，边走边扭头说道，伯伯有空来我家坐啊。郭耀祖嘴里应着，呆呆地一直望着年轻女人背影不眨眼。

难道这玉枝……是我……郭耀祖忽然这样想，不由得将嘴张大了，难道大浪他……郭耀祖不敢往下想了。郭耀祖的心忽然乱极了，赶忙急匆匆地抱着孙女回了家。回到家里后，郭耀祖躺了两天没起身，郭镇豪和雪艳以为爹病了，要给爹请大夫。郭耀祖说，请啥大夫啊，你爹我不就是大夫吗？我没事，就是稍微有点不舒服，睡上几觉就好了。郭耀祖拍着自己的脑袋，在心里不断对自己说，甭想了，甭想了，这事永远甭想了。又对自己说，也不要睡了，再睡镇豪他们又要担心了。

就在郭耀祖下炕的第二天，白凤镇逢集，按照郭耀祖安顿，郭镇豪和廖雪艳去赶集，顺路去谭家坳村看望母亲王冬翠，这也是郭镇豪第一次带着媳妇去谭家坳。廖雪艳第一次见王冬翠，看见婆子五十五六了，虽然一辈子生活在娘家，可精气神特别好，相貌很漂亮，人也很端庄。王冬翠拉着廖雪艳的手摸了又摸，无声地掉下了眼泪。良久，王冬翠擦了一把泪，起身去屋子后面的箱子里，将当年郭耀祖母亲送给她的那些金银珠宝，全部交给了廖雪艳，说，妈没有啥给你的，这是当年你婆婆交给我的传家宝，我今天把它交给你，交给你我心里就没事了。廖雪艳一把抱住王冬翠，忍不住哭起来，说了声，妈，你真可怜。王冬翠说，回去好好照顾你爹，他身子骨不好。廖雪艳说，妈，你放心吧，我们会把我爹照顾好的。郭镇豪和廖雪艳劝王冬翠跟着他们一起回郭堡村，被王冬翠拒绝了。郭镇豪将一包钱塞到了母亲手里，他想说，这是我爹给你的，却没有说出口，被王冬翠推辞了。郭镇豪带着媳妇去看躺在东屋炕上的外爷王财东，老人患了哮喘病，时不时喘得厉害。郭镇豪将钱塞到了外爷的枕头下面。王财东一边喘气一边对郭镇豪说，你外婆想见你媳妇，终究没能等得上。郭镇豪说，我和雪艳刚才给我外婆的灵牌磕头了。往后，我俩会经常来看你跟我妈。这时从外面走进来一男一女两个中年人，郭镇豪对媳妇说，这是大舅和妗子，已经搬出去住了。王冬来对井花花说，这是镇豪的媳妇，叫雪艳。廖雪艳马上笑着说，妗子，我叫廖雪艳。郭镇豪问王冬来，村里批斗会还叫我外爷吗？王冬来说，开始抓得紧，眼下好多了，毕竟八十多岁的老人了，后来基本上不叫了。

那天郭镇豪和廖雪艳回到家里后，郭耀祖问，见到你妈了？廖雪艳说，见到了，我妈精神很好，要我们把爹照顾好，就是不愿意回到咱家来，也不愿意要我们给她的钱。郭耀祖没说话。郭镇豪说，钱我交给我外爷了。郭耀祖问，你外爷病重吗？廖雪艳说，老是喘粗气，气色还不错。

郭耀祖又问，见到你舅舅他们没有？廖雪艳说，见到大舅和妗子了，他们过来看外爷。郭耀祖下意识地哦了一声，俄而问，他们还好吗？郭镇豪说，都好着呢。廖雪艳忽然说，大妗子年轻时肯定很漂亮，眼看六十岁的人了，还那么干练和好看。郭耀祖嘴里啊啊着，低头逗弄小孙女。

九十二

后来的几年中，郭耀祖始终没敢去为川。他想，省上、县上、公社的领导，包括生产大队的领导都受批判了，北京的首长肯定也受批判了，现在的办法只能看，只能等。这期间，他打发儿子镇豪去为川县城看过几次，看他的诊所咋样了，不过也还好，诊所后来再没有人动过，只是大门上的白色对联更换过一次。上联换成了：流氓医生加资本主义；下联换成了：妈的妈的加你妈妈的；横批：踩死你丫。郭耀祖想，看来当初多亏及时躲避了，不然不知道会遭啥样的罪哩？

转眼到了革命运动后期，祖国山河一片红，到处成立了革委会，社会秩序开始慢慢好转了。郭耀祖便在郭镇豪的陪同下，亲自来到了为川县城。看势头稳当了，郭耀祖对儿子说，看来没啥大事了，你回家去吧。郭镇豪说，还是回家待一段再说。郭耀祖说，再待我就看不了病了，不会有事的，你回吧。这时候，县上的领导又都重新管事了，赵主任当了县革委会的副主任。郭耀祖专程去赵副主任办公室看望了他，赵副主任笑着说，又见到你郭老先生啦，你还跑得很快的嘛，当我想到你的时候，已经不见人影了。郭耀祖说，那不是害怕嘛，他们将诊所砸了个稀巴烂，不跑等着挨整啊？又说，看见赵主任各方面都好，我这心也就放下了。赵副主任呵呵一笑说，诊所怎么样了？还打算开吗？郭耀祖小心地说，不知道还能不能开？赵副主任想想说，人嘛，总不能闲着，病还是要看的，你有这个手艺，老百姓也需要，只是不要搞得太招摇就是了。郭耀祖说，不知道北京的首长怎样了？赵副主任说，全国都一样，估计也会重新出来工作，即使眼下还没有，迟早也会的。从赵副主任那里回来后，郭耀祖从银行取了些钱出来，请了几个人把诊所粉刷了一下，做了一个不大的新招牌重新挂起来，将诊所名字改了一个字，把郭氏便民诊所改成了郭氏惠民诊所，又穿上白大褂，开始诊病营业了。

  诊所开业后，缺的是人手。当初的那三个女人，好像没有人打算再来了，郭耀祖重新开业的消息，在为川县城不算一件小事情，三个女人不会没听到，但始终没有一个人来找他。其实这时候，郭耀祖也不想起用她们了，前后过了这么多年，黄芳丽已经四十了，翟桂儿和杜双荷还要大一些，已经不是徐娘半老了，而是老态龙钟了。让这几个女人往诊所一站，还会有人上门吗？加上她们几个当初社会影响不是很好，不用说话诊所就会倒了牌子。就在郭耀祖在诊所大门上贴出招聘告示后的第三天，黄芳丽忽然找来了。郭耀祖看见好多年不见，黄芳丽几乎没啥变化，那张娃娃脸加上她本来不高的个头，看起来依然比同龄人年轻许多。黄芳丽一见到郭耀祖，忍不住嘤嘤地哭起来。郭耀祖将诊所门关上，转回身将黄芳丽抱住，在黄芳丽的脸上亲起来，心里想，还是让她来上班吧。黄芳丽红着脸，努力地拒绝着。但无奈她太娇小了，就那样被郭耀祖抱着放在了床沿上。黄芳丽嗔怨道，都六十多岁的人了，咋还是这么坏？郭耀祖说，六十几岁咋？今天就让你见识下。黄芳丽努力坐起身，说，青天白日的，也不怕旁人看见了！郭耀祖重新把诊所门打开，说，明天就来上班吧，依然干你那些活。黄芳丽说，也不看我多大年纪了，那些活找年轻人干去吧。知道你回来了，我来看看你，看你一切都好，我就放心了。郭耀祖说，不想来上班，坐在家里享清闲啊？那我想你了怎么办？黄芳丽说，我那男人调回本省了，他让我和娃娃搬到他那里去，我已经去了，这次赶回来是给我侄儿结婚，事情办完了，我就又走呀。郭耀祖说，他回来了没有？黄芳丽说，他忙，没工夫回来。郭耀祖说，那就在我这里住几天再走。黄芳丽说，我回来还带着娃娃。郭耀祖不再吱声了。半天说，那走吧，出去吃顿饭，就算为你饯行。黄芳丽想了想，没表示反对。两个人来到县饮食服务公司下属一家饭馆，郭耀祖鸡鸭鱼肉给黄芳丽点了一满桌。这时黄芳丽又哭了。两个人几乎没吃饭，净说话了。郭耀祖问，翟桂儿和杜双荷的情况怎么样？一直没她俩的消息。黄芳丽说，你还想着她俩啊？是你将人家翟桂儿害了。郭耀祖说，这话怎么说？黄芳丽说，咱们散开后，翟桂儿那个搞探矿的男人回来了。那男人是个中专生，在单位大小当个啥领导，翟桂儿脾气你知道，火爆爆性子，加上和你乱捣鼓，在家里将婆子和公公惹下了，她男人回来后，公公婆婆愣尻向儿子告她的状，把个翟桂儿说得跟个窑姐儿差不多。到了这时候，她依然不服软，撑着胆子跟两个老东西闹腾，最终儿子还是听了爹妈的话，下决心跟她把婚离了，娃娃一个不让她带走。翟桂儿解放前随她爹逃荒到这里，一看事情弄成了这眉眼，羞势就发了，不想在为川再待了，干脆回黄泛区老家了。

郭耀祖说，杜双荷呢？黄芳丽说，死了。啥？郭耀祖一惊，你说啥？黄芳丽说，死了几年了！郭耀祖问，怎么死的？黄芳丽说，杜双荷的男人在省城电厂当工人。你和她那些烂事，倒没影响到她啥，家里的婆子和公公也没说她不好的话。问题出在那男人身上，那男人在电厂跟一个女工好上了，跑回来专门跟她打离婚。生产大队和公社不同意，可那男人非离不可，闹死闹活的，谁也劝不下，这就把杜双荷心伤了，就悄悄给男人饭碗里下了些农药，不料将那男人毒死了，一看男人毙了命，双荷自己也害怕了，就将剩下的农药喝掉了，就这样。

郭耀祖呆呆地听着，黄芳丽说完后，也那么呆呆地坐着，好长时间两个人都不说话。郭耀祖抬起头，说，看来你男人对你不错。黄芳丽说，是，他是个厚诚人，他对我很好，咱俩的事，他也不是一点不知道，可他没找我闹事，当然了，我对他也很好，对他爹他妈都很好……只是，你个老东西，把我的魂勾走了，知道吗？我爱你，不爱他，但我有啥办法嘛。郭耀祖痴痴地望着黄芳丽，眼睛有些发红。他伸出手，将黄芳丽的手抓住。黄芳丽悄声说，想死呀？这是啥地方！郭耀祖举目看了看周围，说，没啥人嘛。黄芳丽说，一辈子就是个贼大胆。说完立起身，说，我要走了。郭耀祖从口袋摸出了一沓钱，塞到黄芳丽手上，说，拿着吧。黄芳丽不要，说，你把我看成啥人了！郭耀祖急了，说，你要是不收，我就把这些钱撕了，你信不信？黄芳丽含着泪说，我信，好，我收下。将钱接了过去。郭耀祖说，就这样走呀？黄芳丽看了郭耀祖一眼，眼泪又了涌上来，说，你自己保重吧，如果有人愿意，找个年轻的伺候你，我管不了你了。说完两个人走出饭店，分了手。

　　黄芳丽的来访，让郭耀祖的心里感到沉甸甸的。在回诊所的路上，三个女人的影子不断在眼前跳跃。回到诊所时，门口有一堆人等候他，郭耀祖打开诊所门，只有两个人是来看病的，其余有四个女娃娃，都是前来应聘的。郭耀祖对看病的人说，稍等下，让我和娃娃们说几句话。四个应聘者都是十八九岁的女娃娃，这让郭耀祖想起了赵主任的侄女赵慧珠。郭耀祖下意识地摇了摇头，如今的他，再无心去动这些涉世未深啥也不懂的碎娃娃了。就分别和她们每个人说了几句话，把她们一一打发了。郭耀祖觉得，如今他老了，他要找的这个人，应该既能干得了诊所的活，也能伺候得了他，如果情况再能好点的话，愿意陪他走完他最后的这段路。后来有一天，有个二十七八岁的女人给他七岁的儿子来看病，刚一坐到郭耀祖面前，就流着泪说，她儿子将一搪瓷缸子开水撞翻了，把左脚烫伤了，脚上起了大大小小密密麻麻的水泡泡，把她心疼坏了，请大夫赶紧给孩子治治。郭耀祖看这个女人很漂亮，心情十分急迫和苦楚，就立即给小孩诊治。先给娃娃脚上涂了一层烫伤膏，止住疼，然后开了个偏方：将新鲜大蒜捣成泥，先用大蒜水在伤处轻轻地擦拭了一遍，然后再把蒜泥敷在伤处。郭耀祖对女人说，第一天换擦换敷三次，以后每天一次，五到七天就会好。同时叮咛回家后，不要再抹烫伤膏了，就用他这个偏方治，保准管用。女人离开时，郭耀祖笑着告诉女人，甭再担心了，小孩子出现这样的意外不奇怪，娃娃属于轻度烫伤，很快就能痊愈的。女人掏钱时，郭耀祖谢绝了，笑着说，没看我门前的牌子吧，这里是惠民诊所，就是既要给病人把病看好，又要让病人少掏钱或者不掏钱。刚才给娃娃治伤，根本没有用啥药，想要你的钱不是也没有法子要，快背着娃娃回家吧。女人有些羞涩地将钱装回去，千恩万谢地走了。就在这时候，女人恓惶的表情、楚楚的容颜、羞涩的笑容，给郭耀祖留下了深刻的印象。

　　五天后，女人又来了，脸上明显泛上了笑容，她对郭耀祖说，娃娃的伤好多了，完全不疼了，也开始结痂了。她来诊所是要问大夫，娃娃的脚往后会不会留下啥疤痕，因为娃娃大了要穿凉鞋什么的，看需要不需要再用什么药。女人的再次到来,让郭耀祖十分高兴,他再次觉得这个女人实在太美了。郭耀祖对女人说,那是个偏方不是化学药物,不会留下疤痕的。接着又献殷勤地说,就是怕给娃娃留下疤痕,从开始我就给娃用偏方,用西药会好得快一点就是有副作用,所以宁可保险点,干脆就用偏方了。听了郭耀祖的话,女人既高兴,又感激,美丽的脸上泛出了一层淡淡的红晕。郭耀祖说,看得出你是个很负责任的母亲。女人说,娃娃是个可怜的娃娃。郭耀祖说,怎么了?可以说说吗?女人说,娃娃的爹本来在煤矿上当采煤工,大前年在一次事故中去世了,他爷爷将矿上的抚恤费领走了,害怕她改嫁一分钱不给她娘儿俩,她就带着娃娃从婆家搬出来了。郭耀祖流露出十分同情女人的神情,问,没想给娃娃另找个爹?女人忽然脸红了,说,忘不了我那可怜的男人,没有那样的心思了。郭耀祖沉吟了一下,看着女人的脸对女人说,愿意来我这里帮忙吗?女人没想到大夫突然会这么说,一时怔怔地望着郭耀祖,脸上红红的,目光有点迷茫,似乎没有听懂郭耀祖的话。郭耀祖说,没看见贴在大门上的招聘告示吧?诊所里需要有人来给我帮工,你如果愿意就来诊所上班吧,我每月会给你开工资,会帮你养娃娃。女人惊讶地看着郭耀祖,说,会帮我养娃娃?为啥呀?郭耀祖说,呵呵,是我把话没有说明白,我的意思是说,我这里需要人手,你可以到这里上班,我会给你开工资,娃娃可以跟着你来这里耍,吃住都不会有问题。女人忽然笑了,说,您是个好人,我谢谢您。不过不行,我啥也不会,啥忙也给您帮不上。女人这样说,让郭耀祖心里有点急,说道,不会不要紧,学学不就会了嘛,也就是打个针取个药啥的。看你这么聪明利索肯定能行。女人眼里露出了一丝儿亮光,不过还是迟疑地说,我还是害怕我不行。郭耀祖说,我说过了肯定没问题,我主要是通过你这次给娃娃看病,看上了你的人品。女人反问说,真的能行吗?郭耀祖说,我说行就一定行,要是你手头儿没有什么事,明天就可以来上班。这时女人哭了,哭着对郭耀祖说,您郭大夫真是我的救命恩人,您的大恩大德,我来世做牛做马会给您报还,如若您不嫌弃,从今往后就让我叫您干爹吧。说着立马趴在地上跪下了。女人一边磕头一边说,干爹啊,您干女儿夏睡莲给您老人家磕头了。郭耀祖不由得愣怔了一下,赶紧把夏睡莲扶起来，说，你看这女子，这样的礼数不就太重了嘛。说着赶紧从口袋掏出二百块钱交到夏睡莲手上，接着又掏出五十块钱塞给了娃娃。夏睡莲说，怎么能这样干爹？转脸对儿子说，亮亮快叫干爷爷。亮亮乖乖脆脆地叫了声，干爷爷。郭耀祖说，既然都叫我干爹、干爷爷了，干爹干爷爷就得给干女和干孙子见面礼啊，可不要嫌少。夏睡莲泪眼婆娑地说，感谢干爹了，女儿哪敢嫌少啊，这是干爹的一份心，值得过一座金山哩。又说，亮亮脚上有伤，给您老人家磕不了头，我替亮亮谢您了。

九十三

　　亮亮基本上可以下地了，夏睡莲就带着亮亮来诊所上班了。
　　夏睡莲是个心灵手巧的女人，很快就将打针和取药学会了。诊所的生意很红火，收入也不错，这让郭耀祖和夏睡莲很高兴。尤其是夏睡莲，自从来到诊所后，生活正常了，心情也好了，开始有说有笑了，人也变得更加机灵和漂亮了。而夏睡莲越是机灵和漂亮，就越是让郭耀祖着迷，看着手脚麻利、美丽漂亮的夏睡莲，郭耀祖止不住一次次地心潮涌动。每当听到夏睡莲又是亲近又是清脆地叫自己干爹，又一次次将郭耀祖心中燃起的那股火苗浇灭了。郭耀祖对夏睡莲显得很亲近，夏睡莲却对郭耀祖很戒备。郭耀祖想，这个女人实在太精明，一口一个干爹脆生生地叫着，实际上就是在防备你。
　　一天，夏睡莲对郭耀祖说，干爹，您看咱们的诊所越办越好，来看病的人越来越多，您这个干女我呢，又是个半道出家的半瓶子醋，越来越不适应诊所的需求了，所以我说干爹，再给咱招一两个人吧，让人家干细活，我来给咱干粗活，听说干爹当年诊所办得火，就有三个人给你拉下手。郭耀祖一听，心里面一咯噔，心想，这女子得是有啥心思啦？于是说，睡莲你说得对，按照诊所目前的知名度和接诊数量，确实应该招人了。这事你即便不说，我也正在考虑。不过，在这件事情上我是有过教训的。教训就是你刚才说的，当初诊所越办越好时，确实招过三个女人，一个做护士，一个做药师，一个做杂活。按说，这样的安排应该没问题，可以给我减轻压力。可事实并非想象的那样。这三个人来了后，活居然没人干了，成了人们常说的一个和尚挑水吃，两个和尚抬水吃，三个和尚没水吃了。再者三个女人一台戏，三个人都有自己的小心眼和小算盘，整天有翻不完的是非，吵不完的嘴，搞得我头昏脑涨。结果，自从这三个女人来了后，诊所的患者不是越来越多了，而是越来越少了，收入不是越来越高了，而是逐渐在下降。这无疑是个沉痛的教训。听郭耀祖这样说，夏睡莲说，真的是那样吗？郭耀祖说，也是后来遇到运动诊所只能停办了，几个人也就散伙了。反正自她们三个来了后，诊所的效益越来越差，不久就关门了。夏睡莲说，那怎么办呀，干爹，明明咱们两个忙不过来嘛，这样下去，会影响干爹收益的。郭耀祖说，这个我当然知道啦，我的想法是，人肯定要招，但必须慎重，绝对不能将搅屎棍子那样的人弄进来，成事不足，败事有余，你说是不是？这件事，咱俩都操点心，只要有合适的人选，就马上招进来，没有合适的人，宁可继续等，也不能病急乱投医，你说是不是？夏睡莲说，那好吧干爹，我知道了。夏睡莲哪里知道，郭耀祖根本就不打算招人。

  郭耀祖和夏睡莲相处得很好。夏睡莲对郭耀祖很爱戴，很孝敬。郭耀祖对夏睡莲母子很关心，很呵护。尤其让夏睡莲感动的是，夏睡莲每天带着儿子亮亮来上班。亮亮很调皮，喜欢玩水，喜欢摆弄开关，常常会将诊所的小东小西弄坏了，有时还会带着几个孩子来诊所捉迷藏，弄得诊所很不安宁，这让夏睡莲特别闹心和不安，但又拿儿子没办法。对于亮亮的这些作为，郭耀祖始终十分宽容，简直就是视而不见，充耳不闻，就像什么也没发生一样，从来没对孩子进行过阻止。夏睡莲对郭耀祖说，这孩子真淘，干爹该训您就训。郭耀祖却说，训啥训，谁叫他是个娃娃呢？等人家长大了，想让人家淘，人家也不淘了。还有，夏睡莲来诊所上班后，郭耀祖给她的工资和县医院的护士长一样高，这让夏睡莲十分感激和满足。除此之外，郭耀祖还动不动会给夏睡莲一些零用钱，会给亮亮一些零花钱。今年九月亮亮上学报到那天，郭耀祖拿出钱交学费，夏睡莲说，这怎么行。坚决不收郭耀祖的钱。郭耀祖说，亮亮是我的干孙子，他上学报名，我这个当干爷爷的不应该给孩子出点学费吗？在平时，郭耀祖将收回来的钱，就那么随手放在抽屉里，从来不上锁，这让夏睡莲好生为难，几次提醒郭耀祖将抽屉锁起来。郭耀祖说，诊所就咱两个人，你让我将抽屉锁上，那我是锁谁呢？让我锁你夏睡莲吗？你干爹做不出来哩。那抽屉里的钱，想用你就随便用，用完咱们再挣嘛。不过，夏睡莲也明白，虽然郭耀祖年纪大了，两个人又是以父女相称，相互间也十分信任，但毕竟一男一女长期在一块相处，总会有些不太方便。随着时日的推移，夏睡莲也听到了有关郭耀祖在生活作风方面的闲言碎语，有时偶尔也发现郭耀祖在静静地看着她，这让夏睡莲心里有了警惕。郭耀祖一直劝夏睡莲工作太晚了，晚上就歇在诊所里，夏睡莲对这点特别在意，无论郭耀祖怎么留，怎么劝，无论工作到多晚，她都要和儿子一起回家睡。夏睡莲来诊所好久了，外边对于这一对干父女，没有任何不好的说法。人们开始说，郭耀祖年纪毕竟大了，六十随心所欲不逾矩，真正成一个好大夫了。

　　来诊所一年多之后，夏睡莲开始张罗着给自己找对象了。夏睡莲不到三十岁，美丽得就像一朵花。自从来到郭耀祖诊所里，既有工作又有收入，人一下子变得比以前更加鲜亮了，因此来诊所给夏睡莲提亲的人分外多。到了这时候，夏睡莲也觉得，丈夫过世早过三年了，按照当地的风俗，自己是可以找对象结婚了。如今自己工作稳定了，儿子上学了，手头儿和心里也没有什么大的事情了，趁着自己还年轻，给自己找个对象把婚结了，也算将一桩大事了结了。夏睡莲将自己的想法告诉了郭耀祖，郭耀祖听了很惊讶也很焦急，但不好说什么，却随口应付道，睡莲你想得对，现在确实该找了，不管拖多久，这个问题总得解决是不是？趁你还年轻，抓紧把事情办了，办了干爹也就了了一桩心事啦。你要是把对象找好了，干爹给你办个热热闹闹的婚礼，体体面面把我的干女嫁出去。

　　夏睡莲之所以下决心办这件事，是因为给她介绍的对象中，有几个人条件还不错，想来想去，夏睡莲不想错过这个机会。其中一个对象是为川县革委会办事组的骞组长，"文革"前担任过几个月县委组织部副部长，人很精明，能力也很强，在运动中没有站过队，属逍遥派。革委会成立后担任了四大组之一的办事组组长,年龄还不到四十,是个很有前途的人物。媒人将夏睡莲和骞组长凑在一起见了一面,骞组长说,他爱人几年前得急性胰腺炎去世了,有个女儿在县中上初中,如今国家形势和自己的工作都稳定了,就想将这个问题解决了。夏睡莲也将自己的情况进行了介绍,觉得骞组长这个人文质彬彬,长相也端正,浓眉大眼高鼻梁,像个领导干部,是个不错的丈夫人选,就是个头儿稍显矮了点,但这不影响大局,一见面夏睡莲就表态同意了。骞组长也被夏睡莲的身材和容貌征服了,同样没打绊磕当即表示同意了。

媒人说,我还有一点事,出去办一下,你们先聊着。安排两个人单独谈了一阵话。让夏睡莲没有想到的是,就在媒人离开后,骞组长嘴里说着话,突然将夏睡莲抱住亲起来。夏睡莲开始吓了一跳,觉得一个堂堂的领导干部,八字还没见一撇呢,怎么就搂着人亲开了。夏睡莲想拒绝,但对方的攻势太有力道了,不一会儿夏睡莲就放弃了抵抗,两个在几年前失去配偶的男女,不可遏制地热吻了起来,这时候骞组长就在夏睡莲的腰间乱摸乱撅了起来,夏睡莲也不想再矫情什么了,嘴里哼哼着任凭骞组长对她爱抚着。谁知这时候,媒人忽然回来了,两个人只好意犹未尽地分开来。从见面的屋子出来后,夏睡莲决定嫁给骞组长了,心想,如果没啥绊搭,干脆很快把婚结了去。

夏睡莲回去将这件事告诉了郭耀祖,郭耀祖只觉得一阵头重脚轻兼头晕眼花,真的拿这个干女没有办法了。当天晚上,想到夏睡莲就要离开自己了,郭耀祖忍不住默默地流下了眼泪,直到半夜才止住了哽咽。郭耀祖一个晚上没睡着,不停点地琢磨着这件事,想到天明时,郭耀祖终于把事情想好了,那就是,他要搅黄夏睡莲和骞组长的这桩婚。

第二天下午,郭耀祖对夏睡莲说,他要出去给县革委会赵副主任号个脉,时间不长就回来了,要夏睡莲在家守诊所。郭耀祖之所以这样做安排,是不想在他离开诊所后,情热心急的夏睡莲也离开那里,去和她心仪的骞组长约会。郭耀祖径直来到了县革委会办事组,对那里的工作人员说,他要见见骞组长。骞组长很快接待了郭耀祖,笑着说,是郭老先生啊,怎么想到来我这里啊?遂将郭耀祖领到自己办公室。骞组长给郭耀祖倒了杯茶水,两个人坐定,骞组长说,郭老先生找我,有什么事情,请说吧。郭耀祖沉吟了一下，单刀直入地说道，我是无事不登三宝殿。听说骞组长和我干女儿睡莲正在搞对象，有这回事吗？骞组长稍微愣了下，随即笑着说，有这么一回事，睡莲告诉我了，她在郭老先生的诊所上班，将郭老先生叫干爹。停顿片刻，又说，待日后我们成了婚，您老人家也是我的干爹啦。郭耀祖没有笑，想了想说，我来找你，是想告诉你一件事情。骞组长说，什么事？请直说。郭耀祖说，那我就直说了，骞组长听了不要上火。其实呢，夏睡莲不单单是在我的诊所上班，不单单是我的干女儿，其实我们两个已经同居好久了。啥？你说啥？骞组长突然从沙发上站起来，急道，同居？你们同居？你们究竟是怎么回事？郭耀祖平静地说，同居是怎么回事，你不知道吗？其实我和夏睡莲就差领本儿了，只是前两天为着一件小事拌了几句嘴，她就张罗着找对象了……

　　骞组长不再吭声了，默默地在沙发上坐了下来。郭耀祖说，我对你说这话，是觉得我跟她既然同居过，就应该把实情告诉给你，县革委会赵副主任和我是老朋友、老交情，你又是赵副主任的部下，怎么说都不应该在这件事情上瞒你。当然，我已经老了，睡莲要和你结婚，这我也不会反对，睡莲还很年轻，该给自己成个家了。我给你说这些话，是要你对这件事情做认真考虑，如果你仍然要和睡莲结婚，我举双手赞成，还会给你们办一个热热闹闹的婚礼，把我的干女儿嫁出去。骞组长一直没再说话。郭耀祖站起来，说，骞组长，我的话说完了，我该走了。骞组长仿佛恍然惊醒了过来，说，好好好，谢谢您告诉我这些事情，郭老先生，您慢走。

　　第二天，媒人找到夏睡莲，告诉她，她和骞组长的事情，好像骞组长他爹他妈还没有最后想好，骞组长让我告诉你，你们这件事，缓缓再说吧。夏睡莲一听就急了眼，急切说道，为什么？这究竟是怎么回事？媒人说，你看你，甭急嘛，我也没说什么呀，只是骞组长让我转告你，你们的事情，他还要征求一下他爹她妈的意见，缓缓再说，并没有说不成了呀。说完就离开了。夏睡莲马上找到县革委会办事组，想见一下骞组长，可连续等了一个下午和一个早晨，都没有见到骞组长的人影。夏睡莲知道事情泡汤了，回到诊所大哭了一场。此后回到家里，在床上躺了一个星期，没来诊所上班。

九十四

　　第八天，夏睡莲来上班了。她的情绪一落千丈，整天价只是默默地埋头做着自己的事情，不和任何人说一句话。郭耀祖问她一句，她回一句，脸上始终见不到一丝丝笑容。到了下午，来就诊的人少了，趁着没人的空，郭耀祖问道，睡莲，你是怎么了？是不是与骞组长的事情有变化了？夏睡莲不吱声。郭耀祖说，婚姻这事情讲的是缘分，有缘没分的事常有，缘分没到不要硬去强求。夏睡莲还是不说话。郭耀祖说，那个什么骞组长，我也不是没见过，也就那么一个人嘛，一般般的劲大，不知道是装拽呢，还是真的是个睁眼瞎，整天价脸上扣一副眼镜，看东西跟个瞎子差不多，尤其那个子，简直就是地锤一个嘛，踮着脚尖还没有我的肩膀高。男人，长相倒在其次，最不能少的就是必须有个拿得出手的好个头儿。那个人，要我说，他根本就配不上你，不值得你留恋。夏睡莲低着头，好像没听见似的，坐在椅子上一动不动。郭耀祖说，睡莲，听干爹的话，将那个人忘了去！没想到这件事会让你如此难过。放心吧，从今天起，干爹将诊所的事情放在二上，将你的婚姻大事放在一上，由干爹亲自出面，托县革委会赵副主任一圈朋友，大家伙四面出击，不信给我们睡莲找不到一个胜过那个骞组长的对象。郭耀祖接着说，此外呢，我还要给赵副主任反映这个骞组长，说他欺骗我家睡莲的感情，让赵副主任严肃批评他，最好能处理他一下，给我们睡莲出了这口恶气……郭耀祖说了许多话，他的话终于将夏睡莲打动了。夏睡莲抬起头，郭耀祖看到了一张可怜兮兮、泪流满面的俏脸。郭耀祖轻声说，睡莲，听干爹的话，好吗？这时候夏睡莲一下子抱住郭耀祖，无限伤情地痛哭起来。郭耀祖轻轻拍着夏睡莲的肩头，嘴里不断说道，甭哭了甭哭了，婚姻嘛，哪有一次就能说成的？好事多磨，慢慢来，干爹一定给你把这个问题解决好。郭耀祖的这些话，让夏睡莲哭得更难过、更厉害了。夏睡莲叫了一声，干爹啊，我该怎么办啊？再次无限伤情地饮泣了起来。

这件事情，无情地打击甚至击垮了夏睡莲对于建立自己爱情和婚姻的信心，却从另一方面有效增加了夏睡莲对郭耀祖的依赖和信任。夏睡莲觉得，干爹对她的关心，那才是真正的关心，这样的干爹，才是她可以信赖和依靠的好人。在此后的日子里，夏睡莲的话比以前少了，认真地做着自己的事情，郭耀祖一边小心地开导和关照着夏睡莲，一边不断委托他熟悉和信任的人，张罗着给夏睡莲到处找对象。

有一天下午，突然刮起了大风，不一会儿乌云密布，电闪雷鸣，接着下起了雨。雨越下越大，很快成了暴雨。这场雨是为川县城几个月来最大的一场雨，先是半个小时的暴雨，接着是中雨，不到两个小时，整个县城街道全被雨水淹没了。街上的行人走不动了，汽车开不动了。直至吃晚饭时，雨虽然变小了一些，但仍在不住点下着，街面上的积水依然没有退去，被大雨大风破坏的一些路灯，还没来得及修复，街道一片黑乎乎的。晚饭后，街上几乎没有什么行人了。

这时候，夏睡莲打算回家去。郭耀祖想了想，没有劝阻，说，要回那就赶紧回吧，我送送你。郭耀祖腿不好，拄了根拐杖，拿了手电筒，夏睡莲一只手拿着手电筒，一只手紧紧拉住亮亮的手，三个人撑着两把雨伞，一起走出诊所的大门。看到黑乌乌的天和黑乌乌的地，黑暗中偶尔还闪烁着不知道从什么地方透过的一丝丝亮光，头上还唰唰地下着雨，亮亮首先胆怯了，说，妈，我怕，咱们不要回了好不好？夏睡莲说，亮亮别怕，这不是有妈妈和爷爷陪着你嘛，大男子汉怕什么？明显感到亮亮坠着身子不愿意走。郭耀祖将手电光打在亮亮前面，说，亮亮别怕，听妈妈的话，照着爷爷和妈妈打的亮光往前走。你记得吗？现在走的这段路，就是诊所前面的那条路，只是晚上天太黑，看不见就是了。别怕也别急，一步一步走稳当，肯定没问题。

就在这时候，夏睡莲的脚忽然闪了一下，忍不住哎哟了一声。郭耀祖急忙问，睡莲，你怎么了？夏睡莲嗫嗫着说，一只脚踩在下水井箅子上的缝隙了,崴了一下。郭耀祖将手电光照在箅子上,说,要紧吗?夏睡莲说,没事,脚已经取出来了。三个人继续慢慢往前走,他们小心地穿过马路,来到了对面的人行道上,夏睡莲嘘了口气说,现在路好走了,要不干爹你回去吧,让我和亮亮慢慢走……

话刚刚说完,只听郭耀祖说了声,我的老天!咕咚跌倒在了地上,接着还滚了几滚,将身子落在了大街边的小水沟里。夏睡莲放开亮亮的手,说,不要动。立即上前去拉郭耀祖。这时她看见,郭耀祖是让一个竖在街边的大邮筒撞倒的。当夏睡莲摸到郭耀祖时,郭耀祖已经浑身是泥水了。夏睡莲心里闪过了一股内疚,说,干爹,你怎么样了?郭耀祖呼呼地喘着气,说道,他妈的碰到啥东西了?这人到了晚上,就跟瞎子差不多了。说着努力地往起爬。夏睡莲说,要紧吗?郭耀祖笑了一下说,没事,还能动弹。夏睡莲想,还走吗?又想了想说,干爹,你还是回去吧,让我和亮亮慢慢走。亮亮叫道,不,我不走了,我怕!夏睡莲说,听话亮亮,别喊。郭耀祖说,你娘儿俩就这样走回去,我不放心,我还是得送。夏睡莲犹豫了,站在大街上想了一阵,说道,那好吧,今晚不回了,回诊所吧。

这时候,唰唰下着的小雨突然又变大了一些。见夏睡莲这样说,郭耀祖也说,这样也好,这不是雨又下大了吗?其实走了这一阵子,并没走出去多远,剩下的路还长着呢,小心路上把亮亮跌了,干脆回诊所吧。三个人又摸回了诊所。夏睡莲看见,郭耀祖浑身是泥水,他正好滚在了一家饭馆前面经常倒泔水的沟口上,身上还能看出油花花的脏物、能闻到油烟和调料的味道。夏睡莲带着歉意说,干爹赶紧把衣裳换了。郭耀祖去了自己屋里,换了一身干净衣裳,然后去另一间屋子拾掇了一下,回到了前厅,对夏睡莲说,今晚不是我留你,是老天爷不让你娘儿俩走了,我把那边屋子拾掇了一下,你跟亮亮凑合睡一宿吧。夏睡莲怀里抱着已经瞌睡的亮亮,坐在电灯下面轻轻地摇着,好像没有要动身的意思。郭耀祖说,睡莲你是不是想坐到天明?我找了几件我的干净衣裳放在那边屋子了,赶紧去把衣裳换了,洗洗睡觉吧。夏睡莲浑身的衣服差不多已经湿透了,她看了一眼郭耀祖说,睡的地方我知道,干爹你先睡,我马上就去睡。听夏睡莲这样说,郭耀祖没吱声,顿顿神说,那我去睡了,厨房有热水。说完去了自己的屋子。

郭耀祖将灯灭掉，躺在自己的床上，怎么也睡不着。他没有将门关严实，故意留了一条细缝子，他要听夏睡莲的动静。诊所的时钟响了十二下，郭耀祖听见，夏睡莲这时离开了前厅，她先将儿子送到了那边屋里，又走回去将前厅灯关掉，自己也进了屋。郭耀祖听见，夏睡莲小心地将屋门插上了，时间不长，屋里的灯光就熄灭了。郭耀祖想，那么爱干净的人，怎么也没洗一下就睡了？一切陷入了寂静。郭耀祖一点瞌睡也没有。他觉得，今晚是个难得的机会，他不想将这个机会白白放过，经过夏睡莲最近急着谈婚论嫁这件事情后，郭耀祖觉得，他跟夏睡莲之间的事情不能再拖了。郭耀祖纹丝不动地躺在床上，两只眼睛瓷愣愣地望着屋顶，心里想着不知道夏睡莲睡着了没有？是和衣睡下呢，还是宽衣睡下了？郭耀祖的心在怦怦地跳着，他不知道，今晚会不会发生什么事情？不知道今晚他能不能成功？

时间过去了一个钟头，时钟打了一点，郭耀祖慢慢地摸下床，悄然地来到院子东边的厕所附近，在一块黑暗的角落蹲下身子，撑着一把黑雨伞躲了下来，他要等夏睡莲起夜上厕所。鸡叫头遍了，夏睡莲那边始终没有啥动静，这时雨已经停住了，四周一片黑蒙蒙、湿漉漉的。郭耀祖的心突然变灰了。郭耀祖想，夏睡莲是个聪明人，她会整个晚上都在提防他。真要是那样，肯定不会上厕所了，即便真的需要上厕所，她也会让自己忍着和憋着，直至大天亮。郭耀祖彻底心灰了，他想夏睡莲一定会是那样想，也会那样做，夏睡莲决心要甩开他郭耀祖。想到这里，郭耀祖决定不再等下去。

就在郭耀祖抓起伞，打算起身回屋时，夏睡莲的屋门忽然轻轻地响了一下，那声音响得既小心谨慎又犹犹豫豫，那声音对郭耀祖来说，无异于是一声惊天巨雷，郭耀祖浑身一颤，禁不住打了一个冷战。郭耀祖听见，夏睡莲先是小心翼翼地将门轻轻拉开，然后轻轻走出屋门，立在屋门口警惕地向前后左右瞄了一圈，这才伸手将屋门轻轻合上，蹑手蹑脚地朝着厕所方向走了过来。郭耀祖听见夏睡莲充满张力的撒尿声，心想，她实在是憋不住了。就在夏睡莲立起身，无声地走出厕所，无声地走过自己身边的一刹那，郭耀祖忽然站起身，一把将夏睡莲抱住了。夏睡莲吓了一跳，旋即明白发生了什么事，她不敢出声，只是拼命地挣扎，但她的一切反抗，对于依旧高大结实的郭耀祖来说，完全是徒劳。郭耀祖将夏睡莲拦腰一扛，就那么弄到自己的屋子，直直地把夏睡莲放到了床上，摸着黑就将夏睡莲正法了。

事情做完后，夏睡莲哭着捶打郭耀祖，说，我把你叫干爹哩，你咋能干出这种猪狗事，叫我往后怎么活人啊？叫我往后怎么嫁人啊？听着夏睡莲的哭骂，郭耀祖低声下气地安慰夏睡莲，不断地给夏睡莲赔罪，说这件事只有天知地知，你知我知，咱不让他旁人知道，他人咋能知道啊？又反反复复说，睡莲我真的好爱你，那天看到你第一眼，我就打心里爱上你了，只要你答应跟我好，我这诊所从此就交给你管了，到时候你要有了合适的人，你就去结你的婚，我绝对不会阻拦你。夏睡莲虽然在伤心地哭，但事情已经这样了，哭能解决啥问题？哭着哭着声音也就慢慢地变小了。夏睡莲起身想将衣服穿上，却被郭耀祖死死地压住了手，无奈，夏睡莲只好转过身子躺在床边，再也没有理郭耀祖。郭耀祖却将一只手不断地、轻轻地在夏睡莲的身上抚摸、游走着，夏睡莲打开了他的手，可没隔多久，他就又摸来了。夏睡莲想，这老东西真不要脸。就在夏睡莲想着这句话的时候，郭耀祖突然再次朝她扑压了过来，这次比上次时间更久，也比上次力道更大。

从那晚后，郭耀祖真的把诊所交给夏睡莲管了，夏睡莲慢慢地也就不再坚持每天晚上必须回家住了。时间一久，夏睡莲觉得郭耀祖老是老了些，但也算是个有本事的人，跟上这种人不会缺吃少穿的，她甚至觉得，郭耀祖比她那死去的男人也要强过好多倍。到了这时候，郭耀祖看着夏睡莲的心思慢慢地落下了，不再一颗豌豆心上下翻滚了，就给自己说，真心善待人家吧。从此对夏睡莲更加地好了。

有一天，夏睡莲问郭耀祖说，死鬼，我问你一句话，难道我这辈子真不嫁人了？郭耀祖说，只要干女儿能找到比你干爹更好更有本事的人，干爹绝不反对你嫁人。夏睡莲说，死鬼，我再问你一句话，我跟骞组长那件事，究竟是怎么弄瞎的？郭耀祖眼珠子骨碌了一下，说，你这话啥意思？难道这件事与我有关不成？夏睡莲说，啥意思你知道，与你有关无关你也知道，我只想听你一句实诚话。郭耀祖拿不准夏睡莲是不是已经将事情弄清楚了，吭哧了半天，含含糊糊说，说啥呀，说到底还不是干爹舍不得你这个干女嘛，死活舍不得让你走……夏睡莲嗤之以鼻地说，你以为我不知道是你老贼戳的窝子？我夏睡莲怎么这般命苦啊？怎么遇到的总是害我的人，我这辈子算是让你死鬼害惨了！郭耀祖说，别那样说话好不好？我不就是比那骞组长老了一点吗？老一点又怎么啦？如今你也试过了，也不比年轻男人差吧？说啥呀！夏睡莲脸红了，红着脸在郭耀祖脸上狠狠拧了一把，说，真是不要脸！咋不说你那条腿？你不光比别的男人老，还比别的男人瘸了一条腿！郭耀祖嬉皮笑脸地说，腿瘸怕啥，腿瘸脑子不瘸，腿瘸家当不瘸，不就行啦？夏睡莲说，再问你一句话，你老实告诉我，为啥几十年不结婚？郭耀祖说，谁说我不结婚？我十六岁就结婚了……夏睡莲说，既然结婚了，那么婆娘呢？往下说。郭耀祖说，我那媳妇老嫌我的……行囊大，住回娘家死活不愿回来了，我有啥办法？夏睡莲忍不住笑了，说，真是这样吗？郭耀祖说，哄你是王八。夏睡莲的脸忽然又红了，说，你死鬼就是一头驴，一头关中大叫驴！郭耀祖看着夏睡莲，嘿嘿地笑了。半天说，喜欢吗？夏睡莲说，喜欢你个死！郭耀祖讪讪地说，不管怎么说，干爹爱死你了，这辈子我没有这样爱过一个女人，你信吗？说完静静地望着夏睡莲，眼睛里充满了温柔和爱怜。夏睡莲心里微微一热，说，你死鬼是只老狐狸，使手段把我夏睡莲套死了，让我年轻轻的成你笼里的雀雀了，我觉得我跟了你，这辈子不会有啥好下场。郭耀祖说，别把话说得那么难听，我是真心爱你的，说这话头顶三尺有神灵，若要骗了你，让天打五雷轰。夏睡莲眼睛忽然红了。郭耀祖说，我知道我会死在你前头，你放心，我会对你后半辈子有安排。夏睡莲说，又在骗人呀，死鬼又在骗人哩。郭耀祖说，最近我想了，如果你愿意，我打算把我孙女晓莹嫁给亮亮做媳妇，然后把诊所交他俩经管，你觉得咋样？夏睡莲怔了怔，问道，你真是这样想？郭耀祖说，看你这个人，咋不信我？夏睡莲忽然把郭耀祖抱住了，眼睛里汪着泪，含糊地说道，你真的是一个老死鬼……

就这样，在郭耀祖的说服下，夏睡莲干脆将她和儿子亮亮原来租的那间屋子退掉，搬到诊所里住宿了。

九十五

时间到了改革开放时期。

这时候,县革委会赵副主任已经当上了县长。一天,赵县长来到了郭氏惠民诊所。郭耀祖正在给人看病,看到赵县长来了,急忙站起身子,笑着说,赵县长日理万机,咋想起来我这里?当即喊出夏睡莲给赵县长沏茶。赵县长笑着说,你这诊所别人能来,我就不能来吗?如今你"神脉郭"的名声传扬开了,兴你给别人号脉,就不兴给我赵汉民号个脉吗?郭耀祖瞄瞄赵县长脸色,小心问道,真的哪里不舒坦吗?赵县长呵呵笑了一下,说,不要分心,快给病人看病吧,我喝我的茶,不影响你看病。这时夏睡莲将一只茶壶和一杯绿茶放到赵县长面前,笑吟吟地说,赵县长请用。赵县长微笑着点了下头,夏睡莲又转身忙她的去了。有赵县长坐在这里,郭耀祖心里乱乱的,急忙处理完手头儿几个病人,便将暂停营业的牌子挂在了诊所大门玻璃里面的把手上,将大门关上、门帘拉上。郭耀祖这样做,坐在椅子上的赵县长一边看着,一边喝茶,也没有阻止。郭耀祖给自己斟了一杯茶,对赵县长说,去里面屋子,还是在这里坐?赵县长说,就这里吧,这里宽敞。看见两个男人要说话了,夏睡莲将手头儿的事情放下来,去了里面的屋子。赵县长说,最近患者多吗?郭耀祖说,多,怎么不多?晚上半夜三更也有人来找,快有些应接不暇了。赵县长说,听说你还去外地给人号脉了?郭耀祖说,是呀,名声传出去了,常有省城、市里的人来请。赵县长哦了一声,说,知道吗?你如今可是如雷贯耳的"神脉郭",名气不光大,而且越传越神了。郭耀祖笑着说,那都是瞎传,一辈子就干这件事,手熟了而已,没啥神不神的。赵县长说,可别那样说,在我眼里,在老百姓眼里,你郭老先生如今可是咱们为川县的宝贝和神神。

郭耀祖嘿嘿地笑了，说，赵县长在笑话我。赵县长正色说，这我可不是笑话你，我说的是真心话。看赵县长说话口气很严肃，不像是开玩笑，郭耀祖不笑了，起身给赵县长杯子里添上水，说道，县长找我有啥事，现在您说吧。赵县长喝了几口茶水，慢悠悠地说，今天来找你郭老先生，我可是想了好久好久了。郭耀祖静静地盯着赵县长的眼睛，听赵县长说话。赵县长说，如今改革开放了，你郭老先生能不能给咱起个带头作用？郭耀祖说，起啥带头作用？您说。赵县长说，把你的诊所整治一下。郭耀祖一惊，整治一下？赵县长啥意思，我没听明白。没等赵县长说话，郭耀祖接着诉苦道，我说赵县长啊，我老郭的情况，别人不知道，您赵县长总该知道吧，这些年我可是没少受折腾，"文革"期间诊所被迫停办了，这就不说了，就说"文革"结束前那阵子吧，诊所刚恢复起来没多久，正思谋着大干一番呢，有人又说我是资本主义的黑尾巴，必须得割掉，稀里糊涂又给关闭了。如今运动总算结束了，诊所也总算再次恢复了，您赵县长又要来整治？赵县长，咱哥儿俩算是老交情了，您告诉老哥一句实在话，我这诊所究竟能办不能办？能办我就办，不能办我就彻底死了这个心，如今我也是七十出头的人了，不想折腾了，也被折腾怕了。赵县长哈哈地笑了，说，看你郭老先生想到哪里去了？我这次来找你，绝对是为了你郭老先生好，你心里别怕。国家实行改革开放，目的是要把经济建设搞上去，怎么搞上去？国家给政策了，以公有制经济为主体，以私营经济为补充，允许个体工商户和私营企业大力发展，允许他们雇工和壮大，这样一来，让一部分人和一部分地区率先富起来，发挥示范作用，最后实现全民和全社会共同富裕。你郭老先生是有文化、有技术的人，这些政策你总能听明白吧？你说说，这些政策是好还是不好？是不是对你郭老先生很有利？郭耀祖望着赵县长，半天没有说话。赵县长继续说，现在的路线和政策从根本上发生变化了，"文革"时期你的诊所是资本主义的尾巴和毒草，到了现如今，你这诊所已经成了香饽饽啦。怎么，还是不明白？郭耀祖望着赵县长，幽幽地说，好像听出了一点名堂。接着问道，也就是说，我这诊所往后再也不会遭受打击和取缔了，允许继续搞下去？赵县长说，不光允许你继续搞下去，还允许你郭老先生将诊所扩展，搞得更大一点，搞得更好一点，让你给咱们为川县发展私营经济带个头。郭耀祖的眼里突然闪出了火花，他捋了捋下巴上的白胡须，说，那赵县长您说，您有啥想法？想让我带啥头？具体说说看，看我郭耀祖有没有那个能耐。赵县长说，如今国家有了好政策，我作为为川一县之长，就想抓住国家这个政策不放松，把为川的私营和个体经济发展起来，让私营和个体经济在全县经济发展中发挥它应有的补充作用，并且能够越做越大。那么，怎样才能推动私营和个体经济发展呢？郭老先生你知道，虽然国家给了政策，但目前绝大多数人还是不明白，不理解，都还在观望。为了打开这个局面，思来想去，我就想在这方面树立一面旗帜，用这面旗帜号召和带动大家共同行动起来。这面旗帜，就应该是你郭老先生。郭耀祖笑了，笑着问，为什么就应该是我呢？赵县长说，因为你郭老有这样几个条件，一、你有诊所这个现成的事业打底，不像更多的人是白手起家；二、你有这个经济实力，我不相信你至今还是个无产者；三、你郭老先生有文化，有胆识，你不是那种战战兢兢胆小如鼠的人；四、你是北京老首长的朋友，你应该为老首长在新的历史时期争一口气。郭耀祖是个听不得三句好话的人，赵县长的话，让郭耀祖听得脑袋发热脸上发红了。郭耀祖问，不知道老首长如今怎么样了？常让人挂念。赵县长说，老首长恢复工作了，身上担着很重的担子。郭耀祖说，真的吗？赵县长微笑着没说话。郭耀祖说，我没有县长您懂得多、看得深，不过我也能感觉到，现在的政策确实好，有啥话您尽管说吧，只要是给您赵县长撑面子的事，我郭耀祖肯定会干。赵县长笑着说，我就喜欢郭老先生这样的性格，快人快语。郭耀祖有点不好意思，说，这种性格不好，一辈子都是冒失鬼，如今老了还是改不了。赵县长说，都这么大年纪了，还改什么呀。改了就不是你郭老先生了。郭耀祖嘿嘿地笑了，说，山水易改，本性难移，想改也改不掉啦。县长您说，究竟您想让我做什么？我绝对听您的。赵县长说，想让你把你的积蓄拿出来，不够用的话，再从银行贷些款，将你这个小诊所扩建成一个大医院。啥？郭耀祖眼睛一下子瞪大了，几乎是喊道，县长，您再说一遍。赵县长笑着一字一句地说道，只要你愿意，我会支持你，帮你在县城找一块好地皮，帮你从银行贷一笔款子，帮你找人做一个设计，帮你找一个建筑队，帮你在为川县建成第一家私营医院，给你神脉郭一个更大更好的发挥医疗技术的平台，你觉得怎么样？郭耀祖忽地从椅子上站起身，由于起得太猛了，身子没站直右腿闪了一下，整个人就跟着晃了一下。赵县长立即起身将郭耀祖扶住，郭耀祖却一把将赵县长抱住，叫了声，赵县长……竟忍不住流下了眼泪。郭耀祖的举动，将赵县长吓了一跳，他扶着郭耀祖，让郭耀祖在椅子上坐了下来。小心地问，郭老先生你怎么啦？郭耀祖自觉有些失态，掏出手绢擦了擦眼睛，有点不好意思地说，我这个人就这样，老了老了还容易激动，让赵县长见笑了。赵县长微笑地看着郭耀祖。郭耀祖说，赵县长，您刚才说的那些话，可都是真的？赵县长说，当然是真的。郭耀祖说，我听明白了，也完全同意。为啥我那么激动，赵县长？先甭说，您想让我起啥带头作用了，单从我郭耀祖个人来说，能在我手里建成一个大医院，不光是我这辈子的梦想，也是我去世的爹跟爷爷几辈人的梦想，一个看病先生，没有谁不想把他的摊摊搞大。如今听了您赵县长一席话，我完全明白了，您赵县长就是我郭耀祖等了一辈子的大贵人、大恩人。好了，赵县长，今天这件事就算说定了，您赵县长怎么说，我郭耀祖怎么做，一定将这个医院建起来，建成咱们为川县乃至渭北地面上最大的私营医院。赵县长也站立起来，紧紧握着郭耀祖的双手使劲地摇着，说，谢谢郭老先生，谢谢你的胆量和勇气。接着又说道，我再说一句，这个医院将来依然是你郭老先生的私人财产，我赵汉民只是支持你将医院往起建，这句话你听明白了吗？郭耀祖笑着说，听明白了，赵县长您尽管放一百个心，相信郭耀祖不是个尿人，只要有您赵县长支持我，给我一点心劲就行了，我自己的事情自己办，绝不会黏住国家不放手，不会让您给我花国家的钱。赵县长忽然哈哈大笑了，指着郭耀祖说道，你这个郭老先生呀，真是一个精明人。

九十六

赵县长离开后，郭耀祖呆呆地坐了一阵子，对夏睡莲说，小宝贝，咱们要干大事啦！夏睡莲看看郭耀祖，笑着说，赵县长到诊所来了下，你又激动起来了，不知道自己姓啥叫啥了？郭耀祖说，真的干大事啦，天大地大的事。你知道赵县长来诊所干什么？夏睡莲说，甭神神叨叨了，啥天大地大的事？郭耀祖说，赵县长要咱们建设一座私立医院，你说这事大不大？夏睡莲有点蒙，说，私人医院？啥私人医院？郭耀祖说，就是把咱这个小诊所，扩建成一个大医院，仍然属于咱自个儿的。啊？夏睡莲一惊，真的吗？郭耀祖说，赵县长亲口说的，还能有假。夏睡莲呆呆地看着郭耀祖，不说话。郭耀祖说，其实我也想过多次了，一个破诊所开了关，关了开，坎坎坷坷二十好几年，到如今还是这么个小摊场，死，死不了，活，活不旺，既豁不起风，又翻不起浪，不知道往后的路该怎么走。今天赵县长这么一说，把我心里这个疙瘩一下子给解开了。夏睡莲说，看把你激动的，难不成你真的想建这个医院？郭耀祖说，当然，开个小诊所有啥意思，建一个大医院，那该有多好！夏睡莲说，好是好，可那容易吗？你这个人，还像个没经事的骡驹，听不得主人手里的料勺响，快甭做梦了好不好。郭耀祖说，这咋能是做梦？明明是赵县长亲口说的嘛。再说了，即便是做梦，我也要把这个梦做下去。夏睡莲说，好，你做吧，可钱呢？建个医院得多少钱，你手头有多少钱？郭耀祖说，手头也有不少啊，二十多万呢。夏睡莲说，二十多万就想建个大医院啊，五十万恐怕垫个底也不够。郭耀祖说，赵县长说了，钱不够他帮咱从银行贷，只要我愿意干，地皮、资金、设计、施工，他保证支持我、帮着我。夏睡莲说，贷款将来咋还你想过吗？难不成让亮亮和莹莹一辈子替你老家伙还账？再说了，将自己二十万块钱投进去，打了水漂怎么办？郭耀祖说，唉，你这个小女女，前怕老虎后怕狼，照你这样想，啥事也干不成了。看郭耀祖不高兴了，夏睡莲说，我还不是为你好。我也想把小诊所变成大医院，可那是说一句话的事情吗？你就不怕有啥闪失？反正我把该说的话说了，听不听在你，大主意你自己拿，这事别再问我了，我听着害怕。看夏睡莲这样说话，郭耀祖走过去将夏睡莲抱住，夏睡莲急忙闪开来，大惊失色地叫道，想死呀，大白天！郭耀祖嘿嘿地笑了，说，这件事情我已经红口白牙应承人家赵县长了，翻驴日鬼，不是我郭耀祖干的事情。宝贝，你放心，相信你干爹的能耐，这个医院我一定要建起来。见郭耀祖这样说，想到这么大个事情压在一个七十岁老人身上，也难为他了。夏睡莲示意郭耀祖到检查床跟前来，拉上帘子在郭耀祖脸上亲了几下，软软地说，我当然相信你，这个医院你一定能建成，我夏睡莲没有啥本事，到时会尽力帮着你。夏睡莲的话，让郭耀祖眼眶热了，一把搂住夏睡莲的腰，将夏睡莲压在检查床上，说，宝贝，我要。夏睡莲咯咯地笑着说，快放手，要你个死！

　　自那天后，郭耀祖便将夏睡莲一个人留在诊所，把诊所变成了一个药铺，不管看病只管卖药。在赵县长和县计委、城建局、卫生局及建设银行的支持下，郭耀祖跑立项，跑贷款，跑买地，跑设计，最后由县建筑公司具体承建。施工开始后，郭耀祖日夜待在施工现场，完全成了工程监理，检查、发现、解决施工当中出现的各种问题。郭耀祖的作为，让为川县城的人们看傻了眼，都觉得这个老家伙大概犯神经了吧，听说光资金就从银行贷了几百万元，眼看就要入土的棺材瓢子啦，胡跳腾啥呀？

　　这期间，夏睡莲虽然还在诊所卖药，却也把主要心思操在了工地上，想方设法将一天三顿饭做得好好的，做好后骑着车子给郭耀祖送去，保证郭耀祖每顿能吃上热乎的饭菜。夏睡莲的作为，让为川县城的人全看到了。到了这时候，夏睡莲想，谁想咋看就咋看吧，谁想咋想就咋想吧，郭耀祖这个瘸腿老疯子，就是我夏睡莲的男人，我夏睡莲不能没有他，不能把他累坏了、累垮了，更不能把他累死了。但外面的人终究看不明白，这个夏睡莲，到底是郭耀祖的啥人，是护士？是干女？还是郭耀祖的女人？慢慢地，人们见怪不怪了，也就不想了不看了。觉得郭耀祖和夏睡莲，这一老一少一男一女两个人，狗皮袜子没反正，也就是那么一个狗屁倒灶的事情了。

　　经过一年时间的准备和施工，郭耀祖的医院终于竣工了。这个坐落在为川县城北大街繁华地段的六层楼房，虽然不是很高大很宏伟，建筑面积只有六千平方米，却设计新颖，给人耳目一新的感觉。尤其是，医院购买安装了当时在县乡医院还很少见到的B超等一批现代医疗设备，大大提高了医院的诊断和医疗水平。

　　医院落成后，为了起名的问题，郭耀祖和赵县长起了争执。郭耀祖起的名字是：为川县郭耀祖中医医院；赵县长起的名字是：为川县现代医院。郭耀祖说，医院名字必须带郭耀祖几个字，最少也得带个郭字，这是对他死去的老爹和爷爷的回报。赵县长说，郭耀祖几个字不是不能带，只是带上这三个字，就显得这个医院小气了，从前的诊所，带上主人姓氏无妨，因为它本来就是个小诊所，如今情形大变了，变成了一个正规的医院，而且是有一定规模的现代化的中西医结合医院，你那些医疗器械，有几个是中医用的，不都是西医吗？单纯叫中医医院，想看西医的人就不会来了。还那样叫，合适吗？

　　两个人在诊所里争得面红耳赤，夏睡莲实在听不下去了，端着茶壶走到屋子里，朝赵县长笑笑，一边倒茶一边正色说道，干爹虽然年纪大，也不能倚老卖老是不是？想想你这个医院是怎么建成的？没有了赵县长，还能有你这个医院吗？还能有你郭老先生的今天吗？夏睡莲的几句话，让正在争执的两个人一下子怔住了。郭耀祖茫然地望着夏睡莲，半天说了一句，那你说说，叫啥名字好？夏睡莲说，照我的想法，就叫为川县现代医院好，到时候，让赵县长把这几个字亲笔写到医院招牌上，镶到医院大门上，还不给你这个小医院增色？郭耀祖怔了怔，脸忽然红了，用手拍打着自己的脑袋不断说，你看我这个人，你看我这个人，有时就犯糊涂了，睡莲说得有道理，就按她的话办吧。赵县长一看是这样，又赶忙摇着手说道，使不得，使不得，名字可以这样叫，可字我不能写。郭耀祖正色说，怎么就使不得了？你想让我起带头作用，我给你起了。如今我想让你给我写几个字，你能不给我写吗？只有你写了，我这个带头作用不是更大吗？

赵县长笑了，笑着说，我那字太臭，拿不出手嘛。郭耀祖笑着说，领导的字再臭，那也是香的，就这么办啦。

医院开始施工后，按照预订的方案，由县计委和县医院协助，郭耀祖给医院招聘了包括三十六名中西医大夫在内的五十八名各类工作人员，由夏睡莲带领，前往县医院提前进行了为其三个月的培训。医院建成后，明确了院领导人员：由郭耀祖担任院长，由招聘的一名退休副主任医师担任业务副院长，由夏睡莲担任行政副院长兼财务室主任。同时，对所有员工确定了工作岗位，正式开始了医院的试运行。

一九八五年十月，试运行了半年的现代医院正式开业了。郭耀祖将其父亲郭德存罹难的那一天，作为了医院开业的日子。这件事情他没有告诉任何人，包括夏睡莲。

开业那天，县上的主要领导都来了，商业、卫生部门和各医疗机构的领导，以及帮助过郭耀祖的单位领导和工作人员都来了，更多的则是一些个体工商户和私营企业主，都纷纷前来祝贺、看热闹。大大小小的花篮，在医院大门两旁摆了好几排，熙熙攘攘的人群挤满了医院大门前面不大的广场。

典礼开始后，首先由赵县长讲话，他代表县委、县政府对现代医院的开业表示热烈的祝贺，尤其对郭耀祖老骥伏枥、志在千里，敢于行他人之先，敢于开拓创新的精神，表示了高度的赞赏和肯定，号召全县人民和私营工商业者，向七旬老翁郭耀祖老先生学习，认清形势，放下包袱，敢想敢干，勇于创业，努力把为川的私营经济这一块做大做强，为为川县的经济和社会发展，做出积极的贡献。

随后，鞭炮响起，锣鼓齐鸣，在一片欢呼声中，县委书记和赵县长共同为医院揭了牌，牌子上的字打眼一看，明显不是专业书法家写的，而是赵县长那一手如同他的钢笔字体的毛笔字。然后分别由医疗单位的代表和私营企业的代表，做了热情洋溢的发言。

最后，郭耀祖做了慷慨激昂的发言。这天，郭耀祖第一次穿上了一身挺括的深蓝色西装，一头银发梳理得纹丝不乱；这一天，他将蓄了几十年的胡须剃掉了，除了腿依然瘸外，整个人精神焕发，神采奕奕，给人一种器宇轩昂的感觉。郭耀祖站立在麦克风前面,半天没有说话,激动的心情久久不能平复。人们看见郭耀祖的眼睛里,始终噙着一汪泪水。郭耀祖定定神,声音不高也不大,语速不急也不缓,深有感触地说道,今天,我非常非常激动。这座现代医院的建成,离不开国家政策的支持,离不开县委县政府的支持,离不开县计委、卫生局和县医院的支持,离不开所有关心它的社会公众的支持,它凝聚着在座的各位领导和朋友的心血,在这里,我要对所有支持和参与现代医院建设的人,致以深深的谢意。这时候,人们看见郭耀祖的眼圈已经潮红了,声音也哽咽起来了,他用颤抖的语调说道,今天,是实现我终生梦想的一天,也是实现我逝去的老爹郭德存先生和爷爷郭嘉树老先生终生梦想的一天。希望现代医院的全体员工,能同心同德,勤医敬业,精益求精,服务百姓,把我们这所民办医院,办成广大患者和人民群众信任的医院,为解除患者的痛苦,为谋求群众的健康,为为川县的医疗卫生事业和经济社会的发展,做出我们的应有贡献!

九十七

开业典礼结束后,郭耀祖和夏睡莲在县城金福酒楼摆了三十桌酒席,宴请了前来参加开业典礼的来宾。晚饭时,又在医院大礼堂与全院职工聚了一顿餐,餐毕两个人回到诊所时,已是晚上九点多钟了。如今诊所不再营业了,也不再出售药品了,纯粹成了一所普通民宅。两个人都累了,进门后,郭耀祖懒得洗漱,直接爬上了床。夏睡莲在洗漱,郭耀祖说,洗啥洗,还不累咋的,快上床来吧。夏睡莲说,我看你是越老越脏了。郭耀祖说,往后,说我脏可以,不许说我老。夏睡莲笑着说,老了就老了,不说老就变年轻了?夏睡莲上了床,和衣躺在郭耀祖身边,郭耀祖将夏睡莲用一只胳膊揽住,说,高兴吗?夏睡莲将头埋在郭耀祖胸脯上,说,高兴。夏睡莲摸了摸郭耀祖的脸说,累坏了吧?老东西!郭耀祖说,不累。夏睡莲说,七十多岁的人了,还干下了这么大的事情,年轻力壮的人也累坏了，能不累吗？说着眼窝就潮湿了。郭耀祖手抹着夏睡莲眼窝，说道，有你待在我身边，有你帮着我做这件事情，再累再苦我也不觉得累，真的。听郭耀祖这样说话，夏睡莲在郭耀祖脸上亲了一下，说，知道吗？只有今天你站在开业典礼上讲话那阵子，我才觉得你真的好精神，好帅气，也好年轻。郭耀祖亲了夏睡莲一下，哼了一声说道，只有今天吗？没发现你老公本来就是一个美男子。夏睡莲心里颤了一下，她是第一次听郭耀祖用这样的口气说话，默默地流下了眼泪。半天却调侃着说道，美男子是美男子，就是瘸了一条腿。郭耀祖一愣，立即在夏睡莲的腋窝胳肢起来，说，你咋这么坏，敢揭你老公的底牌！夏睡莲忍受不了痒痒，急忙抓住郭耀祖的手，咯咯地笑着说，不说了，不说了还不行吗？平静下来后，郭耀祖说，医院建成了，说不高兴那是假的，但从我内心讲，还真的不满足。夏睡莲抬起头，说，你说啥？还不满足？郭耀祖说，在我的心里，这个医院应该比现在大十倍，起码比县人民医院大一倍，可如今打眼一看，不就是一座六层小楼吗？这心里头啊，真有点不过瘾。夏睡莲说，咋能这样想？就这座小楼，没看把县长和书记高兴成啥样子了，县委书记不是亲自给你揭牌了吗？所有到场的人，没有人不向你投出羡慕的目光，还有不少人，心里好嫉妒呢。要知道，这个医院不大是不大，可他不是公家的，完全是你郭耀祖自己的，是你个人的私有财产。如今在为川城里，有几个人能拥有像你这么巨大的私有资产，你知足吧，人心不足蛇吞象！郭耀祖没说话，将脸挨在夏睡莲脸上，望着屋顶说道，你说得对，大不大也就那么回事了。干成了这件事，我这辈子的愿望就算实现了，离世时死不瞑目的爷爷和老爹也天上有知了。如今对我来说，在外面有这个医院，在家里有你这个女人，我郭耀祖这辈子满足了，知足了。夏睡莲说，这样想就对了，不要这山望着那山高，人的想望没有尽头。说完又说，你硬是让我当这个副院长，不是拿我放在火上烤嘛，我总是觉得不合适，我不是那块料，还是换掉吧。郭耀祖说，你刚才说了，这医院是咱自己的，既然是咱自己的，咱就得管理是不是？不管你是不是那块料，你是咱自己的人，你就得待在这个位位上，尤其财务这摊子事情，不让你去管，该让谁去管？让旁人去管，我能放心吗？夏睡莲说，这我当然明白。郭耀祖说，明白了就好。这个副院长，你想当，得当；不想当，也得当。既然当上了，就必须当好，当不好了我唯你是问。夏睡莲不吱声了，抱着郭耀祖静静地躺着。郭耀祖说，咋不说话？半天，夏睡莲说，我在想哩，咱俩以后不能再在一起了。噢？郭耀祖一愣，你这话啥意思？夏睡莲说，你我都是独身，我又是你的干女儿，过去咱们待在小诊所，你是大夫，我是护士，黏糊一点还说得过去。如今小诊所没了，如果继续待一起，恐怕……郭耀祖忽然生气了，说道，去他个巴子，住一起怕啥？是你想多了，还是不想要我了？夏睡莲说，我没有想多，也不是不想要你。郭耀祖说，如今不是很多单身子女就跟爹妈住在一起？夏睡莲说，人家那是亲骨肉啊，要让没有血缘关系的干女儿与干爹住在一起，成吗？郭耀祖说，不过咱俩是啥关系，为川城里恐怕没人不知道了，别矫情了好不好？夏睡莲半天说，为川城里一千个一万个人，任谁我也不顾忌，我就顾忌一个人，亮亮他已经长大了。郭耀祖不再吭声了。夏睡莲说，你说吧，咋办？郭耀祖说，要不……咱俩干脆结婚算屌了！夏睡莲摇摇头，说，不好，就让我给你当一辈子干女吧。郭耀祖没说话。夏睡莲说，只能……分开了。郭耀祖又来了气，恨声说，真她妈的操蛋！要知道是这样，就不建这个医院了，这不是自己给自己套绳索吗？夏睡莲不出声。郭耀祖良久说，分开住，你舍得我吗？以后不再管我了？夏睡莲将郭耀祖搂住，有点哽咽地说，你想我会那样吗？……其他都无所谓，重要的是你身边不能没有人照顾……郭耀祖说，去屌吧，照顾不照顾倒无所谓，重要的是得有个自己喜欢的女人一起钻被窝。夏睡莲拧了郭耀祖一把，说，胡骚情啥呢？秋后的蚂蚱，还能蹦跶几天？郭耀祖没吱声，倏忽间翻到了夏睡莲身上。夏睡莲说，快下去，那么累，又没洗，快下去！郭耀祖可不管，硬是压住夏睡莲不放手。待郭耀祖终于滚到了床上，气喘吁吁地说，还能蹦跶不？夏睡莲捶了郭耀祖一拳，嗔怨道，七十好几了，还跟个驴一样，大瞎尿！郭耀祖嘿嘿地笑了，说，我就喜欢我干女这个样子。良久，夏睡莲将手伸过来，在郭耀祖的胸脯上抚摸着，说，你说吧，往后该咋办？反正我没勇气再来这个院子了。郭耀祖想了半天，说，这样吧，把你医院的办公室搬到我隔壁或者对面，各自办公室把床支上，吃住都放在医院，到时随便住哪边都行。夏睡莲说，还想在一起啊？

一个院长，一个副院长，你脸上挂得住，我脸上还挂不住呢。郭耀祖说，就知道个面子，面子值当几个钱？说吧，得是当了副院长，想给自己找小白脸啦？夏睡莲打了郭耀祖一巴掌，说，放你的狗屁。又说，我总觉得，让底下人乱猜乱说，不好。郭耀祖哼了一声说，还想掩耳盗铃啊？以为底下人都是傻子啊？夏睡莲脸红了，说，你这个死鬼坏透透了，真不知道要你这张老脸。郭耀祖说，还记得那天我跟赵县长争论医院名称的事情吗？你当时的那个架势，那个说话的口气，把两个男人都给镇住了。你说说，那些话该是你一个护士说的吗？该让人家赵县长咋想？夏睡莲脸呼啦红了，伸手又打了郭耀祖一下，娇声说道，还不是你死鬼硬扛着不让人家赵县长，这不把我逼急了嘛，如今想起来，真不知道人家会怎么想我。郭耀祖说，会怎么想你？肯定想那干父女两个人，周瑜打黄盖，一个愿打，一个愿挨呗！夏睡莲更羞了，骂道，你个老死鬼，我一世的清名全给你毁掉了！郭耀祖嘿嘿地笑了，轻轻地在夏睡莲身上摩挲着。夏睡莲说，当初也没想好，如今将办公室都弄好了，又要往一起搬，该咋说呀？郭耀祖说，那还不好说？就说院长腿有毛病，副院长太远，商量事情不方便。

医院正常营业后，来求诊的患者比小诊所时猛增了几十倍。郭耀祖"神脉郭"的名气也越传越远了，诊室里时刻人满为患，单是托寻各种关系，慕名前来找郭耀祖号脉的人，每天下不了几十个。这些人里面，有乡下农民、普通职工、有领导干部、有有钱老板、有演艺人士、有本县的、有外地的。开始一段时间，郭耀祖不想拂患者的意，不吃饭不睡觉地给病人把脉，结果弄得自己头痛脑涨，最后还弄得病倒了一阵。到后来，有人干脆打着某些领导的名义，开着车子跑到为川将郭耀祖带走，去县里市里省里给病人号脉，医院里连郭耀祖的影子也见不到。这一来，不仅影响到了住院病人的诊断，而且再次将郭耀祖累病了。夏睡莲只好咬牙在医院门诊部门外贴出通知：郭耀祖院长门诊挂号费五十元，每天十号，挂完为止，欢迎预约，谢绝外请。如此一来，才将郭耀祖稍微地解脱了一下。医院的社会影响如此之好，是郭耀祖预先没有想到的。来看病的人增多了，医院的收入也提高了，郭耀祖是个心大手大的人，对钱财看得不是很重，就对夏睡莲说，效益这么好，是全院职工辛苦的结果，给大家多发点奖金和福利吧，调动一下积极性。这件事情传了出去，就有了现代医院职工收入明显高过县公办医院职工的说法。时间一久，就有其他一些医院的职工找熟人托门路，想把自己调进现代医院。这一来，就把这些医院惹下了，纷纷向卫生局和县政府反映，说私人医院要将公家医院挤垮了，希望政府采取措施予以制止。县委书记知道了这件事，要赵县长前去处理。

九十八

赵县长让县卫生局将县城七家大小医院，以及各地段医院的领导召来，开了一个会，让大家各抒己见反映情况。会上各医院异口同声对现代医院高福利的做法进行了抨击和指责。

县中医医院冯院长发言说，郭老先生在他们现代医院推行高收入的政策，对现代医院肯定起到了一种稳定和调动的作用，可对全县医疗系统起到了什么作用，郭老先生想过吗？我要不客气地说，现代医院的做法，开了一个很坏的头儿，搞乱了全县医疗系统职工的思想，搞乱了全县医疗系统的职工队伍，这样持续下去，职工情绪不稳定，不仅直接影响工作，甚至会导致医疗事故的发生。现实是，即便现代医院办得再好，一个现代医院能满足全县人民群众的医疗需求吗？难道为川县就只要一个现代医院，不要其他医院了吗？话说到最后，冯院长已经激动不已，愤慨难当了。

最后，赵县长讲了话。他一开口竟哈哈一笑说，在我们为川出现了这样的事情，说心里话，作为县长我很高兴。所以我要说，我们今天这个会开得很好，很及时也很必要。为什么我很高兴呢？因为，我看到了我们为川的医疗卫生系统开始引入了竞争机制。这里就不说地段医院了，在县城，除了现代医院，你们六家都是公办医院，公办是啥意思，那就是铁饭碗，那就是财政大包干，干多干少，干好干坏，人人按级别照拿自己的工资，结果没有了工作压力，没有了工作激情。如今，现代医院加入到你们的行列，他们的职工不是铁饭碗，经费更不是由财政包干，面对一圈你们这些牌子老、名气大的公办医院，他们要在社会上站稳脚跟，要得到广大人民群众的认可，要保持医院正常运行，要养活他们的职工，要从你们那里分一杯羹出来，他们能没有压力吗？能没有危机感吗？他们不拼命，行吗？不把每个职工的积极性、主动性、创造性调动起来行吗？高福利、高待遇，是他们稳定职工队伍、调动职工积极性的手段之一。只有这样，职工才会觉得他们待在这个医院值，才会觉得他们的人格和利益得到了尊重和重视，也才会爱岗敬业、努力工作。不过，我在这里要说的是，其实你们看到的仅仅是事情的一个方面，你们的看法并不全面。事实是，现代医院建立了一套很实用的激励机制和管理制度，既给了职工比较好的福利待遇，也给了他们工作目标和任务，更给了他们责任和压力。这样的机制和制度，充满了生机，充满了活力，有效地促使医院的环境水平、服务水平、医疗水平在短时期内上了一个台阶，得到了广大患者的认可和好评。这样一来，不光患者愿意去那里看病，医疗技术人员呢，也愿意去这样的医院工作，形成一种良好的循环和生动活泼的局面。在座的各位院长们换位思考一下，现代医院这种做法有错吗？当然，现代医院这些做法会对你们产生一种冲击，你们就不适应了，就坐不住了，尤其是县中医医院，可能压力会更大一些。现在的问题是，面对蓬勃发展的现代医院，你们几家医院怎么办？是视人家为对头，想方设法把人家整下去呢，还是承认竞争、接受竞争、参与竞争，急起直追，把自己的工作搞上去？这实际上是对在座的各位局长、院长的一次考验，在大是大非面前的一次考验。所以我要说，对现代医院，不管它是公办的，还是私营的，只要它是守法办院，只要它是正当竞争，只要它工作干得好，得到广大患者的认可，我们就要肯定它、表彰它、宣传它，不能因为它是一家私营医院，不能因为它给其他公办医院形成了压力，就要对它进行打压。不但不能打压它，而且要全力地支持它和保护它，使它更加健康地发展，为为川的医疗事业发展创出一条新的路子，积累更多的经验，做出更大的贡献。面对现代医院带来的竞争压力，我建议在座的各位院长，应该真真正正放下架子，组织自己的医疗和管理人员，去现代医院认真看一看，虚心学一学，把人家好的管理机制和制度学到手，问题就解决了。总之一句话，希望在座的各个医院的负责人，能够向现代医院学习，从自身找差距，通过自我整改和自我纠正，解决掉自身存在的问题。赵县长说着，突然喊了一声，郭耀祖！赵县长的喊声使所有人吃了一惊，郭耀祖左顾右盼了一下，慢慢立起来，说了声，我在！赵县长大声说，郭耀祖，你不要怕，继续努力干，大胆地往前走！希望现代医院能够成为为川县医疗卫生系统的一面旗帜，党和政府永远支持你！

这次会议，解除了公有医院对现代医院带来的压力，坚定了郭耀祖将现代医院搞好的决心，一时心里涨满着春风和得意。这年年底，在为川县领导班子换届选举中，郭耀祖被推选为县政协常委，之后，又担任了县中医学会会长、县民营企业协会副会长和为川县医疗事故技术鉴定委员会副主任委员。

这天是星期天，医院稍微安静和消停了一点。郭耀祖和夏睡莲早早起床，就医院财务管理方面的一些事情商量处理了一下，夏睡莲去进行例行的晨查了。郭耀祖按照预约，给前来看病的四个患者号了脉。吃过午饭后，郭耀祖给自己泡了一杯新茶，打算靠在躺椅上休息一下。这时候，传来了轻轻的富有节奏的敲门声，郭耀祖一怔，正了一下身子，道了声，请进。没想到推门进来的人，竟会是自己的孙女郭晓莹。郭晓莹看见爷爷一个人坐在躺椅上准备休息，甜甜地叫了声，爷爷！不由分说一下子扑了过来，立在郭耀祖身后，将郭耀祖的脖子搂住了。郭耀祖嘴里喃喃地叫着莹莹，莹莹，我的莹莹，一边手在郭晓莹手上轻轻地拍着，问道，给爷爷说说，你怎么忽然就跑来了？这个郭晓莹就是"文革"初期廖雪艳生下的那个小女儿，今年十八岁了，长得身材高挑，眉清目秀。郭耀祖有好几个月没有见到这个孙女了。郭镇豪四个子女中，前头三个娃娃已经长大成人了，老大郭必胜高中毕业后当了兵，转业时凭着一手修理汽车的本领，留在部队当志愿兵了，如今连媳妇和娃娃一起带到西北大漠军营去了。老二郭晓明"文革"中没念什么书，后来在府良县的市办煤矿当了个掘进工，踏踏实实干了八九年，一次发生冒顶事故，将左脚大拇指砸掉了，治好后定了个三级伤残，从此上班就有一搭没一搭了，一半时间在矿上混，一半时间待老家陪媳妇，其实他的那只脚，别人不留心看的话，走路跑步好像也没啥大问题。大孙女长得漂亮，初中毕业后，被牙子村一个当兵的小伙在临入伍前三天匆匆忙忙娶走了，在婆家孤孤单单待了好些年，没想到那小子居然出息了，十年工夫不到就当副团长了，也将媳妇接到大东北军营去了，如今在军队一个工厂当出纳。前头三个孙子孙女成长时，郭耀祖还年轻，整天忙着自个儿的事情，没工夫看娃娃、管娃娃和爱娃娃，与孙子、孙女没有过很深的接触和交流，孙子们都知道家里用的钱和他们上学花的钱，都是爷爷给的，其余对爷爷基本没有啥印象。唯独这个郭晓莹，从出生起，就遇到郭耀祖在家里躲运动，见天价被郭耀祖抱在怀里、架在脖子上在村里转悠，两个人有着密切的感情。郭耀祖回为川上班后，只要遇到学校放假，就会将郭晓莹带来诊所，玩到开学再回去。郭晓莹来到为川后，每次都让郭耀祖很开心，常会陪孙女一起看电影，带着孙女去商店买东西。来为川的次数多了，郭晓莹和夏睡莲母子熟识了，不但跟亮亮玩得很开心，而且喜欢上了这个小护士阿姨，常会缠着夏睡莲不离身，还会赖在夏睡莲母子的屋子里睡觉。如今郭晓莹高中毕业了，毕业后没考上大学，没考上就没考上呗，郭晓莹心里居然不着急，也不打算再考了，一度只知道在家里疯玩。今天不知道怎么了，突然坐着汽车跑来了。

郭晓莹放开了郭耀祖。郭耀祖抓着郭晓莹的两只手，望着郭晓莹水汪汪的大眼睛，笑眯眯地说，得是从天上飞下来的啊？郭晓莹也朝着郭耀祖看了半天，有些嗔怨地说，爷爷把你的宝贝女女忘了哈？爷爷医院开业这么大的事情，也不给莹莹说一声，爷爷对莹莹良心大大的不好！郭耀祖哈哈地笑了，说，对，莹莹说得对，这件事情怪爷爷，爷爷给你做检讨。郭晓莹说，我今天来这里，就是专意来看爷爷的，来看爷爷的大医院。爷爷的医院好气派、好漂亮哎，跟小诊所那真是霄壤之别啦，都把莹莹给镇住了，爷爷您真了不起。说着话在郭耀祖的脸颊上亲吻了一下。郭晓莹的话，让郭耀祖欢喜得不得了，说，莹莹真要喜欢的话，要不要爷爷带着你，在这楼上楼下转一圈儿。郭晓莹说，不要，我不要爷爷累，要转我自己会转。郭耀祖说，吃过饭没有？郭晓莹说，刚下车在街上吃过了，一碗麻辣烫，喷喷香。郭耀祖嗔道，又不听话了，给你说过不要在街上吃饭，街上的饭菜不卫生,如今医院有食堂,想吃啥爷爷叫厨师给你弄。郭晓莹说,知道了,往后来了不在街上吃饭了,莹莹就喜欢那个麻辣味道嘛。转口问,睡莲阿姨呢?郭耀祖说,大概也在休息吧,睡莲阿姨办公室就在爷爷隔壁,她如今当副院长了。郭晓莹说,这个我知道了,我要看看这个阿姨院长去。郭晓莹来到隔壁办公室门口,敲了几下门没动静,刚要转身离开时,却听见有人甜蜜蜜地叫了声,是小莹女女吗?郭晓莹转过身,看见夏睡莲笑盈盈地走过来。郭晓莹立刻走上前与夏睡莲拉上了手。夏睡莲将办公室门打开,说,莹莹几时到的?郭晓莹说,刚刚嘛。眼睛盯着夏睡莲说道,小姨今天好漂亮,当了副院长,就是跟在小诊所的护士不一样。夏睡莲突然红了脸,手在郭晓莹的胳膊上捏了下,说,莹莹笑话小姨哩,这不是越来越老了。郭晓莹叫道,呀,这个样子还嫌老?还不跟一朵花一样啊。我将来到了你这般大,不定老成啥模样呢!夏睡莲说,我们小莹天生丽质,一辈子都不会老,一辈子都会年轻漂亮。夏睡莲的话,让郭晓莹咯咯地笑了。

九十九

待在隔壁屋子的郭耀祖,隐约听着郭晓莹和夏睡莲叽叽嘎嘎的说话声,心里开始琢磨一件事。刚才郭晓莹夸夏睡莲漂亮,让郭耀祖心里暖融融的。是的,他当初没把人看错,夏睡莲真的是天生丽质的女人,跟他时二十七八岁,如今过去十年了,夏睡莲三十七八了,依然那么花枝招展和年轻美丽,尤其跟郭耀祖在一起后,夏睡莲气质越变越好了,这让郭耀祖很满意,多次在心里感谢老天对他郭耀祖的垂怜和眷顾。郭耀祖想,他爱夏睡莲,身边不能没有她,夏睡莲十年来对他更是格外地好,自己不能对不起这个可怜的女人。郭耀祖忘不了,他曾答应过夏睡莲,将来让郭晓莹跟夏亮结婚,将诊所交给亮亮去经营。夏睡莲的儿子夏亮跟郭晓莹是同年生,比郭晓莹大四个月,今年也是十八了。夏亮跟着母亲在诊所里耍大,从小受着看病抓药这方面的熏陶，逐渐喜欢上了这门营生。夏亮初中毕业后，辍学到诊所跟着郭耀祖学医了，夏亮很聪明，如今已经考下了医师资格证，能够独立出诊行医了。现代医院开业后，郭耀祖将夏亮分配在中医二科上了班。夏亮是个老实乖巧的娃娃，对母亲夏睡莲很孝敬，对郭耀祖感情也很深。逐渐长大后，对母亲和干爷爷之间说不清道不明的关系，采取了不闻不问和不干涉的态度。仅这一点，就让郭耀祖对这个孩子充满了心疼和感激，决心帮助夏睡莲将夏亮的未来安顿好。孙女莹莹打小常来诊所住，跟夏亮两个人是发小。因为是同岁，郭晓莹从小被娇宠惯了，时时处处显得娇气和任性，两个人玩耍时，常常是夏亮受欺负，夏亮也会时时处处让着这个小公主。这一来，一软搭一硬，两个人就很玩得来。夏亮比郭晓莹生月大，郭晓莹喊夏亮哥哥。只是这个哥哥的称谓，现实中实在无所谓，郭晓莹高兴了就甜甜地喊夏亮一声哥，不高兴了就夏亮夏亮地直呼着，生气时还会骂夏亮是呆子、是傻瓜、是笨蛋，甚至会伸手在夏亮身上练拳头。看到两个娃娃打小在一起玩，郭耀祖和夏睡莲想，只等着有一天两个娃娃长大了，把大人的打算告诉给他俩。郭耀祖对夏睡莲说，两口子，最重要的就是脾性能搭配在一起，莹莹跟亮亮，两个娃娃是绝配，天生一对金童玉女，说得夏睡莲心里乐滋滋的。今天孙女莹莹跑来了，郭耀祖想，要不要把这个意思给孙女透露一下？郭耀祖仔细琢磨了大半天，觉得机不可失，时不再来，因为两个娃娃都大了，尤其是莹莹，已经高中毕业了，如今的女娃娃又是那么大方和任性，万一弄得不好，她要给自己恋爱个对象该咋办？想到这里，郭耀祖心里似乎有点发慌，当即决定趁莹莹今天来这里，把这件事情给她挑明了。

不大一会儿，郭晓莹和夏睡莲两个人过来了。夏睡莲说，干爹，你看看，仅仅几个月没见，莹莹又长高了一截儿，人是越来越秀溜了，就是身子骨弱了点，叫人看着怪心疼的。郭耀祖说，这样长就对了，女娃娃要漂亮，就得要秀溜，先得把身条子拉出来，等到该往壮实长了，身条子还没有拉开，那终究就是一副麻袋相。郭耀祖的话，说得夏睡莲咯咯地笑起来。郭晓莹也咯咯地笑着说，当初小姨肯定也是这样长的吧，不然，怎么会有这么好的身条嘛。给人说小姨快四十了，哪个能相信啊！郭耀祖看了一眼夏睡莲，沉吟了一下问，夏亮今天上班了吗？夏睡莲立刻明白了郭耀祖的意思，说道，上了。郭耀祖说，问过他没有，上班感觉怎么样？夏睡莲说，还好吧，很正常，科主任还夸亮亮心灵手巧呢，说亮亮天生是块学医的料。郭晓莹说，亮亮哥也在咱们医院上班啦？郭耀祖说，夏亮本来已经出师了，在城关镇医院实习后，医院希望他留在那里，结果现代医院开业了，就在这里上班了。夏亮学医有灵性，将来出息个好大夫应该没有大问题。莹莹说，那就好，亮亮哥适合干这行，莹莹祝他早日成为像爷爷这样的名大夫。郭耀祖示意了一下夏睡莲，夏睡莲马上说，我有事要出去办一下，莹莹和爷爷聊吧，晚上我给咱弄饭，一家人在一起聚一聚。郭晓莹站起身，亲昵地将夏睡莲送出了屋子。郭耀祖说，莹莹坐下吧，跟爷爷说一会儿话。郭晓莹说，爷爷不去上班吗？郭耀祖说，楼上有个爷爷的诊疗室，不过这个办公室，也算爷爷上班的地方，爷爷如今是院长，莹莹忘了吗？莹莹说，哇噻，爷爷为什么不早当院长？还是当领导自由嘛。郭耀祖笑了，这是咱家的医院，一些重病大病疑难病，必须爷爷出诊才行哩，加上如今流传啥"神脉郭"，来找你爷爷号脉的人，都要将爷爷缠死了。郭晓莹说，如今的这个爷爷，才是莹莹最大的骄傲。郭耀祖笑着说，小丫头，啥时候学会夸人了？说完又说，告诉爷爷，这次跑来做啥呀？郭晓莹说，说过了，来看看咱们的医院，来看看爷爷。郭耀祖说，还有呢。郭晓莹嘿嘿地笑了，拉着郭耀祖的一只手摩挲着，调皮地说，爷爷好鬼耶。郭耀祖心疼地看着这个如花的孙女，说，有话就直说，爷爷烦着哪。郭晓莹嘟了一下嘴，说，爷爷别烦莹莹好不好？你的莹莹女女她好可怜，已经没吃没喝了，想向爷爷讨要一点饭钱啦。郭耀祖说，想要多少钱？莹莹说，不多啦，小五千。郭耀祖说，什么小五千？一个小娃娃家家的，要这么多钱干啥？莹莹说，这不是高中毕业了嘛，总不能在家里闲待吧，我得给自己学点本事，将来好找个事情干干。郭耀祖说，这想法很好，不过，别的啥也不要学了，就跟着爷爷学医吧。再复习一年，明年继续考省医科大学，将来接爷爷的班，爷爷把这个院长交给你。莹莹哼唧了一下，说，我不想学医嘛，要想找个接班的，爷爷当初就应该让我哥我姐学医嘛，哥哥和姐姐哪个不是学医的料？郭耀祖惊讶地说，莹莹，你说什么呀，你不想学医啦？莹莹说，爷爷甭生气，我不想学医咧，我想做其他的。郭耀祖不高兴了，冷冷地说，告诉我你想做什么？郭晓莹脱口说，开……酒店。

郭耀祖一下子愣住了。他静静地望着郭晓莹，不知道孙女咋忽然想当厨子做饭？郭晓莹也瞪着大而漂亮的眼睛看着郭耀祖。郭晓莹说，爷爷说话呀。郭耀祖说，让我说啥呀？你想当厨子，告诉我，这念头是从哪里生出来的？当医生既干净文明，又受大家尊敬，当厨子油渍麻花全身都是葱花油调料味儿，要多埋汰有多埋汰，为啥不当医生当厨子？郭晓莹说，什么厨子、厨子的，爷爷的思想有问题！医生和厨子，只是不同的职业，没有什么高下之分。只是爷爷你还没有弄明白，我要当的并不是操大勺那样的厨子，我的理想是开酒店，将来当个高档酒店的老板，也和你一样，是当领导呢。郭耀祖想起当年父亲郭德存虽然看病不怎么样，却无端地能够作出一手绝好的饭菜，心想，这也恐怕是基因遗传吧。郭耀祖懒懒地说，打算去哪里学？郭晓莹说，去省城，县城没有这样的培训，即便有，档次也太低，我从电视上看了个广告，省城最近有个酒店管理高级培训班，时间三个月，学费四千元，余下的一千元，是交通费和生活费嘛。郭耀祖说，不能更改了？郭晓莹说，不能更改了。郭耀祖不再说话了，打开抽屉，拿出一万块钱塞给了孙女。郭晓莹拿到钱，忽然欢乐地跳了起来，大叫了一声，哇噻！这么多啊？爷爷万岁！郭院长万岁！万万岁！喊着，在郭耀祖脸上啵地亲吻了一下。

爷孙两个又坐了下来。郭耀祖说，你这个女女真叫犟，要学就先去学学吧。不过爷爷告诉你，走到社会上和你在家里跟学校不一样，不是你想干啥就能干成啥，先去闯闯和碰碰吧，要是碰得鼻青脸肿了，再回来跟着爷爷学看病吧。听爷爷说出这样的话，郭晓莹被爷爷的疼爱感动了，眼睛里溢上了一层泪花。郭耀祖说，把钱装好，爷爷还有话给你说。郭晓莹将钱装进自己的小包包，端端地坐下来，做出一副洗耳恭听的乖乖女样子。

郭耀祖说，女女，常言说男大当婚女大当嫁，你如今已经十八岁了，眼看就要外出独立生活了，婚姻问题你是怎么考虑的？郭晓莹没想到爷爷会说出这样的话，愣怔了一下，脸一红，摇了摇头，说，没有考虑过。郭耀祖说，没考虑过也好，不过爷爷考虑过了，替你瞅了个不错的对象。郭晓莹像被蜂蛰了一般，急迫地说道，不要爷爷，我不要，我还小，我不要处对象。郭耀祖说，乱说，还小？过去你奶和你妈，不都是十四五岁就嫁到咱家了，你如今都十八了，还一句一个小，等到你觉得不小了，到那时候就来不及啦，凡事都得趁个早，晓得吗？郭晓莹说，不嘛，如今国家提倡晚婚，二十七八、三十嘟当没结婚的女娃娃遍地跑，我不想急着说这件事。郭耀祖说，你如今就要出去闯荡了，到时你万一给爷爷弄个天南地北的外地人回来，先不说他说话爷爷听不懂，让人家把你拐跑了，爷爷想见你女女一面，恐怕都难了。郭晓莹说，爷爷我真的还小，咱不说这件事好不好？郭耀祖说，胡呲啥哩？越说越来了！听爷爷话好不好？去省城培训，爷爷依你了，婚姻的事你就听爷爷的好不好？郭晓莹说，爷爷乱说啊，这种事也能交换吗？郭耀祖说，不是交换，是爷爷真心为你好，爷爷瞅的这个人，莹莹肯定会喜欢。郭晓莹没有再说话。郭耀祖说，爷爷给你说的这个人，你应该认识，你猜猜他是谁？郭晓莹嘟着嘴巴说，我不猜。郭耀祖说，他就是夏亮，你的亮亮哥。郭晓莹看了一眼郭耀祖，嘟囔道，不用猜都知道你说的是他。郭耀祖说，既然知道那就好，你俩从小耍到大，各方面般配得很很，要是夏亮他配不上你，爷爷绝对不会提这件事，不管咋样，不能让我们莹莹受委屈是不是？郭晓莹不说话了。郭耀祖说，爷爷要你一句话，行还是不行？郭晓莹想了想，摇了摇头。郭耀祖急了，说，亮亮有啥不好，啊？郭晓莹说，他很好，我没说亮亮哥不好。郭耀祖说，既然好，为啥摇头？郭晓莹不说话了。郭耀祖说，莹莹你也不要不好意思，要是你觉得没啥大意见，瞅个好日子，给你俩把婚订了怎么样？郭晓莹的眼睛一下子瞪大了，说，爷爷您怎么不明白嘛，我说夏亮好，就是要他给我当女婿啊！郭耀祖说，夏亮是在咱们诊所耍大长大的，是个厚诚人，也是个聪明人，跟一个既聪明又老实的男人结婚，一辈子不会受委屈，一辈子不会缺钱花。再说了，让你跟夏亮结婚，爷爷还有个考虑，爷爷奔波了一辈子，终于建了个大医院，将来不能没人继承啊！你跟夏亮成了亲，爷爷就把医院交给你们俩，能让你俩身不摇膀不动吃喝几辈子！郭耀祖说完话，郭晓莹许久不吱声。郭耀祖说，爷爷的话听明白没有？郭晓莹轻轻地哀求说，爷爷您别逼我好不好？我知道，爷爷对我是一片好心，亮亮哥也是个大好人，但我不知道怎么了，就是不情愿跟他结婚。郭耀祖长长地嘘了一口气。郭晓莹抬起头，眼睛里挂着泪花，对郭耀祖说，爷爷你甭逼我了，也不要把这件事情说出口，话一旦出了口，就会使大家感到难堪，我不想惹睡莲小姨不高兴，也不想惹夏亮哥哥不高兴。郭耀祖不再说话了，看得见他那脸颊两边的牙骨，在不停地嚅动着。郭耀祖已经怒不可遏了。看见爷爷生气了，郭晓莹起身来到郭耀祖身后，将郭耀祖的头抱住，楚楚动容地说，我真的很喜欢睡莲小姨，也很喜欢亮亮哥，可我不想跟亮亮哥结婚嘛。郭耀祖用低沉的声音问道，告诉爷爷为啥？郭晓莹说，我……不爱他。郭耀祖一震，说，一起耍大的，那么乖、那么灵、那么好的小伙子，怎么就不爱了？他配不上你吗？郭晓莹说，一起耍大的，就一定要爱吗？郭耀祖充满恨意地捏了一下孙女的手，说，照这么说，这个医院你也不要了？郭晓莹说，爷爷想把医院给我，我当然高兴，也当然想要。不过，如果要拿给我医院作为让我嫁给夏亮的条件，我宁可不要医院。郭耀祖心里又是一震，扭头望着孙女。郭晓莹说，感情这个事，爷爷……您老人家应该比我更懂。孙女的这句话，像一把重锤一下子砸到了郭耀祖的心窝，让郭耀祖瞬间感到如芒在背、如刀剜心，一时竟有些头重脚轻，头上冒出了一层薄汗。郭耀祖想，总觉得这个孙女还小呢，只会在自己跟前撒娇，殊不知，她完全长大了。郭耀祖心里涌上了一股悲哀。郭耀祖说，既然是这样，这件事情就甭再提了，只是今天你既然来了，睡莲阿姨晚上备了一顿饭，想让大家一起吃，就给爷爷个面子吧。郭晓莹半天不吱声。郭耀祖说，不情愿？郭晓莹喃喃地说，既然不答应人家婚姻，这顿饭爷爷觉得还有必要吃吗？这顿饭不能吃，我得马上走。郭耀祖惊讶地望着这个十八岁的倔犟女女，不知道说什么好，不知道拿她怎么办。心想，她的性情怎么跟自己一个样啊？郭晓莹说，既然这样了，我真的要走了，走前就不见睡莲小姨了，她回来后，你找个理由给她解释下。郭晓莹走到郭耀祖跟前，抱住郭耀祖亲了一下，呢喃着说，我知道爷爷一片苦心，爷爷打心里疼我、爱我，爷爷都是为了我好，可我……对不起爷爷，爷爷能原谅我吗？说着流下了两行眼泪。被心爱心疼的孙女抱着，郭耀祖听着孙女的话，也忍不住流下了无奈和伤感的泪水。

一〇〇

　　夏睡莲来到郭耀祖办公室时，郭耀祖很慵懒地靠在椅子上，歪着脖子，耷拉着眼皮，完全一副昏昏欲睡的样子。夏睡莲从里间床上取了个浴巾，搭在了郭耀祖的肩上。郭耀祖喔了一声，醒了过来。看见是夏睡莲，说，你回来了。夏睡莲说，忙了好一阵子，大事小事，提不上串子的事，多得像牛毛。郭耀祖说，这么大个医院，这么多的医务人员和看病的人，能没有事吗？如今你是常务副院长，大小事情，一应儿落你肩上了。夏睡莲说，怎么睡着了？想睡就去床上躺着，盖着被子踏踏实实睡一觉。郭耀祖说，没想睡，不知道怎么就迷糊了，老了，不顶用了。夏睡莲说，莹莹呢，我把饭订好了，就在县卫生局对面的酒店。郭耀祖哦了一声，说，莹莹有事，急着要走和我说了一会儿话，就赶班车回去了。夏睡莲说，走了？这么快？来回这么急，有啥急事情？郭耀祖说，要钱呗。夏睡莲说，要钱？要钱做啥？郭耀祖说，去省城参加一个酒店管理培训班。啥？酒店管理？夏睡莲惊讶地说道，她要学酒店管理？不学医了，不想复习考医大了？郭耀祖不吱声了。夏睡莲走出去，叮嘱一名员工将订下的饭退掉，又回到了屋里，将门合上，在一张椅子上坐下来。两个人沉默了一阵，夏睡莲小心问道，事情说过了吗？郭耀祖点了点头。夏睡莲说，谈得不顺利？郭耀祖又点点头。夏睡莲说，她不乐意我家亮亮？郭耀祖睨了夏睡莲一眼，说，啥你家我家！夏睡莲眨了下眼睛，说，难道不是吗？顿了下又说，她没说为啥不乐意？郭耀祖说，说她年纪小，眼下不想考虑婚姻问题，还能说啥。夏睡莲说，眼下不想考虑，那日后呢，日后能考虑吗？郭耀祖说，日后……没说。夏睡莲沉默了，良久问道，你没问她，究竟对夏亮有啥意见，哪一点让她看不上眼了？郭耀祖不吱声。夏睡莲说，你倒是说话呀！郭耀祖气呼呼地说，她啥都没说，一口一个年龄小，一口一个亮亮哥好，没说一句夏亮的不是啊，让我给你说啥呀！夏睡莲说，这女女，一向很乖巧听话嘛，怎么变成了这样？郭耀祖气馁地说，知道为啥我睡着了？和她说完话，她走掉了，我浑身突然一丝丝劲没有了。说不下她，着实把我气美了，又拿她一点办法也没有！子大不由父，女大不由娘啊！夏睡莲顿时蔫了，刚要开口说话，忽然传来了敲门声，郭耀祖说，请进。从门外走进了个女娃娃，夏睡莲说，张丽，有啥事？张丽手里拿着几张报销单，说，请夏院长签字。夏睡莲接过报销单翻看了一下，拿起笔在上面签了字。张丽要走时，夏睡莲说，回去给你们主任说下，有事明天再办吧。张丽点点头，离开了。郭耀祖眼睛一直跟着张丽走，夏睡莲说，这姑娘是不是很漂亮？郭耀祖哦了一声，讪讪地说，是你手下的人吧，业务怎样？夏睡莲说，卫校毕业，心灵手巧，活干得挺好，也有眼色。郭耀祖说，那就好好培养，咱们需要人。夏睡莲说，莹莹看不上亮亮，我不说啥，怎么连医也不学了，却要去学什么酒店管理？这是哪跟哪呀，全乱套了！郭耀祖说，她是那样说的，不光不愿意学医，不想接医院的班，连这个医院也不想要了。夏睡莲说，这女子得是中邪了，耍出这么多幺蛾子，连饭香屎臭都分不清了！听夏睡莲话说得如此难听，郭耀祖不满地看了夏睡莲一眼，又将眼睛闭上了。夏睡莲说，我当初就说过，跟上你我不会有好下场，可你总在哄骗我、忽悠我，如今事情弄成这样，这不是竹篮打水一场空是啥？你说我该怎么办？郭耀祖闭着眼睛不吭声。夏睡莲流泪了，哭得格外哀婉和伤情。夏睡莲一哭，郭耀祖急了，急忙睁开眼睛，说，你倒是哭啥呀？这不是事情刚开口说嘛，咋把黄河看成一条线了？头发长见识短！看郭耀祖生气了，也晓得没说下孙女，郭耀祖心里不痛快，夏睡莲忍住了哭声，说，好好好，我都听你的，等你哪天把我卖了，我还帮着你数钱呢。郭耀祖说，我只告诉你一句，这郭家的命根如今还在我的手里攥着呢，你怕个啥？夏睡莲不和郭耀祖争执了，站起身给郭耀祖的水杯添了水，也给自己倒了一杯，端着水杯轻轻地啜饮着。郭耀祖闭上眼睛，不想理夏睡莲了。夏睡莲说，你也没想想，女女今天为啥会这样？郭耀祖睁开眼说，你这话啥意思？夏睡莲说，莹莹一直很乖巧很听话，今天主意忽然这么正，任你这个爷爷怎么劝她也不听，你不觉得这中间有啥问题吗？郭耀祖说，该有啥问题？夏睡莲说，要我说，这女子肯定好下人咧，不然的话不会说得这样绝！啥？郭耀祖一下子坐起了身子说，你是说莹莹她……夏睡莲说，你自己解解吧，要是她心里没有人……郭耀祖打断夏睡莲的话说，甭乱说了，你让我想想……

　　第二天，白凤镇一个住院病人家属要回家里拿东西，郭耀祖托他给儿子郭镇豪捎了些吃货，也带了个话，让儿子来为川一趟。第六天，郭镇豪赶来了，一见面，郭耀祖问，是话没捎到，还是你跐畏着不想来？郭镇豪说，话早捎到了，只是这几天有些忙，是不是有啥急事情？郭耀祖哼了一声没说话。郭镇豪说，来人只说让我有空去为川一趟，没说让我立马来。郭耀祖说，到底忙啥哩？郭镇豪说，最近不是下了一场雨，玉米和棉花地里的草都长疯咧，买了些除草剂，想抓紧把草除了。另外，莹莹还要去省城，给娃得做准备……郭耀祖打断儿子的话，莹莹走了吗？郭镇豪说，走了，大前天走了。郭耀祖说，一个人走的，有没有伴？郭镇豪说，没伴，独自走的。郭耀祖说，从阿达走的？郭镇豪说，白凤镇汽车站。郭耀祖说，莹莹从为川回家后，都给你和雪艳说啥了？郭镇豪说，她说爷爷可好了，既开明又大度，大力支持她去省城学酒店管理，别提有多高兴了。郭耀祖说，还说什么了？郭镇豪说，说你要她跟夏亮订婚，她根本没想到，也没有同意。我说夏亮是个好小伙，你爷爷能看上他，肯定是百里挑一的，就应该听爷爷的话。莹莹说她还小，不想说这个事。再说了，她也看不上夏亮，根本不可能和夏亮订婚。我说你等着吧，这件事情不会不了了之的。看我这样说，莹莹就说她有对象了。郭耀祖说，她这样说了吗？郭镇豪说，说她有对象了，我和她妈立马追着她问，她又嘿嘿一笑说，是开玩笑哩，刚高中毕业，该有个啥对象？最后也没弄清到底有没有。郭耀祖不满地说，你们两口子一对狗日的，只知道在土里刨食，根本不管娃娃，莹莹如今这般大了，她的情况你两口子啥都不晓得。像你们这样做爹妈的，有跟没有一样！

　　夏睡莲将郭镇豪领着将整个医院转悠了一遍。郭镇豪说，那个诊所太小了，还是这个医院美。夏睡莲说，干爹是个了不起的人，这医院只有他能盖起来。郭镇豪说，我爹说过了，将来就让莹莹跟亮亮结婚，这是再好不过了。听郭镇豪这样说，夏睡莲脸上乐开了花，说道，能跟镇豪哥做亲家，是我夏睡莲天大的梦想。郭镇豪看着夏睡莲，笑着说，有我爹和我在，你这个梦想一定能实现。

郭晓莹这一走，三个月过去了，再也没有见到她的人影儿。这时候，她已经以优异的成绩从酒店管理培训班结业了。结业后，应聘到一家四星级的酒店当服务员。

自从郭晓莹走后，郭耀祖心里总像十五个吊桶打水，一天到晚七上八下的。那时节人们还时兴写信，每个月郭耀祖都要给郭晓莹写一两封信，同时给孙女寄些钱。信里叮嘱孙女一定要注意自身安全，不要轻信旁人的话，尽量少和男人和生人接触，不要上了坏人的当。不厌其烦地陈明放弃学习酒店管理，坚持学医，以及跟夏亮结婚的好处，希望孙女能听爷爷的话，将来做郭氏医术的传承人。信和钱都寄出去了，郭晓莹把钱收了花了，隔好久才会给爷爷回一封短信，只说她一切都好，进步很快，说她很想爷爷，对爷爷很感激，每次寄来的钱都收到了，叮嘱爷爷保重身体，只字不提学医的事，只字不提跟夏亮订婚的事，只字不提要做郭氏医术传人的事。又过了一段时间，郭耀祖有些担心了。

一天，他对夏睡莲说，我想去省城一趟看一下莹莹，看她究竟在那里做啥。郭耀祖的话得到了夏睡莲的响应，夏睡莲说，是得去看看。一个女娃娃家去省城半年了，也不回家看看，家里人也不去看她，成啥事了？两个人一拍即合，郭耀祖便将医院的事委托给了业务副院长，自己和夏睡莲去了省城。好不容易找到那家酒店，两个人刚要进门，便被门卫挡住了。门卫问，请问二位需要什么帮助？是来就餐的吗？夏睡莲看了一眼郭耀祖，对门卫说，我们不吃饭，我家女女在这里上班，来看她哩。门卫问，请问您要找的人是谁？请在这里登记一下，我会尽快联系。夏睡莲登记后，便搀扶着郭耀祖在酒店大厅转悠了一周。酒店豪华大气的做派，春意浓浓的和风，让郭耀祖不由得深深吸了一口气。不大一会儿，郭晓莹从电梯间走出来了。一看是爷爷和睡莲小姨，郭晓莹小步跑过来，异常惊喜地叫了声爷爷，又叫了声小姨，就趴在郭耀祖肩头啜泣了起来。郭耀祖怀里抱着郭晓莹，心里惊异着这还是在家里时的那个莹莹吗？这时的郭晓莹，一身时尚的工作装，高挑细长的身材，上身是紧身的短袄袄，下身是窄窄的小裙子，足蹬尖尖的高跟鞋，头戴斜斜的船形帽，胸前别一朵别致的小花，脸上化着淡淡的雅妆，白皙粉嫩的脸蛋和脖子给人一种恬淡高雅的感觉。郭晓莹领着郭耀祖和夏睡莲去吃了饭，然后打了一辆出租车来到她的出租屋。

爷爷问，这里还好吗？孙女说，好着呢。爷爷说，看你穿的那身衣服，要多窄有多窄，要多小有多小，能把人吝死，赶紧把那衣裳换了去，把我这么惜的女女都穿丑了。郭晓莹笑着说，上班必须着统一的工装，这是酒店发的衣服，非穿不可的，不穿它就不能上班了。郭耀祖说，爷爷好想你。孙女说，我也想爷爷。郭耀祖说，跟爷爷回去吧，不干这种伺候人的活了，回去经管咱们的医院。郭晓莹说，我不想回去，我就喜欢省城，我在这里的感觉好，我要在这里发展哩，我要和爷爷一样，将来在省城盖一座咱们郭家的酒店，就跟我如今上班的酒店一样。郭耀祖说，莹莹的心好大好野，比爷爷的心还大还野哩。盖酒店，那容易吗？郭晓莹说，我不管和爷爷盖咱家的医院一样，在省城盖一座大酒店，也是我这辈子的梦想。郭耀祖说，那你答应和亮亮结婚好吗？郭晓莹说，我是个漂泊不定的人，陪伴不了亮亮哥，服侍不好亮亮哥，离了我，亮亮哥会找到更好的女孩子。郭耀祖说，老家那里有咱的家业啊，家业总得有人继承啊。郭晓莹说，让我哥他们继承去，让亮亮哥继承去，我啥啥都不要。郭耀祖说，不管你在省城还是在哪里，不管你将来酒店盖得怎样，你总得结婚啊。郭晓莹说，将来结不结婚和谁结婚，我还没有考虑过。郭耀祖说，夏亮就很好，就跟夏亮订婚吧？郭晓莹不再说话了。停了片刻她说道，我在附近登记了个酒店，爷爷跟小姨先去歇歇，今晚咱们一起吃顿饭，然后我请几天假，陪着爷爷和小姨，好好逛他几天。

三个人一起在城里逛了两天。夏睡莲对郭耀祖说，咱还是回吧，没看莹莹人家忙着呢，陪着咱俩逛，女女心里也是不踏不实的。郭耀祖听了夏睡莲的话，第三天下午就从省城返回了。在路上，郭耀祖恹恹地说，我郭耀祖刚强了一辈子，到头来把个小孙女说不下，世道变了啊。夏睡莲说，甭说了，这次我算看明白了，你这个孙女心太大太野了，十个夏亮也配不住她，算了吧，我不怪你，他俩的事情从此打住吧。郭耀祖扭头望着夏睡莲，将夏睡莲轻轻揽在怀里。夏睡莲拍拍郭耀祖的手，轻声说，人生的路就这样，眼前三尺远，让你看不清猜不透，只能摸黑往前走。我夏睡莲的命就这样。

— ○ —

女人的第六感觉是微妙的。夏睡莲断定郭晓莹有了自己的意中人，这个判断是准确的。

郭晓莹真的有对象了。对象就是念高中时比他高两级的学长裴昊。那还是郭晓莹念高中后不久，一个星期六下午，郭晓莹要骑车子回家去，每周日她都要从家里给自己拿馍馍。走出校门后，郭晓莹想给爹妈带点好吃的东西。想来想去觉得父亲喜欢吃甜食，便打算买一包新鲜炸糖糕，郭晓莹来到白凤镇街上，将自行车撑在那家卖炸糖糕的摊点跟前，立在一旁等待新炸的糖糕出锅。

就在这时候，一个十二三岁的男孩子骑着一辆自行车，突然朝郭晓莹冲了过来，郭晓莹见状迅速躲开，那孩子的自行车便撞在了郭晓莹的车子上，一下子将郭晓莹的车子撞飞了，小男孩的车子也啪地摔倒了，人也险些扑在油锅里，炸糖糕的店主人险些没给吓死。看见小男孩没有啥大碍，店主人随即怒吼道，你得是发疯了？不想让我卖炸糖糕，想让我卖炸人肉啦！？快给我滚远些！小男孩瞪着滴溜乱转的眼睛，摸了摸被擦伤的右腿，心惊胆战地扶起车子，灰溜溜地逃走了。郭晓莹扶起自己的车子一看，不光链条被撞断了，前轮子也被撞得扭曲了，郭晓莹瞅着自己的自行车，一时不知道怎么办好。

就在这时候，有个小伙子骑着车子来买炸糖糕。两条长长的腿撑住自行车，对店主人说，来十个吧。店主人一见小伙子，笑着说，你爷爷一天不吃我的炸糖糕,是不是晚上睡不着觉啊?小伙子笑着说,那可不是嘛,谁家的炸糖糕都不要,就要吃你们孙家的。这时候,店主人朝郭晓莹说,你要的糖糕包好了。说着看了看郭晓莹的车子,就看你能不能走了。如今的小娃娃就是匪,把个好端端的车子给人家撞坏了,跑得不见人影了。郭晓莹苦着脸不说话。小伙子看了一眼郭晓莹,觉得眼前这个女女好像有点面熟,腿一跷下了车,将自己的车子支好,走上前问郭晓莹,你是白中的吧?郭晓莹说,是,高一的。小伙子说,我也是白中的。你这是怎么啦?这时店主人笑骂着将小男孩刚才撞车的一幕说了一遍。小伙子听完后,将郭晓莹的车子提溜到街边,摇了摇,看了看,说道,肯定骑是没法骑了。要修,也不是一时三刻的事情。听小伙子这样说,郭晓莹都要急哭了。小伙子看郭晓莹这么急,说,你得是要回家?郭晓莹说,是,本想给爹妈带几个炸糖糕,谁知道这么倒霉!小伙子问,家在哪里,远吗?郭晓莹说,远,郭堡村二十多里地。小伙子想想说,要不这样吧,骑我的车回,你的车子留给我,修理好还你。郭晓莹看着小伙子,有点犹豫,不知道这样做好不好。小伙子说,别犹豫了,只能这样了。说着把店主人给郭晓莹包好的炸糖糕,绑在了自己车头上,说,快骑上走吧。郭晓莹看着小伙子,仍然没动身。小伙子说,我叫裴昊,高三的,家就在白凤镇,回到学校后,咱俩再换车子还不行吗?裴昊的行为显然让郭晓莹感动了,小姑娘眼睛里涌上了泪花。裴昊开玩笑说,看看,这么漂亮个小学妹,一哭……一哭就更漂亮啦。裴昊的话,一下子将泪眼盈盈的郭晓莹逗笑了,她从裴昊手里接过自行车,一步三回头地离开了糖糕店,然后上了车,朝回家的路骑去了。店主人将裴昊和郭晓莹的举动看在了眼里,说了句,小伙子好样的。说完又说了句,我看那女女适合给你做媳妇。裴昊一下子脸红了。店主人呵呵地笑了。郭晓莹从家里回到学校后,找到裴昊交换了自行车。鬼使神差,从此两个人形影不离了。

　　裴昊高中毕业后,考了个一般的大学,思来想去,开学时,裴昊没有去报到,而是来到省城找工作。由于他长得高大帅气、头脑灵活,一家四星级酒店看上了他,让他在前台做接待工作。

　　经过两年多努力,他先后做过前台接待、大堂副经理、前厅部经理、综合管理部经理，如今已经做到了总经理助理兼经营发展部经理的位置。裴昊的迅速进步和提升，是酒店高层管理者没有想到的，也是裴昊自己没有想到的，酒店幸运自己得到了一个可塑的人才，裴昊感激酒店为他提供了一个发挥才能的平台，愿意将自己的聪明才智贡献给酒店。裴昊的表现让郭晓莹相信了裴昊的智慧和能力，也坚信了她对裴昊的选择。郭晓莹高中毕业时，裴昊希望她能报考省内一所知名大学的酒店管理专业，可爷爷郭耀祖却要求她报考省医科大学临床医学专业，这让郭晓莹作难了，犹豫了很久，郭晓莹最后瞒过家人，明着对爷爷说她报考医科大学，暗里报考的是酒店管理专业，由于好长时间拿不定主意，心思定不下来影响了复习，使得高考落了榜。爷爷决定让她继续复习，明年再考医科大学。裴昊却让郭晓莹放弃复习再考的打算，干脆来省城和他一起在酒店做。他先让郭晓莹参加了为期三个月的酒店管理培训，结业后让她应聘自己所在酒店做服务员。如今两个年轻人朝夕相处，已经同时函授学习大学专科的课程了，他们有着自己的爱情，有着自己的梦想，希望通过自己的努力打拼，能做到中高级管理的职位，待有了一定实践经验和实力后，能把自己的酒店开起来。感情上的依恋和事业上的同道，让两个年轻人的心，紧紧地靠在了一起。但两个年轻人都明白，他们两个的爷爷，却是不共戴天的老仇人，这又使得他们感到格外地纠结，虽然相互爱得非常真挚和甜蜜，却不敢把他们的幸福恋情公诸于众，不敢告诉自己的家人。这一点，也是郭晓莹和裴昊离乡背井，跑去省城发展的原因。

纸里终究包不住火。时日一久，裴昊和郭晓莹在省城酒店上班的消息，逐渐被一些朋友和同学知道了。

在他俩的影响下，不少白凤镇的年轻人，也跑到省城务工了，一些人在裴昊和郭晓莹的帮助下找到了工作。两个各方面条件不错的女娃娃，留在了他俩所在的酒店。这一来，郭晓莹和裴昊恋爱的消息，就在同学和朋友中间公开了。直至这年过春节时，使得老家一带的人也都知道了这件事，最终将这个信息传到了他们家人耳朵里。裴元魁这年八十一岁，身子骨不是很好了，他知道这件事情后，虽然觉得很意外、很吃惊，心里觉得很不是滋味，但终究没有说什么，裴元魁是个大度的人，听说郭家的女女长得不错，很聪明很能干，就想，如今世道变了，变成年轻人的世事了，娃娃们的事是娃娃们的事，那就由着他们去，自己装作不知道就是了。郭家最早听到这个消息的，是郭镇豪。

一〇二

一天，郭镇豪在巷子里转悠，在巷口碰见了两个人：先是村委会的文书，见到郭镇豪后说道，正好碰见你了，说着话递给郭镇豪一件东西，说，有你老爹一封信，深圳来的。郭镇豪接过信看了半天，信确实是写给父亲的，从深圳一家公司寄出来。郭镇豪不明白，既然是写给父亲的信，为啥不寄到现代医院去，偏要寄到农村老家来？这时他听见有人叫了他一声，镇豪……他抬起头，将眼光移过去，看见害肺气肿的韩大浪，坐在石磴上一边喘气，一边朝他望着。这时的韩大浪，已经瘦得不成人形了。郭镇豪随即叫了声，大浪叔。韩大浪喉咙里就像拉风箱，呼呼啦啦地响着。韩大浪整天坐在巷口大道上喘气息，不知道从哪里风闻了两个娃娃相好的实情，心里不禁好生奇怪，觉得郭耀祖与裴元魁两个人，势不两立了几十年，争争斗斗了半辈子，这两家不可能结亲啊，心想肯定是谣传吧。韩大浪是郭镇豪的父执辈，觉得既然听到了这个消息，就应该问下郭镇豪才对。韩大浪朝郭镇豪招了招手，郭镇豪便将信捏在手里，来到韩大浪跟前，问道，大浪叔有事？韩大浪点了点头，喉咙咥啦着，断断续续说道，听人说……你家晓莹……跟、跟裴家的孙子……谈恋……话还没说完，郭镇豪脸色陡然就变了，当即反问道，这话您是从哪听来的？看到郭镇豪的态度和容颜，韩大浪意识到自己话说得唐突了，没吱声就想起身离开，却被郭镇豪拦下了。郭镇豪低声说，你这个大浪叔，既然听到了这个话，就应该给我说清楚嘛。韩大浪说，我能……给你……说清个、个啥……我不也是……随风耳、耳闻的……郭镇豪望着韩大浪，半天问道，这事会是真的吗？韩大浪说，你家里……的事，我咋能……知道……郭镇豪说，你给我说实话，旁人都咋议论的？韩大浪喘了一阵子，说了句，满村的人……都、都这么说……只有……你、你一家人……不晓得……韩大浪说着慢慢立起身子，颤颤巍巍地离开了。

  郭镇豪立即回到家，把事情告给了廖雪艳。廖雪艳听了郭镇豪的话，不由得一愣怔，想了半天说，我就说嘛，这死女子为啥忽然变得疯癫了，嘴里说着要补习要补习，就是拖着不去报名，扑着扑着往省城跑哩，原来那里有人勾她的魂呢！郭镇豪说，要真是这样，咱该咋办？廖雪艳说，你说该咋办？郭镇豪说，我这不是害怕咱爹闹腾嘛。廖雪艳说，子大不由父，女大不由娘。如今女女长成大人了，你说该咋管？把她从省城抓回来，关在屋里坐禁闭？郭镇豪说，咱绝对把女子惯坏了，居然敢跟裴元魁的孙子交往，不信他俩不知道他们爷爷之间的过节。如今的娃娃，贼胆大着呢，根本不把长辈人放眼里！廖雪艳说，要我看，咱爹跟裴元魁，不就是那点破烂事？前后闹腾了几十年，闹出啥名堂没有？咱爹他要闹，就让他闹去。两个娃娃的事情，就由人家娃娃吧，家里大人甭掺和！郭镇豪说，啥？吃了个灯草，说了个轻巧，看咱爹是那样的人吗？他要是真的闹开了，两个娃娃即就是想成和能成，也成不了！廖雪艳说，咱爹这个人，有时还真有点麻缠！郭镇豪搓着两只手，心神不安地来回踱着。廖雪艳看见郭镇豪放在桌子上的信，问，那是啥？郭镇豪说，一封信，写给爹的。廖雪艳说，谁写来的？郭镇豪说，不知道，从深圳那边邮来的。廖雪艳哦了一声，没说话。郭镇豪说，干脆这样吧，我立马去一趟为川，不管咋样，这件事得让咱爹知道，把事情告诉给了咱爹，这事咱就算交过手了，爹想咋闹由他闹去！廖雪艳说，咋说风就是雨，饭马上好了，吃了再走吧。郭镇豪说，哪还有心思吃饭啊？说完拎起个包包，抓起那封信，急匆匆地出门了。

  就在郭镇豪坐着汽车赶往为川县城的时候，郭耀祖刚准备吃午饭，有一男一女推门走了进来。郭耀祖看了两个人一眼，笑着问道，是来看病的吧？年轻人手提一包点心和一包饼干，身上的衣物鼓鼓囊囊的，头上没有戴帽子，脑袋上又厚又密的头发显得有些乱蓬蓬，有点尴尬的脸上，留着稀稀拉拉的胡须，长着一双大眼睛。身后立着一个穿着一身薄棉衣，头上包着花格子头巾的女娃娃,脸上除了一双略显惊恐的眼睛外,其他部分基本看不见。郭耀祖又问,得是给女女看病啊?去门诊大厅挂号去吧,那里有人帮助你们。年轻人将手里的东西往桌上一放,搓着两只手,有些难为情地说道,不是……我们……是来找您的。郭耀祖说,找我?找我也是看病吧,快去大厅挂号。年轻人哼唧着,没有动身的意思。郭耀祖看看放在桌上的礼物,将眼前的两个人再次打量了一番,问道,从哪里来?小伙子说,府良那边,白凤。郭耀祖哦了一声,说,白凤街上吗?小伙子说,关桥村的。噢?郭耀祖惊讶了一下,说道,关桥村我知道,年轻时去那里给人看过病,有个关福林……年轻人说,对,对,按辈分我把他叫爷呢。郭耀祖说,说说看,你先人是谁?年轻人说,我爹是关水来,我爷是关福生。郭耀祖脑子里即刻浮上了淑香的影子,浮上了那次半夜挨揍的往事。遂笑了笑,说,你爷爷我认识,是个老实人,你婆婆我也记得,叫淑香对吧?年轻人脸上泛上开心的笑容,说,对,对。郭耀祖说,他们还都好吧?年轻人说,我爷死了好些年了,婆婆还在世。郭耀祖哦了一声说,说吧,来找我做啥?年轻人望着郭耀祖,半天不作声。郭耀祖说,咋不说话?年轻人窘了良久,突然说道,给、给她……做个人流……郭耀祖瞅了女的一眼,不说话了。郭耀祖问,你俩是对象还是两口子?这时女的说,他都有两个娃了,我还没结婚,贼尿把我弄成了这个样子!听口气特别气愤。说完话突然给郭耀祖跪下了,说,求求院长,如今做流产都要介绍信,我们开不出来那东西,只好跑来找您了,我们是偷偷出来的,天黑前还得赶回家,您就帮帮我吧……郭耀祖对女人说,别这样,快起来。女人犹豫着不动身。郭耀祖对年轻人说,自己家里有媳妇,惹人家女女做啥哩?女人就哭了起来。年轻人一边将女人拉起来,一边说,您就帮帮我们吧,这不是没有法子了……临走时我婆婆给我说,见了那人你就叫爷,他就是你亲爷爷,他不会不管你……郭耀祖一激灵,说,怎么,你婆婆知道你俩的事?年轻人嗯了声。就在这时候,夏睡莲一边说着话:都啥时候了,咋还不见来吃饭?就推门进来了,却不意看见有两个生人在,便噤了声。郭耀祖说,这是我老家两个乡党,来咱这里看病,你先带他们去食堂吃饭。夏睡莲说,你怎么办?接着又说,要不这样吧,别来回跑了,我派人给你把饭送过来。郭耀祖说,也好。

夏睡莲领着两个人吃饭去了。不一会儿,办公室的张丽端着盘子,给郭耀祖把饭送来了。张丽放下盘子,说,郭院长慢用。说完就想离开。郭耀祖说,你吃过了吗?张丽说,吃过了。郭耀祖说,别着急走,我很快就吃完了,将盘子带回去。郭耀祖一边吃着饭,一边,你叫张丽?张丽脸红了一下,点了点头,说,院长还记得我?郭耀祖说,上次找夏院长签字的,是不是你?张丽又点点头,静静地站着。郭耀祖吃完饭,张丽将盘子收起来。郭耀祖说,坐下来说会儿话。张丽吓了一跳,惴惴不安地在一把椅子边上坐下来。郭耀祖问了张丽家里一些情况,又说了一些不咸不淡的话,这才说,去吧,往后我的饭就由你来送。

没过多久,夏睡莲领着两个年轻人回来了。郭耀祖说,让他们去你办公室待会儿。夏睡莲将他们带过去后,郭耀祖说,知道这两个人干啥哩?夏睡莲摇摇头。郭耀祖说,来做人流的,那男的都有两个娃娃了,给人家女女又种上了。夏睡莲说,一看那男的两只眼睛,就知道他不是个好锤锤。要我说,这违法的事情,咱可不能做。郭耀祖想了一下说,你说得没错。不过,他俩是我老家那边的,那小伙的爷爷和婆婆,我还认识,不好把他们推走啊!夏睡莲不吱声了。郭耀祖说,谁年轻的时候没荒唐过几天?这种事,不好是不好,对年轻人来说,也算不了个啥。夏睡莲还是不吱声。郭耀祖说,把他俩领去做了吧,没看那女的哭得稀里哗啦的,天黑前他俩还得赶回村呢,都是偷着跑出来的。夏睡莲说,这时候知道哭了,那阵子做啥去了?郭耀祖说,你说那阵子她做啥去了?夏睡莲笑了,说,你这个老东西,王八看绿豆,对上眼了。郭耀祖说,甭胡嘞嘞!其实也挺可怜的,能帮就帮帮吧。夏睡莲说,你这是助纣为虐,知道吗?郭耀祖说,别说得那么邪乎,这种事,睁只眼闭只眼就过去了。即便拿到桌面上,你能把他俩枪毙了?夏睡莲哼了一声,问道,咋收费?是不是多收点?郭耀祖说,这么大个医院,在乎那几个钱?农村人穷巴,按成本费收吧。夏睡莲眼睛瞪得大大的,不解地看着郭耀祖。郭耀祖说,这样吧,我给你个政策,今后凡来咱这里看病,只要是郭堡村的,统一按八五折收费,只要是白凤镇的,按九折收费,像今天这类事,只要是老家那边的,按成本收费。夏睡莲啧啧了几下，说道，郭院长出手好大方，真是惺惺相惜啊！郭耀祖说，随你怎么说吧，我开这个医院，总不能让乡党骂我抠门儿！夏睡莲说，像你这样乱整，时日一久，医院还会有收益？郭耀祖说，放宽你的心，这样的收费法，患者只能大大增加。夏睡莲沉默了一下，说，中午的饭菜，味道咋样？都是我点的。郭耀祖说，好着呢，家乡风味。又说，你今天这样安排不错，饭堂那么远，来去不方便，往后就让这个娃娃送饭，免得我跑了。夏睡莲看着郭耀祖，说，得是又犯毛病了？我只告诉你一句话，别忘了自个儿的身份，闹出了啥笑话，我可管不了你。郭耀祖说，咋这般啰唆，快把那两个人领去吧。对了，让那个男的到我这里来一下。夏睡莲出去了，年轻人进来了。郭耀祖从抽屉里取出一叠钱，对年轻人说，这钱给你婆婆，她想买啥买点啥。她还硬朗吧？年轻人说，罢咧，眼看八十岁的人了，婆婆常说她是风地的灯，不定一眨眼就灭了。

一〇三

郭镇豪急巴巴赶到为川县城。

父子俩见面，郭耀祖问道，这么失急慌忙跑来，有啥急事？郭镇豪说，可不是有事吗？郭耀祖说，啥事？郭镇豪说，大事情，只是不知道是真是假，反正在家里听到后，我和雪艳觉得很重要，就急忙跑来找你了。郭耀祖指了指热水瓶，说，气喘吁吁的，倒点水喝吧。郭镇豪从包里取出那封信，递给父亲，转身给自己倒了一杯水，想喝又觉得水太烫，抿了一小口，就将杯子放下了，坐在椅子上朝父亲望着。郭耀祖一边翻看着那封信，一边问，吃饭了没有？郭镇豪说，离家时没来得及吃，下车后，看饭时过了，就在街上吃了一碗羊肉泡馍。郭耀祖将信封慢慢撕开，抽出信纸，看到上面写着不足半页纸的一些字，遂戴上老花镜，低头看了起来：

父亲，请允许我这样称呼您。

　　我是您的儿子邵国泰。我1968年大学毕业后，先是在市上一个单位工作，改革开放后，下海经商来到了深圳，现在深圳一家房地产开发公司供职。我已成家，有一子一女，一切均好。"文革"中我爹邵南风被打成海外特务，遭了不少罪，后患结肠癌，于1972年去世。我的母亲也在去年患病离世了。母亲临走前，将我的身世告诉了我，也把她所知道的您的通信地址给了我，希望我能找到您并赡养您。今按母亲遗愿，寄出此信，盼能得到您的确切信息。信中有我的电话和详细地址，望收信后迅速回复。

　　顺致

　　大安

　　　　　　　　　　　　　　　　　　您的儿子 邵国泰

　　　　　　　　　　　　　　　　　　××年×月×日

　　当将眼光移至"您的儿子邵国泰"几个字上时，郭耀祖只觉得一阵阵耳鸣脑晕，他闭上眼睛，无力地往睡椅上一靠，拿信纸的手软软地耷拉在了睡椅一旁，脑海里全是兰竹菊的影子。坐在旁边的郭镇豪见此情景，吓了一跳，失声叫道，爹，爹，你咋了？郭耀祖一震，喔了一声，慢慢睁开眼睛，说道，大呼小叫啥？觉得有点困。郭镇豪说，是不是那封信……郭耀祖摇摇头，说，医院联系购买设备的事情，说要推迟一下到货时间。郭镇豪说，那为啥要把信写到老家，不写到医院？郭耀祖没理睬儿子，提了提神，有气无力地说，现在说吧，急匆匆来这里有啥事？说着将信纸塞进信封，装入上衣口袋。郭镇豪说，在家里听到了一些闲话……郭耀祖说，噢，啥闲话？郭镇豪说，村里人都在议论，说莹莹和裴元魁那个小孙子，也就是裴尚文的三儿子，两个人谈恋爱哩。啥？郭耀祖一下子从椅子里立了起来，身子没立稳险些跌倒，大声说，你说啥？你再说一遍！看见父亲这样急躁，郭镇豪上前扶住他，似乎也有点慌神地说道，我、我也是听大浪叔说的，说全村人都知道了，就咱一家人不知道。

儿子带来的这个消息，可把郭耀祖给气蒙了，气坏了，也气疯了。孙女莹莹的主意为啥那么正？为啥不想考医大，一定要学什么破酒店管理？郭耀祖觉得全都豁然明了了，心里断定这一桩子恶心事，肯定是老不死的裴元魁一手操弄的。郭耀祖忍不住破口大骂道，狗日的裴元魁，一辈子跟你老子过不去，眼看就要去阴曹地府报到了，还耍着手腕要跟你爷爷耍几手！看你爷爷这回不和你拼个你死我活才怪！郭镇豪说，爹甭生气啦，只是个传说，不一定是真。郭耀祖说，传说？哼哼，既然有传说，就绝对有事！真要气死人了，我都要气死了！郭镇豪说，那咱该咋办？郭耀祖说，咋办？立马行动，去白凤镇！

　　说话间伸手抓住电话，余怒未消地说，夏院长吗？立即给我派趟车。那边夏睡莲不知道这边发生的事情，随口说道，你不是有专车吗？那辆桑塔纳你不是最喜欢坐吗？夏睡莲的话让郭耀祖顿时来了气，大声说道，啥最喜欢坐了？我今天不想坐它！郭耀祖忽然生了气，让拿着电话的夏睡莲不知道该接着说啥。郭耀祖说了句，你来下我办公室。夏睡莲走进来，看见郭镇豪，问道，镇豪哥来了。郭镇豪点点头。夏睡莲有点惊慌地望着气哼哼的郭耀祖，小心说道，啥事？郭耀祖大声说，简直不得了啦！翻了天了！立即备车，我要回一趟白凤镇。俄而又说，你也一起去。夏睡莲看了下郭耀祖，给办公室主任打电话说，让小霍把车开到郭院长办公室……郭耀祖却说，别别，桑塔纳太小，坐不了几个人，就面包车吧。夏睡莲安排好用车，转脸问郭耀祖，这么急迫，究竟有啥事？郭耀祖说，气死人了，把人的肺气炸咧！知道莹莹为啥不听咱的话吗？为啥不同意跟亮亮定亲？现在全都清楚了，是裴元魁那老小子在中间操弄捣鬼哩，他让他那个小龟孙子勾引莹莹谈恋爱哩，把莹莹彻底面转了，如今一切都听他们的，你说瞎尿不瞎尿？咱立马回去，找这个老不死的算账去！面包车很快开过来，三个人上了车，风驰电掣地上了路。在路上，郭耀祖问夏睡莲，那两个人的事办好了？夏睡莲想，都啥时候了，还想着那两个坏东西，却说，我走时差不多处理完了，已经做过了交代，你就放心吧。两个小时后，三个人来到郭堡村。这几天正好郭镇豪的二儿子晓明在家里，正在舞弄一个燕舞牌收录机。郭耀祖说，晓明，别弄那个了，找条结实的绳子带上，跟爷爷上白凤镇，找老不死的裴元魁算账去！郭晓明抬头望着郭耀祖，一脸不以为然地说道，怎么啦爷爷，又去找他呀？烦不烦啊？郭耀祖瞪了一眼孙子，说，咋这么啰唆，叫你去你就去，裴元魁那个老混蛋，指使他那孙子诱骗咱家莹莹呢。郭晓明又看了看郭耀祖，放下手里的事情，去东屋找了一根绳子别在了裤带上。郭镇豪从本族喊了两个年轻人，准备出发了。就在这时候，廖雪艳突然犯起了肚子疼，疼得吱哇乱叫，郭镇豪看着郭耀祖，郭耀祖看着躺在炕上的廖雪艳，恨恨地翻了下眼睛，不耐烦地朝郭镇豪挥了下手，你留下，我们去！二十多里路程很快就到了，一伙人来到白凤镇，冲到裴元魁家里，当着裴元魁二儿子裴尚文的面，将躺在炕上的裴元魁提溜起来，七手八脚上了绑，推搡着弄到镇政府。

　　当时正值早春，这天天气阴沉而又寒冷。镇上的领导上县的上县，下乡的下乡，只有在这里挂职的副镇长江长天和几个干部留守，大家聚在江副镇长宿办合一的屋子里，一边烤火一边聊天。江副镇长年纪三十岁出头，原是县信访局一个股长，半年前被调到白凤镇任挂职副镇长。由于不算正式提拔，在镇里八个领导中排位最后，工作担子不是很重，况且将来不一定留在这里，江长天也就没有了啥架子，和镇里的干部处得随和融洽，加上他念过大学，肚子里的故经多，镇里的干部有事没事都愿意来他屋子串门。

　　几个人围着火炉正闲谝，突然一个门卫闯了进来，急赤白脸地说，报告江镇长，从外面拥进来了一帮人！江长天问，是上访吗？门卫说，不大像，几个人捆着一个老汉，好像是打捶（打架）哩。江长天转脸对坐在身边的一个干部说，王博，你去看一下，眼下维稳是头等大事，千万不敢闹出啥乱子。王博起身跟着门卫走了。不长时间，便见他领着一帮人朝着江长天屋子走来。江长天和另外三个干部走出屋子，看见两个年轻人咬牙切齿地推着一个被绑的老汉，脸上的神情有点夸张，在他们身后跟着三四个人。遂问道，怎么回事？王博说，老纠纷啦，说来话长。转身对那些人说道，这是江镇长，有啥话就说吧。郭耀祖马上接口道，您是江镇长，我今天把裴元魁这个恶霸地主给政府押来了，解放前这家伙迫害地下党，砸坏了地下党一条腿，如今依然反动本性不改，还在想着法子坑害老百姓，我强烈要求政府法办他。

砸坏了地下党一条腿？

郭耀祖的话让江长天把眼光移到了他的身上。他看见，这个人七十多岁，银须飘飘，眉目清癯，精神矍铄，有着不俗的形象，只是右边的那条腿瘸掉了。江长天想，看来他就是被砸坏腿的地下党吧。郭耀祖话音一落，裴尚文突然大声说道，几十年前的事了，你们还有完没有？隔一阵子闹腾一回，隔一阵子闹腾一回，啥意思嘛！想欺负死人呀？这时裴元魁开口道，尚文你别乱喳喳，人家势大嘛，就我这一把老骨头，随他们处置去，大半截身子入土了，我还怕尿个啥！说着将脸转向郭耀祖，鄙夷地说道，我告诉你郭耀祖，你要是真有本事，就当着镇长的面说实话，当初咱家为啥要砸了你那条狗腿？

随着裴元魁说话，江长天将眼光又移到了他身上，只见这个人身材高挑，体形瘦削，背已经有些驼了，年龄要比郭耀祖大些，应该离八十岁不远了吧，人显得很虚弱，两片嘴唇包着一副人工牙床，一脸倔犟气愤的神情。到这时候，江长天心里基本有了谱了，这是为着陈年旧事闹腾的两家人。便说道，这样吧，有事说事，先把老汉身上的绳子解开。门卫立即走上前去给裴元魁松了绑。裴元魁活动了一下肩胛骨，挺了挺弓驼的腰背，朝郭耀祖不屑地剜了一眼。

郭耀祖说，我说江镇长，您得是来白凤镇不久吧？还不了解这个人的情况，这老家伙不光是恶霸地主，还是历史反革命，是咱共产党和社会主义不共戴天的死对头，人民政府可不能轻饶了他。江长天说，不管事大事小，有话说话，有理讲理，首先不能随便乱捆人嘛。郭耀祖不说话了，一脸不屑的神情。江长天说，王秘书，这事你负责处理一下，有啥情况及时报告。接着朝大家伙说道，大家都听王秘书的，有啥话和要求去跟王秘书说好不好？王博说，都跟我走吧，去会议室说话。一伙人转身离开时，裴尚文愤愤地说了句，看把你们猖狂的，我以为今天就把我爹枪毙了呢。这边郭晓明也在不满地嘟囔道，啥狗屁镇长，尿也不顶哩。王博带着一伙人离开后，江长天对身边的干部说，你们也操个心，王秘书那里有啥事及时搭把手。三个干部便离开了。

刚走进会议室，郭耀祖立马对着裴元魁吵闹了起来，他怒吼道，裴元魁，你老东西咋还不死？你这个地主恶霸反革命，你这个老不死的害人精，想要把我坑害到几时？裴元魁有点颤巍巍地望着郭耀祖，喘着气回道，我害人精？咱俩究竟谁是害人精？让众人说去！你不是常有理嘛，刚才为啥不当着镇长的面，把砸你狗腿的根由说出来？郭耀祖恶狠狠地说，你老东西坑害我，你不得好死！裴元魁还想答话，被王秘书拦住了。王博说，吵啥吵嘛，有多大事情不可开交？吵了闹了一辈子还没吵够，烦不烦啊？得是到了阴曹地府还要接着吵？郭耀祖和裴元魁眼对眼愤恨地瞪着，不吭声了。王博点了一根纸烟一边抽着一边说道，现在说吧，今天到底为啥事闹腾？两个人都不说话。王博说，咋咧，问到事由上了，又都不吱声了？许久，会议室里静悄悄的，郭耀祖和裴元魁谁也不说话。王博说，那好吧，都不愿意说话说明没啥事了，今天这事就处理到这里，散伙吧！这时裴元魁喘着气，口齿有点含混地说，你问人家吧，是人家把我从家里提溜到政府来的，我也不明白我究竟又犯了啥王法？王秘书问郭耀祖，你老消消火，别生气了，说说吧，到底咋回事？郭耀祖沉默了片刻，长嘘了一口气，咬牙切齿说道，这老小子是个大阴谋家、大野心家，他跟我作对了一辈子，唱了一辈子对台戏，眼看行将入土了，我也懒得理他了，心想让他安安宁宁地去死吧。谁知道，这个老不死的东西，人死心不死，死前硬是要跟我再较量一码！王秘书，你是咱白凤镇的老人了，你说句公道话，这老东西这么闹，这口恶气我能咽下吗？王博笑着说，你老先生说了大半天，到底听不来你说的究竟是啥事情？

　　郭耀祖又沉默了片刻，说道，说起来真是气死人！我家孙女莹莹本来可乖巧、可听话了，书也念得可好，立志要报考省医科大学，将来继承我的事业，把我们郭家的医术传承下去。可就是这个裴元魁，这个人死心不死的老东西，居然想出了个极为阴毒的招数，撺掇他的小孙子勾引我家女女谈恋爱，将我家莹莹硬是迷惑了，如今既不想报考医科大学了，也不想传承郭家的医术了，一门心思想要离开我，去学什么破酒店管理，把我的计划全打乱了。如今我家莹莹跑得连个人影也见不到，就是让他家那个小兔崽子勾走了！王秘书，你说吧，这老家伙的罪行大不大？该死不该死？

我今天把他弄这里来，再次请求人民政府严肃惩治他，为咱老百姓除害。同时请求政府做主，让他家那个小流氓将我家莹莹交出来！

原来为了这件事。王博问裴元魁，你老说实话，有这回事情没有？裴元魁摇了摇头，说，不知道，我今年八十出头了，活着跟死了没啥区别，我连我都管不囫囵，哪有闲心思管娃们家的事？郭耀祖立刻大叫道，裴元魁你胡吣！这事你要是不知道，要是没有你指使，要是没有你掺和，我郭耀祖立马从这屋里颠倒着给你出去！王博问裴元魁，真的不知道？裴元魁哼了一声说，说句掏心窝子的话，他郭耀祖不愿意跟我结亲，难道我就愿意跟他结亲？我要是早知道有这事，肯定会让我的孙子断了和他家孙女的交往。我这辈子让他欺负怕了，总不能让我家孙子接着挨他家孙女的整吧？我们裴家惹不起，总躲得起吧？郭耀祖再次怒吼道，你老家伙放的是狗屁！这一切难道不是你一手操弄的？裴元魁气愤地回道，咱赌个咒好不好？我要是操弄了这件事，让我立马死！我要是没操弄，让你立马死！

事情大致弄清楚了，王博说，你们两个老者啊，让人怎么说你们啊？要我看，你俩真没事找事，人家郭晓莹和裴昊两个娃娃谈不谈恋爱，是人家娃娃的事情，用得着你俩瞎操心？我今天把话说给你两位老者，即便是你俩吵上十年，即便是你俩吵到死，人家娃娃的事情，该咋办照咋办！郭耀祖瞅着王博，仿佛要说话，被王博用手势阻止了。他接着说，说到底，你们两个人，不就是为了几十年前那点陈谷子烂芝麻的事嘛，闹得大半辈子仇也消不了、恨也消不了，而且连带到了人家娃娃，你俩想过吗？为啥两个娃娃齐齐儿跑到省城去了？是你俩把两个娃娃逼跑了啊！要我说，如今两个娃娃能好上，是件求之不得的大好事，两个年轻人成了亲，你们两家的冤仇不就泯掉了？难道你俩想把这个仇恨世代代传下去不成？再者说，能有这么好的孙子和孙女，是你们两位老者的福气。人家两个年轻人那么优秀、那么般配、那么恩爱，在省城干得那么好，尤其是裴昊，已经是一家四星级酒店的总助理了，正是他们两个人，把咱们白凤镇一批年轻人带了出去，帮着这些年轻人在省城找到了工作。对于这样的年轻人，镇政府正在考虑将他们请回来，给在家的年轻人介绍一下外出打工和创业的经验。你们两家能有这么好的后人，是你们的骄傲，怎忍心为了你们两个老者那点破烂芝麻事,将一对恩爱鸳鸯拆散?我在这里求你们两位了,两位老大哥,两位老大叔,两位老大伯,两位老爷爷,都好好想想吧,都行行好事吧,多为娃娃们想想吧。我劝你们两个呀,最好还是做明智的老人,做让晚辈们爱戴和孝敬的老人,半睁半闭着自己的眼窝,做个顺水人情吧,给两个娃娃欢欢喜喜把喜事办了,也算你们两个老者在临离世前,做了一件好事和善事。要是你们还要硬犟到底,那我告诉你们两位老者,小心两个娃娃不理你们的茬,自顾自硬把他们的事情办了,到了那时候,我看你俩的老脸往哪里搁?到那时候,连阎王爷恐怕也不愿意收留你俩啦!听着王博这番话,郭耀祖和裴元魁依然有些愤愤然,但火气明显地消下去许多。

王博接着说,怎么样,要是觉得我的话还值得参考,那就回去好好想想,把这件大事处理好,比啥都重要,千万千万再别闹腾了,好不好?听着王秘书的话,裴元魁颤巍巍地不时点着头,郭耀祖却突然说道,王秘书,刚才那个江镇长是从哪里调来的,一点是非观念都没有,还能当镇长?说完朝孙子郭晓明说道,咱们回,咱这镇政府就这样,啥事都说不出个名堂来!一伙人便散去了。

王博将调解情况向江长天汇报后,江长天笑着说,听来还真有意思,将这两家的恩怨情仇编一部电视连续剧出来,肯定叫座。王博说,虽然最后仍是不欢而散了,但我觉得我的一番话,他们都听明白了,两个老家伙,没有一个是糊涂人。这人呀,世世代代就这样,好了,恼了,又好了,又恼了,哭哭笑笑,吵吵闹闹,就这样走完了一辈子。江长天说,是呀,有些人常把自己纠结在某一件事情上走不出来,这样的人肯定会活得不开心,甚至很失败。转而问王博,既然是这样,要不要把这两个娃娃的事情促成一下?王博说,您啥意思?江长天说,在今天调解的基础上,咱们来个追踪,去两位老者家里走走,进一步了解情况、做做工作。王博笑着说,这个主意好。

很快,江长天和王秘书先后去了为川县城和裴元魁家里,分别见了一次郭耀祖和裴元魁。看到镇上领导为自己家里的事情专程上门做工作,两个老人好像商量过一样,都表现得很激动,满心欢喜地接待了两位领导，没有一个人再提说反对娃娃谈恋爱的事情，也没有人再提说他们那些恩怨，都说既然人家娃娃好了，就让人家好去吧。离开为川县城时，郭耀祖对江长天和王博说，我想清楚了，再不会跟裴元魁闹了，让两个娃娃心里高兴着。不过说到底，娃娃的事是娃娃的事，我跟他裴元魁的事，是我们俩的事，等将来到了阴曹地府，我再重敲锣鼓另开张，接着和他裴元魁闹，反正我不能让他老家伙安生了。听得江长天和王秘书都笑了。

在裴家，裴元魁感慨地说，这个郭耀祖，闹腾了我一辈子，始终没反省过他自己。我为啥砸他的腿，根子是啥？他不会给人说，我也不会给人说，这事只有我跟他心里清楚。其实他心里明白，他那条腿确实应该砸，不砸掉他那条腿，这世间就没有天理和公道了！江镇长说，算了吧，不管是啥事，不管是谁有理还是谁有错，拱手一笑泯恩仇吧。裴元魁笑了，说，两位领导是好心，我裴元魁心领了，其实说句老实话，我心里早就原谅他了，可人家耿耿于怀，揪住我不放，老找我碴儿，我这不是没有办法嘛。王博说，人家当然要耿耿于怀啦，即便当初你们之间的事情比天大，你硬是让人家瘸了一条腿，人家能不耿耿于怀吗？说得裴元魁咧着嘴笑了，挂在上下颌的人工牙床险些掉下来。异曲同工的是，郭耀祖和裴元魁，在江长天和王博离开时，都邀请他们到时参加他家娃娃的婚礼，两个人都笑着答应了。

一〇四

一九八七年。

五一节那天，郭家和裴家，为郭晓莹和裴昊把婚事办了。

裴昊和郭晓莹专程从省城赶回来，在白凤镇政府领了结婚证。举行婚礼那天，两家都邀请江长天和王博参加。江长天给镇党委书记汇报后，书记说，这是个好事，你俩都去，最好借这个机会，让这小两口给在家的青年人做个报告。江长天和王博去了后，江长天遂当了一回证婚人。酒席设在白凤镇最大的兴泰酒楼，待了三四十桌客，规模不大但气氛特好，尤其是，裴昊从省城带来了一个西洋乐队助兴，使婚礼在古朴庄重的同时，有了大城市里年轻人现代爱情的气息，显得很洋气也很排场。婚宴开席时，在王博敦促下，七十七岁的郭耀祖和八十三岁的裴元魁与江镇长和王秘书坐在了一张饭桌上。两个老家伙开始还有点矜持，不过慢慢就放开了，相互间话语交流不是很多，但两个人显得很高兴，多次相互敬了酒。

那天，除了犯哮喘的韩大浪，裴元秀一家三辈人都来了。裴元秀将近六十八岁了，身子骨还很硬朗，是个干净利落、天生丽质的老太太。举行婚礼前，大家尚未坐定，裴元秀和郭耀祖在人群中遇到了一起。郭耀祖怔了下，立刻搭着笑脸问道，你也来了，玉枝她好吗？裴元秀没恼也没笑，立住脚，望了郭耀祖一眼，低声说了一句，一辈子没有个正形儿。说完款移脚步，轻轻地走开了。望着裴元秀的背影，郭耀祖一时有点失神。这时候，韩玉枝带着小儿子走了过来。郭耀祖笑着说，是玉枝啊？韩玉枝也笑着说，我是玉枝，你是耀祖伯伯？向来身体可好？郭耀祖说，好着呢，好着呢。两个人便立着说了一会儿话。郭耀祖伸手摸了摸孩子的头，说，娃娃长得好，上几年级了？孩子说，初中。郭耀祖说，不是上次在村里见到的那个？韩玉枝笑着说，后来又添的一个。郭耀祖哦了一声，拉住娃娃的手，说，我是你爷爷，你的郭爷爷，认识我吗？孩子摇摇头，没说话。郭耀祖说，爷爷在为川城里住着，回来少，你当然不认识，今天的新娘莹莹姐姐，就是爷爷的孙女。孩子望望妈妈，玉枝说，爷爷说得对。郭耀祖对孩子说，放假时和你妈到为川爷爷那里来玩，那里的风景可好了。孩子低着头，没说话。郭耀祖说，娃叫啥名字？玉枝说，叫伟业，韩伟业。郭耀祖说，好名字，盼着娃娃将来能成大业和伟业。又问，你妈身体好吗？玉枝说，还好，有时有些嗳气。郭耀祖说，这病不难治，我回去看看，得空捎些药回来。玉枝抬头望着郭耀祖，那眼神在说，为什么？郭耀祖说，那药不值几个钱的。又问道，你妈她……说到过我吗？玉枝再次将那种眼神投向郭耀祖，摇了摇头。郭耀祖放开孩子的手，从口袋里摸出五百块钱，往孩子的衣兜里塞，韩玉枝看见了，小声说道，这怎么可以，伯伯？又将脸转向孩子，说，伟业不可以……孩子在努力拒绝着，郭耀祖执意将钱塞在了孩子口袋，说，一点心意，给伟业买点文具吧。又问，大儿子没来吗？韩玉枝红着脸说，那个已经大学毕业了，在北京呢。郭耀祖笑着说，真好真好。这时候，走来一个女人，对韩玉枝耳语道，你妈找你呢。郭耀祖笑着说，有事你就去忙吧。韩玉枝略带歉意地说，谢谢伯伯。说完带着孩子走了。郭耀祖望着韩玉枝母子走远了，还在原地立了一会儿，又跟身边的一个熟人说起了话。韩玉枝来到母亲身边，说，有事么，妈？裴元秀说，该有啥事情？你和伟业坐在妈旁边。玉枝坐下来，低声说，刚才碰见耀祖伯伯说了几句话，他给了伟业五百块钱。裴元秀惊讶地看看女儿，说，那怎么可以，怎么随便能要人家的钱？伟业对奶奶说，我不要，是那个爷爷硬塞到我兜里的。半天，玉枝又说，妈，每次看见耀祖伯伯，他总是显得很亲近，他为什么那样？裴元秀再次看着女儿，半天说，不常回家来，见了村里人会客气和近乎一些吧。接着好像还想说些什么，看了看女儿，却没有说下去。

　　那天婚礼上最尴尬的人，莫过于夏睡莲了。夏睡莲以郭耀祖干女儿的身份出席婚礼，给两位新人随了一份几乎超过所有人的大礼。但她明显感觉到她是一个多余的人。婚宴上，郭耀祖坐的是上桌，坐在那张桌子上的人不是村里镇上的领导，就是郭家和裴家的长辈，她没与郭耀祖坐在一起。这样一来，所有郭家的亲戚好像将她这个人遗忘了，甚至装着不认识她，也不认识她的儿子夏亮，没有一个人主动邀请他娘儿俩一起入席，最后吃酒时，她和儿子夏亮只好与一干帮忙打杂的村人坐在了一张桌子上。夏睡莲觉得，所有的人都故意不和她说话，都故意不理睬她，都故意在冷落她。人们的眼光分明在说，你是一个下贱的女人，你是一个不受欢迎的人。最后，只有在裴昊和郭晓莹来到夏睡莲面前敬酒时，郭晓莹甜甜地叫了声，小姨，亮亮哥，还深情地拥抱了一下夏睡莲，并与她和夏亮碰了杯。就是这杯酒下肚后，夏睡莲再也控制不住自己了，泪水不由自主地涌流出来。她拉着儿子夏亮，走出酒店，径直来到白凤镇汽车站，搭上去往为川县城的汽车回医院去了。

　　直到婚宴散了席，郭耀祖才发现夏睡莲和夏亮不见了。这可把郭耀祖急坏了，一时间心急如焚四处找寻，却见不到他们娘儿俩的人影。这时候的裴元魁，被裴昊和郭晓莹搀扶着从餐桌上颤巍巍地走过来，觉得他这辈子将该干的正经事情干完了，如今又将自己和郭耀祖大半辈子的仇恨化解了，只感到心里格外宁静与和畅。裴元魁对裴昊和郭晓莹说，去，将那边家里你爷爷叫来，我要和他一起去看看你们的新房。裴元魁这样做，有一层意思在里面，那就是到了白凤镇，他裴元魁是主家，他不能让亲家一家人吃了饭就从酒店回家去，一定要将人家请到自己家里坐一阵，这才合规矩。将裴元魁安顿在一张圈椅上，裴昊和郭晓莹来到心乱如麻的郭耀祖跟前，裴昊说，爷爷，那边我爷爷想请您去家里坐坐。郭耀祖嘴里哦哦地应承着，心里却在等待着去街上打听夏睡莲母子踪迹的司机回来。郭耀祖跟随两个新人来到裴元魁跟前，裴元魁笑道，这阵子还在忙活啥呀？走吧，跟我去家里看看娃娃们的新房。郭耀祖说，好好好，应该去看看，必须得看呢。接着笑着说，你可小心着，要是给我家莹莹哪里备办得不称心，我可要找你这老家伙的麻烦哩。裴元魁呵呵地笑了。郭耀祖这句话，他听了格外舒坦。这时候郭晓莹趴在郭耀祖耳根上悄声说，爷爷，你觉得裴家这个小子怎么样？还成吧？江镇长刚才说过了，要这小子去镇上做报告呢。说完咯咯地笑了，得意之情溢于言表。郭耀祖瞅了一眼裴昊，又看了看坐在旁边的裴元魁，低声说道，看把你得意的，那小子，就跟年轻时的裴元魁如同一个模子浇出来的，恐怕也不是个好货，记着得好好管住他！郭晓莹搂着郭耀祖的脖子，在郭耀祖脸上亲了一下，再次咯咯地笑了，说，爷爷的最高指示，女女记下了，保证管死他，叫他永世不得蹦跶！

<h2 style="text-align:center">一〇五</h2>

这时从街上打听夏睡莲母子的司机回来了。司机悄悄说，夏院长和夏医生坐着汽车回为川了。郭耀祖一惊，真的吗？司机说，我问过车站的人了，车站发车员说得很肯定，确认他娘儿俩回了为川。裴元魁看郭耀祖有些心不在焉，说了句，到底是去还是不去啊？要走就动身吧。郭耀祖心乱

如麻。裴昊和郭晓莹静静地望着郭耀祖。郭耀祖咬了咬嘴唇，对司机说，去开车吧，我也马上回。回头笑着对裴元魁说道，对不起老哥啦，忽然有事啦，为川那边有个危重病人挺命哩，我得立马赶回医院。看娃娃新房的事，咱们改日吧。说完话，没等裴元魁开口，头也不回地走了。坐在圈椅里的裴元魁，看着郭耀祖急急远去的背影，心里想，这个老家伙，还是不愿意放过我，心里顿时感到有点郁闷。

郭耀祖回到为川后，知道夏睡莲回来了，也就把一颗心放下了。回到家的夏睡莲，一句话不说，躺在床上不动弹，只是一个劲伤心地哭泣，整整一天一夜水米不沾牙。郭耀祖心慌意乱地又是安慰又是劝导，任凭他磨破嘴皮，硬是撬不开夏睡莲的嘴。

第三天早晨，郭耀祖、夏亮还有办公室张丽几个人，正在夏睡莲屋子里忙碌，忽然有白凤镇的人报丧来了，说今天天亮时，发现躺在炕上的裴元魁老人睡过去了。郭耀祖听了心里不由得一震，突然感到脚底站立不稳。在夏亮和张丽的搀扶下，郭耀祖在椅子上坐下来，半天缓缓地对来人说，我知道了，老元魁走了，他真的走了，说走就走了，没想到走得这么快……人还走得安详吧？报丧人说，安详，就跟睡着了一样样。郭耀祖说，那就好，走得安详，落了个好回首比啥都强。郭耀祖自语道，七十三，八十四，阎王不招自己去，老元魁今年虚岁八十四了，他是到阎王爷那里报到去了。八十四算高寿，让尚文他们节哀吧，他爹的葬礼我不参加了，让他们把老爷子的后事办好……说完停了片刻，自语道，早知道这样，就该陪他看完娃娃的新房再离开……报丧人呆呆地立着，良久说，来时还听到一个消息，郭堡村那个韩大浪也走了。噢？郭耀祖又是一惊，半天说，都走了，该走的走了，不该走的也走了……报丧人说，你老保重，还有啥吩咐？郭耀祖说，回去给我家镇豪捎个话，让他代我给老元魁行一份厚礼，请一班子乐人，热热闹闹把老亡人送走……

报丧人转身时，郭耀祖说，还有，给大浪老弟也送一份礼当吧。报丧人离开后，郭耀祖感到浑身彻底没劲了，慢慢回到自己的屋子，爬到床上躺了下来。郭耀祖躺下了，夏睡莲赶紧起身了，她趴在郭耀祖的耳朵上，流着眼泪说道，老死鬼你咋了？你可不要吓我啊！难道你也要学裴家老爷子，扔下我不管了？这时候的郭耀祖，躺在床上并没有睡去，虽然始终没有睁眼，但心里清白得很，他开始琢磨，裴元魁撒手人寰了，这件事告诉他，自己离这一天也为时不远了。听着夏睡莲絮絮叨叨的哭诉，郭耀祖觉得他对不住这个女人，觉得他对不起好多人，觉得他应该把有些事情该做个了结。郭耀祖想，虽然眼下自家的身子骨比裴元魁硬朗些，但人常说，五年六月七日八时。八十岁的人活的是时辰，七十岁的人活的是天数，自己如今算是活一天算一天啦，保不准哪一天就不行了。郭耀祖对自己说，不能再拖了，得做个安顿了，免得到时候来不及。躺了一天后，郭耀祖下床了，他将所有人打发走，将屋门关好，拿起笔，一边想一边写下了一份遗嘱：

　　经本人郭耀祖深思熟虑，决定在我身后，对本人名下财产做以下处置：

　　一、位于为川县城的现代医院全部资产处置如下：由我儿子郭镇豪继承百分之三十股份；赠予我的干女儿夏睡莲百分之三十股份；赠予郭镇豪之母，谭家坳村王冬翠百分之二十股份；赠予郭堡村韩玉枝百分之二十股份。将现代医院经营管理权，转移给现代医院医师、夏睡莲之子夏亮经营和管理。

　　二、建设现代医院所贷为川县建设银行款项形成的债务，郭耀祖在世期间，由郭耀祖本人负责偿还。郭耀祖去世后所余债务，由夏睡莲牵头，与各财产继承人、受赠人按照各自所享有股份比例共同负责偿还。

　　三、位于为川县城原郭氏惠民诊所一处住宅，赠予我的干女儿夏睡莲。

　　四、本人名下存款等其他尚未纳入本遗嘱进行分配的资产，若本人突然就木，按照以上财产继承人、受赠人各自所享有现代医院之股份比例进行分配。

　　五、本遗嘱经为川县公证处公证后，方能有效。

　　六、遗嘱人作古后，由遗嘱人干女儿夏睡莲负责召集所有继承人、受赠人集体听读医嘱，签字确认，方能生效。

　　七、任何继承人、受赠人不违背遗嘱人意愿并完全执行遗嘱，其受益部分方能生效。八、本遗嘱自遗嘱人死亡之时起，正式生效。

　　　　　　　　立遗嘱人：郭耀祖　年　月　日

　　郭耀祖将遗嘱手续和公证手续办完后，将遗嘱让夏睡莲看了。夏睡莲看完遗嘱，呆呆地望着郭耀祖，再次泪流满面了。夏睡莲说，让你死鬼作难了……其实我……并不是非要得到这些东西，我只是觉得，我夏睡莲这辈子可怜，先是嫁了个短命鬼，后来又不明不白跟你死鬼混在了一起，我是在哭我自己哩。即便没有这个遗嘱，我也明白，你死鬼人坏心不坏，正因了这样，我才下决心打了烂锣，把自个儿这辈子让你死鬼糟蹋了。郭耀祖说，你这话怎么听都觉得味道不正，你是夸我呢，还是损我呢？夏睡莲说，你自己想去。郭耀祖说，还有一件事。这几天我想过了，亮亮从小跟着我学医，已经有些底子了，往后就让他跟着我专学号脉吧，在我死之前，尽量把这个手艺传给他。夏睡莲眼泪吧嚓地说，你看他行吗？他是不是这块料？郭耀祖哼唧了一声，说，论起来，差是差了那么一点火候，不过不打紧，我给娃使使力，应该差不到哪里去。夏睡莲伸出手，在郭耀祖脸上轻轻拧了下，转口问道，有件事我不大明白，你为啥要给韩玉枝那些股份？郭耀祖没想到夏睡莲会这样问，一时有点发怔。夏睡莲说，你死鬼是个日鬼匠，跟你过上八辈子，也把你肚子里的鬼转转掏拉不清。郭耀祖不满地说，说话是说话，把嘴擦干净些好不好？啥日鬼匠？看郭耀祖不高兴夏睡莲不吱声了。良久，郭耀祖说，弄这个遗嘱，是怕我哪天突然死翘翘了，来不及安顿这些事，就想把它提前弄弄好，免得到时手忙脚乱。现在弄好了，将它放下来，我没死前它还不能有效用。只是这里边的事情，眼下只有你我两个人知道，出去别乱说好不好？包括夏亮也不要说。夏睡莲说，还让我把嘴擦干净，就你死鬼那些破烂事，我说了，还怕把我嘴巴弄脏了呢！你求我说，我还懒得说！郭耀祖瞪了夏睡莲一眼，说，怎么一张漂亮的樱桃小嘴，说出的话越来越不是味道？这样吧，我去一下县工行，在那里我开了个保险箱，把遗嘱保管在那里，钥匙由你来保管。

一〇六

　　现代医院的运营走上了正轨,经济效益和社会影响持续见好。逐渐地,郭耀祖产生了要将医院扩展一下的想法。他的这个想法遭到了夏睡莲的坚决反对。夏睡莲说,奔八十的人了,咋消停不下来一天哈?医院不是好好的吗?又要折腾啥呀?郭耀祖说,如今农村患肛肠病的人不少,眼下医院人手不够用,硬硬地将这些病患逼走了。我就想,把肛肠科升格成个肛肠分院,地方弄大一点,再招几个好大夫进来,既方便百姓,又增加收益。夏睡莲说,地方弄大点?到底弄多大?郭耀祖说,盖座小楼吧,作为医院大楼的附楼,花不了多少钱,费不了多少神,还会使医院环境错落有致,变得更加美观。夏睡莲说,想得倒美,我坚决反对。要弄你自己弄,反正我这次绝对不帮你了。要不然,有一天将你累死了,人家会说我这个女人贪心不足,撺掇你弄的,那我的罪责就永远甭想洗清了。郭耀祖说,胡嘞嘞啥哩?我这不硬朗着嘛,想死一时也死不了,甭操那些闲心好不好?两个人就此事总是商量不到一起。

　　一天吃午饭时,办公室的张丽照样给郭耀祖送饭来了,收拾碗碟后,郭耀祖要张丽坐下来,两个人聊了一阵子闲话。事后夏睡莲问张丽怎么去了这么久,张丽支吾了下,就将郭院长留她说了一阵话如实告诉了夏睡莲。夏睡莲问,除了聊天说话还做啥了?张丽望着夏睡莲,脸红了一下,小心地摇了摇头。后来一天吃饭时,夏睡莲专意去了一趟郭耀祖屋子,推开屋门恰巧碰见郭耀祖正和张丽坐在一起说笑着。这让夏睡莲吃醋了,第二天就将张丽辞掉了。不见张丽来送饭,郭耀祖才知道张丽被炒鱿鱼了。两个人为此事好几天里不招嘴。最后还是郭耀祖扛不住劲,说道,动不动就把人家娃娃辞了，连个招呼也不打，这医院你当家还是我当家？夏睡莲不吱声。郭耀祖说，你不是说那娃娃卫校毕业，心灵手巧，这样的人应该留下来，咱缺的不就是这样的人？夏睡莲还是不吱声。郭耀祖说，让她回来好不好？这事不怪人家娃娃。夏睡莲嘘了一口气，说道，你个老色鬼，看到漂亮女人腿就软了，如今医院办得这么好，神脉郭、神医郭的名气那么大，远远近近的人争着请你号脉、看病呢，咋就不知道爱惜自个儿的名声？

郭耀祖想了半天，幽幽地说道，唉，不就是看她长得灵醒、心疼、天资好嘛，看看周围吧，哪个娃娃能和人家相比？其实啊，我啥啥都明白，自己行将入土的人了，哪还有心思想那些乱七八糟的事？睡莲我告诉你，一个男人，一辈子能遇到几个美丽、灵醒的女人在自己身边，哪怕她不是自己炕头的人，那也是一件幸运和美好的事情。对那个张丽，我心里有的只是喜欢，只是赞羡，她是那样的纯洁和美好，跟她待在一起，就和跟我家莹莹待在一起一样，心里是那么地恬静、那么地慰藉、那么地美好、那么地安然。也许你不会想到这些，也不会明白我这些话。我郭耀祖活过七十多年了，所有的事情都经过了，老夫返璞归真啦！这些话今天说给你听，信不信由你。郭耀祖的话，听得夏睡莲哭笑不得，反唇相讥道，看看，又是些哄人诓人的鬼话！就凭你死鬼这张油嘴，一辈子哄骗了多少女人，我还不是为你好吗？你知道外面除了传你神脉郭、神医郭，还传你啥了？啊？郭耀祖一激灵，偏过头，略带讶异地瞥了夏睡莲一眼，还传我啥了？夏睡莲说，人家还叫你……花瘸子……

郭耀祖忽然气恼了，哼了一声说道，有人那么糟践我，是不是你心里也那么认为？我知道，你夏睡莲是越来越厉害了，你从来就没有信过我郭耀祖！说完话闭上眼睛，不再搭理夏睡莲了。不久，夏睡莲又将张丽聘了回来，继续给郭耀祖每天送饭。所不同的是，从此跟着郭耀祖学习号脉的人，除了夏亮，还增加了个张丽。渐渐地，时日一久，两个学习号脉的年轻人不知不觉走到了一起。夏睡莲这才如梦初醒，事情咋会是这样？一天，夏睡莲对郭耀祖说，你这个老死鬼，脑子里曲曲拐拐咋那么多？

就在郭耀祖执意要将肛肠科升格为肛肠分院，并将一份基建申请递给县政府后不久，一九九〇年农历二月初二这天，是郭耀祖八十寿诞的日子。郭镇豪和夏睡莲将方方面面的亲朋好友请了来，要给郭耀祖过个堂堂皇皇的生日。这一天，儿子郭镇豪夫妻和孙子郭晓明夫妻到场了，郭氏族里的叔侄们到场了，远在省城的孙女郭晓莹、裴昊夫妇到场了，小舅子王冬来、王冬生到场了，夏睡莲、夏亮母子到场了，小徒弟张丽到场了。虽说是个家宴，不请外人参加，可县政府的赵县长，县政协的蔡主席，县民营企业家协会的吴会长，县卫生局、规划局、建设局的局长，建设银行行长，各家公立医院院长，现代医院中层以上领导等人士，也都拨冗前来出席了。不约而同分别为郭耀祖带来了一份寿礼。

祝寿仪式和寿宴安排在现代医院会议大厅，从市里请来了几个大厨操勺献艺。郭耀祖这天显得特别高兴，也特别精神，身穿一套崭新的皮尔卡丹西装，头发、胡须修剪得整洁雅致。对这次祝寿活动，郭耀祖做了精心的准备，他要借今天这个场合，将他对现代医院的宏伟设想公之于众，即除了将现有的肛肠科升格为肛肠分院外，还将披露一个重大的消息，那就是在不久的将来，要在市里建设一座更大的现代医院。祝寿活动由县政协蔡主席主持，首先由全体来宾向老寿星集体祝寿，大家齐呼：敬祝郭老先生福如东海长流水，寿比南山不老松。大厅里一时鼓乐齐鸣，彩带飘飞，让站在人们面前的郭耀祖顿时泪流满面哽咽不已。接着，主持人宣布由老寿星做康寿感言。郭耀祖沉静了一会儿，抬了抬两只胳膊，调整了一下因为久站而有些不大舒服的右腿，以有点颤抖的声调，无限感慨、无限激动地说，感谢大家，真的很感谢大家，感谢在座的每一个人……今天，我实在太激动了，想好了的许多话，不知道该怎么说了……我郭耀祖这个人，向来处世无拘无束，大半辈子是在浑浑噩噩中度过的，是新社会，是党和人民政府，是我的亲人，给了我第二次生命。我觉得，只有到了今天，我郭耀祖才活出了个人样，才成了一个对社会、对老百姓有点用处的人。我今天八十岁了，但我觉得，我还很年轻，我的生命才刚刚开始，对我今后的生活和事业，我还有着更大、更远的规划和设想。今天我要告诉大家，我要把现代医院的肛肠科，扩建成一个肛肠分院，基建申请已经递给了县政府；将来还要在咱们市里，建设一个更大的现代医院；另外，我还要在我有生之年，实现我在四十多年前曾向老首长提出过的请求，成为一名光荣的……突然，郭耀祖说不下去了，人们看见，郭耀祖身子变得歪斜了，脸也突然歪斜了，接着，整个人无声地跌倒在了地上。这时，只听郭晓莹凄厉地喊了一声，爷爷！第一个扑到主席台前，扑倒在了郭耀祖身上。接着，夏睡莲、夏亮、张丽、郭晓明、郭镇豪，纷纷跪倒在了郭耀祖周围。夏睡莲将郭耀祖抱在怀里，一边哭，一边连声呼唤：干爹，你醒醒，干爹，你醒醒啊……这时赵县长大声说，大家都不要慌，在场的医生赶紧动手，护送郭老先生去县医院接受抢救，时间就是生命……

一〇七

　　郭耀祖被送往县人民医院抢救室，由赵县长和蔡主席指挥进行抢救。抢救进行了一天一夜，命暂时保住了，人却始终处于深度昏迷状态。郭镇豪问医生，我爹他有救吗？医生说，很难说，老先生年事已高，生命体征一直不够平稳。郭晓莹说，干脆转院吧，立马转到省城去。医生说，老人家患的是大面积心肌梗死，不方便挪动。会诊的医生其实都是连夜从省城请来的高手，你们就放心吧。这时候，夏睡莲突然想到了郭耀祖给她安顿的事情，她跑到县工商银行将郭耀祖的遗嘱取出来，按照当初郭耀祖的盼咐，要远在谭家坳的王冬翠和郭堡村的韩玉枝前来为川听读遗嘱。王冬生去接王冬翠，王冬翠不愿意来，最后在家人一再劝说下，说这很可能是见郭耀祖最后一面了，无论如何也得去，不去说不过去，最后便由嫂子井花花陪伴着，来到了为川。郭晓明去接韩玉枝，韩玉枝不明白是怎么回事，跑去问母亲，裴元秀对其中缘由也不甚了了，拿不准该去还是不该去，最后耐不住郭晓明一再催促，裴元秀便陪着女儿一起来了。该到的人全到了，大家围在郭耀祖的病床前，惊讶不已地望着郭耀祖青黄的脸颊和散乱的白发，一个个不由得心生感慨。八十三岁的井花花，老眼昏花地盯着郭耀祖的脸，半天从胸中徐徐吐出了一口气。七十一岁的裴元秀跟女儿韩玉枝手挽手立在病床前，仿佛第一次站得离郭耀祖如此之近，仿佛只有这次才将郭耀祖的面目真正看清楚了，她一眼不眨地瞅着郭耀祖的眉眼，望着他那条瘸腿，温家河那个夜晚的情景又浮现在了眼前。夏睡莲泪眼吧嚓地招呼着大家，将郭耀祖的遗嘱逐字仔细念了一遍，接着由每个继承人和受赠人轮流看了一遍遗嘱，最后在遗嘱上签字画押。夏睡莲看见，此时王冬翠默默地垂着泪，两只手紧紧抓住病床的边沿，两只含泪的眼睛，死死地盯着郭耀祖的容颜，一眨不眨。裴元秀悄然地退到人群后面，此时她也泪流满面了，韩玉枝小心地搀扶着母亲，小声嘟囔道，耀祖伯伯咋会给我那些股份？裴元秀慢慢抬起泪脸，良久含混地说了句，你耀祖伯伯没女儿，他把你看成了他的女儿了。这时候，郭镇豪走过来，将夏睡莲拽到一旁，悄声细语道，爹快不行了，有件事情得告诉你，爹在青龙山那边还有个儿子，一直没有走动过，要不要通知来参加葬礼，按说这是个礼数……夏睡莲脑子里轰地响了一下，眼泪吧嚓地望着郭镇豪，半天说道，干爹从来没提说过这件事，再说了，遗嘱上也没有他的名字……通知不通知人家，我说不好，哥拿主意吧。看夏睡莲这样说，郭镇豪沉思了一下，说，那就算了吧，这事不说了，好在其他人啥都不知道。

就在人们在郭耀祖的病床边翻阅和确认遗嘱的时候，处于弥留状态的郭耀祖，魂灵已经离开了病床上的躯体，去往了冥冥中另一个世界……郭耀祖觉得，他的身体忽然变得特轻、特轻，轻得就那么随意地在空中飘浮着、飘浮着……忽然，他看到了一座庄院……这不就是侯府大院吗？跟多年前没有多大变化啊……

恍惚间，侯锁堂带领着他，小心翼翼地朝侯府大院内走去，啊，这不是侯府大娘吗？只见她笑嘻嘻地迎出来，拉着郭耀祖的手来到女儿侯串串面前，不料这时候，侯串串却哇地大哭了起来，弄得郭耀祖不知如何是好，刚要伸手去拉侯串串的手，不料却抓了个空……郭耀祖又来到了县城西边的荒沟，哦，这里不是有串串姐的坟茔吗？怎么全然变样子了，长长的土堎里，看不见荆棘和荒草，全是绿油油的庄稼和密密的青草，圆圆的坟头开满了鲜艳的红花、白花还有黄花，这些庄稼和鲜花，该是串串姐侍弄的吧……

郭耀祖发现，刹那间，他竟长出了两只翅膀，这翅膀又大又长，能够让他凌空翱翔了。飞离侯串串的坟地，他就那样不停地飞啊、飞啊、飞啊，一会儿飞上只有蓝天白云的高空，一会儿掠过郁郁葱葱的树林，望着自己洁白如玉的身体，郭耀祖忽然觉得，他就是那只传说中的银凤凰，啊，啊，当年飞来灵泉镇拯救人们走出瘟疫的那只银色的凤凰，难道就是他郭耀祖吗？郭耀祖开心极了，心里充满了幸福感，原来做一只能够赐予人们安康和幸福的凤凰鸟，该是何等的自由、何等的率性、何等的快乐、何等的美好……

他不停地飞啊，飞啊，突然，他看见了一只火红的凤凰鸟，远远地朝他追了过来。它是那样清丽，那样灵巧，那样美艳，对他不离不弃，对他穷追不舍。郭耀祖打了个漂亮的旋转，打算回头探个究竟，却听到了来自火凤凰的绝美声音：耀祖，郭耀祖啊，你要飞往哪儿？郭耀祖一惊，这是谁的声音？怎么如此熟稔？……耀祖啊，快跟我来吧，咱们一起玩牌，一起吃蜂蜜糕，一起唱秦腔戏，一起……我等你太久了啊……你快来啊……而就在郭耀祖刚要回话时，那火凤凰却又飞走了，朝着天国的方向飞走了。郭耀祖明白了，她就是侯串串，是串串姐叫他来了，串串姐啥时候也长出了漂亮的翅膀，变成了一只美丽的红凤凰？郭耀祖一急，飞速追了上去，一边追一边大声喊道，串串姐，我是耀祖，串串姐，我是你的耀祖啊，你等等我，串串姐，你等等我啊……

病床上的郭耀祖身子略微弹动了一下，那只瘸腿也随之颤动了一下，喉咙里忽然发出一阵呼噜呼噜的声响，串串姐……串串姐……等等我……串串姐……接着，就有一大股黏液从嘴巴里涌流了出来，整个脸膛憋得发青、发紫。虽然声音断断续续和含糊不清，却无疑让人们听出了什么。郭耀祖的动静将人们吓了一跳，大家急忙又围到了病床四周，静静地望着他。郭晓莹对郭晓明说，哥，快去找医生，爷爷吐下了。这时，电脑上的心脏图示，由不断蠕动着的一条曲线，逐渐变成了一道直直的白线。医生赶到后，在病人鼻口试了下气息，然后将被子往上拉了拉，略带歉意地说，郭老先生已经去了。站在病床边的几个女人，面面相觑，她们不知道，郭耀祖刚才喊出的那个串串姐，她会是谁？她在哪儿？抑或是她们中间的一个？

　　这时候，郭镇豪和夏睡莲突然不约而同地嘶喊了一声，我的爹（干爹）啊，双双扑在了郭耀祖身上，四只手绝望地在郭耀祖身上拍打着，声嘶力竭地号啕了起来。随即，抢救室里传出了众人悲哀伤痛的哭叫声。

2012年12月2日初稿

2013年10月7日二稿

2014年11月23日定稿